Night and Day

吴尔夫
作品集

夜与日

［英］弗吉尼亚·吴尔夫　著

唐在龙　尹建新　译

人民文学出版社

Virginia Woolf
NIGHT AND DAY

图书在版编目（CIP）数据

夜与日/（英）弗吉尼亚·吴尔夫著;唐在龙,尹建新译.—北京:人民
文学出版社,2022
（吴尔夫作品集）
ISBN 978-7-02-015163-9

Ⅰ.①夜… Ⅱ.①弗…②唐…③尹… Ⅲ.①长篇小说—英国—现代
Ⅳ.①I561.45

中国版本图书馆 CIP 数据核字（2019）第 064437 号

责任编辑　翟　灿
装帧设计　李思安
责任印制　王重艺

出版发行　人民文学出版社
社　　址　北京市朝内大街 166 号
邮政编码　100705

印　　刷　河北鹏润印刷有限公司
经　　销　全国新华书店等

字　　数　366 千字
开　　本　880 毫米×1230 毫米　1/32
印　　张　16.375　插页 3
印　　数　1—3000
版　　次　2003 年 4 月北京第 1 版
印　　次　2022 年 1 月第 1 次印刷

书　　号　978-7-02-015163-9
定　　价　79.00 元

如有印装质量问题,请与本社图书销售中心调换。电话:010-65233595

弗吉尼亚·吴尔夫肖像（1912 年）

凡妮莎·贝尔 绘

吴尔夫
作品集

前　言

　　英国女作家弗吉尼亚·吴尔夫以意识流小说家而名声远播,例如她的著名小说《达洛维太太》《到灯塔去》《海浪》等等。但是这里介绍的却是吴尔夫的长篇小说《夜与日》———一部基本上采用现实主义手法创作的小说。

　　可以说,《夜与日》是吴尔夫采用现实主义手法创作的第二部长篇小说。它创作于一九一七年,杀青于一九一九年。小说取材于作者自身的经历。熟悉一点吴尔夫的人都知道,她出身于书香门第。她的父亲莱斯利·斯蒂芬爵士是著名的传记作家、学者和编辑。莱斯利爵士的原配夫人是作家萨克雷的女儿,他们有一个女儿。吴尔夫是莱斯利继室的女儿。这是一个大家庭,除了莱斯利夫妇,吴尔夫的同胞兄妹、异父异母的兄姐就有八九个。父母去世后,这一群兄弟姐妹与一批大多受教于剑桥大学的学识卓异的优秀青年交往密切。他们在布卢姆斯伯里莱斯利爵士的寓所聚会,被人们称为"布卢姆斯伯里集团"。这是有影响的文化沙龙。后来,吴尔夫和丈夫———著名的批评家兼经济学家伦纳德·吴尔夫成立了霍加恩出版社。他们的办公室很快就成了青年作家的聚会地点。小说《夜与日》中青年们的活动及生活空间都发生在这样的情景之中,所有的关于这些内容的叙述都极其真实自然。

小说主要描述了大诗人的后裔凯瑟琳小姐与颇有文才、风流倜傥的青年诗人罗德尼门当户对,似乎很快就能名正言顺地成为伴侣。她(他)们的长辈,她(他)们的朋友都欣喜地关注着他们,为他们祝福。但是真正的爱情并不是假借人手安排的,就是这对热恋中的年轻人也感觉到没有爱情的婚姻将是折磨人的桎梏。凯瑟琳、拉尔夫、玛丽一群年轻人都在苦苦地思索,满怀希冀地探求着爱情的真谛。经过一番挣扎,凯瑟琳与罗德尼冲破各种观念上的藩篱,终于各自找寻到了自己的意中人,最终在长辈的谅解下,解除了婚约。

故事不复杂,人物也不多。不像简·奥斯丁的《傲慢与偏见》那么耐看,也不像夏洛蒂·勃朗特的《简·爱》那么读来令人激动,但是只要你愿意静静地看下去,便会体会到字里行间一股令人欲罢不能的力量,书中人物之间那种细致入微丝丝入扣的描写深入到心灵,深入到思想……这些都预示着作者在写作中力求变化的努力与用心。读到了这些,吴尔夫最终成为在意识流写作上独树一帜的作家,也就不难理解了。

吴尔夫笔下的男女主人公们都是有教养、谈吐不凡、彬彬有礼的有识之士。即使在追求爱情这种浪漫的恋情的时候,她笔下的人物也都很理智,很清醒,没有哪个人因为情感而迷惘,而失却本性。她的人物有时处在一片极为耀眼、光明的灵光之下,有时则又为晨雾暮霭所笼罩。这大概就是《夜与日》的寓意,抑或也是这位惯爱思考的意识流作家的早期创作中的意识流动吧。

梅　子

二〇〇二年五月

1

十月里的一个星期天的傍晚,凯瑟琳·希尔贝里与其他许多和她同样出身的年轻小姐一样,在给客人们倒茶。她似乎只把五分之一的心思用在倒茶上,别的心思却越过了横隔在星期一早上与眼下这充满压抑感的时刻之间的时间障碍,遐想着白天里自己通常愿做的事情。她这时虽然没有说话,但对这样一个司空见惯的场面,显然能够应付自如。她想让茶会像过去几百次那样,自然而然地进行,而她却可把绝大部分心思用在别处。一眼就可以看出,希尔贝里夫人善于把为老年贵宾举行的茶会办成功,她在这方面很有天赋,如果倒茶涂牛油面包之类的琐碎事儿都有人代劳的话,她几乎就用不着女儿插手帮忙了。

为数不多的客人在茶桌周围就座还不到二十分钟,就都已满脸高兴,高声谈笑着。这种活跃的气氛确实说明女主人值得赞扬。凯瑟琳不禁想到:这时如果有人打开房门,来人准会认为这些人是自己在这里尽情欢乐,而且还会说:"我可进了个极乐园!"因此,她忍不住笑起来,并且也说了一些助兴的话使得茶会更加热闹,这似乎只是为了维持"极乐园"的声誉,因为她自己并不感到兴奋。使她觉得十分有趣的是,正在这时,房门猛然被推开,一个年轻小伙子走了进来。她在跟他握手时,在自己心

1

里这样问他:"喂,你认为我们过得很快活吗?"然而,她说出来的话却是:"妈妈,这位是丹厄姆先生。"因为她见母亲想不起他的名字来了。

丹厄姆先生也意识到了这一点,因而更增添了一个陌生人闯进一间坐满举止自如、高谈阔论的客人的客厅时所感到的尴尬。同时,他觉得好像身后有无数扇衬着软垫的门把他与外面的街道隔绝了。宽敞而又坐客不多的客厅里轻烟缭绕,在放着蜡烛的茶桌上呈现的是银白色,而在火炉前则成了红色。此时,公共汽车、出租马车仍然在他脑海里奔驰,身体似乎仍在街上的行人和车辆中快步穿行。他觉得眼前的客厅是那样的遥远和宁静。在蓝色烟雾的衬托下,相隔而坐的老人们,个个面色柔和,脸上还显出一抹红晕。

丹厄姆先生刚进来时,著名小说家福特斯科正在说话,一句长长的话正讲到半中间。这时他只得暂停一下,等新来的客人坐下。希尔贝里夫人连忙探过身去,灵巧地接着小说家的话头说:

"唉,丹厄姆先生,假如你和一个工程师结了婚,而且非得在曼彻斯特定居下来,你会怎么办呢?"

"她肯定能学波斯语呀,"一个干瘦的老绅士插话说,"难道曼彻斯特连个能教她波斯语的退休教师或知识人都找不到吗?"

"我有个表妹嫁到曼彻斯特去了。"凯瑟琳解释说。丹厄姆只咕哝了两句,确实,人家也只需要他这样应酬一下。接着,小说家继续说他那句被打断了的话。丹厄姆先生暗自狠狠诅咒自己不该抛弃那自由自在的街道,来到这坐满老于世故的贵人的客厅。别的不快且不说,他在这儿是显不出他的优势的。他四下扫了一眼,发现在座的除凯瑟琳之外,都是四十开外的人。唯一使他感到慰藉的是,福特斯科先生是个相当有名的人,今天能见一面,日后回想起来,也会感到十分荣幸。

"您去过曼彻斯特吗?"他问凯瑟琳。

"从没去过。"她回答说。

"那您为什么反对去那儿呢?"

凯瑟琳在搅拌着自己杯里的茶,丹厄姆以为她在心里想着给别人加茶,但实际上她却在想着如何使这位陌生的年轻人跟其他客人融洽起来。她注意到,他正在紧紧握着茶杯,那薄薄的瓷器真有被捏瘪的危险。她还发现,他神情有点不自在,瘦削的脸颊略显红润,看得出是一路上风吹的,头发呢,也略为蓬乱;就这个模样儿参加这样的茶会,有些无所适从,也是可以理解的。而且,也许他本来就不喜欢参加这样的茶会,只是因为好奇或者由于她父亲的邀请才来的。——不管怎样,看来是很难使他与其他客人话语相投的。于是,她随便回答说:

"因为在曼彻斯特连个说话的人也没有。"

福特斯科先生已经观察她好一会儿了(这是小说家的天性),听了这话,他脸上现出了微笑。他以此为话题,又发了一通议论。

"凯瑟琳小姐的话虽说有点儿夸张,但却说到了点子上。"然后,他往椅子背上一靠,晦暗、多思的眼光盯着天花板,两手的手指相互顶着,开始描绘起曼彻斯特来:曼彻斯特的街道令人生畏;郊外的田野空旷寂寥;那姑娘将要居住的房子又简陋又矮小。然后他谈到那些倾心于英国新一代剧作家玄乎难懂的作品的教授们和可怜的青年学生们,他们会去拜访她。渐渐地,她的容貌就会变化;接着,她就会逃回伦敦,由凯瑟琳领着上街逛马路,就像一条用皮带拴着的心情急切的狗,被人牵着经过一家家喧闹的肉店。

"啊,福特斯科先生,"希尔贝里夫人等他一说完就大叫着说,"我最近还写信告诉她,我是多么嫉妒她呀!我想念着那些大花园,那些戴着露指手套剪烛花的可亲的老太太,她们只爱看《旁观者》杂志,其他什么也不看。这一切都消失了吗?我还告诉她,在那儿,她会发现伦敦的好东西,却见不到像伦敦这样可怕的使人心情沮丧的街道。"

"那儿有一所大学呢。"刚才坚持说曼彻斯特有人懂波斯语的瘦绅士说。

"我知道那儿有荒野,是前几天在一本书中读到的。"凯瑟琳说。

"本人对家小的无知,感到既非常惭愧又十分惊愕。"希尔贝里先生说。他已上了年纪,一双红褐色的椭圆形眼睛,就他这个年纪的人来说,算得上是炯炯有神的,因而,抵消了一些显现在脸上的老态。他不停地玩弄着表链上一颗小小的绿宝石,从而露出了修长而敏感的手指。他有个习惯,喜欢快速地摇晃脑袋,而庞大肥硕的身躯则一动不动,似乎在为自己不断提供娱乐和思考的材料,而又尽可能地少消耗体力。别人也许会这样想:他雄心勃勃的时期已经过去了,或者是他已实现了自己所能实现的宏图大志,现在则将他的相当敏锐的目光和脑力用于观察与思考,不再在乎什么个人的成就了。

福特斯科先生又开始他那辞藻华丽的演说了。丹厄姆趁机把凯瑟琳仔细地观察了一番,发现她既像父亲又像母亲,父母的特征竟在她身上奇妙地结合起来了。她动作快,爱冲动;两片嘴唇时常张开,像要说话的样子,很快再闭上。这一点像她母亲。

她的眼睛却是父亲的遗传,椭圆形,乌黑明亮;但明亮之后透露出一层忧郁的阴影,或者说,因为她这么年轻,不懂悲观,也许那不是忧郁,而是沉思与克己精神的表现。从她的头发、肤色以及五官和脸形来看,不能说十分美丽,也还算得上相貌出众。冷静与果断她同时具备,这表明她有鲜明的个性,凭这一点,就很难期望一个和她不太熟的年轻人见了她会感到自在。另外,她个子挺拔;衣服颜色朴素,饰有蛋黄色的花边,花边上镶着一颗古老的宝石,闪着红光。丹厄姆觉察到,她虽在沉思,却仍能环顾四周,能及时对她母亲的召唤作出反应。很明显,她的注意力不在眼前,心灵深处在想别的事情。他突出地感觉到,她在这些老人面前也并非自由自在,这个女孩儿也不总是那么让他反感。

关于曼彻斯特,要说的都说了。话题转开了。

"那是'特拉法加之战'①呢,还是'西班牙的无敌舰队',凯瑟琳?"她母亲问道。

"是特拉法加之战,妈妈。"

"对对,当然是特拉法加之战,瞧我多傻气!给客人换杯茶,每人杯里放一片薄柠檬。唉,亲爱的福特斯科先生,我有个很荒唐的小问题,请您帮忙解答。人们总是不由自主地相信那些长着罗马鼻子的绅士,就是在公共汽车上也是如此。这是为什么呢?"

这时希尔贝里先生插了进来,和丹厄姆谈话。他先对律师职业发表了些很有见地的议论,然后谈了些他一生中所经历过的社会变迁。确实,丹厄姆应该同他交谈交谈,因为丹厄姆曾经

---

① 特拉法加位于西班牙西南部海岸线上,在直布罗陀海峡之西端。1805 年 10 月 21 日,英国海军舰队在纳尔逊将军(1758—1805)的指挥下,在这里击败了法国和西班牙的联合舰队。

写了篇关于某个法律问题的文章,在希尔贝里先生的《评论》杂志上发表了,从此他俩就相识了。可是,没过一会儿,萨顿·贝利夫人过来了,希尔贝里先生转过身跟她说话去了。丹厄姆先生觉察自己默默地坐在凯瑟琳身旁,有些可说的话并不想说。凯瑟琳也跟他一样一言不发。由于他俩年龄相仿,都不到三十岁,互相之间很不自在,许多许多容易引起交谈的方便词语,他们都不便使用。凯瑟琳呢,本来可以寒暄几句,表现女性通常具有的亲切和客气,可是从他那笔挺而又坚定的姿态中,她发现他对四周的环境怀有某种敌意,因此故意不跟他交谈,就让他局促着吧。丹厄姆本想说几句意外的激动人心的话,使她活跃起来,但他克制了。他俩就这样默默地呆坐着。可是,希尔贝里夫人对沉默十分敏感。客厅里哪个角落不出声了,她能像从一段响亮的音阶中听出一个哑音一样,立即觉察出来。每当这时,她常常会作出一副惊疑而又超然的样子,让她说出来的话,就像在阳光下飞来飞去的花蝴蝶。这时她上身探过桌面,说:"丹厄姆先生,你可知道,看见你,就让我马上想起了亲爱的罗斯金①先生……凯瑟琳,你看是因为他的领带,还是他的头发?还是他坐在椅子上的那种姿势?丹厄姆先生,请告诉我,你是罗斯金的崇拜者吗?前不久有个人跟我说,'哦,不,希尔贝里夫人,我们可没读过罗斯金的作品。'你呢?你读些什么?你总不能整天坐飞机上天,或打洞往地底下钻吧。"

她和善地望着丹厄姆,后者张了张口,没有发出声来;她又把眼光转向凯瑟琳,她微笑了一下,但也没吭声。于是希尔贝里夫人仿佛灵机一动,喊叫道:

---

① 罗斯金(1819—1900),为英国散文家、批评家及社会改革家。

"凯瑟琳,丹厄姆先生一定想看看我们的家珍。他一定不像那个可怕的青年庞廷先生,那个人说:我们的职责就是只管现在,不管过去。可是什么是'现在'呢?它有一半已经过去,而且是较好的那一半已经过去了。"她转身向着福特斯科先生补充说道。

丹厄姆站起身,有点想走,心想,要看的都看了,还有什么可看的呢?但凯瑟琳也站了起来说:"你也许喜欢看画像吧。"说罢,领着他穿过客厅进了隔壁一间小一点的房间。

这儿有点儿像大教堂里的小礼拜堂,又有几分像大洞穴里的小洞穴,因为远处传来的机动车声,使人联想起河水柔和的波涛。房里有几面椭圆镜,银光闪闪,像星光下微波粼粼的深潭。小小的房间里堆满了古色古香的文物,把它比做教堂只怕更适当些。

凯瑟琳一盏一盏地开着灯。随着灯光的照射,文物一件一件地映入丹厄姆的眼帘:一堆码成正方形,红皮上印有金线条的精装书,一件十分显眼的蓝白长裙装在玻璃盒中,还有一张红木写字台,上面整整齐齐地摆着各种文具和其他用品。在写字台的上方,挂着一副正方形画像,这里特意多设了几盏灯。凯瑟琳把这儿的灯打开,向后退了一步,仿佛说了声,"瞧!"丹厄姆发现大诗人理查德·阿拉迪斯的两眼俯视着自己。他不由得肃然起敬,若是头上戴了礼帽,准会脱帽致敬。透过画面上柔和的粉红色和黄色颜料,诗人以圣洁友爱的眼光凝视着他以及整个世界。由于油画严重褪色,除了诗人那对漂亮、黑黑的大眼睛,其他部位都模糊不清了。

凯瑟琳似乎在等他把房里的东西都细细地浏览一遍。然后她说:"这是他的写字台。这是他曾用过的笔。"她把一支鹅毛笔拿起来,又放下。写字台上斑斑点点溅满了昔日的墨水;鹅毛笔由于长期使用,笔尖秃了,毛也松散了;还有一副特大号金边眼镜,放在伸手可及的地方。写字台下,摆着一双又大又长的旧拖鞋。凯瑟琳顺手拾起一只说:"我想呀,我外公的身材至少有现在的两个人那么大。"她接着像背诵似的说,"这是《冬颂》的原稿。他早期的诗比后来的诗修改的地方要少得多。你想瞧瞧吗?"

丹厄姆先生翻阅起《冬颂》的原稿来。凯瑟琳抬头仰望着她外祖父。像往常一样,她又堕入了幸福的幻境:她好像也成了历史上那些伟人中的一员,至少是一名属于那些伟人世系中的人,平淡无奇的"现在"就更加黯然失色了。肯定地说,对于星期天傍晚的琐碎小事,油画上那幽灵般的巨头压根就没注意到,对于她和这位青年的谈话也不予理会,因为他们只是两个小人物。

"这是诗集第一版的一个本子,"她继续说,没有注意到丹厄姆先生仍然在专心致志地看那本手稿,"里面有几首诗,第一次出版后没有重印过;另外,里面还有几处他修改过的地方。"她停顿了一会儿,然后又接着说了下去,好像连中间的停顿也是早就计算好了的。

"那位穿蓝色服装的老太太,是我的外曾祖母米林顿夫人。这是我舅舅的拐棍,他是理查德·沃伯顿爵士,与哈夫洛克一道解过勒克脑的围①。嗯……我想想——哦,那是第一代阿拉迪斯和他的夫人一六九七年的画像,他和他的妻子是我们家的创

---

① 哈夫洛克(1795—1857),英国将军。勒克脑为印度联合省之首府。在印度人民起义反抗英国殖民期间(1857—1858),哈夫洛克曾率兵解过勒克脑的围。

业人。这个碗,是前不久一个人送给我们的,因为上面印有阿拉迪斯家族的纹章和姓氏的首写字母,可能是他们银婚日那天人家赠送给他们作纪念的。"

说到这儿,她收住了话头。她觉得有点奇怪,丹厄姆先生为何一声不吭。开始,她认为他对自己有反感,这种看法,本来在她介绍家庭遗物时已暂时消失,现在又强烈地回到她脑海中。她不由得打量起他来。母亲刚才把他和已故伟人扯在一起,把他与罗斯金先生相比,是从尊重他起见。这种比拟现在仍留在凯瑟琳的心里。因而,她以格外挑剔的眼光来审视他。这对于他当然是不公平的。她见过罗斯金先生的头像,头像是在他面部最富表情时绘下的。两眼从镜框中向外凝视着,这就是她对罗斯金的全部印象。罗斯金与眼前这个身着燕尾服来访的年轻人,当然不一样。他的面孔比较特殊,敏感而又坚定,但不像是个喜欢深入思考的人。额头宽阔,鼻子长而大;上下两唇修刮得干干净净,更显出一副倔强、敏感的样子;两颊瘦削,带着血气方刚的红色;一双眼睛,具有一般的男性那种不大在乎而又以权威自居的目光,但在适当场合,可能会流露出较为微妙的情感,因为这双眼睛又大又呈清亮的棕色——它们似乎是在犹豫、沉思。凯瑟琳一边打量着他,一边在设想:假如给他配上络腮胡子,他是不是会更像那位已去世的英雄人物的样子呢?她发现,他那不丰满的身材和瘦削然而健康的面颊隐藏着一种倔强而又具有芒刺的性格。她还注意到,他放下手稿说话时,声音有点儿抖。

"希尔贝里小姐,您一定为自己的家世感到非常自豪。"

"是的,不错。"凯瑟琳接着又补充说,"您认为这样有什么不好吗?"

"不好?怎么会不好呢?不过,这样领着客人看自己家里的东西,准使您感到厌烦吧。"他显出一副沉思的样子说。

"只要客人喜欢这些东西,我就没这个感觉。"

"要做到不愧对您的祖先,不是很难吗?"他接着问道。

"我认为我没有必要也去写诗。"她回答道。

"对。我也会讨厌这样做。我不能一切都由我祖父剪裁。不过,"丹厄姆带着讽刺性的眼光环视了一眼,"也不只您外祖父一人。您一切都由别人剪裁。我想,您家是英格兰最显赫的贵族之一,其他的还有沃伯顿家族和曼宁家族。您家还与奥特韦家有亲属关系,对吗?"他最后又加一句,"我是从一本杂志上了解到的。"

"奥特韦家的人是我的堂兄妹。"凯瑟琳回答说。

"这就对啦!"丹厄姆以一种下结论的腔调说,似乎他的观点已得到了证实。

"什么对与不对啦?"凯瑟琳说,"我看不出你证明了什么事情。"

丹厄姆故意挑逗性地微笑起来。他本想在她心目中留下好的印象。但看来是不行了,如今能够使这位毫不在意、目空一切的女主人生生气他也就感到高兴和满意了。

他手里捧着那本珍贵的诗集,没有打开,静静地坐着。凯瑟琳望着他,随着火气的消失,两眼渐渐流露出忧郁和冥思的表情,似乎在思考着很多事情,竟忘了主人的职责。

"对啦!"他又说,突然打开手中的诗集,好像要把想说的和能够说得合乎体统的话都说完。他十分果断地一页一页地翻阅着,似乎要对整个册子进行评判,不但评诗,连印刷、纸张和装订都不放过。在对它质量的好坏做了一番评价之后,他把它放在写字台上,然后眼光盯在那位军人曾用过的金把藤手杖上。

10

"可是,难道你不为你的家族感到自豪吗?"凯瑟琳以质问的口气说。

"一点也不。"丹厄姆说,"我们家所做的事情没有一样值得自豪——除非您把能够付清欠账也看做是可以自豪的事。"

"这太没意思了。"凯瑟琳说。

"您会发现我们没意思得吓人。"丹厄姆以赞同的口气说。

"不错,我也许会觉得你们没意思,但我想,我总不会发现你们是荒唐可笑的人。"听凯瑟琳的口气,仿佛丹厄姆真的攻击了她家是荒唐可笑的。

"怎么会呢?我们一点儿也不荒唐可笑。我们多少还算得上是体面的中产阶级,寒舍嘛,就在海格特。"

"我们虽不住在什么海格特,但也属于中产阶级。"

丹厄姆只是笑了笑。他把藤手杖放回架子上,然后又将一把长剑从华丽的鞘中抽了出来。

"我家里的人都说,那是克莱夫的剑。"凯瑟琳不由自主地又尽起了主人的职责。

"不会是哄人的吧?"丹厄姆问道。

"这只不过是家庭传说,现在也没办法考证了。"

"您看,我们家就没有什么家庭传说之类的东西。"丹厄姆说。

"你说话真没意思。"凯瑟琳又一次这么说。

"只不过是中产阶级嘛。"丹厄姆反唇相讥。

"你们付你们的账,说你们的真话,有什么理由要鄙视我们呢?"

丹厄姆小心翼翼地把那柄希尔贝里家传说是属于克莱夫的长剑插回了鞘内。

"我刚才的意思只是说,我不想成为您这样的人。"他说,那口气仿佛是让自己的话尽可能准确地表达出他的思想。

"这是哪儿的话?一个人永远也不愿成为另一个人。"

"我倒是想试试。我想成为许多种其他的人。"

"那为什么不想成为我们这样的人呢?"凯瑟琳问道。

丹厄姆两眼注视着凯瑟琳。她坐在她外祖父的扶手椅上,将她叔祖的藤条手杖在她手指间轻轻地转动;背后,是鲜艳的蓝白油画和印有金线条的红皮书。她那生气勃勃而又泰然自若的姿态,活像一只羽毛鲜亮的小鸟,在进一步飞翔之前安闲地休憩一下。这使丹厄姆很想向她指出她的境遇是多么狭隘。啊,他很快就会被她轻易地忘掉!

"您永远也不会获得第一手知识,"他的口气几乎有点粗鲁,"一切都为您安排好了。您永远享受不到那种用精打细算余下来的钱买东西的乐趣,也永远享受不到阅读新书的乐趣,更谈不上享受创造发明的幸福了。"当他发现自己在慷慨陈词时,他突然收住了话头,对自己的话怀疑起来,不知自己说出的话是不是包含着一点道理。

"说下去呀。"凯瑟琳说。

"当然喽,我并不知道您是怎样消磨时光的。"他继续说,态度有点生硬,"但是,我猜想,你得常常领客人观赏您的家珍。您现在不是在写您外祖父的传记吗?而这类事儿——"他向客厅方向点了一下头,优雅而又做作的笑声不时从那边传来,"得耗费大量的时间。"

她目不转睛地看着他,眼光里闪耀着期望和好奇:他们俩好像正在为她的小照片进行装饰。他之所以停顿,是在犹豫给她扎蝴蝶结还是系彩带呢。

"你差不多说对了。"她说,"不过我只是当妈妈的助手,自己并不动手写。"

"您还自己动手做点什么事情吗?"他问道。

"你这话是什么意思?"她反问道,"我可不是上午十点钟出门到下午六点钟才回来的人。"

"您误解了。"

丹厄姆先生又恢复了自制力,说话也平静了,这使得凯瑟琳急着想要他对自己的话做个解释,但同时,她又想用几句嘲笑或者讽刺的话来刺刺他,把他打发走。她已经习惯于用这样的方法来对付她父亲的这些偶尔来访的青年客人了。

"这年头谁也没有在干什么有价值的事情,"她说,"你瞧——"她轻轻地拍了拍她外祖父的诗集,"如今连印刷术都不如过去了。至于诗人、画家、小说家,如今一个也没有。所以,不管怎么说,我也不例外。"

"不错,现在一个伟人也没有,"丹厄姆附和着说,"但我也为此感到庆幸,原因是我讨厌伟人。我认为,十九世纪那股崇拜伟人的狂热劲,只能证明那个时代的人无聊。"

凯瑟琳张开嘴,吸了口气,仿佛要以同样的劲头回击他。正在这时,隔壁传来的关门声分散了她的注意力。这使他俩意识到了茶桌周围此起彼伏的谈笑声已经消失了,灯火似乎也暗了下来。不一会儿,希尔贝里夫人出现在前室的门口。她站在那儿,带着期待的微笑望着他俩,好像在看一场专为她演出的关于年轻一代的话剧。她是个十分引人注目的女人,虽然六十好几了,体态还是那么轻盈,眼光还是那么明亮,使人觉得她仿佛只是从那些岁月上轻轻飘过,而没有在航程中遭受什么损伤。她脸庞皱缩,颇似山鹰,但这个会给人以尖刻之感的不利因素,却被那双聪明而又和善的蓝色大眼睛抵消了:它们好像对世人怀有巨大的期望和坚定的信心,期望世人行为高尚,而且完全相信:他们只要愿意,这一点是完全可以做到的。

她那宽阔的前额上和嘴角边的几条皱纹,说明她在人生的道路上也曾经历过一些艰难困惑的时刻,但这一点也没有动摇她对人们的信心,她仍然随时准备给任何人以尽量多的重新再试的机会,随时准备谅解整个社会,不求全责备。她跟她父亲很相像,也许她也和她父亲当年一样,还有年轻人的朝气和广阔的前景。

"唉,"她说,"丹厄姆先生,你喜欢我家的东西吗?"

丹厄姆先生站起身来,放下手中的书,张了张口,但一句话也没说出来。凯瑟琳看着这情景,感到有点可笑。

希尔贝里夫人拿起他放下的书。

"有些书也像人一样活着,"她若有所思地说,"它们和我们一道过着青春的岁月,也和我们一道衰老。丹厄姆先生,你喜欢诗歌吗?嗨,这话问得多荒唐!哦,是这么回事儿,福特斯科先生真快使我厌烦死了。他说话那样滔滔不绝,妙趣横生,犀利深刻。茶会开始半小时后,我就恨不得把所有的灯都关掉。不过,在黑暗中,他只怕会更加得意。你说呢,凯瑟琳?我们以后举行一次摸黑小茶会行吗?讨厌的人,都请到有亮的房里……"

这时丹厄姆先生伸出了一只手。

"可是我们要让你看的东西太多了!"希尔贝里夫人没有看见丹厄姆告别的样子,大声说,"书啦、画啦、瓷器啦、手稿啦;还有苏格兰玛丽女王坐过的椅子啦,她就是坐在这张椅子上听到达恩利①遭难的消息的。嗯,我得躺一会儿,凯瑟琳呢,也得换

---

① 亨利·达恩利,苏格兰玛丽女王的第二个丈夫。

换衣裳(她身上的衣服已经够漂亮了)。你呢,丹厄姆先生,如果你不在意一个人留在这儿的话,晚餐八点就开始。我敢肯定,你一定能够写出一首诗来。啊,我是多么喜爱这火光呀!你不觉得我们的客厅十分迷人吗?"

她后退一步,指着空无一人的客厅让他俩看。火炉里的火焰闪来闪去,客厅里的光线忽强忽弱,色彩丰富。

"亲爱的物什!"她简直是在喊叫,"亲爱的椅子,亲爱的桌子!它们多像老朋友哇——默默地伴随着我们,忠心耿耿。说到这儿,我又想起来了,凯瑟琳。今晚小个子安宁先生会来。还有泰特街和卡多根广场……哦,对啦,千万别忘了把你叔外公的画像框上的玻璃换一换。你米莉森特姨妈上次来这儿就注意到了。要是我看见我父亲的遗像框在碎玻璃下,我也会伤心的!"

丹厄姆先生想告辞溜走,却不料比穿过眼花缭乱的蜘蛛网还难。因为他每动一下,希尔贝里夫人就想起一个新的话题,一会儿是那缺德的镜框安装工啦,一会儿又是诗歌的欣赏啦。有那么一瞬间,年轻人觉得自己差点儿就会像被催了眠似的照希尔贝里夫人说的那样留下来。其实他知道,她只是虚留他一下而已,她不可能认为他继续待在这儿有任何意义。最后,凯瑟琳帮他提供了一个告辞的机会。为此,他十分感激她。年轻人对于别的年轻人能够理解自己总是感激的。

2

乒！丹厄姆关门的响声,超过了那天晚上任何一个客人。他大步走上街头,手中的拐杖抡出呼呼风声。他很高兴总算从那间客厅里出来了,又回到了安于在街头行走的平民之中,又能大口大口地吸着大自然的雾气了。他不禁想:要是能把希尔贝里先生或希尔贝里夫人或希尔贝里小姐叫出来,非得叫他们瞧一瞧,我在这儿要比他们强得多。回想刚才的那种尴尬,他感到十分恼火。在他们面前,他说话总不那么流畅,甚至在那眼光忧郁但又内含讽刺的姑娘面前,也丝毫无法显示自己的力量。他逐字逐句地追忆着自己那些简短的、冲口而出的议论,不知不觉加进去许多更富有意味的字眼,于是,由于自己的失败所引起的烦恼又淡了一点。可是,他本性就不喜欢对自己的行为表示乐观。不加粉饰的真相,时时在他心里引起刺痛。但随着他自己在人行道上脚步的节拍,以及随着他自己透过一些半拉开的窗帘瞥见了街两旁的一些厨房、餐厅、客室的内部情景,(这些情景悄悄地但却有力地在他眼帘中展示出不同人的不同生活情况。)这一切渐渐冲淡了他对自己方才经历的那种辛辣感觉。

他自己的体验也产生了奇妙的变化。他放慢脚步,头微微垂向胸前。街上的灯光照射在他那突然变得宁静的脸上。他完全陷入了沉思，当需要看街名时也要半晌才看得清；每到一个十字路口，似乎都要像瞎子一样在路的边石上敲两三下，以证实没走错路。到达地铁车站时，他在明亮的灯光下眨巴着眼看了看手表，觉得还可以在黑夜中散散心，于是继续朝前走着。

可是，他头脑里想的还是最初那些东西，仍然在回想他刚离开的那栋楼房里的人们。但他不是在尽量准确地回忆他们的容貌言谈，而是有意识地撇开这些实实在在的东西。他走着走着，拐了个弯，看到了一间炉火闪耀的房子，还看到了在这一线路灯杆中，夹着个纪念碑之类的东西。谁也说不清，究竟是什么偶然的光线或形状，使他心中的景象突然改变，他喃喃自语起来：

"她行……是的，凯瑟琳·希尔贝里行……我要凯瑟琳·希尔贝里！"

话一出口，走路的速度立即减慢了。他低垂着头，眼珠一动也不动。过去那种急于自我辩护的强烈愿望，不再折磨他了。他身心的各项功能好像从压抑的状态中释放了出来，不用他指挥，就理所当然地集中在凯瑟琳身上了。考虑到丹厄姆当面对她所作的破坏性批评，它们此刻在她身上发现的优点简直多得太不可思议了。他曾想极力否定她的魅力。当时她的美丽，她的个性，她的超然的态度，深深地吸引了他，并下定决心不去注意。而此刻，这些东西占据了他的整个心灵。而且，当再无什么可回忆时，他就开始幻想起来，在这类性质的事情中，这种情况常常发生。他很明白自己在干什么，因为在细细回味凯瑟琳的特质的过程中，他表现得颇有条理，显示了一种方法，仿佛他需要凯瑟琳的幻影来达到某个特殊目的似的。他增加了她的身高，加浓了她头发的颜色，可总的来说，她的体态无需作什么改动。但对她的心灵，他却进行了大胆的美化。为了他自己的一些理由,他把它想象成是崇高的、完美的。而且,她的心灵独立不羁,高高在上,迅速飞翔,只是对他拉尔夫·丹厄姆,才会掉头向下飞。尽管起初有点吹毛求疵,但最终她会从她的高处俯冲下来,用她的赞许赐给他以莫大的幸福。不过,这些美滋滋的细节还有待他闲着时去一点一点地想象;而最重要的是,凯瑟琳·希尔贝里很合适,不仅是在几个星期中,也许几个月都很合适。有了凯瑟琳,他感到自己心灵充实了。以前由于缺乏这样东西,他心里长期留着一块空白。他满意地长嘘了一声,直到进了骑士桥居住区,丹厄姆才意识到自己到了什么地方。一会儿的工夫,他坐上了开往海格特的地铁。

郊区的街道、家家房前花园里潮湿的灌木丛以及花园大门上用白漆喷的离奇的名称,又勾起了他心中旧有的一些思绪。尽管现在他意识到自己获得了一样很有价值的新东西,给了他巨大的力量,但他仍不能把这些思绪从心中驱走。人还在山坡上走着,阴郁的心早就回了家。六七个弟弟妹妹,孀居的母亲,也许还有某个姨妈、舅舅,这时准是在一盏明亮的灯下吃着令人不快的晚餐。两星期前就有过一次这样的聚会,他当时要挟他们:如果星期天再来客的话,他就要在自己房间里单独用餐。是不是要把自己的要挟付之于行动呢?他向希尔贝里小姐的方向瞟了一眼,立即决定就在今晚兑现自己的话。

一进家门,看见约瑟夫舅舅的圆顶硬礼帽和大雨伞后,他马上吩咐女佣人,然后径直上楼朝自己房里走去。

楼梯上了一段又一段。他今晚发现(以前很少注意到),楼梯的垫毯一节比一节破旧,后来干脆什么也没有了;墙壁上斑斑点点,有的地方是湿气污损的,有的地方是相框取下后留下的痕迹;墙角上壁纸松脱,轻轻地飘动着;天花板上,掉了一大块灰泥。在这个倒霉的时刻回来,他房间里更显出一副凄凉样子:一张平塌的沙发,就是过夜的床铺。一台洗衣机搁在一张桌下。衣服、靴子、印着金色大学纹章的书籍,很不协调地堆在一块儿。说到装饰品,墙上框着几张照片,有桥的照片,有大教堂的照片,有大群衣着褴褛、貌不惊人的年轻人一排排坐在石级上的照片。家具简陋,窗帘破旧。总之,找不到任何奢侈品,甚至没有一点高雅的气氛。如果书架上那些廉价的古典书籍可以算上的话,或许可以说房间里沾了点雅气。唯一能体现房间主人性格的,是吊在窗口的一根栖木,因为那儿阳光充足又通风,上面蹲着一只温顺的、显然衰老了的乌鸦,它不时枯燥无味地从一头跳到另一头。丹厄姆在它耳根搔了一下,它立即跳到他肩上来。他点上煤气火,闷闷不乐地坐下来等饭吃。

这样坐了几分钟后,一个小女孩从门口伸进脑袋,说:

"妈妈问,你不下去吗,拉尔夫?约瑟夫舅舅——"

"他们会给我把饭送上来!"丹厄姆专横地说。一听这话,小女孩不见了,匆匆忙忙,门也没带上。

丹厄姆和他的乌鸦都眼睁睁地盯着煤气火,又等了几分钟。然后,他咕哝着骂了一声,跑下楼,截住送饭的女佣人,自己动手切了一块面包、一块凉肉。正在这时,餐厅门砰的一声打开,一个声音高喊着:"拉尔夫!"可是拉尔夫·丹厄姆毫不理会,端着碟子又跑上楼来。他把碟子放在自己面前的一张椅子上,放肆地吃起来,一方面是饿坏了,一方面是由于满肚子火气。

看来,母亲是不准备照顾儿子的意愿了。他在家里似乎是个无关紧要的人,吃饭还打发人来叫,简直是把他当小孩看。他越想越感到委屈。从打开自己的房门到现在,他的每一个行动,几乎都是冲着这个家庭来的,而且一定要斗赢。照道理,这时他应该坐在楼下的客厅里,向家人讲述自己傍晚的奇遇,或听家里人讲他们傍晚的奇遇。自己这间房、煤气火、躺椅等等一切,都是通过斗争得来的。可怜的乌鸦,羽毛快脱光了,一只脚也给猫咬跛了,也是他不顾家里人反对,救了它一条性命。但他想,家里最恼火他的是他爱孤独。他要单独用餐,或在饭后一个人静坐,这被认为是公然的反叛,他们就是要通过暧昧的哄骗或公开的恳求来反对他。他最讨厌的是欺骗还是眼泪呢?但是,有一点,他们无法阻止他思考。他到了什么地方,遇见了什么人,他们是没办法强迫他说出来的。这是他个人的事情。这一步倒是完全走对了。于是,他点燃烟斗,把吃剩的食品撵碎,赐给乌鸦,一肚子牢骚渐渐平息,然后他坐下来,思考起自己的前途来。

今天下午的行动是他朝正确方向迈进的第一步,因为结识自己家庭圈子之外的人是他计划里的一部分,就如同他今年秋天学习德语和给希尔贝里先生的《评论》杂志撰稿评论法律著作,也是他计划中的一部分一样。从孩提时起,他就一直爱做计划。由于贫困,又是大家庭的长子,使他养成了这个习惯,把春夏秋冬分成漫长时序中的一个一个时段。他虽三十不到,这个习惯已使他在思索时额头出现两道半圆形的皱纹。眼下,这两道皱纹又要出现了。他不再思索了,站起身,拿起一块写着“外出”两个大字的硬纸板,挂在门外的把手上。然后,他削了一支铅笔,开了台灯,打开书。但是否就此坐下,他仍然犹豫不定。他搔了乌鸦一下,踱到窗前,打开窗帘,俯瞰着薄雾茫茫的市容。透过烟雾,他目不转睛地朝恰尔斯区方向望了好一会儿,才返回来坐在椅子上。

可是,眼下这本厚厚的书,一位精通法律的律师写的关于民事的侵权行为的论文集,似乎并没有能挡住他的视线。透过一页页的纸张，他看见一间宽阔、空敞的客厅，听见有人在低语，还看见了女人的身影，甚至嗅到了壁炉里正在燃烧的柏木的芳香。他紧张的神经开始放松，脑海中好像正在播映着当时无意中记下的一些话语和情景。福特斯科先生的一字一句，以及他那抑扬顿挫的语气，他都记得很清楚。他开始用福特斯科先生的腔调和姿势，重复他关于曼彻斯特的演说。接着，他的心思又开始在那楼房里游荡，那儿是否还有别的像客厅一样的房间呢？他一会儿想到这儿，一会儿想到那儿。那浴室一定十分漂亮。这些养尊处优的富人生活得多么安逸啊！他们现在肯定还坐在那间客厅里，只是换了换衣服。小个子安宁先生也在那儿。还有那位很关心她父亲相框上的玻璃有没有被打破的姑母也会在那儿，希尔贝里小姐已经换了套衣裳（"其实她身上的衣服已经够漂亮的了。"他听她母亲这样说过）。她正在与四十好几、秃了顶的安宁先生谈论书籍。那儿是多么宽敞，多么平静啊！丹厄姆已全然平静下来，全身肌肉松弛，书本从手中掉了下来。他没有意识到，他的工作时间正在一分钟一分钟地流失掉。

　　楼梯咯吱一声，把他从幻梦中惊醒。他内疚地皱了皱眉，镇定下心神，专心致志地读起书中的第五十六页。

　　一阵脚步声，到了他门外就停住了。他知道，来人不管是谁，一定看到了他的公告，正在琢磨到底是尊重这一告示呢，还是置之不顾。当然啰，他还是那么傲岸地静坐着，这也是明智之举。因为在一个家里，要想使什么东西形成规矩，那么，在开始半年左右的时间里，对任何有碍其形成规矩的对抗行为不严加惩处是绝对不行的。不过，现在他倒很希望有个人来打扰一下自己。可是楼梯上的咯吱声却响远了。似乎来访者已经决定告退。他站起身，打开门，开门的动作很突然，其实也大可不必。

然后他来到楼梯平台上等待。与此同时,已下了半段楼梯的来者收住了脚步。

"是拉尔夫吗?"一个声音问道。

"琼恩?"

"我上楼来,看见你门上挂了牌子。"

"啊,那就上来吧。"他尽量使自己的口气听起来很勉强,这样也就掩盖了自己的真实意愿。

琼恩进了屋。但她有意站着,一手搭在壁炉上,以表明她到这儿来只是为了一点儿小事,这事一办完,就会走的。

她比拉尔夫大三四岁,圆圆的脸,显得有些憔悴的样子。从她的脸上,可以看出大家庭里做姐姐的那种宽容而且想极力保持好性子的特质。一双令人愉快的棕色眼睛很像拉尔夫的,只是表情不一样:他似乎只是直接盯视某一个事物,而她却喜欢从许多不同的角度来审视每样事物。由于这个原故,从外貌上看,她显得比他不止大三四个年头。

她看了看他的乌鸦,单刀直入地说:

"我是为查尔斯和约翰舅舅的提议来的……妈妈刚才跟我说了。她说,查尔斯读完这个学期后,她再不能为他付学费了,不然就要向银行要求透支了。"

"不是这么回事吧!"拉尔夫说。

"我也这么想,可我说了半天,她也不信。"

拉尔夫觉得这个老问题要讨论会子,便拖了张椅子给姐姐,然后自己也坐了下来。

"我没有打扰你吧?"她问。

拉尔夫摇了摇头。有好一会儿,他们一言不发地坐着,两人额上的皱纹都弯成了弧形。

"她不懂,一个人必须冒点风险。"最后他先开口说道。

"我相信,妈妈如果知道查尔斯这孩子读读书会有出息的话,也会冒冒风险的。"

"他很聪明,不是吗?"拉尔夫说话明显地带着好斗的口气。这使他姐姐感觉到,他之所以要采取这样的态度,是由于某种个人的不快所驱使的。是什么不快,她一时弄不清,不过她立即不再想这些,收回了思路,对他的看法表示同意。

"但是,和你那时候比,在某些方面,他就差多了。在家里他也不像个样子,总是强迫莫丽给他做这做那的。"

拉尔夫哼了一声,表示不屑谈这个话题。琼恩看出来了,她碰上了弟弟心情不好,又耍起了倔脾气。看来,母亲说什么他都要反对。他称呼母亲为"她",就是证明。她不由得叹了一口气。拉尔夫一听,火了,气冲冲地大声说:

"让一个只有十七岁的孩子去当职员,也真做得出!"

"没有谁硬要他去当职员。"她说。

她也焦躁起来。整个下午,她都在跟母亲讨论那令人厌烦的家庭费用问题和教育问题。她来是向弟弟求援的。至于他下午不归屋,上哪里去了,她既不想知道,也不想问,但却因此莫名其妙地增加了希望,以为能得到他的帮助。

拉尔夫很喜欢姐姐,见她生气,感到家庭的重担全部压到她的肩上是不公平的。

"关键的问题是,"他忧郁地说,"我应该早接受约翰舅舅的提议。那样,我这就可以拿到六百英镑一年的薪水了。"

"这我从来没去想过。"琼恩马上回答说,懊悔自己不该生气,"我认为,问题在于我们能不能减去某些方面的费用。"

"租间小一点的房子?"

"也许可以少雇几个佣人吧。"

姐弟俩说这些话，谁也没有足够的信心。拉尔夫思索了一会儿，把这几项改革对他们这个经济上已经十分节省的家庭将产生的后果前后估量了一下之后，十分肯定地宣布：

"这不行！"

还要让她往自己身上揽更多的家务事，那绝对不行。困难应该由他来应付。他认为，自己家应与别人家（例如希尔贝里一家）一样，享有同样多的出头的机会。他暗自认为而且有些不服气地认为，他家确实有某些不同凡响之处，不过，他只能私下这样认为，因为这是无法证明的事实。

"如果妈妈不愿冒险——"

"你别指望她会再出售股份，真的。"

"她应该把这看做是一种投资，但要是她不干，我们就只得另找出路了，事情就是这样。"

这话含有某种威胁。不用问，琼恩也知道是什么样的威胁。拉尔夫工作已经六七年了。在这期间，他攒了也许有三四百英镑。为了攒这笔钱，他不知耗费了多少心血。可是，琼恩总是吃惊地发现，他却把它用于赌博性的买卖：先是把股份买进来，而后又把股份卖出去，有时赚一点，有时则亏本；总是冒着哪一天倒霉连一便士也收不回的危险。但是尽管如此，他那惊人的、斯巴达式的艰辛克己的精神和在她看来是浪漫的、稚气的愚蠢行为奇特地结合在一起，使她更加疼爱他。在这个世上，没有谁比拉尔夫更使她感兴趣的了。在像这样有关经济问题的讨论中，虽然问题性质严重，她却常常中途停下来，从新的角度研究他的性格。

"我看，你为了可怜的查尔斯老弟，用自己的钱去冒险，真是太愚蠢了，"她说，"我虽然也喜欢他，但觉得他并没有出色的才智……而且，你为啥要牺牲自己？"

"我亲爱的琼恩，"拉尔夫一边大声说，一边不耐烦地把两手一伸，"难道你看不出，我们每个人都要作出牺牲吗？不承认有什么用？拒不付出牺牲，又有什么用？所以，牺牲过去有，现在有，将来照样有。我们现在没有钱，将来永远也不会有钱。到那时，我们只能像大多数人一样，整个一生，天天在磨房里打圈圈，直到精疲力竭倒地死去。这个道理，一个人只要稍微想想，就会明白。"

琼恩凝视着他，嘴唇张了张，似乎要说什么，但马上又闭上了。然后，她以试探的口气说：

"难道你不幸福吗，拉尔夫？"

"是不幸福。你呢？不过，也许我跟大多数人一样幸福。我到底幸不幸福，只有上帝才知道。幸福是个什么东西？"

他看着姐姐，勉强一笑，尽管自己的心情沮丧烦躁。

她跟平常一样，看起来似乎在掂量着两样什么东西，作出决定之前，先对它们进行比较。

"幸福——"她终于含意深刻地说，好像在品尝这个名词的味道。但她话刚出口，却又不说了。她沉思良久，似乎在从各方面对"幸福"进行研究。

"希尔达今天到了这里，"她突然接着说，好像他们从未提起过"幸福"这个问题，"她把博比也带来了——那孩子现在长得很俊。"

拉尔夫观察着姐姐，既觉得好笑，又带着一点嘲讽。很显然，她怕和他讨论涉及心灵深处的问题，那是危险的，所以现在故意把话题转到一般的家庭问题上来。他想，尽管他和希尔贝里小姐第一次相会就完全可以好好讨论一下幸福的问题,但在家里,对这个问题,只有跟姐姐才谈得起来。他以评判的眼光望着姐姐:一身墨绿色的衣裳,上面的饰边早已褪色;她是这样耐心,几乎什么都能服从。他真希望她不是这样的乡下气。他想把希尔贝里一家的情况告诉她,借此败坏他们一顿。因为在他的头脑里,两种截然不同的生活不停地在搏斗,而希尔贝里家的生活打败了丹厄姆家的生活。现在他想要使自己深信,琼恩在某些方面一定比希尔贝里小姐强。他本应该觉得自己姐姐比希尔贝里小姐更有创见,更有活力。可如今凯瑟琳在他脑子里所形成的主要印象是:生气勃勃,泰然自若。而可怜的好琼恩,他此刻却想不出,究竟有什么大不了的长处,她只不过是小店主的孙女,吃的,穿的,全靠自己去挣得。尽管他从根本上相信,他们作为一个家庭来说,确是不同凡响,然而他们生活中的那种无限的沉闷和环境的污秽却像千斤重担一样,压得他喘不过气来。

"你去跟妈妈谈谈好吗?"琼恩恳求说,"你也知道,事情总要想个办法。如果查尔斯要去约翰舅舅那儿,他还得给舅舅先写封信去。"

拉尔夫不耐烦地叹了口气。

"我看,无论怎样,反正一样,"他大着嗓门说,"最后等着他的还是痛苦和悲伤。"

琼恩脸上掠过一阵淡淡的红晕。

"你这是在胡说,"她说,"自食其力,对谁也没有什么害处。我就为自己能养活自己而感到自豪。"

她能够这样想,拉尔夫心里感到高兴,希望她继续说下去,但嘴里说出来的和心里想的就相去甚远了:

"唯一的原因,就是你忘记了个人享受,是不是？对于体面的东西,你从来就没有时间……"

"举例为证!"

"多啦,什么散步啦,听音乐啦,看书啦,到有趣的人家去串门啦,等等等等。跟我一个样,你做的事情,没有一样真正有价值。"

"我总认为,你只要高兴,完全可以把这间房收拾得像样些。"

"一个人被逼得把自己全部的黄金年华都花在办公室里拟定契约,房间里的好坏,又有什么关系呢?"

"大前天,你还说,你对法律很感兴趣。"

"当然,法律是有趣的,如果一个人有条件把它学懂的话。"

哐啷!楼梯平台上传来一声巨大的关门声。

"这准是赫伯特刚去睡觉,"琼恩说,"早上又会起不来。"

拉尔夫仰望着天花板,双唇紧紧地闭着。他很惊讶,琼恩的头脑为何一刻也不能离开家庭琐事呢?看来,她越来越被它们缠住了,越来越与外界隔绝了。可是,她还只三十三岁呀。

"你现在还串门吗?"他突然问。

"不经常,没有时间。你为什么要问这个?"

"多认识几个人,也许是件好事。就这个意思。"

"可怜的拉尔夫!"琼恩猛然笑起来,"你以为你姐姐一天天老了,迟钝了。你是这个意思,是不是?"

"我绝无此意。"他口里倔强,但脸却红了,"可是,琼恩,你过的什么生活?像条狗一样。你上班就忙工作,下班就替我们操心。而我,帮不上一点儿忙。"

琼恩起身站了一会儿,暖了暖两手,显然在考虑是否还应多说几句。一种极度亲密的情感,把姐弟俩的心紧紧地连在一起,俩人额头上的弧形皱纹也不见了。确实,俩人都没有什么再要说的了。琼恩走到弟弟跟前,用手指理了理他的头发,咕哝了一声晚安,然后出去了。

她走后的几分钟里,拉尔夫先是静静地躺着,一手垫着头,但随着甜蜜的姐弟之情和古老的同情之心渐渐消失,他头脑里又慢慢充满了心事,眼睛显出沉思的表情,眉毛上方的皱纹又现出来了。

拉尔夫一个人又继续冥思苦想。

过了一阵子,他打开书,坚持看下去,有时瞟一两眼手表,好像他规定了自己在一段时间里要完成多少任务似的。屋里,不时传来说话声和卧室的关门声,表明他坐在顶楼的这栋楼房里,间间房都住了人。

十二点敲响了。拉尔夫合上书,手持蜡烛,下到一楼,查看所有的灯都熄了没有,所有的门都闩了没有。这是一栋简陋破旧的楼房,仿佛住在这里的人,已磨损掉了它所有的豪华之处,再谈不上什么富足,只能勉强过下去。夜深人静之后,它的破旧的地方,古老的缺陷,都赤裸裸地暴露出来了,让人很不舒服。他想,凯瑟琳·希尔贝里见了准会嗤之以鼻。

3

　　丹厄姆曾经指责凯瑟琳，说她们家属于英格兰最显贵的家族之一。只要翻翻高尔顿先生的《世袭天才》，就会发现，他的说法差不多是符合实际的。阿拉迪斯家族，希尔贝里家族，米林顿家族和奥特韦家族的情况，似乎证明了，聪明才智几乎是可以不断地由某个集团的这一成员向另一成员传送的一件礼物。而且毋庸置疑，他们这些特权人种，十个有九个能稳稳当当地接住这个光彩夺目的礼物，并保存它。在起初的一些年代里，希尔贝里家族都是赫赫有名的法官、海军将领、律师或国家官员。以后，这一块沃土培育出一朵任何家族都会引以为荣的稀有奇花——一个伟大的作家，英格兰诗人的杰出代表，理查德·阿拉迪斯。这以后，他们又毫不在意地继续培育出一些卓越人物，以此再次证明他们这个家族的惊人的智慧和品德。他们曾跟随约翰·富兰克林爵士航海到过北极，也曾跟随哈夫洛克解过勒克脑的围。他们如果不是牢固地竖立在岩石上，为他们的同代人指明方向的灯塔，就是在日常生活中稳定地为人服务、照亮普通房间的蜡烛。综观各行各业，哪里没有华白顿，没有阿拉迪斯，没有米林顿，没有希尔贝里在当家掌权占据的显要位置呢？

　　确实，可以这么说，在英国现今的社会里，一个人只要出自名门望族，就是没有什么大的本事和功绩，也可得到一个好位置，易于出人头地，不会默默无闻。不仅男人们如此，就是娘儿们也同样可以成为重要人物，即使是在十九世纪仍是一样。她们如果是老处女，可以当慈善家、教育家；如果出了嫁，就可以做贵妇人。不过，尽管这是一条常规，但在阿拉迪斯家族中也有一些可悲的例外。这也是事实。它似乎表明，这些家族的子孙比普通人的子女，更容易堕落，仿佛这也使普通人多多少少得到一些宽慰。不过总的来说，在二十世纪初叶的今天，阿拉迪斯们以及他们的亲戚，在社会上仍然高人一等。你会发现，很多职业都是他们居首位，他们的名字后面，都带着爵位称号；他们担任公职，坐在华丽的办公室里办公，身边配有私人秘书；他们写出一本又一本黑色封面的巨著，而且全由两个名牌大学出版；他们中如果一人死去，十有八九由他们之中的另一人给他写生平传略。

这个贵族阶层的奠基人，当然是那位诗人。因此，他的直系后裔比旁系亲属享有更大的荣光。希尔贝里太太凭着是诗人的独生女，从精神上说，是希尔贝里家的一家之长；而她女儿凯瑟琳在其所有亲戚中也似乎高人一等，由于她也是独生女，地位更显特殊。阿拉迪斯家族内外通婚，子孙发达。他们轮流设宴聚会，欢度家庆，几乎成为神圣家规，如同宗教节日的饮宴和禁食一样，按时举行。

在过去的日子里，希尔贝里夫人认识与她同时代的所有诗人、小说家、美丽的贵妇人和社会知名人士。现在，由于这些人有的死了，有的只是昙花一现，不再知名了，她呢，只好把自己家当作她亲戚朋友的聚会之处。她常常对客人哀叹已逝去的十九世纪那段显赫的日子，那时，英格兰每种文学每门艺术都有两三个著名的代表人物，可是后继者何在呢？她常常喟然发问。她常以老年人的没落心情，缅怀过去，慨叹现在竟没有真正名副其实的诗人、画家和小说家。这是她乐于喋喋不休的题目。此时，即使要她暂停一下，也会很难做到。不过，她绝不把当代文运的凋落，归罪到年轻一代人身上。她总是热诚地欢迎年轻人上她家来，给他们讲她昔日的故事，送他们金镑，请他们吃冰激凌，替他们出谋划策。她还喜欢围绕他们虚构一些一般说来与现实毫无相似之处的浪漫故事。

从很小的时候起，当凯瑟琳初知人事，自己出身高贵、地位优越的感觉就通过各个不同的渠道渗透到她的意识中。当凯瑟琳还是婴儿时，保育室壁炉的上方，挂着一张照片，照的是她外祖父在诗人之角①的坟墓。那时她母亲有时和她说些大人的知心话，这在小孩头脑中留下的印象，是深刻的。有一回，母亲告诉她，她外祖父之所以葬在那儿，是因为他是个"高尚而伟大的人"。又有一回，在一个周年纪念日里，雾气漫漫，她母亲带着她乘上一辆双轮双座马车，交给她一束香喷喷的鲜花，要她敬献在外祖父的坟上。她想，教堂里点蜡烛，唱歌，演奏管风琴，都是为了纪念他。她一次又一次地被带进客厅，去接受某个令人敬畏的名老头子的祝福；即令在她那孩子气的眼里，那老头子也与一般客人不同，手挂拐棍，神气十足地坐在她父亲的椅子上。她父亲也在那儿，好像也变成了另一个人，有些激动而又彬彬有礼。这些样子可怕的老头子，总喜欢把她抱在怀里，先是目光锐利地看着她的眼睛，然后就向她祝福，告诉她，要努力做个乖孩子，或者说发现她的脸蛋跟她外祖父小时候的脸蛋很相像。她

---

① 诗人之角指威斯敏斯特教堂的诗人墓地，只有英国最有成就的文学家才能葬在这里。

母亲听了这些话,高兴得对她又是抱又是亲。而后,她又被送回育儿室。她感到十分骄傲,十分神秘,总觉得这里面有些很重要然而又得不到解释的东西。不过随着年龄的增长,她渐渐明白了。

家里客人络绎不绝。"从印度来的"叔叔、婶婶、姑母、姑父、姑表兄妹,光凭他们是亲戚这一点,就要受到尊敬。还有那些属于社会上那孤单而可畏的阶层的人,她父母反复嘱咐她,"一辈子别忘了"。她常常听到有关伟大的人物及其作品的谈论,幼小的心里感到世界上有一大群可敬又可畏的人物,其中有莎士比亚、米尔顿、华兹华斯和雪莱等。从某种意义上说,这些人与希尔贝里一家有比一般人更近的亲缘关系。他们构成了一种她观察人生的视线界限,对她衡量她生活中那些小事的好坏曲直,也起了重要作用。她是这些圣人之一的后代,这一点她不感到意外,只是感到万分满足。但随着年龄的增大,她认为他们这样的人享有特权也是顺理成章的事,而某些不足之处就显露出来了。也许,只是继承一种知识和精神道德的楷模,而不是继承地产,不免有点儿令人沮丧;也许,一位伟大祖先的辉煌成就,会使后人们感到信心不足,害怕比不上他,好像一旦鲜花盛开之后,只能让那长得不错的绿杆和绿叶持续生长,此外没有别的可能了。由于这些缘故,当然还有别的,凯瑟琳有时感到十分泄气。那产生了无与伦比的男人和妇女的光荣的昨天,对"今天"的干扰太大了,总是使今天相形见绌,这对于她这个在伟大的时代已经消失之后,必须在生活中摸索实验的人来说,前景是太不乐观了。

她对这些问题苦思冥想,达到反常的程度,这是有其原因的。首先,她母亲专心致志于这些问题;其次,由于正在帮助母亲撰写伟大诗人的生平,她一天里大部分时间用来想象那些死去的人们。在她十七八岁的时候,也就是大约十年之前,她母亲热情洋溢地宣布,有了凯瑟琳的帮忙,诗人的传记不久即将问世。接着,各文学刊物都刊载了预告。凯瑟琳因此在相当长一段时间里带着高度的自豪感和取得了巨大成就的心情,从事这一工作。

可是,近日来,她觉得她们的写作毫无进展。任何一个有点儿文学修养的人,都不会怀疑,她们拥有写一部前所未有的伟大传记的素材。这就更令人心急火燎。书架上,箱子里放满了珍贵的资料。那里堆满了成捆成扎的发了黄的手稿,里面密密麻麻地记录着人们最感兴趣的伟人们的私生活。除此之外,希尔贝里夫人对往事记忆犹新,能用当时的语言,把那些闪光的、扣人心弦的事件绘声绘色地写出来,使传记的文字有血有肉。写作,对她来说,一点也不难,每天早上本能地写一页如同画眉鸟歌唱一般自然。但是,尽管条件优越,求成心切,这传记仍然没写成。资料越集越多,写作却没多大进展。在发闷时,凯瑟琳不禁怀疑,她们是否能够搞出像样的东西献给读者。困难何在?是资料不全吗?绝不是!是她们雄心不大?也不是。而是在于某种更为深刻的东西。她不是这块料子,但主要原因还在于她母亲的性情。她计算过,母亲坐下来写作,一次从未超过十分钟。她的主要思路,是在活动中打开的。她喜欢手里拿着掸帚,在房里踱来踱去,不时停住,一面用掸帚去掸那些已经擦得亮光光的书籍,一面沉思遐想。有时,一个佳句,或一个深刻的观点,突然在她头脑里闪现,她会立即把掸帚一扔,狂喜地疾书几分钟,然后,灵感一过,她又把掸帚找到手,去拍那些古老的书籍。在这个巨大的题材上她的灵感从来就没有发出过稳定的火光,而是像鬼火一样,东亮一下,西亮一下,一下这个观点,一下那个观点,变幻莫测。把母亲的手稿按页数的顺序叠好,这只怕是凯瑟琳唯一能做到的。如果说要把它们按理查德·阿拉迪斯的生活年代整理,在叙述第十五年的事迹后接着叙述第十六年的事迹,她却一筹莫展。虽然如此,母亲的语句是那样鲜明,那样优雅,像闪电一样耀眼,死者仿佛就麇集在这间房里了。她不停地看传记草稿,感到头晕,沮丧地思忖,真不知要如何处理才好?哪些东西该保留,哪些该去掉,这个根本问题,母亲也拒不处理。关于诗人与他妻子分居的真实情况,该让读者知道多少呢?母亲就决定不下来。两种情况两种观点她各写几段,一经写出,又都不忍割爱,孰舍孰取,举棋难定。

可是,书一定要写出来。这是她们对社会应尽的责任。对凯瑟琳来说,其意义更为重大。如果她俩完不成这一本书,她们就没有资格保持这种特权的地位。一年一年过去,她们只是坐享其成,什么也没有创造。另外,她的外祖父是个非常伟大的人,这一点也必须加以证实才行。

凯瑟琳一满了二十七岁,这些观念越发经常地在她头脑里出现。不论哪一天上午,她与母亲面对面地坐在桌子旁——上面堆满了一捆一捆的回信,还有铅笔、剪刀、胶水、橡皮筋、大信封和其他写书的用具件件俱全,那些观念总要在她头脑里涌现。在丹厄姆来访前不久,她就已暗下决心,要试试严格的规章制度对母亲的写作习惯所产生的影响。这就是,每天上午十点,准时工作;绝不做别的事,不见别的人;写作时,眼睛注视稿纸,两人都不许说话;每工作一个小时,歇十分钟。她在纸上计算了一下,如按上述规定执行一年,传记就一定能完成。

她把自己的计划往母亲面前一摊,仿佛觉得大量的写作工作已经完成。

希尔贝里夫人十分认真地把女儿的计划审阅了一遍。她鼓起掌来,兴致勃勃地喊道:

"做得好,凯瑟琳!你真有一副干事业的非凡头脑!我要把它摆在面前,每天在笔记本上做个小记号,到了最后那一天——让我想想,最后那一天我们用什么来庆祝?如果不是冬天,我们可以到意大利去做一次短期旅游。听说,瑞士的雪景格外迷人,只是冷一点。不过,还是你说得对,最重要的事情是完成这部著作。嗯,让我想想——"

她们一起审阅凯瑟琳叠好的稿子,发现情况不佳,令人丧气。如果她们不是刚下了决心对工作方式来个全盘改革的话,那是足以使她们的计划破灭的。首先,她们发现写了不少用作传记开头的段落,而且都很吸引人,不过其中许多确实没写完,就像独脚凯旋门一样。但希尔贝里夫人认为,只要她用心,十分钟就可以修补好。其次,其中有一段关于阿拉迪斯的老家,或者说关于索夫克的春天的描写,虽然对整个故事来说可有可无,但写得十分美。凯瑟琳还是将一长串人名和日期,按次序整理好,将他的出生情况进行了详细的记述,从而顺利地写到了诗人的第十个年头。在此以后,希尔贝里夫人出于情感的缘故,想插入一段对一个说话流畅的老妇人的回忆,因为她与阿拉迪斯是在同一个村里长大的。可是,凯瑟琳却说必须割爱,认为如果在此加上她爸爸概述当时诗歌的一篇文章,也许更为得体,既简洁洗练,又有学术性,而且与其他事件毫不牵连。希尔贝里夫人却认为那篇文章内容太单调,会使读者觉得自己像个在教室里听讲的乖女孩子,这是与她父亲合不上套的。因此,这篇文章被搁在了一边。接下来,要开始写诗人的青年时代了,这一时期,许多风流韵事，要么只字不提，要么全盘托出。希尔贝里夫人又拿不定主意了，一大包手稿被搁在书架上，留待进一步考虑。

有好几个年头完全给省去了。因为希尔贝里夫人发现这一时期的有些事情很不合她的口味。她倒是喜欢详述她自己童年时记得的一些事。凯瑟琳觉得，从这以后，这部传记变成了一群乱飞的鬼火，没有形式，没有连续性，松松垮垮，根本不像一部记叙体的作品。这里有二十页记述她外祖父对各类礼帽的鉴赏力的资料；有一篇短文，专门谈当时的瓷器；还有一长篇记述一个夏日到乡下郊游的经过。那一次他们误了火车，文中还夹杂有对各种各样的名人（男的和女的）片段的描述，部分似乎是虚构的，部分像是真有其事。此外，还有成千上万封信件和他的老朋友寄来的一大堆真实的回忆材料；它们虽然放在信封里，却都快发黄了，但一定要设法插到传记里面去，不然会伤害这些老朋友的感情。诗人逝世后，出版了许许多多关于他的专著。因此，她还得校正这些专著中大量失实之处。这需经过细致的研究，需要往返通信查对，才能解决。有时，她尽管疲乏不堪，还是把自己埋在纸堆里苦思冥想，有时她觉得，只有摆脱过去，自己方能存在下去；但有时又觉得，过去完全取代了现在，在"死人"中过了一上午之后，反而觉得现实生活极端浅薄、低劣。

最糟糕的是，她毫无文学天资。她不喜欢那些漂亮的辞藻。对于进行自我反省，也就是没完没了地检测自己的感情，并且用漂亮的、适当的、有力的语言表达出来，她对此甚至有点儿天生的反感。而她母亲生活中大部分时间都花在这上面。她却恰恰相反，喜欢沉默，口头表达自己的思想尚且不乐意，更谈不上写成文字了。这种性情，在一个崇尚空谈的文人之家实在是再好不过了，因为总得有个能实干的。由于这个缘故，几乎从孩提时起，她就开始管起家务事来了。她一是一，二是二，以讲求实际而闻名。她吩咐开餐，指挥仆人，支付费用，样样都做得精细周全，有条不紊。面面挂钟走得几乎分秒不差，几个花瓶里，总是插满了鲜花。所有这些，被看做是她的天赋。难怪希尔贝里夫人常常说，这是诗才的错误表现。她从很小就开始在另一方面努力发挥自己的作用：向母亲提建议，给母亲帮忙，在各方面支持母亲。如果世界不是现在这个样子，希尔贝里夫人可能完全能自己照顾自己，过得很好。她很适合在另外一个星球上生活。但是，她在那儿干事的天才，在这个地球上却没有丝毫实际用处。比如说，她的表，成了她不断吃惊的源泉，如今六十五了，仍然对别人在生活中讲规律，讲理性，从而过得较好，感到大惑不解。她从不吸取教训，无知使她不断碰壁。但是，她的无知是与她那一眼就能把事情看透的非凡洞察力相结合的，你怎么也不能把她算做一个笨伯，正好相反，她有法子使自己显得是坐在房里的最聪明的人。不过，总的说来，她发现，女儿的支持对她是十分必要的。

因此，凯瑟琳成了一项伟大职业的一员。这种职业，我们如今还没有适当的词儿来称呼，也还没有得到社会的承认。这种活儿也许不会比工厂和作坊里的劳动轻松，但给人类带来的好处却不及工厂。她住在家里，把家整理得井井有条。凡进过夏恩街这栋楼房的人，没有不说它是个整洁和有条理的地方——这里的生活，经过调教已充分显示其优点，尽管家庭成员之间互有差异，但家庭生活却显得和睦协调，具有自身的特色。也许，主要是由于凯瑟琳的巧妙安排，使得希尔贝里夫人的风格在全家居于突出地位。她和她父亲希尔贝里先生，似乎是她母亲许多引人注目的品质的厚实的陪衬。

因此,沉默,既可说是凯瑟琳的天性,又可说是强加于她的。她母亲的朋友们对于她的沉默,另有一种评论。他们说:这既不是愚蠢的沉默,也不是冷漠的沉默。既然这样的沉默有其特性,那么这特性又是哪种品性造成的呢?谁也没有下功夫去研究这个问题。大家都知道,她在帮助她母亲写一部巨著,还要操持家务。她的相貌当然是非常漂亮的。这些描述似乎够令人满意的了。但是,如果谁有魔法,不但能看到她表面上做的这些事情,而且还能想象得到她有时偷偷在干着与表面截然不同的事情,那不仅会使他人大吃一惊,她自己也会吃惊的。她常常身在书桌旁,眼望发黄的资料与书信,心却在幻想一幕一幕的离奇场景:有时在美洲的大草原上驯马,有时在狂风暴雨中指挥一艘巨轮绕过黑色巨礁。她有时也幻想一些平静的场面,完全从她的现实环境解放出来,显露了她在新的职业中惊人的才干。她一旦离开纸和笔,不再遣词造句,为外祖父写传记,就立即将注意力转移到一个更为合理的方向。奇怪的是,她宁愿说出自己那些关于暴风骤雨或大草原的离奇虚幻的梦,但她绝不会说出下面的事实:在楼上她自己的房间里,她每天早起晚睡……攻读数学。这一事实,世界上没有任何力量可以使她招供。她在攻读数学时,行动隐秘,像夜间活动的动物一样。她还特意从父亲书房里偷来一部厚厚的希腊语辞典,只要一听到楼梯上有脚步声,就把练习纸都夹进辞典里。确实,只有在夜间,她才能安然地不受惊扰,她的注意力才能高度集中。

也许,数学不是女人学的,她本能地希望把自己对它的爱好隐藏起来。但更为深刻的原因是,她认为数学与文学是截然对立的。她不愿意承认,她是多么喜爱数目字的那种精确,那种像星辰一样的非人格性,而不喜爱哪怕是最好的文章的那种混乱、激动与含糊不清。如此与家里的传统格格不入,是有些不适宜的;而且,也使她感到自己刚愎自用,更加有意把自己的愿望遮掩起来,不让别人知道,而心底里更是倍加珍爱。不知有多少次,她本应想到她外祖父,而却在思考着某个数学题。从这种恍惚的状态中清醒过来时,她常常发现母亲的思想也在开小差,也在做着什么梦,跟她一样,纯属幻想,因为梦里的人个个都已不在人间。但是,每当从母亲脸上窥见自己的状态,凯瑟琳就感到恼火,强迫自己清醒头脑。她虽然敬佩母亲,却一点也不愿像母亲。凯瑟琳很有常识,而且常常肆无忌惮地流露出来。每当这时,希尔贝里夫人会古里古怪地斜视她,眼睛里半含恶意半含柔情,然后把她比做她的大叔彼特法官,一个邪恶的老家伙,他总喜欢在浴室里宣判犯人的死刑。谢天谢地,凯瑟琳,我一点也不像他!

4

　　每隔一周的星期三,晚上九点左右,玛丽·达奇特小姐总要做个相同的决定:不管做什么用场,房子再也不出借了。

　　她有几间宽敞的住房,由于坐落在斯特兰德街旁边一条办事处林立的街上,来往方便,许多人都来向她借用。有的人纯粹为了找个娱乐场所;有的人则为了寻个聚会的地方,研究艺术,或是讨论社会改革问题。他们总有办法说服她把房子租借出去。

　　每次有人来向她提出借房,她总是眉头一皱,装出一副不高兴的样子,然后,又半开玩笑半生气地耸耸肩,像一条被小孩牵着耳朵作弄的大狗一样。尽管如此,结果总是不让来人扫兴,但有个条件,一切听从她的安排。这种每两周一次、对各种问题进行自由讨论的社团聚会,使达奇特小姐忙得不亦乐乎。又要把一样样家具连推带拖弄到墙边,又要把那些易碎的珍贵物品搬到安全的地方。必要时,还得将餐桌扛到一边去。但她完全干得了这种活儿。她身材匀称,穿着合身,同时却给人以力气不小,办事果断的印象。

　　她年纪二十五岁左右,但看起来要大一些。这是因为她自食其力,或者立意要自食其力,袖手旁观者那种无忧无虑的容态

40

早已失去,取而代之的是那种劳工大军普通一兵的面孔。她每一个动作,似乎都有一定的意图。眼圈周围和嘴唇边的肌肉总是绷得紧紧的,仿佛肌肉神经受到了某种纪律的制约,时刻准备听从召唤。额头上,已冒出两道若隐若现的皱纹,这并非焦虑所致;而是喜欢思索造成的。很显然,在她身上,某些非女性所特具的东西抵消了女性的那种讨人喜欢、给人抚慰与魅人心灵的天性。一对棕色眼睛,行动有点儿迟钝,使人一看便知她来自农村,出身于受人尊敬的辛勤劳动者的家庭。他们忠厚、正直,既不是怀疑论者,也不是狂热的信徒。

辛苦地工作一天之后,收拾房间当然成了苦差事。得把褥垫从床上拖下来铺在地板上,将壶里灌上冷咖啡,然后把一张长桌收拾干净,摆上碟子、茶杯、茶托,在它们中间放上一堆堆玫瑰色小饼干。这些活儿一干完,一种轻松的感觉油然而生,好像脱下了粗糙笨重的工作服换上了又薄又亮的丝绸。她双膝跪在炉火前,凝视着房里:灯光柔和明亮,透过黄色和蓝色的彩色纸,把房间照得很别致;两张沙发,式样欠佳,像干草堆一样;整个房里显得格外宽敞、安静。这使她想起了索塞克斯高高的丘陵草原和古代武士们那被风吹得鼓鼓的、绿色的圆帐篷。现在,那儿一定是皓月当空,十分宁静。她还想象着,海面上,一片银光,微波荡漾。

"而我们则在这儿谈论艺术!"她嗫嚅着,有点挖苦的味儿,然而明显地带着一种自豪感。

她将针线篮拖到身边。里面装着各种颜色的毛线团和一双织了半截儿的袜子。她开始做起活来。由于身体疲惫不堪,她听任自己继续去想那些寂静、荒凉的景象。她幻想着自己放下手中的针织活,出了门,踏上了丘陵草原,耳边只有羊群沙沙的吃草声;月光下,一棵棵小树的影子随着穿过树丛的微风轻轻地移来移去。但是,她一刻也没有忘记现在的境况。许多各种各样的人物正在经过伦敦城不同的街道,朝她这里走来。一想到自己不论一个人独自待着,还是与这些人在一起,都能同样获得乐趣,她就感到高兴。

她一边一针一针地织着袜子,一边又回想起自己在生活中走过的各个历程。一个奇迹接着一个奇迹,到了今天这个份上,仿佛是到了顶峰。她想起了在乡村牧区当牧师的父亲和已去世的母亲,想起了自己要求受教育的坚强决心以及自己的大学生活。她前不久才大学毕业,开始生活在迷宫般的伦敦城。虽然她头脑冷静,伦敦城在她心目中至今看来仍然像一盏巨大的电灯,照射着千千万万个云集在它周围的男男女女。她现在就处在它的正中心,这个地方是遥远的加拿大森林里和印度大草原上那些想念英格兰的人们念念不忘的。

"当当……"西敏寺的大钟敲了九下,圆润的钟声将玛丽从沉思中惊醒。钟声刚落,门口传来了咚咚的敲门声。她起身去开门。回来时,她眼光里流露出稳定的喜悦之情,来客是丹厄姆·拉尔夫。他跟在她后面。她边走边跟他谈话。

"一个人吗?"他似乎又惊又喜。

"是的,有时候就一个人。"她回答说。

"可是,看样子你有很多客人要来,"他环视了一眼,又说,"这儿真像舞台上布置的房间。今晚是谁做报告?"

"威廉·罗德尼,由他主讲伊丽莎白时期比喻的用法。我想,这会是一篇扎实的好文章,会大量引用古典文学的例句。"

拉尔夫走到火炉前。火苗在炉栅里跳跃。他烤了烤手。玛丽重新拿起了针,织袜子。

"我想，伦敦城里你是唯一的自己织补袜子的女人吧。"他说。

"不，我只是千百万中的一个。"她回答说，"不过，我必须承认，你进来时，我正在觉得自己了不起呢。现在，你来了，我又觉得自己一点也没有什么了不起。你说话多粗气可怕！不过，要说了不起，我看你比我强多了。我做的事儿远不及你做得多。"

"如果这就是你的标准，你就确实没什么值得骄傲的。"拉尔夫冷峻地说。

"啊，我可得引用爱默生的话啦，'重要的不是行动，而是存在'。"她又说。

"爱默生？"拉尔夫以嘲笑的口气惊讶地说，"你不是说你读过爱默生吧？"

"也许这不是爱默生说的，可我为什么就读不得爱默生呢？"她有点焦急地问道。

"我看没有任何理由不让你读爱默生。令人奇怪的是——书和袜子，这两样东西扯在一起，太不可思议了。"

可是，看来，这点似乎获得了他的钦佩。玛丽嘻嘻地笑了起来，显得很高兴，就连手中的编织动作也格外优雅、精巧。她提起袜子，欣赏地打量着。

"你老是这么说。"她说，"我向你保证，你认为奇怪的这种'结合'，在作牧师的人家里是司空见惯的。我唯一有点怪的就是，读爱默生和织补袜子我都很喜欢。"

传来一声敲门声。拉尔夫不满地大声说：

"那些该死的家伙！但愿他们别来！"

"这只是楼下的特纳先生。"玛丽说。她倒十分开心特纳先生让拉尔夫吃了一惊，而且是一场虚惊。

"有一帮人要来吗?"拉尔夫停顿了一会儿后,问道。

"毛利斯夫妇、克拉肖夫妇、狄克·奥斯本、塞普提默斯,总之,他们那伙人都会来。嗯,顺便提一下,凯瑟琳·希尔贝里也会来,是威廉·罗德尼告诉我的。"

"凯瑟琳·希尔贝里!"拉尔夫惊叫道。

"你认识她?"玛丽感到几分意外地问。

"我去她家参加过一次茶会。"

玛丽逼着要拉尔夫都说出来,而拉尔夫正愁没地方把自己的见闻抖出来。他添油加醋地将当时的情景描述了一遍,玛丽十分感兴趣。

"不过,尽管你这么说,我还是十分敬佩她。"她说,"我虽只见过她一两次面,但在我的心目中,她算得上人们所说的那种'人物'。"

"我并没有贬抑她的意思,只是感到她似乎觉得我不对她的味。"

"据说,她打算嫁给罗德尼那个怪人。"

"嫁给罗德尼? 那她一定看错了人。比我想象的容易上当。"

门外传来一连串敲门声,在屋内回响不止,还有粗重的脚步声和谈笑声。

"啊,这是敲我的门,没错。"玛丽说,一边轻轻地把毛线放下。

不一会儿,房里挤满了青年男女。进来时,个个都带着一种独特的期待表情,但一见丹厄姆,都不约而同地惊呼"啊!"然后,非常尴尬地站着,谁也不说话,只是傻望着。

短短时间内,来了二三十个人。大多数人在铺着褥垫的地板上找到了座位,将身子蜷曲成三角形的样子。他们都是青年人,其中有些人板着面孔,一副好斗的样子。这种表情和他们的发型衣着,好像是在对普通打扮的人发出抗议,因为后者在公共汽车上或地铁里不会引人注目。值得注意的是,他们都是三五成堆地在那里谈论,说一阵停一阵,声音很低,好像互相都存有戒心。

凯瑟琳·希尔贝里姗姗来迟,进屋后,在地板上找了个地方坐下来,背靠着墙壁。她迅速向周围扫了一眼,认出了好几个熟人,向他们点了点头,但却没有看见拉尔夫,也许,她看见了他,但早已把他的名字忘到脑后了。

没过一会儿,乱七八糟的说话声都被罗德尼的声音压了下去。他突然跨到桌子旁,扯着嗓门急促地说:

"现在,本人来谈谈,比喻在伊丽莎白时期的诗歌中的运用——"

大家有的转过头来,有的挺了挺胸,眼光都望着罗德尼的脸,个个表情非常严肃。不过即使是坐在最显眼的地方因而脸也绷得最紧的人,他们面部的肌肉都忍不住直抽搐,如果不是马上克制住了,很有可能会爆发一阵大笑。

罗德尼给人的初步印象,确实使人忍不住要笑。一张红红的脸,也不知是十一月夜晚的寒风吹的,还是神经紧张造成的。他一会儿绞扭双手,一会儿东张西望,仿佛门边或窗口有什么东西在吸引着他的视线。一句话,在众目睽睽之下,他每一个动作都显示出极度的不安。他穿着一身考究的衣服,一颗珍珠镶在领带的中央,似乎衬托出他的贵族身份。可是,他偏偏长着一对金鱼眼,加上说话结巴,神情紧张,好像茶壶煮饺子——有货倒不出,这没有引起听众常常给予一位仪表堂堂的演说者的那种同情,而只是使人直想发笑。不过,听众要笑,完全没有什么恶意。他自己对自己古怪的外表,显然也意识到了。他一脸通红,身体时常抖动,证明他十分不安,十分痛苦。正因为如此,尽管他敏感得可笑,却有某些可爱之处。但是,大多数客人或许会与丹厄姆一样,暗自惊叹:"竟有人愿意嫁给这样一个角色!"

罗德尼先生的稿子是下过一番功夫写出来的。尽管如此,他讲的时候却两页当作一页翻,前言不搭后语,两句写在一起的话总是念错了,弄得连自己的字迹都不认识了。当看到了连贯的一段时,他连忙像发动进攻似的在听众面前大讲一通,讲完了,又慌里慌张地寻找下一段。煞费工夫地找了一阵之后,他又发现一段精彩的,又以同样方式奉献给听众,在这样断断续续地进攻了好多次后,听众的情绪被激动起来了,出现了在以往类似的集会中少见的活跃场面。但是,引起听众骚动的原因,到底是他那对诗歌的狂热劲呢,还是他在听众面前将身子扭来扭去的怪样子,很难说个准。终于,罗德尼先生在一句话讲到半中间时,突然坐了下去。刹那间,听众都呆呆地望着,不知如何是好,但马上就感到如释重负,他们可以放声大笑,热烈鼓掌了。

对此,罗德尼先生用激动的眼光环视了听众一眼,没有停下来等候回答听众提问,就连蹦带跳,穿过坐着的人堆,来到凯瑟琳坐的角落,用很大的声音说:

"啊,凯瑟琳,我只怕自己在你面前出了个大洋相啊!太糟了!太糟了!太糟了!"

"嘘!你应该回答他们的提问。"凯瑟琳小声说,设法想让他保持冷静。

怪得很,罗德尼一走开,大家倒觉得他说了许多含意深刻的东西。不管怎样,有个脸色苍白,目光忧郁的青年已经站了起来,十分安详地做了一篇措辞准确的发言。

威廉·罗德尼怪里怪气地翘着上唇,仔细地听着,脸上的肌肉仍然在微微颤抖。

"白痴!"他低声说,"他把我的话全误解了!"

"既然如此,你就回答他。"凯瑟琳也小声说。

"不,我不干!他们只会笑我。我怎么竟听信了你的话,以为这种人也爱文学呢?"他接着说。

关于罗德尼先生的论文,许多人提出了看法,说好说坏的都有。论文里充满了从英国、法国或意大利作家的作品中引用的许多段落,断言说这些都是文学的精华。再则,他在论文中使用了很多比喻,由于不是连贯地说出来的,显得有些别扭,摆的地方不恰当。他说,文学是春天里的鲜花织成的花环,上面有水松果、龙葵,还有色彩各异的白头翁;但是,这个花环却不知怎么戴到了大理石的额头上。论文里有不少十分漂亮的引语,可他朗诵得非常糟糕。但是,通过他的举止和他混乱的语言,却流露出了某种情感,在大多数听众中形成了某种观念或某种小小的图像。个个听众现在都急于想表现出来。房里的大部分人都决心献身于写作或绘画,仅从他们的表情就不难看出,当他们先听普尔维斯先生讲话,接着又听格林哈尔先生讲话时,他们觉得讨论的东西与自己息息相关。大家争先恐后站起来发言。每个人都想把自己的艺术观阐述得更清楚一点;而发了言后坐下来时,又总觉得自己的话走了样,仿佛用斧子砍东西,用力不均,总是砍歪了。是什么原因,他们也弄不清楚。于是坐下之后,几乎个个都转过头来,对着自己身旁的人继续讲话,修改刚才的当众发言。因此,坐在褥垫上的与坐在椅子上的,很快就互相交谈了起来。玛丽·达奇特又开始织袜子了。她弯腰对拉尔夫说:"这就是我说的第一流论文。"

他俩本能地朝宣读论文的人的方向望去。罗德尼背靠着墙,眼睛显然闭上了,下巴垂在领带上。凯瑟琳正在翻着他的讲稿,似乎在寻找那特别打动了她的那一段,看来,还很不容易找到。

"我们去告诉他,我们很喜欢他的论文。"玛丽说。这个提议正中拉尔夫的下怀。他觉得,自己对凯瑟琳感兴趣,而她不一定对自己感兴趣,如果玛丽不去,他一个人走过去,未免有失面子。

"你的论文十分有趣。"玛丽在罗德尼和凯瑟琳面前的地板上坐下,大大方方地说,"请把稿子借给我有空拜读拜读,好吗?"

玛丽和拉尔夫一走过来,罗德尼就睁开了两眼。这时,他以怀疑的眼光默默地注视着玛丽。

"你这么说,仅仅是为了掩盖我可笑的失败吗?"他问道。

凯瑟琳正在翻阅他的稿子,微笑着抬起头,说:

"他说,我们怎么看他,他一点儿也不在乎。他还说,我们这些人对艺术一窍不通。"

"我求她同情我,可她却取笑我!"罗德尼大声说。

"我并不是要同情你,罗德尼先生。"玛丽说,语气温和而又坚定,"一篇失败的论文,人们绝不会去谈论。可现在,你听大家谈得多热闹!"

整个房子里闹哄哄的,急促的短语,突然的停顿,热烈的辩论,犹如动物们的喧闹,情绪激昂,声音杂乱。

"你认为他们都在谈论我的论文?"罗德尼仔细听了听说。脸上露出了喜悦的神色。

"那还用说，"玛丽说，"这是篇很有启发性的论文。"

她转脸向丹厄姆投去求助的眼光。丹厄姆马上附和。

"一篇论文的成功与否，在它宣读完十分钟之后，就能得到证实。"他说，"假如我是你的话，罗德尼，我对自己会感到十分满意。"

这一番赞扬话，似乎使罗德尼先生完全得到了安慰。他开始掂量讲稿中那些称得上"有启发性"的段落。

"丹厄姆，我对莎士比亚后期比喻的用法的分析，你真的同意吗？恐怕我一点儿也没有把自己的意思表达清楚。"

此刻，罗德尼已振作了起来。他像青蛙一样，一蹦一跳地使自己靠近了丹厄姆。

丹厄姆只是简短地"嗯"了一声回答了他，因为他头脑里正想着对另一个人说另一句话。他本来想对凯瑟琳说："那天，你姨妈来你家吃饭之前，你记得把那个相框配上玻璃吗？"可是，他不仅要应付罗德尼，而且也没有把握，凯瑟琳是否会觉得他太冒昧，因为这句话含有一些亲昵的味道。她这时正在听另一组中的一个人说话，与此同时，罗德尼正在谈伊丽莎白时期的剧作家。

他的外表有些古怪。初次相见，特别是当他说话激动时，他的相貌确实有些令人发笑。不过，过了一会儿，他冷静下来，那脸盘儿，配着大鼻子、瘦面颊和极为敏感的嘴唇，不知怎么地，总使人联想起坐落在一圈半透明的红色石头之上的、戴着桂冠的古罗马人的头像；它十分庄严、很有个性。按职业他在一个政府部门当职员。在精神上他却属于那种殉道者，文学对他来说，既能带来至高无上的欢乐，又能带来难以忍受的烦恼。他酷爱文学，但并不以此为满足，而硬要自己动手搞创作。但是，他志大才疏,不长于写作,因此,他对于自己写的不论什么东西,总是感到不满意。再者,他的情感过于激越,很少能引起别人的共鸣。经过文学的熏陶,他对事物的感受非常敏锐,因而总是不但为他自己,也为他崇拜的事物所不断受到的轻慢待遇感到痛苦。尽管如此,每当他碰到似乎对他抱有好感的人时,总禁不住想试试能否赢得他们的同情。丹厄姆的称赞之语,激发了他那十分敏感的虚荣心。

"你记得公爵夫人死之前说的那段话吗?"他继续说,一面慢慢地侧着身更加靠近丹厄姆。

这时的凯瑟琳,感到眼前这场讨论完全将她与外界隔绝了。她站起身来,坐在窗台上。玛丽·达奇特见了,也坐了上去。这样一来,两位姑娘可以观察整个会场了。丹厄姆的眼睛跟着她们转,手却在地毯上摸索,仿佛要把上面织的青草一把把地连根拔起来。但是,人的欲望是注定要受到挫折的,而这恰好符合他的人生观。于是,他把自己的心思往文学上集中,并明智地暗下决心,在文学里面寻求自己的收获。

凯瑟琳又兴奋又激动,面前有几种行动可以选择。这里有好几个人,与她有过几面之交,他们中任何一人,都可能随时从地板上站起身,走过来跟她交谈;但另一方面,她也可以自己找某个人谈话,或者插进罗德尼的谈话中,因为她一直在断断续续地听他说话。她感觉到玛丽的身子就在自己旁边,但觉得两人都是女性,没有必要交谈。玛丽的想法可不一样,正如她刚才说的,她认为凯瑟琳是个"人物",所以很想与她叙谈叙谈。几分钟后,她真的开口了。

"他们真像一群羊,是吗?"玛丽说,一面指着她下面一伙零乱坐着的、闹哄哄的人们。

凯瑟琳转过脸,微笑着。

"不知道他们在吵闹些什么?"她说。

"在谈论伊丽莎白时期的文学家吧,我想。"

"不对,我看他们根本不是谈这个。听!他们说'保险法案'你听见没有?"

"男人为什么老爱谈政治呢?"玛丽若有所思地说,"我想,如果我们有选举权,也会谈政治的。"

"我敢说,肯定会。你在为我们妇女争取选举权而终日忙碌,是吗?"

"不错。"玛丽坚定地说,"每天上午十点到下午六点,我都在干着这个事儿。"

凯瑟琳把眼光转向拉尔夫·丹厄姆。他正在跟罗德尼高阔论比喻的抽象理论。他那副神态,使她回想起了那个星期天傍晚的谈话。于是,她不知不觉地把他与玛丽联系起来。

"有的人主张,妇女也应该有自由职业,我看,你也是这种人。"她带点遐想地说,好像是在另一个陌生的世界上的幻影中探路似的。

"啊,我可不是。"玛丽立即回答。

"不过,我觉得,我就是这种人。"凯瑟琳叹了一口气,然后又说,"你将永远能够自豪地说,你做了一点事情。而我呢,在这样的人群里,总感到十分忧郁。"

"在人群里?为什么说在人群里呢?"玛丽问道,眉宇之间的两道皱纹加深了。她稍稍站起来向凯瑟琳移了移,两人在窗台上坐得更近了。

"这些人什么都关心,难道你没发现吗?我想超过他们——我只是想说,"她马上纠正自己,"我想证实自己的才能,但如果没有职业,是难以超过他们的。"

玛丽笑了笑,在她看来,凯瑟琳·希尔贝里小姐超过别人应该没有任何困难。凯瑟琳谈到她自己,这开始使她们之间出现了一种亲密之感,但由于互相之间太缺乏了解,这种亲密含有几分严肃的意味。她们沉默了,好像在考虑是否有必要继续谈下去。她俩都在揣度着对方的态度。

"啊,我真想踏在他们倒伏的身体上!"过了一会儿,凯瑟琳笑了一声,宣告说,仿佛在笑那使她得出这个结论的思路。

"一个人并不是一担任要职,就非要踏在别人身上不可。"玛丽说。

"哦,是的,也许没有必要。"凯瑟琳说。

她们的谈话暂时停止了。

玛丽注意到,凯瑟琳紧闭着嘴唇,闷闷不乐地望着房里。很明显,她不想再谈她自己了,那种想和玛丽交朋友的念头显然也消失了。她如此容易沉默,陷入沉思,使玛丽感到非常惊讶。这种习惯是寂寞和爱独自思考的表现。

凯瑟琳仍然保持沉默,弄得玛丽有点儿窘迫了。

"唉,一点不错。他们很像一群羊。"她笨嘴笨舌地又说了一次。

"可是,他们十分聪明——至少,"凯瑟琳补充说,"我想,他们都读过韦伯斯特。"

"你可不是把这看做聪明的证据吧?我读过韦伯斯特,以及本·琼生的作品,可是,我认为自己并不聪明——至少,不是很聪明。"

"我看你一定非常聪明。"凯瑟琳说。

"理由何在?因为我管了个办公室?"

"我想的不是这个。我是在想,你如何能一个人住在这个房里,而且经常开晚会。"

玛丽思索了片刻。

"我想,这主要表示我与家里人合不来。也许我有这种力量。我不想住在家里,于是向我父亲提出来。他很不高兴……但我还有个姐姐,而你没有,对吧?"

"是的,一个姐妹也没有。"

"你在写你外公的传记?"玛丽接着追问。

凯瑟琳似乎顿时面对一种时常出现在她脑际但却希望避开的思想。她随便回答说:"对,只是给我母亲当助手。"

她这话的语气,使玛丽感到受了挫,她又回到了她们开始谈话时她所在的那个位置。她似乎觉得,凯瑟琳有一股奇怪的力量,既易与人接近,又易与人疏远,她的感情变换异常之快,总是处于一种警觉状态。她属于哪一类人呢?玛丽想起了一个方便的字眼——"利己主义者"。

"她是个利己主义者。"她对自己说。她决心把这个字眼记下来,以便有一天告诉拉尔夫,因为她和他以后肯定会议论希尔贝里小姐的。

"天哪!明天早上这儿会变成个什么样子!"凯瑟琳惊叫道,"我想,这不是你的卧室吧,达奇特小姐?"

玛丽笑起来。

"你笑啥?"凯瑟琳问。

"我不想告诉你。"

"让我来猜猜——你以为我改变了话题,所以才笑起来,对吗?"

"不对。"

“因为你认为——”凯瑟琳欲言又止。

“如果你硬想知道，我就告诉你，我是笑你喊‘达奇特小姐’的那个样子。”

“那叫你玛丽好了。玛丽！玛丽！玛丽！”

说罢，凯瑟琳拉回了窗帘，其目的也许是为了遮掩她那由于与玛丽越谈越投机，一时兴奋得涨红了的脸蛋。

“玛丽·达奇特，”玛丽说，“这名字只怕没有‘凯瑟琳·希尔贝里’那么响亮。”

她俩一起向窗外望去。天上，皓月当空，小朵小朵的灰蓝色阴云，不时从它面前匆匆而过；地上，屋顶起伏，烟囱林立。在她们窗下，街上的人行道上，空无一人，月光把路面上石块的接缝照得清晰可见。

这时，玛丽看到，凯瑟琳又抬起头，在遥望着月亮。从那沉思的眼神来看，仿佛她在将今晚的月亮与她记忆中的月亮进行比较。屋里有个人在她们身后开了个望星星的玩笑，冲走了她们望月的雅兴。于是，她们又转过身来看屋里。

拉尔夫一直在等着这个时刻，见她们一扭过头，马上说道：

“希尔贝里小姐，你没忘记叫人把那个相框装上玻璃吧？”他说话的语气表明这个问题他是想了很久的。

“嗳呀，你这傻瓜！”玛丽几乎是大声惊叫起来，觉得拉尔夫说了句很蠢的话。这正像一个刚听了两三节拉丁语语法课的学生，就去改正同学的错误，指出他不知道“mensa”①一词的夺格。

“相框，什么相框？”凯瑟琳问道，“哦，我家里的，你是说——那个星期天傍晚吧。那天福特斯科先生来了是吗？哦，

_____

① 拉丁语，意为天主教神台上的顶石。

我想起来了。"

接着,三个人尴尬地站着,不知说什么好。后来玛丽走开了,去看看她的大咖啡壶是不是放在了安全的地方。她虽然受了那么多高等教育,仍像那些拥有瓷器的人一样生怕自己的东西被打碎。

拉尔夫再也想不出什么可说的了。然而,如果能从他的皮肉之下把他的心掏出来的话,你准会发现,他的意志力死死地集中在唯一的目标上——使希尔贝里小姐顺从他。他希望她站在那儿不动,直到他以某些他一时还没有想出来的方法使她对自己感兴趣为止。不过,这种无声的念头不断地通过眼神表露出来,使凯瑟琳感觉到了。这个小伙子显然是在注意自己。霎时,她回想起第一次与他相见时对他的印象,仿佛看见自己又在介绍家里的珍藏品。她让自己回想那个星期天傍晚他离开她时的心情。她想,他对我的评价太苛刻了。因而自然而然地得出结论,如果确是如此,眼下要进行交谈的责任应该由他承担。她确是顺从了他的意愿,静静地站着,两眼望着对面的墙壁,双唇几乎闭合,尽管想笑的念头使它们微微掀动。

"我想,你知道这些星星的名字吧?"丹厄姆终于说。听他说话的口气,使人觉得他似乎嫉妒凯瑟琳具有这种知识。

她费了点劲,才使自己的声音保持镇定。

"要是迷了路,我找得到北斗星。"

"我想,这样的事情并不常发生。"

"是的。有趣的事儿,我一样也没碰到过。"她说。

"希尔贝里小姐,我看呀,你有一种习惯,老爱讲些令人不快的话。"他本不打算这样过分,可这些话脱口而出,"我觉得这是你那个阶层的人们的特点之一。他们跟地位低些的人谈话,从来就不认真。"

或许今晚两人相会的地方是个中立之地,或许丹厄姆那件随随便便穿在身上的旧灰大衣,使他的仪态潇洒大方,要是他穿着正规的礼服,反而不会如此,总之,凯瑟琳一点也没有要把他从她的生活圈子里画出去的感觉。

"从哪一点上说,你比我地位低呢?"她严肃地望着他,好像诚心诚意在寻求他话中的含义。这使他大为欣喜。他头一次感到与一个自己想获得其好感的女子平等相处。如果问他,为何这么重视她对他的印象,他是会解释不清的。也许,他只是想从她那里得到某种回家后值得品味的东西。可是,他却运气不好,没有能够利用他的有利条件。

"我不明白你是什么意思。"凯瑟琳又说。这时,有个人过来打断了他们的谈话,说有张戏票要退,降价处理,问凯瑟琳是否愿买。确实,会场的气氛已经不利于个别谈心了。大家闹哄哄的,言谈举止不再拘谨,甚至互不相识的人也亲热地互相喊起教名来。在英格兰,这种愉快而又友好的气氛,只有当人们在一起坐了三四个小时后才会出现,但一走上外面的街头,那迎面刮来的第一股寒风又使他们重新处在冷冻和互相隔离的状态之中。人们往肩上披外套,迅速地把礼帽戴上扣好。丹厄姆见罗德尼那个怪人在帮凯瑟琳收拾,感觉很不舒服。这种聚会,散会时,没有互相告别的习惯,甚至向在跟自己谈话的人点点头,都是多余的。但尽管这样,丹厄姆感到十分沮丧,凯瑟琳径直离开了他,连正在说的那句话都不想说完,就和罗德尼走了。

5

丹厄姆本没有尾随凯瑟琳的打算,但一见她走了,立即拿起礼帽跑下楼梯。要不是凯瑟琳在前面走,他是不会走得那么快的。

路上,他赶上一位叫亨利·桑迪斯的朋友。恰巧同路,于是他俩一起走着,离前面的凯瑟琳和罗德尼只有几步之隔。

夜,静静的,来往车辆渐渐稀少。在这样的夜晚,街上的行人开始意识到月光的存在,似乎夜幕已拉开,天空就像在乡村一样赤裸裸地露在外面。空气柔和清凉。成群结伙地坐着交谈了许久的人们,觉得在搭乘公共汽车或坐进地铁去再受电灯光的照射之前,徒步走一走,简直是种享受。

桑迪斯是个有哲人气度的律师。他掏出烟斗,点上火,一路上除了喃喃地吐出个"嗯""啊"之类的声音外,就是沉默不语。他们前面那一对,总是精确地跟他们保持一定距离。丹厄姆根据他们不时转脸互相对视的情景判断,他们一直在进行交谈。他还观察到,如果前面走来的行人使他们分开了,等行人一过,他们又重新靠拢。他并不想故意观察他们,但眼光却一刻也没有离开过凯瑟琳头上围着的那块黄色头巾或那件使罗德尼在人群当中显得时髦的轻便大衣。在斯特兰德街,他估计他俩该分手了,可他们仍然一起横过马路,踏上了一条穿过古旧庭院通往河边的狭窄小道。在人多的大街上,罗德尼似乎只是作凯瑟琳的陪伴,但是现在,行人稀少了,在寂静中,他俩的脚步声清晰可闻。丹厄姆不禁思忖,他俩的谈话发生了某些变化。路灯光和阴影,似乎增加了他们的身高,使他们显得重要和神秘。于是乎,丹厄姆觉得自己对凯瑟琳也没有什么可恼恨的了,而只感到一种在生活中常有的带点梦幻似的默许。是的,她是值得梦想的——但这时桑迪斯突然说起话来。他还是孑然一身,在大学时交了许多朋友,如今和他们讲话时,还是把他们看做当年在他房里进行辩论的肄业生。实际上,有些时候,他们最后一次讲话和现在的交谈相隔已有几个月甚至几年了。他这种方法真有点奇特,但却十分悠闲,因为这样似乎可以置一生中一切事变于不顾,只需说几句话,便能越过万丈深渊。

这时他们正站在斯特兰德街口边上等车过去,桑迪斯说:"我听说本尼特已经放弃了自己关于真理的理论。"

丹厄姆做了个恰当的回答。桑迪斯接着又解释说,这一决定是如何如何作出的,涉及他们两人都相信的哲学方面的一些什么样的变化。在此同时,凯瑟琳和罗德尼离他们越来越远了。丹厄姆一边倾听,力求理解桑迪斯的话语,一边在大脑里留着一根单纤维(如果这是对一种不自觉的行为恰如其分的说法的话)去注意他们。他和桑迪斯继续交谈着,穿过古旧庭院的时候,桑迪斯用手中的拐杖头在一个古老的拱门旁的一块石头上,沉思地"达、达、达"敲了两三下,以此方式对于在理解某些性质复杂的事实时所遇到的某个十分含糊的概念加以说明。在他们不得不停下来的那会儿,凯瑟琳和罗德尼拐过街角,消失了。丹厄姆一句话没说完,不由自主地停了一下,然后接着说下去,心里好像丢失了什么东西似的。

凯瑟琳和罗德尼来到了泰晤士河河堤上，一点也没觉察出后面有人在观察他们。横过马路后，罗德尼手往河边的石栏杆上一拍，大声说：

"凯瑟琳，我答应，那事儿我再也不提了！可是你得停一会儿，观赏一下河面上的月光。"

凯瑟琳于是站住，眼光左右扫了一下河面，用力呼吸着河面的空气。

"风朝这儿吹，我相信我们肯定能闻到大海的气味。"

有好几分钟，他俩谁也不说话。河水在静静地流着，银白色的月光和红色的灯光不时被水流撕碎，但很快又破镜重圆。河上游的远方，一艘汽轮呜呜地叫着，声音是那样难言地悲哀，好像发自被浓雾笼罩的航程的中心。

"啊！"罗德尼手掌再次往石栏杆上一拍，叫道，"大自然多美呀！一个人为什么表达不出来？凯瑟琳，为什么我被注定了要永远感受我无法表达的事物？为什么我能说出的东西，又偏偏没有价值？相信我，凯瑟琳，"他急促地又补充说，"我再也不提这些了。可是在美的面前——瞧月亮周围的晕光！——一个人感到——感到——也许如果你嫁给我——你知道，我也算是半个诗人了，嗯嗯，我能感觉到的东西，我不能装出一副没有感觉到的样子。假如我能写作的话——啊，那将是另外一回事儿。那我也不会缠着要你嫁给我了，凯瑟琳。"

他相当突然而急促地说着这些不连贯的句子，两眼一会儿仰望月亮，一会儿俯视河水。

"但是就我而言，我想你会建议我赶快结婚，是吗？"凯瑟琳说，眼光注视着天空的月亮。

"当然,我会这样建议。不只是对你一个人,而且对所有的妇女而言。不是吗,不结婚,你就会失去一切价值。你就只使用了全部官能的一半,就只不过是个半活着的人了。这些你自己也一定感觉得到。因此——"说到这儿,他不说了。他们开始慢慢地沿着河堤散步,月光迎面照着。罗德尼朗诵道:

>她以多么忧愁的步伐在天空攀登,
>
>多么沉默,面容多么消瘦。

"今晚,有人当面说了我许多令人不快的贬抑话,"凯瑟琳说,没有注意听他的吟诵,"丹厄姆先生似乎认为,对我说教是他神圣的职责,尽管我几乎不认识他。顺便说一句,威廉,你认识他,告诉我,他是个什么样的人?"

威廉长叹了一声。

"我们可以对你说教一直说得脸色发青——"

"是的——可他到底是个什么样的人?"

"我们写十四行诗歌咏你的眉毛,你这狠心的讲求实际的人儿。丹厄姆?"他补充说道,凯瑟琳仍然一言不发。"我想,是个好小伙子。他关心的自然是正经事,我是这么认为。不过,你不要嫁给他。他奚落了你,不是吗——他说了些什么?"

"事情是这样的。丹厄姆先生来我家参加茶会。我千方百计想使他感到自在,可他只是干坐着,对我板着一副面孔。然后,我又领他看我们家的手稿,对这,他真的动起肝火来,说我根本就不应该称自己是中产阶级的妇女。因此,我们不欢而别。第二次我们相会,也就是今天晚上,他直接走到我面前说,'见鬼去吧!'这种行为,我母亲最讨厌。我想知道,这是什么意思?"

她停顿了片刻,然后放慢步子,边走边凝视着一辆正在汉格福德桥上徐徐行驶的火车，车上灯火通明。

"这表明，我敢说，他觉得你冷淡，不友好。"

"哈哈……"凯瑟琳发出一串银铃般的笑声。她觉得太好笑了。

"到时候了，我该跳上辆出租汽车，回去把自己藏在家里了。"她大声说。

"这么晚和你在一起，你母亲不会反对吗？没有人会认识我们，是吗？"罗德尼显得有点焦虑地问道。

凯瑟琳望着他，见他果真有些焦虑，又笑了起来，但笑声中夹杂着嘲讽。

"你可以这么笑，凯瑟琳，但是我告诉你，你的朋友如果看见我们这么晚还待在一起，会议论的。我最讨厌被人家议论。可是你为什么要笑？"

"我也不知道。因为你是个奇怪的混合物，我想。你一半是诗人，一半是老小姐。"

"我知道，在你看来，我这个人总是很可笑。可是我也没办法，我继承了一些传统习惯，而且总是想把它们见之于实践。"

"胡说！威廉。你固然出生于得文郡最古老的家庭，但这丝毫也不能为你害怕自己被人看见单独和我在泰晤士河堤上散步提供借口。"

"我比你大十岁，凯瑟琳，关于世事我比你懂得多得多。"

"好啦。离开我，回家去吧。"

罗德尼向后望去，发现不远的地方有辆出租车在跟着，显然在等待着他的召唤。凯瑟琳也看到了，大声说：

"别为我叫那辆车，威廉。我步行。"

"胡闹，凯瑟琳，怎么能步行呢？都快十二点了，何况我们已经走得太远了。"

凯瑟琳大声笑着,然后疾步继续往前走。罗德尼和出租汽车不得不加快速度去赶她。

"你听着,威廉,"她说,"别人假如看见我这样沿着河堤飞跑,那就真的会说闲话。你顶好的办法还是说声再见吧,如果你不想让人说闲话的话。"

见此,威廉专断地一只手向出租汽车一招,另一只手拖住了凯瑟琳。

"看在上帝的面上,别让司机看见我们推来搡去!"他咕哝着说。凯瑟琳站了一会儿,没动。

"与其说你是个诗人,倒不如说你是个老小姐。"她简短地说。

威廉砰地把车门一关,告诉司机地址,然后走开,彬彬有礼地将礼帽高高举起,向看不见的小姐告别。

他回头向出租汽车望了两次,以为她会叫司机停住,然后下车。可是汽车载着她在迅速向前疾驶,很快就消失了。威廉感到自己只想发怒,自言自语一番,凯瑟琳好像事事都要惹他生气。

"在我认识的所有不讲理和轻率的人中,她是最坏的一个!"他一面沿着河堤大步往回走,一面大声自言自语地说,"再在她面前当傻瓜,天也不容! 是呀,我宁可娶我房东的闺女,也绝不愿意和凯瑟琳·希尔贝里结婚!因为凯瑟琳一刻也不会让我安宁的——她永远不会理解我——永远不会! 永远不会! 永远不会!"

他发狂似的大声喊着,好让天上的星星也能听见,反正这时四周无人。这些情绪似乎不容置辩,他很觉满意。他慢慢冷静下来,默默地向前走着。他发现有个人在向他走来。那人走路的姿势,或是他的衣着,使罗德尼感到他准是一个熟人,只是说不出是哪一个。

这人是丹厄姆。他在桑迪斯的楼梯口与他分了手,现在正往切灵十字路去乘地铁。与桑迪斯的一番交谈,使他陷入了沉思。在玛丽·达奇特住所的聚会,什么罗德尼,什么比喻,什么伊丽莎白时期的戏剧,他早忘得一干二净。甚至连凯瑟琳·希尔贝里也忘了,尽管这一点还不能说定。他的心在向精神上的最高峰登攀,那儿,只有星光和没有被践踏的皑皑白雪。当他们在路灯下相遇时,他用陌生的眼光盯着罗德尼。

"哈!"罗德尼喊了一声。

若是丹厄姆当时头脑十分清醒的话,他也许会只打个招呼就过去了。可是思路的突然被打断,让他吃了一惊,两脚顿时站住不动。还来不及明白自己在做着什么,他已经接受了罗德尼要他上他住处去喝一杯的邀请,就扭转身,跟他一起走着。丹厄姆并不想陪罗德尼喝酒,但还是顺从地跟着他走。罗德尼对他的顺从感到很高兴。他想和这位沉默的年轻人叙谈叙谈,因为他明显地具有男子汉的所有优点,可悲的是这些优点在凯瑟琳身上是找不到的。

"你不错,丹厄姆,"罗德尼冲动地说,"跟青年小姐毫无瓜葛。我把我的经验告诉你吧——哪个男人如果相信她们,那他准要后悔。"接着他又匆匆补充说,"并不是说我此刻有什么理由指责她们。这样的问题随时都会出现,并不一定是因为有什么特定的理由。不过我敢说,达奇特小姐可是个例外。你喜欢达奇特小姐吗?"

这些话显然在表明罗德尼的神经正处于恼怒之中。这使得丹厄姆的思路很快回到了一小时之前的情境里。他想起了刚才罗德尼是与凯瑟琳走在一起的，不禁后悔自己怎么如此急切地去关心这些小事，又让过去的那些琐屑的焦虑来麻烦自己。他仿佛一下矮了大半截。十分明显，罗德尼很想对他说知心话。理智告诉丹厄姆，在罗德尼还没有抛开高尚的哲学问题之前，要早早跟他分手。他沿马路望去，看到距离大约一百码以外有一根路灯杆，他打算一到了那儿，就跟罗德尼分手。

"是的，我喜欢玛丽。难道有谁不喜欢她吗。"他谨慎地说着，眼光一刻也没有离开那根路灯杆。

"啊，丹厄姆，咱俩是那么不一样。你从来不和盘吐露你的思想感情。今晚你和凯瑟琳在一起时，我观察了你。而我却总是本能地相信和我谈话的人。因此，我才老是受蒙蔽，我想。"

丹厄姆似乎在思索罗德尼的话，但实际上，他几乎没有去注意罗德尼，也没有注意到他的表白。他所关心的只是在到达那根路灯杆之前，如何使罗德尼再次提起凯瑟琳。

"如今谁蒙蔽了你？"他问道，"是凯瑟琳·希尔贝里吗？"

罗德尼站住，开始再次用手指有节奏地敲着河堤上光滑的石栏杆，好像在敲着一段交响乐的节拍。

"凯瑟琳·希尔贝里，"他抿着嘴轻轻地而又奇怪地一笑，将这名字重复了一遍，"不是的，丹厄姆。对这个姑娘，我不抱任何幻想。我想，今天晚上我已经明白地把这个意思告诉了她。可是你千万别带着这个错误的印象跑掉。"他急切地说下去，转身挽住丹厄姆的手臂，好像生怕他走开。于是，在这种强制之下，丹厄姆走过了自己视为标记的路灯杆。他轻声为自己辩解说：手臂被罗德尼紧紧地挽住，怎能脱身呢？这时，罗德尼又说话了，"你不要以为我对她有什么不满——根本就不是这么回事。不是她的错,可怜的姑娘。你知道,她过的是那种讨厌的、以自我为中心的生活——至少我认为这种生活对女人来说是讨厌的——把她的才智用在一切事物上面,控制一切,家里什么都要依她的——可以说,宠坏了。在她看来,人人都得拜倒在她的脚下,所以意识不到她是怎样在伤别人的感情——我是说,她看不到由于自己养尊处优,对那些生活条件不如她的人是多么粗鲁无礼。不过,讲句公道话,她绝不是个傻瓜。"他补充道,似乎是提醒丹厄姆对她不要过分冒昧,"她有鉴赏力,有头脑,你跟她说话,她听得懂。但她毕竟是个女人,她的理解是有限度的。"他说完,又轻轻一笑,放下了丹厄姆的手臂。

"嗯,今晚你把这些话都跟她说了吗?"丹厄姆问。

"呵!哎呀!没有。我想,我永远也不会告诉凯瑟琳我对她的真实看法。那样做是绝对不行的。谁想与凯瑟琳相处得好,就得时时作出崇拜她的姿态。"

"既然已经知道她拒绝他了,我为何还不赶快回家?"丹厄姆暗自思忖。可是,他仍然和罗德尼并肩走着。有一段时间,他俩谁也不说话,罗德尼哼着莫扎特某个歌剧中一个曲子。罗德尼说话轻率,无意中过多地流露了个人的感情。这就很自然地使丹厄姆既有点瞧不起他,又觉得他很可爱。他暗暗发问,罗德尼到底属于哪种人呢?而与此同时,罗德尼也在掂量着丹厄姆的为人。

"你跟我一样,也是个身不由己的人,我想。"罗德尼问。

"不错,一个事务律师。"

"我有时自问,我们为何还不撒手呢?你为什么不到外国去定居,丹厄姆?依我之见,这对你很合适。"

"我有家。"

"有许多回,我自己就差点儿要走了。但我又发现,离开这儿我会活不下去。"他手一挥,指着伦敦市区。此时的伦敦商业区,宛如用灰蓝色硬纸板剪成的城郭,摆在深蓝色的天空中。

"这儿,有一两个我喜欢的人,有迷人的音乐,还能常常看到几幅动人的画,这些足以使人流连不已。啊,我不能和野蛮人生活在一起!你喜欢书吗?喜欢音乐吗?喜欢画吗?你喜欢第一版的书籍吗?我这儿有几样好东西,都是我挑来的便宜货,太贵的,我买不起。"

他们走进了一个小庭院。这儿尽是十八世纪的高楼房。罗德尼就住在其中的一栋。他们爬上一截很陡的楼梯,月光透过没有窗帘的窗户,照在楼梯的扶手以及弯曲的扶手柱杆上;每个窗台上都放着几堆碟子和几个盛着半瓶牛奶的瓶子。

罗德尼的套间很窄小,但起居室的窗口正对着庭院,站在这儿,可以看到庭院的石板地和唯一的一棵树,以及对面楼房的红砖墙;若是约翰逊博士从坟墓里爬出来在月下漫步,见到这些红砖房,也绝不会感到惊讶的。

罗德尼点上灯,拉上所有的窗帘,搬了张椅子给丹厄姆,然后把那篇伊丽莎白时期比喻的用法的稿子往桌上一扔,大声说:

"啊,真是浪费时间!不过总算过去了,我们可以不再想它了。"

接着,他十分麻利地生上火,拿出酒杯、威士忌酒、一块蛋糕和茶杯、茶托。他换了一件褪了色的红晨衣,脚踏一双红拖鞋,一只手拿酒杯,另一只手拿着一本磨得发亮的书,走到丹厄姆跟前。

"康格里维的巴斯克维尔版本,"罗德尼边说边将书递给他的客人,"他的书的便宜版本,我是不看的。"

现在看见罗德尼在他的书籍和珍藏物品之中的样子,看见他那样好客,想方设法使客人感到自在,那样敏捷地忙这忙那,像只波斯猫,丹厄姆严肃的态度开始变得温和了,感到与罗德尼在一起,比跟许多自己更为熟悉的人在一起,还要安然自在得多。

从房间的摆设来看,罗德尼有许多个人爱好。他小心翼翼地防护这些宠物不受外界风雨的吹打。桌子上,地板上,到处堆着稿件和书籍,他小心地绕着走,生怕自己穿的长衣飘动时会弄乱了它们的位置。一张椅子上,放着一大沓雕像的照片和图画。过一两天就换上一张新的,已成了他的习惯。书架上的书摆得整整齐齐,像一排排立正的士兵;书脊犹如许多铜制甲虫翅膀,金光闪亮。不过,你若是随便拿开一本,就会发现它的后面摆着一本破旧一些的书,这样摆是因为空间有限嘛。一块椭圆形的威尼斯镜子,挂在壁炉的上方,上面斑斑点点,模糊地映出摆在壁炉台上的一只花瓶,里面插着淡黄色和深红色的郁金香。花瓶周围放着信件、烟斗和香烟。房间的一个角落里,摆着一台小钢琴,托架上摆着《唐·吉阿凡尼》①的乐谱,依然翻开着。

"嗯,罗德尼,"丹厄姆说,一边装烟斗,一边向四周扫了一眼,"这房间不错,很舒适。"

罗德尼半扭过头,自豪地微笑着,但很快又收敛了笑容。

"还过得去喽。"他喃喃地说。

"我敢说,你必须自食其力,这也是件好事。"

"如果你是说,我有闲暇的话,也做不出什么有意义的事,

---

① 《唐·吉阿凡尼》是莫扎特谱写的歌剧,于 1787 年 10 月在布拉格首次演出。

那你就说对了。不过,如果我的整个一天都可以随自己安排,那我可以比现在愉快十倍。"

"我表示怀疑。"丹厄姆回答说。

他们默默地抽着烟,蓝色的烟雾从两人的烟斗冒出,升过他们的头顶之后,友好地结合在一起。

"每天,我可以读三个小时的莎士比亚,"罗德尼开口说,"然后,听音乐,看图画,更不用说还可以和自己所喜欢的人们聚会。"

"不要一年,你就会感到烦死了。"

"是呀,是呀,如果我什么也不做,是会厌倦的。可是,我可以写剧本。"

"嗯!"

"我可以写剧本,"他又重复了一遍,"我已经写了一个剧本的四分之三了,只等找个假日把它完成。这个剧本还不坏——有些地方真的写得相当好。"

是否要他拿来看看?丹厄姆暗自发问,毫无疑问,罗德尼希望他提出这个要求。他目不转睛地盯着罗德尼,后者用火钳神经质地敲着煤炭,身子也几乎在颤抖。看来,他的虚荣心等待着满足,他极希望谈论他的剧本。

丹厄姆觉得罗德尼在忧心忡忡地等他开口借阅稿件,仿佛罗德尼的命运在他的掌握之中,这就使他不由得对罗德尼产生一种喜爱之情。

"嗯……本人可以拜读拜读足下的大作吗?"丹厄姆问道。

罗德尼马上露出宽慰的神色,但是,他仍然静静地坐了一刻,把火钳直着举起,两眼瞪得大大的,上下唇张了张,又闭上了。

"你真的对这种玩艺儿感兴趣吗?"他终于问道,声调与刚才也不一样了。接着,他也不等对方作出回答,就满腹牢骚地说:"喜欢诗歌的人,没有几个。恐怕你会看不下去。"

"或许。"丹厄姆说。

"好吧,我拿给你看。"罗德尼把火钳一放,宣布说。

在他去拿剧本的当儿,丹厄姆的手向旁边的书架伸过去,随便取下一本书。巧得很,作者是托马斯·布朗爵士。书小巧玲珑,装潢美观。里面有《骨灰缸的安葬》《海德利塔菲亚》《驳斥梅花形排列法》和《居鲁士花园》。丹厄姆打开书,正好碰上一段他几乎背得出的章节,开始阅读起来,而且,读了好一会儿。

罗德尼回到自己的位子上,把剧本手稿放在膝盖上。他瞟了丹厄姆几眼,然后两手手指互相顶着,两条瘦腿交叉着搁在火炉围栏的上方,仿佛在享受极大的快乐。

最后,丹厄姆把书一合,站起身,背对着壁炉,发出了几声听不大清的嗡嗡声,似乎是关于托马斯·布朗爵士的话。罗德尼仍然躺在椅子上,脚趾伸进了火炉围栏。丹厄姆戴上礼帽,走到他身边。

"下次有时间,一定再来拜访。"丹厄姆说。

罗德尼将拿着剧本的手一举,仅仅说了句:"只要你高兴。"

丹厄姆接过剧本,走了。

两天之后,丹厄姆在自己的早餐盘子里,惊奇地发现一个薄薄的包裹,打开一看,原来是他在罗德尼房里,专心致志地阅读过的、托马斯·布朗爵士的那本书。由于懒散,他没有回信表示谢意,但他对罗德尼越来越感兴趣。丹厄姆将他与凯瑟琳区别开来,并打算哪天晚上去他房里抽抽烟,叙谈叙谈。

对罗德尼来说,送给朋友任何一样真心喜爱的东西,都是一种莫大的快乐。因而,他藏书室里的书在不断地减少。

6

在平凡的工作日里,什么时刻最有盼头,最值得回顾呢?倘若仅仅一个例证就可以形成一种理论,那么可以说,上午九点二十五到九点半这几分钟,对玛丽·达奇特具有特殊的魅力。这段时间,她是怀着十分令人妒羡的心情度过的,她非常满足,几乎毫无苦恼。她住的楼房,高耸入云。即使在十一月,朝阳的光束也会射进房来,使窗帘、椅子和地毯,浸染在紫、蓝、青绿三种耀眼的色彩之中。望着这景色,玛丽浑身感到无比的温暖。

几乎没有哪个早上,玛丽在系靴带时,不抬头仰望,从窗帘的黄色吊杆望到餐桌,她常常欣慰地长叹:生活竟然为她提供了如此仙境般的享受。她与世无争。她房里,从踏脚板到天花板,样样洁白无瑕;在朝阳下,独自用餐。从这样平凡的小事中,她能享受到极大的快乐。她一早起来,总是莫名其妙地感到想要对谁致歉,总想从自己的环境中找出点瑕疵来。在伦敦,她已经住了半年了,可至今仍挑不出什么瑕疵。不过,之所以如此,唯一的原因——靴带一系好她总是作出这样的结论——是因为自己有工作。每天,当她提着公文箱站在房门口时,她总要回头再向房里望一眼,看一切是否料理妥当,然后自言自语地说:真高兴,要离开窝了,要是整天无聊地守着它,我会无法忍受的。

在街上，她喜欢把自己看做那些工人中的一员。每天这个时刻，伦敦所有大街的人行道上，这些工人在匆匆行走。他们自然排成单行，低垂着头，好像每人的全部精力都在用来紧紧跟上前面的同伴。玛丽常常想象，人行道上出现一线笔直的足印，这是这些工人不偏不倚的脚步踩出来的。她爱作出一副与别的人毫无特殊的样子。遇上下雨天，坐在地铁里或公共汽车上，她总和那些周身雨水淋淋的职员、打字员、商业人员等挤在一起，共同承担使这个世界在新的一天里继续运转的重任。

这天上午，她一边思考，一边走着，穿过林肯法协会广场①，上了国王路，走过南安普敦路，然后到达她工作的地方罗素广场。一路上，她不时停下来，望望书店或花卉店的窗口；在这种时刻，货物正在摆设，窗玻璃后面还有空白之处，说明还未收拾好。玛丽对店员是有好感的，希望他们能够吸引顾客中午时分来购买他们的货物，因为她这时完全把自己摆在了店员和银行职员的一边，把那些迟睡迟起的有钱人看做自己的敌人和猎捕对象。在霍尔波恩街，刚穿过马路，她的思想就自然而然地集中到她的工作上。她忘了她只是个没有工资的义务工人，很难称得上一个使社会机器运转的人，因为到目前为止，社会几乎没有任何迹象想接受她那个女权协会所提供的方便。

一直走到南安普敦路，玛丽一路上都在想信纸和大页纸的问题，如何在这些方面实行节约（当然，以不伤西尔夫人的感情为宜）。她坚信，伟大的组织者总是从关心这样的琐碎事开始的，然后在绝对坚实可靠的基础上，胜利地进行改革活动。她虽

---

① 林肯法协会广场系林肯法协会所在地，该会为英国伦敦具有授律师资格的四个法律协会之一。

没有表白宣布过,但已决心做一个伟大的组织者,并已计划好,把她的女权协会重建成最激进的组织。

最近有一两回,刚要转弯进罗素广场,她猛然从沉思中惊醒过来。她狠狠地骂自己,不该养成习惯,在每天上午的同一时间里想着同样的事情,仿佛罗素广场的栗色砖房与她要求节约办公费的想法,有什么奇异的联系,仿佛那些栗色的砖房是一种信号,提醒她做好准备,会见克拉克顿、西尔夫人或其他任何比她早到办公室的人。她什么宗教也不信,这使她对自己的生活要求更加严格。她不时十分认真地自我反省,在她来说,没有什么比发现这样的坏习惯在侵蚀自己宝贵的思想内容,更使她恼火的了。毕竟,一个女人不时时保持生气勃勃的精神面貌,不打开自己的视野,不接触各种观点并从事各种社会实验,又有什么意思?由于这个缘故,每到转过街角时,她总要给自己敲敲警钟,然后,常常是用口哨吹着索美塞得郡①的民歌,向办公楼大门走去。

女权协会办事处,设在罗素广场一栋大楼房的最高一层楼上。很久以前,有个大商人一家在此住过,如今租给了几个社会团体。平板玻璃门上,写着各团体名称的缩写字母。每个团体都有一部打字机整天紧张地工作。这栋有着大石块楼梯的古老房子里,每天上午十点到下午六点,回荡着打字机的嗒嗒声和公务员的叫喊声。

现在,各个团体的打字机已经在工作了,散布各自对土人的保护或人类的食物谷类的价值等的看法与观点。嗒嗒的响声使玛丽加快了脚步。不管什么时候上楼,最后一段楼梯,她总是跑

---

① 索美塞得郡,英格兰西南部的一郡。

着上去的,以便尽快使她的打字机进入工作状态,与其他团体的打字机竞争。

她坐下来,一头扎进了信件堆里。不一会儿,信件的内容、办公用具以及隔壁的响声渐渐占据了她的全部头脑,一路上思索的那些东西抛到了九霄云外,额头的那两条皱纹弓成了弧形。到了十一点,她的精力完全集中到了一个方向,别的杂念几乎无法在她的脑子里逗留。近来协会因为经费困难,无法开展会务。她面前的任务是,组织几场招待会为女权协会筹措基金。组织这种大规模的活动,还是她的第一次尝试。她决心干得出色一点。她想用这部笨重的机器,从这个混乱的世界里挑出几个有趣的人物来,让他们在一个星期里不停地露面。他们准会让内阁部长们看见,这样,女权协会就可以借用这种史无前例的方法发表它的一贯论点。总的计划就是这样的。一想到这里,她心情就十分激动,满脸通红,就不得不提醒自己:要达到成功还有许多细节需要考虑。

这时,克拉克顿先生总是开门进来,在一大堆传单底下,寻找他要的那一张。他三十五岁左右,瘦瘦的个子,头发黄里透红,操一口伦敦腔,浑身上下给人一副节俭的样子,好像大自然没有大方地对待他,他也就无法慷慨地对待别人。他一找到传单,总爱说两句打趣的话,暗示她应把文件按秩序叠好。每每在这时,隔壁的打字机声戛然而止,接着,西尔夫人手拿一封需要解释的信件冲了进来。西尔夫人的干扰比前者更为严重,她常常一口气提出半打要求,而不知道自己到底要什么,一件也说不清楚。她身穿梅红色平绒衣,灰白的短发,脸上充满慈善家的热情,整日里红红的。她老是匆匆忙忙,做事杂乱无章,胸前一根粗重的金链上挂着两个十字架,老是搅在一起,在玛丽看来,这

74

似乎是她头脑不清的标志。只有在她所热爱和崇拜的协会创始人之一玛卡姆小姐面前,她才在位子上安坐不动,而这个位子对她并不是十分适合的。

上午的时间在消逝。信件越堆越高。玛丽终于感到,有一个严密的神经网络布满了整个英格兰,而她就是这个神经网的中枢。哪一天,她只要触一下神经网的心脏,所有的神经就会活跃起来,一齐行动,放射出绚丽多彩的革命火花。这种比喻是她专心致志地工作了三小时后,心情激动,对自己工作的认识。

一点钟不到,克拉克顿先生和西尔夫人下班了。他们每天在这个时刻进午餐,讲同样的笑话,千篇一律,一点也不变动:克拉克顿先生光顾素食饭店;西尔夫人从家里带来三明治,爱在罗素广场的法国梧桐树下吃;而玛丽,则常去一家华而不实的餐馆。这家餐馆就在附近,门上挂着红毛绒帘子。这里,与素食饭店大不一样,顾客可以买到两英寸厚的牛排,或白蜡盘子盛的烤禽肉,当然,每份汤是多了一点。

"瞧那参天大树,光光的枝儿,坐在那儿实在太美了。"西尔夫人望着广场,说。

"可是,一个人总不能吃树枝呀,萨莉。"玛丽说。

"我真不知道,他是怎么过的,达奇特小姐,"克拉克顿先生说,"我呀,中午如果吃得太多,就会一下午睡在床上起不来。"

"文学界最近有什么动态?"玛丽指着克拉克顿夹在腋下的一本黄皮书,友善地问道。吃午饭时,他不是拿着法国某个新作家的作品在看,就是挤进某家陈列馆去欣赏美术作品,以此调节他的工作。玛丽不久就发现,他对自己的文化修养十分自豪。

他们分手了。玛丽一边走开,一边思忖,他们是否猜到自己不愿和他们在一起呢?看来,他们并没有敏感到这种程度。她买了张晚报,一面吃,一面阅读,不时抬头瞟一眼那些买蛋糕的或说悄悄话的陌生人。后来,有个她认识的青年女子进来了。她高声叫道:"埃莉诺,过来坐在我旁边!"于是她们一起吃了午饭,在街上同走了一段路,然后在交通拥挤的十字路口高高兴兴地分了手,在这伟大而又不断变动的人世间,他们又各归己位了。

可是今天,玛丽没有直接回办公室,而是一拐弯,进了大不列颠博物馆。在石雕艺术室,她找了个空位子,正对着古希腊大理石雕像群。她望着它们,跟往常一样,感到欣喜激动,仿佛她的生活一刹那间变得庄严、甜美。这种印象的产生既由于石雕室里寒冷、幽寂,也由于雕像实在美丽动人。不过,人们至少会这样认为:她的审美观是不纯的;因为,只注视了尤利西斯①一两分钟,她就联想起了拉尔夫·丹厄姆。与这些沉默的雕像在一块儿,她感到无所顾忌,她几乎想高声呼喊:"我爱你!"它们那种纯真无瑕而又永不消退的美,使她意外清楚地认识到自己的欲望,又使她感到骄傲:自己竟有与在日常工作中截然不同的情感!

她抑制着自己想大声呼喊的冲动,站起身,在雕像群中漫无目的地游荡,后来不知不觉,走进了另一个艺术室。这里有雕刻的石碑和长翅膀的亚述②牝牛。看到这些,她的情感发生了变化。她想象着:她和拉尔夫在一个国度里旅游,到处可以看见这些怪物——长着翅膀的牝牛俯卧在沙地上。她目不转睛地看着一块玻璃后面的解说词,心里却在说:"你呀,有奇才,样样都能干,像大多数风流人物一样,超凡脱俗。"

---

① 尤利西斯,为荷马史诗《奥德赛》中的主角,特洛伊之战中智勇双全的英雄。
② 亚述,亚洲西南部一古国,兴盛于公元前 750 至前 612 年。

接着,她头脑里又出现一幅景象:在一片茫茫的沙漠上,她骑着一匹骆驼,而拉尔夫则指挥着整整一个部落的土著人。

"这就是你的才能。"她向另一幅作品走去,"你总能要别人去做你想做的事情。"

她心头发热,两眼放光,但是,在走出博物馆之前,即令在心灵深处,也远远没有想把"我爱你"这句话说出口,也许,这个句子永远也不会构成。说实在的,她对自己感到恼恨,不该让邪念在心灵的禁区打开一个缺口,如果这样的冲动再次出现,自己就会无力抗拒。她一面沿着街道回办公室去,一面继续思索着。她一直抑制自己不要堕入情网,这种习惯力量使她克制住了自己。她一点也不想结婚。在她看来,将爱情渗进友谊之中,是一种浅薄的行为。她和拉尔夫之间所建立的就是一种完全直率的友谊。相识两年来,他们谈论的是穷人住房或土地税等这些两人共同关心的非个人问题。

下午,女权协会办公室里的气氛与上午有所不同了,出现了本质性的变化。玛丽发现自己不是在望飞鸟,就是在吸墨纸上画梧桐树的树枝。人们为了公事走进克拉克顿办公室的门,扑面而来的是一股诱人的香烟烟雾。西尔夫人则拿着剪下的报纸走来走去,口里不是说"太妙了",就是说"语言真下流"。她喜欢将剪下的报纸贴成册子,或赠送给朋友。每页她都用蓝铅笔在空白处画一条醒目的线条。这既可以表示她对该页的批评,又可理解为她对它的赞扬。

这天下午四点左右,凯瑟琳在国王路慢悠悠地走着,不由得想吃点午后茶①。路灯已亮了。她在一盏路灯下站了一会儿,

---

① 午后茶,下午四点到五点间所用的点心。

极力回想,这附近是否有意气相投的熟人,要是能到她家客厅的火炉边叙谈叙谈就好了。蜘蛛网般的街道和似真似幻的夜幕使她产生了这种心境,此时她不想回家。也许,要想保持这种超现实的心境,商店里只怕是最好的去处。同时,她又想找个人聊聊。她突然想起玛丽·达奇特曾多次邀请过她。于是,她穿过马路,拐弯走进了罗素广场,东瞧西望,带着冒险一试的心情,寻找着门牌号码。她发现自己到了一栋楼房的前厅,这里灯光昏暗,没有看门人。她推开第一扇转门,里面的公务员告诉她,从没听说过达奇特小姐这个人。她属于 S. R. F. R. 吗?凯瑟琳苦笑着摇了摇头。S. R. F. R. 办公室里传来一个声音:"不,她属于 S. G. S.——在最高一层楼上。"

凯瑟琳上了一层又一层,也不知经过了多少扇上面写着缩写字母的玻璃门。对自己这次冒险是否明智,她越来越感到怀疑了。到了最后一层楼上,她站住,喘了喘气,定了定神。房里传来打字机声和正式交谈业务的声音。没有哪个声音像是她熟悉的人在说话。她刚一按铃,门立即开了——开门的正是玛丽本人!一见是凯瑟琳,玛丽只得完全换了副表情。

"是你!"玛丽惊奇地说,"我们还以为是印刷工呢。"她的手仍然扶在拉开了的门上,回头喊道,"克拉克顿先生,不是佩宁顿斯。我还得给他们去个电话——电话总机:3388。嗳呀,稀客稀客,请进来吧。"她又补充说,"你正赶上吃午茶。"

玛丽两眼闪现出宽慰的光彩。下午的烦恼驱散了。她非常高兴,凯瑟琳看到了他们协会由于印刷工没有及时送回校样所出现的紧张状态。

一盏没有灯罩的电灯正亮着,灯光照射在堆满文件的桌上,使得凯瑟琳一时有点眼花缭乱。在黄昏时,漫无目的地漫步和海阔天空地遐想之后,她感到这间小房里,生活极为充实、光明。她本能地转身向窗外望去,窗帘恰好没有拉上。但是,玛丽立即召回了她的心。

"你真行,居然找到了这地方。"玛丽说。

凯瑟琳心不在焉地站在那儿,她不知道,自己为什么上这儿来了。

确实,在玛丽眼里,她在这办公室很不协调。裹着她苗条的身段的那件带有深皱褶的长披风以及她那敏感、多愁的脸庞,使玛丽一时感到凯瑟琳好像是另一个世界的人,因而对她这个世界具有破坏性。顿时,她焦急起来,觉得应该让凯瑟琳知道她这个世界的重要性。她希望在此之前,西尔夫人和克拉克顿先生不要露面。可是她的这个希望破灭了。西尔夫人闯了进来,手里提着一把壶;她把壶放在火炉上,然后慌里慌张地点燃煤气。火扑扑地直往外喷。一下子又灭了。

"老是这样子,老是这样子,"她咕哝着说,"这事儿,只有基特·玛卡姆做得好。"

玛丽只得走过去帮助她。接着,她俩一起动手铺好桌子。茶杯大小不一,食物粗简,玛丽请求客人谅解。

"要是事先得知希尔贝里小姐会来,我们一定会买块蛋糕的。"玛丽说。听了这话,西尔夫人第一次望着凯瑟琳,眼里充满了怀疑,因为面前是个需要蛋糕的人。

正在这时,克拉克顿先生推门进来了,手里拿着封打好的信件,大声念道:

"索福特①所属各支部。"

———————

① 索福特,英格兰西北部一城市。

"干得好，索福特！"西尔夫人激动得将手中的茶壶往桌上一放，砰的一声，表示赞许。

"是不错，这些省城看来终于走上正轨了。"克拉克顿说。接着，玛丽给他介绍希尔贝里小姐。他十分正式地问希尔贝里小姐，是否对"我们的工作"感兴趣。

"校样还没有送来？"西尔夫人说。她两肘撑在桌上，手掌托着下巴。玛丽开始倒茶，"太糟糕了，太糟糕了！这种速度，我们就没法按时寄下乡去了。唉，这又提醒了我，克拉克顿先生，你不觉得，我们应该把帕特里奇最近的演讲稿印发给各省吗？什么？你没看过？这是下议院这次会议中最精彩的发言。甚至首相——"

可是玛丽打断了她的话。

"喝茶不许谈工作，这是规定，萨莉，"她严厉地说，"她违反一次，我们就罚她一便士。这次呀，罚她去买一块葡萄干糕饼。"她又解释说，希望把凯瑟琳吸引到他们这一伙中来。她已不再希望能给凯瑟琳留下个深刻的印象。

"对不起，对不起，"西尔夫人连忙道歉，"我千不该，万不该，不该是个热心人。"她说着，把头转向凯瑟琳，"有其父，必有其女，我是难改了。跟大多数人一样，我参加过许多会社，收留流浪儿委员会啦，救济会啦，教会啦，C.O.S 的地方支部啦。这还不算，回到家里，还要做家务。不过，为了我们现在这个工作，那些会我都退了。我一点也没后悔过。"她补充说，"本人感到，这是个根本问题。在妇女没有取得选举权之前——"

"萨莉，看来，至少要罚你六便士。"玛丽说着，一拳砸在桌上，"对于妇女问题及其选举权，我们都腻透了。"

西尔夫人简直不敢相信自己的耳朵。她看看凯瑟琳，又看

看玛丽,边摇头边从喉咙里发出不满的"啧啧啧"的声音。然后,她朝玛丽稍稍点一下头,动感情地对着凯瑟琳说:

"为了妇女,她,比我们谁干的事都多。她把自己的青春都交给了——因为,哎!而我年轻的时候,家庭环境——"她戛然而止,长叹了一声。

克拉克顿先生连忙回到那个关于中餐的笑话上来。他宣扬说:西尔夫人不管天晴下雨,总是带着一袋饼干在树下吃。凯瑟琳想,在他们之中,西尔夫人好像一只傻乎乎的供玩赏的小狗。

"是的,我是带着小饼干上广场去吃,"西尔夫人说话像个淘气的孩子,在长辈面前认错一样,"饼干经得住消化,真的。在那些参天大树的光树枝下,真有说不出的舒适。可是再好,我也不会去了。"她眉头一皱,继续说,"太不公平了!贫苦的妇女需要休息,连个坐的地方也没有,我一个人为啥要占据一个美丽的广场呢?"她以狠狠的眼光盯着凯瑟琳,短发卷微微向后一甩,"太可怕了,一个人不管作出多少努力,总也改不了专横的恶习。老想过体面的生活,可实际上又做不到。当然啦,所有的广场都应对人人开放,这个道理,一个人只要稍加思索,就会明白。克拉克顿先生,有哪个团体以此为目标吗?要是没有,肯定也应该有这样一个团体。"

"真是一个绝妙的目标,"克拉克顿先生以内行的派头说,"不过,西尔夫人,我们应该为涌现了五花八门的组织而悲叹。大量优秀的人力白白浪费掉了,金钱的浪费就更不用说了。在今日的伦敦市里,带有慈善味儿的组织有多少?你猜呢,希尔贝里小姐?"说完,他抿着嘴,古里古怪地微微一笑,好像表示他的提问里含有轻浮的成分。

凯瑟琳也微笑了一下。克拉克顿先生这时才发现她与他们的差异,可见他天生就不善于观察。他暗自思忖:她是谁家的姑娘呢?这种差异使西尔夫人产生了想改变凯瑟琳的信仰的冲动。玛丽却不断向凯瑟琳投去祈求的眼光,要她轻松点儿。可是,凯瑟琳毫无轻松的迹象。她一共也没说两句话,神情严肃,似乎在想什么。玛丽觉得,她这种沉默似乎带有批判的意味。

"这栋房里的事情,不是我的理解力所能及的。"她说,"在一楼,你们主张保护土著人;在二楼,你们提倡妇女移居国外,还告诉人们要吃坚果——"

"你为啥把这些事都推到'我们'头上呢?"玛丽严厉地打断她的话,"我们与跟我们同住一栋楼房的狂人毫不相干!"

克拉克顿先生清了清嗓门,轮番瞅着这两个年轻姑娘。希尔贝里小姐的仪容风度,给他以深刻印象。她看来是属于他常常羡慕的那些富有教养、生活豪华的人们的行列。而玛丽,基本上与他自己是同一类人,而且,有点儿爱在他面前指手画脚。他抓了一把饼干屑末,快速地抛进了嘴里。

"那么说,你不是我们协会的?"西尔夫人说。

"是的,对不起。"凯瑟琳直率地回答,西尔夫人进退维谷,大惑不解地瞅着凯瑟琳,怎么也说不出,在她所认识的人中,凯瑟琳到底属于哪一类。

"但可以肯定——"西尔夫人终于又开口了。

"在这些问题上,西尔夫人是个热心人,"克拉克顿先生几乎道歉似的说,"我们有时不得不提醒她:人人有权坚持自己的观点,哪怕其观点与我们的不同。……这一周,《笨拙》①上登了幅十分有趣的画,画的是一个主张妇女参政者和一个农业劳动

---

① 《笨拙》,英国幽默插画杂志,周刊。

者。你看了这周的《笨拙》吗,达奇特小姐?"

玛丽笑了起来,说:"没有。"

克拉克顿接着告诉她们,那幅画,由于艺术家成功地画出了人物的面部表情,如何如何引人发笑。西尔夫人一直板着面孔坐着,等他一说完,她的话冲口而出:

"但是可以肯定,你如果真的关心自己同性人的福利的话,一定不会希望她们得不到选举权吧?"

"我可从没说过我不希望她们获得选举权。"凯瑟琳抗议说。

"那你为啥不加入我们协会呢?"西尔夫人追问道。

凯瑟琳用调羹不断地搅杯里的茶水,凝视着出现的漩涡,一言不发。这时,克拉克顿先生想到了一个问题,犹疑了片刻,才向凯瑟琳提出。

"恕我冒昧,请问,你与诗人阿拉迪斯有什么亲戚关系吗?我记得,他的女儿嫁给了一位叫希尔贝里的先生。"

"有关系,我就是那个诗人的外孙女。"凯瑟琳说完,停顿了一会儿,微微叹了一口气。一时,大家都沉默不语。

"诗人的外孙女!"西尔夫人摇了摇头,好像在对别人说,又好像在自言自语,那神情仿佛暗示,这就说明问题了,否则就令人不可思议。

克拉克顿先生两眼顿时闪闪发亮。

"啊,果真如此!太好了!太好了!"他说,"希尔贝里小姐,说起来,我很受你外祖父的熏陶。以前,他的大部分诗,我可说都背得下来。可是不幸的是,如今不太念诗了。我想,你只怕记不得你外祖父了吧?"

一阵沉重的敲门声,吞没了凯瑟琳的回答。西尔夫人抬起

头,眼光流露出新的希望,大声说:

"校样总算来了!"跑过去把门一开,"哦,怎么是丹厄姆先生呀!"她毫不掩饰自己失望的心情。

凯瑟琳想,拉尔夫只怕是这里的常客,因为他觉得只需跟她一个人打招呼。玛丽立即对凯瑟琳的突然光临作解释:

"凯瑟琳来看我们协会是怎样工作的。"

拉尔夫感到拘谨不安,说:

"但愿玛丽没有使您信服,她会管理办公室,您相信吗?"

"怎么,难道她不会吗?"凯瑟琳说完,看看这个,又看看那个。

听了这些话,西尔夫人露出了不安的神情,头猛然一摆。拉尔夫从口袋里掏出一封信,指着其中的一句话。西尔夫人连忙语无伦次地抢先大声说:

"好了,我知道你要说什么,丹厄姆先生!那天,基特·玛卡姆在这儿。她呀,总是叫人不得安宁——她活力惊人,总能想出点新鲜事儿要我们去做,而我们不——嗯,当时我窘得不知如何是好,连日期也弄错了。不过,这跟玛丽没一点关系,我可以肯定。"

"亲爱的萨莉,别解释了。"玛丽说着,笑了起来,"男人都是些书呆子,哪里知道什么事要紧,什么事不要紧。"

"听见没有,丹厄姆,还不快替我们男人说话。"克拉克顿先生颇为诙谐地说。他像许多无足轻重的人一样,生怕女人发现他的缺点。跟女人争辩,他喜欢自称"大丈夫"。但是,此时他只想与希尔贝里小姐谈谈文学方面的东西,从而避开那些问题。

"希尔贝里小姐,"他说,"你说怪不怪,法国有许多有名的诗人,但竟没有一个能与你的外祖父相提并论。让我想想,法国有戴西乃、雨果、缪塞,都是了不起的人物。可是他们的作品都没有阿拉迪斯的那样丰富、新颖——"

正在这时,电话铃响了,他只得走开。他笑了笑,鞠了一躬,好像表明,谈论文学虽然乐趣无穷,但毕竟不是本职工作。与此同时,西尔夫人站起身来,但仍在桌边盘旋,开始喋喋不休地抨击起政党制:"要是我把我所知道的他们那些幕后阴谋活动以及金钱的威力告诉你,你是不会相信的,丹厄姆先生,你肯定不会相信。因此我现在感到,作为女儿,唯一能为父亲做的是——丹厄姆先生,他是先驱之一——在他的墓碑上,我请人刻了《颂诗》①里的一首赞美诗,嗯,就是关于'播种人与种子'那一首……我什么也能舍弃,只要他能活到现在,看到我们即将取得……"可是一想到未来的荣耀多少还要看自己打字的情况如何,她晃了晃头,急忙返回到她那间幽僻的小房里去了。不一会儿,里面传来了充满热情的然而又是混乱无章的嗒——嗒嗒声。

玛丽立即谈起了另一个共同感兴趣的话题,以此表明,同事滑稽可笑的举止,她并不是没有看到,但不想嘲笑她。

"如今道德标准如此之低,太可怕了,"玛丽又倒了一杯茶,若有所思地说,"特别是在没有受过良好教育的妇女中。她们不懂得,小事情也很重要,缺口就是由此打开的,小患不治成大灾——昨天,我差点儿就要发火了。"她看着拉尔夫,微微一笑,好像他知道内情似的。然后,她问凯瑟琳,"一听见别人扯谎,我就恼火。你不觉得恼火吗?"

"不过,似乎人人都说谎。"凯瑟琳说完,扫了一眼房内,看自己的雨伞和提包放在哪里。玛丽和拉尔夫两人言谈之间有种

---

① 指基督教《圣经》中的《诗篇》。

亲密味儿,使她想告辞了。而玛丽则希望,至少表面上看来希望凯瑟琳留下来从而加强她不与拉尔夫恋爱的决心。

拉尔夫呷了口茶,把杯子放回桌上。他已暗暗下了决心,希尔贝里小姐要是走,他也跟着走。

"我认为我就不说谎,拉尔夫也不说谎,是吗,拉尔夫?"玛丽又说。

凯瑟琳笑了起来,笑得那么痛快。玛丽怎么也不理解。她笑什么? 也许在嘲笑我们大家。

凯瑟琳站起身,东瞧瞧,西看看,印刷机、食品,以及这办公室里的所有机械,样样都看了一眼,仿佛这些也成了她的笑料。玛丽目不转睛地而且有点含怒地注视着她。在她眼里,凯瑟琳像一只羽毛漂亮而又顽皮的小鸟,随时都可能突然降落在最高树枝上,偷偷地把上面最红的樱桃叼走。

拉尔夫的眼光从凯瑟琳身上转到玛丽身上,又从玛丽身上转到凯瑟琳身上。他觉得,很难想象,有比她们俩更不相同的女人。接着,他也站起身,向玛丽点了点头,等凯瑟琳说完"再见",立即为她开门,并且随着她出去了。

玛丽坐着一动不动,也不想挽留他们。门关上后,有一会儿她直瞪瞪地盯着门,眼睛里先是凶光闪闪,然后露出迷惑不解的神色,她犹豫了一下,放下手里的茶杯,开始收拾茶具。

拉尔夫突然采取这样的行动,有个小小的理由,看起来像是冲动,其实,也算不得冲动。当时,他脑子里闪出一个念头:如果失去这次与凯瑟琳交谈的机会,回家后孤零零地坐在自己房里,又会恼怒自己,又会要自己为自己去解释为何这样胆小和优柔寡断了。总之,与其浪费一个晚上,去跟那不能通融的自己赔礼道歉,虚构种种不现实的情景,还不如在此刻冒一冒遭冷落之险。自从拜访了希尔贝里一家之后,凯瑟琳的幻影就一直跟着他。只要他一坐下,它就来到他身边,回答他想要她回答的问题;他下班回家,她就伴着他穿过一条又一条被路灯照着的街道,使得他几乎每天夜里都要取得更加辉煌的不同胜利。跟凯瑟琳本人散步,有两种可能性,要么是给她的幻影喂养新的食物使其丰满——凡爱做梦的人都知道这是必须时常采用的方法,要么是使她的幻影瘦下去,瘦得不再有用,这也是梦想者有时所希望的。拉尔夫始终清楚,他梦境中所见的并不是凯瑟琳的主体,因此一见到她,发现她竟与自己梦中想象的毫不相干,就感到惶惑。

上了街后,凯瑟琳发现丹厄姆先生开始与自己并肩而行,感到惊讶,还有点儿不快。她的幻境也是有界限的,今晚她需要在心中这块朦胧的空地上单独活动。凭性子她完全可以加快步子,走下托顿纳姆法院路,然后一下钻进一辆出租汽车,飞快赶回家。她觉得,在那个办事处里见到的一切,好像梦一样。一出来,她就把西尔夫人、玛丽·达奇特和克拉克顿先生比做中了魔的人,挤在一座着了魔的塔楼里,里面各个角落结满了蜘蛛网,巫师的魔具样样俱全,到处都是。他们是那样不现实,那样远离正常生活。那栋楼房里的数不清的打字机,像在不停地念着咒语,不停地调制着药剂,不停地将它们那脆弱的蜘蛛网撒向外面街道上奔腾向前的生活巨流。

她也许知道,自己的想象未免有点儿夸张,因为她肯定不想让拉尔夫与她分享这种想象。她猜想,玛丽用打字机打印传单给内阁部长们,拉尔夫准认为她就是趣味和真实的象征。因此,她把他和玛丽一起排除在现实生活圈子之外。街上,男男女女熙来攘往;两旁的路灯宛如垂饰项链;商店的窗口灯火通明。这一切使她欣喜,差点儿忘了陪伴她的拉尔夫。她走得非常快。对面来的行人,川流不息,不时把她与拉尔夫远远地分开。两人都感到有点头晕目眩。但是,她几乎是不知不觉地尽到了一个同路人的责任。

"那种工作,玛丽·达奇特干得很出色……我想,她是负责人吧?"

"是的。其他人都帮不了什么忙……她改变你的信仰了吗?"

"那没有,我是说,我早就改变了信仰。"

"而且,她也没有说服你为他们工作吗?"

"哎呀,那绝对不行。"

他们在托顿纳姆法院路继续走着,一会儿分离,一会儿靠拢。拉尔夫倒觉得自己仿佛是在跟大风中的一株白杨说话。

"我们上那辆公共汽车好吗?"他提议。

凯瑟琳默然同意。于是,两人上了车,结果发现车上只有他们两人。

"可是你上哪儿去呢?"凯瑟琳问道,刚才在熙熙攘攘的街道上匆匆行走,头脑迷迷糊糊,现在倒有点儿清醒了。

"谭普尔街。"拉尔夫不假思索地编造了一个地点。他感觉到,他们一坐下,公共汽车一起动,她就发生了变化。他想象:她那双诚实忧郁的眼睛正在凝视前面的林荫大道;好像将他远远置于一旁了。微风迎面而来,吹动了她的帽子。她掏出一根饰针,把它戴稳了。这小动作似乎表明,她也难免有失误之时。啊,要是风吹掉了她的帽子,让她的头发乱蓬蓬的,然后我把帽子捡起来,亲手交给她,那该多好啊!

"这儿有点像威尼斯。"她说完,把手一举,"我是说这些汽车,亮着车灯,像穿梭一样,好快啊。"

"我从没到过威尼斯。"他说,"逛威尼斯之类的乐趣,我打算年老了再去享受。"

"'之类'怎讲?"她问。

"威尼斯、印度,我想,还有但丁。"

她笑起来。

"哟,年老再去!如果现在有机会,你会拒绝去威尼斯观光吗?"

他没有立即回答她,而是在思量,是否有必要把自己的真实情况告诉她。然而,他一面思量,一面却告诉了她。

"小时候,我就把自己的一生计划好了,把它分成了几个阶段,目的是为了活得长一些。你瞧,我总感到自己好像错过了一些什么——"

"我也是这样!"凯瑟琳惊奇地说,"可是,"她又补充说,"你为什么会丢失一些机会呢?"

"为什么?因为我穷,"拉尔夫马上回答,"您想想,威尼斯也好,印度也好,但丁的故居也好,只要高兴,哪一天都可以去。"

她不说了,一只脱去了手套的手往面前的扶手上一搭,陷入了沉思,想起了许多事情。这个古怪的小伙子发出的"但丁"这个音,好像正是在她耳边经常响起的那个声音。另外,太巧了,他对生活的感触,竟与她有共同之处。看来,如果多了解的话,他或许是个有趣的人。但她早已把他列入她永不深交的一类人之中,这一点足以使她保持沉默。她匆匆回想了一下他在那间藏珍小屋里给她的第一印象,感到一半需要修正,就像人们发现恰当辞句之后就想把病句勾销一样。

"可是要知道,有些东西,一个人可能得到,但这并不等于他已经得到了,"她心神有点儿慌乱,"比如说,我怎么能到印度去呢?而且……"她一激动,到了嘴边的话也说不出来了。这时,售票员走了过来,打断了他们的谈话。拉尔夫仍然等着她继续说下去,但她再也没有开口了。

"我有个口信要带给你爸爸,"他说,"也许您愿意帮我捎给他,要么我自己来——"

"行,来吧。"凯瑟琳回答说。

"不过,我仍然不明白,你为什么不应该去印度。"拉尔夫见她要起身,为了阻止她,连忙又说。

尽管如此,她还是站了起来,以她平常那果断的风度,说了声再见,很快离开了他。拉尔夫感到她的一切动作都是非常快迅的。他朝下望去,看见她站在人行道的边沿上,庄严,警觉,等车一过,大胆而又迅速地穿过马路,到了另一边。这种姿势和动作,当然会添加到他想象中的她的身上。不过,此刻,这个真实的女子已经将那个幻影完全赶走了。

7

"小个子奥古斯塔斯·佩拉姆对我说,'年轻一代在敲门'。我说,'嗳呀,佩拉姆先生,可年轻人进屋总是不敲门的'。你说,这算啥笑话,可他照样写进他的笔记本里。"

"到我们升天之后那部书才会问世,让我们为自己庆贺吧。"希尔贝里先生说。

开餐铃还未响,女儿也还没有回家,老两口在等待着。他们坐在火炉两边的扶手椅上,两人都略微弓着腰,垂着头,眼睛注视着火红的煤块。从脸上的表情看,他们均已久经世故,正在被动地等着什么事情发生。这时,希尔贝里先生全神贯注地盯着一块掉在炉栅外面的煤,思量着如何给它在烧得正旺的煤块中找个合适的位置。希尔贝里夫人一言不发地望着他,嘴唇上的微笑在发生变化,仿佛她的头脑仍然沉浸在下午的事件之中。

希尔贝里先生完成了自己的任务后,身子又恢复蜷缩的状态,手开始玩弄起他表链上的那颗小绿宝石,那双深邃的椭圆形眼睛,盯着炉火,不过,由于在这眼光背后,似乎隐现着敏于观察和善于幻想的神情,使得棕色的眼球显得仍然异常生动。但不知是怀疑一切还是对自己信手可得的奖赏和结论太爱挑剔的缘故,脸上的表情与其说是懒散倒不如说是忧郁。这样坐了一会儿后,他似乎发现自己在胡思乱想,叹了一口气,伸手去取身旁桌子上的一本书。

听见门一开,他立即把书合上。夫妇俩不约而同地抬头望着正向他们走来的凯瑟琳;两人的心里好像突然产生了一种从未有过的念头。在他们看来,她穿着轻飘飘的夜礼服,显得很年轻;一看见她,夫妇俩就精神振奋。也许,女儿的年轻和蒙昧,使他们感到自己对人世的了解多少还有几分价值。

"凯瑟琳,晚饭比你更迟,这是你可以要求谅解的唯一借口。"希尔贝里先生说完,取下眼镜。

"只要结果好,我才不在乎她回得早还是回得迟呢,"希尔贝里夫人自豪地望着女儿,"不过,凯瑟琳,我不知道到底是否喜欢你这么晚回来。"她接着又说,"你乘的是出租汽车,我想。"

开饭铃响了。

希尔贝里先生拘谨地挽着妻子的手臂,走下楼去。

他们都穿着夜礼服。餐桌,说它十分漂亮,一点儿也不过分;上面没有桌布,瓷器在闪亮的棕色桌面上整齐地摆成一个深蓝色的圆圈;正中央,摆着一钵菊花,有茶红色的,有黄色的,其中有一朵洁白的,格外鲜艳,窄窄的花瓣全都向后弯曲,宛如一个坚实的白球。墙上,三位维多利亚时期著名作家的头像,正俯瞰着摆设雅致的桌面;每个头像的下方,都贴着一张纸条,上面是伟大诗人的亲笔题词,写的是他始终是像主的诚挚好友,亲爱的好友,或永恒的朋友。

很明显,父亲和女儿非常满意在沉默中用餐,或者最多用佣人听不懂的省略语说几句悄悄话。但是,希尔贝里夫人可不高兴沉默,不管佣人在场不在场,也不管父女俩爱听不爱听,时时大声对他们说话。首先,她提醒他们餐厅没有以往明亮。她把灯都打开了。

"这就舒服多了!"她大声说,"你知道吗,凯瑟琳?那个古里古怪的傻瓜来跟我一起喝了茶。啊,我多么需要你呀!他的警语一句一句地说个不停,我太紧张了,你知道,我又想听,一不小心把茶水也泼了出来——他就此又说了句警语!"

"哪个古里古怪的傻瓜?"凯瑟琳问父亲。

"幸而在我的傻朋友中,只有一个爱说警句——这当然是奥古斯塔斯·佩拉姆。"希尔贝里夫人说。

"幸好我不在家。"凯瑟琳说。

"可怜的奥古斯塔斯!"希尔贝里夫人大声说道,"不过我们都对他太过分了。要记住,他对他那令人讨厌的老母是多么孝顺啊!"

"这只是因为她是他的母亲。凡是跟他自己有亲戚关系——"

"不,不,凯瑟琳,这太不好了。这是——用哪个词来说呢?特利凡尔,我是想说一个长长的拉丁词——这种词儿,你和凯瑟琳都知道——"

希尔贝里先生提议用"玩世不恭"。

"对,这个词要得。我不赞成女孩子上大学,但是我应该把那种东西教给她们。出口就是典故,十分优雅地从一个话题转到另一个话题,这可以使人感到高贵。不过,也不知道是什么东西影响了我——我竟然不得不问一问奥古斯塔斯,哈姆雷特爱上的那位小姐叫什么名字来着,你又不在场,凯瑟琳,天知道他会不会把我问的那句话写进他的日记里去呢?"

"我希望——"凯瑟琳冲动地刚一开口,又克制住了自己。母亲总是使她激动,引起她迅速感触和思考。接着,她记起来,父亲也在场,而且正在认真听着。

"你希望什么?"见女儿停住不往下说,父亲问道。

希尔贝里先生常常这样出其不意地使女儿吐露她不想讲给他听的话。接着,两人就争辩起来,而希尔贝里夫人却继续想她自己的心事。

"我希望妈妈不是个名人。我在别人那里吃茶,他们总是跟我谈论诗歌。"

"他们以为你准会写诗,哦——是吗?"

"谁跟你谈诗歌来着,凯瑟琳?"希尔贝里夫人问道。凯瑟琳决定把拜访女权协会的情况告诉父母。

"他们的办事处在罗素广场一栋古老的楼房的顶层。我从没有见过如此奇怪的人。那个男的,发现我与诗人阿拉迪斯有亲属关系,跟我谈起诗歌来。在那种气氛中,连玛丽·达奇特都好像变成了另一个人。"

"是的,办公室的空气对心灵是十分有害的。"希尔贝里先生说。

"妈妈住在罗素广场的时候,我记得那儿没有什么办事处,"希尔贝里夫人沉思地说,"我怎么也想不到,那些豪华的大房间,竟会有一间变成了乏味的女权协会办公室。不过,如果那些职员还会念诗,那他们多少还算不错。"

"不,他们根本就不像我们这样念诗。"凯瑟琳坚持说。

"可是想一想,他们并不是整天在填写那些可怕的表格,有时还念念你外公的诗,这应该说还是不错的。"希尔贝里夫人也固执己见。她对办公室生活的概念来自银行。她在那里取钱,把一块块金镑往皮包里放的时候,偶尔看到过柜台后面的情景。

"不管怎样，他们还没有改变凯瑟琳的信仰，这才是我担心的。"希尔贝里先生说。

"那办不到，"凯瑟琳坚定地说，"无论如何我绝不会跟他们一起工作。"

希尔贝里先生同意女儿的看法，接着说："真是不可思议，一看见自己同伙中的狂热者，总是叫人恶心。他们暴露自己事业的缺点，比敌人更直率。一个人在自己书房里可以满腔热忱，可是一旦与跟自己观点相同的人接触，满腔的热忱就烟消云散了，我发现情况就是这样的。"接下去，他一面削苹果，一面告诉她们：他年轻时曾答应在一个政治集会上作演讲。去的时候，他对自己那一派的理想是怀着火一般的热情的。可是当他的领导人发言的时候，他却渐渐转向了另一种思想——如果这称得上思想的话。为了不让自己出丑，他只得装病。自这以后，凡属公共集会，他都感到厌恶。

凯瑟琳仔细地听着，感到自己跟平常一样，在父亲——某种程度上说还有母亲——叙述自己的感受时，总是很能理解他们，也同意他们的看法；但同时，她又感到自己看到了他们没有看到的东西，因而在他们说的与她想的不尽相符时（而且总是如此），总有点儿失望。她面前的碟子不声不响地迅速换了，桌上摆上了水果。谈话开始转入常轨。她颇像个法官一样坐着，倾听着父母的交谈。夫妇俩见女儿听得笑出声来，非常高兴。

在一个又有老又有少的家庭里，日常生活充满了一些奇怪的小小礼仪和虔敬的行为，执行得非常准时；不过，它们已蒙上了一层神秘的色彩，含意模糊不清，执行它们的人像在念迷信符咒一样，在希尔贝里先生左右一摆上雪茄和葡萄酒，希尔贝里夫人和凯瑟琳就得立即离开餐厅。这就是这一家晚上的礼仪。多少年来，她们从未看着希尔贝里先生抽雪茄或喝葡萄酒。若是无意中闯进来看见了，她们也准会感到不大合适。这种两性分离的短暂而又富有特点的时刻，常常用来补充说完餐桌边没有说完的话，当然是些私房话。在男性仿佛被某种宗教仪式与女性隔绝之后，她们对自己身为女性，感觉格外强烈。凯瑟琳和母亲手挽手，上楼到客厅去。此时，她完全明白自己是什么心情，连等会儿开了灯，和母亲走进客厅的那种共同喜悦，都能预感得到。

此时，客厅里，为一天的最后一个片段，收拾得有条不紊，印花棉布帷幔上，红鹦鹉摇来荡去，扶手椅在炉火边烤得暖暖的。希尔贝里夫人站在火炉旁，一脚踏在围栏上，裙子略为向上提着。

"啊，凯瑟琳，"她激动地大声说，"你刚才的话使我想起了我的母亲，想起了在罗素广场的那些日子！我仿佛看见了那些枝形吊灯，用绿色纱罩盖着的钢琴，妈妈披着开司米围巾，坐在窗口旁唱歌；外面，衣裳褴褛的小男孩停下来，尖着小耳朵听入了迷。爸爸叫我拿一束紫罗兰进屋去，他自己却在拐弯的地方等着。那准是一个夏天的傍晚。那时情况还没有到现在这样令人失望的……"

她说着说着，脸上出现了懊丧的表情。这一定是使她嘴角和眼角边出现皱纹并使之日益加深的原因所在。诗人的婚姻不是美满的，他离开了妻子。妻子轻率地生活了几年之后，就过早地去世了。这一灾难，使希尔贝里夫人早年的教育很不正规，其实，也可以说她根本就没有进过学校。不过，在父亲创作的最盛时期，她一直在他身旁。每逢在酒店里，或诗人常去饮酒的其他地方，她就坐在父亲的膝盖上。人们说，为了女儿，他改掉了自己放荡的习性。成了世上无可指责的文学名人,但也因此失去了创作的灵感。随着岁月的流逝,希尔贝里夫人越来越容易回想起过去。昔日的这个灾难,有时使她内心痛苦万分,好像不使父母在九泉之下得到安慰,她就不能升天似的。

凯瑟琳想安慰母亲,但又怕难以办到。这些事件本身就具有许多传说的成分。罗素广场那栋楼房,房间豪华,花园里有一棵木兰花树,钢琴的声音悦耳动人,走廊上传来脚步声,男来女往,风流艳事,等等等等,这一切是真的吗?还有,阿拉迪斯夫人为什么要独自住在那栋巨宅里呢?如果她不是一个人住在那儿,那又与谁住在一起呢?对于这个悲剧,凯瑟琳很感兴趣,希望能听到有关的所有细节,并无拘无束地进行讨论。可是这个希望越来越渺茫了。母亲虽然天天把它挂在嘴边,但是每次一开口就踌躇不安,好像六十年来这些事件均已遭到歪曲,她只要拉扯一下就能澄清。实际上,真实的情况也许她并不了解。

“如果他们生活在今天的话,”她断言说,“我想,那样的事情就不会发生。现在的人没有那时的人爱制造悲剧。那时,我父亲若是能周游世界,或者我母亲若是能休息、疗养一下,什么问题也不会发生。可是那时我又做得了什么呢?何况,他们两人都有坏朋友在他们之间挑拨离间,啊,凯瑟琳,你结婚时要注意:丈夫一定要是你所爱的人!”

泪水已布满了希尔贝里夫人的两眼。

凯瑟琳一边安慰母亲,一边想:“瞧,这就是玛丽·达奇特和丹厄姆先生不能理解的。这就是我无法避开的环境。像他们那样生活多么单纯啊!”整个晚上,她一直在把她家和她的父母跟女权协会及其成员进行比较。

"可是,凯瑟琳,"希尔贝里夫人此时突然心情一变,又开口说,"天晓得,虽然我不想看见你结婚,但我敢肯定,如果有真心爱女人的男人的话,那就是威廉,他爱你。凯瑟琳·罗德尼——这名字多漂亮,多好听呀! 不幸的是,好听的名字不等于钱,他就是没有钱。"

听到自己的姓被换掉,凯瑟琳很生气。她气冲冲地说她谁也不想嫁。

"当然喽,只嫁给一个男人,太枯燥无味了。"希尔贝里夫人沉思着说,"我老这样想,要是你能嫁给所有爱你的人就好啦。也许,到时候,他们会一起跑来。不过我还得承认,可爱的威廉——"

这时,希尔贝里先生走了进来。晚间更严肃的一段时刻开始了。每到这个时候,凯瑟琳就捧着一本散文集或别的文学作品大声朗读;她母亲在一个小圆架上断断续续地织围巾;她父亲则看着报纸,但并不认真,因而可以对作品中男主人公或女主人公的遭遇不时诙谐地评论一番。希尔贝里家在一家图书馆订了书,每星期的二、五就有书送来。凯瑟琳总是想方设法用活着的并受人尊敬的作者的作品来取悦父母。可是,希尔贝里夫人一看见那封面带着金线边的作品,心里就不舒服,常常做点怪样子出来,好像凯瑟琳给她吃了什么苦药;而希尔贝里先生对当代作品,则多方取笑,但没有恶意,如同大人们取笑有出息的小孩的滑稽动作一样。今晚凯瑟琳捧着一部当代作家的作品刚念了五六页,她母亲就提出反对,说情节太离奇了,低级下流,不宜见诸文字。

"别念下去了,凯瑟琳,给我们念一点真实的东西吧。"

凯瑟琳只得到书架上去挑选了一部厚厚的、用光滑的黄色小牛皮作封面的作品。它像一副镇静剂,立即使她父母消除了不安。但是晚班邮件送进来了,亨利·菲尔丁①的话没有念完就被打断了。凯瑟琳有几封信,这些信吸引了她的全部注意力。

---

① 亨利·菲尔丁(1707—1754),英国小说家。

8

　　父亲一离开,凯瑟琳怕母亲坐在同一房里随时可能提出要看看她的信件,立即劝母亲去睡觉,然后带着信来到了自己的房里。

　　匆匆看了许多页信之后,凯瑟琳发现,她需要同时对付许多不同的问题。第一封是罗德尼写来的,他详详细细地叙述了自己的心情,然后作了首十四行诗作为概括,要求凯瑟琳重新考虑他俩的关系,这使得她十分激动。另外两封,她得摆在一起比较比较,才能弄清其真正含意。可是,尽管看清了信中的事实,她仍感到不好理解。最后她拆阅了一封长长的信。这是她一个堂哥寄来的,他由于经济困难,被迫从事一项他很不满意的职业——在邦加①教年轻小姐拉小提琴。

　　但使她困惑不安的,还是那两封信。它们从不同的角度告诉她同一件事情。她远房表哥西瑞尔·阿拉迪斯近四年来一直同一个并不是他妻子的女人同居,那女人给他生了两个孩子,现在肚子里又怀了一个,快要生了。这已成了事实。她感到十分震惊。这事儿是她姑姑西莉亚——米尔温夫人发觉的,对这类

---

　　① 邦加,英格兰东南部一城镇。

事情,她是特别热衷打听的,她的来信不能不加以考虑。她在信中说:一定要叫西瑞尔与那个女人马上结婚。而西瑞尔非常愤慨,错也好,对也好,不喜欢别人干涉他的私事。他也不承认自己做了什么丢脸的事。他真的可以不感到羞耻吗?凯瑟琳心里问道。接着,她又把眼光转向她姑姑的信。

"别忘了,"她姑姑不厌其烦地在信中强调,"他跟你外公同姓,就要出世的那个小东西也会跟你外公姓!与其责怪这可怜的孩子,不如责怪勾引他的那个骚货。她以为他是个绅士,很有钱,他确实是个绅士,可是并没有钱。"

"这件事,拉尔夫·丹厄姆会怎么说呢?"凯瑟琳思索着,开始在卧室里踱来踱去。她拉开窗帘,外面黑蒙蒙一片,只能看见法国梧桐树枝和别人家窗口里射出的黄色灯光。

"玛丽·达奇特和拉尔夫·丹厄姆会怎么说呢?"她在窗口边停住。由于今晚不冷,她开了窗,以便让晚风吹拂着她的脸庞,使自己忘怀于虚无的黑夜之中。可是,远处熙熙攘攘的大街上,嗡嗡的嘈杂声不断随风传来。她倚窗伫立,感到这种不息的嘈杂声仿佛象征着她自己的生活,因为,她的生活处于别人前进的生活团团包围之中,自己前进的脚步声完全被吞没了。她想,拉尔夫和玛丽那样的人,可以随心所欲,前程广阔。她嫉妒他们。她纵情想象,幻想有一块空旷的大陆,在那里,无论如何不存在男女间这种卑下的交往,不存在这种充满着男女间无穷无尽的纠缠的生活。即使此时,夜深人静,孑然一身,眼望茫茫的伦敦城,她仍然无法忘记自己被一条线,不,被两条线,纠缠着。在她东面的某个地方,威廉·罗德尼这时一定正坐在豆点大的灯光下,他心里想的,不是书,而是她。她希望在整个世界上没有一个人想她。然而,她最后又不得不承认,一个人不可能避开同类的人,于是长叹一声,关上窗子,回过身来,接着看信。

她不能否认,威廉这封信,是他到目前为止写给她的信中最真诚的一封。他下结论说:"没有你,我不能活下去。"他相信自己是了解她的,能够给她带来幸福,他们的婚姻会和别人的不同。那首十四行诗尽管写得华丽,但充满了感情。倘若感情也像水流一样能看见,凯瑟琳在再次阅读威廉的信时,完全看得见自己的感情应流向何方。她将对他怀有一种幽默的柔情,将对他那敏锐的情感表示灼热的爱,可是,一想到父亲与母亲,又不得不考虑:什么叫爱情?

由于她的美貌、地位和家庭背景,有许多青年男子追求她,向她求爱,这一点也不奇怪。可是她一一都拒绝了。也许正因为如此,在她头脑里,爱情成了一样虚饰的东西。由于没有这种实际经验,近几年来,她常常不知不觉地在头脑里虚构爱的形象,设想恋爱后结婚的情况,和那个点燃起爱情之火的男子,把这一切想得十分美妙。这当然就使她所见的实际事例相形见绌。通过想象,她可以轻易勾画出许多美妙的图画,上面,壮丽的背景以绚丽的然而是虚幻的光彩衬托着前景中的实物。她梦中的爱情,宏伟壮观,如同悬崖峭壁上下泻的瀑布,响声如雷,落入夜的蓝色深渊中;它吸引集中了人生一切力量,然后在一场异常的灾祸中撞得粉碎,一切都被吞没,无法拯救。她的意中人,也是一个高尚的英雄,正骑着一匹高大的骏马在海边疾走;他们一同穿过茂密的森林,一同在海滩上奔驰。可是,一觉醒来,她的脑子想的只能是现实生活中那种完全没有爱情的婚姻,很可能做这样梦的人常常是生活过得最枯燥单调的人。

此时,她很想一直坐到深夜,继续那轻飘飘的遐想,等到对这种幻想感到厌倦,再去学习数学。但是她非常清楚,她必须在父亲睡觉之前见他一面。西瑞尔·阿拉迪斯的事儿必须讨论一下，母亲的错觉需要改正，家庭的权利必须设法保障。她自己还不大明白这一切意味着什么，只得与父亲共同商议。于是拿起信件，走下楼来。

时间正值十一点。大厅里外祖父留下的大摆钟与楼梯柱台上的小摆钟，竞争似的"当当当……"敲着。希尔贝里先生的书房设在一楼向外凸出的一间房里。这里十分清静。白天，一束阳光透过天窗，照射在他的书上和一张摆满文件的大桌子上——现在，桌上正亮着一盏绿色的台灯。希尔贝里先生在这里编辑他的评论周刊，或收集资料，证明雪莱的某句诗原稿写的是"的"而不是"和"，拜伦下过榻的那家客栈叫"马头店"而不叫"土耳其骑士店"，济慈叔叔的教名是"约翰"而不是"理查德"。关于这些诗人生平的细节，全英格兰没有谁有他知道得多。或许他目前正在准备用一个版面，滴水不漏地评论一番雪莱是如何使用标点符号的。他看出了这些研究的幽默之处，但这并没有影响他以一丝不苟的态度将研究成果奉献给读者。

他此时正舒舒服服地躺在一张深扶手椅上，一边抽雪茄，一边反复琢磨着一个富有成效的问题：柯尔律治[①]是否准备向多萝西·华兹华斯[②]求婚？如果他真这样做的话，对他本人以及整个文学界会产生什么后果？

凯瑟琳进来时，他认为自己知道她的来意，于是仍然用铅笔做着笔记，写完后，看见她在看书。他一言不发地注视了她一会儿。她两眼在阅读《伊莎贝拉与紫苏瓶》，心早已飞向意大利的

---

① 柯尔律治(1722—1834)，英国诗人。
② 多萝西·华兹华斯，英国诗人华兹华斯(1770—1850)的妹妹。

山冈,那里阳光明媚,树篱上挂满红玫瑰和白玫瑰。她觉察到父亲在等着自己,合上书,嘘了口气,说:

"爸爸,我收到西莉亚姑姑一封信,是关于西瑞尔的……看来真有其事——是他的婚姻问题。我们怎么办呢?"

"西瑞尔似乎傻得很。"希尔贝里先生用悦耳的语调从容而又谨慎地说。

见父亲用手指抵着手指,那样审慎,似乎心中保留有许多想法不想说出来,凯瑟琳感到谈话难于进行。

"可以说,他快完了,自作自受。"他又说。然后,他一声不吭地从凯瑟琳手里拿过信,调了调眼镜,从头看到尾。

最后,他"哼!"了一声,把信还给她。

"妈妈还一点也不知道。"凯瑟琳说,"请您告诉她好吗?"

"我会告诉你母亲的,不过,我将告诉她,这事与我们毫不相干!"

"可是,那结婚的问题呢?"凯瑟琳略为胆怯地问道。

希尔贝里先生一言不发,两眼凝视着炉火。

"他究竟为什么要那样做呢?"他终于沉思地说,这与其说在跟她说话,倒不如说是在自言自语。

凯瑟琳已经又把她姑姑的信看了一遍,并引用其中的一句说:"易卜生和巴特勒……他给我来了一封信,里面尽是引语——尽是一派胡言,不过是一派聪明的胡言。"

"嗯,如果年轻人要采取这种生活方式,那就不是我们的事了。"他说。

"可是,要他们办结婚手续,也不是我们的事吗?"凯瑟琳有点不耐烦了。

"他们到底为什么要问我呢?"她父亲突然冒火地问道。

"只因为您是一家之长——"

"我是什么一家之长？这个家的家长是阿尔弗雷德！让他们去问他吧。"希尔贝里先生说完，往椅子上一躺。凯瑟琳这才意识到，一提到这个家，就触动了父亲那根敏感的神经。

"我想，也许最好我去看望一下他们。"她试探性地说。

"我不希望你跟他们来往！"希尔贝里先生以异常坚决和威严的口气回答说，"我确实不理解他们为什么要把你拉扯进去——，我看不出，这与你有什么关系。"

"我和西瑞尔一直是朋友。"凯瑟琳说。

"但是，这事儿，他跟你说起过没有？"希尔贝里先生十分尖锐地说。

凯瑟琳摇了摇头。这事西瑞尔一直瞒着她，她确实感到受了很大的伤害。难道他也像拉尔夫·丹厄姆或玛丽·达奇特那样，认为我因为某种原因有些冷酷无情，甚至对他怀有敌意？

"至于对你母亲，"希尔贝里先生停顿了一会儿，似乎在研究火焰的色调，"你最好把真实情况告诉她。在人人都开始议论之前，最好要让她先知道。可是，西莉亚为什么认为有必要来一趟呢？我真的不明白。这事谈得越少越好。"

凯瑟琳心想：这些有高度教养、生活经验丰富的六十岁的绅士，头脑里也许装着许多他们不想说出的东西。她在回到自己房间时仍然对父亲的态度感到迷惑不解。他离这一切多么遥远啊！浅薄地掩盖粉饰这些事件，使之适合与自己人生观相符的社会准则，从不想想西瑞尔心里是怎么想的，也不研究研究这一事件的隐秘方面。他似乎只承认，勉强地承认，西瑞尔干了件蠢事，因为别人都不那样做。他好像在用望远镜看几百英里之外的小小的人影。

第二天早饭后,她出于私心不想由自己把事情告诉母亲,于是跟着父亲来到了前厅,以便问问他。

　　"您跟妈妈说了吗?"她问父亲,态度几乎是严厉的,那双黑亮的眼睛好像在无休止地深思。

　　希尔贝里先生"唉"了一声。

　　"我亲爱的孩子,我早忘了。"他用力将他的丝绸礼帽整了整,立即装出一副有急事的样子,"我会从办公室送张便条来……今天早上我要迟到了,还有大版大版的校样等着我校对呢。"

　　"那不行!"凯瑟琳坚决地说,"她一定得知道——要么您告诉她,要么我告诉。我们应该先让她知道。"

　　这时,希尔贝里先生已把礼帽戴到了头上,将手按在门的拉手上,眼睛里露出了凯瑟琳从小就很熟悉的表情,一种混杂着恶作剧、幽默和不负责任的表情,每当他玩忽职守,要女儿给他掩护时,这种表情就自然而然地流露出来。他意味深长地点了点头,灵巧地打开门,以与他的年纪很不相称的轻松步子跨了出去。最后,他向女儿招了一下手,走了。

　　一个人被抛下,凯瑟琳不由得笑了起来;她发现自己跟往常一样,在跟父亲进行的家庭交易中又上当了,只得违心地去做这件本来应该由他完成的工作。

9

凯瑟琳差不多跟父亲一样,不喜欢把西瑞尔的不端行为告诉母亲,理由也几乎相同。她和她父亲都生怕在这种时刻提起它,如同人们生怕听见舞台上的枪声一样。再者,她本人对此到底看法如何,也定不下来。与往常一样,她看见了父亲和母亲所不能看见的某些东西。从而使她心中对西瑞尔的所作所为作不出任何定论。在这件事上,父母会要评断是非,而对她来说,只不过是一件已经发生了的事情。

凯瑟琳走进书房时,希尔贝里夫人已把笔伸进墨水瓶里。

"凯瑟琳,"她将笔提起来,说,"关于你外公,我想到了一件非常古怪的事情。我现在的年纪,比他去世时的年纪,还大三岁半! 当他的母亲只怕当不了,可是,可以做他的姐姐呀! 太有趣了! 今天上午精神格外爽快,打算写它几大段。"

不管怎样,她果然开始伏案疾书。

凯瑟琳在自己的桌子边坐下来,解开一捆近日正在处理的旧信件,心不在焉地把一封封的信摊开,开始辨认信中那些褪色的笔迹。过了一会儿,她抬头望着对面的母亲,她不禁揣测起母亲的心情来。宁静和愉快,使母亲脸上每一块肌肉都放松了;双唇微微张开,呼吸均匀,显然在控制着自己激动的心情;如同一个正在自己周围垒砖墙的小孩一样，每垒好一块砖就增加一份狂喜。希尔贝里夫人就是这样在自己周围一笔一笔地加高昔日的天空和树木，追忆亡亲故友的音容笑貌。此时，书房里是如此安静，无一丝现世现时的响声。凯瑟琳想象，这儿就是过去的深潭，她和母亲正沐浴在六十年之前的阳光之中。她想知道，现在的时代可以拿出些什么来与过去时代所遗赠的这些丰厚的礼品相比。这是一个星期四的上午，壁炉上的时钟在为它铸造一秒又一秒崭新的时间。她竖起耳朵，只听见，汽车的喇叭声和脚踏车飞驰的声音由远及近，然后又逝去；屋背后一条较为冷落的街上，传来叫卖旧铁器和蔬菜的声音，每间房子当然都有其使人产生联想的地方，特别是那些人们曾经习惯于在里面从事一些特殊活动的房间，更容易使人回想种种往事，想起在房内的所见所闻，当时的心情，想法；在这样的房间里，要想干什么别的活儿，简直是不可能。

从小时候懂事起，每当进了母亲的房间，凯瑟琳就不知不觉地受到这些多年前就已存在的东西的影响。它们既甜蜜，又庄严，使她联想起早年记忆中那犹如洞穴般黑暗的而又能发出洪亮的回声的威斯敏斯特教堂，她外祖父就安葬在那里。房间里所有的书画，甚至桌椅，都是外祖父的，或者与他有关系。她常听母亲说，连壁炉上那些陶瓷狗、陶瓷牧羊小姑娘以及陶瓷羊群，都是他从一个老爱站在肯宁顿大街上端着一盘玩具卖的人手里，一个便士一样买来的。不知有多少回，凯瑟琳身在这房间里，心却老是在想着那些已经在地球上消失了的人们，两眼仿佛看见了他们眼睛和嘴唇四周的肌肉；而且，她给他们配上各自的声音、语调以及大衣和围巾。不知有多少回，她感到自己好像在跟他们一起活动，自己像一个看不见的幽灵，而他们倒成了活生生的人；她对他们，比对她自己的朋友更加了解，因为她知道他们的秘密，预先准确无误地知道他们的命运。她觉得，他们太不幸了，太糊涂了，太刚愎自用了。倘若在现在，她可以告诉他们哪些该做，哪些不该做。令人痛心的是，事实上他们会把她的话当作耳边风，仍旧按他们古旧的方式行事，最后注定要遭到不幸。他们的举止常常是荒唐的，他们的习惯是极为可笑的；但是，一想到他们，她就感到自己跟他们十分亲近，因而无法对他们进行评判。她几乎忘记了自己是个有着自己的前途的、独立的人。在像今天这样心情颇为懊丧的上午，她总是设法从他们这些老信件里提到的那些复杂模糊的事情中，寻出某种线索，找出某种在他们看来值得这样做的理由，发现他们心中某个始终不动摇的目标——这时，她的思路被打断了。

希尔贝里夫人已经从桌边站了起来，此刻正望着窗外：泰晤士河面上，一溜驳船在向上游航行。

凯瑟琳瞅着她。突然，她猛地转过头来，大声说：

"我真是中了魔了！我只要三个非常直率、平凡的句子，瞧，就是想不出。"

她一把抓起鸡毛帚，开始在书房里踱起步来；可是，尽管打扫了一阵藏书的背脊，由于过于生气，心里仍然没有得到安慰。

"况且，"她说着，将已写完的一页稿子递给凯瑟琳，"我认为这也不行。你外公去过海布里地群岛①吗，凯瑟琳？"她以奇怪的、恳求的眼光望着女儿，"我的心已经在海布里地群岛游弋，不由得要对那儿描写一番，或许可以作为某一章的开头。要知道，一章的开头与它接下去的内容，常常是大不一样的。"

———————————

① 海布里地群岛，在苏格兰以西，分内外两个群岛。

109

凯瑟琳阅看了母亲的稿子。她那神情，像一个教师在批改小学生的作文一样。母亲焦急地注视着她，可她的面部表情却不能为母亲提供任何值得高兴的理由。

"写得真漂亮，"她说，"不过，嗯，妈妈，我们应该一个要点一个要点地——"

"哦，我知道，"希尔贝里夫人大声说，"可是这正是我做不到的事。事情一件件不停地往我脑子里钻。我不是不了解一切，也不是对这一切没有感情，（我不了解他，谁了解呢？）可是，我就是不能把它们写下来。只怕这儿，"说着，她摸着前额，"有个盲点。每当夜里久久不能入睡的时候，我就想，我写不完就会死去。"

想到死亡，她的心情从狂喜变成了极度的沮丧。这沮丧，也传染给了凯瑟琳。多么无能呀，整天尽瞎摆弄旧文件！时钟敲十一点了，仍然一事无成！她望着母亲，后者正在桌边的一口铜皮包裹的大箱子里翻寻什么，可她没走过去帮忙。她想，母亲肯定弄丢了一份什么文件，她们将浪费上午剩下的全部时间来寻找。她不高兴地垂下眼，再次阅读着母亲音乐般的句子：银白色的海鸥——可爱的石竹花根须，被清澈如镜的溪水冲洗着——风信子花，蒙上了一层蓝色的薄雾。可是，母亲突然一声不响了。这引起了她的注意。她抬眼观望。

希尔贝里夫人把一个公文包里的旧照片都倒出来放在桌上，正在一张张地看。

"可以肯定，凯瑟琳，"她说，"过去的男人尽管留着令人讨厌的连鬓胡子，可还是比现在的男人英俊多了，是吗？瞧约翰·格雷厄姆老头子，穿着件白背心——看哈利叔，我想，这是仆人彼得，他是约翰叔从印度带回来的。"

凯瑟琳望着母亲,既没有动,也没有回答。她突然感到非常气愤,但母女之情使她的气愤变成了闷气,正因为此,使她更为气恼,一触即发。她认为,母亲这样以缄默的方式要求占用她的时间和垄断她的同情,是不公正的;而且令她痛心的是,母亲所得到的正是她白白浪费掉的。接着,她突然记起自己还得把西瑞尔的不端行为告诉母亲。她的怒火顿时烟消云散,它如同高高腾出海面的波浪,又落入大海中去了。她心里再次感到又平静又焦虑,但现在焦虑的是如何使母亲免遭痛苦。她本能地走过去,坐在母亲椅子的扶手上。希尔贝里夫人将头斜靠着女儿的身体,翻看着照片,若有所思地说:

"人们有了痛苦,有了困难,就乞求女人的安慰,世上还有比做一个女人更高尚的吗?凯瑟琳,你们这一代青年女士们在这方面有什么进步没有?我现在仿佛还看见她们在梅尔伯里邸宅的草地上行走,穿着荷叶边裙子,宁静,庄严,高贵(后面跟着那只猴子和那个黑侏儒),仿佛世界上什么也无关紧要,只要心地慈善、容貌美丽。可是,我有时又想,她们做的比我们做的多。她们确实心善貌美,这本身就比做还强。在我眼里,她们像一群船,壮丽的船,不停地向前进,不争先恐后,不像我们一样总是被琐碎的事儿所困扰。她们像鼓着白帆的船,走着自己的路。"

凯瑟琳试图打断这个长篇演说,但没找到时机,禁不住翻看起那本保存着旧照片的影集来。这些先生们和女士们果然容貌不凡,正如她母亲说的,异常庄严、宁静,好像他们公正地管理了他们的王国,值得后人们敬爱。有的人几乎美得惊人,有的人则丑得难以目睹,但没有一个是呆滞、令人讨厌或低微的人。女士们穿着带有华丽的硬皱褶的支撑裙,十分相称;绅士们配上斗篷和礼帽,风度翩翩。凯瑟琳又感觉到宁静的气氛把自己包围了起来,仿佛听见,远远地传来海浪拍击堤岸的庄严的声音。可是她明白,她必须要将现在与这个过去连接起来。

希尔贝里夫人唠唠叨叨,一个故事接一个故事。

"这是珍尼·曼纳灵,"她指着一位满头银丝的贵妇人,后者穿着华丽,缎子长袍上似乎挂着一串一串的珍珠,"我肯定跟你讲过,有一天,女皇就要来她家赴宴,她的厨师却醉倒在厨房里的桌子下。于是,她卷起丝绒衣袖(她自己总是穿得像个女皇),自己动手做饭做菜。后来她出现在客厅时,那样子,却像是在玫瑰花堆里睡了一整天似的。她那双手,什么都会做——她们都会——又会盖屋,又会在衬裙上绣花。"

"这个呢,是奎因尼·科尔昆。"她一边翻着相集,一边继续说,"她呀,到牙买加去,还带上了棺材,里面装满了漂亮的围巾和无边小圆帽。牙买加可没有棺材卖,她怕死在那儿给白蚁吃了,可她真的死在那儿了。啊,那是萨拜茵,她们中最美的美人儿;哎呀! 她一来到客厅,客厅里就像升起一颗闪烁的明星。这是米丽亚姆,上穿她马夫的披风,下登一双高统靴。你们年轻人或许会说你们最不落俗套,瞧,你们跟她一比,算得了什么?"

又翻了一页,她盯着一位很有男子气的漂亮太太——摄影师给她头上装饰了王冠。

"嗬,你这个坏蛋!"希尔贝里夫人大声说,"那时你真是个老恶霸! 在你面前,我们个个都得俯首帖耳! 她常对我说,'玛吉,如果不是我,你现在还不知道在何方呢。'这话不假,是她把他们带到一块儿的,你知道。她对我父亲说,'娶她为妻!'他同意了;她又对可怜的小克莱拉说,'跪下,给他敬礼!'克莱拉也照做了,当然喽,马上就站了起来。这有什么奇怪的? 她还只是个黄毛丫头,刚满十八,吓都吓得半死了。可是那老恶霸从来没后悔过。她老爱挂在嘴边说,她给了他们三个整月的时间,谁也无权拖延。我有时想,凯瑟琳,这是真的。我们大多数人有这么长的时间就够了,只是不能不假装假装。弄虚作假的事儿,他俩谁也不会去做。我想,"希尔贝里夫人沉思地说,"那个时候,男女之间存在着一种真诚,你们虽然坦率可也没有这种真诚。"

凯瑟琳又想插话了。可是对往事的回忆使得希尔贝里夫人的心情已经非常激动,现在正是兴致勃勃的时候。

"他俩一定是真心的朋友,"她接着说,"因为她常常唱他作的歌。嗯,是怎么唱来着?"于是,希尔贝里夫人用她那甜美的嗓子,高兴地唱起了她父亲一首著名的抒情诗,歌曲是维多利亚早期的一位作曲家作的,怪里怪气,但很富有感染力。

"他们充满了活力!"她一拳敲在桌上,下结论说,"我们却不如他们!我们善良,诚恳,我们这儿集会,那儿集会,我们给穷人付工资,但我们不像他们那样生活。一星期,我父亲常常有三个晚上不睡觉,第二天早上,精神照样旺盛。我现在仿佛听见,他哼着歌上楼来到育儿室,一手扶着内藏宝剑的手杖,一手拿着块面包在咬,然后我们一起出发,到外面去消遣一天——去游里乞蒙,逛汉普顿游乐场,爬萨里山。我们现在为什么不能去,凯瑟琳?要天晴了。"

这时,希尔贝里夫人正要通过窗口看天气,外面有人敲了一下门。一位身体虚弱的老太太走了进来。"西莉亚姑姑!"凯瑟琳显然惊慌沮丧,她猜想得出她的来意,西莉亚姑姑肯定是来商议西瑞尔和那个不是他妻子的女人的事情。由于她的耽搁,她母亲思想上毫无准备。还有比这更糟的吗?希尔贝里夫人又是老一套,一开口就提议:天气难得晴下来,不能去乡下,她们三人一起做个短途旅行,到布拉克弗莱尔斯去游览游览莎士比亚的剧院的旧址。

对这种提议，米尔温夫人总是笑一笑，耐心地听着。许多年来，她对她嫂子的这种怪癖，已经习以为常了，因此常常采取温和顺从的态度。

凯瑟琳故意离她们远一点，她一脚踏在火炉围栏上，仿佛这样就能对事情观察得更清楚。可是，即使她姑姑来了，关于西瑞尔以及他的品行的整个问题，看来也不像确有其事！现在看来，困难已不在于如何婉转地向母亲透露消息，而在于怎样使她能够理解，怎样才能把她的心套住，拴在这件无关紧要的小问题上。直率说出真情，看来是上策。

"我猜想，西莉亚姑姑是来谈西瑞尔的事儿，妈妈。"她颇为唐突地说，"西莉亚姑姑发现西瑞尔已经结婚了。他有了妻子和孩子。"

"不，他没有结婚。"米尔温夫人马上插话，用很低的语调对希尔贝里夫人说，"他已有了两个孩子，还有一个就要出世啦。"

希尔贝里夫人迷迷糊糊地看看凯瑟琳，又看看米尔温夫人。

"我们原想，等事情弄清楚了再告诉您要好些。"凯瑟琳补充说。

"可是两个星期以前我还在全国画展上见到过西瑞尔！"希尔贝里夫人惊叫道，"我一句也不信。"她抿着嘴微笑，朝米尔温夫人摆了摆头，仿佛表示对她的误会完全可以理解。米尔温夫人无儿无女，丈夫在商务部干事儿，是个头脑迟钝的人，所以，产生这样的误会是很自然的。

"我也不愿相信，玛吉，"米尔温夫人说，"有很长一段时间，我根本就不敢相信；可是现在我已经亲眼看见了，也就不得不相信了。"

"凯瑟琳，"希尔贝里夫人问道，"你爸爸知道这事了吗？"

凯瑟琳点了点头。

"西瑞尔结婚了！"希尔贝里重复了一遍，"高尚的威廉的儿子！从小就常来我们家，结了婚连个风也不透！我简直不能相信自己的耳朵！"

米尔温夫人感到证明确有其事的重任已经落在了自己的肩上，开始述说事实。她年纪日渐衰老，体质虚弱，但由于没有子女，这些个令人痛苦的责任似乎总是强往她头上加；维护家庭的名声，修补家庭的漏洞，已成了她生活的主要目标。她说话低沉，声音嘶哑、抖颤。

"我很久以前就开始怀疑他生活不幸福。我发现他脸上出现了新的皱纹。所以，我到了他的住所，得知他在贫民学院里谋了个职业。他现在在那儿讲授——罗马法律，嗯，也许是希腊法律。房东太太说，阿拉迪斯先生如今大约半个月在这儿睡上一晚。他看起来像得了大病，她说。她曾经看见他跟一个年轻女子在一起，我立刻起了疑心，于是走进他的房间，在壁炉台上发现了一个信封，里面有信，信上写了个地址：西顿街，离肯宁顿路不远。"

希尔贝里夫人坐立不安，嘴里一哼一哼的，直像要插话的样子。

"我去了西顿街，"西莉亚姑姑坚定地接着说，"一个非常低贱的地方——家家都有供人宿夜的房间，嗯，窗口上还挂着金丝雀呢。七号房间跟别的房间没有两样。我是又按铃又敲门，可没有一个人出来接应。于是我围着那个地方转了一圈。我敢肯定，我看见里面有人——有小孩——还有个摇篮。可是谁也不回答——谁也不回答。"她叹了一口气，一双被面纱遮了一半的蓝眼睛,神情呆滞,直勾勾地望着前方。

"我站在街上,"她继续说,"以便能碰见他们中的哪个。那时间真难熬,似乎等了很久。街角一家酒馆里,粗鲁的男人在唱歌。最后,门开了,有一个人出来——可能就是那女人——刚好从我身边经过,我们中间只隔着邮筒。"

"她是什么模样儿?"希尔贝里夫人问道。

"见了她,你就可以想象得出那可怜的孩子是怎么被迷住的。"这就是米尔温夫人的全部回答,就是她对那女人的描述。

"可怜的人儿!"希尔贝里夫人大声说。

"可怜的西瑞尔!"米尔温夫人故意把重音落在"西瑞尔"上。

"他们什么也没有,靠什么生活呀。"希尔贝里夫人接着说,"如果他像个男子汉,来我们这儿,说一句'我当了个大傻瓜',人家也会同情他,也会设法帮助他的。可是,毕竟没有比这更可耻的了。这么几年来,他一直这样装模作样,让人家以为他是个单身汉。那被抛弃的可怜的小媳妇儿——"

"她根本不是他的什么妻子!"西莉亚姑姑打断她的话。

"太可恶了!"希尔贝里夫人气得一拳砸在她坐椅的扶手上。明白真相后,她完全感到厌恶了。也许,使她更伤心的不是这不端行为,而是对它的隐瞒。她看来愤慨到了极点。凯瑟琳从母亲身上得到了巨大的安慰,为她感到骄傲。很显然,母亲的愤怒是真挚的,正如她所希望的那样,母亲的心思完全集中在这件事上——也许比西莉亚姑姑的还要集中,后者的心带着一种病态的喜悦,在这些令人不快的阴影中徘徊。她将和母亲共同掌握局势,去看望西瑞尔,摸清事情的来龙去脉。

"首先,我们得弄清西瑞尔的想法。"她直率地对母亲说,好像母亲是她的同辈人似的。可是,她的话还未出口,外面传来一阵喧闹声,接着,加罗琳闯了进来。她是希尔贝里夫人的堂妹,一个老处女,也是阿拉迪斯家族的人。而西莉亚姑姑则是希尔贝里家族的人。可是家庭成员之间关系错综复杂,她俩中的一个可以同时是另一个人的堂妹妹和表姊妹。这样她俩既是被告西瑞尔的姑姑又是他的姨妈。因此,他的不端行为几乎既是西莉亚姑姑的事儿,又是加罗琳姨妈的事儿。加罗琳姨妈身材高大滚圆,十分庄严。尽管她个子大,满身漂亮的装饰品,脸庞却是难以遮掩的,勾鼻子,双下巴,活像鹦鹉的侧面像;薄皮肤,红红的,好像年年夏天都露在太阳下。她仍然是小姑无郎,但正如她自己惯于说的,她已经"为自己创造了一种生活",因此,说话应受人们尊重。

"这事儿真不幸。"她上气不接下气地说,"要不是我刚到车站火车就开走了,我早就来了。西莉亚肯定已跟你说了。你会同意我的看法的,玛吉,一定得叫他马上与她结婚——为了孩子——"

"难道他拒绝跟她结婚吗?"希尔贝里夫人连忙问道。她又弄糊涂了。

"他写了封荒唐的信,太不合情理了,通篇是名言典故。"加罗琳气喘喘地说,"他认为,他在做一件非常了不起的事情,我们这些人只看到了它愚蠢的一面……现在那姑娘迷恋他,他也同样迷恋她——为此我是要责怪他的。"

"是她纠缠他。"西莉亚姑姑插话说,语调惊人地流畅,使人感到似乎有许多绳索正在它们的牺牲品周围编织成一张紧密的白色罗网。

"现在争辩事情的是非,毫无用处,西莉亚。"加罗琳颇为尖刻地说,她相信自己是这个家族中唯一讲求实际的人。她很遗憾,只怪厨房里的钟走得慢,结果让米尔温夫人赶在了前面,用她那很不全面的消息把可怜的玛吉弄得晕头转向,"恶作剧已经做出来了,太丢人了。我们能允许第三个孩子也是私生子吗?(很抱歉,凯瑟琳,我不得不当着你说这样的话。)他将挂上你的姓,玛吉——别忘了,这是你父亲的姓氏。"

"但愿是个'千金'。"希尔贝里夫人说。

在这场喋喋不休的谈话中,凯瑟琳始终在注视母亲。她发现,母亲脸上那直率的愤怒已经渐渐消失了;显然,母亲脑子里正在思索脱身的良策,或者在寻找这事情的光明面或寻找意外的启迪,以证明这一切的发生,可以奇迹般地然而是无可置疑地导致一个最好的结局,使人人皆大欢喜。

"可恶可恶,真可恶!"她重复着,但语气已经没那么肯定了。接着,她脸上现出微笑,开始很勉强,后来几乎完全自然了,"不过,如今的人哪,不是过去的人喽,对这类事儿,也不是觉得那么丑。"她说,"有时候,他们会很不安的,可是,只要他们是勇敢聪明的孩子,实际上他们会是的,我敢说,他们最后还是会成为有出息的人。罗伯特·布朗宁常说,凡伟人都有点儿犹太人的血统。我们也要用这个观点来看待这件事。因此,西瑞尔毕竟是按原则行事的。你可以不同意他的原则,但至少也可以尊重它——像对待法国革命一样,或像对待克伦威尔一样,他把国王的头也给砍了。历史上有些最可怕的事情也是按准则办的,"她下结论说。

"对准则,我恐怕有不同的看法。"加罗琳尖刻地说。

"原则!"西莉亚姑姑将这个词儿重述了一遍,她的口气显然反对将原则和这种关系扯在一起,"我明天就去看看他。"她补充说。

"可是你为什么要管这些讨厌的事儿呢,西莉亚?"希尔贝里夫人插嘴说。紧接着,加罗琳也声明,她将按照自己的计划进一步管下去,不顾个人得失。

凯瑟琳对此感到完全厌倦了,走到窗口,站在窗帘之间,紧伏在窗台上,忧郁地望着河水,那样子好像一个被长辈毫无意义的谈话弄得闷闷不乐的小孩儿。她对母亲非常失望,对自己也是一样。她伸手一拉,窗帘"啪"地升到了顶上,这说明她在生气。她确实有一肚子火,然而,却无法见之于形色,也不知道自己在生谁的气。听她们是怎么谈话和说教的!为了证明自己看法的正确,不惜虚构捏造!心中还洋洋自得,认为自己是挚爱对方的,是非常高明的。不,我们现在是在云雾之中,离——离哪儿?很远很远。"也许我嫁给威廉情况会好些!"她突然想到。而且,这个念头像是在雾中隐现的一块实地。于是她站在那儿,开始思考起自己的命运。老太太们仍在继续交谈,最后作出决定:请那个年轻女人来共进午餐,然后以友好的态度把她们这些深通世故的女人对这种行为的看法告诉她。突然,希尔贝里夫人又想出了一个更好的主意。

10

　　拉尔夫·丹厄姆在格雷特利先生和胡波先生合办的律师事务所当职员,办公室设在林肯法协会广场。上午十点上班。拉尔夫每天上班非常准时。这一点,加上他的其他品质,使他在职员中格外出众,成功的可能性最大。可以说,如果他没有那个怪僻(它有时似乎使人觉得他的一切都难以琢磨、冲动冒险)的话,人们可以放心地下赌注:十年之内,他将在律师行业出人头地。他姐姐琼恩早已对他爱用积蓄进行赌博的习惯感到惶惶不安。她常常怀着疼爱的心情,细心地观察他的一举一动,渐渐发现,他异常地任性。为此,她十分焦虑,若不是认识到自己与他也有同病,焦虑还会增加几分。她想象得到,为了某个怪诞的幻想,为了某种主义或观点,甚至为了某个只是在火车上偶然透过窗口看见的、在自己家的后院晒衣服的女人,拉尔夫会突然彻底放弃自己的事业。她知道,他一旦发现了这个美人或那个主义,就没有什么力量能够阻挡他不去追求。对东方的东西,她也怀疑,一看见他捧着本印度旅游手册在看,就坐立不安,好像他在吸毒似的。另一方面,她一点也不担心拉尔夫会陷入一般的爱情(如果真有的话)。在她的想象中,他要么成功,要么一败涂地。到底是前者还是后者?她不知道。

但是,没有谁在青年时期比拉尔夫工作得更努力,更有成效。琼恩之所以不安,是由于她注意到了她弟弟行为中别人没有看见的一些小节。她焦虑不安,也是很自然的。他们一家的生活一直非常艰辛,她不由得害怕他一冲动突然放弃自己已抓到手的东西,尽管她通过对自己一生的观察体会到,这种放弃自己已得到的东西,以及从清规戒律和沉重劳动中逃跑的冲动,有时几乎是无法压制的。但她知道,对拉尔夫来说,这种放弃和脱逃就等于陷入更残酷的处境。她想象,他为了寻找某条河流的发源地或某种昆虫的生息地,头顶烈日,在沙漠上艰难地跋涉;她想象,他住在某个城市的贫民窟里,靠手工劳动生活——成了如今时髦的是非学说的牺牲品;她想象,某个女人通过自己的不幸勾引了他,使他成了她家里的囚犯。深夜,她坐在拉尔夫卧室里的煤气炉旁和他交谈的时候,头脑里就充满这些虚构的东西,既为他感到有些自豪,但更为他感到焦虑。

很可能,姐姐已对弟弟的前途做了种种预测,并为之不安,而作为弟弟的拉尔夫对自己的前途却没有这样的想法。若是把任何一种预测说给他听,他肯定会嗤之以鼻,认为那种生活对他毫无吸引力。他不知道,自己是怎么使姐姐产生了这些荒谬的想法。他对生活不抱任何幻想。实际上,他对自己前途的看法,与上述那些预测大不相同,什么时候都可以公开说出来,脸上也不会有愧色。他认为自己智力强,自己五十岁时在众议院可谋得一个席位,有个小康之家,如果运气再好点儿的话,会在自由党党部里有一个不太重要的职位。这种预测既不过分,更没有什么见不得人的。不过,正如他姐姐猜测的那样,要使自己在通往这目标的道路上前进,拉尔夫需付出全部的意志力,还得加上环境的压力。特别需要念念不忘:与大众共命运。要认识这是最佳的道路,除此,别无他求。由于他经常记住这些,就能准时上班,养成良好的工作习惯,并能向人显示:在律师事务所当职员比干什么都强,别的抱负都是徒劳的。

可是,同所有并不真诚信守的信念一样,这种信念能否坚持,在很大程度上取决于别人接受的程度。一旦摆脱了公共舆论的压力,拉尔夫在私下里让自己的心离开现实生活环境去进行奇异的远航,到哪里去了呢?说出来,他准会感到羞愧。在这些梦境中,他当然扮演着高尚和浪漫的角色。不过,这样做,自我襃扬不是唯一的动机,还旨在给某些在现实生活中没有用武之地的精神以出路,因为命运已使他成了悲观主义者,在他看来,他极为轻蔑地称之为梦想的东西,在人类生活的这个地球上,没有丝毫用处。他有时觉得,这种精神是他最有价值的财富,依靠它,他能让地球上的不毛之地鲜花盛开,能治愈百病,能培育出如今已销声匿迹的美好事物。它性情凶猛,力大无穷,只要用舌一舔,就能吞下那些沾满灰尘的书籍和办公室墙上挂着的那些用羊皮纸写的文件;如果他向它屈服,它就会在一秒钟之内把他全身剥得精光,让他赤条条地露在光天化日之下。许多年来,他一直在努力控制这个精灵。他感到自豪的是,到了二十九岁这样的年纪,他能把一天精确地分为两半,一半用作工作,一半来梦想,工作与梦和平共处,互不干扰。事实上,他之所以遵守纪律,得助于他所从事的律师职业。但是大学毕业时得出的老结论依然在他头脑里占统治地位,使他的人生观染上了一种令人伤感的色彩。他认为:大多数人的生活只允许使用自己的低级智能,而让高级智能白白浪费,到头来,我们只得承认,在我们继承的天赋才能中,我们曾一度认为是最珍贵的那一部分,也几乎全无价值和效益。

在家里也好,在同事中也好,丹厄姆都是不受欢迎的。在他这个年纪,他对是非曲直的判断,太自信了,对自己的自制力过于沾沾自喜,而且,与许多对自己的环境不满或不太适应的人一样,发现别人承认自己有同样的弱点,就过于容易自我满足。在办公室里,他那惹人注目的工作效率,常常令那些干活草率的人大为不满,因此,如果他们预言他将来会飞黄腾达的话,也并非出于真心。确实,他看来是个对人苛刻,对己自负,性情古怪,说话粗鲁,不能通融,一心想往上爬的人。这些评论家认为,对于一个家无财产的人来说具有这些特点是很自然的,但这并不逗人喜爱。

与丹厄姆同办公室的青年职员,完全有权抱有上述看法,因为他平时并不很想与他们交朋友。他非常喜欢他们,但除了工作时间外,跟他们没有任何交往。至今为止,他像安排费用一样把日常生活也处理得有条有理,几乎没有什么为难的。可是近来他碰到的一些事情并不是那么容易处理。这种为难得从两年前算起,也可以说,要从他与玛丽·达奇特第一次相会时算起,他刚说了几句话,她就放声大笑。她自己也不知为什么要笑,只觉得他这个人惊人地古怪。当相互比较熟悉之后,他告诉她,自己是如何度过每周的一、三、六的。她听了后更感到有趣,她笑啊笑啊,笑得他也莫名其妙地笑了。他跟伦敦的所有男人一样,懂得许多驯养巴儿狗的知识。他有一本野花标本,都是在伦敦附近采集的。这在她看来,都是奇怪的事情。特别是他一提到他每周要去伊令拜访纹章学权威特萝特老小姐,她就止不住捧腹大笑。她什么都想知道,连那老小姐用什么样的糕点招待他,以及他们夏天为搜集教堂里的铜器的残片而到伦敦附近各地所作的短途旅行,她也认为是极为重大的事件,因为她对这些很感兴趣。只半年时间,她比跟他朝夕相处的亲兄弟、亲姐妹,更了解他有些什么古怪朋友和癖好。拉尔夫对此感到异常有趣不过也感到烦乱,因为他对自己的看法向来是非常严肃的。

跟玛丽·达奇特在一起,他当然很高兴。只要门一关,他就成了另一个人,又古怪又可爱,与同人们所熟知的他几乎全无相似之处。听惯了玛丽的嘲笑和她那句口头禅"你啥也不懂",他变得不那么一本正经了,在家里也没那么专横了。她还使他对社会问题(她自己对此有本能的爱好)发生了兴趣,而且正在把他从保守派改变成激进派。她带他参加过许多次公共集会,起初,他感到十分乏味,后来他在会场上心情激动的程度甚至超过了她。

但是,他还留了一手。头脑里一有了什么观念,他就自然而然地把它们分成两大类,一类是可以跟玛丽讨论的,一类是留给自己的。她发现之后,反而更觉得有趣。有些年轻小伙子老爱在她面前说自己的事情。听他们说话,她一点儿也不想自己,觉得好像在听小孩讲话一样。可是与拉尔夫谈话,这种母性的感觉不见了,因而,更加强烈地感到自己个人的特性。

一天下午将尽的时候,拉尔夫为找一个律师商谈业务,正在斯特兰德街走着。天渐渐黑了,路灯已经亮了,绿色的,黄色的灯光,像水流一样倾入大气,而此时的乡村小巷,一定沉浸在柔和的柴火烟雾之中;街道两旁,商店橱窗里厚厚的玻璃架上,闪闪发光的锁链,光滑的皮箱,琳琅满目。拉尔夫并没有一件件地去看这些东西,而是从整个景象中获得一种快感。突然,他看见凯瑟琳·希尔贝里在朝他走来。他目不转睛地瞅着,好像她只是他头脑里一个正在形成的论据的说明。他发现,她目光凝滞,嘴唇微微一张一合,这些,加上她那挺拔的身材,引人注目的服装,使人觉得仿佛匆匆赶路的行人妨碍了她的行走,仿佛她的方向与别人截然相反。拉尔夫心情平静地观察着,但突然,在与她擦身而过时,他手脚开始颤抖,心口一阵阵发痛。她没有看见他,口里一直在背诵她记得牢牢的诗句:

> 生命重于一切,
>
> 除此,均无所谓,
>
> 人生就是发现的过程、永恒的过程,
>
> 重要的是过程,
>
> 而不是发现本身。

她如此全神贯注,当然不会看见他。他也没有勇气跟她打招呼。但一瞬间,传来美妙的音乐,斯特兰德街的整个景象,那些杂色货物都显得井井有条、精致异常,使他心旷神怡。他庆幸自己没有向凯瑟琳打招呼。不久,音乐声渐渐模糊不清,而他已经来到了那位出庭律师的办公室门前。

与出庭律师商谈完毕,时间已经不早了,没有必要再回办公室。可是,自从看见凯瑟琳之后,他心境有些异常,不想傍晚回家了。上哪儿去?他想就这么在伦敦的大街上步行到凯瑟琳家,然后仰望她家的窗口,想象她坐在里面的情景。但是他立即取消了这个计划,脸也差点儿红了。正像一个心血来潮的人,多情地去摘一朵鲜花,但一旦把花摘到手里,又立即红着脸把它扔掉一样。不,还是去看看玛丽·达奇特,现在她准下班回家了。

拉尔夫的突然到来,使玛丽一时间失去了常态。她一直在餐具洗涤室里洗刀具。开门让拉尔夫进屋后,她又回到洗涤室,把冷水龙头开到最大量,然后又关上。她一边关一边思忖:"好啦,不能让这些傻念头钻进自己的头脑……""你难道认为阿斯奎斯先生①不应处以绞刑吗？"她向着起居室问道，然后擦着手来到拉尔夫面前，开始把政府最近如何找借口避免讨论《妇女选举权议案》的事儿告诉他。他不想谈政治，但又不得不敬佩玛丽对社会问题如此感兴趣。她身子倾向前，一面拨弄着炉火，一面说着，十分清楚地表达着自己的思想，只是语言有点像在讲台上演说似的。他凝视着她，心想，"假若玛丽知道我为了望见凯瑟琳的窗口，差点儿决定一路步行去恰尔斯区，她一定会认为我这个人十分荒唐。她不会理解的，但我还是非常喜欢她现在这个样子。"

他俩议论了一会儿妇女该做的事情。玛丽见拉尔夫对这个问题真的来了兴趣，自己的注意力却无意识地游移了。接着，一股强烈的愿望油然而生：把自己的感情告诉拉尔夫，至少要谈点个人的事儿，看看他到底对自己有什么想法。但是，她马上抑制住了这个愿望。尽管如此，她却无法阻止他产生这样的感觉：她对他正在说的话缺乏兴趣。结果，两人都渐渐陷入了沉默。

拉尔夫心潮翻滚，念头一个接一个，个个都多少与凯瑟琳有关或与她引起的朦胧的浪漫和冒险之感有关。但是，他不能将这些想法告诉玛丽。他怜悯她一点儿也不知道他心里在想什么。"这，"他想，"就是我们与女人有别的地方，她们毫不懂浪漫。"

"嗯，玛丽，"他终于说，"你干吗不说点儿有趣的事呢？"

他的口气当然令人恼火，往常，玛丽是不易动气的，可今晚她尖刻地回答说：

---

① 阿斯奎斯(1852—1928)，英国政治家，毕业于牛津大学，当过律师，1908至1919年任英国首相。

"因为我没有什么有趣的话要说。"

"你工作太卖力了。我说的不是你的身体。"见她在嘲笑，他又补充说，"我的意思是，我觉得你完全把自己埋在工作里了。"

"这是坏事儿吗？"她问道，用一只手遮住眼睛。

"我想是的。"他唐突地回答说。

"可是一星期前，你的话正好相反。"她针锋相对地说，而心里却不知怎么渐渐感到十分沮丧。拉尔夫没有觉察出这点，反而借机教训起她来，大谈他对人的良好品行的最新观点。她耐心地听着，但她得到的总印象是，他遇见了某个人，这个人影响了他。他告诉她，她应该多看点书，应该了解到，别人的一些观点跟她的一样也值得重视。她还记得，最后一次和他分手是在女权协会办公室。她亲眼看见他陪着凯瑟琳走了，所以，她现在自然而然把他的变化归之于凯瑟琳。很可能，凯瑟琳在离开那自己公然表示鄙视的、吵吵嚷嚷的地方时，说了些这样的批评语，或者用她的态度暗示了这样的意思。但玛丽知道，拉尔夫永远也不会承认自己受了别人的影响。

"你看的书还不够，玛丽，"他在说，"你应该多读点诗。"

真的，玛丽看的书很有限，只是为了应付考试看过一些，而且，在伦敦几乎没有时间去看。不知为什么，人们都不喜欢让别人说自己读诗太少。但此时玛丽的不高兴，只有通过她那变换着位置的双手和沉稳的目光才能看出来。接着，她在心里对自己说："我现在的行为恰好是我自己认为不应有的。"于是，她放松全身的肌肉，通情达理地说：

"那么，请开个书单子吧。"

拉尔夫不知不觉被激怒了。他说了一串大诗人的名字，用来表明玛丽的个性和生活方式不够完美。

"你和比你低级的人生活在一起,"他明白,自己对这个论题发生兴趣,是毫无理由的,"因而养成了一种习惯,总的来说,这种习惯很可爱。你想忘记你在那儿的目的。你真有你们女人那种爱钻牛角尖的本性,不知道什么东西是主要的,什么是次要的。这正是所有这样的组织的祸根。因此,这么些年来,女权论者们一事无成。那些客厅集会、义卖商场,意义何在呢?你应该有主见,玛丽,要抓大东西,不要怕犯错误,不要把自己困在鸡毛蒜皮之中。你干吗不把这一切丢开一年,去旅游一下呢?去见见世面嘛。不要满足于一辈子只和几个人泡在一个死水潭里。"接着他又下结论说,"可是,你是不会这么做的。"

"我倒是真的开始这么想了——我是说,为自己考虑了。"玛丽说,她的顺从使他大为惊讶,"我想到一个很远很远的地方去。"

一时,两人都沉默不语。过了一会儿,拉尔夫说:

"听我说,玛丽,你这话不是当真吧,啊?"

他的气一下子消了。她说话时露出的那无法抑制的忧郁,使他突然意识到自己伤了她的心。因此他十分懊悔。

"你不会走的,是不是?"他问道。见她不回答,又补充说,"啊,请别离开这儿。"

"我也不很清楚自己打算干什么。"她回答说。她想和拉尔夫讨论讨论自己的计划,可他毫无反应。他又陷入了往常那种古怪的沉默。玛丽尽管慎之又慎,但仍然觉得他此时的沉默与她无法阻止自己去思考的东西——他们之间的感情和关系有关。这两条思路在两条漫长的、平行的隧道里行进,相互挨得很近,然而从来没有会合过。

他走了,除了向她道了一声晚安,再也没有多说一句话打破沉默。

她一动不动地坐了一会儿,回味他那一席话。如果爱情是能将整个大地熔成洪流的烈火,那么,与其说玛丽爱上了丹厄姆,倒不如说她爱上了拨火棒或火钳。但是,也许这种极端的情感是少见的,只有在爱情的最后阶段,也就是当抗拒的力量一周一周,一天一天被削弱之后,才会爆发出来。跟大多数聪明人一样,玛丽也算是个自我主义者,认为自己的感觉极为重要。她还是个天生的道德家,喜欢时时审查自己的感情,看是否无愧于自己。拉尔夫走后,她对自己的心情进行了仔细的分析,最后得出结论:学一门外语倒不坏,学意大利语或德语都行。而后,她走到抽屉边,打开锁,从里面拿出几张皱巴巴的手稿。她阅读着,不时抬起头来,全神贯注地想几秒钟拉尔夫。她先是极力想核实一下:他引起她动感情的究竟是些什么品质,接着又自我安慰:已经对它们做了合情合理的解释。然后,她又低头看手稿,看着看着,心里不由得产生这样的看法:世界上,没有比用正规英语写散文更难做的事了。不过,尽管她又想拉尔夫又思考英语散文,但更多的是在想自己。因此,很值得怀疑,她是否真的堕入了情网,倘若真的,那她的爱又属于哪一种呢?

11

"生命重于一切,除此均无所谓,人生就是发现的过程,永恒的过程……"

凯瑟琳一面背诵着,一面穿过拱道,进了宽阔的皇家法院路。

"……重要的是过程而不是发现本身。"她一边念最后一个字,一边举目望着罗德尼房间的窗户,窗户望去是半透明的红色,这是特意为她准备的。他邀请她来吃茶点。但此时,她不想打断自己的思路,因此,在树下遛了几圈才来到罗德尼的楼梯口。

她喜欢读她父母都没有看过的书,藏起来一个人私下里偷偷地啃,独自琢磨书中的意思,不和别人共享,也不和别人讨论书是好是坏。

今天晚上,她曲解陀思妥耶夫斯基的话来配合自己听天由命的心境,宣布:发现的过程就是生命,而一个人为什么活着根本无关紧要。

她在一个座位上坐了一会儿,发现自己头脑里像有一团乱麻,思绪万千,于是果断地决定丢开它们。她站起身,将一只带来买鱼的篮子忘在了座位上。两分钟后,她已经在大大方方地敲罗德尼的门了。

"啊,威廉,"她说,"我来迟了吧。"

他是等得不耐烦了,然而一见到她,立即又转忧为喜。为了迎接她的到来,他忙活了一小时有余。现在看见她在一边解披风一边东瞧西望,显然露出了满意的神色,感到自己得到了报偿,尽管她什么也没有说。他已经把火生得旺旺的,桌上摆好了果酱罐,火炉里,锡制盘碟在闪闪发亮。简陋的房间收拾得十分舒适。他穿着一件红色的旧晨衣,已经褪色了,褪得很不规则,东一块,西一块,新打上的补丁,像翻开石头后看见的苍白杂草,格外显眼。他开始泡茶。凯瑟琳脱下手套,像男子一样安然地交叉着两腿。两人没说几句话。他们在火边相对而坐,在中间的地板上摆上了茶杯,一人点上一支香烟后,才正式交谈起来。

自从互相通信阐明关系以来,他们俩这还是第一次见面。凯瑟琳对他的抗议,回答得简单而又明达,一张信纸只写了一半,因为她只需要说明下列情况:她不爱他,所以不能嫁给他,但希望继续保持友谊,跟以前一样。不过,在附言里,她补充写道:"我非常喜欢你的十四行诗。"

至于威廉,他的镇定是装出来的。今天下午,他三次穿上了燕尾服,又脱了三次,最后才换上晨衣;领带上那颗珍珠,别了三次,又取下了三次。他房里那块小穿衣镜就是这些情绪变化的目睹者。问题是,在十二月这个特殊的下午,凯瑟琳会喜欢什么?他又看了一遍她的信,信中的附言回答了这个问题。显然,她很羡慕他的诗才。这基本上与他对自己的看法是一致的,于是他决定不如穿得破旧些,认为这样或许更好些。他的举止也是经过考虑的。他很少说话,即使说,也不牵涉个人问题。他希望她认识到,虽然她这是第一次一个人来他这儿玩,但并没有什么了不起,尽管事实上他对此毫无把握。

凯瑟琳看来十分镇定,心中似乎毫无波动;不过如果他能够完全控制自己的话,也许会抱怨她有点儿心不在焉。和罗德尼单独一起在烛光下饮茶,这种亲密的情境使得凯瑟琳的心情不如表面看来那样平静。她请他让她看看他的书,后来又要看看他收藏的画。当她正捧着一张画着希腊人的画片在看时,她突然冲动地不大适宜地一声惊叫。

"我的牡蛎!我带了只鱼篮,"她解释说,"准是忘在什么地方了。达德雷叔叔今晚要来我们家吃饭。鱼篮究竟丢在什么鬼地方去了呢?"

她站起身,开始在房里踱来踱去。威廉也起身站在炉前,喃喃地说:"牡蛎——你的一篮牡蛎!"尽管他漫无目的地东瞧西望,仿佛牡蛎就在他的书架上,但眼光时时又回到凯瑟琳身上。她拉开窗帘,望着外面梧桐树枝上稀稀拉拉的叶子。

"我是在斯特兰德买的,"她想了想,很有把握地说,"后来我在一条凳上坐过。算啦,没关系。"她突然转回身,下结论说,"可以肯定,此刻某个老家伙正在享受它们。"

"我还以为你从不忘事呢。"两人重新坐下后,威廉说。

"这是关于我的神话的一部分。"凯瑟琳回答说。

"那么,我倒想知道,"威廉颇为谨慎地接着说,"你的真实情况究竟是怎样的?不过我知道这种问题不会引起你的兴趣。"他怏怏不乐地匆匆补充说。

"是的,我不很感兴趣。"她坦率地回答说。

"那么我们谈些什么呢?"他问道。

她扫了一眼四面的墙壁,神态令人难以捉摸。

"不管开始谈什么,最终反正要回到那个话题——我说的

132

是诗歌。威廉,不知你发觉没有,我甚至连莎士比亚都没读过。这么多年我是怎么混过来的,太有趣了!"

"在我看来,这十年你过得非常好。"他说。

"十年了?这么久?"

"我看你并未因此而感到厌烦。"他补充说。

她默默地盯着炉火。她不能否认,从表面看威廉的个性中没有任何一点引起她感情上的波动,相反,她坚信自己能应付任何情况。他没有打扰她。这样,两人都有时间平静地去思考他们想在谈话中避开的问题。现在,他就坐在离她不到一码的地方,她的心还可以如此容易四处漫游!突然,她眼前,展现出一幅她自己在他这间房里活动的图景:她刚听完讲回来,手里拿着一堆书——都是她所钻研过的数学、天文学等方面的理科书籍;她把它们搁在那边那张桌上。这幅图景描绘的是她两三年之后的事情,那时她已嫁给了威廉。然而,她立即就此抑制了自己。

她不能完全忘记,威廉还在身边。他尽管在努力控制自己,紧张不安的神情仍然显而易见。在这种场合,他的两只眼珠格外凸出,那不平整的脸皮也格外薄,条条血管的跳动都显现出来了。在沉默之中,他想好了许多话又否定了许多话,多次感到冲动,又多次克制了这些冲动,因此,他一直面红耳赤。

"你可以说你不看书,"他说,"但是你照样知道书中的内容。况且,谁要求你看那么多书呢?让那无事可做的可怜人去看书吧。你——你——啊咳——"

"嗯,既然如此,那你为什么不在我走之前念点什么给我听呢?"凯瑟琳一面说,一面看了看手表。

"凯瑟琳,你刚来呀!好吧,让我想想,该给你念什么作品呢?"他站起来,在桌上的稿子堆里翻来翻去,仿佛举棋不定。

过了一会儿，他拿起一份手稿，平平整整地铺在膝盖上，然后抬起头不大相信地望着凯瑟琳，只见她正在微笑。

"哦，我想你只是出于仁慈才要我念的，"他大声说道，"我们还是谈点别的吧。你到谁家去串门了？"

"一般来说，我从不因出于仁慈而要人做什么事，"凯瑟琳说，"不过，如果你不想念，那就不要勉强吧。"

威廉古怪地哼了一声，有些恼火似的。他再次翻开膝盖上的手稿，但这样做时两眼仍然盯着她的脸庞。谁的脸也比不上她的那样庄重、威严。

"你不说不好听的话，人家当然能够相信你。"他说着，摩平稿纸，清了清嗓门，给自己念了半节诗，"啊哼！公主在树林中迷了路，忽听一声号角。（这在舞台上准会十分动人，可是在这儿，对我却毫无感染力。）这时，西尔维诺在格雷先朝廷的其他大臣陪同下进了场。我从他的独白开始。"他猛一昂头，念了起来。

凯瑟琳尽管刚才说自己对文学一窍不通，却还是认真地听着，至少认真地听了前二十五行诗，然后，皱起了眉头。后来见罗德尼抬起一根手指——她知道这是诗的韵律即将转变的信号，她才又集中注意力。

根据他的理论，每种心情都有其韵律。他对格律很有研究。如果一个剧本的美取决于人物语言韵律的多样化，那么罗德尼的剧本定可和莎士比亚的作品比个高低。凯瑟琳对莎士比亚无知，但这并不妨碍她确信，剧本里的诗句不应让观众听起来会昏昏欲睡——当她听到诗句时长时短都用同一节奏和音调念下去时，她自己就有这种感觉，每一行诗仿佛像一颗颗钉子，钉在听者大脑的同一个点上。然而，她想，这种技巧只有男人才能掌握,女人既不能掌握,也不能懂得它的价值所在。一个做丈夫的,如果具备这方面的专长,就会理所当然地备受妻子的尊敬,因为神秘是尊敬的可靠依据。谁也不能否认威廉是个学者。一幕完了,他停止了朗诵。凯瑟琳早已想好了一席话。

"写得好极了,威廉,不过要我具体评论,我的学识水平太不够了。"

"可是,打动你的是写作技巧——而不是感情,是吗?"

"在这么一个片断中,当然最感人的还是技巧。"

"嗯,也许——你有时间再听一幕短的吗?听听两个情人的一场好吗?我觉得这一场充满了一种真实的感情。丹厄姆也认为,这是我最成功之处。"

"你把这念给拉尔夫·丹厄姆听过?"凯瑟琳惊奇地问道,"他倒比我更有鉴赏判断的能力。他说了些什么?"

"我亲爱的凯瑟琳,"罗德尼大声说,"我并不要你像学者一样地评论。我敢说,评论我的作品的人,全英格兰也只有五个人的意见稍微值得我一听。但是就感情问题而言,我相信你的判断。在写那些戏的时候,我心中经常想到你。我反复问自己:'罗德尼,这些东西凯瑟琳会喜欢吗?'提笔写作时我时刻想着你,凯瑟琳,甚至在写着你不想知道的东西的时候,也想着你。但愿——是的,我真的希望——在这世界上你最看得起我的作品。"

他说得那样真诚,那样相信她,她被感动了。

"总而言之,你把我看得太重了,威廉。"她说,竟忘了自己原来并不想这么说。

"不,凯瑟琳,不是看得太重。"他一面回答,一面将手稿往抽屉里放,"心中想着你,对我的帮助很大。"

他回答得如此平静，接下来，并没有进行爱情的表白，而只是简单地说，如果她一定得走，他愿送她到斯特兰德，而且，如果她能稍等片刻的话，他将把晨衣脱下换穿外衣。这感动了她，使她感到自己对他的爱情热到了前所未有的程度。他在隔壁房间换衣服的时候，她站在书架前，拿下几本书，打开翻了翻，但一个字也没有看进去。

她确信自己会嫁给罗德尼。这怎么能避免得了呢？谁能对此吹毛求疵呢？想到这儿，她叹了一声，把婚姻的事儿搁在一边，进入了梦幻之境，她似乎变成了另一个人。整个世界都改变了。由于她是那儿的常客，对那儿的道路了如指掌，一点儿也不会迷失方向。若是她认真分析了自己在那儿的所见所闻，准会说，我们这个世界只能看见表面的东西，在那儿却能看见它的实质。与现实生活相比，在那儿她的感触更为直接、强烈，没有任何阻碍。那儿，有人们可能曾经感觉、想象过的东西；那儿存在着极乐，人们在这儿只点滴地浅尝一下，在那儿却能开怀痛饮；那儿存在着至美，人们在这儿只能偶尔瞥见一下。那个世界的许多家具，无疑是从过去直接留下来的，有的甚至要追溯到伊丽莎白时期的英格兰。无论这个幻想的世界发生什么变化，两个特质永远存在。在那里，感情能从现实世界套在它头上的枷锁中解放出来，然而一旦觉醒却总会感到无可奈何，只好克制自己，接受现实。跟丹厄姆一样，她在那神奇、理想化了的地方没有遇见一个熟人；自己也没有什么惊人的壮举。但是她当然会在那儿爱上一位高尚的英雄。他们在那无名世界的密林中疾行，两人心中的激情，宛如那冲击堤岸的波浪，迅猛清新。但是，她自由的沙粒很快流失散尽了，连那茂密的树枝也没有隔绝罗德尼在他化妆台上翻东西的响声。她从这远足中一觉醒来，合上手中的书,放回书架。

"威廉,"她的说话声起初模模糊糊,像一个刚睡醒的人似的,"威廉,"她又用坚定的口气重复了一遍,"如果你仍然想娶我的话,我就同意嫁给你。"

也许威廉竟想不到,这个决定他一生的重大问题竟会以如此平稳、单调、忧郁、缺乏活力的声音说出来。反正他没有回答。她淡然地等待着。不一会儿,他敏捷地从更衣室里走出来,并说,如果她还想买点牡蛎,他知道哪条街的水产店还没有关门。她宽慰地深深叹了一口气。

几天之后,希尔贝里夫人给她丈夫的妹妹米尔温夫人写了封信。信中写道:

"……瞧我多笨,电报上连名字也忘了写。一个多美、多好听的英国人的名字呀!而且他大有学者风度,每一本书他都看过。我跟凯瑟琳说,每次参加宴会,我都要让他坐在我右边,这样当别人谈论莎士比亚笔下的人物时他就会在我身旁。有一天深夜,我正坐在房里,心灰意懒,觉得自己再也不会碰见什么好事儿了。突然,听见凯瑟琳在外面的过道上走着,我心想,要叫她进来吗?但又一想(当时我像一个生日刚过完,看见火灭了的人一样,绝望,忧心忡忡),'我为什么要把自己的忧愁往女儿身上推呢?'不过,我的自我克制得到了报偿。紧接着,她轻轻敲了敲我的门,走进来坐在地毯上。我俩虽然都没有说一句话,但霎时间,一股幸福的暖流涌上我的心头,我禁不住大声说,'啊,凯瑟琳,我多么希望你到了我这个年纪时也会有个女儿呀!'你一定想象得到凯瑟琳是多么沉默。好久好久,她一声也不吭。我有些惊慌失措,傻里傻气地感到害怕,怕什么,我自己也不知道。后来,她终于告诉我,她怎么怎么拿定了主意。她已写了封信,希望他明天来。开始,我一点儿也不高兴。我不想要她嫁人,可是一听她说'不会有什么差异,我最关心的永远是你和爸爸',我马上发现自己太自私了,连忙告诉她,要把一切的一切都献给他!我说,能退居到第二位,我都会十分满意。可是你说怪不怪,一个人日日盼,夜夜盼的事情,一旦发生,却慌了神,只知道哭,只感到自己是个碌碌无为地度过了一生的可怜的老太婆,老得快进黄土了。岁月为何这般无情?不过凯瑟琳却对我说,'我是幸福的,我太幸福了。'我想,此刻自己虽然忧愁、绝望,但是凯瑟琳已经说了她很幸福呀!我应该有个儿子,情况会比我所能想象的还要好得多。《圣经》里虽没有说,可我相信,这个世界是为了让我们幸福生活而创造的。她还告诉我,他们会就住在我们附近,每天会来看我们;她会跟往常一样继续写外祖父的传记,我们应当按照原来的计划写完它。不管怎样,如果她不结婚,那会更加令人担惊受怕——如果她嫁给一个我们不能忍受的男人怎么办?或者,她爱上了一个已经结了婚的男人,那又怎么得了?

"一个人对于自己喜爱的人儿,总认为没有人可以匹配。但我相信,他本性最温存最真诚,虽然看起来总是神经紧张,举止笨拙,我认为这都是为了凯瑟琳。写到这里,我要告诉你,我经常有这种感觉:凯瑟琳具有他所没有的一切东西。她举止大方,遇事不慌,天生会管理家务,待人接物。到了她应该把这一切献给需要她的人的时候了。那时,我们也不在人世了;不过,我们的灵魂还在。不管别人怎么说,我相信,那时我会再回到这个奇妙的世界中来,回到这个我曾在这里既享受过无比的幸福,也忍受过巨大痛苦的世界。在这里,即使在此刻,我仿佛看见自己伸出两手再次向高大的仙灵之树乞讨礼物;仙灵树枝上仍然挂着神奇的玩具，只是现在比以前少了；也许，透过树枝的隙缝，人们再也看不到蓝天，只能看见闪烁的星星和高高的山峰。

"我别无所知了，难道不是如此吗？对自己的孩儿，再也没有什么可劝告的了，只希望他们志趣相投，信仰坚定，否则，活着就太没有意思了。这就是我对凯瑟琳和她未来的丈夫的希望和要求。"

12

"是希尔贝里先生在家,还是他的夫人在家?"一星期后,丹厄姆来到恰尔斯区,问女佣人。

"都不在,先生,可是,希尔贝里小姐在家。"女佣人回答说。

拉尔夫设想了女佣人可能作出的种种回答,可是没有想到会得到这个回答。但这却出乎预料地使他反而明白了自己的来意,来找希尔贝里先生是假,想碰见他的女儿是真。

他表面上作出一副还要考虑的样子。女佣人带他上楼来到了客厅。与几星期前第一次来这儿一样,客厅门一关,就好像无声无息地与人世隔绝了。他又一次看到了浓重的阴影、火光、银白色的蜡烛火焰。客厅中央的那张圆桌,要横过相当距离的空间才能到达,桌上摆着银盘以及瓷茶壶等等。但是,这一次,只有凯瑟琳一个人坐在桌旁。她手里捧着一本书,这表明她没想到会来客。

拉尔夫说,他希望见见她父亲。

"我爸爸出去了。"她回答说,"不过,你能等一等的话,我想他很快就会回来的。"

这也许仅仅是出于礼貌,但拉尔夫觉得她几乎是在热诚地接待他。或许是她独自喝茶看书感到厌烦了。不管怎样,她欣慰地将书扔在了沙发上。

"那是一本你瞧不起的现代作家的作品吗?"见她随随便便地扔书,他微笑着问道。

"是呀,"她回答说,"我看连你也会瞧不起它的。"

"连我?"他重复了一遍,"怎讲?"

"你说过你喜欢现代作品,我说过我讨厌现代作品。"

这也许并非他们在藏珍室中谈话的准确记录,但是她居然没有把那次见面全忘了,这就足以使拉尔夫受宠若惊了。

"难道我承认过我讨厌所有的书吗?"见他以询问的眼光仰视着,她又说道,"我记不得——"

"你讨厌所有的书吗?"他问道。

"仅仅看了上十本书就说讨厌所有的书,这或许太荒唐了,但是——"说到这儿,她戛然而止。

"嗯?"

"是的,我真的讨厌书。"她接着说,"你为什么老是谈论自己的感受呢? 我无法理解。而且,诗歌写的全是感受,小说写的也全是感受。"

她麻利地将一块蛋糕切成片,并为感冒而卧病在床的希尔贝里夫人备了一碟涂上牛油的面包,站起身来,往楼上走去。

拉尔夫为她开了门,然后握着两手,站在客厅中央,目光炯炯,也不知眼前是梦境还是现实。一路上,甚至进了大门,上楼梯的时候,他一直在梦想着凯瑟琳,但为了防止梦中的凯瑟琳与实际的凯瑟琳发生痛苦的冲突,在跨进客厅门槛的一刹那,他辞退了梦中的凯瑟琳。接着不到五分钟,他那梦中凯瑟琳的空幻形体就变成了活生生的血肉之躯,那虚幻的眼睛射出火一般的目光。他看了看自己周围,惊奇地发现自己就在她的椅子和桌子之中。

他用力捏了一下她刚坐过的椅子的靠背,椅子是真的! 然而,又不是真的,因为这儿的气氛跟梦中的气氛一样。他集中一切精力,争分抢秒地思索着,一股不可抑制的喜悦从心底油然而生。他终于认识到,人性的美胜过最放肆的梦给人们所暗示的一切。

一会儿,凯瑟琳走了进来。他仍然站在那儿,看着她朝他走来,觉得她比梦中的她更美丽,更陌生,真实的凯瑟琳能说出似乎集压在前额后面和眼睛深处的话语,而最普通的句子,在这不朽的灯光的照射下,都会闪闪发光。她超出了他的梦想。他注意到,她十分温柔,像只巨大的白如雪的猫头鹰,手指上戴着一颗红宝石戒指。

"我妈妈要我告诉你,"她说,"她希望你已经着手写诗了。她说,人人都应该写诗……我的亲戚个个都写诗,"她接着说,"有时,一想起这,就使我不能忍受——因为没有一首好诗,而且,人们也没有必要去念诗——"

"你这并不是在鼓励我写诗。"拉尔夫说。

"可是你也不是个诗人,是吗?"她朝他笑着问道。

"假如我是个诗人,难道我会告诉你吗?"

"是的,我看你是个说实话的人。"她说完,打量着他,显然想从他身上找出根据来,双目直视,几乎不带个人感情。拉尔夫想,她虽然跟自己门第相隔甚远,但具有真率的天性。对于这样的人谁都会不顾一切地崇拜她,拜倒在她的脚下,不管将来是否会有痛苦。

"你是诗人吗?"她问。他感到她的提问包含着无法解释的含义,仿佛她在寻找一个不是她提出的问题的答案。

"不是的。多年来我一首诗也没有写过。"他回答说,"尽管如此,我不同意你的观点。我认为,做诗是件唯一有价值的事情。"

"你为什么这样说呢?"她几乎不耐烦了,用调羹在她的茶杯边上当当地敲了两三下。

"为什么?"拉尔夫将首先在他心里涌现的话脱口说出,"因为它可以使一种理想永存,没有它,那种理想就会死去。"

她脸上出现了奇怪的变化,好像她心里的火焰被扑灭了。她以嘲讽的眼光看着他,脸上带着那一种他先前称之为"愁容"的表情,他找不出另一个更恰当的定语来形容这种表情。

"我不知道有理想又有多少意思。"她说。

"可是你就有理想,"他使劲地说,"我们为什么要把它叫做理想呢?这个词十分别扭,应该叫做梦想,我是说——"

她张着口听着,大有等他一住口就回答的样子,但是,正当他说到"……梦想,我是说——"时,客厅的门开了,而且开了好一会儿才关上。他俩停止了谈话。她的嘴唇仍然张开着。

他们听见裙子的沙沙声由远及近。一会儿,裙子的主人出现在门口,身体几乎把门口完全堵住,陪同她来的一个十分小巧的太太差不多全被她的身体挡住,看不清楚了。

"她们是我的姑姑!"凯瑟琳小声地咕哝着说,语调中夹杂着几分忧伤,但拉尔夫倒觉得,这与此时的局面格外协调。她称呼大个子太太为米莉森特姑姑,小个子太太为西莉亚姑姑、米尔温夫人——她最近承担了使西瑞尔跟他妻子完婚的任务。两位太太,特别是考沙姆夫人(米莉森特姑姑),脸上抹得溜光溜滑,红光满面,伦敦城里爱在下午五点左右串门的老太太通常就是这个样子。墙上,隆尼①笔下的画像,面部似乎与她们有点儿共

---

① 隆尼(George Romney,1734—1802),英国画家。

同之处,淡红淡红的,丰满柔软,如同挂在红墙上沐浴着夕阳的杏子。考沙姆夫人戴着暖手套,系着项圈,头上是头巾,肩上是披肩,满身褶皱有黄有黑,坐在扶手椅上,塞得满满的,很难从这堆布料中看出人的体形来。米尔温夫人的身材则苗条纤小得多,不过拉尔夫在观察的时候同样感到,她的体形线条轮廓也不分明,这给他带来了一种不祥之兆。这些奇异的、神话般的人物,听得到他说的话吗?考沙姆夫人古里古怪地点头、身体不住地摇摆,体内仿佛装了一个很大的钢丝弹簧,简直使他难以相信眼前的人不是幻影。她声调尖锐刺耳,说起话来咕咕地叫,许多字句拖得很长,又突然中断,似乎英语已不适用于日常会话了。拉尔夫觉得凯瑟琳有点紧张,她打开了好几盏电灯。这时考沙姆夫人想要发表长篇大论了(也许她摆动身子就是为了这个目的)。她现在正字斟句酌地对拉尔夫说话。

"我从沃金来,波法姆先生①。你完全可以问我,为什么要住到沃金去呀?这个问题呀,我也许已回答了上百遍。因为那儿看得见落日。就是为了观看落日我们才去了那儿,不过,那是二十五年前的事情了。如今落日到哪去了?哎,现在,最近要到南海岸才看得到了。"她语调低沉,语言富有浪漫色彩,一只手臂不断挥舞,露出一大截白皙的皮肤,钻石、红宝石、绿宝石等手饰闪光闪亮。拉尔夫暗自思忖,她是更像一只戴着镶有珠宝的头巾的大象呢,还是更像一只蹲在栖木上、左右摇摆、不停地啄着糖块的白鹭。

"落日如今在哪里?"她又重复了一遍,"如今你看见过落日吗,波法姆先生?"

_____

① 考沙姆夫人将丹厄姆错叫成了"波法姆"。

144

“我住在海格特。”拉尔夫回答说。

“海格特？对，对，海格特是个迷人的地方。你舅舅约翰在那儿住过。”她的头朝凯瑟琳猛一扭，然后垂在胸前，似乎要沉思一会儿。稍后，她重新抬起头，说，“我敢说，海格特有十分漂亮的小巷。我现在还记得，凯瑟琳，和你母亲在两旁开着野山楂花的巷子里漫步的情景。可是山楂花现在又到哪儿去了？波法姆先生，你记得德·昆西①的那段绝妙的描写吗？我可是忘记了，你们这代年轻人，活跃、开明，却不读德·昆西，我这个老太婆只有吃惊了，”说到这儿，她将两只漂亮的白手都展露了出来，“因为你们有你们崇拜的贝罗克②、切斯特顿③、萧伯纳——你们为什么还要读德·昆西呢？”

“可是我真的读过德·昆西呀，”拉尔夫不满地说，“而且比读贝罗克和切斯特顿还读得多。”

“真的吗！”考沙姆夫人做了一个惊喜交加的手势，“像你这样的人，在你们这代年轻人中可是少有的。见到读德·昆西的人，我就非常高兴。”

她凹起手掌，挡住嘴巴，把身子倾向凯瑟琳，用谁都听得见的耳语问道：“你的朋友是作家吗？”

凯瑟琳异常清楚而又肯定地说：“丹厄姆先生常在《评论》杂志上发表文章。他是个律师。”

“嘴唇四周刮得光光溜溜，现出嘴角的表情！我第一眼就认出来了。跟律师在一块儿，我总感到无拘无束，丹厄姆先生——”

---

① 德·昆西(1785—1859)，英国著名学者。

② 贝罗克(1870—1953)，出生法国的英国评论家，诗人。

③ 切斯特顿(1874—1936)，英国作家。

"那时节，我们经常跟律师打交道。"米尔温夫人插话说，声音虚弱，然而银铃般清脆，如同一只古老的门铃发出的悦耳声。

"你说你住在海格特，"她接着又说，"那儿一栋叫做'暴风楼'的老房子还在不在？是一栋白色的老房子，门前有个花园。"

拉尔夫摇了摇头。她失望地叹了一声。

"哦，是的，现在它准是跟别的老房子一样，给拆掉了。那时候，那儿的小巷美极了，你知道吗，就是在这样的小巷里，你舅舅遇上了你舅母埃米莉，"她朝凯瑟琳说，"而后，他俩一道穿过这些小巷走回家来。"

"她帽子上还插着一根山楂树枝！"考沙姆夫人突然大声提示说。

"第二个星期天，他上衣的扣眼里就插上了紫罗兰。这正是我们猜到了的。"

凯瑟琳笑了起来，望着拉尔夫。他的眼光表明，他在冥思。也不知他从这无聊的闲谈中发现了些什么，值得如此专心致志地去遐想。她对他产生了一股奇特的怜悯。

"约翰舅舅——对，'可怜的约翰'，你们总是这么叫他，原因何在呢？"为了使谈话继续下去，她问道。其实，不用问，她们也会继续谈的。

"他父亲老理查德爵士总是叫他，'可怜的约翰！'或者'蠢崽！'"米尔温夫人迫不及待地说，"其余的男孩脑瓜子都非常聪明，唯独他考试没有一次及了格。所以他们把他送到印度去——那时去印度要坐很久的船，可怜的家伙。但是我相信，他会取得爵士地位和养老金，"她转身对拉尔夫说，"不幸的是，不是在英格兰。"

"是的，"考沙姆夫人为她证实说，"不是在英格兰。那时候，我们以为一个印度的法官相当于我国的郡级法官。阁下——真是个漂亮的头衔，不过，不是最高的头衔。话又说回来，"她叹息了一声，"如果你有妻子，妻子给你生七个孩子——如今人们很快就会忘记你父亲的名字——好啦，你就不得不安于所得了。"她下结论说。

"我看呀，"米尔温夫人又说，声音压得很低，像说什么机密似的，"假若不是他妻子——你的舅母埃米莉，约翰会干出番更大的事业来。她贤惠，对他忠心耿耿，这当然不用说。可是，她不希望他有什么成就。而如果妻子不希望丈夫有什么成就，特别是丈夫又是搞法律这一行的，那委托人很快就会知道。我们年轻的时候常常说，哪个哪个朋友会成为法官，只要看看他们娶的姑娘就知道了。瞧，果真如此，而且我看呀，将来也永远是这样。"接着，她把以上拉拉杂杂的话归纳起来，补充说，"我认为一个男人如果不在事业上取得成功，就不会得到真正的幸福。"

考沙姆夫人以她那更令人生厌的睿智对这一观点表示赞同。她先扭了扭头，接着就说：

"就是嘛，男人不能跟女人一般。我觉得这是阿弗列·丁尼生①说过的许多真理之一。我多么希望他能活到写出《王子》来作为《公主》的续篇呀！老实说，我对公主们几乎厌倦了。但愿有个人出来告诉我们，一个好的男人应该是什么样子的。我们有罗拉、琵垂斯、安提甘、康德丽亚，却没有男英雄。作为一个诗人，你对这一点作何解释呢，丹厄姆先生？"

"我可不是诗人，"拉尔夫和善地说，"只是个小小的律师。"

---

① 丁尼生(1809—1892)，英国诗人，后被封为桂冠诗人。

"但是还写作吧?"考沙姆夫人紧接着问道,生怕自己宝贵的发现——他是个真诚地献身于文学的年轻人——受到损害。

"业余时间里也写写。"拉尔夫安慰她说。

"业余时间!"考沙姆夫人连忙说,"这证明你是热爱文学的!"她将两眼微微闭上,眼前出现一副迷人的画景:一个生意冷清的律师,住在一个小阁楼里,正坐在豆点般的灯光下写着不朽的小说。而对她来说,这个使大作家形象高大,给他们的作品增添光彩的罗曼司并非虚构。莎士比亚作品的袖珍本,她随身带着;诗人的警言,就是她的生活准则。她到底把丹厄姆认识到了何种程度,是否真的把他与某本小说中的主人翁相混淆了,那是很难说的。文学甚至占据了她的整个记忆。也许她此刻正在将他与古代小说中的某些人物相比,因为她在停顿了一会儿后,接着说:

"嘘——嘘——,彭登尼丝,华林顿,我永远也不会宽恕罗拉,"她使劲地说,"她样样都好,就是没有嫁给乔治。乔治·艾略特也做了同样的蠢事。刘易斯那个小不点儿,一副蛙脸,举止像个舞蹈老师。而华林顿呢,十全十美,有知识,有激情,罗曼蒂克,出类拔萃,只是做起事来,有点儿像大学生那样荒唐。亚瑟嘛,我承认,总觉得他有点儿纨绔子弟的味道,真想不到,罗拉怎么会嫁给他。可是,你说你是律师,丹厄姆先生,那么我想问你一两件关于莎士比亚的事儿——"她略微笨拙地掏出她那破旧的袖珍本,打开来,举在空中晃了晃,"如今,人们说莎士比亚原来是个律师,所以他对人性很了解。丹厄姆先生,这就是你的好榜样。好好研究你的委托人,小伙子。不久的将来这个世界就会更加丰富多彩。这一点我毫不怀疑。告诉我,如今我们社会上的情况怎样呢? 比你预想的好些还是糟些呢?"

这就是要拉尔夫用几句话概括人性的价值,他毫不犹豫地回答说:

"糟些了,考沙姆夫人,糟多了。一般的男人只怕有点儿流氓味道——"

"那一般的女人呢?"

"一路货色。平庸的女人我也讨厌。"

"哎呀呀,有道理有道理。"考沙姆夫人叹道,"斯威夫特①也会同意你这观点的,总而言之——"她凝视着他,觉得他眉宇间显示出非凡的力量,定会在讽刺文学方面作出一番事业来。

"你记得吗,查尔斯·拉文顿也是个律师。"米尔温夫人插嘴说。对这样不谈现实生活中的人而去浪费时间谈一些虚构的人物,她大为不满,"不过你肯定不记得,凯瑟琳。"

"拉文顿先生?记得记得。"凯瑟琳正在想着别的,突然惊醒过来了,说道,"那年夏天,我们住在顿彼。广阔的田野,池塘里许多蝌蚪游来游去,我们跟拉文顿先生一起堆干草,这情景仿佛仍在我的眼前。"

"她没记错!那儿是有一口池塘,里面是有蝌蚪,"考沙姆夫人帮腔说,"密莱司②仔细观察了这儿,为他创作《欧菲丽亚》做准备。有人说,这是他的最佳作品——"

"我还记得用铁链拴在庭院里的那只狗和挂在工具房里的那些死蛇。"

"你遭到公牛的追击就是在顿彼,"米尔温夫人又说,"不过你恐怕记不清了,你那时还是个娃娃,不过你确实是非凡的孩

---

① 斯威夫特(1667—1745),英国著名讽刺小说家。
② 密莱司(1829—1896),英国画家。

子。她那双眼睛啊，丹厄姆先生。我那时常对她爸爸说，'她在盯着我们呢，要把我们一个个都记在她的小脑袋瓜里。'那时他们请了个保姆，"她继续对拉尔夫讲着她的故事，神态严肃得可爱，"这保姆人倒是个好人，但不该跟一个水手订婚。在本该好好照看婴儿的时候，她两眼却老是往海边望。后来，希尔贝里夫人允许这个姑娘——她名叫苏珊——让她的水手住在村里。遗憾的是，他俩不知好歹。有一天，他们只顾自己遛他们的小巷，把童车孤零零地停在放着一头公牛的田野里。那畜生一见童车上的红毯子，就红了眼，正在这时，如果不是一个过路的绅士把凯瑟琳抱在怀里，天知道会发生什么事！"

"我认为那不是公牛，只是头奶牛，西莉亚姑姑。"凯瑟琳说。

"我亲爱的，那是一头得文郡产的红色大公牛。没过多久，它用角顶死了一个男人，因此村里人不得不把它给宰了。可是你母亲宽恕了苏珊，这是我无论如何也做不到的事。"

"我相信玛吉十分同情苏珊和那水手，"考沙姆夫人尖刻地说，"我嫂子，"她接着说，"每到危急关头，就求上帝保佑，我得承认，上帝慷慨地回报了她，至今为止——"

"正是的。"凯瑟琳笑了一下，说。对这件使她家里其他的人大为恼火的轻率行为，她觉得非常有趣，"在关键时刻，我妈妈眼里的公牛总是会变成奶牛。"

"嗯，"米尔温夫人说，"我很高兴，你现在有人保护了，不怕公牛袭击了。"

"我可想象不出，威廉能保护谁免遭公牛的袭击。"凯瑟琳说。

碰巧，考沙姆夫人又把袖珍本莎士比亚戏剧集掏了出来，这时正在与拉尔夫商讨《一报还一报》中她不理解的一段。对凯瑟琳和她姑姑谈话的意思,拉尔夫没有能够立即领会。他认为,"威廉"指的是她某个堂兄弟,此刻他还在把凯瑟琳看做挂围涎的婴儿。但尽管如此,他的注意力分散得连袖珍剧本中的字都看不清了。一会儿后,他清楚地听见她们提到了结婚戒指。

"我喜欢红宝石戒指。"他听见凯瑟琳说。

> 囚禁在无形的风中,
>
> 受着永不休止的狂吹滥刮,
>
> 绕着这悬空的世界打转⋯⋯

考沙姆夫人吟诵着。这时,在拉尔夫的头脑里,"罗德尼"自然而然地与"威廉"连在了一起。他相信,凯瑟琳与罗德尼一定订婚了。他激动起来,对她感到愤恨,认为自己被她欺骗了。让他听那些老妇人的故事,把她看做一个在草地上玩耍的小姑娘,跟她分享她的童年的幸福。而实际上,她完全是另一个人,一个已订婚要嫁给罗德尼的女人!

可是,这有可能吗? 肯定不可能。在他眼里,她仍然是个小姑娘。考沙姆夫人见他久久地看着剧本出神,把头探过他的肩膀,问她侄女:

"唉,住房定下来没有,凯瑟琳?"

这一问,证实了他那可怕的猜想。他随即把头一抬,说:

"不错,这一段是难以理解。"

他说话的语气变化如此之大,这样粗鲁,甚至有点儿傲慢,考沙姆夫人大惑不解地看着他。好在她这一辈女人听惯了男人的粗话,所以结果她反而坚信,这个丹厄姆先生是个聪明绝顶的小伙子。既然他看来没有什么可多说的了,她收回袖珍本莎士比亚剧本集,再次小心翼翼地藏在身上,脸上露出老年人的无限感触和无可奈何的表情。

"凯瑟琳和威廉·罗德尼订婚了。"为了不冷场,她说,"他是我们的老朋友了,他有文学天才,真的。"她茫然地点了点头,"你俩应该认识认识。"

现在,丹厄姆的唯一愿望是尽快离开这栋楼房,可是老太婆们却站了起来,提议去看望躺在卧室里的希尔贝里夫人。此时如果提出告辞,那是不适宜的。同时,他还想单独和凯瑟琳说几句,说什么,不知道。凯瑟琳把她姑姑们领到楼上后,又回到他面前,脸上露出天真、友好的表情。他惊愕了。

"我爸爸就会回来,"她说,"请坐会儿好吗?"她笑了起来,仿佛现在他们可以完全友好地共同欢笑了。

可是拉尔夫没有一点想坐下的意思。

"我应该祝贺你,"他说,"对我,这是新闻。"他见她脸色刷地变了,但只是比以往更严肃了。

"我订婚的事儿?"她问道,"对,我打算嫁给威廉·罗德尼。"

拉尔夫哑口无言地站着,一手扶在椅子的靠背上。他们之间隔着无底的黑暗深渊。他望着她,从她脸上看得出,她并没有在想他,也没有任何因做错了事而后悔的迹象。

"对不起,我必须告辞了。"他终于说。

她似乎有什么话要说,但马上改变了念头,仅仅说:

"希望你会再来。我们似乎总是——"她踌躇了一会儿,"受到干扰。"

他鞠了一躬,走了。

在泰晤士河河堤上,拉尔夫大步流星地走着。全身每块肌

肉绷得紧紧的,好像时刻准备抗击某个外来的突然攻击。此刻,
这攻击仿佛就会发起。他的大脑因而处于紧张的戒备状态。但
攻击来自何方,他不知道。几分钟后,发现不再有人看自己,也
未遭到什么攻击,他于是放慢了脚步,全身开始感到疼痛。每根
筋都疼,而且由于紧张的防卫,他被搞得精疲力竭。他已无法抵
御这种痛苦。他没精打采地走着,不是回家,而是背道而驰。他
失去了自控,眼前什么也看不清,朦朦胧胧。过去他常常觉得别
人在水面漂流,现在感到自己也是一个在河上漂泊的人,无法控
制流向,再也抓不到任何能爬上岸来的东西了。那些在酒馆门
前闲荡,衣着破烂的老头子,似乎成了他的伙伴。他觉得,他们
跟他一样,对那些快步走过,肯定地奔向既定目标的人们,又嫉
妒又仇恨。他们看事情也一样浅薄、含糊,微风一吹就飘飘转
转。自从听说凯瑟琳订了婚,那个真实的世界,以及它那些通往
看不见的远方的康庄大道,在他的心目中消失了。如今他的生
活道路已经一目了然,笔直、光秃秃的小径马上就要走到尽头
了。凯瑟琳订婚了,她欺骗了他。他搜寻着身上没有受到这一
灾难袭击的地方,可是灾难的魔掌无处不达,如今他没有一样东
西是安全的了。凯瑟琳欺骗了他;她已渗进了他的每一个念头
和思想之中,而一旦失去她,这些想法看来都是虚假的,使他回
想起来就要脸红。他生命的源泉枯竭了。

　　寒雾茫茫,河对岸一片朦胧,路灯像悬在空中的星星。他在
岸边一张座椅上坐下来,让醒悟的洪流流遍全身,顿时,他生命
中所有的闪光之点被淹灭了,所有突出之处均被荡平了。起初,
他极力使自己相信,是凯瑟琳亏待了他,而且自我安慰地认为,
他走了之后,她会反省自己的行为,会想到他,会默默地向他道
歉。可是这点自我安慰几秒钟后就崩溃了。经过思考,他不得

不承认凯瑟琳什么也没欠他的。一没有许任何诺言,二没有拿走什么,对她来说,他的梦想毫无意义。这确实使他绝望到了极点。如果一个人感情的精华对于心中最为关切的人来说竟然一文不值,我们在这个世上留下的还有什么呢?那使他对生活充满了希望的古老的爱情故事,那时时刻刻苦恼着他的思念,对凯瑟琳的思念,如今看来是荒唐可笑的。他站起身,望着泰晤士河。黄褐色的河水虽终年奔腾不息,似乎也有徒劳和被遗弃之感。

"那么还有什么可信任的?"他一面往栏杆上靠,一面思索着。他感到自己太脆弱了,太无能为力了,不由得大声重复着这句话。

"还有什么可信任的? 男人不可信,女人不可信,想念他们的梦也不可信,那就没有什么——没有,再也没有什么可信的了!"

现在,丹厄姆知道他自己如果高兴就可以大发一通脾气。罗德尼就是一个很好的目标。可是刹那间,罗德尼和凯瑟琳似乎成了没有肉体的幻影。他几乎记不起他们的相貌了,心仿佛在不断下沉。他们的婚姻对他也无关紧要了。万物都变成了幻影;整个纷纭的世界变成了虚无缥缈的烟雾,萦绕着他心目中那孤独的火花,它尽管已经不再闪光,但他仍然记得它的燃点的位置。他曾经怀着一种信念,而凯瑟琳就是这信念的化身。可是她现在再也不是了。他没有责怪她,什么也不责怪,谁也不责怪。他看清了真实情况,看见了长年奔流的黄褐色的河水和那茫然的彼岸。但是,生命是有活力的,身体是能够生存的,思想无疑要受着身体的支配——此刻它正催促着他采取行动,人的躯壳可能会被遗忘,但似乎与人体不可分离的激情却是忘不了的。西边的太阳透过薄薄的云雾射出一线绿光。在他心中的地平线上,这种激情正在像火一样燃烧。他两眼盯着无限遥远的某物,那火光是他现在和将来的指路明灯。这就是一个众生云集的世界留给他的一切。

13

　　律师事务所规定的午餐时间，丹厄姆只需花费一小部分时间。大部分时间，无论天晴还是下雨，他都消磨在法协会广场的碎石路上——在那儿踱步。小孩们熟悉了他的形貌。麻雀也在期待每天这时他抛给的面包屑。毫无疑问，既然他经常施舍铜币，几乎天天要打发一把面包屑，那他并非像他自己认为的那样，对周围的环境麻木不仁。

　　他觉得这些冬天的日子格外长，很晚，窗上的白纸被灯光照亮，雾濛濛的街道也似乎变短了。午饭后回到办公桌前，斯特兰德街的景象在他脑子里久久不能消失：稀稀拉拉的公共汽车，碎石路上被压得平平整整的紫色落叶，好像他两眼总是朝下看。他的大脑不停地工作，却想不出一样值得高兴的事儿来，过去的就过去了，他不想回忆，可是大脑不听使唤，一会儿想到这儿，一会儿想到那儿。天黑下班，他总要带着一大堆从某个图书馆借来的书回家。

　　一天，玛丽·达奇特从斯特兰德吃了午饭后回来，看见他正在溜达，大衣扣得严严的，正在全神贯注地思考什么，那样子好像正坐在自己房里。

　　一见到他，她似乎有些敬畏，接着，又很想发笑，不过她的心跳却加快了。她从他身边走了过去,他仍没有看见她。她又走回来,拍了一下他的肩膀。

"嗳呀,玛丽!"他惊叫道,"瞧你,吓了我一大跳!"

"你看来像是在梦游。"她说,"是不是在调解一件可怕的恋爱纠纷? 你想使一对横了心的夫妇重归于好吗?"

"我可不是在考虑工作。"拉尔夫急忙回答说,"况且,那种事儿也不归我管。"他颇为冷漠地补充道。

天气晴朗。两人都还有几分钟的空闲。他们两三周没有见面了,玛丽有许多话要对拉尔夫说,又不知他希望她陪多远。遛了两圈,相互询问了近况,拉尔夫提议坐会儿。于是,她在他身边坐了下来。不一会儿,一群麻雀落在他们周围,翅膀啪啪地鼓动着。拉尔夫从口袋里掏出中餐剩下的半个面包卷,朝它们扔了一些碎片。

"我还从没见过如此驯服的麻雀。"玛丽说。

"这话不假,"拉尔夫说,"海德公园里的麻雀也赶不上这儿的驯服。只要保持绝对的肃静,我可以叫一只麻雀飞到我的手臂上来。"

玛丽本来可能在麻雀表演之前就走开,但见拉尔夫不知何故对麻雀如此自豪,于是乎,出六便士打赌,谅他叫不来。

"一言为定!"他那忧郁的两眼闪出一星亮光。随即,他开始全力以赴地跟一只秃顶公麻雀说话,它似乎比别的麻雀胆大些。玛丽则趁机打量着他。结果却使她很不满意:他面容憔悴,表情严肃。突然,一个小孩滚着铁环从鸟群中穿过,拉尔夫厌烦地哼了一声,将手中最后一些面包屑扔进了灌木丛里。

"每次都是这样! 快抓住它就来事了!"他说,"给你六便士,玛丽。不过,你得感谢那个小崽子。这儿应该不准小孩滚铁环——"

"不准滚铁环!我亲爱的拉尔夫,你真是在胡说!"

"你老爱出口伤人,"他抱怨说,"这根本就不是胡说八道。人们不能在花园里观鸟,那还要花园干什么?要滚铁环到街上去嘛。如果在街上不放心,做母亲的就应该把自己的孩子关在家里!"

对此,玛丽没有回答,但皱了皱眉头。

她的背倚在座位的靠背上,环视周围:一座座高大的楼房,烟囱直插灰蓝色的天空。

"啊!"她说,"伦敦是个好地方。一天二十四个钟头坐着看人,我都做得到。我喜欢我的同类……"

拉尔夫不耐烦地叹了一口气。

"是的,这就是我的看法,一旦你了解了他们。"她又补充说,好像他表示了反对。

"我正好相反,一旦了解他们,我就不喜欢了。"他回答说,"不过,我没有任何理由认为你应丢掉这种幻想,只要它能使你愉快就行了。"他说话语气激烈,同意或不同意都说得很激烈。他似乎冷得发抖。

"醒醒,拉尔夫!你还在做梦呢!"玛丽拽了拽他的衣袖,大叫道,"你这是怎么啦?遇上不愉快的事啦?在考虑工作问题?还是与平时一样在愤世嫉俗?"

见他只是一边摇头,一边装烟斗。她接着说:

"那就是在装模作样,是吗?"

"和众人一样。"他说。

"好啦,"玛丽说,"我有许多话要对你说,但是我得走了——我们要开个委员会。"她站起身来,但犹豫了一会儿,很认真地低头望着他。"你看上去很不快乐,拉尔夫,"她说,"是有什么心事,还是真的一点儿事也没有?"

他没有立即回答她,也站起身,和她一起朝大门走去。跟平常一样,不考虑好哪些话该对她说,他是不会开口的。

"我心里很烦躁,"他终于说,"一半是由于工作,一半是由于家庭纠纷。近来,查尔斯像个蠢猪一样。他要出国到加拿大去当农民。"

"那么,我们再谈会儿吧。"玛丽说,他们出了大门,又慢慢悠悠地围着广场走着,讨论丹厄姆家的问题。那些难处有点像慢性病,本是长期存在的。直到这时,为了平息玛丽的同情心才提了出来。拉尔夫没有意识到,这样一谈,他自己也感到了几分安抚。她至少使他的头脑集中到了有可能解决的实际问题上,不过,也使他把他那抑郁不乐的真实根源埋在了心灵的更底层。这根源不是这样谈谈就可消除的。

玛丽亲切的关怀,使拉尔夫禁不住对她产生一种感激之情,而且,也许是因为他没有把自己的真实心情告诉她,感激的心情有增无减。当又一次来到大门前时,他本想在离别前对她说几句温存的话儿,结果却粗鲁地对她的工作提出了告诫。

"你干吗要开会呢?"他问道,"你这是在浪费时间,玛丽。"

"我同意你的观点,在乡村漫步,比开会对世人有益得多,"她说,"喂,"她突然补充说,"你为什么不在圣诞节来我家呢?那是一年中最好的时光。"

"到你在迪夏姆的家去?"拉尔夫问道。

"是的。我们不会妨碍你的。但你可以过一晌再回答我。"她匆匆把话说完,转身朝罗素广场方向走去。当时,由于乡村的景色突然出现在她的眼前,她一时冲动,对他发出了邀请。她先是对自己这样做感到后悔,过了一会儿,又埋怨自己不该感到后悔。

"要是我不敢跟拉尔夫单独在田野里散步,"她推论着,"那我最好还是学萨莉·西尔的样,买上一只猫,住到伊令去——他也不会来的。不过他说了他会来吗?"

他摇了摇头,确实不知道是什么意思。从来就搞不确切,如今更是一筹莫展。他是不是对她隐瞒着什么?他言谈举止古里古怪。他的沉思给她留下了深刻的印象。他准有一件她没有揣测出来的心事。他那神秘的性格紧紧地吸引着她,尽管她对此并不十分高兴。现在她已经无法阻止自己去做她经常责怪她的同性所做的事情了——把心灵的圣火献给自己的朋友,只要他批准,就在它面前度过一生。

这样一来,委员会的重要性在衰减;女权协会在退缩。她发誓今后更加刻苦学习意大利语,还打算研究鸟类。但是这种完美的生活安排似乎太荒唐了,她很快就从自己的坏习惯中挣脱了出来。罗素广场栗色的砖房已经出现在眼前。她开始预习在委员会上要做的演讲。实际上,那些栗色砖房她一点儿也没有注意到。她照往常一样跑着上楼。在办公室外的平台上遇见了西尔夫人,她才完全清醒,又回到了现实中。西尔夫人正拿着只平底杯,耐心地给一只大狗喂水。

"玛卡姆小姐到了。"西尔夫人正正经经地说,"这是她的狗。"

"唷,漂亮极了。"玛丽说着,拍了拍狗的脑袋。

"是的,健壮、漂亮。"西尔夫人赞同说,"她告诉我,这狗还是圣伯纳种呢——所以,她跟基特一样也有只圣伯纳狗了。你保护你的女主人保护得很好,是不是,塞勒①? 她出去上班——
拯救那些迷了路的可怜的灵魂,你就在家不准坏人闯进她的食
物贮藏室……喔唷,迟到了——该开会了!"她把杯里剩余的水
胡乱往楼板上一泼,慌里慌张地催着玛丽进了会议室。

---

① 塞勒,狗的名字。

14

克拉克顿先生十分得意。他改良并控制在手的机器，如今就要出产品了——召开一次委员会。对这些会议的完善组织，他感到非常自豪。他喜欢"委员会会议室"中的喧闹。他在纸条上挥上几笔。钟声宣布开会时间已到，会议室的门不断开启。人一到齐，他喜欢从他的内室里走出来，手里拿着一些一看便知是很重要的文件，脸上表情专注，大有首相迎步向前去接见他的内阁成员的风度。根据他的指示，会议桌上预先摆好了六张吸墨水纸、六支笔、六瓶墨水、一只平底无脚酒杯、一罐水和一只铃，而且，为尊重女委员的爱好，还摆上了一瓶耐寒菊花。他已经偷偷地将吸墨水纸做了一番整理，使其与墨水瓶相搭配，现在正站在火炉前与玛卡姆小姐交谈，两眼却盯着门口。玛丽和西尔夫人一进来，他轻声一笑，朝坐得很散的其他与会者说：

"女士们，先生们，开会啦！"

说完，他在首席上坐了下来，左右一边摆上一捆文件，叫达奇特小姐念前次会议的记录。玛丽遵命。眼光敏锐的人也许会问：面前的会议记录算是讲求实际的了，秘书小姐为何眉头紧皱呢？前次会议决定，向各省市散发"三号传单"和新西兰已婚女子与未婚女子之比例的数据图表。还有，希普斯利夫人主持的义卖市场,纯利总额已达五英镑八先令两便士半。对此她难道还有什么不相信?

难道是因为对记录内容的完善或措辞的恰切有所怀疑而感到不安?从她的面部表情,谁也看不出她有什么不安。会议室里,没有一个女人比玛丽·达奇特更愉快,更神志清醒。她似乎既像秋天的树叶,又像冬天的阳光,少来点儿诗意地说,她不但温柔而且刚强有力,将来养儿育女做家务当然不在话下,只是将来她做不做得成母亲现在还难以断定。然而,她要使自己的心也遵从克拉克顿先生的命令,却很困难。她念起来的语气缺乏信心,仿佛已失去了对她所念的东西的想象力——其实,事实正是如此。记录一念完,她的心就飞向了法协会广场和那无数只拍打着翅膀的麻雀。拉尔夫还在引诱那只秃顶的公麻雀蹲到他手上来吗?他成功了吗?他会成功吗?她本来想问他,法协会广场的麻雀为何比海德公园的麻雀驯服些——也许,那儿的行人稀少,麻雀认识它们的恩人。会议开始后的半个小时里,玛丽不得不这样跟拉尔夫·丹厄姆的幻影搏斗:他看来会一意孤行。她试用了半打驱逐他的方法,提高嗓门啦,字字尽量说清晰啦,一眼不眨地盯着克拉克顿先生的秃头啦等等,最后干脆掏出铅笔来写张便条。使她恼火的是,她的铅笔却在吸墨水纸上画了个又小又圆的东西——她自己也无法抵赖,画的是一只秃头公麻雀。她再看看克拉克顿先生,不错,他是个秃子,公麻雀也是秃子。秘书小姐还从未受过这样的折磨,乱七八糟的联想,奇人怪物一起挤进她的脑子,嗡嗡作响。她随时都可能说出叫她的同事们震惊不已的粗话来。一想到这,她马上咬紧嘴唇,仿佛嘴唇能保护她。

但是,这些联想,不过是浮在表面上的琐碎小事,背后却隐藏着更为深刻的不安。尽管此刻无法弄清不安的原因,但从她那古怪的点头和招手的姿势看得出,不安确是存在的。散会后,她必须好好想想。与此同时,她的行为却令人惊骇:当她应当引导同事们把精力集中在正在讨论的问题上的时候,自己反而两眼望着窗外,心里一会儿想着天空的颜色,一会儿想着帝国旅馆的装饰。对会上所提出的方案,她无法作出选择。拉尔夫说过——说了什么,她静不下心来回想,反正他使得这些会议文件看来全不真实了。蓦地,她脑瓜子一激灵,不知不觉对一个组织新闻运动的计划发生了兴趣。要写几篇文章,还要与一些编辑交涉。哪一种方案是可取的呢?她发现自己对克拉克顿先生正在说的具有强烈的反感。她提出自己的看法:猛烈出击的时候到了。但她立即觉得已经把矛头对准了拉尔夫的幽灵。她心焦火燎,越发郑重地希望别人都赞成她的观点。她又能准确无误地分辨是非了。好像公共利益的旧敌从薄雾中赫然耸现在她的面前:资本家、报社老板、反女权分子以及那些对女权运动漠不关心的人们,从某种意义上来说,后者最恶毒。这时,她肯定已在其中看到了拉尔夫·丹厄姆的形象,因为他就属于后者。事实上,当玛卡姆小姐请求她举出她几个朋友的名字时,她说话的声音异常悲哀:

"我的朋友认为我们在用竹篮打水。"她觉得自己好像真的在跟拉尔夫本人说话。

"哟,他们竟是那种人?"玛卡姆小姐冷冷地一笑说。顿时,整个会场再次活跃起来,纷纷向敌人发起进攻。

刚进会场时,玛丽情绪低落,现在,精神大振。她通晓世事。这个世界比例均衡,万物有条不紊。对它的是与非,她坚信自己是能够辨别的。想到自己有能力给敌人以沉重打击,她就心明眼亮。在那些忽隐忽现的幻觉中,这些幻觉平时很少出现,今天下午却几乎时时在她的眼前:她看见自己站在一个讲台上,臭鸡蛋雨点般向她打来;台下,拉尔夫在徒劳地恳求她下去。然而——

"与事业相比,我个人算得了什么?"她说了一些诸如此类的话。值得大大称赞的是,尽管被许多荒谬的幻觉所纠缠,她的大脑,仍然保持着警惕。当西尔夫人口口声声说她要不愧是自己父亲的女儿,大声要求"立即采取行动!全面出击"时,玛丽每次都十分机智地挫败了她。

其他委员都是上了年纪的人。玛丽给他们留下了深刻的印象。他们互相攻击,但都站在玛丽一边,也许是因为她年轻。想到他们都在自己的控制之下,玛丽心里充满了一种权力感。她感到,使别人按自己的意志去行动的工作是无与伦比的,没有比这更令人激动的了。实际上,她的观点取胜之后,对那些屈服于她的人,她反而产生了几分轻蔑。

这时,委员们都站了起来,收拾文件,匆匆离去。他们多半是大忙人,都要赶火车,去参加别的什么会,只留下玛丽、西尔夫人和克拉克顿先生。房间里空气闷热,一片狼藉,桌子到处是紫色吸墨纸碎片,平底杯还剩着半杯水,有个委员倒了之后忘记喝了。

克拉克顿先生退进自己的办公室,把这些新文件归档。西尔夫人开始准备茶点。玛丽太兴奋了,竟忘了帮助西尔夫人端茶托、茶杯。她猛然拉开窗户,站在那儿向外望去。街上,路灯已亮了;透过笼罩广场的薄雾,可以看见小小的人影,有的在匆匆横过马路,有的在人行道上行走。玛丽望着那些小人影,不禁飘飘然,狂妄自大起来:"只要我高兴,我要你们走,你们就得走,要你们停你们就得停;要你们走成单行或双行,你们就得走成单行或双行;一句话,要你们干什么就干什么。"这时,西尔夫人走过来,站在她的身旁。

"你肩上为什么不披点儿什么,萨莉?"玛丽以一种屈尊俯就的口气问道,她怜悯这个只有热情没有能力的小女人。但是,西尔夫人对她的建议无动于衷。

"唉,你快活吗?"玛丽扑哧一笑,又问道。

西尔夫人深深地吸了一口气,克制了自己,但紧接着一连串的话语脱口而出,两眼也望着罗素广场和南安普敦街,望着那些行人:"啊! 要是能把那些人都叫进这间房子里来,哪怕是让他们理解我们五分钟,那该多好啊! 但是将来有一天他们一定会认识这个真理……只要有人让他们去认识……"

玛丽一贯认为自己比西尔夫人高明得多,不管西尔夫人说什么,即使是她本人有同感,也会自然而然地去思考反对西尔夫人的话。而此刻,她那种认为自己能指挥每个人的狂妄自大的感觉,烟消云散了。

"我们喝茶吧。"她转过身,把窗帘放下,"今天会开得很成功,你说是吗,萨莉?"她一边在桌边坐下,一边漫不经心地说,西尔夫人一定得承认玛丽是个能力非凡的人吗?

"可是,我们像蜗牛一样在爬行。"萨莉不耐烦地摆了摆头说。

听了这话,玛丽大笑起来,傲慢的神态一扫而光。

"你可以笑,"萨莉说完,又摆了一下头,"我可是笑不出来了。我已是五十五岁的老太婆了,到成功的那一天——如果我们真会成功的话,我早就进坟墓了。"

"不不,到那时你一定还活着。"玛丽亲切地说。

"那一天将成为盛大的节日。"西尔夫人把头发一甩,说,"不但是我们的盛大节日,也是全国人民的盛大节日。这就是我对这些会议的体会。你知道,每次会议就是向人性的伟大进军的一步。你知道,我们真心实意想使后人日子过得更好,可是许许多多人却看不到这一点。我很纳闷,这是为什么呢?"

她一面从餐柜里拿出碟子和杯子,一面说着,语句比平常更为零乱。玛丽不由得对这个古怪的女性——人性传道士感到钦佩。当她在考虑自己的时候,西尔夫人却只想着那未来的美景。

"萨莉,你如果想看到那盛大的节日,就不要把自己的身子骨累坏了。"她说着,站起身,想从西尔夫人手里接过一盘饼干。

"我亲爱的孩子,我这把老骨头还能派什么用场?"她大声说,两手把盛着饼干的盘子抓得更紧了,"把自己的一切都献给了我们的事业,难道我不应该感到自豪吗? ——我的智力不如你呀。我的家庭条件——将来有一天我再告诉你——所以我常说蠢话。你知道,我容易失去理智。你,还有克拉克顿先生,都是有头脑的人。失去理智,是个天大的错误。不过,我的心还是正的。基特有了一只大狗,我太高兴了,我还以为她病了呢。"

他们一边喝茶,一边讨论委员会上提出的许多问题,气氛非常亲密,这在会上是不可能有的。三人有一个共同的感觉,这就是,他们都是幕后指挥,手里牵着线,只要一拉,就将完全改变每天向那些看报的人展示的场面。虽然他们各有各的观点,但这种感觉把他们联在了一起,相互之间几乎诚心相待。

不过,玛丽提早离开了茶会,打算先独自清静清静,然后到皇后乐厅去听听音乐。她极想独自一人好好考虑一下自己与拉尔夫的关系。她抱着这个目的,走回斯特兰德街,心仍然静不下来。思绪纷繁,一个想法刚开始,另一个又冒了出来,甚至染上了街上五彩缤纷的颜色。人类的美景,似乎在某方面与布卢姆斯伯里区①连在了一起,而一横过大街,又完全消失了;进了霍尔博恩街,一个迟迟未归,仍在街头卖艺的手风琴手使她的思路又活跃起来,但很不协调;穿过薄雾茫茫的宽阔的法协会广场时,她冷得发抖,垂头丧气,眼光亮得可怕。夜幕带走了人类相互交往的刺激,她脸上滚下一颗泪珠,心内猛然感到:她爱上了拉尔夫,而拉尔夫却不爱她。他俩上午走过的那条碎石路,现在黑茫茫、空荡荡的。麻雀一声不吱地蹲在光秃秃的树枝上。但不久,她居住的那栋楼房的灯光,又使她振作了起来。这些七七八八的心境全被一旦时来运转就要在上流社会崭露头角的欲望、思想、感受、对抗精神等等汇成的洪流淹没了——这股洪流不断地在她心底冲刷。回到屋里,她一面点燃炉火,一面自言自语:到了圣诞节再静下心来思考,在伦敦是什么事也想不清的;圣诞节拉尔夫肯定不会来,我一个人将在乡间的小路上长久地徘徊,对这个问题以及所有使我困惑的问题作出决定。她将两只脚提起来往火炉围栏上一放,同时想道,生活中充满复杂的问题,但是人应该热爱生活,爱生活的一切。

她坐了五分钟左右,思路渐渐模糊了。突然,传来丁零零的门铃声,她两眼一亮:立即想到是拉尔夫来看她了。于是,开门之前,她停顿了一会儿;感情的烈马真令人苦恼,一看见拉尔夫,它们准会狂奔乱闯。她想检查一下,看自己是否抓稳了缰绳。其实,她大可不必如此镇定自己,来人不是拉尔夫,而是凯瑟琳和威廉·罗德尼。她得到的第一个印象是,他俩都穿得十分华丽。相形之下,她感到自己的穿着是那样马虎、褴褛,不知如何

—————————
① 布卢姆斯伯里,伦敦一文化住宅区。

招待他们，也猜不出他们的来意。关于他们订婚的事儿，她没听到一点风声。但是她很快就克服了自己的失望，觉得高兴，因为她立即感到凯瑟琳是个人物。而且，她现在也不必自我克制了。

"我们是路过这儿，看见你的窗户亮着，就上楼来了。"凯瑟琳解释道。她站在那儿，看上去身材高高的，显得很出众，然而有些心不在焉。

"我们去看了几幅美术作品，"威廉说，"嗳呀！"他东瞧瞧，西望望，大叫道，"这间房使我想起了我一生中最惨的时刻——我念着一篇论文，而你们都团团坐着，不住嘲笑我。数凯瑟琳最厉害。我当时感觉得出，我每出个差错，她都幸灾乐祸。达奇特小姐是好心人，我还记得，多亏了她，我才念完了那篇论文。"

他坐下，脱下淡黄色的手套，开始用它们拍打着膝盖。他生气勃勃，叫人愉快，尽管他使她发笑。一看见他，她就想笑。他那双凸出的眼睛，一会儿看看玛丽，一会儿看看凯瑟琳，嘴唇不停地动着，似乎有说不完的话，但都留在唇边，没有说出来。

"我们刚才在格拉弗顿美术馆，参观了古典美术大师的作品。"凯瑟琳说着，接过玛丽递来的一支香烟，她显然一点儿也不把威廉放在心上。她往后一靠，躺在椅子上，萦绕在她面部的烟雾，似乎使她与玛丽和威廉相隔更远了。

"我说你会相信吗，达奇特小姐？"威廉又说，"凯瑟琳竟不喜欢提香①。她讨厌杏子，讨厌桃子，讨厌青豆。她喜欢古希腊大理石雕刻，喜欢没有太阳的阴天。她是冷酷的北方性格的典型代表。我是德文郡人——"

他俩在吵架吗？是因为吵架，而跑到我房里来寻找庇护所

① 提香（约 1488/1490—1576），意大利画家。

吗？他们订婚了？还是凯瑟琳刚拒绝了他？玛丽迷惑不解。

这时，凯瑟琳从烟雾中露出脸来，往火炉里弹了弹烟灰，然后以一种古怪的、焦虑的眼光，凝视着那容易激怒的罗德尼。

"玛丽，也许，"她试探性地说，"你不会在意吧，我们想喝点儿茶。我们曾想买点茶喝，可是那店子里太拥挤了，走进第二家，里面又有管乐队在吹吹打打。无论你怎么说，威廉，不管怎么样，大部分作品都十分枯燥乏味。"她语气温柔，措辞谨慎。

玛丽告退进食品室去备茶点。

"他们到底来干什么？"她对着挂在墙上的一面小镜子里的自己说。她心中的疑团不久就被解除。当她端着茶具一回到起居室，凯瑟琳就通知她——显然是在威廉的指使下——他俩订婚了。

"威廉认为，"她说，"也许你还不知道。我俩打算结婚。"

玛丽只跟威廉握了握手，向他表示祝贺，仿佛凯瑟琳离她非常遥远，无法接近。事实上，凯瑟琳已经提起了茶壶。

"让我想想，"凯瑟琳说，"先将开水倒进茶杯，是吗？威廉，泡茶你有你的诀窍，是么？"

玛丽不禁怀疑她这么说只是为了掩盖自己激动的心情，但是，如果真是如此，这种掩盖手法就高明得太不寻常了。关于婚姻的谈话就此结束。凯瑟琳好像坐在自己家的客厅里，对她那训练有素的头脑来说，控制这样一个局面，简直不费吹灰之力。玛丽非常惊讶地发现自己竟在与威廉交谈着意大利的古典美术作品，而凯瑟琳却在倒茶，切蛋糕，不停地往威廉的碟子里加点心，只在必要时，才插一两句话。她似乎已经占有了玛丽的房间，看她摆茶杯那神气，好像它们全是她的。但是，她动作是那样自然，玛丽心里没有一点儿不高兴；相反，她发现自己爱抚地将手在凯瑟琳的膝盖上放了片刻。这就是具有母性的表示吗？由于想到凯瑟琳即将结婚，那些母性的神态使玛丽自己心中充满了一种新的温情，甚至使她感到有些畏惧。凯瑟琳看起来比实际上大得多，老练得多。

与此同时，罗德尼在高谈阔论。如果说他的外貌初看似乎对他有些不利的话，却有利于使他的真实才干更易令人惊讶不已。他爱做笔记，对画很有一番研究。能对各个美术馆的作品加以比较。他轻快地敲击着煤块。玛丽觉得，这似乎使他对那些高雅的问题所作的权威性回答，增添了不少力量。这给玛丽以很深的印象。

"你的茶，威廉。"凯瑟琳温柔地说。

他收住话，顺从地一口将茶喝干，又继续说了下去。

玛丽看着凯瑟琳：宽边帽遮住了她的半个脸，整个身子笼罩在烟雾之中，性格令人难以捉摸。玛丽突然觉得，她也许是在自己对自己微笑，并不是出乎什么母性。她语言虽然简短，但即使说"你的茶，威廉"这样的话时，也是那样细声细气，那样小心翼翼，措辞准确，一个词不多，一个词不少，如同一只在瓷器装饰品中行走的波斯猫。今天，这个性格不可思议的姑娘再次使玛丽迷惑不解了，她感到自己深深地被她吸引住了。玛丽想，假若与凯瑟琳订婚的是她，她不久也会像威廉一样，提出那些不满的问题来公开取笑新娘。可是，凯瑟琳的态度还是那样谦恭。

"你既熟悉书，又熟悉画，哪来这么多时间呢？"她问道。

"哪来这么多时间？"威廉高兴地回答说（玛丽想，这小小的恭维，一定使他心花怒放了），"哦，我身不离笔记本，上午的第一件事就是问上美术馆往哪儿走。后来，我又跟别人交流看法。我有一个同事是研究法兰德斯派的行家。我对达奇特小姐说的就是法兰德斯派。我从他那儿学到了许多——这是男人的爱好——吉朋斯,对,他叫吉朋斯。你一定要见见他。我们将请他来吃午餐,这与艺术毫不相干,"他解释说,把脸转向玛丽,"这是凯瑟琳的一种姿态,达奇特小姐。你知道她有些做作吗?她假装从没读过莎士比亚。可是她为什么硬要读莎士比亚呢?因为她自己就是莎士比亚——罗莎琳德①,你知道。"他说完,抿着嘴古怪地笑了笑。不知怎么,这种恭维似乎太老派了,简直有点儿庸俗。玛丽真的感到脸在发烧,仿佛他说的是"女人"或"女士"。接着,罗德尼又用同样的语调继续谈,只是神情有些紧张。

"她懂得够多了——够高雅的了。你们女人要学问干什么?你们有那么多男人没有的东西——我该说,有一切——一切。给我们留点什么吧,呃,凯瑟琳?"

"给你们留点儿什么?"凯瑟琳显然刚从沉思中惊醒,"我在想我们得走——"

"斐利尔毕太太今晚要来和我们一起吃饭吗?是的,我们得早点儿走,"罗德尼说着站起身来,"你认识斐利尔毕一家吗,达奇特小姐?"见她眼光充满了疑虑,他又补充说,"特兰特姆大教堂就是他们家的。如果今晚凯瑟琳表现得好的话,也许他们会把它借给我们度蜜月。"

"我同意这也许是一个原因,否则,她就成了个笨拙的女人。"凯瑟琳说,"至少,"她又补充说,好像要缓和一下自己粗鲁的态度,"我觉得很难跟她说上几句话。"

"因为你希望人人都和你一样忧心忡忡。我看见过她整个

---

① 莎士比亚喜剧《皆大欢喜》中的人物。

晚上坐着一言不发，"他转身对玛丽说，他已这样做过多次了，"这一点你也没发觉吗？有时候，我俩单独在一块儿，我看着表算过时间。"说到这里，他掏出一块很大的金表，轻弹了一下玻璃表面，"看看她一句话与另一句话之间到底停顿多久。有一次，我计算了一下，如果你相信我的话，足足过了十分钟二十秒，她才那么'嗯!'了一声。"

"真对不起，"凯瑟琳道歉说，"我知道这是个坏习惯，可是，你看，在家里——"

下面的话听不见了，因为玛丽把门关上了。她想象着自己可以听见威廉下楼时又找到凯瑟琳一个新的毛病。没过一会儿，门铃又响了，凯瑟琳又出现了，原来她的钱包忘在一张椅子上了。她很快找到钱包，在门口站了一会儿，见只有她们俩人，以一种与刚才完全不同的语气说：

"我觉得，订婚对一个人的性情真是有害无益。"她晃了晃钱包，里面的硬币发出丁当的响声，似乎她只是在暗指忘记拿钱包这一事。但是，玛丽却感到困惑，凯瑟琳似乎话外有音，而且，威廉不在场，她的态度转变得很奇怪。玛丽不由得注视着她，想从她脸上得到解释。可是她的面孔那样严峻，玛丽本来想笑一笑，结果只是向她投去一个问讯的眼光。

门第二次关上了。玛丽一屁股坐在火炉前的地板上。他们的身体已经走了，不再困扰她了。她努力想把从他们身上得到的印象拼成一个整体。可是，虽然在判断人的性格方面，她为自己眼光比任何人都要准确无误而感到自豪，但她一点儿也不敢说自己知道在生活中是什么动机在激励着凯瑟琳。一定有一种无形的东西在载着她平稳地前进——是的，肯定有，但是什么呢？——是一种使玛丽想起了拉尔夫的东西。怪得很，她从他身上也得到了同样的感觉,而且对她来说,他也是个谜。真是怪得很,因为世界上再无两人比拉尔夫和凯瑟琳更少共同之处了——这是她匆匆作出的结论。然而,两人都有这种隐藏着的动力,这种无法估测的力量,这种他俩都喜爱而又不说出来的东西,啊,它到底是什么呢?

15

优雅的迪夏姆村位于林肯市①附近,地势连绵起伏。这里,靠近海边,夏夜听得见海水喊喊的细语声,冬天能听见暴风卷浪涛冲击着漫长的海滩的咆哮声。与构成迪夏姆村的唯一一条小街上的矮小房屋相比,教堂,特别是教堂的钟楼,显得格外高大。游人来到这里,易于回想起那遥远的中世纪,因为只有在那时,人们才对教堂如此虔诚,今日的人们肯定是做不到的。游人也许会想,这儿的每个村民准到达了人生的极限。这就是新来乍到的异乡人的印象。一块萝卜地里,两三个男人正在松土,一个小孩正提着一罐水向他们走来;一位年轻女子正在家门前抖动着一床毯子。这些情景,使得游人看不出,中世纪的迪夏姆村与今天的迪夏姆村究竟有多少相异之处。这几个村民看来够年轻的了,而表情却是那么古板,衣着是那么原始,使人不禁想起僧侣用大写字母写成的手稿中的小小人物插图。他们说话,游人只是似懂非懂,游人说话呢,声音要又大又清楚,仿佛要经过一百多年才能传到他们的耳里。游人也许很容易就能理解巴黎人、罗马人、柏林人或马德里人,但要了解在离伦敦城不到两百

---

① 英格兰东北部林肯郡的一个小城市。

英里的地方生活了两千年的同胞,却是难上加难。

教区长的住宅离村里大约半英里。它是一座大楼房,几百年来逐步扩大,厨房宽敞,屋顶盖着长条的红瓦。客人到达的当天晚上,教区长总要端着烛台,把红瓦指给他们看,提醒他们上下梯级要留心,还叫他们注意那又高又厚的墙壁、那横跨天花板的古老的屋梁、那陡峭的楼梯以及具有像帐篷一样的屋顶的小阁楼——燕子在那儿繁殖,有只白色的猫头鹰就诞生在那儿。教区长换了一个又一个,楼房修了一次又一次,但并未产生十分有趣、十分漂亮的东西。

不过,楼房坐落在花园之中,教区长很为这个花园感到自豪。客厅窗前,有一块草地,绿油油的,没掺杂一莛菊花;草地的旁边,两条直溜溜的小径,穿过花枝亭亭玉立的花坛,通向一条迷人的、长满青草的人行道。每天早晨,可敬的温德姆·达奇特教区长准时来这儿踱步,手里拿着日晷,为自己计算时间。他还时常带本书在手里,不时打开来,粗略地看一眼,然后合上,凭记忆背诵以下的诗句。贺瑞斯的大部分诗他已熟记在心中。他现在已养成习惯,爱把这条别致的走道与一些他每天背诵的诗句联系起来,与此同时,两眼注视着花坛,不时弯下腰来摘掉枯萎或凋谢的花朵。下雨天,由于习惯力量的驱使,他照样准时从坐椅上站起来,在书房进行同样长时间的踱步;而且,不时停下脚步,不是整理一下书架上的某本书,就是将壁炉上圆锥形蛇纹石堆上的两个铜十字架调换一下位置。他的孩子们对他十分尊敬,他们相信他很有学问,大大超过了他的实际水平,因此,对他的习惯,尽可能不去干涉。像大多数做事按部就班的人一样,教区长大人意志坚强,富于自我牺牲精神,但才气和独创精神不足。在寒风凛冽的夜晚,谁家的人病了,他立即骑马奔往,毫无怨言。他助人为乐,做事守时,东奔西走,到处开会,又是教会会议,又是地方董事会会议,还有市镇议会会议。到了如今这把岁数(六十八了),心软的老太太见他瘦得皮包骨,开始怜悯起他来。她们说,本来该在火炉前舒适地休息,他却在路上奔波,结果瘦成这样了。他的大女儿,伊丽莎白,在他身边管理家务,现在已跟他一样,为人真诚,做事有条不紊;两个儿子,一个叫爱德华,是房地产经纪人,另一个叫克利斯多佛,正在大学攻读法律。每逢圣诞节,他们就自然地团聚在一起;一个月前,女主人和女佣人心里就老在考虑圣诞节周的安排,她们对自己布置的完善一年比一年感到自豪。达奇特夫人去世后,留给伊丽莎白一个精美的衣柜。当时她年仅十九,家庭的重担落在了她这个做大女儿的肩上。她喂了一大群小黄鸡,有时写写生,由她负责精心护理花园里那几棵玫瑰树。又要管理家务,又要养鸡,还要关心穷人,她几乎没一刻空闲,也不知空闲是何滋味。她在家中,受到尊重,是由于她诚恳正直,而不是由于具有什么特殊的天赋。玛丽来信说,她已邀请拉尔夫·丹厄姆来家里做客,出乎对伊丽莎白品格的尊重、信任,她还补充说他是个非常好的小伙子,只是脾气有点儿古怪,在伦敦工作,过于劳累。伊丽莎白无疑会得出结论:拉尔夫爱上了玛丽。但是,无疑也存在另一种可能性:他俩谁也不会去点破隔在两人之间的那张纸,除非真有一场不可避免的灾祸逼得他们去那样做。

玛丽不知拉尔夫是否打算来,一个人回到了迪夏姆。但圣诞节的前两三天,她接到拉尔夫的电报,请她在迪夏姆村租间房子。紧接着,又来了一封信,信中解释说,他希望能与她一家共餐,但由于工作需要安静,他必须住在外面。

信到的那天,玛丽和伊丽莎白正在花园里一边散步,一边查看玫瑰花。

"这太荒唐了!"玛丽念完拉尔夫的信后,伊丽莎白坚决地说,"就是两个弟弟都回来了,也还有五间空房。况且,在村里他也租不到房间。既然劳累过度,就应该好好休息休息嘛。"

"也许他不愿和我们见面太多。"玛丽虽然口上表示赞同,心里却这么想。伊丽莎白支持的,当然是她所盼望的,一股感激之情油然而生。她们开始修剪玫瑰,把剪下的花整齐地放进一只浅底篮子里。

"要是拉尔夫在这儿,他会认为这活儿太枯燥无味了。"玛丽想道。她心里烦躁,手微微一抖,把剪下的玫瑰放错了头。这时,她们已来到小径的尽头。伊丽莎白将放乱的玫瑰花朵向上,直插在篮中。玛丽抬头朝父亲望去:他正在来回地踱步,背着手,低着头,深深地陷入了沉思。玛丽突然生出一个念头:干扰干扰这种规律的踱步。于是她走进青草道,伸手挽住父亲的手臂。

"送朵花给您插在扣眼里,爸爸。"她说着,献上一朵玫瑰。

"呃,亲爱的?"达奇特先生眼力不好,接过花,举到适当的角度,仍然不停地迈着步。

"这东西哪儿弄来的? 这是伊丽莎白的玫瑰——得到她的许可啦? 没有她的许可,摘她的玫瑰,她会生气的,而且,她也完全有理。"

玛丽终于发现,父亲有这么个习惯,说话声音由大变小,最后成了连续不断的喃喃声,于是进入心不在焉的状态。孩子们还以为他突然想起了深刻得难以言传的问题呢。

"什么?"玛丽长这么大,这也许是第一次在父亲的喃喃声停止后插话。他没有作出回答。她很明白,父亲希望清静,可是

她仍然缠着他,如同缠住一个应该予以唤醒的梦游者似的。她实在想不出别的话来唤醒他:

"花园真漂亮,爸爸。"

"是的,是的,是的。"达奇特先生还是那么心不在焉,头低得更下了,几乎垂到了胸前。正当他们转身往回走时,他忽然断断续续地说:

"交通量大大增加了,知道吗? 火车、汽车早就不够用了。昨天,十二点一刻驶过了四十辆敞篷车——我亲自数的。九点半的火车他们乘了,给我们留下八点半的——倒合了商人的胃口,你要晓得。昨天你是乘老班次三点十分的火车回来的吧?"

她说"是的",因为他似乎希望得到回答。接着,他看了一下表,匆匆踏上了通往住房的小径,那朵玫瑰仍在手里拿着,举在面前,保持着原来的那个角度。伊丽莎白已经绕到屋角去了,小鸡就关在那儿。只剩下玛丽一个人,手里依然拿着拉尔夫写来的信。她心里很不安。她成功地推迟了思考的时机,现在,拉尔夫果真要来了,明天就会来。她只能揣测,家里人将会给他留下什么样的印象。她想,父亲很可能跟他讨论火车运输的事儿;伊丽莎白大方开朗,通情达理,时时离开客厅去给佣人下吩咐。两个弟弟已表示,要陪他打一天猎。他们准会找到男性的共同之处,因此她为自己没有让弟弟知道他们与拉尔夫的关系而感到满意。可是,他会怎么看她呢? 他会发现她与家中其他人大不相同吗? 她已经计划好了,到时候,把他领进她的起居室,然后,在谈话中巧妙地将话题引向一些英国诗人。现在,这些诗人的作品已在她那个小书架上占据了十分显眼的位置。私下里,她也许还要让他了解到,她自己也觉得她这一家很古怪——是的,只是古怪,但不乏味。这就是她得引导他绕过的礁岩。她进一步思考着,爱德华热衷于约罗克斯,克利斯多佛二十二岁了,仍爱好收集飞蛾和蝴蝶,怎样才能把拉尔夫的注意力引到他们的爱好上来呢?如果这一切都无济于事,或许伊丽莎白的素描会为这个古怪、见识不广,然而也许并不乏味的家庭增辉,给他留下不坏的印象。这时,她发觉爱德华正在压草地,为搞体育活动做准备。他两颊通红,一对明亮的棕色眼睛,棕色的头发沾满了灰尘,活像一匹笨拙的身着冬装的拖车马驹。一看到他,玛丽对自己的计划感到羞愧。她爱的是他的本色,她爱他们每个人。她在他身边踱过去,又踱过来,踱过来,又踱过去;她那强烈的是非感发出一种连续不断的声音,冲击着仅仅由于想到了拉尔夫而产生的浪漫虚荣的念头。她完全相信,不管是好是坏,自己与家里人并没有什么两样。

第二天下午,拉尔夫坐在三等车厢的一个角落里,向坐在对面角落里的一位旅行推销员询问了一连串的问题,打听着一个叫做兰普夏的村庄——他记得,离林肯城三英里不到。他问道:兰普夏是否有一栋大屋。主人是一位叫做奥特韦的绅士。

旅行推销员对此一无所知,但却回想着,念着"奥特韦"这个名字——这声音使拉尔夫又惊又喜。他趁机从口袋里掏出一封信,以证实自己问的地址。

"林肯郡兰普夏村斯多格顿庄园。"他大声念道。

"到了林肯,再问一问,会有人给你指路的。"那人说。拉尔夫只得解释,今晚他不去那儿。

"我得从迪夏姆上那儿去。"他说。欣喜之余,又不由得感到惊讶,他竟使一个素不相识的旅行推销员相信了连他自己也不相信的事情。信中,虽然有凯瑟琳父亲的落款,但并没有向他发出任何邀请,也没有任何依据让他觉得凯瑟琳本人就在那儿,里面提到的唯一事实是:近两周之内,这个地址会成为希尔贝里先生的住址。可是,望着窗外时,他想到的又是她;她也看见过这些灰色的田野,也许,她现在就在那边山坡上的树林里;山脚下,一个黄色的灯光亮了亮,又灭了。他想,那灯光准是从一栋古老的灰色庄园的窗口里射出来的。他将背向角落里一靠,把旅行推销员忘到了脑后。对凯瑟琳的想象进展到那古老的灰色庄园突然中止,本能向他发出警告:如果他再往下想,现实就会立即强行进入。因为威廉·罗德尼的形象还没有完全从他脑海中消失。自从那天听见凯瑟琳亲口说出她的订婚消息以来,他已经克制了自己,不再去用现实生活的细节去装饰他对她的梦想。可是,下午将尽时,在笔直的树丛后闪射出绿色的灯光,变成了她的象征。它似乎使他的心胸开阔了。她在望着灰色的田野沉思,而且此刻就和他一起坐在火车的车厢里,默默不语,表情无限温柔。但是这幻影来得太近了,应该驱散,因为火车在减缓速度了。突然,"哐唧哐唧",火车进月台了,他从梦幻中惊醒,看见了玛丽·达奇特强健的黄褐色身影,带着落日的红辉。陪她来的一个高个子青年跟他握了握手,接过他的旅行袋。一句话也不说,在前面领路。

冬天的黄昏,薄暮几乎将人体隐蔽了,在这时说话,声音格外娓娓动听,仿佛出自无形的空间,那亲密的语调,白天是难得听见的。在迎接他时,玛丽的声音就是如此,她四周,好像垂挂着迷雾般的树篱和红红的荆棘叶。他顿时感到踏入了一个崭新的世界,但他没有让喜悦的心情流露出来。他们叫他选择,是和爱德华坐车呢,还是和玛丽穿过田野步行回家——并不是一条近路,他们解释说,但玛丽认为步行好些。他决定跟她步行,因为他确实意识到,和玛丽在一起,能得到安慰。玛丽为何这样高兴？他半嘲笑半嫉妒地自我发问。马车轻快地启程了，爱德华站在车上，一手握缰绳，一手举马鞭，他那高大的身躯很快就消失在薄暮之中。到市镇来逛街的村民，有的正在登上二轮马车，有的三五成群地步行着往家走。许多人向玛丽打招呼，她不断地大声回答，还一个个叫出向她打招呼的人的名字。但不久，她领着他跨过一个梯磴，踏上了一条小径，这儿，由于两旁是朦胧的树丛，略微黑暗些。此时，他们前面的天空黄里透红，宛如一块背后亮着一盏灯的、半透明的石头。背光立着一溜黑蒙蒙的树木，枝杈仍然清晰可见。地平线上有一方被土山包遮住了天空的光彩，其他三方，大地平平坦坦，一直伸向天边。几只冬夜的鸟儿在无声地疾飞，有一只一直在离他们几英尺的地方飞旋，似乎在给他们领路，一会儿消失在暮色之中，一会儿又飞了回来。

这条路，玛丽一生不知走过多少回，往往是一个人走着，只要从一个特定的角度看上那三棵树，只要一听见野鸡从壕沟里发出的咯咯声，不同时期的往事就会涌入她的脑海，引起一系列的回想。可是，在今晚这种情况下，一切往事都被赶跑了；她偶尔凝视一下田野和树木，仿佛它们与她毫不相干。

"嗯，拉尔夫，"她说，"这儿比法协会广场好多了，是吗？看，你的一只鸟！嗳，你带了眼镜没有？爱德华和克利斯多佛打算叫你去打猎。你会射击吗？我不该这样——"

"喂，你得说说，"拉尔夫说，"这两个小伙子是什么人？我住在哪儿？"

"当然和我们住在一起，"她大胆地说，"你当然住在我家里——来这儿你不后悔吧，嗯？"

"要是后悔，我就不会来了。"他坚定地说。他们继续沉默地走着;玛丽故意不去打破沉默,希望拉尔夫会感受芳香的泥土和新鲜空气的乐趣。果然如此。只过了一会儿,他就表露出喜悦的心情。她因此十分宽慰。

"这正是我想住下的乡村,玛丽。"说着,他将礼帽往后一推,四周打量着。

"地道的乡村! 看不见绅士们的邸宅!"

他贪婪地用鼻子吸着空气,好几个星期以来他从未这样强烈地感到拥有身躯的乐趣。

"现在,我们得穿过一排树篱了。"玛丽说。在树篱的间隙处,拉尔夫扯断了捕猎者为捕捉野兔埋设在一个洞口边的铁丝。

"他们为捕猎野物而设伏是无可厚非的,"玛丽一边看着他拉扯铁丝,一边说,"不知是阿佛列·达金斯呢还是西德·郎金埋的。他们一周只能赚到十五先令,谁能期望他们不干这行呢? 只有十五先令一周哇,"她重说了一遍。这时,他们已来到树篱的另一边,她用手指把掉在头发上的一片荆棘叶梳了下来,"我一周只要十五先令就能活下去——没一点问题。"

"是吗?"拉尔夫说,"我不相信。"他又补充说。

"当然一点不假。他们有自己的小屋可住,还有一个小园可种蔬菜,日子过得挺好。"玛丽说得那样实在,拉尔夫被深深打动了。

"可是你会厌倦的。"他关心地说。

"我有时觉得,这种生活是唯一永远不会使人厌倦的生活。"她回答说。

想着有一间小屋,自己为自己种菜,过着十五先令一周的生活,拉尔夫心中充满了异常的安定和满足之感。

"你们的小屋大概在大路旁,隔壁住着一位妇女,带着六个哭哭啼啼的孩子,有洗不完的衣服,常常要横过你们的菜园去晒衣,是不是?"

"我在想的小屋,独处在一个小果园里。"

"女权协会怎么干呢?"他挖苦地问道。

"噢,世界上除了女权协会,美好的东西还有的是嘛。"她不假思索地回答,颇带几分神秘的味儿。

拉尔夫陷入了沉默。她心里竟有他一无所知的计划,这使他恼火;但他又一想,自己并无权进一步追问她。他开始专心地思考在乡下小屋里生活的打算。由于他此刻不能实地考察,想起来,这一打算的实现似乎具有很大的可能性。这样一来,可以解决很多问题。他用拐杖敲击着大地,凝视着暮色苍茫的乡村。

"你知道哪是南,哪是北吗?"他问道。

"哟,那还用说,"玛丽说,"你把我当什么人? 也是个像你一样的伦敦佬?"接着,她准确地告诉他哪是南面,哪是北面。

"这儿,是我的家乡,"她说,"蒙上眼睛,我凭嗅觉也能辨别方向。"

似乎为了证实自己的夸口,她脚步加快了一点,拉尔夫感到难以跟上了。同时,他又感到自己从来没有像现在这样被她吸引着。不用说,其中部分的原因就是,她在这儿比在伦敦更不受他的支配,她似乎紧紧地依附于一个根本就没有他的位置的世界。这时,夜幕降临,他只得盲目地紧跟在她后面,在跳下田埂进入一条狭窄的小胡同时,甚至将一只手扶在了她的肩上。不远,一个火光在朦胧的夜色中晃动,她用手做成喇叭形高喊起来,他惊得手一缩,脸上莫名其妙地感到发烧。随着,他也喊起来。火光停住了。

"那是克利斯多佛,他也回来了,现在是去喂小鸡。"她说。

她把他介绍给了拉尔夫。只见一个人影从拍打着翅膀的小鸡群中站了起来,高高的个子,脚蹬高统靴,手里的灯光照射在小鸡身上,形成晃动的小圆圈,斑斑点点,忽儿是鲜黄色,忽儿是深蓝色,忽儿又是鲜红色。玛丽从他提着的桶里抓了一把,也立即进入了小鸡群中心。她撒着谷子,一会儿逗引小鸡,一会儿对她弟弟说话。在拉尔夫听来,她的说话声也像小鸡的叫声一样,咯咯咯地含混不清。这时,拉尔夫穿着件黑大衣,站在活蹦乱跳的鸡群之外。

　　在餐桌边坐下来时,他已脱掉了大衣,可是在他们之中,看来仍然与众不同。他们围坐成椭圆形,柔和的蜡烛灯光照着每个人的脸盘。玛丽一个一个地比较着。姐弟们乡里生乡里长,乡村的生活使他们个个的脸上都挂着一副同样的表情,是天真无邪还是朝气勃勃的表情,玛丽一时说不准,然而,即使在教区长本人的脸上也有点儿这种表情。他脸上虽然布满了皱纹,但仍然红光满面,一对蓝色的眼睛,显得很平静,好像正在寻觅大路在何处转弯,或者正在透过冬夜的雨丝寻找远处的灯光。玛丽又望着拉尔夫。她觉得,他从未像此刻这样思想集中,充满信心;仿佛他脑瓜子里聚集了大量的经验,因而他可以自行选择,哪一部分将亮出来,哪一部分将留作自用。与他那黑黝黝、严肃的面容相比,她两个弟弟的脸蛋——他们正在低头喝汤——简直是两个红色的没有造型的肉团。

　　"乘三点十分的火车来的吧,丹厄姆先生?"温德姆·达奇特教区长说,一边将餐巾塞进衣领,整个身体几乎被一大块闪光的白色方巾遮住,"总的来说,他们对我们还不错。交通量日益增长,他们还这样待我们,的确是不错。有时候,我好奇,去数那些货车上的敞篷车,好家伙,竟有五十多节——到了这个季节了,还有五十多节!"

座上有了这个见识广博的年轻人在专心听他讲话,老绅士兴致可大了,从他谨慎说完最后几个字,从他略微夸大了火车车厢的数目,都显然可以看出这点。事实上,与客人交谈的重担主要落在他的肩上。而且他今晚也应酬得十分得体,两个儿子不时向他投来钦佩的眼光,因为在丹厄姆面前,他们都很害羞,不用他们说话,就已经够高兴的了。对林肯郡这个独特的角落的历史和现状,老达奇特先生了如指掌,如数家珍。他的孩子们确实十分惊讶,这些他们虽也听说过,但具体细节却忘得一干二净,如同对珍藏传家餐具的柜里究竟有多少碗碟他们也忘掉了,只有到几次难逢的欢宴时摆出来,他们才搞得清楚。

饭后,教区长公务缠身,又钻进了他的书房。玛丽提议到厨房去坐。

"实际上那不是厨房,"伊丽莎白向客人作解释,"只是我们这样叫——"

"那是我们家最好的房间。"爱德华说。

"壁炉旁有古老的支架,是那时的男人放枪支的地方。"伊丽莎白说。她手里托着一只高高的铜制烛台,在过道里领路,"克利斯多佛,叫丹厄姆先生注意踏级……两年前,教会考察团在这儿住过,他们说,这是这栋屋最有趣的房间。从这些窄砖来看,它已有五百年的历史——五百年,我想,也许他们说的是六百年。"父亲夸大了火车上敞篷车的数目,她也想夸大一点砖头的年岁。这是一间又大又高的房间,橡架屋顶,正中垂吊着一盏大灯,加上一炉火焰正旺的柴火,把整个房间照得通明,地面用红砖铺砌,坚固的壁炉则是用那些据说有五百年历史的窄红砖砌的。几块小地毯,几张扶手椅,就使这间古老的厨房变成了客厅。枪架、熏火腿的挂钩以及其他使那五百年历史毋庸置疑的见证物,伊丽莎白一一指给客人看,然后解释说,将它改为客厅是玛丽的主意——平时,用来做晾衣房或做男子汉们打猎回来后的更衣室。说完这些,她认为自己已尽到了女主人的职责,就在一张椅子上坐了下来,头顶上是吊灯,旁边是一张很长很窄的橡木桌子。她将一副带有角质架的眼镜放在鼻梁上,把一篮毛线拖到了身边。几分钟后,她脸上露出了微笑,而且一直没有消去。

"明天你跟我们一起去打猎好吗?"克利斯多佛说,他姐姐的朋友大体上给他留下了良好的印象。

"我不放枪,但我跟你们一起去。"拉尔夫说。

"你不喜欢打猎吗?"爱德华心中的疑团仍然没有驱散。

"我一生从没有打过枪。"拉尔夫不知这种自供会引起什么结果,转过身,望着爱德华的脸部。

"在伦敦,你就难得有机会打猎,我想,"克利斯多佛说,"可是,只是观看我们射击,你不会感到乏味吗?"

"我将观看鸟儿。"拉尔夫微笑着回答。

"如果这是你的爱好的话,我可以告诉你一个观鸟的地方。"爱德华说,"我认识一个伦敦佬,他每年这个时候来这儿观鸟。那儿野鹅野鸭多极了!我听他说,这儿是鸟类的天堂。"

"这儿大概是英格兰最美的地方。"拉尔夫回答说。听了这句赞美自己家乡的话,他们个个心里乐滋滋的。现在,玛丽非常高兴,潜伏着怀疑(就她弟弟来说)的一问一答,已经发展成了真诚的对话。他们先是谈论鸟类的习惯,后来转而讨论起律师的习惯。加入这种谈话,对她来说,是没有什么必要的。她高兴地看到,弟弟们是喜欢拉尔夫的,都想获得他的好感。拉尔夫态度和蔼,然而言谈老练,他是否也喜欢他们,无法看出。她不时往火里添木头。火越烧越旺,整个房间暖烘烘的。除了坐得离火老远的伊丽莎白以外,每人的兴致都在渐渐减退,睡意却在渐渐增浓。正在这时,门外传来猛烈的抓搔声。

"派珀①!哎呀,该死的!我只好起身了。"克利斯多佛喃喃地说。

"不是派珀,是皮契②。"爱德华咕咕噜噜地说。

"反正一样,我还是得起身。"克利斯多佛一肚子不高兴。他把狗放进来,在门口站了一会儿。门正对着花园,天空星光灿烂,他深吸了一口夜间的空气。

"快进来,关上门!"玛丽在椅子上半转过身,大声说。

"明天是个好天气。"克利斯多佛洋洋得意地说。他在她脚前的地上坐下,背往她膝盖上一靠,将两只长腿伸向火旁——这表明,在客人面前他再也不感到拘束了。他在家里年龄最小,最逗玛丽的喜爱,或许是因为他的性格像她,正如爱德华的性格像伊丽莎白一样。她把膝盖摆好,作他舒适的枕头,然后用手指给他搔头发。

"玛丽也这样给我搔头就好了。"拉尔夫突然暗自想到。他几乎以亲切的眼光看着克利斯多佛享受着姐姐的抚爱。顿时,他想起了凯瑟琳,她正在旷野中,被茫茫无际的黑夜包围着。玛丽一直在观察他,发现他前额上的皱纹突然加深了。为了克制自己,为了把自己的思想限制在这间屋里,他伸手将一块小木头小心翼翼地往火里放,好像在搭一个摇摇欲坠的红色支架。

玛丽已停止搔弟弟的头;他像个小孩似的,头部不耐烦地在

———————————

①② 均为狗名。

她的两膝之间摩来摩去。她又开始把他那浓密的红头发分过去撩过来。但是,她的心已被一股比她弟弟所激起的感情更为强烈的爱占据了。看见拉尔夫面部表情发生了变化,她的手虽然仍在近乎自动地继续移动着,而心却绝望地向滑溜溜的河岸冲击,寻找支撑点。

16

　　此时的凯瑟琳,虽然不盼望翌日有个打野鸭子的好天气,却同样在凝视着黑夜,遥看那星光闪烁的天空。她正在斯多格顿庄园花园里的一条碎石路上来回散着步。棚架上落了叶的藤蔓,挡住了她遥望天空的部分视线。它的一根小枝使仙后座完全迷蒙不清,它的枝条形成的黑色图案遮住了漫长的银河。不过,棚架的末端有一条石凳,从那儿看天空,视线可以不受地面上任何东西的遮挡。石凳的右面,一排榆树,枝头挂满了星星,漂亮极了;一座矮小然而坚固的房屋顶上的烟囱,吐出一缕白烟,一摇一摆,宛如银带。这是一个没有月亮的夜晚,但星光亮出了姑娘修长的体形和那严肃地——不,几乎是严厉地——凝视着天空的脸庞。在这分外柔和的冬夜,她来到外面,与其说是要用那双科学的眼睛观察星星,倒不如说是想摆脱人间的某些烦恼。正如一个文学家在这样的夜晚会心不在焉地抽出一卷又一卷书来翻一样,她步入花园,意在让星星给她做伴,即使不看它们。按理说,她比任何时候都幸福,而事实上,不幸福正是她快快不乐的根源。两天前刚一到这儿,她几乎就感觉到了。如今似乎实在难以忍受,她从家庭聚会中溜了出来,独自思考。认为她心情不愉快的,不是她自己,而是她的堂哥堂妹。这庄园里同辈的亲戚多得很,有的年龄跟她不相上下,也有的小得多。他们中,有的人眼睛明亮得可怕,好像时刻在她与罗德尼之间搜寻,想发现什么,然而至今还未发现什么。在这些眼睛的搜寻之下,凯瑟琳渐渐发现自己产生了一个在伦敦从未意识到的愿望:想与威廉和她父母单独在一起。或许这只是她的惦念。而这种心境却使她抑郁不乐,因为她一直习惯于作出一副心满意足的样子。而且,她的自爱也受到了点儿损伤。她也许会打破自己习惯性的缄默向自己所珍重的人为自己的婚约去作辩解。他们谁也没有说过一句批评的话,只是让她与威廉单独在一块儿;如果他们不这样彬彬有礼地避开她,就不会有什么关系;或者,如果当着她的面他们不是沉默得那样令人莫名其妙,几乎毕恭毕敬,也就没有什么关系了。她觉得,这其中带有批评意味。

她不时看看天空,默念着堂兄弟姊妹的名字:爱丽诺、韩佛利、玛默纠克、西维亚、亨利、卡桑德拉、吉伯特和缪斯丁。在邦加当小提琴教师的亨利,是她唯一能信赖的。她一边在藤蔓棚架下踱来踱去,一边默默地在想象中向他吐露自己的心事:

"第一,我很喜欢威廉。这一点你不能否认。几乎可以说,我比谁都了解他。至于我为何决定嫁给他,其原因之一,我承认——对你,我是老老实实,你可绝不要跟别人说——其原因之一,就是我想结婚。我想有一栋自己的房子。在家里是不可能有的。你倒好,亨利,爱怎么样就怎么样。我呢,总要守着那个家。况且,你也知道我们家是什么样子。你要是无所事事,照样也不会幸福。在家我不是没有时间玩——是受不了那空气。"

她想象着,聪明的堂哥跟往常一样怀着同情心听到这儿,眉头微微一扬,插话说:

"唉,可是你想干什么呢?"

即使在这种纯属想象的对话之中，向一个想象中的同伴倾吐自己的雄心，凯瑟琳也同样觉得难以启齿。

"我想，"刚开口，她又犹豫了，良久，她勉强接着说，声音也变了，"学数学——了解星星。"

亨利显然吃了一惊，但他心地太善良了，没有将疑虑都说出来，只是说，掌握数学并非易事，有关星的资料微乎其微。

于是，凯瑟琳陈述自己的理由。

"结果会不会获得什么，我并不很关心——我只想用数字建造一种东西——一种与人类毫不相干的东西。我并不特别需要人。在某种意义上说，亨利，我是个骗子——我是说，我根本不是你们眼里的那个凯瑟琳。我心不在家务上，不很实际，也不明智，真的。若是我会计算，会用望远镜，并从事数字工作而且知道自己错在哪里，我就完全幸福了，而且相信，我将满足威廉的一切要求。"

说到这种程度，本能向她发出通知：她已越出了亨利的忠告所能及的范围。于是，她抛开浮在心上的烦恼，在石凳上坐下来，不知不觉地举目望天，思索起必须由自己作出决定的更为深刻的问题来。我真的会满足威廉的一切要求吗？为了回答这个问题，她把近一两天来蓄存在她脑子里，标志着他们的交往的意味深长的言论、表情、恭维话、姿势等迅速地翻了出来。由于她的疏忽，一只旅行箱没有贴标签，运错了站，他一肚子不高兴，因为里面装着几件他特意挑选出来让她穿的衣服。那箱子后来终于到了，到得正是时候。第一天晚上，她下楼时，他说，他从未看见过她如此漂亮。她使她堂姐、堂妹个个相形见绌。他发现，她从未作出过任何丑态；他还说，她的头形与大多数女士不同，可以留短发。他曾两次指摘她在餐桌边沉默寡言，一次斥责她在他说话时心不在焉。她的法语说得那么棒,他大为惊讶,但他认为,她太自私了,不跟她母亲一块儿去拜访米德尔顿一家,因为他们与她家是老交情,而且都是好人。总之,天平两头重量不相上下,她在心里作下结论。这个问题算是解决了,至少暂时完结了。她调了一下眼睛的焦点,视线里除了星星什么也没有了。

今夜,星星异常牢固地镶嵌在天空,星光如一串串涟漪,闪入她的眼帘。她内心感到:今晚,星星是幸福的。与大多数同辈人相比,凯瑟琳对教会的惯例,并不知道得多些,也不是格外关心,因此,圣诞节里观望天空,不能不感觉到,星星在这个季节分外同情人间,俯首下望,用那不朽的闪光表明它们也在与她共度佳节。不晓得为什么,在她看来,即使在此刻,它们似乎也在以惊奇的眼光注视地球上某个遥远的角落的某条大路,注视着行走在大路上的一些王公和贤人。然而,再望一会儿,星星又跟往常一样,在她头脑里把人类短暂的历史烧成了灰烬,将人体降回到浑身是毛的猿体,蹲在未开化的烂泥地里的矮灌木丛中。这一场景,很快被另一场景所取代,宇宙间只有星星和星星的闪光,其他什么也没有了。星光使她眼睛的瞳孔无限扩大,她整个身躯仿佛化成了白银,从星星上跌下来,落入无边无际的宇宙。与此同时,虽然很不协调,她却和那个高尚的英雄骑着马,奔驰在海岸边,穿行在树林中。要不是身体捣乱,她与他是不会分手的。她的身体已满足于生活的现状,一点儿也不想代表大脑去改变它。她渐渐感到寒冷,抖了抖,起身朝庄园走去。

星光下,斯多格顿庄园显得十分苍白而富有浪漫色彩,看起来比实际上大了一倍。它是一位退役的海军上将于十九世纪初建造的。此刻,正面的凸肚窗透出黄里带红的灯光,使人联想到正在航行中的庄严的三层甲板舰,海面上均匀地分布着正在戏耍的海豚和独角鲸——旧地图的边缘就常画着这些。一段半圆形浅踏级，通向一扇巨门，凯瑟琳刚才出来时忘了带上，门半开着。她踌躇了片刻，两眼看了看庄园的正面，楼上有一扇小窗户正亮着灯，于是推开了门。她在四四方方的门厅中站立了一会儿，这里尽是带角的兽头、黄色的地球仪，皲裂的油画和猫头鹰标本。右边门里传来喧哗声。是否开门进去呢？她犹疑了一会儿，她尖着耳朵听了听，有一个声音使她立即作出决定：不进去。她姑父法兰西斯正在玩他的夜间游戏"惠斯特"①。从他的声音判断，他十有八九要输了。

她踏上弯曲的楼梯，向楼上走去——这是这栋相当破旧的楼房里一个比较讲究的部分。上楼后，她穿过一段狭窄的过道，来到那间她从花园里看见里面亮着灯的房间。她敲了敲门，得到允许后走了进去。一个年轻人——亨利·奥特韦，两脚搁在火炉围栏上，正在看书。他面目英俊，双眉弓成"伊丽莎白式"，但两只温存、诚实的眼睛闪烁的不是"伊丽莎白式"的活力，而是流露出怀疑的神情。他给人的印象是：年轻，还没有找到适合其气质的奋斗目标。

他放下书，转身望着她，发现她面色苍白，全身沾满了露水，像个掉了魂的人。他经常在她面前诉说自己的苦衷。他猜想，在某种意义上也希望，她现在该需要他的帮助了。平日里，她一贯独立自主，他很少指望她说出几句心腹的话来。

"那么说，你也逃跑了？"他瞅着她的斗篷说。凯瑟琳忘了除去这个观星星的证据。

---

①　惠斯特，四人用全副扑克牌玩的一种两组对打的牌戏，以后的各种牌戏即由此演变而成。

"逃跑?"她问道,"你是说从谁那里逃跑? 哦,从那家庭聚会走开。不错,那下面太热了,我到花园去了。"

"可是你不冷吗?"说着,亨利往火里加了几块煤,将一张椅子拖到炉栅边,然后帮她把斗篷放在一边。

她对这些细事不大注意,常常使亨利不得不去做这些一般说来归女人做的事情。他们之间的关系,从这一点可窥见一斑。

"多谢了,亨利,"她说,"我没有打扰你吧?"

"我不住在这儿,住在邦加,"他回答说,"我在给哈罗德和朱莉亚上音乐课,因而无法陪伴这些太太小姐们——我晚上睡在那儿,要到圣诞节前夕什么时候才能回来。"

"我多么希望——"凯瑟琳欲言又止,"我觉得,这种聚会是一个大失误。"她简短地补充完,叹了一声。

"啊,太可怕了!"他也有同感。然后,两人陷入了沉默。

她的叹气,引起了他的注意。是否该冒昧问她为何叹气?她对自己个人问题的缄默,真的像一个以自我为中心的青年常常简单地认为那样神圣不可侵犯吗? 但是,自从她与罗德尼订婚之后,亨利对她的感情变得非常复杂,既想伤伤她的心,又想体贴她,然而,他时时刻刻都在受着一种无名烦恼的折磨,因为他感觉到,她正即将永远离开他,而去漂泊在无人所知的海面上。凯瑟琳呢,一来到他的面前,星星就从她头脑中消失了。她马上明白,人与人之间的任何交往都是极不完全的。在她感情的整体中,能挑出来供亨利检验的,微乎其微,因此她不禁长叹了一声。接着,她望着他,两人的眼光相遇了。他们之间似乎有比表面上多得多的共同之处。至少,他们是同一个祖父,至少他们之间存在某种忠诚。有时我们发现,除了亲戚关系之外别无其他原因相亲的人之间也存在这种忠诚,而他们则不一样,相互之间不只是亲属关系而已。

"哎,哪一天举行婚礼?"亨利问,现在恶意占了上风。

"我想是在三月份吧。"她回答道。

"然后呢?"他又问。

"我想,在恰尔斯区租一栋房子吧。"

"太有趣了。"说完,他又偷偷地瞅她一眼。

她躺在扶手椅里,一双脚高高地搁在炉栅边上,或许为了遮住眼睛,她拿着一张报纸,东看一行,西看一行。见此,亨利说道:

"说不定,结婚会使你更通人情。"

听到这话,她将报纸放低了一两英寸,但没有作声。事实上,她静坐了一分多钟了。

"当你在思考像星星那样的东西的时候,我们的事情似乎就没有什么了不得的了,你说是吗?"她突然说道。

"我可从没想过星星之类的玩艺儿,"亨利回答说,"可是,我也不敢说这不是理由。"他又补充道,两眼开始死死地注视着她。

"理由这个东西存不存在,我还表示怀疑。"对他的意思还未弄明白,她就匆匆地回答说。

"什么? 任何事情都无法解释?"他微笑着问道。

"事情发生了,这就是一切。"她无意中流露出那玩世不恭,然而果断的态度。

"这一点看来肯定能解释你的某些行动。"亨利暗自思忖。

"此事与彼事大同小异,而一个人总要做点什么。"他模仿着她的腔调,大声说着他猜想她要说的话。或许她觉察到了,因为她温柔地望着他,泰然自若,嘲讽地说:

"不错,如果你相信这一点的话,你的生活一定会简简单单,亨利。"

"可是我不相信。"他马上说。

"我也不相信。"她回答说。

"星星到底是怎么一回事?"他问道,"我懂了,你用星星来安排你的生活?"

她没有回答,也许是没有注意听,也许是不喜欢他这口气。

她又停顿了一会儿,然后问道:

"但是,你做每件事都明白为什么要做吗? 每个人都应该明白吗? 我母亲那样的人就很明白。"她突然想到,"我想,现在我该下去看看情况。"

"会发生什么事?"亨利不高兴地说。

"哦,他们可能想决定什么事情。"她含糊其辞地回答。她把脚放在地板上,两手捧着下巴,一双又大又黑的眼睛盯着炉火,沉思着。

"而且,楼下有威廉。"她说,仿佛又想了一下。

亨利差一点放声大笑,但克制了自己。

"他们知道煤是什么变成的吗,亨利?"过了一会儿后,她问道。

"杉叶藻吧。"他妄猜道。

"你下过煤矿吗?"她继续问道。

"我们还是别谈什么煤矿吧,凯瑟琳。"他反对说,"将来,我们也许再也不会见面了。你结婚以后——"

他万万没想到,她两眼充满了泪水。

"你们为什么都取笑我?"她说,"太狠心了。"

亨利无法装糊涂,但可以肯定,怎么也没有猜到她会伤感。

可是,他刚知道该说些什么的时候,她的眼泪不见了,乌云被驱散,天又晴了。

"事情不容易呀。"她说。

一股真挚的感情,迫使亨利开口了。

"答应我,凯瑟琳,如果我能帮助你,你会让我尽力。"

她两眼再次凝视着红红的火焰,似乎在思考,决定不再作任何解释了。

"好,我答应。"她终于说。亨利感觉到了她是完全真诚的,欣喜万分,开始讲述煤矿的事情,以顺从她对事实的爱好。

他们仿佛真的乘着一个小笼子在下煤井;听到了地下矿工用铁镐挖煤的声音,像老鼠噬木头似的。突然,一个人破门而入。

"好哇,你在这儿!"罗德尼大声嚷道。凯瑟琳和亨利同时猛然转过头,露出心虚的表情。罗德尼身着夜礼服,显然火气冲冲。

"你就一直待在这儿,是不是?"他瞪着凯瑟琳,重复了一遍。

"刚坐了十分钟。"她回答说。

"我亲爱的凯瑟琳,你离开客厅一个多小时了!"

她一声不吱。

"这有什么大不了的吗?"亨利问道。

罗德尼觉得在另一个男人面前不能太过分,于是没有回答他。

"他们不喜欢这种,"他说,"把老人撇在一边,也不太好吧——当然喽,我一点儿也不怀疑,坐在这儿和亨利叙谈,要有趣得多。"

“我们在议论煤矿上的事儿。”亨利态度温文地说。

“是的,不过,在议论煤矿之前,我们还谈了有趣得多的事情。”凯瑟琳说。

很显然,她决心要伤伤他的心。亨利想,罗德尼准要大发雷霆了。

“这一点我完全可以理解。”罗德尼嘿嘿一笑,说。他探过椅子的靠背,手指轻轻敲击着椅子。三人都沉默了。这沉默至少使亨利极其不安。

“楼下太没味了吧,威廉?”凯瑟琳完全改变了声调,手轻轻一挥,问道。

“当然没味。”威廉愠怒地说。

“那好,你待在这儿跟亨利扯谈,我下楼去。”她回答说。

她边说边站了起来。转身要走时,她作出一副奇怪的抚爱姿态,把一只手往罗德尼肩膀上一搭。罗德尼立刻将她的手抓住,心情是那样激动。亨利见此情景,气鼓鼓的,故意哗哗啦啦地将一本书打开。

凯瑟琳抽回手,看样子就要从威廉身边过去。他连忙说:“我陪你一起下去。”

“啊,不,”她急忙说,“你在这儿和亨利聊聊。”

“对,聊一会儿吧。”亨利又合上书,说。他的邀请只是出于礼节,谈不上有什么热诚。是走还是留,罗德尼显然在犹豫不决,但见凯瑟琳已走到了门口,马上大声叫道:

“不,我要跟你一块儿走。”

她扭过头,脸上带着权威的表情,以一种命令的口气说:

“你来了也白搭,十分钟后我将上床睡觉。晚安!”

她向他们两人点了点头,但亨利不禁发现,她那最后一点,是朝着他一个人来的。罗德尼心情沉重地坐了下来。

他太懊丧了。亨利简直不想用对某个文学人物的议论来作谈话的开场白。不过，如果他不加以阻止的话，罗德尼很可能要开始谈他的感情了。而这种吐露很容易引起极端的不快，至少会要引起将来的痛苦。于是乎，他来了个折中，在书中的扉页上写上几句："形势正在朝最令人不安的方向发展。"然后，他按常规给每一个字添上花饰，用漂亮的花边将它们框起来。他一边画，一边想，无论凯瑟琳陷入了什么样的困境，都无法替她的行为作辩护。她说话那么残忍无情。看来，不管天生如此还是后天得到的熏陶，反正女人都有一个怪癖：不理解男人的感情。

这给罗德尼提供了镇静自己的时间。由于他是个虚荣心很强的人，被亨利目睹他遭到断然拒绝，也许比拒绝的本身更使他受到伤害。他正在跟凯瑟琳恋爱，爱情不但没有削弱，反而增强了他的虚荣心；特别在同性的面前，一个人最容易铤而走险。然而，罗德尼对自己那可笑而又可爱的缺点迸发出来的勇气，却沾沾自喜。以自我安慰的办法叫头脑冷静下来后，他极力从十分合身的夜礼服上吸取灵感。他抽出一根香烟，在手背上顿了顿，然后在火炉围栏边对燃，派头十足地吸着，试图振作他的自尊。

"你们这一带有几个大种植园，奥特韦，"他开口说，"好打猎吗？我来想想，他们是些什么人。"

"食糖大王威廉·巴基爵士的种植园最大，斯坦纳姆破产后，他买下了他的全部产业。"

"是哪个斯坦纳姆？是弗尼·斯坦纳姆还是阿尔弗雷德·斯坦纳姆？"

"阿尔弗雷德……我不爱打猎。你很会打猎，不是吗？你的骑马术是很有名气的，大家都知道。"他加说了一句，希望能协助罗德尼恢复自尊。

"哦,我酷爱骑马,"罗德尼回答说,"这儿能弄到一匹马吗?糟糕!忘了带衣服了!可是,我不明白,是谁跟你说我会骑马呢?"

事实上,亨利又陷入了困境。他不愿把凯瑟琳的名字说出来,所以,含含糊糊地回答说,他常听人家说罗德尼是个优秀的骑手。而实际上他很少听人提到他,只是以前在他舅母家常与他相见。所以,尽管难以理解,但罗德尼与他的表妹订婚却是不可避免的。

"我并非很喜欢打猎,"罗德尼接着说,"可是一个人不得不打打猎,除非他想与世隔绝。我敢说,这一带有几个十分美丽的村庄。我曾在波勒姆府第住过。小克兰索普与你相识,对吗?他娶了波勒姆老勋爵的千金。他们都是好人。"

"我和那个阶层没有来往。"亨利立刻说。但罗德尼这时已沉浸在甜蜜的思绪之中,只想多谈一点。他觉得自己在上流社会中运筹自如,深知生活的真正价值。

"嗳,你这就不应该,"他又说,"无论怎样,一年在那儿待上一回,是大有好处的。你会感到格外舒适,而且那儿的女人非常迷人。"

"女人?"亨利心中感到厌恶,"女人会怎么看你呢?"他的宽忍精神在迅速消去,但他仍然禁不住有些喜欢罗德尼。他自己也觉得很奇怪,因为很少有人取悦于他。若是别人说这样的话,他准会要谴责一番。总之,他开始纳闷,这个将要娶他表妹的人究竟是个什么角色。除了性格奇特的人,谁会爱虚荣爱得如此令人可笑呢?

"我认为我没有必要跟那些上流社会的人来往,"他回答说,"要是碰上罗丝小姐,我会一句话也说不出的。"

"我倒觉得没一点儿困难,"罗德尼嘻嘻一笑,"你只管跟她们谈她们的孩子,如果她们有的话;或者谈她们的成就,如写诗哪,画画哪,养花种草哪等等。她们太惹人喜爱了。说正经的,你知道,我认为女人对一个男人的诗作的意见永远是有价值的。千万别问她们为什么要那样看,只要问问她们的感受就行了。就拿凯瑟琳来说——"

"凯瑟琳!"亨利把这个名字说得格外重,好像对罗德尼滥用它大为不满,"凯瑟琳根本就不同于一般的女人。"

"完全不同,"罗德尼表示同意,"她——"他似乎想对她描述一番,但踌躇了半天,"她看来气色很好。"他说话的腔调完全变了,像是在自言自语,又像是在提问。亨利的头垂了下来。

"可是,你们家的人个个都喜怒无常吗?"

"凯瑟琳除外。"亨利肯定地说。

"凯瑟琳除外。"罗德尼重复了一遍,仿佛在琢磨话中的含义,"不错,也许你是对的。但是,订婚使她换了个人。"他补充说,"自然喽,这是人们预料会如此的。"他等着亨利来证实他的观点,然而,亨利一声不吭。

"在某种意义上来说,凯瑟琳一直过着艰难的生活,"他继续说,"我希望结婚会给她带来好处。她很有能力。"

"很有能力。"亨利迅速而有力地说。

"是的——但你认为她们现在在谈些什么呢?"

罗德尼已经彻底放下了通晓世故的人的架子,似乎在恳求亨利帮他渡过难关。

"我不知道。"亨利非常谨慎,有点儿犹豫。

"你觉得孩子——家务——这一类事儿——会使她满足

吗？你晓得，我整天不在家。"

"她肯定能够胜任。"亨利说。

"啊，料理家务她是一把好手，"罗德尼说，"可是——我沉浸在诗歌里。嗯，凯瑟琳却没有这个爱好。她很欣赏我的诗，你知道，这还不能叫她满足吧？"

"不能。"亨利说。停顿了一会儿，"我看你没说错。"他补充说，仿佛在归纳他的想法，"凯瑟琳还没有发现她自己。对她来说，人生还不完全是真实的——我有时想——"

"是吗？"罗德尼问道，似乎渴望亨利说下去，"这就是我——"见亨利保持沉默，他又接着说，但话没说完，门开了，亨利的弟弟吉伯特走了进来。亨利感到谢天谢地，因为他说的话已经大大超过了他想说的范围。

17

　　圣诞节周,天气格外晴朗,灿烂的阳光,把斯多格顿庄园及其庭园里已经褪色和凋谢了的,以及没有完全保存好的那些部分,全都亮了出来。法兰西斯爵士在印度政府供过职,现已退休,得到一份在他看来很不合理的养老金,不足以酬谢他的勋劳,当然也不能满足他的雄心。在事业上,他并不如意。他是个仪表很好的老人,须发斑白,脸膛呈红木色。他熟读过许多很好的书,熟记着许多好故事,不过也经过一些忧患。一场风暴,使他满腹辛酸。这一事实,谁也无法置若罔闻。他遭受过冤屈。这冤情要追溯到上世纪中叶,当时,由于官场内部阴谋陷害,他的功劳被人无耻地转到了他的下级的功劳簿上。

　　即使确有其事,他的妻室儿女对其中的是非再也无法弄清了。但这一挫折对他们的生活产生了巨大的影响,毒害了法兰西斯爵士的一生,它危害的程度丝毫也不亚于据说能使一个女人终身痛苦的失恋。长久地冥思自己事业上的失败,时时计较自己的功过得失,使法兰西斯爵士差不多成了利己主义者。退休以来,他的脾气日益暴躁,严酷。

　　对他的精神状态,如今她妻子几乎听之任之,随他去。实际上,她对他已失去了作用。他女儿尤菲米亚成了他主要的知己,她一生的最好时光飞快地被她父亲消耗掉了。他向她口述回忆录，为他的记忆雪耻。她不得不常常安抚他，说他受到了可耻的对待。她年仅三十五，面颊已开始像她母亲的那样苍白了，但在她的记忆中，一无印度火辣辣的阳光和奔腾不息的河流，二无育婴室里幼儿的吵闹声，一坐下来，头脑里几乎空空如也，无事可想。此时，奥特韦夫人正坐在那儿织着白色的毛线，两眼几乎一刻也没离开过挂在火炉栅栏围帘上那只绣上的鸟儿。奥特韦夫人算得上英国社会里一个过着虚假生活的妇女；她多半时光都花在自欺和欺人上了。在邻居面前，她总要摆出一副样子：高贵、重要、忙忙碌碌、有相当的社会地位、有足够的财产。从她的实际处境来看，玩这种把戏需要高超的技巧。如今上了年纪——六十出头了，也许与其说她是在蒙骗别人，倒不如说是在欺骗她自己。盔甲越穿越薄，她越来越时常忘记装模作样了。

地毯补丁加补丁，苍白的客厅里，多年来未添置一张新椅子，没有换过一块布罩，也不能全怪那可怜的养老金少了。大小十二个孩子，其中八个儿子，有他们的折腾，也就够受的了。像许多这样的大家庭一样，一条明显的分界线把孩子们平均分成两部分，到了分界线处，教育经费短缺，六个小的只得在节俭得多的生活环境中成长。男孩若是聪明，得到奖学金，还能上学，否则，就只能接受家庭所能给的教育了。女孩间或出去找点儿活干，但总有一两个待在家里，不是护理生了病的牲口，就是照料丝蚕，要不就在自己的卧室里吹长笛。年龄大的六个与年龄小的六个之间的界线几乎跟上层阶级与下层阶级之间的界线差不离。由于受的教育不系统，费用不足，年龄小的六个所学的手艺，结交的朋友，接受的观点都是在公立学校的课堂上或政府办公室里无法获得的。两群人之间，存有相当的敌意，大的想在小的面前以庇护人自居;小的则不买账,拒绝尊敬大的;但是,一种共同的信念——他们一家人比谁家的人都优越——把他们团结在一起,避免了发生破裂的危险。在小的这一群中,亨利年龄最大,是他们的头儿。他参加了一些古里古怪的团体,常常买些怪里怪气的书籍,一年四季不系领带,黑色法兰绒衬衣却做了六件。他既不肯去货运业事务所当职员,也拒绝去茶商货栈做店员,不顾舅舅、舅母们的反对,一意孤行地又练小提琴又习钢琴,结果一样也不精。事实上,活了三十二年,他真正能拿得出手的成就就是他那本抄有半部剧本乐谱的手写本。对于他这种叛逆,凯瑟琳总是给予支持。由于大家都认为她是个极为明达的人,衣着又精美脱俗,因而,他发现她的支持还有点儿作用。每逢来过圣诞节,她常常用大部分时间跟亨利或卡桑德拉密谈。卡桑德拉是最小的女儿,丝蚕就是她养的。在小的这一群里,凯瑟琳很有声望,被认为她富有常识,熟知世事,也就是熟悉德高望重的老人在俱乐部里或与部长们共餐时的谈吐举止——他们称之为社交礼节,对于这些,他们表面上嗤之以鼻,心底里却十分羡慕。她不止一次在奥特韦夫人与她的孩子们之间充当外交大使。有一天,那可怜的夫人特意上卡桑德拉的卧室去瞧个究竟,一打开门,发现天花板上挂满了桑叶,窗口被笼子堵死,桌子上堆放着自制的丝绸纺织机。她慌了神,连忙找凯瑟琳商榷。

"凯瑟琳,你替我去说说她,要她学学别的姑娘的样。"她颇为哀伤地吐露自己的苦情,"你知道,她什么聚会也不参加,天天守着这些又脏又臭的虫子。男人能干的活儿,女人也能做,没这个事儿。"

上午,明媚的阳光钻进奥特韦夫人的起居室里,使椅子和沙发显得比平时更加简陋。她亲兄弟和堂兄弟了为保卫帝国,战死在沙场,此刻,勇士们正透过被阳光照得发黄的照片凝视着人间。奥特韦夫人长叹一声,也许是看见了那些褪了色的遗像,然后,无可奈何地把眼光转向她那堆毛线团——很奇怪,也很引人注目,它们已由乳白色变成了暗晦的蛋黄色。她把她侄女叫了进来,要和她聊聊。她向来信赖侄女,如今侄女又和罗德尼订了婚,就更不用说了。在奥特韦夫人看来,凯瑟琳和罗德尼是天生的一对,哪一个做母亲的不希望自己的女儿嫁一个这样的男子呢。凯瑟琳请奥特韦夫人给她织针,让她也织织毛线,这无形中又提高了她那聪明能干的声誉。

"一边织毛线,一边扯家常,太有趣了。"奥特韦夫人说,"好啦,凯瑟琳,现在把你的打算告诉我吧。"

昨晚,凯瑟琳激动的心情久久不能平静,一宿没有合眼。现在她有几分倦意,但这反而使她更实际些了。她很高兴与奥特韦夫人讨论自己的计划——住房的式样啦,房租啦,佣人啦,经济啦等等,一点儿也没感觉到这些东西对她关系重大。她边说边熟练地织着毛线。奥特韦夫人满意地注意到了侄女那规矩、负责的态度。由于将要结婚,她变得庄重了,这对新娘子是极为适合的,过去谁又不是这样哪,可是如今却少见了。没错,凯瑟琳订婚以后变了点儿。

"多好的侄女啊!"她心里叹道,不由得将凯瑟琳与被数不清的丝蚕缠身的卡桑德拉比较起来。

"一点儿不错。"她继续思索着,用她那双跟潮湿的大理石雕像一样毫无表情的、圆圆的绿眼睛,瞥了瞥凯瑟琳,"凯瑟琳像我年轻时代的姑娘。生活中的正经事儿,我们是从不马虎的。"可是,正当她感到满意,准备传授一些连她自己的女儿似乎都不需要的陈旧知识的时候,门开了,希尔贝里夫人走了进来,不,准确地说,还没有进来,只是站在门口,微笑着。显然是走错了门。

"在这栋大房子里,我老是走错路,"她大声说,"我要上图书室去,不想打扰了。你和凯瑟琳在闲谈吧?"

嫂子的到来,使得奥特韦夫人有点儿心情不安。她怎么能当着玛吉的面把要说的话说下去呢?因为,她想说的话,近几年来她还从未跟玛吉本人说过。

"我在跟凯瑟琳说一些有关婚姻的小常识,"她笑了笑,说,"我的孩子没有一个人关照你,玛吉?"

"婚姻,"希尔贝里夫人边说边点了两下头,走进屋来,"我总是这么说,婚姻是一所学校。不上学,就得不到奖品。夏洛蒂①获得了所有的奖品。"她说完,轻微地拍了一下小姑子。这一拍,奥特韦夫人更感不安,半笑着咕哝了几句,最后叹了一口气。

"夏洛蒂姑姑说,如果不顺从丈夫,结婚后就没有好结果。"凯瑟琳将她姑姑的话重新组合,更像一条定律了;而且她说这话时,脸上看不出一丁点儿老派的样子。奥特韦夫人瞅着她,停顿了片刻。

"哦,是的,那些固执任性的女人,我真心劝她们别结婚。"她颇为精心地开始了一场新的争吵。

她为何说此话,希尔贝里夫人明白了几分。霎时间,她脸上流露出同情的神色,但一时不知如何表达。

"太可耻了!"她大声说,竟忘了听者也许不明白她的心绪,

---

① 奥特韦夫人的名字。

"可是,夏洛蒂,要是法兰克①玷辱了自己,那事情还会更糟。我们的丈夫今天这个地位不是他们争得的,他们本身就是这块料。从前,我也常常梦想着白马、轿子,可是,我最喜欢的还是墨水瓶。谁知道这是怎么回事呢?"她望着凯瑟琳,最后说,"你父亲也许明天就会被授予从男爵的爵位。"

作为希尔贝里先生的妹妹,奥特韦夫人知道得很清楚,希尔贝里一家背地里叫法兰西斯爵士"那个老暴君"。她虽然不明白希尔贝里夫人说话的大意,但知道它们的来龙去脉。

"不管怎么说,如果你能顺从你丈夫,"她对凯瑟琳说,仿佛两人之间存在着一种单独的了解,"就能得到幸福的婚姻。世上没有比幸福的婚姻更幸福的了。"

"是的,"凯瑟琳说,"可是——"她并不想把话说完,只是希望能诱使母亲和姑姑继续谈论婚姻,因为她现在觉得,要是别人愿意的话,是能帮助她的。她继续织着毛线,手指运行得异常迅速而有力,不像奥特韦夫人,丰满的手均匀地挥来挥去。她不时飞快地瞟一眼母亲,又瞟一眼姑姑。希尔贝里夫人手里拿着一本书,要上图书室去了,在那儿,又有一段文字要加到那一段段摘抄和拼凑起来的《理查德·阿拉迪斯传》中去,倘若在往日,凯瑟琳会催母亲快下楼,并且注意不让她找到分心的借口。但是,她对诗人生平传记的态度,已随着情况的变化而起了变化;把工作时间表抛在了脑后,她感到很安心。希尔贝里夫人也在暗自高兴。她偷偷地连续向女儿的方向瞥了几眼,发现自己得到了宽容,很是欣慰。女儿的宽纵使她高兴到了极点。坐在这儿闲谈,凯瑟琳允许吗?这间堆满各种各样有趣的小东西的漂

---

① 法兰克,法兰西斯的爱称。

亮房子,她一年没来过了,如今坐在这儿,至少比去翻辞典查证一些互相矛盾的日期,要令人愉快得多。

"我们都有一个好丈夫。"她宽宏大量地原谅了法兰西斯爵士的一切缺点和过错,下结论说,"我并不认为,脾气坏就真的是男人的缺点。我不是说脾气坏,"她连忙更正自己的说法,并朝法兰西斯爵士的方向瞥了一眼,"我是说性子急,缺乏耐心。大多数,实际上是所有的伟人脾气都不好——你外祖父可不在内,凯瑟琳。"说到这儿,她叹了口气,暗示她也许该下楼到图书室去了。

"可是在一般的婚姻中,女人也要顺从丈夫吗?"凯瑟琳说。对母亲的暗示,对母亲由于想到自己那不可避免的死亡而露出的颓丧表情,她一点儿也没有注意到。

"我看是的,当然是的。"奥特韦夫人用从未有过的坚定口气说。

"那么,一个人结婚之前,就应该先下好顺从丈夫的决心喽。"凯瑟琳沉思地说,似乎在自言自语。

对这些带有忧伤意味的谈话,希尔贝里夫人不太感兴趣。为了重振她的兴致,她求助于一种灵丹妙药——向窗外眺望。

"快来看那只可爱的蓝色小鸟呀!"她大声嚷道。她极高兴地望着柔和的天空,望着树丛,以及树丛后面的绿色田野,望着那些落了叶的树枝,上面蹲着一只蓝色的小山雀。她对大自然的感情是炽烈的,真挚的。

"能不能顺从丈夫,大多数女人凭本能就能知道。"奥特韦夫人迅速插话说,她声音很小,仿佛想趁嫂子注意力转开之机,把话说完,"要是不知道——嗯,那么,我的忠告是——不要结婚。"

"唉，婚后的生活是女人最幸福的生活。"希尔贝里夫人说。她把眼光转回屋里时，听到了"结婚"这个词。接着，她思索起自己说的话来。

"是最有趣的生活。"她修正自己说。她瞅着女儿，脸上模模糊糊地露出吃惊的神色。只有做母亲的才这样仔细打量女儿，母亲打量女儿，实际上等于打量她自己。结果不完全使她满意，但她故意不去打破女儿的缄默，女儿的这一特质，正是她特别赞赏和信赖的。

母亲说完"结婚后的生活是最有趣的生活"之后，不知怎么地，凯瑟琳立即感到，她们尽管性格截然不同，却是互相理解的。然而，老一辈的经验似乎只适用于人类共有的那些感受，对属于我们个人的感受却并不适用。凯瑟琳明白，只有与自己同辈的人，才能懂得她的感情。她觉得，这两个老太太享受那么一点可怜的幸福，似乎已经满足了。但是，她一时又没有充分的理由来肯定她们的婚姻观是错的。当然，在伦敦，用这种节制的态度对待她自己的婚姻似乎是恰当的。现在为何又变了呢？为什么感到忧伤呢？她从没想到，自己的行动对母亲会是一个谜；也没有想到，不但年轻人受老年人的影响，老年人也同样受年轻人的影响。确实，爱情——激情——不管人们如何称呼——在希尔贝里夫人的一生中发挥的作用远比人们想象的要小得多。虽然从她那热情奔放，富有想象力的气质来看，应当是会发挥巨大作用的。对别的东西，她倒是更感兴趣。凯瑟琳的心事，奥特韦夫人比她母亲猜得更透，这看来倒是一件怪事。

"我们为什么不都住在乡下呢？"希尔贝里夫人又向窗外望去，大声叹道，"我相信，一个人住在乡下，头脑里就会充满这些美好的东西。没有令人伤感的可怕的贫民窟，没有电车，没有汽车;人人都长得丰满,性情开朗。夏洛蒂,你们附近能租到供我们一家住的小屋吗?最好是多有一间空间,万一请个朋友来,也有地方落脚。我们应当存一大笔钱,就能游览——"

"是的是的。没说的,一两周之内你是会觉得很有趣的。"奥特韦夫人说,"可是,今天上午你想叫马车几点钟出发?"她说完,伸手摸着铃子。

"由凯瑟琳决定。"希尔贝里夫人说,几点动身更好些,她拿不定主意,"凯瑟琳,刚才我正打算告诉你,今天早晨我睁开眼后,头脑格外清醒,一切都仿佛历历在目,要是手头有支铅笔,我相信我准能写出长长的一章来。出了门在路上,我将给我们找一栋房子,周围有几棵树,有一个小花园,门前有一口池塘,里面放养一只中国鸭子,你父亲一间书房,我一间书房,给你凯瑟琳一间起居室,因为,到那时,你将是个太太啦。"

最后这一句话使凯瑟琳打了个冷战。她靠近火边,手指张开,伸到煤火的正上方烤着。她很想使谈话再次转到婚姻问题上,好听听夏洛蒂姑姑的高见,但一时不知如何引导。

"让我瞧瞧您的订婚戒指,夏洛蒂姑姑。"她盯着自己的订婚戒指说。

她接过那一串绿宝石,正面看了反面看,却不知接下去该说什么。

"刚带上这个可怜的老戒指时,我失望极了,"奥特韦夫人沉思地说,"我本来盼望有个钻石戒指,可我从来不想跟法兰克说,这没什么。这是他在西姆拉①买的。"

凯瑟琳将戒指又翻来覆去看了看,然后一声不吭地还给了

---

① 西姆拉,印度北部一城市。

姑姑。她在摆弄戒指的时候,双唇紧闭着,好像她也会使威廉满意似的,就像这两个女人使她们的丈夫满意一样;如果她心里喜欢金刚石戒指,嘴里也会装着说喜欢绿宝石戒指的。奥特韦夫人重新戴好了戒指后,说:"今年冬天冷是冷,但并不比人们预料的更冷。"的确,还能够看见太阳就应该感谢上天了。她劝她们母女俩路上要多穿点衣裳。凯瑟琳有时怀疑,姑姑有那么多现成话,只怕是专门留着来打圆场的,与她个人的心事几乎毫不相干。但在此刻,姑姑的那些现成话似乎可怕地与她得出的结论巧合在一起,于是,她又捡起针织活,倾听着。她这样做,旨在使自己坚定一个信念:订婚和嫁给一个你不爱的人,是你在世上不可避免地要迈出的一步。在这个世界上,爱情的存在只是旅游者从密林深处传出来的无稽之谈,而且很少有人传说,因而聪明人根本不相信真有其事。她尖着耳朵听母亲询问约翰的消息,听姑姑说希尔达与印度军队中一名军官订婚的真实来历;然而,她的心却不时飞向林中小径,飞向布满星星的天空,飞向那工整地写着数学符号的书页。她的心一旦转到这方面,婚姻似乎就已成了一扇拱门,成了要满足自己的愿望就必须穿过去的拱门。在这种时刻,她的天性的激流,在又深又窄的河床里奔腾向前,毫不考虑他人的感情。正当两位老太太描绘完家庭的前景,奥特韦太太神经紧张地期待她嫂子对生与死作总结的时候,卡桑德拉闯了进来。她说:"马车已在门口等着了。"

"安德鲁斯本人为什么不来告诉我?"奥特韦夫人怒气冲冲地责怪佣人辜负了她的希望。

希尔贝里夫人和凯瑟琳穿好衣服,来到前厅准备上路时,发现跟往年一样,其他人的安排仍在讨论之中。人进人出,门开了又关,关了又开;两三个人站在楼梯上,犹豫不决,一会儿上几级,一会儿下几级;法兰西斯爵士本人也从他的书房里出来了,腋窝下夹着一张《泰晤士报》,抱怨人们叽叽喳喳,太吵了,门也不该打开让寒风吹进来,因为这至少会把不想去的人攥进马车,把不想留在家的人赶回屋里。最后决定:希尔贝里夫人、凯瑟琳、罗德尼和亨利乘四轮马车去林肯郡,别的人谁想去,可以骑自行车或乘二轮轻便马车跟在后面。根据奥特韦夫人款待客人的理论,凡到斯多格顿庄园来做客的,都要这样做一次到林肯郡的远征。这是她从那些介绍公爵邸宅内圣诞节聚会活动的时髦文章里读到的。四轮马车的马又老又肥,但仍然能拉动车;马车破烂颠簸,坐在里面很不舒服,镶板上饰有奥特韦纹章,奥特韦夫人站在踏步顶上、头裹着白色的围巾,一只手几乎机械地挥动着,直至马车转过弯,消失在月桂丛中。她退进屋里,为完成了自己的职责感到欣慰,但一想到儿女们在客人面前个个像外人一样,又哀叹了一声。

四轮马车平稳轻快地在渐渐弯曲的大路上行驶着。希尔贝里夫人沉浸在愉快、漫不经心的状态之中:一排排飞驰的绿色树篱,此起彼伏的田野,温柔的蔚蓝色天空——五分钟后,这一景色在她心目中成了人生这场戏的田园背景。于是,她想起了小屋前的花园——那儿黄水仙与碧蓝的水面相映成辉,她一忽儿在计划安排这些不同的前景,一忽儿又在构想两三个漂亮的句子。因而竟未注意同坐在车里的年轻人,相互间几乎一句话也不说。亨利陪着上车实在是被迫的,此时,为了发泄心中的不满,他带着幻灭的神情瞪着凯瑟琳和罗德尼。凯瑟琳心情忧闷,一直在自我抑制,结果对周围的一切麻木不仁。罗德尼对她说话,她不是"哼"一声,就是无精打采地随便表示同意。他只得找她母亲说话。他这种尊重人的态度很合她的心意,他的举止堪称典范。这时,林肯城教堂的钟楼和工厂的烟囱遥遥在望,她心情异常兴奋,回想起一八五三年那个美好的夏天。这一回忆与她对未来的幻想协调地融成了一体。

18

　　但是，与此同时，有人正步行着由别的路朝林肯郡走来。至少，十英里之内的牧师、农场主、庄园主及其家属和路旁农舍的平民，每周都要进一两趟城。今天，拉尔夫·丹厄姆和玛丽·达奇特也在其中。他俩不喜欢走大路，而在田间小道上穿行，然而，从他们的表情看来，只要不跌跤，走在什么路上，他们似乎并不在乎。出门后，他们开始了一场辩论。脚步配合辩论，很有节奏，一小时行程超过四英里，什么灌木丛树篱，什么此起彼伏的田野，什么温柔的蔚蓝色天空，一样也没去欣赏。他们的眼里只有白厅的议会两院和政府各部。两人同属一个阶层，这个阶层意识到自己在这些庞大的机构中已丧失了应享受的权力，正在另寻途径，建立自己的法律观念和政权观念的另一种机构。或许，玛丽是有意不同意拉尔夫的观点；她喜欢让自己的思想与他的思想发生冲突，喜欢他不因自己是个女性而对自己的判断放松辩驳，不充分使用他那男性的力量。他激烈地跟她争辩，好像她是他的兄弟。不过，两人都相信，改良和重建英国社会的结构，是他们义不容辞的职责；两人都认为，大自然不够慷慨，害得我们的议员缺乏天资。而且，两人不谋而合，爱上了他们脚踏着的泥泞的田地。由于思想高度集中，两人的眼睛都微微眯着。

激烈辩论终于暂告一段落，为友好谈心所代替。他们靠在一扇篱笆门上喘着气儿，第一次睁大眼睛打量周围，脚火辣辣地感到刺痛，热气从口里冒出来，像雾一样在头顶缭绕。活动活动身子，互相感到自然一些，也没有那么拘谨了。一个轻率的念头占据了玛丽的头脑，在她看来，接下去发生的事情似乎没多大关系。真的，没关系，她感到自己就要对拉尔夫说：

"我爱你，我以后谁也不爱了，只爱你一个人。娶我吧，要不就永远离开我，不论你怎么看待我——我都不在乎。"然而，此刻，说话或是沉默似乎都无意义。她只是合着双手，透过呼出来的热气，凝视着远处披着像铁锈一样的霜衣的褐色树林，凝视着绿蓝交错的风景。她似乎在说"我爱你"，又似乎在说"我爱山毛榉树"，又好像只是在说"啊，爱情——我爱"。

"你知道吗，玛丽？"拉尔夫突然打断她的思路，"我已经拿定了主意。"

她的冷漠准是装出来的，因为眨眼就消失了。事实上，他接着说话的时候，树林已从她的视野中退去，她清晰地看见了她自己那只搭在篱笆门顶横木上的手。

"我已打定主意，把工作丢掉，在这儿住下来。请把你说的那间小屋子的情况给我讲讲。不过，我想，租一间小屋不会有什么困难吧？"他说话口气随便，仿佛想得到她的劝阻。

她仍然等待着，似乎希望他说下去。她相信，他很快就要谈到他们的婚姻问题了，现在只是在兜圈子。

"办公室的空气我再也受不了了，"他接着说，"不知我家里会怎么说，但我相信我没错。你说呢？"

"你一个人住在这儿？"她问道。

"请个老太婆就行了，我想，"他回答说，"我受够了。"他又说,然后猛地把篱笆门打开。于是,他们开始肩并肩地穿过又一丘田。

"我跟你说,玛丽,一天又一天,干那些对谁也无关紧要的事儿,会完全毁掉我。我忍受了八年啦,再也不能忍受了。可是我想,你一定觉得我在发疯吧?"

这时,玛丽已经恢复了自制。

"不,我以前就认为你不幸福。"她说。

"你为什么会这样认为呢?"他颇为惊奇地问道。

"你难道忘了在法协会广场的那天上午?"她反问道。

"没有忘。"拉尔夫开始放慢脚步。他想起了凯瑟琳以及她订婚的事儿,想起了被行人踏进路面的紫色落叶,想起了在电灯光下闪闪发光的白纸,以及环绕着这一切的绝望。

"你说得对,玛丽,"他有点儿费劲地说,"但是,不知你是怎么猜到的。"

她一言不发,盼望着他把不幸福的根由说出来。他的掩饰并没有骗过她。

"我不幸福——很不幸福。"他重复着说。大约六个星期之前,那天下午他坐在泰晤士河河堤上,河水奔腾向前,他眼睁睁地望着,自己的幻想烟消云散。当时那种孤独之感,如今想起仍然不寒而栗。他还是那么沮丧,一点儿也没有恢复。眼下有一个供他使自己面对事实的机会。他感到应该如此。因为,此刻它无疑只是一个多感的幽灵,与其让它潜伏在他的一切行动和思想的后面——自从他第一次见到凯瑟琳·希尔贝里倒茶以后情况就是如此——倒不如无情地把它驱逐出来,暴露在玛丽这样的人面前。可是,他首先得提到凯瑟琳的名字,这一点,他感到无法做到。他想使自己相信,自己能做到既说实话,又不说出她的名字;他还想使自己相信,自己的情绪与她几乎毫不相干。

"不幸福是一种心境,"他说,"我是说,这并非一定是某种特殊原因引起的结果。"

这个很不自然的开场白,他自己也不满意。越来越清楚,无论他怎么说,凯瑟琳是直接引起他不幸福的原因。

"我开始发觉我的生活很不满意,"他又开口说,"似乎毫无意义。"他再次停顿,感到这一点多少是事实,可以顺着这条路子说下去。

"一天十个小时,工作,赚钱,图什么?一个人小时候,头脑里充满了美梦,做什么都无关紧要。如果有抱负,那当然没什么,你有理由继续干。如今,我的理由已不能再使我满意了。也许我从来就没有什么理由。现在想来很有可能就是这样。(可是世上哪有一件事有理由?)然而到了一定的年龄之后,一个人就再也不能完全欺骗自己了。而我知道,是什么东西在维持着我,"这时他突然想到一条好理由,"我想做我们家的救星,所以只要对家里有利,我什么都干。我想使他们在这个世界上生存下去。这当然是谎言,是一种自夸。我想,跟大多数人一样,我几乎完全在幻想中过日子,可是如今发现了这一点,却又陷入了尴尬的境地。我需要另一个幻想来维持我的生命。玛丽,这就是我不幸福的原因。"

玛丽古怪地拉长着脸,始终沉默不语。原因有二:其一,拉尔夫一句话也没有提到婚事问题;其二,他讲的不是真话。

"我认为找间小屋不会有困难,"她强装出笑脸冷淡地说,对拉尔夫的整套讲话不予理睬,"你存了点儿钱,是吗?"她最后说,"我看不出有什么理由说这不是个好计划。"

谁也不说话了,他们沉默地在田间走着。拉尔夫没想到她会这么说,不免有点儿伤心,但总的来说,还是高兴。一开始,他就深信不能把自己的事儿如实告诉玛丽,而且他还发现自己并没有放弃对玛丽的梦想,他心头一块石头落了地。他始终认为,她是个明达、忠实的朋友,是一个他信得过的女人,始终可以指望得到她的同情,然而却要保持一定的限度。他高兴地发现这些界限非常明确。又穿过了一排篱笆后,她对他说:

"是的,拉尔夫,是你改变现状的时候了。我自己也得出了同样的结论。不过,我要找的不是一间农舍,我要去美洲,去美洲!"她高声说道,"那才是我要去的地方! 那儿的人会教我怎样组织运动,回国后,我一定做给你看!"

如果她有意无意地想贬抑乡村小屋里的隐居生活和安全感,那她的话就等于白说了,因为拉尔夫真下了决心。但是这使他看清了她本人的性格。她走在前面几步。他迅速地打量着她,第一次发现她与他以及他那以凯瑟琳为主的心事毫不相干。在他看来,她正在迈步向前,姿态笨拙,但浑身充满了力量,独立自主;他对她的勇气感到敬佩。

"别走开,玛丽!"他大声喊道,站住了。

"你以前也这么说过,拉尔夫,"她返回来,眼光避开他,"你自己想走,却不想让人家走。这说不过去吧?"

"玛丽,"回想自己对她态度苛刻、专横,他悔恨交加,大声说,"我对你太粗鲁了!"

她竭尽全力,不让眼泪流出来,不让自己说出她愿原谅他,直到世界末日——如果他选择那一天的话。她之所以这样做,只是因为她性格的深处隐藏着顽强的自尊,它不允许自己缴械投降,即使在激情澎湃的时刻也不屈膝。现在暴风雨来临了,波涛汹涌,她知道有一块安全的地方。在那儿,灿烂的阳光洒在意大利语语法书和成堆的文件上。但是,从那像骷髅一样苍白的土地和裂缝累累的岩石上,她看到了自己未来的生活道路是坎坷不平的,寂寞得几乎难以忍受。她在他前面一点儿,稳步地走着。脚下的路引着他们绕过山坳边的一片稀疏的树林。透过树干之间的空间,拉尔夫看见山脚下一片葱茏的草地平展如画。一座灰色的小庄园,前面有池塘、平台和修剪得整整齐齐的篱笆,旁边是一间农舍,一排冷杉从庄园后面探出头来,整个庄园都在荫庇之中,自成一番天地。庄园后又是山,远处山顶的树木直插云霄,树干与树干之间的天空,显得更蓝。他立即感到凯瑟琳确已到了此地。灰色的邸宅和蔚蓝色的天空使他感到她就在附近。他靠在一棵树上,小声念叨着她的名字。

"凯瑟琳,凯瑟琳。"他竟大声说了起来,然后环顾四周,只见玛丽慢慢从他身旁走开,从路边树枝上扯下一根很长的常春藤,似乎与他心中的人儿势不两立。他不耐烦地做了个手势,继续想象着。

"凯瑟琳,凯瑟琳。"他重复着,好像她就在他的身旁。他对周围的一切都失去了知觉。所有实在的东西——一天的时光,我们已经做的以及即将做的事情,别人的存在,和我们看到别人对现实坚信不疑所获得的力量,统统被他遗忘了。假若当着一个女子的面,地球离开他的脚往下沉,空旷的蓝天垂下来把他团团围住,微风变成倾盆大雨,他也许会有点感觉。头顶的树枝上,一只知更鸟发出啁啁啾啾的叫声,唤醒了他。他长叹了一口气。这儿才是他不得不在其中生存的世界,田野仍然在脚下,远处是公路,还有玛丽,她正在剥着从树上扯下来的常春藤。他走上前去,挽住她的手臂,说:"唉,玛丽,你说去美洲是什么意思?"

她想,自己打断了他的解释,对他的新计划几乎没表示一点儿兴趣,然而他的声音里仍然不失兄弟式的善意,可见他度量之宽大。于是,她把自己认为作一次这样的旅行会获益不小的理由告诉他,但一条关键的理由却省去了。他聚精会神地听着,一句劝阻话也没有说。实际上,他觉得自己奇异地渴望证实她的贤良明智,每得到一个新的证据,都感到非常满意,仿佛它可以帮助他在头脑中作出什么决定。她忘记了他在她心中引起的痛苦,渐渐感到一股稳定的幸福暖流涌上心头,与他们在干燥的大路上的沉重脚步和他的手臂的支撑,十分协调。她觉得,这是由于她坚持在他面前朴素实在,不矫揉造作所得到的报偿,因而心情更为愉快。对诗歌,她从不装出一副感兴趣的样子,而是本能地避开,她总是坚持谈论实际问题,显示自己的实际才能。

　　她很实际地问起他对小屋的具体设想,并修正他不清楚的地方。可是,在他脑子里,小屋几乎已不存在了。

　　"你一定得注意,门前要有水。"她坚持说,显然夸大了她对小屋的兴趣。她避而不问他打算在这个小屋里干什么,最后,当所有细节均已充分讨论之后,他用更为亲密的语言给她以报偿。

　　"其中一间房,"他说,"要作我的书房,因为,嗯,玛丽,我打算写一部书。"说完,他点燃了烟斗。他们继续朝前走着,像一对要好的同志,这是他们在一切友好往来中所达到的最为完善的关系。

　　"写一部什么内容的书?"她大胆地问,好像与拉尔夫谈论书籍从来没吃过亏。他毫不犹豫地告诉她,他计划写一本英国村庄史,从撒克逊时期写到当今。多年来,这个计划像一粒种子,一直埋在他的心中。如今,既然他闪电式地作出了放弃职业的决定,这颗种子就该破土而出,不到二十分钟,长得高大粗壮,枝叶茂盛。他对自己说话时露出的肯定语气,感到惊讶。谈到小屋,他的态度也是如此。小屋也在他头脑中诞生了,尽管形状平淡无奇——一栋白色的房子,四四方方,刚好坐落在公路旁边,不用说,隔壁还有个邻居,邻居家有一大群整天哭哭嚷嚷的孩子,还饲养着一头猪,因为这些计划已抹去了一切浪漫的色彩。可是一旦越过了合理的限度,他从思考这些计划所得到的快乐马上就消失了。事情就是这样,一个明智的而又失去了获得某种美好的继承机会的人,有可能跨出自己现有的狭窄住所,确信:在这个地方也可以使生活维持下去,不过必须种点萝卜和白菜,不能种瓜类和石榴。对自己的足智多谋,拉尔夫当然有点儿自豪,他不知不觉地利用玛丽对他的信任来修正自己。她正在用那根常春藤往一棵白杨树上缠着。许多天来,跟拉尔夫单独在一起,她还是第一次对自己的动机、言语和情感丧失警惕,沉浸在完全的幸福之中。

他们这样交谈着,有时心情轻松地沉默片刻,有时停下来欣赏树篱以外的景色,或辨认一只在树枝中跳来跳去的浅黄色小鸟的种类,不知不觉走进了林肯郡。在大街上来回逛了几圈之后,他们进了一家酒馆,它的圆形窗口使他们想到其中定有丰盛的食品。果然不错,一百五十多年以来,一代又一代乡绅在这儿品尝热牛肉、马铃薯、蔬菜和苹果布丁。这时,拉尔夫和玛丽在弓形窗前的一张空桌边坐下,也吃起这种四季不断的盛餐来。玛丽一半时间在越过热牛肉看着拉尔夫,她暗自发问。拉尔夫将来有可能变得和常坐在馆子里的人们模样相像吗?他们几乎占据了整个酒馆,红彤彤的圆脸,插满了白胡须碴儿;脚蹬油光油亮的棕色靴子,黑白方格衣裳,到处乱抛。拉尔夫会与他们同化吗?她有点希望他如此,她觉得他只是头脑与他们不一样。

她不希望他与别人相差太大。一路步行,他的脸也是红红的,一双眼睛闪射出坚定、诚实的光芒,它们既不会使最朴实的农民不安,也不会显示什么邪念,最诚挚的牧师也不会怀疑嘲笑他的虔诚。她喜欢他那像悬崖峭壁一样的前额,她把它与一个能把马勒得半蹲着的希腊青年骑手的前额相比。在她的眼里,他总像一个骑着一匹烈马的骑手。而跟他在一块儿,她感到得意扬扬,因为他很有可能和别人的步伐不一致。如今与他在这个小桌旁面对面地坐着,进门前的那种自然的得意感,又恢复了。不过,她现在还增加了一种清醒、可靠的感觉。她感到自己和他有一种几乎无需用言语表达出来的共同感觉。他多么沉静呀!手撑着额头,不时用稳当、庄重的眼光瞅着坐在邻桌旁的两个男人的背。现在他又在瞅着,几乎完全失去了自我意识。她仿佛看得见,他头脑里思绪像线一样,一根紧接着一根;她想,透过手指缝,她感觉得到他在想什么,能准确地预料他什么时候将扯断思绪,在椅子上微微挪动一下身子,然后说:

"嗯,玛丽——?"邀请她拾起他扯断的思绪。

而就在这时,他果然微微挪动了一下身子,说:"嗯,玛丽?"莫名其妙地带着几分羞怯。她就爱他的羞怯。

她笑起来,然后解释说,下面街上的人使她好笑。一辆汽车上坐着一位裹着蓝色面纱的老夫人,她的贴身女佣人坐在她对面,抱着一只长毛垂耳狗;一个乡村妇女推着一辆童车走在街中间,童车上堆着枯树枝;一个打着绑腿的地方长官,正在跟一位不信奉国教的牧师议论牲口市场的行情。

她一点儿也不怕他嫌啰嗦,像开清单一样地解说着。其实,不知是由于酒馆里很暖和呢,还是烤牛肉好吃,也不知是因为已掌握了下决心的窍门,拉尔夫不再去检验玛丽谈话中所显示的良知、自主和智力。他一直在构造那样一堆思绪,它像中国的宝塔一样,奇形怪状,摇摇欲坠。它的材料一半取自打着绑腿的乡绅们的话语,一半取自他自己头脑里的大杂烩:打野鸭子的事啦,法律史啦,罗马帝国对林肯郡的侵占史啦,乡绅们与他们妻子的关系啦,等等,等等。

突然,从这些杂乱的胡思乱想中冒出一个念头:向玛丽求婚!这个念头来得如此自然,他仿佛看见了它的形状。就是在这时,他转过身来说出了那句出自本能的话:

"嗯,玛丽——?"

这个念头刚刚产生时,是那样新鲜,那样有趣,他有点想立即告诉她本人。他那种在与她说话之前先仔细地将要说的话条分缕析的本能,占了上风。这时,玛丽两眼望着窗外,口里描述着那个老夫人、那个推童车的乡村妇女,以及那个地方长官和那个不信奉国教的牧师,他注视着她,两眼不由得充满了泪水。他真想一头扑进她的怀里,痛哭一场,让她一面用手指给他理头发,一面安慰他:

"好啦,好啦,别哭啦!告诉我你为什么哭——"然后两人紧紧地互相拥抱,她(拥抱他的)那双手臂就像他母亲的一样。他感到非常孤单,酒馆里的所有人都使他害怕。

"讨厌,真讨厌!"他突然大声说。

"你在说什么?"她颇为茫然地问道,眼睛依然望着窗外。

对这种心不在焉的态度,他十分恼火,也许他自己并没有意识到。看来,玛丽不久将启程去美洲。

"玛丽,"他说,"我想跟你谈谈。我们不是快吃完了吗?他们为什么还不来收碟子?"

玛丽不用瞧他,已经感觉到了他那激动不安的心情。她相信自己知道拉尔夫想对她说什么。

"到时候他们会来的。"她觉得有必要移动移动盐罐,扫扫成了堆的面包屑,以显示出自己那泰然自若的态度。

"我想向你请罪。"拉尔夫又说。虽然不完全知道接下去该说什么,但他感到有一种奇怪的本能在催自己一鼓作气地把肚子里的话倒出来,以阻止亲密的时刻流逝。

"我觉得我对你太不好了,也就是说,我以前对你说了一些谎话。你猜到我在撒谎吗?有一次在法协会广场,还有今天在我们散步的时候,我都说了谎话。我是个爱说谎的人,玛丽。你以前知道吗?你现在觉得你确实了解我吗?"

"我认为我是了解你的。"她说。

这时,侍者给他们换了碟子。

"说真的,我不想让你去美洲。"他目不转睛地望着桌布说,"实际上,我对你的感情坏透了顶。"他虽然尽量想把声音压低,但说出来的话仍然字字有力。

"假如我不是个自私的畜牲,我就会告诉你不要跟我来往了。可是,玛丽,我相信我说的是事实,但我同样也相信,我们互相了解是有好处的——人世间就是这个样子,你瞧——"他朝酒馆里的其他顾客点了一下头,"当然,如果你有一个理想的环境,或者处在上流社会,毫无疑问,你不应该跟我有任何往来——也就是说,不该认真。"

"你忘了,我也不是个完美的人。"玛丽很认真地说,声音同样压得很低,几乎听不见了。他俩专心致志的谈话,引起了别的顾客注意,不时瞟他俩一眼,有的出自善意,有的纯属开心,有的则出于好奇。

"其实我比表面上看来要自私得多,而且,我还很市侩,比

226

你想的还要严重点儿。我喜欢发号施令——也许这正是我最大的缺点。我没有一点儿你的那种热情——"说到这儿,她犹豫了,瞥了他一眼,好像要弄清他对什么的热情,"那种追求真实的热情。"她补充说,仿佛已发现她在头脑里搜寻的东西是无可置疑的。

"我已经告诉你我是个不爱说实话的人。"拉尔夫固执地说。

"哦,恐怕只在小事情上,"她不耐烦地说,"但不是在重要的事情上,否则,又另当别论了。在小事情上,我恐怕是比你诚实些。不过,我永远也不会喜欢——"发现自己说出了"喜欢"这个词来,她吃了一惊,不得不强迫自己把话说完,"在那方面说假话的人。我爱一定程度的真实——相当的程度——不像你那样爱真实。"她的声音微弱,渐渐难以听清了。而且颤抖得厉害,眼泪好像就要夺眶而出。

"天哪!"拉尔夫心里叫道,"她爱我!以前我为什么就一点儿也没有看出来呢?她要哭了,不,是说不下去了。"

得出这一结论,他几乎不知道自己在做什么,血液冲到了面颊上。虽然他已经完全作出了向她求婚的决定,但是,"她爱我"这一结论使形势急转直下,他已无法开口了。他不敢看她。如果她哭起来,他准会不知所措。在他看来,一件可怕而带破坏性的事情发生了。

侍者又在给他们换碟子。

拉尔夫心情激动不安,站起来,转身背对着玛丽,两眼向窗外望去。街上的行人看去如黑色质点形成的一张忽儿互相分离,忽儿互相结合的图案;就像他头脑里那一串串自然而然的感受和思绪,来得快,也去得快。一会儿,想到玛丽爱自己,他心里乐开了花;一会儿,他又觉得自己对她毫无感情,她的爱使他厌恶;一会儿,他巴不得立即跟她结婚;一会儿,他又希望能生出翅膀来,远走高飞,再也不跟她相见。为了控制这些乱麻般的思绪,他强迫自己暗暗念着对面一家药店的招牌,然后又数着商店橱窗里的陈列品,过了一会儿,两眼又直溜溜地盯着一小群妇女,她们正在一家大布店前欣赏橱窗里陈列的布匹。这种方法至少使他表面上平静了下来,正当他要转身请侍者把账单带来结账时,对面人行道上一个快步走着的高个子女人突然闯入了他的视线——身材挺拔,亭亭玉立,肤色浅黑,仪表庄重,一副超凡脱俗的样子。她左手拿着手套,因此裸露在外。拉尔夫看到了这一切,认出了此人就是——凯瑟琳·希尔贝里! 她似乎在找人,两眼扫视着街道两旁。有一瞬间,她抬头直接朝拉尔夫站着的弓形窗口望了一眼,但即刻又扭头往别处望去,没有一点儿迹象表明她看见了他。

凯瑟琳的突然出现,在他心目中留下了惊人的印象。仿佛是他苦苦地思念,她在他的大脑里成了形,而并非他看见了外面街上走着的她本人。可是,他实际上根本就不在想她。这印象太深了,他无法忘掉,也不知自己是的确看见了她呢,还是对她的想象。他一屁股坐下来,简短而又奇怪地说:

"那是凯瑟琳·希尔贝里。"与其说他是对玛丽说,倒不如说他是在自言自语。

"凯瑟琳·希尔贝里? 你这是什么意思?"玛丽问道。单从他的举止上看,她很难理解他是否看见了凯瑟琳。

"凯瑟琳·希尔贝里,"他重复道,"可是她现在走了。"

"凯瑟琳·希尔贝里!"这一启示使玛丽目眩头晕,"我心里早就知道原来是凯瑟琳·希尔贝里!"她现在什么都明白了。

忧伤、僵呆了一会儿之后,她抬起头,眼睛一动不动地望着拉尔夫,发现他好像是在做梦,目不转睛地凝视着酒馆以外某个遥远的地方,一个她与他相识以来从未到达过的地方。他双唇微微张开,手指松弛地捏着,那沉思入迷的神态,宛如一块帐幕,把她与他隔开了。她注意到了他的一切,他完全是在跟她疏远,如果还有什么别的迹象,她也准会找出来,因为正是一个又一个事实真相涌进了脑海,她才强迫自己笔挺挺地坐在那儿。事实真相仿佛给了她力量。她惊奇地感到,即使在她望着他的脸庞的时候,真理之光也在离他老远老远的地方闪耀。她站起身,口里似乎在说:真相之光永远在一个对个人的不幸无动于衷的世界上照射。

拉尔夫递给她大衣和手杖。她接过来,把大衣穿上扣严,手杖握得紧紧的。那根常春藤仍然缠在手杖的柄上;她想,这是她可以用来对伤感和个性作出的献祭。于是,她从常春藤上摘下两片叶子,放进口袋里,然后把剩下的叶子摘下来扔了。她横握手杖,头上的毛皮帽子摁得低低的,大有准备在风暴中长途跋涉的架势。一会儿后,她在街中心站住,从皮包里掏出一张纸条,大声念着家里托她购买的东西——水果、奶油、线……在店子里,她一不直接跟拉尔夫说话,二不看他。

拉尔夫听见她在向那些系着白围巾,脸颊红润、态度殷勤的男售货员点货;他把自己的心事抛在一边,评判起她那表达自己的愿望时的果断来。因而他又自然而然地开始鉴定她具有的特质。他站在那儿,沉思地望着,并用皮鞋头拨动着地上的锯木屑。突然,身后一个很熟悉的、好听的声音将他唤醒,紧接着他的肩膀被轻轻拍了一下。

"我没弄错吧?肯定是丹厄姆先生。透过窗口我一眼看见了你身上的大衣,我敢肯定,我认得出你的大衣。你看见了凯瑟琳或威廉吗?我在到处找古代建筑遗迹。"

原来是希尔贝里夫人。她一进来,在商店里引起了小小的骚动,许多顾客都把眼光投向她。

"首先,快告诉我,我这是在哪儿?"她问道。但一看见那殷勤的男售货员,又以恳求的语气说,"那些古迹——他们都在古迹那儿等着我。是罗马帝国留下的,还是希腊人留下的,丹厄姆先生?你们镇上美好的东西实在太多了,但愿没有这么多古代遗迹就好了。哎呀,这些小蜂乳精瓶子太好玩了,我这一辈子头一次见到——是本地货吗?请给我一瓶。对,告诉我,去看古迹,走哪条路哇?"

"嗯……"她还有话要说。拉尔夫已经给她指了路,给了她一瓶蜂乳精,并把她介绍给了玛丽,可她坚持要他和玛丽陪她去,因为小城岔路口太多,一个人走,准会迷路。景色美极了,光着屁股在池塘里玩水的小男孩这么有趣,这么多威尼斯式的水巷,古玩店里这么多古老的蓝色瓷器。"哎,"她大声说,"请告诉我,你在这儿有何贵干,丹厄姆先生——你确实是丹厄姆先生吗?"她突然连自己也不相信了,睁大着两眼望着他,问道,"我是说,你真的是那个经常给《评论》杂志投稿、才气横溢的小伙子吗?就在昨天,我丈夫还跟我说,你是他所认识的出类拔萃的青年之一。你一定是上帝给我派来的引路人,要是不见到你,我肯定一辈子也找不到古迹在哪儿。"

来到罗马人留下的拱门,希尔贝里夫人一眼看见了自己的同伴,他们一个个像哨兵一样,为了拦住她,在大路上左顾右盼。他们还以为她在哪个店子里下榻了呢。

"我发现了比古迹好得多的东西!"她大声嚷道,"我碰上了两位朋友,是他们给我指的路,要不然呀,我只怕怎么也找不到你们。得请他们来和我们吃茶点。真遗憾,我们刚吃了午饭。"难道他们就不能宣布已吃了的午餐无效吗?

凯瑟琳一个人走开了好几步,正在注视着一家五金商店的橱窗,仿佛她母亲就隐藏在刈草机和大剪刀之中,听见母亲的声音,急忙转身走了过来。看见丹厄姆和玛丽·达奇特,她大吃一惊。在与他俩握手时,她表现出了异常的热忱,或许是由于乡间意外相遇,或许她见到他俩真的十分高兴,反正她心情异常愉快,大声说:

"原来你住在这儿!为什么不早告诉我?要是那样,我们早就能见面了。唉,你在玛丽家做客吗?"她接着对拉尔夫说,"多遗憾,我们现在才相见。"

如今,自己朝思暮想的女人的实体近在咫尺,拉尔夫却结结巴巴语不成句;他拼命控制着自己,也不知双颊是红还是白,但是,他决心正视她,在白日的无情光照中观察追踪,看他那终日不断的梦想究竟有几分真实。结果他一句话也没说出来,还是玛丽解了围,为他们两人回了话。他惊讶得目瞪口呆,不知何故,面前的凯瑟琳竟与他记忆中的凯瑟琳大不相同。因此,他不得不放弃旧印象,重新观察。风,在呼呼地刮着,红色的围巾被吹得飘起来,遮住了她的脸蛋;头发早已吹散,一束头发垂下来盖住了她一边的眼睛,那黑色的大眼睛;这对眼睛,他以前总觉得带有几分忧愁,而现在却晶莹发亮,亮得像没有被一丝阴云遮挡的太阳照着的海面;她周围的一切像零乱的碎片,在飞快地移动,仿佛在相互竞赛。他恍然大悟,原来他以前从未在白天见到过她。

天色不早了,他们决定不再继续寻找别的古迹。于是,一行人开始朝马厩走去,马车就停在那儿。

"你知道吗?"凯瑟琳说,她和拉尔夫在其他人的前面几步走着,"今天上午我好像看见你站在一扇窗户边。可是我想,那不可能是你。现在看来,那准是你。"

"是的,我好像也看见了你——但那不是你。"他回答说。

这样的话,这种粗犷的声音,使她回想起了那些别扭的谈话和短暂的相会,她仿佛突然回到了伦敦的客厅里,回到了家珍陈列室和茶桌旁;同时,也使她想起了没说完或被打断了的谈话,她自己想说的或想听的话——究竟是什么话,她已记不起来了。

"我想那是我,"她说,"我在找我母亲。每次来林肯,都要发生这样的事情。再没有哪一家像我们这样不能自己照顾自己了。不过,这也没多大关系,因为关键时刻总有人来帮助我们。我还是婴儿的时候,有一天,我被扔在一块放着一头公牛的田里——嗯,我们把马车停在哪儿啦? 是前面那条街还是再下条街? 是再下一条街吧。"她扭头一看,其他人顺从地跟在后面,都在听希尔贝里夫人谈林肯郡的往事。

"可是你在这儿干什么?"她问拉尔夫。

"我打算买一栋小屋,一找到合适的——就在这儿住下来。玛丽告诉我,没有什么问题。"

"那,"她惊得几乎停住了脚步,大声说,"那么你不当律师了?"她脑子里一闪——他准是跟玛丽订婚了。

"离开律师事务所! 正是的,我不打算干了。"

"为什么呢?"话刚脱口,她自己又立即回答,语调奇怪地略带伤感,"我觉得你这是明智之举,你将会幸福得多。"

就在她似乎开始为他开辟一条通往未来的道路时,他们来到了一家旅馆的院子里。奥特韦家的马车就搁在这儿,一匹壮健的马已经套上,另一匹,旅馆的马夫刚牵着出了马厩门。

"我不懂,人们说的幸福指的是什么,"他走到一边,给一个提着桶子的马夫让路,然后简短地说,"你因为什么认为我将来会幸福呢?我从不敢奢望什么幸福,只求少一点忧愁。我将写一部书,骂一骂给我做家务的女佣人——如果这也算得上幸福的话。您有何见教?"

她没来得及回答,希尔贝里夫人、玛丽、亨利、奥特韦和威廉已过来把他们围住了。

罗德尼径直走到凯瑟琳跟前,说:

"亨利和你妈妈坐车回家,我建议他们半路上停车,让我俩步行回去。"

凯瑟琳点了点头,瞟了他一眼,神情诡秘,令人费解。

"很遗憾,我们的方向刚好相反,不然你们也可以搭个便车。"他接着对丹厄姆说,态度异常专横,似乎巴不得尽快分手。丹厄姆注意到,凯瑟琳不时瞟威廉一眼,流露出诧异和不高兴的表情。她立即帮母亲穿好斗篷,然后对玛丽说:

"我真想见你。马上回伦敦去吗?我写信给你。"她朝拉尔夫笑了笑,但脸上被心事蒙上了一层薄薄的阴云。几分钟后,奥特韦家的四轮马车摇摇晃晃地驶出庭院,上了通往兰普夏村的大路。

回家的路上,马车里几乎跟上午来时一样沉默。希尔贝里夫人靠在角落里,闭着两眼,或许已经进入了梦乡,或许在闭目养神——她有这个习惯,费力活动之后就是这样;要么又在继续构思她那天早晨刚想了个开头的故事。

离兰普夏村只有两英里左右了,大路穿过一片石南丛生的荒地。这一带偏僻凄黯。相传,十八世纪,一位贵妇人在这里遭到一伙强盗的袭击,绝望之际,被人救起,幸免一死。为了感激救命之恩,她在此立下一块方尖形的花岗石碑。夏日里,这儿是个好地方:公路两旁,茂密的树林沙沙作响;花岗石碑四周石南丛生,微风带有清香。而在冬天,密林的低语声变成了空洞的吼声,丛生的石南却如天空掠过的阴云一样灰暗、冷落。

在这儿,罗德尼叫马车停住,然后扶着凯瑟琳下车。亨利也伸出一只手扶她,他似乎感觉在这分手的时刻她轻轻地捏了一下他的手,似乎在送给他一个信息。可是,马车随即又颠簸着前进了,希尔贝里夫人没有感到任何惊动,依然在打盹儿。年轻的未婚夫妇被留在了方尖形的花岗石碑旁。凯瑟琳心里十分明白,罗德尼在生她的气,想借此机会跟她谈谈。对此,她既不高兴,也不感到懊悔,事实上,也不知道会发生什么,因此,继续保持着沉默。四轮马车在灰尘弥漫的公路上越来越小。可是罗德尼仍然没有开口。她想,也许他想等到马车在大路上完全消失,再开口。

为了掩饰沉默,她看着花岗石碑上的碑文,这样,她不得不围着石碑打个转。正当她念着那位虔诚的贵妇人的感恩词句时,罗德尼跟了上来。于是,两人默默地沿着树林边的马车道走着。

罗德尼多么希望打破沉默啊!然而,又不知如何开口。人多的时候,接近凯瑟琳倒容易得很,而跟她单独在一块儿,他的一切常规战术都被她冷漠的态度和倔强的性格化为乌有。她对他态度十分恶劣,这一点他毫不怀疑,但是,一旦两人单独在一起,她那些互不联系的亏待事例又似乎太琐碎了,不值一提。

"我们没必要赛跑。"他终于抱怨说。因此,她立即放慢了脚步,而且慢得落在了他的后面。他绝望了,也顾不得那先想好了的体面的开场白了,心里想到什么,就愤愤地说出来。

"这个节日我过得一点儿也不愉快。"

"不愉快?"

"还用说,我真想赶快回去上班。"

"星期六、星期日、星期一——只有三天了。"她计算着。

"在众人面前被别人取笑,谁也不会高兴!"他冲口说道。她的话激起了他的恼怒,这怒火战胜了他对她的畏惧感,这种畏惧使他更为恼怒。

"我想,所谓的'别人'指的就是我吧。"她若无其事地说。

"自从来到这儿,你每天总要做一些使我难堪的事情,"他又说,"当然,只要这样可以使你得到快乐,就随你的便,不过,别忘了,我们将一辈子生活在一起。别的不说,单说今天早上,我请你出来陪我到花园里散散步,等了足足十分钟,而你却根本不来。别人都看见我在等你,连小马夫们都看见了,羞得我赶快进屋。还有,一路上,坐在马车里,你几乎一句话也不跟我说。亨利觉察到了,谁都注意到了……可是,跟亨利,你却有说不完的话!"

她仔细地听着这一连串怨言,虽然最后一句惹得她怒火中烧,但仍然冷静地作出决定:不予理睬。她想弄明白,罗德尼到底不满到何种程度。

"在我看来,这些都是些鸡毛蒜皮的事儿。"她说。

"好吧,既然如此,我不如闭口不说。"他回答说。

"我觉得这些事本身并没有什么大不了的,如果伤了你的心,那当然就有关系了。"她审慎地更正了自己的话。他被她体贴的语气感动了,于是继续沉默地走了一段路。

"凯瑟琳,我们会多么幸福啊!"他感情冲动地大声说道,然后把她的手臂拖过来挽住。她立即把手臂抽了回去。

"只要你总是这样看问题,我们将永远不会幸福。"她说。

她那种亨利已经注意到的严厉的态度又明显地露了出来。威廉打了个寒颤,陷入了沉默。近几天来当着别人的面,她对他的态度不只是严厉,简直冷漠无情得难以形容。他呢,由于虚荣心,总要作出可笑的事来,他知道,这反而使自己备受她的捉弄。如今和她单独在一起,他也不用担心受了伤的心再受外界的刺激了。他咬紧牙关,强迫自己保持沉默,强迫自己分析痛苦的原因,哪些是由于虚荣心引起的,哪些是出于这样的信念:真心爱我的女人是不会说出这等话来的。

"我对凯瑟琳的看法如何?"他扪心自问。很清楚,她是个值得追求的突出的人物,是她那小天地里的女主人。但是,在他眼里,还远不止此,她能支配所有的人,是人生的仲裁,是个天生具有正确、可靠的判断力的女人,而他虽文化修养颇为高深,判断却从未十分正确过。于是,每当她走进屋来,他就想象着那飘垂的长袍、盛开的鲜花和大海里被霞光染成紫色的波涛,就想象着那些外表妩媚迷人、变化无常,心底里则温顺平静、充满热情的姑娘。

"若是她自始至终冷淡无情,而且时时寻机嘲笑我,我也不会对她有这样的感觉,"他想,"我毕竟不是个傻瓜,这些年来,不可能完全看错。而如今她竟对我说出了这种话!我有些该死的缺点,谁都忍不住要用这种态度对我说话,这是事实。凯瑟琳完全没有错。可是那些并不是我的真实心情,这她非常清楚。我怎么才能改变自己呢?怎样才能使她爱我呢?"想到此,他禁不住想打破沉默,问凯瑟琳他需要改正些什么才能配得上她。但是,他没有这样做,而是转念去想自己的天赋和学识——懂希腊语和拉丁语,通晓文学艺术,颇有诗才,具有英国历史悠久的西部人的血统,从而获得了自我安慰。不过,所有这些感情的背后,隐藏着一个他深为迷惑不解并使他保持沉默的事实,这就是,他肯定是爱凯瑟琳的,无可复加地真诚地爱她。然而她却对他说出这种话来了! 真不可理解。他什么也不想说了,如果凯瑟琳转换话题,他很愿另谈别事。遗憾的是她并没有这样做。

或许她的表情能解释她的行为,于是,他向她瞟了一眼。这时她已不知不觉又加快了脚步,现在正走在他的前面。从她那凝视着棕色的石南的眼睛和她额头上那绷得紧紧的皱纹,他看不出什么,他不知道她在想什么,这使他十分沮丧,因此,又开始诉说怨情,只是声调缺乏自信了。

"如果你对我确实没有感情,私下里告诉我不更好些吗?"

"哎呀,威廉,"她的话冲口而出,仿佛他打断了她的思路,"你老是谈什么感情! 别这么啰嗦好不好;何必整日为这些无关紧要的小事烦恼?"

"这才是关键问题,"他大声说,"我只想要你告诉我它无关紧要。有时候,你似乎对什么都漠不关心。我虚荣心强,我有一千条缺点,可你知道这并非一切,你明明知道我爱你!"

"假如我说我也爱你,你相信吗?"

"说吧,凯瑟琳! 好像这是你的真心话! 叫我感到你爱我吧!"

她无法强迫自己说出一句话来。四周的石南渐渐朦胧不清,一层白色的薄雾遮住了广阔的地平线。向她乞求爱情或肯定的答复,似乎有如乞求潮湿的远方的白雾燃起熊熊的烈火,乞求渐渐昏暗的天空变成六月里碧蓝色的苍穹。

接着,他继续诉说着他对她的爱,就连喜欢吹毛求疵的她都觉得，他的话虽有真实性，可没有一句能打动她。来到一扇铰链生了锈的篱笆门前，他用肩膀猛力一顶，门开了，看来毫不费力。他仍然若无其事地倾吐着衷肠。直到这时，她才被这种男子气概所打动。然而，对这种开门的力量，她倒觉得毫无价值。表面看来，肌肉的力量与爱的力量互不相干，但是，一刹那间，一种对这种为她而耗费的力量的关切，伴随着一种想占有那奇异的、令人神往的男性的力量的欲望，使她从麻木的状态中苏醒了过来。

她是在头脑昏昏沉沉，一切都模糊不清的情况下，接受他的求爱的。这一点她为何不直截了当地告诉他呢？这太可悲了，清醒地考虑起来，结婚根本是不可能的。她谁也不想嫁。她想一个人离群独处，最好去北方某个空旷寂寥的荒野，在那里研读数学和天文。所有这些，只需三言两语就能向他解释清楚。他已经住口了，刚才他再次告诉她，他如何爱她，为什么爱她。她鼓起勇气，眼睛一动不动地盯着一棵被闪电劈成两半的白杨树开始讲话了，仿佛在念着刻在树干上的文字：

"和你订婚，是个错误。我永远不会使你幸福，因为我从来没有爱过你。"

"凯瑟琳！"他抗议道。

"是的，从来没有，"她执拗地重复道，"没有真正爱过你。你没看出我连自己在干什么都不知道吗？"

"你爱上了别人？"他打断她的话。

"谁也不爱。"

"亨利？"他追问说。

"亨利？我本来想，威廉，即使你——"

"总有一个人，"他坚持说，"近几周来，你变了。你应该对我诚实，凯瑟琳。"

"如果可能,我会告诉你。"她回答说。

"那你为什么说你愿嫁给我?"他追问道。

是呀,为什么?是一时的悲观而突然感到平凡的生活无法逃避,是将青春支撑在空中的幻想突然崩溃,是一时绝望,企图顺应现实——她似乎从梦幻中清醒了。现在看来,那时答应订婚是在投降,那一瞬间她是在屈膝投降。可是,谁做了这类事能说出理由来呢?她万分悲哀地摇了摇头。

"可是,你不是三岁小孩——你不是喜怒无常的人。"罗德尼坚持说,"假如你不爱我,你是不会接受我的求婚的!"他几乎在喊叫了。

刚才,她全力挑罗德尼的缺点,却没有看到自己行为的不当。现在她终于感觉到了,这种感觉几乎压倒了她。既然他爱我,他的缺点又算得了什么?既然我不爱他,我的美德又有何价值?一瞬间,她内心深信,不爱,是最大的罪过;这个罪过永远也洗不清了。

他拿起她的手臂,紧紧地握住她的手。她也没有力气反抗他那看来占有绝对优势的力量了。好吧,屈服吧,就像母亲、姑姑,像大多数女人那样屈服吧。然而,她知道,对他这种力量屈服一秒钟,就是欺骗背叛他一秒钟。

"我确实说了愿意嫁给你,但那是个错误。"她强迫自己说。有意僵直,被他挽着的那只手臂,仿佛要取消她那部分肢体所作出的屈服,"因为我不爱你,威廉,你已经察觉到了,谁都看出来了,我们为什么还要继续装模作样呢?我告诉你我爱你,这是我的过错。我明明知道自己说的话是假的。"

这些话,似乎还不足以表达她心里想的,她重述了这些话,并加强语气,也没有去想这在一个爱她的男子身上会产生什么效果。突然,自己的手臂垂了下来,她万分惊愕。接着,她看见他的脸古怪地曲扭了。他在笑?她脑子里一闪。再仔细一看,原来他在流泪。这情景使她手足无措,呆若木鸡似的站了几秒钟。她强烈地感到,要不惜一切代价制止这种可怕的场面!她伸出手臂挽着他,让他的头在肩上靠了一会儿,然后一面咕咕哝哝地安慰他,一面领着他继续朝前走。他长叹了一声。两人又紧紧地拥抱着,默默不语。她脸上也挂满了泪珠。发觉他行走艰难,也感到自己两腿酸痛,她提议在一棵橡树下休息片刻,树下的羊齿苋已成了褐色,快枯萎了。他同意了。他又长叹了一声,像小孩一样用衣袖揩了揩眼睛,继续谈了起来,脸上的怒容一扫而光。她想,他俩真像神话故事里在树林中迷了路的小孩。想到这,她不由得扫了一眼四周,地上的枯叶,被风吹得东一堆西一堆,每堆足有一两英尺厚。

"你这种感觉是什么时候开始的,凯瑟琳?"他说,"你说你始终有这种感觉,那是不符合事实的。我承认,第一天晚上,说自己忘了带衣服时,我说的话确实不近情理。然而,这算什么过错呢?我保证,今后你穿什么衣服,再也不干涉了。发现你和亨利在楼上,我很不高兴,这我承认,也许我太露骨了。不过,对一个订了婚的人来说,这也不算太过分。你去问问你母亲吧。而如今这可怕的事儿——"他戛然而止,一时说不下去了,"你要作出的这个决定,和谁商量过吗?比如,跟你母亲,或者跟亨利?"

"没有没有,当然没有,"她说着,用手搅着枯叶,"可是,你不理解我,威廉——"

"请帮助我理解你——"

"我是说,你不理解我的真实感情。你怎么能呢?我自己才刚刚发现。但是,我还没有那种感情——我是说,爱情——我不知道叫它什么——"她茫然地注视着在薄雾中下沉的地平线,"但是,不管怎么说,没有它,我们的婚姻将是一场闹剧——"

"怎么会是一场闹剧?"他问道,"不过,这种想法才真会带来灾难!"

"那我早就该这样啦。"她忧郁地说。

"你尽让自己去想那些你不想的东西,"他继续说道,开始用手势表示自己的感情,这是他的常态,"相信我,凯瑟琳。来这儿之前,我俩是完全幸福的。你老是在考虑我们未来的住房,满肚子的计划,和任何一个即将结婚的女人一样,——例如,椅子用什么布套啦,你忘了? 如今,你无缘无故对自己的感情和我的感情感到烦躁不安,其结果还是跟往常一样。我实话告诉你,凯瑟琳,我自己也有同样的经验和感觉。有个时候,我总是向自己提一些荒唐的问题,一样毫无结果。如果我说了你不在意,我想,这种可怕的情绪一上来,你最好找件事做,这样,心也就静下来了。说实话,要是不会写诗,我跟你一样,也会常常处于这种精神状态。告诉你一个秘密,"他轻轻一笑,开始露出自信的样子,接着说,"跟你见面以后回到家里,我经常激动得坐立不安,硬是逼着自己写一两页诗,才把你从头脑里驱逐走,问问丹厄姆,他将告诉你,有一天夜里他碰见我的情景,他将告诉你当时他发现我处于什么样的精神状态。"

提到丹厄姆,凯瑟琳心里一跳,很不高兴。自己的行为竟被他当作话题跟丹厄姆议论,使她感到愤怒,但又一想,既然从头至尾都是自己的过错,也没有什么权力不让他提自己的名字。可是,丹厄姆! 在她眼里,他是个法官。她想象着,在那个由男性控制的法庭上,他苛刻地权衡她轻率的事例,判定她违背了女性的道德,然后说了句半挖苦半宽容的话,从而永远决定了她的命运,粗暴地将她和她家里的上诉驳回。由于刚才还见到了他,他的气质仍然深深地印在她的脑海中。对一个傲气的女人来说,想到这些,是很不愉快的。可是,她不得不学会抑制自己的情绪。她两眼盯着地,双眉紧锁。威廉从这表情看出,她在极力克制着不满的情绪。他对她的爱情,总是掺杂着一定程度的担心,而且有时这种担心以恐惧而告终。令他大为惊讶的是,订婚之后,两人更接近了,而他的这种担心和恐惧反而有增无减。在她那沉着的外表之下,蕴藏着一股激情,它时而自负任性,时而完全不可理解,从来没有正常地称赞过他和他的行为。不过,事实上他已不希望她浪漫多情,倒宁愿她保持那种稳定明智的风度,因为他俩之间的关系过去一直是这样的。但是她确实有强烈的感情,这点,他无法否认。迄今为止,他期望着这股爱将会用在他们未来的孩子们的身上。

"她将成为一个十全十美的母亲——一个多子的母亲。"他过去如此想着,但现在看见她愁眉苦脸地坐在那儿一声不吭,心中又生起一团疑云,"一场闹剧,一场闹剧!"他暗自寻思,"她说了,我们的婚姻将是一场闹剧。"突然,他觉察到了他们的处境:坐在地上,四周是落叶,离大路五十码不到,过路行人很可能会看见并认出他们。他揩了揩脸,消去那不适宜的感情冲动可能留下的任何痕迹。可是,凯瑟琳的面容却更使他不安。她这样坐在地上,如醉如痴地沉思,她这种惘然若失的神态在他看来是不大合适的。对社会习俗,他天生敏感。在有女性的场合,他十分注意传统习俗,如果这些女性跟他又多少有点儿关系,那更是如此。他注意到,她肩上飘垂着长长的黑发,几片山毛榉的枯叶落在她的衣服上。但在眼下，唤起她注意这些细节，是不可能的。她似乎失去了知觉。他怀疑她在无声地自我谴责，但他希望的是，她应该考虑自己的头发和那山毛榉的枯叶，此刻对他来说，这一点比什么都重要。实际上，他莫名其妙地把自己疑虑重重、惴惴不安的心情抛到了一边，注意力全集中在这些鸡毛蒜皮的事上。欣慰夹杂着痛苦，在他胸中激起一种不可思议的慌乱、激动，几乎吞没了他先前强烈的凄楚感和极度的失望。为了快快从这种不安中解脱出来，快快离开这种易于引起难听闲话的场地，他蓦地站起身，扶起凯瑟琳，帮她拍掉身上的尘土和枯叶。对这小小的关照，她微微一笑。然而，当看到他在拭去他自己大衣上的枯叶时，她像触了电一样畏缩了一下，从这个动作中看到了一个男人孤苦零丁的神态。

"威廉，"她说，"我愿意嫁给你。我一定尽量使你幸福。"

19

　　天色已近黄昏,玛丽和拉尔夫·丹厄姆离开了林肯郡城郊,
来到了公路上。他们俩都感到,回来走公路要比走旷野适宜。
开始的那一英里多路,两人几乎是默默不语。拉尔夫一直还在
自己的脑海里追踪着在石南丛生的荒地上奔驰的那辆奥特韦家
的马车。然后,他又回想到了刚才与凯瑟琳短暂相会的情景,细
细地品味着每一个字,认真细心的程度真不亚于文人学者研究
深奥难懂的古文。他下定决心不让这次会面的愉快色彩和浪漫
气氛影响自己对事实的清醒考虑,那些他将来必须清醒承认的
事实绝不能涂上这些色彩。这时玛丽也是一言不发,并非她思
绪万千,难于理清,而是因为她大脑里空荡荡的,无话可说,她觉
得心里空虚、平静,没有什么激情需要表达。她很清楚,只是由
于拉尔夫在身边,才使她保持着这样一种麻木不仁的状态,因为
她可以预见到将来的寂寞时光,预见到她会陷入种种痛苦之中。
此时她尽力保持她那所剩不多的自尊心。她在一瞬间不自觉地
向拉尔夫流露了爱慕之情,她感到自己丧失了自尊。按理说,这
或许也没有什么了不得的。但是,自尊之心,人皆有之,而玛丽
特别注意自己的形象,这也是她的本能吧。然而,由于她对拉尔
夫表白了自己的爱情,她的自尊形象也就受到了损害。夜色正

在降临,大地一片灰蒙蒙,这倒也给了她一点慰藉。她想,以后遇上这样的傍晚,一个人在大树下席地而坐,一定会感到安慰。这时她的目光透过夜色,看到了那起伏的大地和那棵大树。突然,拉尔夫开了腔,把她给吓了一跳。他说:

"吃午饭时,我们的谈话被打断了。那时我正要说,如果你去美洲的话,我也会跟着去。在那里谋生总不会比这里难。不过这还不是关键所在。玛丽,关键是我想和你结婚。哦,你的意思呢?"他说话的语气很坚定,等着她的回答,并挽住了玛丽的胳膊,"现在你已经了解我了,我的优点和缺点你都清楚。"他又接着说,"我的脾气你也知道。我一直都想让你看到我的短处。喂,你倒说话呀,玛丽?"

她仍然一声不吭,但是,这似乎并没有引起他的注意。

"正像你所说的那样,在绝大多数方面,至少是在重要的方面,我们相互是了解的,我们的思想是一致的。我相信,在这个世界上我只有与你一起生活,才会感到幸福。如果你对我也有同感的话——是有同感,不是吗,玛丽?——我们应该能使彼此都很幸福。"讲到这里,他停了下来,似乎并不急于要得到答复,看来确像在继续自我思考着。

"不错,但是,恐怕我是不能和你结合的。"

玛丽终于答了话,语气很随便,说得较快,再加上她的话与他所期待的答复全然相反,这使他受到了极大的挫伤,本能地松开了玛丽的胳臂。玛丽也从容地将手臂收了回来。

"你不能嫁给我吗?"他问道。

"是的,我不能和你结婚。"她回答说。

"你不爱我吗?"

她没有回答。

"好吧,玛丽,"他古怪地一笑,说,"我真是个大傻瓜,我以前总以为你爱我呢。"他们走了一两分钟,谁也没说一句话。突然,他转过身,望着她,叫喊着说,"我不信,玛丽! 你说的不是真话!"

"我累得很,没精神和你争。拉尔夫,"她将头转到一边去,回答道,"我求你相信我说的话,我不能和你结婚,我不想和你结婚。"

她讲这番话时的语气,明确地显露出她正处于极度痛苦之中。无可奈何,拉尔夫也只好依了她。当这番话的余音逐渐消失之后,他从惊讶之中清醒了过来,发现自己也相信玛丽讲的是真心话,因为他没有什么虚荣心。他很快感到,她拒绝他,也是理所当然的。失望之感不断加深,最后跌进了失意的深渊,一片黑漆。好像失败与他的一生结下了不解之缘:和凯瑟琳他失败了,现在和玛丽他又失败了。猛然一下想到凯瑟琳,一股自由的喜悦油然而生,但是他立刻就压抑住了这种感觉。从凯瑟琳那里他没有得到任何好处,他和她的全部关系都是由梦幻构成的。他一想到梦境里那些虚无缥缈的东西,就开始将眼下这场灾难归罪于他的那些梦幻了。

"以前,我不是身在玛丽旁边,心却在惦记着凯瑟琳吗? 这都怪我蠢,不然的话,我本来是会爱上玛丽的。她曾经爱过我,这一点我敢肯定;但我曾用开玩笑来折磨她,结果错过了机会,现在,她也不会冒险与我结婚了。我这是自作自受,活到现在还是一场空,一场空,一场空。"

靴子踏在干燥的公路上发出的脚步声,也好像在说"一场空","一场空","一场空"。玛丽觉得此时的沉默给人以宽慰。她认为拉尔夫闷闷不乐,是因为见到了凯瑟琳又分了手,让她陪着威廉·罗德尼走了。拉尔夫爱凯瑟琳，这玛丽并不责怪他，但是，他既然另有所爱，就不应该再向她玛丽求婚呀——在她看来，这是最无情义的背叛。他们之间有着长期的友谊，这种友谊是以不可污损的品格为坚实基础的。现在，这种友谊，这个基础全完了。看来她过去是愚蠢的、软弱的、轻信的，而拉尔夫也不过是个外表诚实的人。唉，过去啊，过去多是由拉尔夫构成的！可是，现在看来，构成她过去的东西是陌生的、虚假的，不像她以前所想象的那样。那天上午，拉尔夫在付午餐钱时，她说了句聊以自助的话，现在她正寻思那句话是怎么说的。可是，她记不大清楚了，倒是拉尔夫付钱时的情景又活生生地出现在她眼前。谈的话有一些是关于真理的，我们在这个世界上获得机会的多少，在于如何看待真理。

"如果你不愿意与我结婚，"这时拉尔夫又说话了，虽然口气来得并不突然，却有点缺乏自信，"也大可不必从此永不相会了，是吗？你是否宁愿我们暂时分开一段时间？"

"分开？我不知道，我还必须考虑一下。"

"玛丽，我只要你告诉我一件事，"他继续说道，"我是不是做了什么错事使你改变了对我的看法？"

拉尔夫深沉而又悲切的声调自然又唤起了玛丽对他的信任。这种信任诱惑力极大，她几乎屈服了，只想向他倾吐自己对他的爱情，并告诉他是什么东西改变了她的感情。尽管她有可能很快压住对他的怒火，但她也绝不能对他畅所欲言，因为她很清楚，他不爱她，这一点是他向她求婚时讲的每一句话每一个字所证实了的。听着他问话，自己却无法答复，或者不能毫无顾忌地答复，玛丽感到痛苦到了极点，所以，她真渴望能够独自一个人待着。如果换成一个稍微圆通一点的女人的话，她准会借此机会,作番解释,但对于具有玛丽这样刚强、坚定性格的人来说,自弃的念头是堕落的表现。让感情的波涛去高涨吧。对于她所认为的真实,她是不能视而不见的。她的沉默把拉尔夫弄糊涂了。他竭力回忆着自己讲过哪些话,做过哪些有可能使玛丽对他产生恶感的事。处于现在的这种情绪之中,他很快就想到了不少。他最大的错误是他向玛丽求婚,是出于自私的考虑,而且是半心半意的。这突出地证明了他的卑下。

"你不必回答了,"他沉重地说,"我知道,你有充分的理由。但是,这就必须毁掉我们的友谊吗,玛丽?让我们至少保留我们的友谊吧!"

"唉,"她自言自语,心口顿时一阵剧痛,威胁着她的自尊,"竟然到了这种地步——这种地步——而本来我是可以把一切都交给他的啊!"

"是的,我们仍然可以是朋友。"她尽力坚定地回答。

"我需要你的友谊。"他说。然后又加了几句,"如果你认为可能的话,尽可能让我经常看到你,越经常越好。我需要你的帮助。"

这一点她答应了,接着他们又继续谈起来,心平气和地谈了一些与他们的感情无关的事情——这种受到拘束的谈话,对他们两人来说都是极为痛苦的。

夜已经很深了,他们又一次提到了他们之间的事情,这时,伊丽莎白已经回到自己的房间去了。那两个年轻小伙子也上床去睡了,他们打了一天猎之后,上床时踉踉跄跄,睡意浓重,甚至连脚底下的楼板也感觉不到了。

炉灶里的火已经不旺了,但再添些柴也值不得。拉尔夫正在看书。她注意了一段时间,发现他的眼睛并没有随书上的字行移动,而是盯住书页上的什么东西,神情极为忧郁,这使玛丽不安起来。直到现在,她不屈服的决心并没有动摇,反省仅仅使她更加痛苦地确信,如果她让步的话,这只是顺从了自己的意愿而不是他的意愿。但是,她觉得,如果自己的沉默是给他带来痛苦的原因的话,她就没有理由保持沉默,尽管开口讲话对她来说是痛苦的。

"拉尔夫,你问我是否改变了对你的看法,"她说道,"我想,只有一点。我认为,你要我与你结婚,这未必是你的真心话。因此,我当时非常气愤。以前,你总是讲老实话的。"

拉尔夫的书滑到了膝盖上,然后又掉到了地板上。他将手支撑着额头,眼睛看着炉火。他正在绞尽脑汁回忆他向玛丽求婚时,说了哪些话。

"我从没说过我爱你。"他终于说。

她全身抽搐了一下。然而,拉尔夫如此坦率直言,她倒对他产生了敬意,因为,这毕竟是些真实话,而她是发过誓要靠真实安身立命的。

"在我看来,没有爱情的婚姻是一钱不值的。"她说。

"好啦,玛丽,我不强求你了,"他说道,"我知道你不愿意与我结婚。但是,爱情——关于爱情,我们大家不是都谈了一大通空话吗?又是什么意思呢?我对你的喜爱比绝大多数谈爱的人的感情要真诚得多。爱情完全是一个人在心里对另一个人的虚构,而且,人们始终知道它是不存在的。这一点人们当然知道,嗯,只是人们注意不去打破这一幻觉,不常与之相见,不久与之共处。这幻觉是令人愉快的。但是,想想结婚所要冒的风险吧。在我看来,与自己相爱的人结婚,风险也很大。"

"这些话我一句也不信,而且你自己也不信,"她愤怒地答道，"不过，我们的看法还是不一样，我只是想要你明白。"她移动了一下位置，仿佛就打算离开似的。由于不想让她走，拉尔夫这时本能地站了起来，开始在这几乎已经是空荡荡的厨房里踱起步来。每次踱到门前，他只想打开门，走出房间，到花园里去，但他克制住了。道德家也许会说，这时拉尔夫一定在深深自责，责备自己给别人招来了这些痛苦。恰恰相反，他感到极端恼怒，他不可理解地而又实实在在地被拒绝了，受到了挫折。人生竟是如此没有意义，他跌落在生活的陷阱中了，他理想道路上的障碍似乎纯粹是人为的，可是他看不出有什么办法清除这些障碍。由于玛丽不愿帮助他，她的话，甚至她的腔调都激怒了他。她属于颠倒、混乱的世界，而这个世界妨碍着人们过理智清醒的生活。他真想把门打开，又砰地关上，或者砸断椅子腿。因为那些障碍，说来也怪，竟然以看得到的形状出现在他的脑海之中了。

"我相信，人们绝不会相互了解的。"他边说边停止了踱步，站在离玛丽几步远的地方，面对着她。

"既然人人都爱撒谎，又怎么可能互相了解呢？但是，我们还是可以试试看。如果你不想和我结婚，那就不结婚吧。但你在爱情问题上所持的立场，以及相互不要见面的看法，这些难道不是在感情用事吗？你认为我的行为不好，"见玛丽没有吱声，他又接着说了下去，"不错，我的行为是不好。可是你可不能单凭一个人的行为来判断他的好坏。生活中的正确与错误，不能用标尺去衡量。玛丽，你却恰恰是这样做的。现在你又在这样做了。"

这时，她似乎看到自己在"女权协会办公室"里作裁决，判是非。拉尔夫的指责，尽管没有改变她的主要立场，但她觉得，似乎有点道理。

"我可没生你的气，"她慢吞吞地说道，"我说过愿意见你，我会继续和你见面。"

的确，这一点她已经许诺过了，他还想要求什么呢？很难说清，是某种亲昵吗，是想得到玛丽的某种帮助用以赶走凯瑟琳这个幽灵吗？他自己也知道无权苛求这些东西。不过当他坐到椅子上，目光再一次望着那奄奄一息的炉火时，他觉得自己失败了，与其说是败在玛丽手下，不如说是败在生活面前。他感到自己又被抛回到了生活的起点，一切都得从头开始。不过，孩提时，出于无知，总是满怀希望。而现在他对将来能否如愿以偿再也没有把握了。

20

　　玛丽·达奇特回到办公室,发现由于国会搞了一些隐蔽的花招,这一次妇女们又没有得到选举权,这对她倒是一件好事。西尔夫人都要气疯了。大臣们的两面三刀,人类的背信弃义,妇女遭受的耻辱,文明受到的挫折,她一生事业的毁灭,他父亲对女儿的感情,这一切都轮番成了谈论的话题。办公室杂乱无章,到处都是剪报,上面还标有一些蓝色的记号,记号的用意尽管有些含糊不清,通常却都是她不满意的表示。她承认她对人性的估计完全是错误的。

　　"那样微小、起码的正义事情,"她边说边朝窗户挥着手,指着远处那些正在通过罗素广场的行人与车辆,"他们以前不做,今天也是一个样,还是不做。玛丽,我们只能把自己看做拓荒者。我们只有保持耐心,向他们宣传真理。不是向他们,"她看到了那些车辆,又来了精神,接着说,"而是向他们的领头人,向那些每年领取四百英镑薪俸,坐在国会里的绅士们宣传。要是把我们的情况向人民讲清楚,那我们很快就会受到公正对待。我从来都是相信人民群众的,现在我的信念还是没有改变。不过……"她摇了摇头,暗示她愿再给他们一次机会,如果他们不利用这次机会,对于后果她就不能负责了。

克拉克顿先生的态度就要达观得多,而且他的观点还有统计数字的支持。西尔夫人冲动一番之后,他到房间里来,以历史事实为例,指出:每项重要的政治运动,都曾遭受过这样的挫折。这场灾难对于他如果有所影响的话,那就是他的情绪倒比以前还高了一些。他说:敌人已经在发起进攻了,我们协会现在的任务就是要与敌人斗智,胜过他们。他告诉玛丽,他估量了一下敌人,知道了他们到底有多狡猾,并且已经开始专心考虑怎样才能战胜他们。玛丽得到的印象是,这项任务就得全靠他了。后来,他又邀玛丽去他的房间私下会谈,她渐渐明白了,这项任务的完成取决于卡片索引的系统整理;取决于发行某些新的柠檬色的传单,这些传单引人注目地将事实重新排列了一下;还取决于一张大比例尺的英国地图,上面插着不少很小的大头针,别着一些羽毛,颜色各不相同,因地区而异。按照这一新的系统,每一地区都有自己的旗帜,自己的墨水瓶和成扎的文件,这些文件都制成了图表,并归了档,放在抽屉里以备参考。这样,根据情况只要找到标上 M 或者 S 的抽屉,看看里面的东西,就可以对该郡有关争取妇女选举权的组织的所有情况,了如指掌。当然,要做到这一点还需做大量的工作。

"我们必须试着把我们自己看做电话总机——任务是为了交换思想,达奇特小姐。"他说。对于自己的这个比喻,他很得意,又接着说了下去,"我们应该将自己看做是一个庞大线路系统的中心,这个线路系统将我们与全国的每一个地区都联接了起来。我们必须时常触摸社会的脉搏,我们要了解全国人民在想什么,要把他们的思想纳入正确的轨道。"当然,这个系统现在还只是个草图。实际上,这是他在圣诞节期间简略记下来的。

"那些日子你本该休息的,克拉克顿先生。"玛丽恭恭敬敬地说,但语气平淡,流露出倦意。

"我们学会了不要节日照样过日子,达奇特小姐。"克拉克顿先生说,两眼流露出洋洋得意的神气。

他特别想知道玛丽对柠檬色传单的看法。根据他的计划,这份传单得马上大量散发,赶在国会开会以前,在全国"激发和产生""产生和激发"出正确的思想。他强调说。

"我们一定要叫敌人措手不及。"他说,"敌人在抓紧时间行动。你看了宾格姆对他的选民发表的演说吗?他那篇讲话暗示了我们必将面临的问题,达奇特小姐。"

他递给了玛丽一大包剪报,请求她在吃午饭前跟他谈谈她对黄颜色传单的看法,然后他以敏捷的动作,忙着去寻他那些五颜六色的纸张和大大小小的墨水瓶去了。

玛丽关上门,把文件放到桌上,头也趴在了桌上。她的脑袋里空荡荡的。她侧耳听着,好像用心听一听,或许就可以再一次沉浸在办公室的气氛之中。隔壁房间里不时传来快速、杂乱无章的打字机声,那是西尔夫人在打字。毫无疑问,她已经在拼命工作,正像克拉克顿先生所说的那样,在帮助英国人民将思想纳入正轨;用他的话来说,就是"激发和产生"。她正在打击敌人,而敌人当然也在加紧行动。克拉克顿先生的话一字不差地出现在玛丽的脑海中。她烦躁地将桌上的文件远远地推到了一边。可是,这也无济于事;只怕是她的大脑出了什么毛病还是怎么的——焦点变了,眼前的东西又变得模糊不清了。这样的事情以前也发生过一次。她还记得,那是她和拉尔夫在林肯法协会广场的花园里会面之后;在那天的委员会上,她老是想着麻雀和颜色,直到会议快结束时,才想到了以前的所有信念。不过,那时候她之所以记起了旧日的信念,只是因为她想利用这些信念来抗击拉尔夫。她一边回想,一边蔑视自己的软弱。按理说,这些东西还算不得什么信念。她并不认为世上的人可以简单地分成好人和坏人,也不暗自相信自己的思想都是正确的,因而期望大不列颠诸岛的人民都同意她的思想。她看着那张柠檬色的传单。发行这样的传单,就可以给有些人的信仰带来安慰,想到这,她几乎羡慕起这种信仰来了。对她来说,如果能够分享到一份个人幸福的话,她也会心甘情愿永保沉默的。她在读克拉克顿先生写的传单时,她自己的判断力奇异地分成了两半:一方面注意到了传单空洞无力华而不实的辞藻,另一方面也感觉到了那种信仰。也许,这只是对幻想的信仰,不管怎么说,在一切天赋中,能信仰点什么是最为人羡慕的。毫无疑问,这是幻想。玛丽好奇地看了看她的周围,看了看办公室的家具,看了看她以前一直引为骄傲的器械,惊奇地想到,这些信件印制器①、卡片索引和文件合订本都曾经笼罩了一层薄雾,这些东西除了具有它们各自的意义之外,又具有一种协调、庄严、带有目的的色彩。而现在她只看到它们是丑陋和笨重的家具。她懒洋洋、垂头丧气了。隔壁,打字机声停了,她霍地坐了起来,双手往一只没有拆开的信封上一放,脸上换了一副表情,以免西尔夫人看出她的心情。维护体面的本能要求她不让西尔夫人看到她的面部。因此,她用手将眼睛遮掩起来。通过手指的缝隙,她看见西尔夫人拉开一个又一个抽屉,在找某个信封或是某张传单。她真想将手放下来,大声说:"快坐下吧,萨莉,告诉我,你这么忙忙碌碌,完全相信自己的活动都是绝对必要的,这是怎么做到的呀? 在

---

① 是一种过时了的复制装置,又称"信件印制",意即专用来复制书信的装置。

我看来，这些活动都是徒劳无用的，就像绿头苍蝇的嗡叫。"不过，这番话，她一句也没说出来。西尔夫人还在房间里面，玛丽装作正在勤奋干事的样子，这倒也帮了她的忙，使她大脑又开动起来了，与平时一样处理上午的工作。中午一点时，玛丽发现自己上午的工作效率很高，大吃了一惊。她戴上帽子，打定主意去斯特兰德街的一家馆子吃午饭，多走点路，活动活动身体。当脑子在想事，身体在活动时，我们就能与人群齐步行走，别人绝不会发现我们心内空虚，像部空洞的机器，缺了我们自觉缺少的，而且是必不可少的东西。

玛丽一边沿着切宁十字街走着，一边思考，冲着自己提了一连串问题。例如，假如那辆公共汽车从她身上开过去，把她轧死了，她会在乎吗？不在乎，丝毫也不在乎。地铁车站入口处附近有个面貌可憎的男人在闲荡，假如在此遇险，她会在乎吗？也不会的，她看不出有什么值得可怕或激动的。有什么痛苦能够吓得住她吗？没有。遭受痛苦不是好事儿，但也不是什么坏事。那么这必不可少的东西又怎么样呢？她发现每个人的眼睛里都燃烧着一团火焰，好像一接触到什么事物，大脑里的火花就自动燃了起来，推动着他们前进。一些正在往女帽商店的陈列橱窗里张望的年轻妇女，她们眼睛里有着这种神情；那些在旧书店里翻着书，只想知道最低价格的中老年男人——他们眼里也有这种神情。可是，她对于服装和金钱都毫无兴趣。书嘛，她望而却步，因为书本与拉尔夫联系得太密切了。她穿过人群，坚定不移地向前走着，在他们中间，她活像个外国人，总感到人们看到她来了，就自然分开给她让路。

如果你在拥挤的街道上行走，没有什么确定的目的地，脑中定会有许多奇思怪想。这恐怕和听音乐而又不专心时的情形差

256

不多,那时你头脑里会出现各种形状,各种解答以及各种形象。以前她只深刻地意识到自己是独立的个体,而如今她的观念改变了。她认为有一个系统存在,在这个系统中,作为一个人,她必须占有她应有的一席。她若隐若现地看到了一个幻象;它成形之后又变小了。她沿着切宁十字街走着,这种观念就自然而然地涌现了。要是她有支铅笔有张纸就好了,可以画下这观念,使其具有看得见的形状。她的幻觉似乎在描绘她生命的线条,直至生命的最后一刻,直到死亡使她感到平静。要爬上生活的顶峰,看一看这一经划定就不可改变的命运安排,只需坚持努力思索一番。真奇怪,这力量却是身边的人群和噪声以奇怪的方式激发出来的。个人的苦楚已经抛到脑后去了。现在她可真是全力以赴了。她的思潮在奔放,从一条完整的思路又转向另一条完整的思路,从一个高峰又来到另一个高峰。她这样形成自己对人生的看法的时候,只有三四个听得清的字从她口中流露出来,她轻轻说道:"不是幸福——不是幸福。"

河堤上,有一些伦敦英雄的塑像,她在一尊塑像的对面坐了下来,大声地念着这几个字。对她来说,它们代表的是珍贵的花朵,或者是登山者从高山之巅带下来的小块岩石,用来证明他至少在那山巅上站立过一会儿。她曾经到过那上面,也看到过延伸至天边的世界。根据她新的决定,现在她的路线有必要作某种改变。她的岗位应该是在一个露天的、荒凉的地方,在那幸福的人们自然躲得远远的地方。在头脑中,她连新计划的细节都安排好了,不无苦中求乐之感。

"现在,"她从座位上站了起来,自言自语地说,"我来想想拉尔夫。"

在新生活中,将他放在什么位置上呢?现在她的情绪高昂,所以考虑这个问题,似乎不会有什么危险。但是,一决定顺着这条思路考虑问题,她就惊奇地发觉,她的感情像波涛一样,迅猛翻腾。一会儿,她和他成了一个人,她完全屈服,重新考虑他的观点;一会儿,她突然精神分裂,脸一翻,斥责他冷酷无情。

"但是我拒绝——我拒绝恨任何人。"她大声地说。她挑机会小心翼翼地横过了马路,十分钟后,就在斯特兰德街吃起午饭来了。她把肉切成一小块一小块,神色坚定,同桌的人看不出她有任何反常的迹象。其实,她心里却像一团乱麻,口中不时蹦出几个字眼来,特别是当她要费点力移动一下,或数数钱,或转转身的时候,就更是如此。"弄清真相——愉快地接受真相",这些字也许是她说得最清楚的。因为在贝德福郡①弗朗西斯公爵的塑像前说这样莫名其妙的话,谁听了都会不知所云的。不过拉尔夫的名字倒听得出来,她不时提到他的名字,但和他名字前后相连的词儿却很奇怪。似乎她希望,迷信似的希望,在说出他的名字之后,再加上个其他什么词儿把他的名字一笔勾销,这样含有他名字的那句话也就会变得毫无意义。

那两个为妇女的事业奋斗的壮士,克拉克顿先生和西尔夫人,压根儿没有发现玛丽的举止有什么反常的地方。他们只发现她回办公室的时间比平时差不多要晚半小时。玛丽感到高兴的是,他们都在忙着自己的事情,无暇来观察注意她。假使他们那时趁她不注意观察观察她,就会发现,她显然在尽情欣赏广场对面的大饭店。她只写了几个字,就将笔搁在纸上,让思想在那些洒满金色阳光的窗户之间和那飘动着的紫色烟雾中游荡。确实,这样的背景与她的思维活动毫无不协调之处。抛开纷乱的

———————————

① 英格兰中部之一郡。

思绪,她极目远望。由于放弃了个人的要求,她眼界开阔了,分享到了整个人类的宏愿与灾难。最近,现实把她束缚得过于严酷了一点,尽管现在她放弃了个人的要求,也毫无轻松快慰的感觉。唯一使她高兴的是,她发觉放弃了能使个人生活幸福、舒适、荣耀的一切东西之后,遗留下来的就是铁一般的现实。个人的冒险无损于现实,它像恒星那样遥远,像恒星那样自燃不熄。

当玛丽正在经受这种从特殊到一般的奇异转化的时候,西尔夫人则记起了自己要生煤气火烧开水的职责。她发现玛丽把椅子移到了窗前,感到有点诧异。她蹲下来,点着煤气火,然后站起来,瞅着玛丽。秘书这种姿势最清楚不过地说明,她生病了。但是,玛丽费力地站了起来,拒不承认有任何不适,接着,朝桌子上扫了一眼,说道:

“今天下午我一点都不想干活。只怕你们真的要另请高明了,萨莉。”

这些话本来就不是那么认真说的,可是,由于西尔夫人心中一直潜伏着嫉妒加恐惧的心理,玛丽的声调一下提醒了她。她认为,玛丽这姑娘热情奔放。她想象中的玛丽的形象是手持一束百合花,着一身素服。她生怕不久会有那么一天,玛丽洋洋得意地宣布:我马上就要结婚了。

“你该不是说你就要离开我们了吧?”她问道。

“我还没有拿定主意。”玛丽答道。这句话说得太笼统。

西尔夫人从小橱里将茶杯拿了出来,放到了桌子上。

“你不是要结婚了吧,啊?”她问得急促,说明心里十分紧张。

“你怎么今天下午老问些傻里傻气的问题,萨莉?”玛丽说道,语调已不那么平稳了,“我们都非得结婚吗?”

西尔夫人极为奇特地笑了一声。一时,她似乎承认了生活可怕的一面,这一面涉及了男女的感情和私生活,接着她又尽快地躲闪,避入自己纯贞凄冷的独身生活。话题转到了这些东西上面,使她感到极不舒服,因此她转过身从小橱里将那件放在靠里边的瓷器拿出来。

"我们有我们的工作。"她说着,把头缩转过来,满脸通红,将一只果酱罐噔地放在桌上。平时她最喜欢对自由、民主、人权以及政府的不公正行为发表慷慨激昂,然而无足轻重的长篇大论。可是,这会儿,她却一点儿也讲不出来。自己过去的一些事情,还有女同胞们过去的一些事情,一起涌上心头,使她感到自惭。她偷偷地瞅了玛丽一眼,她仍然坐在窗户旁边,一只手臂放在窗台上,多么年轻,浑身都洋溢着女性的希望!这情景使她极不自在,她烦躁地摆弄着放在茶托上的茶杯。

"是的——工作足够干一辈子的了。"玛丽说,好像是在给一段思想作小结。

西尔夫人一下就快活起来了,她痛惜自己缺乏科学训练,逻辑思维能力薄弱。但是,她决心马上行动起来,尽力工作,让这番事业的前途显得重要,富有吸引力。她高谈阔论了一阵,问了许许多多不必回答的问题,并将一只拳头在另一只拳头上猛击一下作为答复。

"只够干一辈子吗?我亲爱的孩子,足够我们世世代代干下去。一个人倒下去,另一个人就顶上来。我父亲在他那一辈中是个开路先锋——我嘛,跟着他,也在贡献我一份微薄的力量。是不是?哎呀!一个人还可以多干一些吗?现在轮到你们年轻妇女了——我们期待着你们——未来期待着你们。啊!亲爱的,假使我能活一千次,我就要把这一千次生命全部贡献给我们的事业。你说是妇女的事业吗？我说是整个人类的事业。有些人，"她狠狠地朝窗户盯了一眼，"就是不明白这点。有些人，年复一年混日子，拒不承认真理，还蛮得意。我们这些有远见的人——水开了吗？没有，没有，让我照管吧——我们这些懂得真理的人。"她又接着说了起来，手里拿着水壶和茶罐，还一边打着手势。这毕竟不方便，也许是由于这一原因，她乱了套，不知道说到哪儿了，只好若有所思地下了个结论作罢，"这一切都太清楚不过了。"在一个善恶绝对分明的世界上，人类竟不能区分善恶，不能将那些应该做的事写明体现在若干简明的国会大法令中，这样的法令很快就可彻底改变人类的命运。她提到的就是这个问题，对她来说，这个问题永远是她迷惑不解的根源。

"人们原来以为，"她说，"像阿斯奎斯先生那样受过高等教育的人——人们本来认为，讲道理他们总不会不听吧。但是道理，"她想了想又接着说，"脱离现实的道理又是什么呢？"

这句话她又重复了一遍，以示尊重。可是却让从房间里急匆匆走出来的克拉克顿先生听到了。重复西尔夫人讲的话是他的习惯。这次他又将这个句子重复了一次，语调干巴，令人好笑。但他装得一本正经，而且恭维地说，他想看到那个句子用大字体排印在一份传单的上方。

"但是，西尔夫人，我们还须将两者明智地结合起来。"他添了一句，俨然像个权威的样子，为的是压一压妇女那种失去平衡的热情，"要人看到现实，就必须先用道理把现实表达出来。所有这些运动的弱点，达奇特小姐。"他在桌旁坐了下来，然后转脸对着玛丽。每当他要发表更高深的看法时，都是如此。他继续讲了下去，"就在于没有充分的理性基础。我看这是个错误。英国公众喜欢涂有雄辩果酱的理性药丸，喜欢藏在感情布丁中的丸剂。"他用令人满意、精辟的文学语言把那句话表达得更尖锐更深刻了。

　　他的目光落到了玛丽手里拿着的那张黄色传单上面,流露出一点作者常有的虚荣。她站起身,坐到了席首,给她的同事倒茶,并谈出了她对传单的看法。这样倒茶,这样评论克拉克顿先生的传单已有上百次了;可是,现在她做这些事时,精神似乎迥然不同了;她已经正式入了伍,再也不是个志愿兵了。她已经放弃了一些东西,现在嘛——怎么说呢?——已经不算是在为生活而"奔忙"了。她一直都知道,克拉克顿先生和西尔夫人不是在为生活而"奔忙"。以前有一道鸿沟将他们隔了开来,她以前认为,在鸿沟的那一边,他们只是些影子人,时而飞进活人的行列,时而又飞了出去——是一些稀奇古怪发育不全的人,在他们身上,有一些必不可少的成分已经丧失了。所有这一切,以前她都不像今天下午这样清楚。今天下午当她感到自己的命运永远同他们连在一起了,她更为清楚地感到了这点。世界的景象陷入了黑暗,一个性格易变的人度过了一段绝望的日子之后,很可能就会要求这个世界转动转动,给她看看另一种景象,另一种光彩夺目的景象。我绝不这样,玛丽想着,我必须坚定地忠实于在我看来是真实的景象。虽然我已经失去了最好的东西,我绝不假意认为,任何其他景象就可以取而代之。不管发生什么事情,我一生绝不做假。她的这些话有些独特,有时人们的肉体遭受剧烈疼痛时,也会产生这类独特现象。西尔夫人却在暗自高兴,因为他们忽略了吃茶点时禁止讨论工作的规定。玛丽和克拉克顿先生争论得很激烈,两人都有说服力,这个身材矮小的女人感到有什么重要事情——她也说不上是什么——正在发生。她也变得激动起来;胸前的两个十字架都缠到一块去了,她用铅笔尖

262

在桌子上捣了个不小的窟窿,为的是要强调一下这场争论最引人注目的要点;她确实不知道,内阁大臣一齐来与他们较量,是否能够抵挡住这样的争论。

她几乎忘了她个人使用的那部正义的工具——那台打字机。这时,电话铃响了。听筒里的声音似乎本身就显示出重要性。当她赶忙出去接电话时,她感到就是在地球表面的这块地方,所有连接思想与进步的隐蔽的线路都汇集到一起来了。她回来时,带来了印刷商的口信。这时,她发现玛丽正在将帽子稳稳当当地戴在头上;玛丽的整个姿势说明她有什么急事要办。

"瞧,萨莉,"她说,"这些信件要打印。这些我还没有看。新的人口普查问题还有待仔细研究。但是,现在我得回家了。晚安,克拉克顿先生;晚安,萨莉。"

"有这样的秘书,我们可真幸运,克拉克顿先生。"玛丽一走出去,门关上之后,西尔夫人说了一句,又停了下来,一只手仍放在那些文件上面。玛丽有些举止给克拉克顿先生也留下了印象。他想到以后什么时候,会有必要告诉玛丽,一个办公室是容不得两个老板的——不过她肯定是能干的,很能干,而且还与一帮年轻聪明的小伙子有联系。毫无疑问,她的有些新主意是那些小伙子们提示的。对西尔夫人的话他也表示同意,这时,他看了一眼钟,还只有五点半。他却说:

"如果她认真工作的话,你就说对了,西尔夫人——不过这正是有些年轻聪明的女士没做到的。"说完,他回到自己的办公室去了。西尔夫人犹豫了一会儿,也急忙干她的活去了。

21

　　玛丽走到最近的车站上了车,眨眼就到了家,时间之短,真令人难以置信,只有一目十行的人浏览一遍《威斯敏斯特公报》上的国际新闻的功夫。打开房门几分钟之后,她就一切就绪,准备苦干一个晚上。她开了抽屉锁,拿出一份仅仅只有几页纸的手稿,标题倒还写得苍劲有力:《论民主国家的若干问题》。一个句子还只写了一半,就潦草起来写得乱七八糟的,逐渐没了下文。这表明,作者当时要么是受到干扰,要么就认为继续写下去毫无作用,而停了笔……哦,记起来了,正在那时,拉尔夫来了。她把那张纸画得一点也看不清之后,又拿了一张纸,快速地写了起来。她以归纳一下人类社会的结构开始,这次她可比平时大胆得多。有一次拉尔夫曾对她说过,她不会写作,因此常常是写了又删,删了又改;但是,现在她把这些全都抛到脑后去了,只管一个劲儿写下去,想到什么就写什么,写了半页概论,才停下笔,放心地喘了口气。手一停,大脑也不管用了。她开始用耳朵听起来。有个报童在沿街叫喊;一辆公共汽车停了,上了一些人之后,又摇摇晃晃地向前开走了。这些声音都很沉闷。如果雾确有压抑声音的作用,那就证明在她回来之后,已经起了雾,不过此刻她还不能肯定这一点。这一类事情拉尔夫·丹厄姆是明白的。无论如何,她对此也毫不关心。正要蘸笔时,她听到石头楼梯上有脚步声。她听着脚步声过了奇彭先生的房间,过了吉布森先生的房间,又过了特纳先生的房间,然后冲着她的房间来了。是邮递员,还是洗衣女工?是通知,还是账单呢?她一个一个地想着这些极为可能发生的事,但是,她自己都很惊奇,她烦躁而又忧虑地将每种这样的可能性全排除了。脚步变得慢了,这是因为楼梯很陡,爬到头时都是如此。玛丽侧耳等待着那习惯性的声音,紧张得难以忍受。她倚靠着桌子,感到怦怦直跳的心脏好像在前后摇晃着她的身体——坚定的妇女表现出这样的紧张状态,是令人惊讶的,也是要挨指责的。稀奇古怪的形状出现了。她一个人孤零零地待在楼房的最高一层,一个素不相识的人朝她走来,越来越近了——怎么逃走呢?无路可逃。她甚至不知道天花板上那个椭圆形的印记是否就是通向房顶的活动天窗。如果她爬上房顶的话——嗨,离下面的人行道还有六十英尺左右。她还是一动不动地坐着。当敲门声一响,她毫不犹豫地马上站起身,开了房门。她看到门外是位高个子。乍一看去,还真有点不祥之兆。

“你要干什么?”她问道。楼梯上的灯光忽明忽暗,看不清来人的相貌。

“玛丽!不认识啦?我是凯瑟琳·希尔贝里呀!”

玛丽立刻恢复了镇静,几乎有些过分镇静。很明显,她的欢迎是冷淡的,仿佛这样就能补偿她荒唐地浪费掉的感情,她把绿色罩子的台灯移到另一张桌上,用一张吸墨纸将《论民主国家的若干问题》的标题盖住。

“他们为何不让我清静?”她怨恨地想着,把凯瑟琳与拉尔夫联到了一起,认为他们串通一气,连她这一点点清静的学习时间也要剥夺,连她这用来对抗人世的微弱防线也要摧毁。她将覆盖在手稿上的那张吸墨纸弄平,打起精神来对付凯瑟琳。她的出现使玛丽感到震动,平时与凯瑟琳在一块儿,玛丽就感觉到了她的力量,这次不仅仅是有这种体会,还感觉到了某种威胁。

"你在工作吗?"凯瑟琳犹豫片刻,问道。她看出自己并不受欢迎。

"没有什么要紧事。"玛丽答道,将一张最好的椅子拖到前面,然后用火钳拨弄着炉火。

"以前我不知道你下了班还要干活。"凯瑟琳说。她说话的声调给人的印象是,她正在想着其他什么事情,而实际正是如此。

刚才,凯瑟琳一直在陪她母亲串门。一路上,希尔贝里夫人急匆匆进了好几家商店,买了几个枕套,几本吸墨纸。她要用这些东西,采佣人家想都想不到的方法来布置凯瑟琳的房子。凯瑟琳感到四周都有东西向她重重压来。终于,她离开了母亲。她与罗德尼约好了,在他的住处吃晚饭。但是,她并不打算七点以前就到他那里。因此,只要高兴,她有足够的时间从邦德街①一直遛到谭普尔街。这时身边的人流使她迷迷糊糊地陷入了十分沮丧的状态之中,而这一情绪又是由于她想到要与罗德尼单独待一个晚上所引起的。不错,他们又重归于好了,比以前还要好,他们两人都这样说。就她而言,这倒也是实情。他身上有许多东西——力量、钟爱、同情——是她以前所猜想不到的,只有在他感情冲动时,才表露出来。她想想这些,又看看身旁行人的面貌,心想,他们多么相像,而彼此又是多么疏远啊!没有人与

----

① 邦德街,伦敦一街,因其繁华时髦的商店而出名。

她一样感觉一切都不存在。她想,在最密切的朋友之间,也不可避免地存在着一大段距离,他们的亲密是最拙劣的做作。"天哪,"看着烟店的橱窗,她想,"我谁也不爱! 威廉也不爱! 人们说这是至关重要的事情,我不明白他们的意思是什么。"

她绝望地看着那些光滑的烟斗,拿不定主意。是应该继续沿着斯特兰德街走,还是沿着河堤走呢? 这个问题并不简单。与其说它涉及的是不同的街道,还不如说它涉及的是不同的思路。如果走斯特兰德街,她就会迫使自己想清楚将来的问题,或者说是某一数学题吧;如果取道河边的话,她就势必会去思考那些并不存在的东西——森林、海滨、绿树成荫的幽静场所以及宽宏大量的英雄人物。不! 不! 不! 一千个不! ——那是不行的;现在想这些,真令人有些反感,必须想点别的什么。这时,她终于摆脱了这种情境。然后,她想到了玛丽;一想到玛丽就给了她信心,甚至还给了她快乐,当然这种快乐夹杂着悲伤,好像拉尔夫和玛丽的成功证明,她的失败只能归咎于自己,而不能归咎于生活。她模糊地意识到,见到玛丽或许会得到帮助。对玛丽,她有一股自然的信任感。这些因素使凯瑟琳产生了看望玛丽的念头。毫无疑问,她的这种喜欢意味着玛丽也同样会喜欢她。虽然她很少凭一时的冲动行事,可这一次她犹豫了一会儿之后,决定就这样做做看。接着,她就转进了一条小路,找到了玛丽的住所。但是玛丽迎接她的态度实在使她泄气;很清楚,玛丽不想见她,也不会给她帮助。本来她还有点想跟玛丽讲些知心话,现在这不太强烈的愿望顷刻之间冰消瓦解。对自己的错觉,她感到有点可笑。但她看上去还是一副心不在焉的样子,将手套摆来摆去的,好像在那里精确地计算要逗留几分钟就好告辞似的。

她用这几分钟了解了一下《选举权议案》的确切情况,还解释了一下自己对形势的明智看法，这本来也没有什么不应该的。但是，她的腔调，她的微妙看法，以及她那摆来摆去的手套，惹怒了玛丽·达奇特。玛丽的态度变得愈来愈直率、粗鲁，甚至含有敌意。她迫切希望使凯瑟琳认识到这一工作的重要性，而凯瑟琳谈论这一工作时，竟如此冷静，仿佛她也作出了和玛丽同样的牺牲。手套停止晃动了。进来已十分钟了，凯瑟琳露出告辞之意。玛丽一见，立即又产生了一种强烈的愿望——今天晚上，她对事情可特别敏感——就是不能让凯瑟琳走，不能让她消失在那自由幸福的由不负责的人组成的世界之中；还必须让她认识到，使她感受到。

"我可不太明白，"她说，仿佛凯瑟琳已经向她公开挑战似的，"形势如此，谁又能够袖手旁观，什么也不干？"

"对。可是形势究竟怎么样呢？"

玛丽嘴唇紧闭，冷笑了一下；凯瑟琳要听凭她摆布了。玛丽如果愿意的话，可以给凯瑟琳列举大量令人震惊的事实来说明现在的形势，这些事实常常被人忽视，被那些漫不经心，无所事事，袖手旁观，玩世不恭，隔着一段距离观察生活的人所忽视。然而，她犹豫了。像平时一样，一与凯瑟琳交谈，她就感到自己对凯瑟琳的看法在迅速变换，感受就像箭一样，奇怪地冲破了个性的束缚与包围，飞了出来。而正是这种个性的束缚与包围将我们与别的人有效地分隔开来。她多么自私！她多么高傲！可是，也许不是她的言谈，而是她的声调，她的面容，她的姿态，流露出了略带忧郁的沉思神情。敏锐深刻的感受力，表现在她的思想、行动中，给她的举止抹上了习以为常的柔和色彩。遇到这样的对手，克拉克顿先生的论辩和词藻根本无济于事了。

"你要结婚了，你会有其他事情考虑的。"她无关紧要地说了一句,语气带有屈尊降格的味道。尽管她想使凯瑟琳在极短的时间内就理解她经受了这么多痛苦才学到的东西,可是她现在还不打算这样做。对,不能这样做!应该让凯瑟琳幸福,不应该让凯瑟琳知道。玛丽只有让自己知道这种与个人感情无关的生活。一想到上午的自弃,她的心就感到刺痛。她企图再一次回到与个人感情无关、高高在上、无苦无痛的状态中去。必须抑制住这种想再次成为独立的个人的愿望,因为这种愿望是与他人的愿望格格不入的。她对自己居然产生怨恨很后悔。

凯瑟琳又发出了要告辞的信号:她已经戴上了一只手套,瞧了瞧她的周围,好像在寻找点无关紧要的话说说收场。有没有什么画呀,摆钟呀,柜子之类的可以当作话题呢?能不能说点什么,和和气气来结束这次不舒服的会面呢?绿罩台灯还在角落里亮着,照亮了书本、钢笔和吸墨纸。房间的整个情景又勾起了她另一连串的想法。她觉得这样的地方非常自由自在,真令人羡慕,在这样一个房间里,人们可以工作——可以过自己的生活。

“我看你真幸运,”她说,“我羡慕你,独自生活,有自己的一切。”——“高高兴兴地忙着,无人知晓,没有结婚戒指。”她在心里又加了这么几句。

玛丽的嘴唇稍微张了张。尽管凯瑟琳说得很诚恳,可玛丽还是看不出自己在哪些方面值得她羡慕。

“我认为你没有任何羡慕我的理由。”她说。

“也许一个人总爱羡慕别人。”凯瑟琳含糊地答了一句。

“嗨,不过,人家想要的东西你都已有了。”

凯瑟琳沉默了,安静地盯着炉火,似乎完全丧失了自我意识。开始,她感到玛丽语调中存在敌意,现在这种敌意无影无踪了。她忘记了自己一直是打算要走的。

"不错,我是有。"她终于又说话了,"但是,有时我想——"她没说下去,一时不知用什么词语来表达自己的意思。

"不久前的一天,我坐在地铁里,忽然感到,"她接着说,微微笑了一下,"是什么东西使人们这样而不那样呢? 不是爱情;不是理性;我想一定是某种观念。也许,玛丽,我们的感情只是一种观念的影子。或许压根儿就没有像感情这样的东西……"她说话带点嘲笑的口气,毫不思索地提出问题既不是问玛丽,也不是问具体哪个人。

玛丽认为,这些话肤浅、傲慢、无情、玩世不恭。这激起了她全部的本能进行抗击。

"你可知道,我的观点恰恰相反。"她说。

"这我知道。"凯瑟琳望着玛丽,好像接下去也许就要解释一件非常重要的事情。

玛丽不由自主地从凯瑟琳的话语里感到她是单纯和忠诚的。

"我认为感情是唯一的现实。"她说。

"对。"凯瑟琳同意了玛丽的观点,语调却几乎是悲伤的。她清楚,玛丽正在想着拉尔夫,不能逼着玛丽更多地透露一些这种崇高的情意,她只能尊重这样一个事实:只有在为数不多的情况下,生活的安排才这样令人满意,然后又一切照旧。她不由得站起身来。可是,玛丽连忙叫她别走,态度诚恳地说,她们难得见面,还有很多话要对她说……玛丽说话如此认真,凯瑟琳感到很是惊奇。她觉得,现在提提拉尔夫的名字,一点儿也算不上轻率,再坐十分钟吧。接着她说:

"顺便说一句,丹厄姆跟我说过,他打算不当律师,住到乡下去。他已经走了吗？他正要给我讲这件事时,我们的谈话就被人打断了。"

"他在考虑这件事。"玛丽简单地说,脸上霎时泛起一层红晕。

"这倒是个好计划。"凯瑟琳说得很干脆。

"你真的这样认为吗?"

"真的。这样他可以做点有价值的事情,可能要写出一本书来。我爸爸总是说,在那些为他写稿的年轻人中,他是出类拔萃的。"

玛丽弓下腰,用火钳穿过炉栅,拨动着燃着的煤块。凯瑟琳一提到拉尔夫的名字,玛丽的心中就激起了一种几乎压抑不住的强烈愿望:向凯瑟琳解释自己与拉尔夫的真实关系。从凯瑟琳讲话的声调中,玛丽就知道,提到拉尔夫,她的目的不是为了探听玛丽的秘密,也不是为了暗示一下她自己心底的想法。再者,她喜欢凯瑟琳,信任凯瑟琳,对凯瑟琳还怀着几分敬意。初步讲点知心话是比较简单的事,但是,当凯瑟琳开口说话时,她进一步谈了自己的心里话,那事情可就没有那么简单了。然而,玛丽又感到这是必须的;必须告诉凯瑟琳本人显然一无所知的事情——拉尔夫已经爱上了她。

"我不知道他打算干什么,"她急忙说,"圣诞节以后,我还没看到过他。"

凯瑟琳心想这可怪了;或许是她自己把情况弄错了。然而,她总以为自己不善于观察微妙的感情。因此她认为,眼下的失误再一次证明,自己是个讲求实际,而又心不在焉的人,更适合于同数字打交道,而不善应付男女之情。无论如何,威廉·罗德尼是会这样说的。

"现在……"她说。

"哎呀,请再待会儿吧!"玛丽叫道,伸手去拦住她。凯瑟琳一动身,玛丽就产生了一股强烈的、不可言状的感觉:不能让凯瑟琳走! 凯瑟琳一走,玛丽唯一的说话机会就将失去;她唯一能说清这非常重要的事情的机会也就会失去。只需几个字就足以唤起凯瑟琳的注意,使她不再想溜,不再保持沉默。可是,玛丽的话到了嘴边,又吞下去了。毕竟,她想,我为什么要说呢? 因为这是对的,她的本能告诉她;向别人毫无保留地吐露自己,这是对的。一想到这里,她畏缩了。这对她来说太苛刻了,因为她已经差不多暴露无遗了。她必须为自己保留点什么。但是,如果她真的保留了一些东西,那又会怎样呢? 顷刻之间在她眼前浮现的是长期与世隔绝的生活,在那厚石壁的圈子里存在的是同样的感受,永远不会消失,不会变化。一想到这种孤独,她就胆战心惊。然而,开口说话——抛弃孤独,又做不到,因为孤独对她已经非常珍贵了。

她一只手向下伸去,触到了凯瑟琳的衣裙的折边,然后低下头来,手指抚弄着一线皮毛,好像要看看货色。

"我喜欢这种皮毛,"她说,"我喜欢你的衣服。你可千万别以为我将同拉尔夫结婚,"她接着说,声调还是一个样,"他根本就不爱我,他爱的是另一个人。"她仍低着头,手还放在衣裙上面。

"是件破破烂烂的旧衣。"凯瑟琳说,玛丽的话给她唯一的印象是,她说话有点儿结结巴巴。

"我告诉你这些,你不在乎吧?"玛丽边问边站了起来。

"不,不,"凯瑟琳答道,"不过,你弄错了,是吗?"实际上,她感到极不舒服,感到惊愕,然后又像真的醒悟过来了似的。她不喜欢情况的这种突变。这本身就有些不适当,使她感到苦恼。玛丽口气中流露出来的痛苦使她惊骇。她偷偷地瞅了玛丽一眼,目光里充满着担心与忧虑。但是,假如她发现,玛丽讲那番话时也并不理解她自己的话的含义,那她会马上感到失望的。玛丽靠在椅子上,眉头微皱,看上去,刚才这几分钟内,她仿佛过了十五六年。

"你不认为有些事情人们是不会弄错的吗?"玛丽轻声而又几乎是冷淡地问道,"恋爱这个问题使我迷惑不解。我很明智,而且过去总是以此为荣,"她又说,"过去我认为,我不会感觉到爱情的——我是说如果那另一个人没有感觉到的话。当时我可真傻,竟让自己装模作样。"讲到这里,她停顿了一会儿,"因为,你看,凯瑟琳,"她站了起来,接着以更大的力量继续讲了下去,"我真的堕入了情网。这一点是毫无疑问的……我太爱……拉尔夫。"她的头轻轻朝前摆了一下,震动了一束头发,脸色比以前更红了,显出一副骄傲和挑战的神态。

凯瑟琳暗想:"就是那么回事。"她犹豫了一下,觉得自己不应该吭声,但接着还是低声说了一句,"你爱上了人。"

"是的,"玛丽说,"我爱上了人。我并不愿陷入情网……但是我的本意不是要谈这些,只是想让你知道。另有件事想告诉你……"她欲言又止,但还是开了口,"拉尔夫并没有叫我给你说,但是,我敢肯定——他爱上了你。"

凯瑟琳又瞧了她一眼,好像前一眼没看清。她确实相信,能从玛丽的外表上看到一些迹象,表明玛丽说话时心情激动,神志迷乱。可是情况不是这样。她仍然皱着眉头,似乎在考虑着复杂论辩里的措辞。她看上去不是一个感情用事的人,而是一个有理性的人。

"这就证明你弄错了——完全错了。"凯瑟琳说。她觉得稍加回忆,证实一下这个错误,也无必要。如果说拉尔夫对她有任何感情的话,那只会是敌对的、批判的感情。事实太清楚了,她对此印象很深。这件事她不再想了,而玛丽呢,既然已经陈述了实情,也不想去加以证实,她只想解释一下自己讲这番话的动机,主要是对自己而不是对凯瑟琳。

有些本能是专横的不可违抗的,这样的本能要求玛丽做的她鼓起勇气做了;她没有料到,自己已经被卷到了浪尖上。

"我告诉你,"她说,"就是因为想要你帮助我。我并不想嫉妒你。我是——我是很嫉妒。我想,唯一的办法就是告诉你。"

她犹豫了,琢磨着怎样才能理清心头的万千感受。

"如果我告诉你,那么我们就可以谈谈,当我嫉妒时,我也可以告诉你。如果我受到诱惑想干点很卑鄙的事情,我也可以告诉你;你也可以要我告诉你。我发现谈论这些很困难,但是,寂寞吓坏了我。这些我是应该深埋心底的。说真的,让我心里头存有永不变化的感受,又让这些感受伴随着我过一辈子,这就是我害怕的。我发现要我改变看法难于上青天。一旦我认为一件事错了,我会一直这样认为。我看,还是拉尔夫说得对,他说根本就不存在是与非这样的事情;没有这样的事,我是说,很难评判人们——"

"拉尔夫·丹厄姆说过这样的话?"凯瑟琳问道,她很愤怒。竟然使玛丽遭这样的痛苦,他一定做得太无情了。在她看来,他一旦得势,就抛弃了友情,还用些虚假的哲理自我辩解,结果使他的行为更为恶劣。要不是玛丽打断了她的话,她本会把这些说出来的。

"不,不,"她说,"你还没弄清楚。如果有任何过错的话,那

274

全是我的过错;归根到底,如果自己决定要冒险……"

她的声音低沉得听不见了。她确信,因为冒险,她已经彻底丧失了她所追求的东西,丢得一干二净了。现在谈起拉尔夫,她再也没有权利说,她比谁都了解他。她再也不完全占有自己的爱情了,因为对方的一份是令人怀疑的。更使她难过的是,本来她还清楚地看到了正视生活的道路,可是现在连这条路也变得摇摆不定、难以捉摸了,因为另外一个人也看到了这一切。以前,无人分享这种亲昵,她多么希望还是这样啊!这种愿望十分强烈,忍不住想大哭一场。她站起身,走到房间的另一头,用手分开窗帘,抑制住自己的感情,站了一会儿。此时的悲痛本身并不丢脸;使她痛心的是,她被人逗引干了这桩背叛自己的行动。首先是拉尔夫设圈套害她,欺骗她,掠夺她,接着又是凯瑟琳。她感到自己备受凌辱,失去了一切可以称为自己的东西。软弱的泪花喷泉般地夺眶而出,顺着脸颊流下来。但是眼泪,至少她是可以控制住的,而且将立即控制住,于是她转过脸,面对凯瑟琳,尽力恢复自己那已崩溃了的勇气。

她果然转过身来。凯瑟琳一直没动,仍然坐在椅子上,上身略向前倾,眼睛盯着炉火。一看这副姿势,玛丽就想到了拉尔夫。他也会这样坐着,身体前倾,眼睛盯着前方,而思想却飞到了远方,探索着,沉思着,直到他说,"嗨,玛丽?——"这种沉默对她来说,充满了浪漫的色彩。沉默之后是谈话,是她有生以来最愉快的谈话。

凯瑟琳一言不发,她的姿势有点陌生,有点庄严,有点意味深长,一动不动,这使玛丽屏住呼吸。她又站住不动了。她心里毫无怨恨。她为自己的平静与信心感到惊讶。她一声不响地走了回来,又坐到了凯瑟琳的身边。玛丽不想说话。只有沉默,她才不感到孤独;她既是受难者,又是在目睹别人受苦时富有怜悯心的旁观者;此时,她比任何时候都幸福;比起以前来,她失去的东西更多了;她遭到了抛弃,却更为人所爱。企图表达这些感觉,只能是徒劳的。而且,她情不自禁地相信,无须自己开口,人家也体会得到。于是,她们又默不作声地紧挨着坐了一段时间,玛丽的手指一直在抚弄着那旧衣裙边上的皮毛。

22

　　凯瑟琳几乎是以竞赛的速度沿着斯特兰德街朝威廉住的方向赶路,因为她与威廉有约会,现在她有可能会迟到。但是这并不是她快速行走的唯一原因。只要她叫辆出租车,准时赴约本是可以做得到的。不过玛丽的话已经在她心中燃起了一星火苗,她想以这户外的气流将它扇旺,燃起火焰。这是她快速步行的另一原因。因为,在那天晚上谈话的所有印象中,有一个是极有启发意义的,相形之下,其他印象黯然失色。她就是这样看的;她就是这样说的;爱情就是如此。

　　"她挺起身子,坐得笔直,看着我,然后说'我堕入情网啦'。"凯瑟琳回忆着,想使整个情景活生生地出现在眼前。这情景想起来真使她惊愕,怜悯之情也忘得干干净净了。它是黑夜中突然燃起的一团火焰,借助于它的光芒,她清楚不过地看到,她的感情与玛丽的感情比起来,多么平庸,多么不真实。认识到这一点,她感到快慰。她打定主意,决定按照这样的认识,即刻行动起来。她十分诧异地回想起了石南丛生的荒地上的情景,她当时居然屈服了,天晓得是什么原因,反正现在是想象不出来的。不过,在光天化日之下,人们可以重访旧地,在那里,他们曾在迷雾中摸索徘徊,最后被弄得迷惑不解,只好屈膝投降。

"这一切都很清楚,"她自言自语道,"不可能有什么疑问。现在我只需说话了,只需说话了。"她不停地说着,还合着自己脚步的节拍。这时她已把玛丽·达奇特忘到九霄云外去了。

　　威廉·罗德尼已经从办公室回来了,回得比预期的要早。他坐下来,从放在钢琴上的一本叫《魔笛》①的歌曲集中挑选着歌曲。凯瑟琳已经迟到了,但这也不是什么新鲜事。由于她对音乐无特别爱好,而他现在又想欣赏欣赏音乐,因此,她没有来倒也好。威廉想,如果是别人有不爱音乐的缺点,那还不十分奇怪,而凯瑟琳有这个缺点就太不可思议了,因为,她家族的女成员一般说来都酷爱音乐。比如说,她的堂妹卡桑德拉·奥特韦的音乐欣赏能力就很强。接着,他回想起她在斯多格顿庄园的客厅里吹着长笛,姿势优美奇特,真是迷人。他还高兴地回忆起另一好笑的情景。她的鼻子与奥特韦家其他人的鼻子一样,高高的,吹长笛时,似乎要伸进笛子里去了。她活像一只爱好音乐的鼹鼠,动作之优美,是无法模仿的。这一缩影令人高兴地揭示了她想入非非的性情,这性情也像旋律一般,起伏不定。一个很有教养的年轻姑娘的热情对威廉颇有感染力,同时也告诉他,在许许多多方面,凭借他的训练与才艺,他对她是能够有帮助的。应该给她提供机会,让她听听那些继承了伟大传统的音乐家演奏的优美音乐。而且,从他们谈话中的一两处可以想象得到,她很可能具备凯瑟琳自己也承认缺乏的对于文学的热爱和欣赏,尽管她没有受过这方面的教育。他把自己写的剧本借给了她。由于凯瑟琳肯定不会准时来,而《魔笛》无人伴唱也索然无味,因此,他打算利用等候的时间写封信给卡桑德拉,劝她现在最好

---

　　①　《魔笛》,歌剧,由莫扎特创作。

读些蒲伯①的作品,等到她对文学形式的鉴赏力大大提高后,再去读陀思妥耶夫斯基的作品。他坐了下来,准备动手写下这个建议,他想既用轻松幽默的笔调,又要无损于他心底的目标。正好这时,他听到了上楼的脚步声,凯瑟琳来了。可是,一会儿后,他才发现是自己弄错了,不是凯瑟琳。但是他再也无法安下心来写信。他本来是心满意足,显得温文尔雅的——的确是越来越乐不可支,这时,却变得焦急不安起来。晚餐已经送到了房里,只好放在炉边热着。现在超过约定的时间已是一刻钟了。他想到了上午得到的令人不快的消息。由于他一个同事病了,因此他很有可能要等到这一年晚些的时候才能休假,这就意味着他们的婚礼将要推迟。这种可能是令人不快的,可还赶不上另外一件更为可能的事情:凯瑟琳很可能把约会忘得一干二净了。他听着时钟在嘀嗒嘀嗒地走着,愈发感到这是可能的。圣诞节以来,这类事情不常有了,但是,如果这类事情再发生的话,又该怎么办呢?万一真的像她说的那样,他们的婚事到头来只是一场闹剧,那又该怎么办呢?他并不认为她有意挫伤他的心,可她性格中就有那么点东西,使她不可避免地要伤害别人。是她冷酷无情吗?是她只顾自己吗?他一一地想着,看看哪条与她相符。但是,他不得不承认,对他来说,她仍是个谜。

"那么多的事情她都不懂。"他心里思忖,一面看了一眼那封给卡桑德拉的信,这封信他刚才已经开了头,但又搁到一边去了。他本是兴致勃勃地开始写这封信的,是什么东西妨碍了他写完这封信呢?原因是,凯瑟琳随时都可能进屋来。这就意味着束缚他的还是她,一想到这,他极为恼火。他心生一计:等会

---

① 蒲伯(1688—1744),英国诗人。

儿把信打开,让她去看,然后趁机告诉她,他已经把剧本借给了卡桑德拉,让她评论。这或许会惹怒她,但也不一定。他不知道这能否给他带来快慰。这时有人在敲门了,凯瑟琳进来了。他们冷淡地相互亲吻了一下,她没为迟到表示任何歉意。然而,她一在场,他就奇特地感到激动;但是他下定决心,不能因此削弱自己与凯瑟琳较量的决心,削弱自己弄清凯瑟琳的真实情况的决心。他让她自己去整理衣着,而自己则忙着准备碟子。

"有个消息要告诉你,凯瑟琳,"他们刚在桌边坐下,他就说道,"四月份我不会休假了。我们只好推迟婚期。"

他这几句话是突然说出来的,有点唐突。凯瑟琳稍微愣了一下,好像他的这些话搅乱了她的思路。

"那没关系,不是吗?我是说反正租约还没签,"她答道,"但是,为什么呢?出了什么事吗?"

他不当一回事地告诉她,他有个同事病倒了,可能有几个月不会上班,很可能有六个月。这样的话,他们就不得不考虑考虑自己的情况了。他说话的口气使她感到他不够郑重,随便得有些出奇。她打量着他。外表没有任何迹象表明,他在生她的气。她的衣着怎样呢?她认为是够好的了。也许是她迟到了吧?她的目光四处搜寻着,看看有没有钟。

"还好,我们当时没租房子。"她若有所思地重复了刚才的话。

"恐怕,这也意味着,在相当长的一段时间内,我不会像以前那么清闲了。"他接着前面的话头说了下来。她有了思索的时间,迅即感到这一切对她颇有好处,不过她还来不及确定是什么。她来的路上,还一直有股强烈的光芒照射着,现在这股光芒完全被覆盖了,一半是由于他的态度举止,一半是由于他讲的新情况。她已经做了遭受反对的准备,比较起来这还是易于对付的——她也不知道自己会遇到什么。他们边吃饭,边谨慎地交谈一些无关紧要的事情。对音乐,凯瑟琳一无所知,但是她却喜欢听他给她讲些东西。她心里默想,当他在说话的时候,她就可以遐想他们婚后的夜晚,也是这样度过的,守着炉火,也许手里拿着本书,因为,到那个时候,她就会有时间读自己的书了,就可以集中精力去掌握自己渴望获得的知识了。那样的气氛是自由自在的。突然,威廉的声音中断了。她忧虑地抬起头,不高兴地将这些想法扫到一边去了。

"给卡桑德拉的信我应该寄到什么地方?"他问她。这又一次显然表明,今天晚上威廉一定有某种用意,或者是有什么情绪。"我们已经建立起了友谊。"他添了一句。

"我想她现在在家。"凯瑟琳回答。

"他们过多地把她留在家里。"威廉说,"你为什么不请她来你这里待段时间,让她听点好音乐!如果你不介意的话,我就接着把话说完,因为,我特别想让她明天来听音乐。"

凯瑟琳一下靠在椅子靠背上,罗德尼将放在膝盖上的纸张拿到了手里,接着说,"风格,你知道,是我们易于忽略的东西……"但是,他对落在他身上的凯瑟琳的眼光,比起对他现在就"风格"所发表的议论来,意识得更为清楚。他知道她正在瞧着他,不过,到底是生气了呢?还是满不在乎呢?他却猜不着。

事实上,她已经深深地陷入了他要使她愤怒不安、不知所措的圈套。威廉现在的态度虽然不含敌意,却是漫不经心的,这种态度使他们平心静气地彻底解除婚约成了可能。她想,玛丽的情况可要强得多,只有简单的一桩事,做了就行了。实际上,她不得不认为,她的朋友以及她的家族特有的那些文雅、含蓄、灵巧,是与天性的浅薄有关系的。比如说,尽管她够喜欢卡桑德拉了,但是,她却感到卡桑德拉的生活方式又古怪,又十分轻率,一会儿是社会主义,一会儿是养蚕,一会儿又是音乐——后者大概是威廉突然对她产生了兴趣的原因。以前,只要她在场,威廉从未以写信来浪费与她在一起的时光。很奇怪,从前一直捉摸不透的一切,现在她突然感到豁然开朗了,她到底明白过来了,有可能,是的,很有可能,不,完全可以肯定,他的钟情她几乎一直厌倦地认为是当然存在的钟情,比她想象的要淡薄得多,或者再也不复存在了。她留神端详着他,好像她的这一发现在他脸上也可以找到蛛丝马迹。以前,她可从未发现他的仪表有这么多令人尊敬的地方。他的敏感和智慧更加吸引着她。不过此时她的反应就如同是在一个素不相识的人身上看到这些气质那样。他低着头,看着那张纸,仍与平时一样在思考,显出一种镇静沉着的神态,似乎使人感到隔了一段距离,就像我们看到了一张脸,隔着玻璃对另外一个人在说话一样。

他继续写着,眼睛也没抬。她本来要讲话的,可是又不能叫他做些亲热的表示,因为这些是她没有权力要求的。当她确信他对她来说是如此陌生时,心情沮丧极了,同时,这也不容置疑地说明了人是极端孤单寂寞的。以前,她从未像现在这样强烈地感到这一点。她把目光移开,转向炉火。就是从物质上来说,她与他也相距遥远,无法交谈;从精神上来说,没有一个她可以称之为志同道合的人,没有像往常那样能使她满足的梦,任何她可以相信其真实性的东西都不存在了,除了那些抽象的观念——数字、定律、恒星、数据——之外,一切都不存在了。而由于缺乏知识,再加上害臊怕羞,她对那些抽象的观念也不能坚持了。

当罗德尼自己对自己承认,这样长时间保持沉默是愚蠢的,这种手法卑不足取,当他抬起头,准备找个借口笑笑,或是找个机会坦白一番时,他所见到的情景,使他感到困惑失措了。对于他是恶意还是好意,凯瑟琳似乎同样是毫无反应。她的表情说明,她现在专心关注的东西与她的周围环境相距十分遥远。她那漫不经心的神态在他看来具有男性的气味,缺乏女性的特点。他差点儿想打破这窒息的气氛,但看到这情景,心凉了半截。无能为力的感觉又回来了,真是使他十分恼怒。他情不自禁地将凯瑟琳与那迷人可爱、古怪任性的卡桑德拉进行比较,凯瑟琳含蓄克制、不体谅人、沉默寡言,但是她却那么能干,如果不听取她的好主意,他什么事也办不好。

　　一会儿之后,她又转向他,好像只是当她的思路到了尽头时,她才又注意到他还在场。

　　"你的信写完了吗?"她问道。她的口气似乎略带笑意,但没有一点儿嫉妒的迹象。

　　"没有写完,今天晚上我再不写了。"他说,"由于某种原因,我没心思写了。我说不出自己想说什么。"

　　"剧本写得好还是不好,卡桑德拉是不会知道的。"凯瑟琳说。

　　"这一点我可拿不准。我认为她有相当强的文学欣赏力。"

　　"也许是吧。"凯瑟琳淡淡地说,"顺便说一句,近来你可忽视了对我的教育。我希望你能给我读点什么。让我来挑本书吧。"说着,她走到他的书架前,开始随意地找起书来。她心里琢磨,看本什么书都比顶嘴或沉默要强,沉默使她清楚地意识到他们之间的距离。她抽出一本又一本,与此同时,她心里却在嘲笑自己,不到一小时之前,她还是那么肯定。那肯定的态度怎么一会儿就无影无踪了呢？怎么回事，现在她顶多只能停步不前，根本不知道他们所处的境况，他们的感受，甚至连威廉是否爱她也不知道。她越来越感到玛丽的精神使人惊奇，令人羡慕了——如果玛丽的精神状态真是她想象的那样的话——如果巾帼之辈中真的有人具有单纯朴素的品质的话。

"斯威夫特，"终于她说话了，随便抽出一本书来解决问题，"我们读点斯威夫特的作品吧。"

罗德尼接过了书，拿在胸前，把一个手指插在书页之间，但是一句话也没有说。他的面部现出奇特的、沉思的表情，似乎在对两样东西进行权衡，在作出决定之前，他是啥也不会说的。

凯瑟琳坐到了他身边的椅子上，注意到了他的沉默，突然担心地瞧着他。她希望的是什么，或者她恐惧的是什么，她是讲不出来的；也许，她头脑里最初出现的是一种荒谬的、站不住脚的愿望，她希望能够获得他的爱情的某种保证，易怒乖戾、埋三怨四、严格盘问，这些都是她习惯了的，但是这种镇静、温和的态度却使她迷惑不解，这种态度只怕也是认识到了内在力量的结果吧。她不知道接下去会发生什么事情。

终于威廉说话了。

"我认为这可有点怪，你不是这样认为吗？"他说，仿佛在自言自语，"我是说，许多人如果自己的婚期推迟五六个月，就会惶惶不安。但是我们都没有；现在，你怎么解释这一现象呢？"

她望着他，注意到，他像个明断一切、不动感情的法官。

"我把这个归结于，"也不等她回答，他继续说，"这一事实：我们俩彼此都没一点浪漫的想法。毫无疑问，这可能由于我们相识太久了；但是我认为，还有更重要的原因，这就是我俩的性格。我觉得，你有点冷淡，我自己呢，有些只顾自己。假若果真如此,那就极有助于解释我们彼此都缺乏幻想这个奇怪的现象。我并非说,最令人满意的婚姻不是建立在这类了解的基础之上的。但是,当上午威尔逊告诉我这一消息时,我竟然一点也不感到烦乱,我敢肯定,对这一点我觉得很奇怪。顺便问一下,你敢肯定我们没有答应租那座房子吧?"

"信函我都保存了,明天我把那些信都看看,肯定不会有什么问题。"

"谢谢。至于那个心理上的问题,"他继续往下说,好像这个问题与他没有直接的利害关系,只是对此表示超然的兴趣而已,"我想,毫无疑问,我们两人都可能会对第三者产生浪漫的想法。我把这种感觉叫做浪漫的想法,只是为了简明起见。至少,就我本人的情况而言,我是没有什么疑问的。"

与他结识以来,凯瑟琳也许还是第一次听到他如此审慎地、不动感情地谈论自己的感情。平时交谈,一涉及这种感情问题,他总是习惯于笑一笑或是转个话题来避开,要么说,男人们,或世上的男人都认为这类谈论有点傻气,不能登大雅之堂。他显然想做什么解释,这使她有些迷惑,但使她产生了兴趣,也治愈了她那受到了创伤的自尊心。由于某种原因,她也感到与他在一起比平时更为自在;或者,说得更准确点吧,她的自在是更为平等的自在——虽然,这会儿她并不能中止谈话去考虑这一点。他刚才的话,她极感兴趣,因为它们也揭示了她自己的一些问题。

"这浪漫的想法又是什么呢?"她若有所思地问道。

"嗯,就是这个问题。我也从未遇到一个满意的定义。不过,有些定义倒也很不错。"他朝放书的方向望了一眼。

"也许,双方是不完全了解,或者——根本不了解。"她妄猜着说。

"有些权威人士说，这是个距离问题——文学中的浪漫，也就是……"

"艺术也许如此，但是对于人来说，这可能是……"她犹豫了。

"对此你没有亲身体会吗？"他问道，目光停在她身上。

"我相信它对我的影响极大。"她说话的语调就像是被新提出的对某一观点的各种可能的解释给吸引住了。她又添了一句，"不过，在我的生活中，几乎没有给浪漫留一席之地。"她回顾了她每天的任务，在一个有着浪漫的母亲的家庭里，就总是要依靠女儿的理性、自制力以及精确性来解决问题。唉，然而她的浪漫并不是这种浪漫。它是愿望，是回响，是声音；她可用色彩装饰它，可以见到它的形状，还可以从音乐里听得出它来，但是从话语里面是听不出来的，不行，从话语里面是决然听不出来的。她叹了口气，愿望在取笑她，而这些愿望又是那样的不连贯，那样的无法表达。

"但是，你对我毫无浪漫的感觉，而我对你也同样毫无浪漫的感觉，这难道不奇怪吗？"威廉又问。

凯瑟琳同意：这确实奇怪——很奇怪；但是，对她而言，更为奇怪的是，她竟在同威廉讨论这个问题。这也表明，有可能会出现一种全新的关系，在他看来，他好像正在以某种方式帮助她，帮助她理解她尚未理解的东西；怀着感激的心情，她感到自己非常想像姊妹一样地帮助他——这是姊妹之间才有的愿望，不过也有一种几乎无法抑制的苦楚：对他，她是没有浪漫想法的。

"我认为如果你像那样爱上了一个人，又能与她一起生活，你可能会很幸福的。"她说道。

"你难道认为,当一个人对他所爱的人有了更深的了解,浪漫的气氛还能存在吗?"他很拘谨地问,目的是为了保住自己不受他所畏惧的个性的侵害。对付这种局面,要细心又细心,不然的话,就可能发生恶变,出现令人沮丧和不安的局面,就像在枯叶丛中石南荒地上的那种情景一样,每当他一想起那情景来,总是感到羞愧万分。然而,每一句话都给他带来了宽慰。慢慢地,他开始对自己的愿望明白一些了,而在此之前,他是一点儿也不明白的。他弄清了他与凯瑟琳难以亲近的根本原因。本来为的是要伤她的心,他才开始了这场谈话,而现在这种想法完全消失了。他感到,只有凯瑟琳才能帮助他弄清楚这一切,必须掌握这个时机。有许多东西,例如卡桑德拉这个名字,很难启齿。他的眼睛也只能一动不动地盯着炉火中心的一个地方,像是红彤彤的峡谷,被高山峻岭围了起来。他忐忑不安地等待着凯瑟琳继续说下去。她刚才讲了,如果他像前面所说的那样爱上了一个人,又能与她一起生活,他可能会很幸福。

"我看不出来,为什么你的浪漫感情不能持续下去。"她接着说了下来,"我可以想象出某种人——"她止住了话头,她意识到,他在全神贯注地听着,他那拘谨的样子只是用来遮掩焦急万分的心情而已。那么有个人——一个女人——能是谁呢?卡桑德拉吗?啊,有可能……

"一个人,"她又说了起来,尽量使语气听起来干巴巴,好像她只注重事实,"比如,像卡桑德拉·奥特韦。在奥特韦一家子中,卡桑德拉是最有趣的——只是亨利除外。尽管如此,我还是更喜欢卡桑德拉。她可不仅仅是个聪明的姑娘。她与众不同——是有个性的人。"

"那些讨厌的虫子!"威廉突然叫了起来,还紧张地笑出了声。凯瑟琳注意到了,他身体微微抽搐了一下。看来就是卡桑德拉!她不由自主地答了话,语气单调,"你可以坚持认为她把自己禁锢于——禁锢于——其他什么东西之中……但是她喜欢音乐;我相信她会写诗歌;毫无疑问,她有独特的魅力——"

她不说了,仿佛是在对自己给这一独特的魅力下定义似的。沉默了一会儿,威廉突然问道:

"我曾认为她多情吗?"

"极其多情。她崇拜亨利。你看看她那一家子——法朗西斯姑父总爱闹点情绪——"

"哎呀呀。"威廉小声嘀咕。

"你们有许多共同之处。"

"我亲爱的凯瑟琳!"威廉喊道,忽地一下靠在椅背上,目光也离开了火炉,"我真不知道我们在说些什么……我向你担保……"

他心中慌乱极了。

他将插在《格列佛游记》里的指头抽出来,打开书,依次扫了一下章回目录,好像打算选一章最适合的来朗读。凯瑟琳盯着他,一见他惊慌不安,自己也开始有点不知所措。同时,她又确信,万一他选中了一章,拿出眼镜,清清嗓门,朗读起来,他们两人就会丧失这种一生中决不可能再逢的机会。

"刚才谈的事,你我都很感兴趣,"她说,"我们还是继续谈吧,斯威夫特的作品留着下次读,好吗?我现在可没有心思读斯威夫特的作品。在这种情况下,读谁的作品也没意思——特别是斯威夫特的作品。"

她想,罗德尼真聪明,装作想起了文学作品,从而,恢复了信心,确信自己安然无事了。他把书放回书架,利用背对着她的时间,定了定神。

他反省了一会儿。扪心自问的结果使他大吃一惊,他的内心世界已经与过去完全不同了,也就是说,他感受到了许多他以前从未感觉到的东西。他看到自己再也不是以前的自己了。他漂游在恶浪滔天的大海上,前途未卜。他在房里踱了个来回,猛地又坐到了凯瑟琳旁边的椅子上。以前他从未有过这样的感受:他完全听任她的安排;他抛卸一切责任。他几乎大声地叫道:

"就是你,激起了这些可憎的强烈的感情。你必须尽力帮我对付它们。"

不过,凯瑟琳坐在近旁使他感到安静和放心。不知怎的,他意识到自己从内心相信,与她在一起就会安全,她会完全了解他的心思,会发现他究竟想获得什么,并且还会为他帮忙。

"不管你叫我干什么,我都愿意去做,"他说,"我一切听你的,凯瑟琳。"

"你必须设法告诉我你的感受。"她说。

"亲爱的,每分每秒,我都有很多很多感受。我敢说,我也知道自己的感受。在石南丛生的荒地上的那天下午——是那时——那时……"他停顿了,不想告诉她当时是怎么回事,"你那可怕的理性,像平常一样,使我确信——那会儿我确信——但是,天晓得,真实情况到底是什么!"他大声说。

"你爱上了卡桑德拉,或者说可能爱上了,那不就是实情吗?"她柔和地问。

威廉低下了头。沉默了一会儿之后,他小声说:

"我相信你说得对,凯瑟琳。"

她不由自主地叹了口气。开始谈话以来她越来越强烈地希望最终不要落个这样的结局。有一会儿工夫，她痛苦极了。她鼓起了勇气想告诉他，她唯一的愿望就是能够帮助他。她已经想好了怎么开口。就在这时，传来了敲门声。谁处于他们这样的紧张状态之中，听到了敲门声，都会吓一大跳的，他们也不例外。

"凯瑟琳，我崇拜你。"他是在鼓励她，可声音比耳语还要小。

"好啦，"她答道，微微颤抖了一下，"但是，你得开门去了。"

23

拉尔夫·丹厄姆进了屋。凯瑟琳背朝着他坐着。他立刻意识到屋里的气氛与外面大不一样。这样的感受,徒步旅行时间或也有,特别是太阳落山之后:天气寒冷,脚下泥泞难行,冒冒失失闯进一个地窖,里面暖烘烘的,带有干草和大豆的香味,好像仍然是阳光灿烂的白天,而实际上已是皓月当空的夜晚了。拉尔夫踌躇,战栗,轻手轻脚地走到窗前,将上衣搁到一旁,然后又小心翼翼地让手杖靠着窗帘。他内心激动,准备坐下,来不及去想屋里其他两个人心里在想什么。只见他俩眼睛放光,脸庞苍白,看得出,这是激动不安的征象。在拉尔夫看来,凯瑟琳的日常生活富于戏剧性,激动不安对这剧中的演员来说是再合适不过的。美和激情对于凯瑟琳就像空气一样不可缺少。

她几乎没有注意到拉尔夫也在屋里,也许是由于他的到来,使她摆出了一副镇静自如的姿态,因为她一点儿也不镇静。而威廉比她更加激动,更加不安。在这之前她答应过要帮助他。为了履行诺言,她问了一下这座建筑的年代和建筑师的姓名,替威廉打了圆场。于是,他借机在抽屉里翻腾了一阵子,想找些设计图纸。找到之后,他将图纸铺到桌上,摆在三人中间。

很难说,他们三人谁看得最认真。不过有一点是可以肯定的,这阵子三个人都感到无话可说。最后还是凯瑟琳先开了口,而且很得体,这可全是她在客厅里的多年见识帮了她的忙。她感到自己放在桌上的那只手在颤动,趁说话的当儿,把它缩了回来。对凯瑟琳的话,威廉大表赞同,丹厄姆也高声附和。他们把图纸搁在一边,将椅子移近壁炉。

"在整个伦敦,我宁可住在这里,别的地方我都不想去住。"丹厄姆说。

我根本无处安身,凯瑟琳心里这样想着,可口里却说同意丹厄姆的看法。

"只要你愿意,你在这里租几间房没问题。"罗德尼回答说。

"但是我就要永远离开伦敦了——以前我给你们说过,我要在乡下租间农舍。现在我已经租了。"这番话,两个听话人似乎都没有听进去。

"真的吗?——这真使人难受……你必须给我地址。不过,你肯定不会完全与世隔绝吧……"

"我想,你们也要搬个地方吧。"丹厄姆说。

威廉明显地慌了手脚,不知说什么好。凯瑟琳定了定神,问道:

"你租的那农舍在什么地方呢?"

丹厄姆一边回答,一边转过身来望着她。两人的目光相遇了,凯瑟琳这才意识到自己是在跟丹厄姆说话。她记起来了,最近自己还议论过他,至于具体讲了哪些话,倒没去想。她有理由认为,丹厄姆这个人很坏。玛丽说了些什么,她记不起来了,但却感到,脑子里有一堆想法与认识,一直没有时间去过细考虑——它们远隔在鸿沟的彼端。她激动不安,过去的经历异常清晰地出现在脑海里。

眼下的问题是谈话,那些东西要等到安静时再去想个明白。她下决心要听懂拉尔夫正在讲什么。他正告诉她,他在诺福克租了间农舍。她说她知道那地方,也许说了不知道。但是,她只用心听了一会儿,心儿又奔向罗德尼了。她感到,她与罗德尼相互接近,彼此了解。这种感觉是很少有的,以前不曾有过。要是拉尔夫不在这儿,她就可以马上顺从自己的愿望,握住威廉的手,然后,把他的头扳伏在自己的肩上,这就是她此时最想做的事情,如果此时她不是极希望一个人待着的话——对,这才是她所求的。这些讨论快把她给烦死了;一想到要披露自己内心的感受,她就不寒而栗。她忘记回话了。现在威廉正在说话。

"可是在乡下你会找点什么事儿干呢?"她只是随便问问而已。前面的谈话,她只听进去了一半。现在,猝然插了进来,使得罗德尼和丹厄姆都有点惊讶地瞧着她。但是她一开口,罗德尼又不吭气了。他间或也紧张地插几个"是的,不错,对",至于他们说些什么,却忘了去听。时间一分一分地过去了。他有许多许多话必须对凯瑟琳说。但拉尔夫又不走,罗德尼越来越忍受不住了。那些可怕的疑问,无法答复的问题,他一刻不找她谈,就愈积愈多。他必须把这些问题都摊在凯瑟琳面前,现在唯独她能够帮助他。如果不能单独和她谈,他根本无法入睡,也不知道自己在发狂的一刹那会说些什么。那完全不是发疯,那是发疯吗?他点了点头,紧张地说:"是疯了,是疯了。"他望着凯瑟琳,心想,她多漂亮啊!在这个世上,他最爱慕的就数凯瑟琳。她脸上有点激动,表情因此也不一样,他以前还从未见过这样的表情。正在他考虑着采用什么法子才能与她单独谈谈的时候,她突然站了起来。这完全出乎他的预料。他原以为,她会比丹厄姆要待得久一些。而现在能够与她单独谈谈的唯一机会就是送她到楼下，并陪着她走到大街上去。可是这会儿，他的想法又乱又多，激动得连句简单的话也说不出了。然而，就在他犹豫的当儿，更为意想不到的事发生了，让他目瞪口呆。丹厄姆从坐椅上站了起来，看了看凯瑟琳，说：

"我也走啦。我们一块儿走，好吗？"

威廉还没有想出个留住他的办法——也许还是留凯瑟琳更好一些？——丹厄姆已经拿起了帽子、手杖，为凯瑟琳开了门，等着她出去。威廉站在楼梯上头，说了声晚安。他顶多只能这样做，不能提出与他们一块走，也不能坚持要他们留下。楼梯上很昏暗，她走得很慢，他就在上面望着。最后他看到，在镶板前面，丹厄姆和凯瑟琳的头差不多凑到一起去了，这时，一股醋意涌上心头，弄得他不堪忍受，如果不是心中记得自己脚上穿的是拖鞋，准会随后追上去或者大叫起来的。他只能站在原地不动。在楼梯的拐角处，凯瑟琳转身朝后看了一眼威廉，这最后一眼算是她在他们的友好条约上的签名盖章。对她这种无声的告别，威廉则咧嘴一笑，投过去的，不知是冷嘲还是愤怒的眼光。

她突然停了一会儿，接着又慢慢地走下楼梯，进了院子。她左右望了一下，又抬头朝天上看了一眼。她只感到丹厄姆像块大石头，阻碍着她的思路。她在计算，还要走多长距离，才可以一人独行。但是，来到斯特兰德街后，却不见一辆出租汽车。丹厄姆打破了沉默：

"好像没有出租汽车。我们继续走一段好吗？"

"好的。"她同意了，但没有望他一下。

拉尔夫也没有再吭声，或许意识到凯瑟琳在全神贯注地想什么，或许他自己也沉浸在思考之中。他们这样默默无声地沿着斯特兰德街走了一段。拉尔夫极力想理清自己纷乱的思路，以便让一条思路占居首位。他决心一开口说话,就要说得得当,所以一再推迟开口的时刻,等到想出精确的词句再说话。而且斯特兰德街太热闹,太容易找到空出租汽车了。他一句话也没解释,就拐进了左边一条通向河边的小路。在最重要的话未说出之前,无论如何不能跟她分手。他十分清楚自己想说些什么。他不但定下了要说的内容,就连表达的先后次序也安排好了。可是尽管现在只有他们两人在一起,他却发现要把心里话倒出来很难启齿。而且,他还意识到,自己对凯瑟琳还憋着一肚子火。就是她,弄得他心神不安,在他人生的道路上投下阴影、设置陷阱。这些事情对于她这种处于有利地位的人来说,确实易如反掌。他决心要像严厉地质问自己一样严厉地质问她,就是这一次要使两个人都弄明白,要么承认她可以握有主控权,要么摈弃这种特权。但是,他们像这样单独步行的时间越长,他越感到凯瑟琳其人就在他身边,也就越心烦意乱。风,吹拂着她的裙子,帽子上的羽毛在头顶上飘扬。他发现,有时凯瑟琳比他快一二步;而有时,他又不得不停下等她跟上来。沉默继续着。终于,她把注意力转到了他身上。开始,因为没有出租车,无法甩开他,凯瑟琳感到很恼火。后来,她又模模糊糊地想起了玛丽讲的一些话,使她认为,拉尔夫很坏。她记不起到底是些什么话。他为什么沿着这条小道走得这么快? 一看到他这样专横,加上刚才的回想,她越来越清楚地意识到自己旁边这个人具有非凡的,然而令人讨厌的力量,她站住,四周瞧了瞧,想找辆出租汽车,远处果真有一辆。这样一来,拉尔夫只得仓促开口了。

“我们再走一截行吗?”他问,“有件事我想跟你说说。”

“行。”她答道,心想,他要说的准与玛丽·达奇特有关。

“靠江边更清静些。”他说着,立即横过了马路,“我只想问问你这一件事。"他开始了。但是,他又停了好长时间,使她有工夫注意观察起他的模样来。他的头在夜空的衬托下,瘦削的面颊和坚挺的鼻子,线条十分清晰。他停顿了一会儿,说出了一些话,与他打算要说的完全不同。

"自从见到你以后,我就一直把你作为我理想的意中人。我天天在梦乡跟你相会;除你之外,我什么也不想,对我来说,你就是这个世界上的唯一现实。"

说这番话时,他声音紧张,音调奇特,似乎不是在对他身边的女人,而是在对一个远处的女人说话。

"现在事情已经到了这个地步,我必须开诚布公地跟你谈谈。不然的话,我相信我会发疯的。我认为你是世界上最美、最真实的。"他接着说,兴奋、欢跃之情,溢于言表。他感到他要说的忽然变得十分清楚,无需再学究气地咬文嚼字了。

"我到处都看见你,在星星里,在泰晤士河里。对我,你是存在的一切,你是万物之灵。我告诉你,没有你,我就没法活下去。现在我要——"

她听着听着,总没听出个眉目来,她总感到听漏了一句重要的话,而要弄懂其他话的意思,非听清这句不行。这样莫名其妙的胡言乱语,她再也听不下去了,也不能让他再说下去。她感到她是在偷听讲给另外一个人听的话。

"我听不懂,"她说,"你说的并不是你所想的。"

"我说的句句是心里话!"他强调说,把头转过来向着她。他说话时,凯瑟琳想起了她所搜寻的那句话"拉尔夫爱上你了"。这句话是玛丽讲的。她胸中霍地燃起了一股怒火。

"今天下午我见到了玛丽!"她大声说。

他动了动,好像吃了一惊,但是只过了一会儿,就答了话:

"我想,她告诉你了,我求她与我结婚,是吗?"

"没有!"凯瑟琳惊讶地叫道。

"不过,我真求了她。就是我在林肯郡见到你的那一天,"他接着说了下去,"在饭馆吃饭时,我本来打算向她求婚,可朝窗外一望,看到了你。打那以后,我就不想向任何人求婚。但是,我却向玛丽提出了请求。她清楚我是在撒谎,于是拒绝了我。当时我认为,现在我仍认为,她是爱我的。我处理得很不好。我不为自己辩解。"

"对,"凯瑟琳说,"我倒也希望你不要辩解。我也想不出有任何可以辩解的地方。如果做错了什么事,就是错了。"她语气很重,其实主要还是冲着她自己来的,而不是冲着他来的,"我看,"她又说了下去,语气还是那么重,"一个人应该诚实。不诚实是一种无法原谅的行为。"此时,玛丽的面部表情清楚地浮现在她的眼前。

少刻,他说:

"我可不是在告诉你,我爱上了你。我没有爱上你。"

"我也没有那么想过。"她回答说,感到有点弄糊涂了。

"我还没有跟你说过一句假话。"他又说。

"那么,告诉我你到底是什么意思吧。"她终于说。

仿佛有一种共有的本能在那里发号施令,他们不约而同地站住了,伏在河堤的栏杆上,望着滚滚的河水。

"你说我们必须诚实,"拉尔夫开始说起来,"好吧。我尽可能告诉你实情。可我首先得提醒你,你会以为我疯了。大约是四五个月前,我第一次看到了你。打那以后,我就一直把你当作我理想中的人。我想,这是有点荒谬绝伦,然而,这却是事实。我真不好意思告诉你,我已经到了何等地步。它成了我生活中重于一切的东西。"他停了一下，"除了你的美貌，我对你一无所知。可不知怎的，我逐渐地相信，我们的思想差不多是一致的；我们在一起追求某种东西；我们一起见到了某些东西……我已经养成了想象你的习惯；我无时无刻不在考虑你可能说的话，或你可能做的事；在大街上走时，我在跟你说话；我总是梦见你。不错，这是一种坏习惯，是小孩子的习惯，白日做梦。可这也很平常，谁的朋友当中都有一半人有这样的习惯和体会。好了，这就是事实。"

他们又同时慢慢地继续朝前走着。

"假如你了解了我的话，你就再也不会有这样的感受了，"她说，"我们相互都不了解。——我们的谈话总是——被人打断了……那天我姑姑们来我家时，你就打算给我讲这些吗？"她问道，一面回忆着当时的整个情景。

他低下了头。

"那天你告诉我你已经订了婚。"他说。

她愣了一下，心里想着她的婚约已经解除了。

"我绝不认为，如果我了解了你的话，我就再也不会有这些感受了，"他又接着说了起来，"我会有这样的感受的，而且比以前更有道理——就是这样。今天晚上这些没有意思的话我是不应该讲的……不过，不是胡言乱语。这些都是事实，"他固执地说，"是很重要的。你可以强迫我说我对你的这些感受只是幻觉而已，但是，我们大家的感受都是如此。最好最好的感受也有一半是幻觉。然而，"他似乎是在说服自己，又加了一句，"我这些感受都是真的，都是我能够体会到的。否则，我就不会因为你而改变我的生活。"

"你这是什么意思？"她问。

"我告诉过你,我要租间农舍,我要放弃我的职业。"

"是为了我吗?"她惊讶地问他。

"不错,就是因为你。"他答道。他再未做进一步的解释。

"但是,我一点也不了解你和你的处境。"看到他不作声,她终归说了一句。

"对于我,你就多多少少没有一点看法吗?"

"我想,我有点看法……"她犹豫了。

他只想叫她做些解释,但克制住了。令他高兴的是,她自己又继续说了起来,看来她在头脑里搜寻什么似的。

"我有过这样的看法,你批评我——也许不喜欢我。我认为你这个人喜欢评论判断别人……"

"不对,我是个凭感情的人。"他低声说。

"那么,告诉我吧,为什么你给我谈这些呢?"沉默了一会儿,她又问道。

他讲得很有条理,表明是经过认真准备的,把一开始他就打算说的话,全都对她说了。他告诉她:他与他自己兄弟姐妹的关系怎样;他母亲给他讲过些什么话,以及他姐姐琼恩没有说出口的话;他在银行里的存款的确切数字;他的弟弟在美国谋生的前景如何;房租占去了他们多少收入,以及他都背得出来的其他开支的详情细节。这些她都听了,走到能看到滑铁卢大桥的时候,如果考她一下,她是答得出的。可是,也可以说她没有用心听,就像她也根本没去数脚下的那些铺路石头有多少一样。她现在感到比一生中以往任何时候都要幸福。当他们走到河堤上时,充满符号、点点、杠杠和曲线的代数书却清楚地浮现在她眼前,要是丹厄姆知道这些,那些他认为她在注意听他说话而给他带来的内心喜悦,可能会烟消云散。她继续说:"是的,我明白……但是那对你有何帮助呢？……你弟弟已通过了考试吗？"她插话提问，都切合实际，他还须时时回顾、考虑，才能答复。实际上整个这段时间，她一直在海阔天空地遐想：她通过望远镜，在观察天上的其他世界，那些白色的、碎裂云雾状的天体。她感到自己变成了两个人，一个与丹厄姆在沿河走着，而另一个则在一个高悬在明朗的蓝天之中的银白色的天体上。蓝天下面云雾缭绕，笼罩着我们这个肉眼可见的世界。她又抬头望了一眼天空，没有一颗星星有那么强的光，能穿透在西风中飞快飘流的如水如乳的云彩。她赶快又朝下看。她的确知道，没有任何理由感到如此幸福；她并没有自由；也并非独自一人；千万根绳索仍把她牢牢地束缚在地球上；每走一步离家就越来越近了。然而，她从来没有像现在这样欢欣过。今晚的空气格外新鲜，灯光也格外明亮。不知道她是偶然还是有意，用手碰了一下石头栏杆，感到连这石头栏杆也格外冰凉、格外坚硬；原来对丹厄姆的气恼冰消瓦解了；他不会阻碍她任意飞翔，如果她现在决定飞向天空或是返回家门，他肯定是不会成为她的障碍的；但是导致她现在这种状况的是他，还是他说过的一些话呢，她却说不清楚。

现在，他们看到，在河的萨里这边，出租汽车和公共汽车穿梭般地来来往往。汽车喇叭声，清脆悦耳的电车铃声，听得越来越清楚。随着噪声的不断增加，他们两人都变得沉默起来，不约而同地放慢了步子，似乎是想拉长一下较为清静的时间。对拉尔夫来说，与凯瑟琳走的这最后一段路是一种难以形容的享受。他只想尽情地享受现在，而不愿意去想凯瑟琳离开他的时候。他不愿再多说一句，去补充自己已经表白了的意思，这会占去他们最后相依为伴的时间。他们已停止了交谈。对他来说，她好像不是现在真正的凯瑟琳,而是他梦境中的那个女人。然而,在她面前,他所获得的这种强烈的感受,是他寂寞时做的梦里所没有的。很奇怪,他自己也在变化,能完全掌握、发挥自己的全部功能,耳聪目明,头脑清醒。他感到第一次能够驾驶自己的全部才能。展现在他面前的前途似乎远大无量。以前他总是不静止地、狂热地期望快活再快活,这是他销魂的想象的标志,同时也或多或少地损害了这种想象,但是,他现在的心情没有任何这些成分。他心境平静,考虑着人生的状况,当一辆出租车驶过时,他一点也不烦乱。他觉察到,凯瑟琳也注意到了那辆出租车,头也转向了那一边。他们的步子都放慢了,显然是想要租那辆车。他们同时站住了,朝着那辆车打手势。

"那么,你会尽量让我快一点知道你的决定喽?"他问,一只手放在车门上。

她犹豫了片刻,一时记不起自己要决定的是什么问题。

"我会写信的,"她含糊地说,"不,"她接着又否定了,心想,自己根本没有注意是什么问题。要作出任何决定,并写出来,那太难了,"我不知道该怎么办。"

她站在那儿,一只脚踩在汽车踏板上,看着丹厄姆,考虑着,犹豫着。他一下就猜到了她的困难,她什么也未听清;他了解她的每一感觉。

"我知道的地方,只有一处,我们可以在那里好好地谈谈,"他快速地说,"就是克佑。"

"克佑?"

"是克佑。"他很坚决地重复说。他把车门关好,把她的地址告诉了司机。瞬刻之间,汽车载着凯瑟琳离开他,加入了纵横交错的车流,每辆车都有灯,辆辆车都大同小异,无法区别。他站在那里看了一会儿,突然好像有一股强大的力量要将他卷离他们站过的那个地方似的,他转过身子,快步穿过马路,消失了。

刚才,他可是享受了人世间难得的快乐。现在还余兴未尽,走起路来兴冲冲的,不知不觉来到了一条狭窄的街道。这个时候,街上冷清清的,既无车辆,又无行人。到了这里,他那欢欣的情绪慢慢地消耗、减少,最后全没了,这可能是由于商店都关门了,光滑而又弯曲的木板人行道上,洒满了月光,也可能是由于他的情感自然地低落了。人在吐露心腹话之后,总会感到有所失。现在他就意识到了。跟凯瑟琳谈话就意味着他失去了某些东西。他所爱的凯瑟琳和真正的凯瑟琳究竟是不是同一个人呢?有时候,真的凯瑟琳完全超过了他所爱的凯瑟琳。她的裙子在摆动,她帽子上的羽毛在飘扬,她说话有声音。但是,有时候,人们梦中的嗓音与来自人们梦幻对象的嗓音之间的停顿是多么的可怕!当人们力图将他们能够想象出来的东西付诸实现时,构成的那种形象,拉尔夫对之既感厌恶,又觉同情。他和凯瑟琳都被笼罩在思想的云层之中,当他们从这些云层之中脱身而出时,他们显得多么的渺小啊!他想起了那些微不足道、廉价平凡的词句,他们就是企图用这些词句,交流思想与感情;他将这些词句对自己重述了一遍。一背诵凯瑟琳的话,他立即感到她又活生生地出现在眼前,感到比以往任何时候更崇拜她。但是,他猛然记起:凯瑟琳已订了婚约。他立即心潮沸腾,压抑不住心中的愤怒,感到被彻底挫败了。罗德尼的形象出现在他眼前,言谈举止,愚蠢无礼。这个可怜的红脸跳舞专家竟然要和凯瑟琳结婚吗!?这个吹起口琴来一副猴相,连话都说不清楚的蠢家伙,这个故弄姿态,爱好虚荣,脾气古怪的纨绔子弟,这个专门卖弄他的那些悲剧和喜剧的人,这个喜怒无常,高傲卑微的家伙,天哪! 竟然和罗德尼结婚! 她一定跟他一样也是个大傻瓜。他怨恨极了,僵直地坐在地铁车厢角落里,看上去要多严峻就有多严峻,使人望而生畏。他一到家,就坐到了桌旁,开始给凯瑟琳写一封狂热的长信。他请求她为了他们两人共同的利益,与罗德尼一刀两断。他恳求她不要去摧毁那独一无二的、美的、真的东西。他告诫她不要当叛徒,不要当逃兵,因为,如果她真成了——最后,他心平气和、简单明了地断言,不管她做什么或不做什么,他都相信是上策,他都会满怀感激地接受。他写了一张又一张,人未上床,外面已传来清晨进城的马车声。

24

临近二月中旬,可以感到有些春意了。不管是在森林里幽暗的地方,还是花园中见不到阳光的角落,都点缀着小小的紫里透白的花蕾。而且,就连男男女女的心房里,也绽开了能与自然界色淡香浓的花瓣媲美的思想与欲望之花。在这一时节表面已经僵冻硬化的众生软化了,流动了,以前它们既不反映他物,又不能生育繁殖,现在不光反映着过去的形状与色彩,也反映着今天的形状与色彩。在这早春季节,希尔贝里夫人心里可沸腾起来了,她的激情愈发奔放,不过这些激情以前倒也从来没有消退过。但是,春天一到,她那渴望表达的热情总是与日俱增。词语就像幽灵一样缠住了她。她沉浸在拼词组句的欢乐之中,她在自己喜爱的那些作者的作品里搜寻词语,或者在纸片上面,自己遣词造句。有时她还要自己念诵这些词句,看来她也没有别的机会来显示这些词语了。她肯定地认为,给她父亲作传记,任何美好的语言都嫌不够,因为回忆纪念她的父亲是一项壮丽的业绩。这种认识鼓舞她努力修辞造句。虽然她的努力显然无助于写好这部传记,她仍然觉得,她这个时候得到她父亲的荫庇比其他任何时候都要多。语言的影响力是谁也躲避不了的。特别是英国人,像希尔贝里夫人一样,从儿童时代起,一会儿游乐于朴实无华的撒克逊英语①之中，一会儿沉浸在拉丁英语的华丽词藻之中。而且，他们和她一样，熟记古代诗人无限丰富的词藻。甚至凯瑟琳也受到了她母亲热情的感染，判断力也不如以往了。当然，这并不是说，她就完全同意，在开始写外祖父传记第五章之前，非得学习研究莎士比亚的十四行诗不可。刚开始，希尔贝里夫人就提出一种看法：安妮·哈撒韦②除了能干其他事情外，还能写莎士比亚的十四行诗。这可纯粹是无稽之谈。这个看法最先是在一次教授们参加的茶会上提出来以活跃气氛的。而后来几天，这些教授就提交了一些自印的手册，给她研读。自从有了上述想法之后，她就一头栽进了伊丽莎白时代的文学里。她甚至还颇相信自己开的这个玩笑是真的。她认为这个玩笑至少和其他人的事实一样真实。现在她的一切思想都集中到了斯特拉特福③。河边散步后的次日上午，凯瑟琳来起居室比平时要晚得多。当她一进那间房时，她母亲就告诉她，她计划去瞻仰一下莎士比亚的坟墓。这会儿，对于有关这位诗人的任何事实，她都比对现在的一切更感兴趣。她还很有把握地认为，在英格兰一定有个地方是莎士比亚曾经站立过的，他的骨头就埋在那里，说不定就在谁的脚底下。她正在全神贯注想着这些，女儿一进门，就劈头大声问她：

"你认为他曾路过这儿吗？"

这会儿提这么个问题，凯瑟琳还以为是指拉尔夫·丹厄

---

① 撒克逊人是 5 至 6 世纪入侵并定居于英国的日耳曼民族，此处指他们的语言，即简单易懂的英语。

② 安妮·哈撒韦，莎士比亚的妻子。

③ 斯特拉特福，英格兰中部一城镇，位于艾汶河畔。莎士比亚生于该镇，并在此逝世，与他的夫人合葬于此。

姆呢。

"我指的是,在他去黑衣修道院①的途中,"希尔贝里夫人接着说,"你是知道的,最近发现他在那儿有幢房子。"

凯瑟琳莫名其妙地站着,四周看了看。希尔贝里夫人又说:

"这证明,他不是人们说的那样穷。我倒认为,他过的是丰衣足食的生活,不过,我可一点也不愿意他很有钱。"

见女儿仍然一副莫名其妙的表情,希尔贝里夫人突然笑了起来。

"我亲爱的,我说的不是你那个威廉。当然,这也是喜欢他的另一条理由。我说的、我想的、我梦到的是我那个威廉——当然是威廉·莎士比亚。你说怪不怪,"她站在窗前沉思着,轻轻地敲打着窗户玻璃,"就我看来,那个戴着蓝帽子,手臂上挎着个篮子,正在过马路的老东西,大概从未听说过还有过这么个人?然而,一切仍然照常进行着:律师匆匆忙忙去上班,出租汽车司机在为车费争吵,小男孩在滚着铁环,小姑娘在抛面包给海鸥吃,好像这世界上就没有个莎士比亚似的。我要整天站在交叉路口说:你们这些人呀,读读莎士比亚的作品吧!"

凯瑟琳在自己的桌旁坐了下来,拆开了一个满是灰尘的长信封。信中提到了雪莱,好像他还活着似的,当然这封信很有价值。是将其全文付印,还是只印提到雪莱名字的那一段呢?这就是她眼下要决定的问题。她伸手拿了支钢笔,准备对这页纸作出裁决。但是她的笔却悬在空中没能落下来。几乎是偷偷摸摸地,她另拿了张空白纸铺在面前。她的手落了下来,开始画起

---

① 黑衣修道院,曾归多明我会所属,这个天主教组织创建于 13 世纪,会员都是穿黑衣的修道士。

了正方形框框,然后又画了些直线,将正方形分成二等份,四等份,接着又画了些圆圈,并将它们同样分成了若干等份。

"凯瑟琳,我想出了个妙主意!"希尔贝里夫人叫道,"花它百把个英镑,买些莎士比亚的作品,分发给工人。你不是有些聪明的朋友,常组织会议吗?他们可以帮帮我们的忙。说不准,还会搞出个剧场来,我们都可以扮些角色,你演罗莎琳德吧——但是,你总有点老气横秋的味道。你爸爸演哈姆雷特,成年晓事的味道很重。我嘛——嗨,这些角色的味道我都有点。我演小丑更像一些,不过,莎士比亚作品中所有的警句都是小丑说的。那么,威廉演什么呢?演主角吗?是霍特斯帕①吗?还是亨利五世呢?不成,威廉也有点哈姆雷特的味道呢。我想象得到,威廉独自一人时,也自言自语。啊,凯瑟琳,你们在一块儿时一定要讲甜美的话!"她若有所思地添了一句,还扫了凯瑟琳一眼。到现在,凯瑟琳一点也没有告诉她关于头天晚上在威廉家吃晚饭的情况。

"啊,我们说了很多废话。"凯瑟琳一边回答,一边将那张纸藏了起来,并把那封关于雪莱的信铺在面前,因为她母亲就站在她身旁。

"十年之后,你就不会认为是废话了。"希尔贝里夫人说,"真的,凯瑟琳,以后你会回顾这些日子的。你会记起你说过的一切傻话。你会发现,这些东西就是你生活的基础。生活中最美好的是以我们恋爱时讲的话作为基础的。这不是废话,凯瑟琳,"她力劝道,"这是真实,是唯一的真实。"

---

① 霍特斯帕(1364—1403),为英格兰北部诺森伯兰郡第一个男爵的长子,出现在莎士比亚的剧本《亨利四世》中。

她一会儿想打断母亲的话,一会儿又想向母亲吐露自己的秘密,有时候,奇怪得很,两者都想。但是,正在她犹豫不决,搜寻较为含蓄的词汇的时候,她母亲又求助于莎士比亚了。她翻了一页又翻一页,决心找句也是谈爱情的,比她讲的好得多的警语。凯瑟琳没有干别的,只用铅笔反复地涂,把她画的一个圆圈涂黑了。这时,电话铃响了。她马上离开房间去接电话。

　　她回来时,希尔贝里夫人仍没有找到那段要找的警语,倒找到了另一段。她说,这一段美极了,一面抬眼看了凯瑟琳一下,问是谁来的电话。

　　"玛丽·达奇特。"凯瑟琳的回答很简短。

　　"啊——原来给你取名为'玛丽'就好啦,可是,这名字与'希尔贝里'不配,与'罗德尼'也不配。这不是我要找的那段。(我老是找不到我要的东西。)不过,这是春天,是水仙,是绿色的田野,是鸟儿。"

　　她还没有念完,就被一阵急促的电话铃声打断了。凯瑟琳又离开了房间。

　　"我亲爱的孩子,科学的成就是多么令人讨厌啊!"凯瑟琳一回来,希尔贝里夫人就感慨地说道,"下一步,他们就会把我们与月球联起来的。——是谁啊?"

　　"威廉。"凯瑟琳的回答比上次还简短。

　　"威廉什么事我都会原谅。因为我敢肯定,月球上是没有一个威廉的。我希望他能来吃午饭。"

　　"他会来吃茶点。"

　　"嗯,总比不来要强。我保证让你们单独在一块儿。"

　　"没有必要这样做。"凯瑟琳说。

　　凯瑟琳将手在那张褪了色的纸上扬了扬,挺起身子,坐在桌旁,仿佛拒绝再去浪费时间。这些姿势母亲注意到了。这显示着女儿的性格有些严厉和不好接近。这使她感到寒心,就像看到了贫困,看见了醉汉,就像看到希尔贝里先生用他那套逻辑摧毁了她对行将到来的太平盛世的信念——有时他认为这样做是件好事。希尔贝里夫人回到了自己的桌旁,戴上了眼镜,表情安静、谦卑得有些奇怪,这是她今天上午第一次把精力转到她面前的工作上。世人这么没有同情心,使她感到震惊,不过也使她清醒了许多。她专心工作,第一次超过了她的女儿。凯瑟琳的注意力却无法集中到一个特定的小范围之内,比如说,哈丽特·马蒂诺这个人物具有重要意义的范围之内,在这个范围之内,他与这个人物或那个日期有着真实的关系。真够奇怪的,尖锐的电话铃声还在她耳中回响,她全身的肌肉和大脑都处于紧张状态,好像她随时都有可能又听到电话铃声的召唤,而这一次电话比整个十九世纪还重要。她并不清楚这将是个什么电话。但是一旦倾听成了习惯,就会继续不自觉地听下去。因此,大半个上午凯瑟琳都在侧耳倾听着来自恰尔斯①后面街道的各种声音,可能在她一生中,她还是第一次希望母亲不要那样专心工作。现在母亲要来一段莎士比亚的引语,这对她也不会有任何妨碍。间或,她听到了母亲的叹气声,这声音是母亲在这房间里的唯一证明。这时,凯瑟琳笔直地坐在自己桌边,没有把母亲的叹气声同她坐的姿势联系起来。凯瑟琳本想放下笔,把自己坐立不安的原因告诉母亲。整个上午,她什么也没有写,只写了一封信。信是写给卡桑德拉·奥特韦的,一封像闲谈一样的信,很长,很

---

① 恰尔斯和肯辛顿于 1965 年合并为伦敦的一个区,为文学家和艺术家活动和居住的地方,许多著名作家都与其有密切关系。

亲热,很幽默,而且还时而带些命令的语气。她叫卡桑德拉将那些虫子交给一个马夫去看管,到她家来住一个星期左右。她们就可以一块去听听音乐。她说,卡桑德拉不喜欢上流社会只是做作而已,而现在却很快在变成一种偏见,这种偏见最终会将她与有趣的人隔绝开来,阻碍她进行有趣的活动与追求。当她正要写完那页纸时,她一直期待着的电话铃声真的响了起来。她霍地跳起来,砰的一声把房门关上了,把希尔贝里夫人吓了一跳。凯瑟琳要上哪儿去? 由于精力集中,她根本就没有听到电话铃声。

楼梯间壁上有个凹室。电话就放在里面。为了隔音,前面挂着一个紫色丝绒帘子。这间凹室同时用来存放那些多余无用的东西。这类东西,在大多数保存有三代遗物的家庭里,都是有的。她有几个叔祖父,由于他们在东方时很勇敢而出了名,他们的画像挂在中国茶壶的上方,画像的周围密密地缝上了一圈金丝线。刚才提到的那些珍贵的茶壶则陈设在几只书箱上面,书箱里面装的是威廉·柯珀①和沃尔特·司各特②爵士的全集。从电话里发出的声音总是带上了接受这些声音的环境的色彩,对于凯瑟琳来说,似乎就是这样。现在是谁的声音呢? 会与这环境融为一体吗? 还是会产生不谐和的声音呢?

“是谁的声音?”她问自己,电话里是个男人,在询问是不是她的电话号码,口气是很坚决的。这个人的声音是陌生的,他要找希尔贝里小姐。电话的另一头有许许多多杂乱无章的声音,这个声音是谁的呢? 有多得无数的可能性,而这次的可能性又

---

① 威廉·柯珀(1731—1800),英国诗人。
② 沃尔特·司各特(1771—1832),苏格兰小说家和诗人。

是什么呢？中间停顿了一下，使她有时间问问自己这些问题。只一会儿，这些问题就得到了解答。

"我查出了那趟火车……星期六下午早班对我最合适……我是拉尔夫·丹厄姆……但是我得把它记下来……"

凯瑟琳感到比顶着刺刀尖还要紧张，回答说："我想我能去的。我再看看我的安排……你等一下。"

她放下听筒，目不转睛地望着叔祖父的画像。他还和以前一样，神态和蔼而又威严地盯着目前还没有印度反叛①的征兆的世界。然而，在黑色话筒里发出的声音，在这间房子里回荡，它与叔祖父詹姆斯，与中国茶壶，与红丝绒帘子，都毫不相干。她望着在振动着的电话线，同时，又意识到了自己房子的特征。她听到了从楼梯上，从她上面的几层楼房中传来的声音，这些声音是柔和的，每天都能听到。她还听到了隔壁邻居家里的动静。她拿起话筒说，她觉得星期六对她也合适。这时，她脑子里丹厄姆的形象一点也不清楚。她希望他不要马上挂掉电话，可是她也并不特别急切地想听他在讲些什么。甚至当他还在讲话，她却开始去想楼上她自己的卧室了，那里有书，词典中还夹着她的一些文件，还有张桌子，把桌子上的东西清理一下就可腾出来工作。她满怀心思地把听筒放归原处。她不像刚才那样坐立不安了，再没碰到任何困难就写完了给卡桑德拉的信，在信封上写好地址，贴上邮票，动作像平时一样麻利果断。

他们吃完了午饭。这时，一束银莲花映入了希尔贝里夫人的眼帘。这是一钵紫白蓝三色银莲花，摆在客厅窗前的一张擦

---

① 印度反叛发生在 1857 至 1858 年间，首先是部分印度士兵闹事，后来发展成全国性的反抗英国统治的起义。

得发亮的齐本德耳①式桌子上,与从窗口射进的斑驳阳光相映成辉,绚丽多彩。一看到这钵花,希尔贝里夫人突然高兴地叫了起来。

"是谁病倒在床了,凯瑟琳?"她问,"我们的朋友中有谁不快乐,需要鼓鼓气呢?又是谁感到被遗忘、被忽略、无人理睬了呢?是谁水费过了期还未付,而厨师一气之下连工资也没拿就走了呢?我知道有个人⋯⋯"她下结论说,可就是记不起这个需要帮助的熟人的名字。凯瑟琳认为,在需要银莲花安慰鼓舞的那班可怜人当中,最突出的代表就是那位住在克伦威尔路的一位将军的遗孀。希尔贝里夫人根本就没有缺这少那忍饥挨饿的朋友。(要是有的话,她肯定会优先照顾他们的。)因此,她只好选定这位将军的遗孀,尽管这位遗孀物质条件优厚,生活得舒舒适适,但却极其迟钝、沉闷,特别不逗人喜欢,她所欣赏、接触的也是一些不大正道的文学。一次,有人下午去拜访她,她感动得几乎都哭了。

碰巧,希尔贝里夫人还有别的约会,把花送到克伦威尔路去的任务就落在了凯瑟琳的肩上。她随身带上了给卡桑德拉的信,打算遇到第一个邮筒,就把信寄出去。可是,当她出了门走出好一截路,路过的邮筒、邮局一个又一个,她却忍住了,一直没有将信塞进邮筒的红色口子。她尽找些荒谬的借口,有时是她不愿意穿过马路,有时是她相信前面不远的地方还会有个邮局,靠城中心更近一点。然而,信在她手中握着的时间越长,有些问题就越是步步向她逼来,好像空中有许许多多的声音在向她提问。这些看不到的人们想知道,她和威廉·罗德尼是订了婚呢?

---

① 齐本德耳(1718—1779),英国著名家具设计家。

还是他们的婚约已经解除了？他们问,邀请卡桑德拉来做客合适吗？威廉已经爱上了还是可能会爱上卡桑德拉？这些询问者们停顿了一下,又接着问了起来,好像他们才注意到了这个问题的另一方面。拉尔夫昨天晚上跟你说的话是什么意思？你认为他爱上了你吗？同意与他单独散步对吗？关于他的前途,你打算提些什么建议呢？对于你的行为,威廉有理由感到嫉妒吗？对玛丽·达奇特你又打算怎么办呢？你自己准备怎么办呢？名誉要求你做些什么呢？他们反复提出这些问题。

"天哪!"听了这些话之后,凯瑟琳叫出了声,"我看我应该下决心了。"

但是,内心的这番争论只是一场小规模的前哨战,只是用来消遣消遣,以赢得考虑的时间。凯瑟琳是在传统意识的熏陶下长大的。像她这样的人,遇到了道德上的任何难题,不要十分钟,就能够按照传统的模式,加以归纳、分析,并用传统的方法解决它。智慧之书就在家中,如果没有摊开搁在她母亲的膝盖上,就肯定放在她那些姑姑姨妈的膝盖上。她只要去向她们求教,她们将立即打开书,翻到合适的一页,念出她的难题的准确答案。指导未婚女子品行的条条规章,未婚女子都要铭记在心里。如果情况有些反常,竟然有人没有这样做,那么,这些规则就会用红墨水写在纸上,铭刻在大理石上。她感到有些人真够幸运的,竟能根据传统权威的吩咐,拒绝、接受、放弃或献出自己的生命。她尽可以羡慕这些人,但是,她的情况全然不同。当她认真起来,力图找个解决的办法时,她的问题却立刻变成了幻影。这证明传统的解决办法对她个人来说毫无用处。然而,传统办法已为那么多的人解决了问题。她的眼光扫了一下街道两旁的一排排房子。这些房子里面住的人家,每年的收入一定在一千至一千五百英镑之间。每家也许都雇有三个仆人,窗户都挂有厚厚的窗帘。一般说来,这些窗帘都很脏,因而房间里,她想,一定很暗;因为只能看见房间里面餐柜上面的镜子闪光,柜子上面还摆着一碟苹果。她没有久望,把头转开了,认为这不是解决问题的办法。

她能够发现的唯一真实的东西就是她自己感觉到的东西——一束微弱的光亮。说它微弱是比较而言的,因为,所有在认识与理解上取得完全一致的人们,眼睛里发射出来的是明亮的光。她别无选择,要冲过面前的黑暗,她只好借这微弱的光引路。那些想象中的说话声,她不是已经置若罔闻了吗?她力图跟着自己的光走,那面部表情,任何一个行人看到了,都会在心里责怪她太怪了,与周围的环境太格格不入。人们会惊恐,以为这个引人注目的年轻女子会作出什么怪事来。然而,她的美貌帮了她的忙,使她免遭了一般人可能遭受的厄运,人们只是看了看她,并没有笑她。从杂乱的充满了虚假的或半真半假的感情的人生中寻找真实的感情,找到后又承认它,并承担由此而产生的后果,这会使最光滑的额头生出皱纹,但同时也会使目光变得锐利明亮。但是,这种追求有时使人迷惑不解,有时使人情绪低落,有时使人欢欣。凯瑟琳很快就认识到,她的这些发现使她同时感到惊奇、羞愧和剧烈不安。与以往一样,许多问题决定于怎样解释"爱情"这两个字。不管她是在考虑罗德尼、丹厄姆、玛丽·达奇特,还是在考虑她自己,"爱情"这个词总是一再出现在眼前。在不同情况下,它的意思似乎也不一样,然而,在有些问题上,它的意思却是清楚无误的、不可忽略的。人们的生活不是平行无关的,而是互相交错的。她越是看到生活的这一混杂局面,似乎越是坚信:清楚地照亮生活的只有这束奇特的光芒,除了这道光芒所照亮的道路,别无他路。在处理与罗德尼的关系上,她是完全盲目的,企图用她的虚假感情去匹配他的真实感情,这是她的失败,怎么谴责也不过分。确实,她只能将它作为她生活中赤裸裸的污点,企图用遗忘或找借口来消除它都是做不到的。

这使她羞辱,但有更多的事情使她欢欣感动。她想到了三个不同的情景,首先,她想到了玛丽,她坐得笔直地说:"我爱上人了——我爱上人了。"接着,她想到了罗德尼,在落叶堆中,他丧失了自我感觉,说起话来就像个放任的小孩。最后,她想到了丹厄姆,他靠在石头栏杆上,对着遥远的太空念叨,她还以为他疯了呢。她从玛丽想到了丹厄姆,从威廉想到了卡桑德拉,从丹厄姆又想到了她自己。丹厄姆的心理状态是否与她联系在一起,这一点,她还有些怀疑。这一切仿佛在头脑里描绘出一种对称的图形,描绘出生活的蓝图。这对称的图形和生活的蓝图,如果没有给她本人带来什么的话,至少给其他人不仅带来了兴趣,而且赋予了他们一种带有悲剧色彩的美。她面前出现了一张奇异的画像,他们弓着背撑负着壮丽的宫殿。他们是提灯笼的人,灯笼的光亮照在人群之中,织成了图形,散了又合,合了又散,最后又集合到了一块。当她沿着南肯辛顿区的那些沉闷街道快步行走时,诸如此类的观念占去了她半个脑子。同时,她下定决心,尽管还有不清楚的东西,她还是必须帮助玛丽、丹厄姆、威廉和卡桑德拉实现他们的目标。途径还不明确,在她看来,还没有靠得住的正确的行动路线。她相信为了达到这样一个高尚的目标,不管冒多大的危险都是值得的;她还相信她绝对无意给自己或给别人立下任何条律,她会让困难累积,而不加解决;会让情况继续发展听其自然,而她同时却保持绝对的、无所畏惧的独立立场。这样,她就能够最好地为那些相互爱慕的人们服务。这就是她反复思考之后的全部收获。

这时,她情绪高昂,心境开朗。那束银莲花上系有一张卡片,她母亲在卡片上用铅笔写了几个字。现在读起来,就连这几个字都有了新的含义。克伦威尔路的那栋房子的门打开了,露出狭长的过道,看上去楼梯里面阴沉沉的。所有的光亮似乎都集中洒在一只装盛来客名片的银盘上,名片的黑边说明寡妇的朋友们都为她失去了亲人感到同样的难过。当凯瑟琳将花送上,并转达希尔贝里夫人对将军遗孀的亲切问候时,她的声调是悲哀的。很难想象侍女能够了解这悲哀语调的含义。花接住之后,门又关上了。

看到一张人脸,听到砰的关门声,都能使看不到摸不着的高涨情绪化为乌有。在回恰尔斯的路上,凯瑟琳怀疑她的决心是否会带来任何结果。她感到对人无法完全弄明白,而数字却可以紧紧抓住。现在她又想起了她习惯于考虑的数学题。也不知怎的,她这些想法与她对朋友的生活所持的心情和谐一致,她感到很高兴。她到家时,已经很晚,茶点早已开始了。

她看到厅中那张古老的荷兰式柜子上有一两顶帽子,还有外衣和手杖。她站在客厅门外,听到了里面讲话的声音。她一进门,母亲就小声叫了起来。这使凯瑟琳明白自己回来迟了,茶杯和奶壶仿佛在串通造反,都不听使唤了。她必须马上入席,充当主妇,为客人倒茶。奥古斯塔斯·佩勒姆,日记作家,喜欢在安静的气氛中讲他的故事,喜欢别人专心听他讲。为了丰富他的日记内容,他乐于从希尔贝里夫人这样的显赫人士那里搜集历史上的一些微小事实和已故伟人的轶事趣闻。因此,他是茶点桌上的常客,每年都要在这里吃大量的奶油面包。所以,他以宽慰的心情欢迎凯瑟琳的到来,而她只需跟罗德尼握握手,跟那个来看珍藏品的美国女士寒暄一番,接着,她听惯了的有关回忆录的漫谈讨论又继续进行。

然而,即使茶会上的漫谈像厚厚的面纱一样将他俩隔开,她仍忍不住将两眼盯着罗德尼,好像她能发现他们离别之后他所发生的变化。可是一无所获。他的衣着,甚至连他白衣服、领带上的珍珠,仿佛都能截住她那神速的目光,宣布用这种办法来查问谨慎有礼的绅士是徒劳无益的。罗德尼把茶杯端得四平八稳,将一片奶油面包放在茶托的边沿上。他就是不正视她的眼睛,但这也可以解释是由于他正在忙于帮着倒茶,夹面包给客人之类的事情,而且他还在彬彬有礼地、敏捷地答复美国客人提出的问题。

一个刚从外面进来、满脑子都是关于爱情理论的人,看到这样的情景肯定会感到丧气。看到桌旁的情景,那些看不见的质问者的问话声又响了起来,而且声音比以前更响亮、更充满了自信心,好像这些人有二十代人的常识给他们撑腰作后盾,而且迅速得到了奥古斯塔斯·佩勒姆先生、费蒙特·班克斯夫人、威廉·罗德尼,可能还有希尔贝里夫人的赞同。凯瑟琳咬紧牙关,这完全不是什么隐喻之辞,因为她感到那只拿着信的手必须做点什么,于是,有力地将那封她一直捏着的信放到了身旁的桌子上。在此以前,她都忘记了手上还捏着信。过了一会儿,当她站起来拿了个碟子要去添点东西时,她看到威廉的目光落到了信封的地址上。瞬息之间他的表情变了。他正要干的事情他还是做完了。他望了凯瑟琳一下,慌乱的眼神表明他并不像表面看来那样平静。一两分钟后,班克斯夫人提出个问题,他竟不知如何对答。希尔贝里夫人和平常一样反应很快,马上意识到了这种沉默,她提醒说,或许已是领班克斯夫人看看"我们的东西"的时候了。

凯瑟琳站了起来,领头进了里面那间陈设着书画的小房间。班克斯夫人和罗德尼随后跟了进去。

她把灯打开之后,马上就用她那低沉悦耳的声音讲了起来:"这张桌子是我外祖父的写字台。他后来的大多数诗都是坐在这里写的。这是他的钢笔,是他用的最后一支钢笔。"她把笔拿在手中,适当地停顿了几秒钟。"这儿,"她接着说,"是《冬颂》的原始手稿。早期的手稿比晚期的手稿改动的地方要少得多,这点您马上就会看到……嗳,请自己拿着看吧!"听到班克斯夫人以敬畏的口吻要求特许拿手稿看看,她就答应了。班克斯夫人忙着解开她那双小山羊皮制的白手套的纽扣。

"希尔贝里小姐,你真像你外祖父,"美国女士凝视了一会儿凯瑟琳,又凝视了一会儿那张遗像说,"特别是眼睛。嗳,我想她自己也作诗,是吗?"她转身对着威廉开玩笑似的问道,"真是人们理想的诗人,不是吗,罗德尼先生? 能在这里与诗人的外孙女站在一起,我真感到无比的荣幸。希尔贝里小姐,你一定知道,在美国我们也十分想念你的外祖父呢! 我们有专门朗诵他的诗歌的协会。什么! 这就是他的拖鞋!"一放下手稿,她迫不及待地把那双鞋抓在手中,一言不发地凝视了半天。

凯瑟琳继续领着客人参观,沉着地履行着自己的职责。而这时,罗德尼则在专心致志地欣赏着一排很小的画像,这些画像他早已能背出来了。他的心里如同一团乱麻,需要借此机会休歇一下,就像他外出遭了场大风,刚到第一个避风的地方,得将衣着整理整理。他很清楚,自己的沉着只不过是表面现象,从领带、背心以及白内衣来看,还算平静,再往里面去一点,就很难说了。

那天早上一起床,他就下了决心,要把头天晚上说的话一笔勾销。他一看到丹厄姆,就相信丹厄姆已经狂热地爱上了凯瑟琳。那天一大早,他准备给凯瑟琳打电话,打算用欢快然而专横的口气,使凯瑟琳明白:发了一晚疯之后,他们又像以前那样订婚了,将永不分离。但他一到办公室,又开始受起折磨来。等待着他的是一封卡桑德拉写来的信。她已经读了他的剧本,并尽早地抓住机会写信告诉他她对剧本的看法。信中说,她知道她的赞扬绝对算不了什么,可她却一宿没合眼,浮想联翩。她满腔热情,虽然许多地方被精心涂掉,但仍足以迎合威廉的虚荣心。她很聪明,写得得体,有的地方言简意深,这正是她更为迷人的地方。在其他方面,这封信也写得很好。她告诉他她在音乐方面的进展。还写到了一次争取妇女选举权的大会。她也参加了,是亨利领她去的。她还半开玩笑半认真地声称,她已学会了希腊字母,发现希腊字母"真迷人"。"真迷人"这几个字下面还画了条线,画线时,她笑了吗?她是当真的吗?这封信不是充满青春的活力、热情和想象吗?它们是那样迷人,充分表现了少女的魅力。在那天上午的剩余的时间里,她的这种形象,就像一团磷火,一直在罗德尼的眼前游来荡去,叫他捉摸不定。他按捺不住,当时就在办公室里给她写起回信来。

他发现特别使他高兴的是,他写信的风格不凡,可以表达鞠躬和还礼、前进和后退,这些是千百万男男女女交伴结友的共同特征。他还情不自禁地想到,凯瑟琳可从来没有与他这样情投意合过。凯瑟琳——卡桑德拉,卡桑德拉——凯瑟琳,整整一天她们在他的脑海中轮番出现。他细心打扮一番,镇定镇定面部表情,然后四点半钟准时来夏恩路吃茶点,这当然不错。可是天晓得会闹出个什么结果来。凯瑟琳坐下之后，还和平时一样纹丝不动。当她任性地从口袋里掏出了一封给卡桑德拉的信，啪的一声扔在他跟前的桌子上时，他一下就慌了神。她这是什么意思呢？

突然，他的目光离开了那排小画像，抬了起来。凯瑟琳对那位美国女士太专断了。不用说，这个受摆布的牺牲者自己必然会感到，她的热情在诗人的外孙女儿看来是多么荒谬可笑。他心想：凯瑟琳从来连想都没想过要对别人留点情。现在她像个拍卖商一样，滔滔不绝地背自己的商品目录，而且越来越心不在焉。由于他自己对于稍微有点舒服或是不舒服都很敏感，他打断了凯瑟琳的话，由他来照顾起费蒙特·班克斯夫人。很奇怪，此时他与班克斯夫人似有同病相怜之感。

然而，接着只用了几分钟，美国女士就看完了。她朝着诗人的画像和鞋子尊敬地点了点头，算是告别。罗德尼陪着她下了楼。凯瑟琳却独自一人留在小房间里。这一次，崇拜先人的仪式使她感到格外难以忍受。加之，这房间已变得拥挤不堪，乱得不可收拾。就是那天上午，她还收到了一个澳大利亚收藏家重金保险、挂号寄来的一份校样。校样中显出诗人对一名句改变过看法，因此，这份校样理应享受用玻璃镜框框起来的荣誉。但是，还有没有空地方呢！是应该挂在楼梯上，还是让其他遗物腾个位置给它呢？凯瑟琳感到一筹莫展，于是看了看外祖父的遗像，仿佛在征求他的意见。现在，画这张像的画家已不时髦了。由于老是领着参观者看这张画像，她现在几乎看不出什么名堂了，只看到一片悦目的浅淡粉红色和棕色交织在一起，四周还有一圈圆形的镀金月桂树叶围着。画像画的是她外祖父年轻时的形象，这位年轻人用模糊的眼光看着凯瑟琳头部的上方，肉感的嘴唇,微微张开,两眼仿佛在观看正在地平线上消失或出现的什么可爱或奇妙的东西。凯瑟琳望着望着,面部也奇怪地出现了同样的表情。他们年龄一样或者不相上下。她很纳闷,他在看什么?是不是在看浪花拍打着海岸呢?是不是也在寻觅绿叶遮天的森林里骑马奔驰的英雄呢?也许这是她有生以来第一次认为他是个人,是个不幸、暴躁、充满欲望、满身缺点的年轻人。她第一次靠自己而不是靠她母亲的回忆认识了他。他本可以成为她哥哥的。她似乎认为,他们的亲戚关系是一种神秘的血缘关系,因此已故外祖父凝视的景象,她是可以领会和解释的。她甚至还相信,他在和我们共睹现世的悲欢离合。她想他会突然明白过来的。她并没有在他的祭坛上献上凋零的花朵,而是给他带来了她自己的疑惑。假如已故的人能够意识到这些礼物的话,或许献上难题比献花烧香和跪拜更有价值。她抬头看时,感到他更欢迎的是向他提出怀疑、质问,向他诉说失望,而不是向他表示敬意。只要她也让他分担她遭受的痛苦和分享她所取得的成功,这一切对他来说不过是微不足道的负担。尽管她为先人感到自豪,但她感觉更深的是,死者所求的不是鲜花,不是哀悼,而是要求分享他们给她带来的生活,他们曾经享受过的生活。

过了一会儿,罗德尼发现她仍坐在外祖父的肖像之下。她把手放在她旁边的座位上,友好地发出了邀请:

"威廉,过来坐下吧,刚才你在这儿我是多么高兴啊!我感到自己变得越来越粗鲁了。"

"你不善于掩饰自己的感情。"他的回答是干巴巴的。

"嗨,不要责备我了,一个可怕的下午就够我受的了。"她告诉他把花送到麦考密克夫人那里去的经过,以及南肯辛顿区给她的印象,那是军官的遗孀们聚居的地方。她告诉他,门是怎样打开的,还有那些阴暗的林阴道,路旁栽了许多棕榈树,还有许多半身雕塑像以及许多人都打着雨伞。她说话语气随便,使他也轻松自在起来。确实,由于他很快变得过于自在,已无法保持超然的境地。他感到镇定在从他身上逐渐消失。凯瑟琳使他自然地感到可以请求她帮助他,给他出主意,并直截了当地说出心里话。卡桑德拉的来信还揣在他口袋里,沉甸甸的。在隔壁房间的桌子上也有一封写给卡桑德拉的信。就连空气中也充斥着卡桑德拉的气味。但是,如果凯瑟琳不主动提及这一话题,他甚至连暗示一下也是不成的——整个事情他必须置若罔闻。就他所知,正人君子必须保持坚定不移的情人姿态。隔不了一会儿,他老是深深叹气。当他讲到夏季可能会上演一些莫扎特的歌剧时,话说得比平时都要快。他说他已经接到了通知,接着马上掏出个皮夹子,里面夹着不少纸片,开始翻起来。他用拇指和食指夹出了一个厚信封,似乎歌剧演出公司的通知与其紧紧相连。

"是卡桑德拉来的信吗?"她从他的肩膀后面看到后,若无其事地问道,"我刚写了封信请她到这里来,只是我忘记发了。"

他默不作声地将信封递给了她。她接过信封,掏出信纸,从头至尾阅读着。

罗德尼感觉读信时间长得不可忍耐。

"不错,"她终于评论了,"信写得非常吸引人。"

罗德尼害羞似的把脸转向一边。看着他的侧面像,她差点儿笑出声来。她又将信草草地看了一遍。

"帮助她——比如说,帮助她学希腊语——我看不出有什么害处,如果她真喜欢那类东西的话。"他脱口说道。

"她也没有什么理由不喜欢。"凯瑟琳说,又看了看那几张信纸,"实际上,哦,就在这儿,希腊字母真迷人！很明显她的确喜欢。"

"嗯,希腊语对她可能还难了一点。我主要考虑的是英语。虽然她就我的剧本提出的许多批评太宽厚了,显然不成熟,我想她还没超过二十二岁吧？像这样年纪的人肯定掩盖不住自己需要得到的东西:对诗的真正感受力,还有理解力,当然,这些还不成熟,但毕竟是一切成就的根本。借书给她该不会有什么害处吧？"

"不会有的。肯定不会有的。"

"但是如果这——哼——导致相互通信,又怎么办呢？我是说,凯瑟琳,我觉得,我也没有过细考虑那些对我似乎有点可怕的事情,我的意见是,"他语无伦次,"你,从你的观点出发,是不是感到这种想法有点讨厌？如果你真感到讨厌的话,你就明说好了,我从此就再不会想它了。"

她感到很惊讶,自己竟如此强烈地希望他永远放弃那种想法。有一刹那在她看来,要她将与她亲密无间的知心人拱手交给世界上的任何一个女人,似乎是不可能的。虽然这种亲密无间的关系不是情人之间的那种亲密无间的关系,但它却肯定地是一种亲密无间的真诚友谊。卡桑德拉是永远不会理解他的,她配不上他。在她看来,这不过是封阿谀之信——这封信是冲着他的弱点来的。一想到另外一个人也知道了他的弱点,她就感到愤怒。因为,他并不软弱,他具有完成自己许诺了的事情的力量,这是少有的。只需她一句话,他就会永不再想卡桑德拉了。

她没有说话。罗德尼猜着了原因,惊住了。

"她爱我。"他想。世界上他最钦佩的女人爱他,而这时候,他已经放弃了她会爱他的希望。这还是第一次他可以肯定她是爱他的，他对此却又恨又恼。他感到她的爱情讨厌，是锁链，使他们两人特别是他变得荒谬可笑。他完全处在她的掌握之中，听她摆布，但是他的眼睛睁开了，他已不再是她的奴隶，不再是任她欺骗的傻瓜。将来他还会成为她的主人。凯瑟琳还是没说话，还在考虑。她意识到自己强烈的愿望，想要说出可以永远地占有威廉的话。然而她也意识到了这种引诱是卑鄙的，它怂恿着她采取行动或开口说出他以前经常乞求于她的话。她把那封信捏在手中，默默无言地坐着。

就在这当儿，隔壁房里有了动静，是希尔贝里夫人的声音，她正在谈来自澳大利亚的那些校样，全仗非凡的天佑，这些校样才被拯救出来。将两间房隔开的帘幕拉开了，希尔贝里夫人和奥古斯塔斯·佩勒姆已经站到门口了，希尔贝里夫人突然停了下来。她看了看女儿，又看了看未来的女婿，脸上带着笑容，那笑容是她特有的，总是在就要嘲讽别人的时刻出现于唇边。

"我最宝贵的财富！佩勒姆先生。"她喊着，"不要动，凯瑟琳。你也坐着不要动，威廉。佩勒姆先生改天还要来的。"

佩勒姆先生看了看，又笑了笑，然后点了点头，女主人继续前行，他也一声不哼地跟着女主人走了。门帘不知是他还是希尔贝里夫人拉上的。

然而，不知怎么地，她母亲却解决了这一问题。凯瑟琳再也不怀疑了。

"正像我昨天晚上跟你说的那样，"她说，"我认为你有责任，如果你有可能爱上卡桑德拉的话，现在就表明你对她的感情。这不仅是你对我的责任，也是你对她的责任。但我们必须告诉我母亲。我们不能再演戏了。"

"当然,这个全由你做主。"罗德尼说,他很快恢复了体面的举止。

"那好吧。"凯瑟琳说。

她打算,等他一走,立即去告诉母亲,他们的婚约解除了——是自己一人去,还是两人一块去呢?

"但是,凯瑟琳,"罗德尼边说边将卡桑德拉的信装回信封,神色紧张,"如果卡桑德拉——万一她——你已经请她到你这儿来小住。"

"是的,但是信还没有发呢。"

他跷起了二郎腿,不作声了,仿佛被挫败了。按照他的准则,他不能去求一个与自己刚刚解除婚约的女人,求她帮助自己去结识另一个女人,为的就是要同她恋爱。如果宣布他们的婚约解除了的话,接着不可避免就是长期彻底地断绝往来。在这种情况下,情书、赠物就得退归原主。多年离别之后,或许这对分道扬镳的情侣不会在一次晚会上相遇,很不舒服地随便握握手,冷冷淡淡地讲一两句话就了事。他将被彻底抛弃,他将只好靠自己想办法,他再也不能对凯瑟琳提起卡桑德拉,毫无疑问,多少年多少月他都别想再见凯瑟琳一面,在这段时间里,她什么事情都可能发生。

对他的难境,凯瑟琳几乎和他自己一样清楚。

她知道她能在哪些方面表现出宽宏大量,但是自尊心却不肯让步,因为,要保持与罗德尼的婚约,又要掩盖他的试验。这伤害了她,伤害的不只是虚荣心,而是比虚荣心更高贵的东西。

"我将无限期地放弃自由,"她想,"以便让威廉在这里与卡桑德拉相见时不受拘束。没有我的帮助,他是没有勇气办成这件事的。他太怯懦了,不敢直率地告诉我他需要什么。他不喜欢公开破裂,想脚踏两只船。"

当她想到这一点时,罗德尼已把信揣进了口袋,有意识地看了看表。这个动作意味着他放弃了卡桑德拉。他明白自己无能,又失去了凯瑟琳。他对凯瑟琳的感情虽然不能令人满意,却是深厚的,尽管如此,他却别无办法可想。他不得不走开,让凯瑟琳自由。正像他说过的那样,让凯瑟琳随便什么时候告诉她母亲,婚约解除了。但是,要尽一个体面男人明明白白的道义责任是费力的。而就在一两天前,连作出这样的努力对他来说也是不可思议的。两天前,要是有人提出他和凯瑟琳之间可能维持刚才他所期望的这种关系,他准会第一个怒言拒绝。现在,他的生活变了;他的态度变了;他的感情不同了;新的目标和可能性展现在他的面前,对他具有一股几乎不可抗拒的魅力。三十五年的生活磨炼了他,他并非毫无力量保护自己,他仍然能够维护自己的尊严,他站了起来,决心作永久的诀别。

"那么,我允许你,"他说,一面站起来,吃力地伸出一只手,脸色惨白,但却维持着尊严,"告诉你的母亲,根据你的意愿,我们的婚约解除了。"

她握住了他的手。

"你不信任我吗?"她问。

"我绝对地信任你。"他回答道。

"不对,你并不相信我会帮助你……我可以帮助你吗?"

"没有你的帮助,我是毫无希望的!"他激动地大声说,但把手收了回来,转过身去。他再转过来面对她时,她第一次看见他不再掩饰自己了。

"凯瑟琳,要我假装不明白你要帮我什么忙,是无用的。我承认你讲的是事实。坦白地跟你说吧,此刻我相信,我的的确确爱上了你的堂妹。在你的帮助下,有可能我会——但是,不,"他中断了话头,"不可能,不行——出现这样的局面全都怪我。"

"坐在我身边吧。让我们明智地考虑考虑——"

"是你的理性使我们吹了——"他呻吟着说。

"我承担责任。"

"唉,但是我能答应吗?"他很激动,"那就是说——因为我们必须正视这件事,凯瑟琳——名义上我们暂时还保持婚约;当然,实际上,你是绝对自由的。"

"你也一样。"

"不错,我们都应该有自由。让我在这种情况下,见卡桑德拉一次,也许两次吧。我敢断定,整个事情会证明只是一场梦。如果是这样的话,我们就马上告诉你母亲。真的,为什么不能现在就告诉她呢?发誓保密不就行了吗?"

"为什么不能现在就告诉她?一告诉她,十分钟之内,就会在伦敦弄得满城风雨,而且她根本就不会理解的。"

"那么,告诉你父亲怎么样呢?这样瞒着太可耻了,很不光彩。"

"我父亲比我母亲更糟糕,要他理解更不可能。"

"唉,那还期望谁能理解呢?"罗德尼呻吟着,"但是,我们必须从你的观点出发来看待这个问题。这不光是要求过分了,而且使你所处的境地——我不会忍心看到自己的亲妹妹处于这样的境地啊。"

"我们并不是兄妹,"她不耐烦地说,"如果我们不能决定,那谁还能够决定呢?我不是说胡话,"她继续说了下去,"我尽了最大的努力,从各个角度考虑了这个问题,结论是:必须承担风险,但肯定会带来可怕的痛苦。"

"凯瑟琳,你介意吗?你会受不了的。"

"不会,我不会受不了,"她坚强地说,"我是会介意的,但对此我已有准备,我会渡过这一关的,因为你会帮助我。你们两人都会帮助我。实际上,我们会互相帮助的。这是基督教的信条,是吗?"

"在我听起来更像异教徒的信仰。"罗德尼呻吟着说,再次思考她的基督教信条使他们突然处于什么境地。

然而,他也不能否认,他此时感到无限宽慰,好像得到了神灵的帮助。未来再也不是灰蒙蒙一片,而是鲜花盛开,充满着欢乐和激动。实际上,只要一个星期,也许还用不了一个星期,他就可以见到卡桑德拉。他自己都不愿承认,他是多么急切地想要知道卡桑德拉到达的日期。这是凯瑟琳绝无仅有的宽宏大量与他自己的可鄙的卑劣行为的结果,这么急着采摘这一果实似乎是卑鄙的。尽管现在他自然而然地采用了这些词语,它们现在却毫无意义。在他自己的眼中,他并不因为做了他做的事情,就变得卑鄙了。至于赞扬凯瑟琳嘛,他们不是同伙,同谋者吗?他们不是在一道决心追求一致的目标吗?把追求共同目标的一方的行为,称赞为宽宏大量,是根本没有意义的。他拉过她的手,紧紧地握住,与其说在表示谢意,倒不如说是处于友好合作的狂喜中。

"我们会互相帮助的。"他重复着她的话,热情友好地打量着她的目光。

她瞧着他,目光严肃庄重,但悲伤暗淡。"他已经走了,"她想,"远远地走了——他不再想念我了。"她幻想起来,当他们肩并肩,手握着手地坐着,她听到泥土从天上哗地倾注而下,在他们之间筑起了一道障碍,一道穿不透越不过的墙。时间一分一秒地过去,他们也越来越远地被分隔开来。这种幻觉好像把她与她最喜欢的人永世隔绝开来,阻止他们结伴交往。这种幻觉终告结束,他们同时松开了手指,罗德尼吻了吻凯瑟琳的手。这时门帘开了条缝,希尔贝里夫人透过那条缝朝里瞅了瞅,慈祥的表情还夹杂着讥讽的含意,她问凯瑟琳记得是星期二还是星期三？她还要不要去威斯敏斯特吃饭？

"最亲爱的威廉。"她说,仿佛她忍耐不住,非得侵占这奇异的充满爱情与信赖的浪漫世界,哪怕在那里享受一秒钟的乐趣也好,"我最亲爱的孩子们。"她又添了一句,冲动地做了个手势,转身走了,仿佛被迫拉拢幕布遮住了一场她极不愿打断的戏。

25

接着的那个星期六下午,三点过一刻,拉尔夫·丹厄姆坐在皇家植物园①的湖堤上,正在用食指将手表表面分成几个部分。时间是公正不阿的,这种性格在他面部也反映了出来。时间永远向前,既不加快,也不停顿。拉尔夫可能正在为这神圣的时间作赞歌呢。时间按照必然的顺序一分一分地去而不返,这一点他似乎也默然承认。但是,他的表情严峻、安详,泰然自若。很明显对他来说正在消逝的时辰至少是庄严的,他的烦恼微不足道,无损于时间的庄严,虽然坐着浪费时间也就浪费了自己个人的远大前程。

他脸上的表情是他内心的索引。他正处于得意兴奋的状态,想的不是日常生活中的烦琐小事。按约定的时间已经过去十五分钟了,女士还未来赴约。由此小事他似乎看到了自己整个一生的挫折。他看了看表,似乎是在细细窥探人类生存的发条。在那里,他看到了一些东西,从而改变了自己的航向,朝着北方,朝着黑夜驶去……是的,人们必须在绝对没有同伴的情况下,驾驶着生活的航船,穿过坚冰,穿过黑浪……驶向一个什么

---

① 建于 1841 年,位于伦敦西部,占地 117 公顷。

目标！这时,他将食指指到了半小时的地方,决定等分钟指针转到那一点,他就走。同时他又在回答脑海里许多意识的声音提出来的另一问题。毫无疑问,有个目标,但是,要不偏离这个目标的航向,就需要不屈不挠的努力。表在嘀嘀嗒嗒地走着,好像要使他放心,人们仍然在继续前进。他们保持着尊严,睁大了眼睛。他们决心不接受第二流的东西,绝不为无价值的东西所诱惑,绝不屈服,绝不妥协。表上的分钟已经指到了三点二十五分。凯瑟琳现在还未到,已超过约定的时间半个小时了,他确信,这个世界没有幸福,没有安宁,没有信义。这是一桩一开始就糟透了的事情,蠢就蠢在满怀希望,这一点是不可饶恕的。有一会儿,他没有看着表盘,抬眼向对岸的湖堤望去。他沉思着,目光不能说没有几分渴望的神色,似乎他那严峻的目光仍有变柔和的可能。很快他就喜形于色,高兴极了。不过,一时仍然坐着未动。他看到一位女士沿着宽阔的、长满青草的人行道快步朝他走来,但看上去还有点犹豫的样子。她并没有看到他。远看,她的身材显得更高了,微风吹拂着披在她肩上的紫色纱绢,如同起伏荡漾的微波,使她仿如置身在浪漫的海洋之中。

"她来了,就像一艘扬帆疾驶的航船。"他自言自语地说,也记不起这是哪首诗歌,还是哪个剧本里的诗句,其中的女主角也像凯瑟琳一样匆忙走着,身上披戴的羽毛随风飘扬,就连周围的空气也向她致敬施礼。翠绿的青草,参天的大树环抱着她,这些东西以前好像并不存在,只是她来了,才出现这一片宜人春色。他站了起来,她看到了他。她惊奇地低声一叫,表明她很高兴找到了他,也表示来迟了的歉意。

"为什么你从未告诉我？我不知道还有这个地方。"她指的是湖,是宽阔的草坪和树木构成的景色。远处是金波荡漾的泰晤士河,还有矗立在绿色草坪中的公爵城堡。看到公爵城堡狮子的僵直尾巴,她笑出了声,表示不相信。

"你从未来过克佑吗?"丹厄姆问道。看来,她还是小孩的时候曾经来过一次。但是那时这地方和现在可全不一样。那时这里的动物肯定包括红鹤,可能还包括骆驼。他们继续漫步,重新塑造这些传奇似的公园。就这么漫步闲逛,她看到什么就遐想什么,不管是灌木丛,是公园管理员,还是打扮漂亮的鹅。这使她感到高兴,好像这种轻松给了她安慰。他们来到了一块四周都是山毛榉树的空地上。下午的温和气候,早春的美丽景色真诱人,他们找了个位置坐了下来。四周,是纵横交错的绿色林间小道。她深深地叹了口气。

"多么幽静啊!"她似乎在为自己的叹气作解释,这里,一个人影也看不到,风吹树枝发出的哗哗声,伦敦人是难得听到的,好像是从深不可测的远方海洋中飘送来的。

当她在呼吸芳香的空气和观看宜人的景色时,丹厄姆却忙着用手杖拨开枯叶,枯叶下面有一些绿色的穗状花序,已被窒息得半死不活,他干得利索,颇有几分植物学家的味道。他称呼这种小小的绿色植物用的是拉丁语,佯装对住在恰尔斯的人们熟悉的花穗也很了解。这使凯瑟琳对他的知识,感到又惊又喜。她坦白地承认,她很无知。比如说,如果屈尊降格使用英语的话,对面那棵树的名字是什么呢!是山毛榉树?是榆树?还是大枫树呢?一片枯叶证明,这恰好是橡树。丹厄姆在一个信封上画了张简图,凯瑟琳稍微细心地看了看,很快就掌握了一些英国树种的主要不同之处。然后她要求他讲讲关于花方面的知识。对她来说,它们不过是开在大同小异的绿色茎秆上的花瓣,只是形状不同,颜色不同,开花的季节不同而已。但对他来说呢,首先它们是花蕾,或是花籽,然后是有性的生物,还有气孔,很敏感,能以各种巧妙的办法,使自己适应于外界环境生存下去,繁殖后代。通过一些演变过程,有些花变得胖乎乎的,有些则锥形一般;有些颜色红似火,有些则像纸一样惨白;有些色彩纯一,而有些则带着杂色斑点。这些过程也许可以启示人类生存的奥秘。丹厄姆谈起这些东西,越说越有劲,这是他长期以来的业余嗜好,但从未向别人说过。这些话凯瑟琳是最欢迎不过的。多少个星期以来,她未曾听到过这样的话,这些她听起来就像美妙的音乐一样的谈话,在她生命的遥远僻静之处唤起了共鸣,在那些寂寞、沉思、未曾受过烦扰之处,唤起了共鸣。

她希望他继续谈论植物,永远谈下去,告诉她科学是怎样并非盲目地在摸索着无数不同植物的生长规律。此时,她对这种也许是不可思议但的确控制一切的规律产生了兴趣,因为在人类所占有的一切东西中,她还找不到与其相似的东西。长久以来,她像大多数妙龄女子一样,受环境的逼使,不得不痛苦细致地去考虑人生那明显的杂乱无章的一面,不得不去考虑各种各样的情绪与愿望,喜爱与厌恶,以及它们对她亲爱的人的命运的影响;不得不禁止自己去思考人生的另一面——在那儿,思维能构造不受人类支配的命运。在丹厄姆说话的时候,她一边听一边琢磨着他话中的含义,表现出了轻松和活力。这说明在她身上还贮藏着没有发挥的潜力。翠绿的树林与远处的蓝天融为一体,成了广阔的外部世界的象征。这个世界几乎没有个人幸福的气息,没有婚配,也没有死亡。为了让她看看他所谈论的东西的实例,丹厄姆领着她首先去了假山园,然后到了兰花圃。

他们谈论这些东西,对他来说是保险的。他着重谈论这类东西,或许更多地出自个人感情,而不是出自科学在他身上激起的情感。但这一点被掩饰起来了。因此很自然,他发现很容易就能阐述和解释一番。在这些奇异的兰花衬托之下,她更加美丽动人,连兰花似乎也在俯首窥视,张口惊叹。看到这个情景,他对植物的热情消退了,代之而起的是更为复杂的感受。她默不作声了。兰花好像在邀人专心反省。她不顾公园的规章制度,伸出那只脱了手套的手,抚摸着一朵兰花。一看到她手指上的红宝石戒指,他不快地一惊,脸转向了一边。不过,他一瞬间就克制住了自己。他看着她观看兰花,奇异的花形一个接一个地浮现在眼前。但她却在考虑、沉思,目光一动也不动,好像她并未看到眼前真切的东西,而是在视野之外的地方摸索。她那望着遥远之处的眼神似乎完全缺乏自我意识。丹厄姆怀疑她是否还记得他就在她眼前。当然,他只要讲句话或者动一动,就可以使她记起自己。可是,为什么要这样做呢?就这样她更幸福。她不需要他能给她的任何东西。也许对他来说,也最好是站得远远的,只要知道她的存在就够了,只要能够保持他已经得到的——完美、遥远、绵绵不断的那股情思就行了。而且,一看到她那一动不动的目光,看到她站在暖室中的兰花丛中,特像他在家中房间里想象过的某种情景。眼前的景色和心中的回想糅合在一起,使他也缄默不语。这时门关上了,他们又继续向前走着。

凯瑟琳虽然没有说话,却有些不安地感到她的沉默是自私的表现。她本来希望继续讨论与任何人都不相干的话题的,可这样做太自私了。她唤醒了自己,考虑着在沸腾感情的地图上,他们所处的确切位置。哦,对了,是这么个问题:丹厄姆是否应该住到乡下去写书。天色已经不早,他们再不能浪费时间了;卡桑德拉今天晚上到,在她家吃晚饭。她打了个寒颤,清醒过来了,发现她手里应该拿着点什么东西,但是两只手却都是空的。她伸出双手叫了出来。

"我把手提袋丢到什么地方了?"是哪里呢? 在公园里,她根本就辨不出东南西北。她仅仅知道:大多数时候,她都是在草地上行走,甚至通向兰花圃的路现在也分成了三条。可提袋并没有在兰花圃里面。那么,一定是丢在他们坐过的凳子上了。他们沿着来路,聚精会神地寻了回去,就像人们丢了东西时一样,心里老是惦记着:袋子是个什么样呢! 里面都装了些什么东西?

"一个钱包,一张票,几封信,还有几张纸。"凯瑟琳数点着,越数到后面就越发不安。丹厄姆快步走在她前面。她还没走到那个座位,就听到他叫了起来,说已找到了手提袋。为了弄清楚里面东西是不是都原封未动,她把手提袋里的东西全部摊到了膝盖上。他盯着这堆东西,流露出了从未有过的兴趣,心里想着真是一堆奇怪的东西。一条细小的带子稀稀落落地穿着几个金币;有几封信,里面似乎写的都是些披露不得的私房话;二三片钥匙;还有张纸,上面列着要办的事情,有些后面画了叉。一直到弄清楚她关心的那张纸未丢时,她才放了心。那张纸折得好好的,丹厄姆无法判断里面写的是什么。她宽了心,也很感激丹厄姆,接着就说,刚才那阵子她一直在考虑他的计划。

他打断了她的话:"我们不要谈这件烦人的事吧。"

"可是,我以为……"

"是件烦人的事。我本不应该拿它来打扰您的……"

"那么,你已经决定了吗?"

他不耐烦地哼了一声:"这是件无关紧要的事。"

她只好含糊地"噢"了一声。

"我是说，这件事只与我自己有关，与别人却毫无关系。不过，"他接着说了下去，语气柔和了一些，"我看不出你有任何理由要为别人的麻烦事操心。"

她想，对他生活方面的问题，她也许在他面前过多地流露出了厌烦的情绪。

"恐怕，我以前总是心不在焉。"她说，心里还记得威廉常为此责备她。

"您的事儿很多，别人说话时当然容易心不在焉。"他说。

"是的。"她同意了，脸刷地红了，"不，"她又反了口，"没有什么特别的事儿，我是说。今天下午我可是在想着花卉。太痛快了，事实上，我很少有过这样一个愉快的下午。但是我倒想听听你都做了些什么决定，当然还得要你愿意告诉我。"

"唉，一切都定了，"他答道，"我要去那该死的农舍，写本毫无价值的书。"

"我多么羡慕你啊！"她说得诚恳极了。

"嗯，要租间农舍还不容易，一个星期十五先令就行了。"

"租农舍——是的，"她说，"问题是——"她又顿住了，"我只需要两个房间，"她接着说了起来，还不可理解地叹了口气，"一间用来吃饭，一间用作卧室。不过，我倒还想要一间，要大一点的，在最高一层，还要个小花园，里面可以种些花。一条小路通向河边，或者通向树林，离海边也不要太远，这样晚上就可以听得到海涛，看得见刚刚从地平线上消失的海轮——"她突然中断了，"你会离海边很近吗？"

"我对完美无缺的幸福的看法，"他答非所问，"就是要像您才说的那样生活。"

"好啊，你现在可以这样生活了。我想，你会工作的吧，"她继续说了下去，"整个上午你都会用来工作，吃了茶点之后，又会继续工作，也许晚上你也会工作的。不会有人总是来打扰你了。"

"一个人能独自生活多长时间呢?"他问道，"您试过吗?"

"试过一次，有三个星期，"她回答说，"那段时间，我父母亲都在意大利，出了点事，我不能到那儿去。三个星期，我全是一个人独自生活，只在一家馆子里和一个留着胡须的陌生人说过话，我在那里吃午饭，然后就一个人回家，嗨，想干什么就干什么。恐怕，这样生活，我的脾气会变坏，"她又说，"但是，要我与其他人在一起生活，我可受不了。偶尔看到个留着胡须的男人也觉得有味，因为他和我毫不相干，我做什么，他不干涉，而且双方都知道今后不会再见面。所以，我们是完全真诚的，朋友之间要做到这一点是不可能的。"

"胡说。"丹厄姆突然说。

"为什么是'胡说'呢?"她问。

"因为您讲的不是真心话。"他规劝起她来。

"你也太自信了。"她说完，望着他笑了起来。他是多么武断，多么急躁，多么鲁莽啊!他请她到克佑来是叫她给他当参谋;他倒告诉她，问题他已经决定了;接着，他又挑起她的毛病来。他与威廉恰好相反，不修边幅，衣着马虎，不通人情世故，不善辞令，举止笨拙，令人难以看出他的真正性格。他沉默时不自然，强调时不自在。然而，她却喜欢他。

"我的话不是真心话，"她和和气气地重复了他说的话，"是吗?"

"我不相信您会把绝对真诚看做是生活中的准则。"他意味深长地说。

她的脸刷地通红。他一下就捅到了她的痛处——她的婚约,他的话不是没有道理。不过,现在他并没有完全说对。但是,眼下她还不能跟他说个明白,对他那些影射的话,还须忍着点。这些话出自像他这样一个行为规矩的人之口,按理应该是不会很厉害的。但是,她认为他说的话还是很有分量。一方面是因为他没有意识到,在玛丽·达奇特身上他也犯有过错,因而迷惑了玛丽;另一方面是因为他总是用力讲话,是什么原因,她也说不准。

　　"绝对的真诚是相当困难的,你认为不是这样吗?"她略带嘲讽地问道。

　　"有些人就是具备这一品质。"他的回答有些含糊。他为自己想无情地伤害她而感到羞惭。但是,他这样做的目的并不是为了伤她的心,真要伤她的心他也无法做到,而只是为了抑制一下他内心那种令人不可置信的轻率冲动。有时他竟想放弃一切奔向地球的尽头。现实生活中的她对他的影响超过了他最狂热的梦想。她的举止表面上镇静,几乎是平易近人的,可以适应日常生活的琐碎要求。可是他似乎看到了,就在这平静的表层之下,她保留,或者说是压抑了一种精神,要么是出于寂寞,要么是——可不可能呢?——出于爱情。她是否让罗德尼看到她的真实面貌,不受拘束,不考虑她的责任时的面貌呢?她是否让罗德尼知道她是一个缺乏心计,感情冲动的人,是个本能地爱好自由的人呢?不是的,这一点他不愿相信。只有在一个人寂寞时,凯瑟琳才是毫无保留。"我独自一人回到了我的房间,喜欢干什么就干什么。"这些话她已经跟他说过。跟他说这些话,也就让他看到了一些可能性,甚至看到了她内心的一些秘密,让他分享她的寂寞。一想到这些,他的心跳加快了,脑袋也旋转起来。

他尽力毫不留情地克制住自己。他看到她的脸红了,从她挖苦的回答中,他听得出她是愤恨不满的。

他开始将那块光滑的银表往口袋里放,希望自己恢复那种镇静的、宿命论的情绪。他坐在河堤上看手表时,就有那种情绪。在与凯瑟琳的交往中,不管付出什么样的代价,他都必须保持这样的情绪。在那封没有寄出的信中,他提到过感恩和默许,现在她就在眼前,他必须动员精神与性格的全部力量,实施这些誓言。

凯瑟琳由于受到了挑战,她需要阐明自己的观点。她希望能使丹厄姆理解她。

"如果你与人家没有关系,对他们诚实相待就要容易一些。你难道不明白这一点吗?"她问道,"这就是我的意思。你不需要用甜言蜜语去哄骗他们,对他们也没有任何义务。你肯定已经发现,要与你家里人讨论对你至关重大的问题,是根本不可能的。你们聚在一起,都是同谋者,这样的境况是虚伪的……"她的推理没有完就中断了。因为这个话题是很复杂的,而且丹厄姆究竟有无家庭她也一无所知。丹厄姆同意她的观点,家庭起的是破坏作用。但是,眼下他并不想与她讨论这一问题。

他话锋一转,谈起他更感兴趣的问题。

"我确信,"他说,"在有些情况下,完全的诚实是可能做到的,我指的是当人们彼此没有固定关系的情况下,虽然,他们可以住在一起,如果愿意的话。在这种情况下,每个人都是自由的,彼此都不负有任何义务。"

"一段时间——也许,"她同意了,有点垂头丧气,"但是,义务总是在逐步形成。有些感情就得考虑,人不是简单的,虽然他们也打算明智一点,结果他们"——总是陷入了我现在所处的境地,她本要这样说的,但却没有说完,而是说道,"总是搞得一团糟。"

"这是因为,"丹厄姆马上插话,"一开始他们就没有让别人了解自己。此刻,我可以,"他接着说,语调适当,使他显得很有自制力,"为完全诚实、坦率、正直的友谊规定一些条件。"

她很想听听这些条件。但是,除了感到这一话题掩盖了一些她比他更清楚的危险之外,他的语调还使她想起了他在泰晤士河河堤上的奇怪、抽象的表白。现在,任何暗示爱情的东西都使她惊恐不安,就好像往伤口上抹盐,苦痛不堪。

但是,也没等她表态,他又继续讲了下去:

"首先,这样的友谊必须不动感情,"他强调了这个条件,"至少,双方都必须懂得,如果任何一方动起感情来了,完全是一种单方面的冒险,后果自负。任何一方对另一方都没有任何义务。任何时候,他们都有中断或改变友谊的自由。他们想说什么,就必须能够说什么。所有这些都必须弄明白。"

"这样他们是不是也能够有所收获呢?"她问。

"这是冒险——当然是冒险。"他回答说。最近一段时间,她在与自己辩论时,也经常用到这两个字。

"但是,这是唯一的途径——如果你认为友谊是值得获得的话。"他下结论说。

"也许,在这些条件下,友谊是可能获得的。"她说,一边还在沉思。

"好了,"他说,"这些就是我想向你提出来的建立友谊的条件。"她早料到他会说这样的话,但现在她仍然有点震惊,一半是出于高兴,一半是由于还有些不愿意听。

"我喜欢这样的友谊,"她说,"但是……"

"罗德尼会在乎吗?"

"嗳,不会的。"她马上回答。

"不会的,不会的,他不会在乎的。"她接着说,然后,又不作声了。她很感动,在他提出他称之为建立友谊的条件时,他毫无保留,而又很拘于礼节。但是,如果他慷慨大方,她就更有必要谨慎一些。她想他们会陷入困境的。这不会是太远的事,然而,在这一点上,她已丧失了预见能力。他们肯定会不可避免地遭受一场灾难,她绞尽脑汁地思考着这是场什么灾难。但是,她怎么也想不出。对她来说,这些灾难似乎都是虚构的,生活的步调并没有受到干扰,生活与人们所说的全然不同。她不仅感到自己已经谨慎到了头,而且似乎突然感到,谨慎完全是多余的。拉尔夫·丹厄姆肯定能够照顾自己。他已经向她说过他不爱她。她边思考,边在山毛榉树荫下继续走着,摆动着那把雨伞。既然思想习惯于彻底的自由,为什么在实践中总是对自己的行为提出如此不同的标准呢?她想,为什么在思想与行为之间,在个人生活与社会生活之间总有那么大的差别呢?为什么在这座令人望而却步的悬崖峭壁的一边,灵魂生动活泼,完全裸露在光天化日之下,而在另一边,灵魂却在沉思凝望,像夜晚一样漆黑呢?难道不能够昂首挺胸从一边走向另一边而又不发生根本变化吗?难道这不是他给她提供的交朋友的难得的好机会吗?不管如何,她告诉丹厄姆她同意了,同时还叹了口气。丹厄姆听得出来,她虽不耐烦,但也感到得到了安慰。她认为他是对的,并愿意接受他那些交朋友的条件。

"好了,"她说,"我们去吃茶点吧。"

实际上,制定了这些原则之后,他们两人精神上都如释重负。他俩都确信,一件具有十分重大意义的事情决定下来了,现在,可安心吃茶点,参观植物园了。他们参观了一个又一个温室,看到了水池里飘来摆去的百合花,呼吸了千百种植物散发出来的芬香,交换了各自对树木湖泊的体验和感受。他们看到什么就谈什么,谁都可能听见他们的谈话。许多人从他们身旁经过,而又对他们无所猜疑,这使他们觉得他们之间的协定越发坚实牢固了。他们再也不提拉尔夫的农舍以及他的未来了。

26

　　旧式马车作为物质而言,早已化为尘灰,可是,从精神方面来说,它们在作家的小说中仍旧保留着。坐着旧式马车旅行,依然十分有趣。马车的镶板五彩缤纷,两耳能听见卫士的号角声和马车夫诙谐的话语,两眼能看见沿途的变迁。不过,今天坐上特快列车旅行去伦敦,仍然浪漫有趣,令人心旷神怡。二十二岁的卡桑德拉很难想象得出还有什么比这更快活的事了。日复一日,看厌了绿色的田野,当能工巧匠所建的伦敦郊外的别墅第一次映入眼帘时,她不由得肃然起敬,骤然间,仿佛车厢里的每个人都成了重要人物,对她那易受感动的大脑来说,连火车的速度也加快了,汽笛的呼啸更为威严了。他们这辆车是开往伦敦的,不是开往伦敦的车辆一定都得给他们让路。旅客一下火车,踏上利物浦街的月台,言谈举止都得换个样,显出伦敦人那种全神贯注,匆匆忙忙的样子,成为他们中的一员。有无数的出租小车,公共汽车以及地铁列车等着为他们服务。她可尽了最大努力,让人感到她也同样尊严可敬,全神贯注。但是,当出租小车以惊人的速度载着她离开车站之后,她愈来愈忘记了自己的身份是伦敦公民,总是朝两头的车窗外东张西望,一会儿急着看这边的一座建筑,一会儿又去瞧那边街上的景色,以满足她那强烈的好奇心。渐渐地，车窗外的人都成了虚构的人，一切都不同凡响；人群，政府大楼，在高大的玻璃窗下熙熙攘攘的人流都抽象化了。她感到仿佛在看戏一样。

所有这些感受经久不衰，部分是因为现在她正在直朝着她心中最浪漫的世界中心驶去。当她置身于诗情画意的田园美景之中时，她的思想无数次地插上翅膀，飞到了伦敦，经过这条路进了恰尔斯区那栋房子，然后径直上楼走进凯瑟琳的房间。由于这是在梦想，别人是看不见的，机会就更好。在这里神秘可敬的女主人的一切秘密，她都可以看个够。卡桑德拉对表姐是很崇拜的。本来她的崇拜是好笑的，可是由于她那快活的性情，她对凯瑟琳的崇拜不但不令人感到过分和好笑，反而具有迷人的魅力。在她二十二年的生涯中，她崇拜过许多东西，崇拜过许多人。学生时代，老师既为她感到骄傲，也为她感到头痛。她曾热衷于建筑学、音乐、博物学、人文学、文学和艺术。在她的热情达到最高点的时候，也能取得一点显赫的成绩。但就在这个时候，她主意一改，又偷偷摸摸地去另外买了本语法书。这是浪费精力的瞎胡闹。老师们预言过，结果会是可怕的。现在可以明显无疑地看出来了，卡桑德拉二十二岁了，考试从来没及过格，而且愈来愈没有能力通过一次考试了。她可能永远无法谋生，这个更为严重的预言现在也证实了。卡桑德拉利用这些粗浅的才艺形成了一种气质，一种风度，尽管在实际生活中没有什么用处，有些人却感到活泼新鲜，并不令人生厌。比如说，凯瑟琳就认为她是个最逗人喜爱的伙伴。这对姑表姐妹的性格品质相差甚远，任何一个人身上都不会同时具备她们两人的品质，就是六个人的品质加起来，也很难把她们两人的品质包括无遗。凯瑟琳单纯质朴，而卡桑德拉则十分复杂；凯瑟琳为人实在，坦白直率,而卡桑德拉则含糊躲闪,捉摸不定。总而言之,她们两人表现出来的品质惟妙惟肖地代表了女人个性的两个方面,一个是典型的女性风格,另一个兼有男人气质。她们之间有密切的血缘关系作为基础。如果说卡桑德拉崇拜凯瑟琳的话,她崇拜别人时总免不了要经常以一阵阵的嘲笑和批评给自己长长精神。对卡桑德拉的嘲笑与敬意,凯瑟琳差不多同样喜欢。

这会儿,敬意肯定在卡桑德拉的头脑里占了压倒地位,凯瑟琳的订婚激发了她的想象力,就像在同年龄的一组人当中,第一个人的订婚会激发其他人的想象力一样。订婚是庄严、美妙、神秘的。订婚的双方由此而表现了不凡的神气,他们进行了一项这一群中别的人还没有进行的仪式。由于凯瑟琳的缘故,卡桑德拉认为威廉是一位出类拔萃的有趣人物。她首先对与他交谈表示欢迎,然后又接受了他的剧本手稿,认为这是友谊的表示,对此她感到愉快和荣幸。

她到达夏恩街时,凯瑟琳外出未归。她问候了舅舅与舅母,作为最宠爱的外甥女,照例接收了特利凡尔舅舅的礼物——两个沙弗林①的"车费"和"娱乐费",然后,更了衣,走进凯瑟琳的房间等她回来。凯瑟琳用的镜子多大啊!梳妆台上摆得那么有条有理!卡桑德拉在家里可是马马虎虎。她环视了一下四周,看到了壁炉架上摆设着一件叉子形状的东西,上面插了些账单,她认为那真像凯瑟琳。房间里哪儿也看不到威廉的照片,摆设奢华而又简单。丝绸晨衣,红色拖鞋,破烂的地毯,墙上光秃秃的,一点装饰也没有,这气氛太像凯瑟琳了。她站在屋子中间,津津有味地打量着。接着,她产生了想摸摸表姐爱摸的东西的

---

① 英国旧时面值一英镑的金币,现不通用。

念头,于是,开始把床上方的架子上摆成一排的书取下来。在大多数家庭里,这样的架子都是用来陈设圣徒的遗物的,仿佛在万籁俱寂的深夜,只要吸一口含有这古老魔力的空气,就能够安慰从黑暗的藏身之所偷偷跑出来的痛苦和迷惘。但是,这里并没有赞美诗集,她一看到那些封面磨损得破烂不堪、内容高深莫测的书时,就猜想那定是舅舅特利凡尔的旧课本。凯瑟琳保存着这些课本,一方面说明她很孝顺,另一方面也说明她很古怪。卡桑德拉曾经也酷爱过几何。这时她蜷缩在凯瑟琳的被子上,全神贯注地想试试能不能弄清楚,她以前曾懂得的东西现在都忘记到什么程度了。一会儿后,凯瑟琳进来,发现她又和以往一样在苦苦地思索。

"亲爱的,"卡桑德拉惊叫道,朝表姐摇晃着那本书,"从此时此刻起,我的整个一生都改变啦!我必须马上把这个人的名字写下来,不然的话,我会忘记——"

谁的名字,什么书?是谁的生活改变啦?凯瑟琳感到纳闷,她连忙换衣服,因为她回来已经很晚了。

"我可以坐起来看看你吗?"卡桑德拉合上书,问道,"我早准备好了,就想看看你。"

"啊,你准备好了,是吗?"凯瑟琳说。她边换衣服边侧过脸来看看卡桑德拉,后者正盘着腿,坐在床沿上。

"有人要来吃晚饭。"她说,一面从一个新的角度观察卡桑德拉的长相,一会儿之后,就明显地看出她很引人注目,长得与众不同,妩媚动人:小小的脸庞,长长的鼻子,又尖又细,椭圆的眼睛明亮有神。额头上的头发朝上卷竖,有点僵直。如果理发师过细一些的话,如果裁缝将衣服做得合身一点的话,卡桑德拉线条分明的身段就很可能像十八世纪法国上流社会的女士。

"谁来吃晚饭？"卡桑德拉问，期待着使她更欣喜的好消息。

"有威廉，我想，还有爱丽诺婶婶和奥伯利叔叔。"

"威廉会来，太好了！他将他的剧本手稿寄给了我，他跟你说过吗？我认为，剧本好极了——嗯，他还是配得上你的，凯瑟琳。"

"等会儿，你就坐在他旁边，把你对他的看法告诉他。"

"我可不敢。"卡桑德拉马上声明。

"为什么呢？你并不怕他，不是吗？"

"是有点怕——因为他和你是一对儿。"

凯瑟琳笑了笑。

"但是，尽管众所周知你对我很忠诚，由于你至少得在这里住两个星期，等到你离开时，一定不会对我再有任何幻觉的，我跟你说，只需一个星期。我的影响力将会一天不如一天。当然，现在是处于顶点，但明天就会开始走下坡路的。我该穿什么衣服？卡桑德拉，在那只长衣柜中给我找件蓝色衣服吧。"

她说话前言不搭后语，手中又是刷又是梳，把梳妆台的小抽屉拉开，也不关上。卡桑德拉坐在她身后的床上，看见了反射在镜子里的表姐的面容。她的面容严肃专心，正在细心地给她那乌黑发亮的头发分路子，除此之外，她显然还在想其他的事情。但头发还是分得像罗马的道路一样直。凯瑟琳的成熟再一次在卡桑德拉心中留下深刻的印象。蓝色礼服把她的身子全裹了起来。镜子里几乎充满了闪闪的蓝光，整个镜面像副相框似的，框着凯瑟琳徐徐摆动的漂亮的形象，还反映出她身后许多东西的形象和色彩。卡桑德拉想，她还从没看到过这么浪漫的形象。这样的形象与这个房间，与这栋楼房，以及周围的这座城市太协调了。她两耳一直在倾听远处车轮的嗡嗡声。

虽然凯瑟琳很快就准备就绪，她们下楼还是迟了。客厅里喊喊喳喳的说话声，在卡桑德拉听来就像管弦乐队的演奏一样动听，她仿佛觉得客厅里有好多好多人，而且都是些陌生人，仪容俊美，衣着十分整洁。其实，大部分人都是她的亲戚，在一个不偏不倚的局外人看来，只有威廉穿的白色背心，还真算得上考究。不过他们都同时站了起来，这一点真令人难忘，大家惊叫着与她握手。她被介绍给了佩顿先生。这时客厅的门大开，宣布晚饭准备好了。宾主从客厅鱼贯而出。威廉将黝黑的手臂微微一弯，伸给卡桑德拉，其实，这正是她暗地里希望的。假使只通过她的眼光来描绘这一情景，那这情景定是一片辉煌，奇妙无比。汤盆的花案别致，每个碟子旁摆着餐巾，折纹笔挺，形似海芋百合花，长条面包系着粉红色的缎带，银质盘子，海蓝色的香槟酒杯，杯脚上凝着薄薄的金片。所有这些，再加上整个房间奇异地弥漫着小山羊皮手套的香味，使卡桑德拉兴奋极了。但是，她还得压抑住这兴奋的激情，因为她已经成年，世界上再没有什么值得她大惊小怪的了。

世界上已经没有什么值得她大惊小怪的了，这是实情；但是，这个世界上仍有值得别的人惊奇的东西。在她的心目中每个人都多多少少拥有点东西，她私下里把它称为"现实"。如果你要这样的东西的话，他们一定会将其作为礼物馈赠。因而，宴会绝不可能单调乏味。坐在她右边的小个子佩顿先生和坐在她左边的威廉·罗德尼都同样地具备这种在她看来极为明确而又可贵的品质。但是使她总是惊奇不已的是，人们竟无意向对方求得这一宝贵的东西。确实，她搞不清楚自己是在跟佩顿先生说话，还是在和威廉·罗德尼说话。她对一位摆出长者模样留着小胡子的人讲起这天下午她如何到达伦敦，如何乘着出租小车穿过一条条街道。当了五十年编辑的佩顿先生,频频点着秃头,看上去他都听懂了。至少有一点他是明白的,就是她很年轻漂亮;他还发现她很激动,不过从她的谈话中或是他自己的经历中,他一时想不出有什么可激动的。

"树发芽了吗?"他问,"你走的是哪条路线?"

可她却打断他这些亲切的问话,她想知道他坐在火车上是喜欢看书,还是喜欢眺望窗外。佩顿先生一点儿也说不准自己爱做什么,干脆说,两者都喜欢。她告诉佩顿先生,他的坦白是十分危险的,单从这一件事上,她可以推论出他的整个历史。他量她推论不出,而她马上宣布,他是国会的自由党议员。

他们的谈话,威廉都听到了,连一个字也没有漏掉,而表面上,他是在和爱丽诺姑母天南海北地聊天,老太太们谈话没有连贯性,至少与她们敬佩的年轻男子谈话是如此。威廉利用这一点,神经紧张地一笑,以提醒卡桑德拉,还有他在场呢。

卡桑德拉立即转过脸来对着他——又一个迷人的先生轻而易举地捧着数不清的财富来供她选择。她陶醉了。

"威廉,您在车上爱做什么,不用说,谁都知道。"她一高兴,直呼起他的名来,"您从不往窗外看,总是在看书。"

"从这一点,你又可以推论出什么来呢?"佩顿先生问道。

"哦,他一定是个诗人,"卡桑德拉说,"不过,我得承认,这点我早就知道了。这不算。您的剧本手稿我带来了。"她继续说了下去,厚着脸皮把佩顿先生晾到了一边,"我有好多好多问题想问您。"

威廉低下头,想遮掩听了这话后脸上露出的喜悦。但是这样的喜悦却不无杂质。尽管威廉喜欢别人奉承他,可是对于文学趣味低级或是光凭感情对待文学的人,他是绝不能容忍的,认为这是个根本问题,含糊不得。如果卡桑德拉稍有差错,他会双手一挥,眉头一皱,表示不舒服,而且从此不再对她的奉承感到喜悦。

"首先,"她接着说,"我想知道您为什么要决定写剧本呢。"

"啊!您是说这不像个剧本吗?"

"我是说,我看不出这个剧本搬上舞台有什么好处。您说莎士比亚得到了好处吗?亨利和我总是就莎士比亚争论不休。我敢肯定他错了,但无法证实他错在哪里。我只在林肯郡看过一次莎士比亚的戏,不过有一点我是确信无疑的,"她坚持说,"就是莎士比亚专为舞台写作的。"

"完全正确!"罗德尼叫道,"刚才我还希望这就是您的看法。亨利错了,完全错了。当然,我失败了,现代剧作家都失败了。天啦,天啦,我早和你商量就好了。"

他们从这一点开始,尽量凭记忆力,开始就罗德尼剧本的各个不同方面谈起来。她没有说一句他听起来不顺耳的话。她这种未经锻炼的胆量具有刺激性,使得威廉在辩论剧本创作的几条首要原则的过程中,不时将叉子握在手里,一动不动。希尔贝里夫人见了暗自思忖:从未见过罗德尼这么中看,是的,他是有些不同以往。他使她想起了一个死去的人,一位出类拔萃的人——可是她已忘记了他的名字。

"你连《白痴》①也没看过!"卡桑德拉高声叫了起来。

"我看过《战争与和平》②。"威廉有点恼火地说。

"《战争与和平》!"她以嘲笑的口吻重复了一遍。

---

① 俄罗斯著名作家陀思妥耶夫斯基的著名长篇小说。
② 俄罗斯著名作家列·托尔斯泰的代表作。

"我承认我根本就看不懂俄国人写的东西。"

"够呛！够呛！"坐在桌子对面的奥伯利叔叔像打雷一样叫起来，"我也看不懂。我看，只怕连俄国人自己也看不懂。"

这位老绅士曾经统治过印度帝国的大块地盘，可他总是习惯说，他宁肯放弃这个官职而去写几本狄更斯式的小说。这个话题全桌的人都喜欢，大家七嘴八舌地讨论起来。爱丽诺婶婶示意要发表意见。她从事慈善事业二十五年，文学鉴赏力磨钝了不少，但她对于自命不凡的作家或冒牌作家，天生就很敏感。文学应该是什么样，而不应该是个什么样，她知道得分毫不差。她天生就有这些知识，几乎不认为这是什么值得骄傲的东西。

"小说描写精神失常是很不适宜的。"她明确地说。

"哈姆雷特就是大家熟悉的例子。"希尔贝里先生慢条斯理，半开玩笑地插了一句。

"唉，诗歌可不一样，特利凡尔，"爱丽诺说，好像莎士比亚特别授权给她让她这样说似的，"完全不同。我可不像他们那样认为哈姆雷特精神失常了。佩顿先生，你的意见呢？"她很听信佩顿先生的意见，因为他是一位很受敬重的评论杂志的编辑，是位文学方面的权威人士。

佩顿先生向后靠了靠，头差不多偏到一边，说这个问题他一直未能作出十分满意的答复。双方各有千秋。但是，当他还正在考虑他应该站在哪一边说话时，希尔贝里夫人插话，打断了他审慎的沉思。

"多么可爱，多么可爱的奥菲丽亚①！"她喊着，"诗歌的力量多么强大！清晨我醒来，衣服凌乱，头发蓬松，外面雾色茫茫，

---

① 奥菲丽亚，莎士比亚剧本《哈姆雷特》中的女主人公，哈姆雷特的恋人。

小埃米莉拉亮了电灯,送来了茶点,然后对我说,'啊,太太,水池里的水结冰了,厨师的手指受了伤,都伤到骨头了。'接着,我翻开了一本小小的绿色封皮的书,鸟儿在欢唱,星星在闪耀,鲜花在开放——"她四周瞧了瞧,好像这些东西已经突然出现在餐桌周围。

"厨师的手指伤得很厉害吗?"爱丽诺婶婶问道,自然是问凯瑟琳。

"哦,厨师的手指,我只是说说而已。"希尔贝里夫人说,"就是她切断了手臂,凯瑟琳也会有办法重新接上去。"说完,她深情地看了女儿一眼,觉得女儿脸上似乎有些愁容。

"但是,这些想法多么可怕,多么可怕!"她将餐巾放下,又把椅子朝后推了推,打算收场了,"来吧,我们到楼上去,谈点令人高兴的。"

在楼上的客厅里,卡桑德拉发现了使她赏心悦目的新东西。首先,客厅十分高级,看上去好像在期待客人似的。其次,客厅里又是另外一帮子人,使得她有机会施展她的魔杖。本来她想找人好好聊聊,但一见那些身穿黑色缎子,颈系琥珀珠链(这些至少在她看来美极了)的老太太们时而低声细语,时而沉思不语,她打消了这个念头,决定旁观旁观,最多讲几句细话。老太太们正在无拘无束地拉家常,用的词几乎全是单音节词。她们把她当成了自己人。置身于这样一种气氛之中,她感到高兴,表情变得温和友好起来,好像她对这个世界也是忧心忡忡。不知什么缘故,玛吉舅母和爱丽诺婶婶谈起话来是一会儿喜欢这个世界,好像是他们在管理这个世界,一会儿又反对这个世界。过了一段时间之后,她觉察到凯瑟琳似乎没有参与其他人的谈话。

突然,她一反刚才明智温和和关心的态度,咯咯地笑了起来。

"你在笑什么?"凯瑟琳问。

这种荒唐的玩笑是不值得解释的。

"没有什么——太好笑了——说不出口,不过,如果你眯着眼睛,看看……"

凯瑟琳眯着眼看了看,但方向不对。卡桑德拉笑得更响亮了。当绅士们进来时,她仍在一边笑着,一边小声向凯瑟琳解释道,如果眯着眼睛看爱丽诺舅母的话,她就像斯多格顿庄园笼子里的那只鹦鹉。这时候,罗德尼走到了她的面前,想知道她们笑什么。

"我绝不会告诉您!"卡桑德拉答道,笔直地站了起来,双手抱在胸前,面对着他。对他来说,她的嘲笑甜美极了。他可连一秒钟也未担心过她会在笑他。她笑,是因为生活太可爱,太令人陶醉了。

"嗳呀,您也太狠心了,让我感到男人野蛮可怕。"他说。他两脚并拢,手指尖捏在一起,好像拿着一顶大礼帽或一根藤手杖似的,"我们刚才谈的都是些令人乏味的事情,我现在弄不明白自己最想知道的是什么东西。"

"您一分钟也骗不过我们!"她大声叫着,"一秒钟也骗不过!我俩知道您今天很痛快。不是吗,凯瑟琳?"

"不对,"凯瑟琳回答道,"我认为他讲的是实话。他不大喜欢政治。"

她的话简单明了,但却令人奇怪地改变了本来是轻松活泼的气氛。威廉的兴奋表情转眼间消失得无影无踪。他很严肃地说:

"我讨厌政治。"

"我认为任何男人都无权这样说。"卡桑德拉颇为尖锐地说。

"我同意。我是说,我讨厌政客。"他很快改口。

"你看,我相信卡桑德拉就是一个所谓的男女平等主义者,"凯瑟琳又说道,"或者说,六个月之前,她是个男女平等主义者。但是,现在认为她还是那么个人,是毫无益处的。我看,这是她最逗人喜爱之处。谁也说不准。"她朝她笑了笑,就像大姐一样。

"凯瑟琳,你总是使人家觉得自己是小孩!"卡桑德拉不满地叫道。

"不对,不对,那不是她的意思,"罗德尼插了话,"我很赞同,在那些方面,女的比我们男的强多了。企图什么都懂,往往什么都不懂。"

"他通晓希腊语。"凯瑟琳说,"但是,绘画他也懂得不少,音乐方面也有一定的造诣。他很有教养,也许是我认识的人当中最有教养的。"

"还有诗歌。"卡桑德拉补充说。

"是的,我把他的剧本给忘了。"凯瑟琳说完,将脑袋转向一边,仿佛看到屋里另一个角落有什么事需要她照应。她离开了他们。

这似乎是有意给他们搭桥。有一会儿,他们两人干站着,都不说话。卡桑德拉望着凯瑟琳朝房间的另一边走去。

"亨利总是说,"过了一会儿她说道,"舞台顶多只能和这间客厅一样大。他要求舞台不但要表演,而且要有歌舞——正好与瓦格纳①的看法相反——你明白吗?"

---

① 瓦格纳(1813—1883),德国著名作曲家。

他们坐了下来。凯瑟琳走到窗前，转过身，看到威廉手举在空中，嘴巴张开，好像卡桑德拉一住口就要说话似的。拉窗帘，搬椅子本来都是凯瑟琳的职责，这时候要么是她忘记了，要么是有人代办了，反正她继续站在窗户旁边，什么也没有干。年纪大一点的人都簇拥在炉火周围。他们似乎是一个独立的中年人小组，正忙着他们关心的事情。他们正在讲故事。讲的人眉飞色舞，听的人津津有味，然而她却显然无事可干。

　　"如果有人要问的话，我就说，我正在看泰晤士河。"她心里盘算着。她必须完全屈从于家庭传统的约束。因此，一旦违背传统，就得说几句假话，蒙混过去。她推开百叶窗，望着泰晤士河，但是，漆黑的夜晚，几乎看不见河水。下面的街道上，出租车来来往往，一对对男女在悠闲漫步，紧紧地贴着栏杆，不过，树上还没有长出绿叶，不能投下暗影来遮住他们的拥抱。凯瑟琳离开了众人，感到自己是孤单的。这是个痛苦的夜晚。时间一分一分地过去，越来越清楚地证明，事情的结局真会像她预料的那样。刚才她听了他们谈话的声调，看了他们的手势和眼色，如今背对着他们也知道威廉一定越来越高兴，因为他对卡桑德拉取得了意想不到的了解。他几乎都向她说了：事情进展如此之顺利，他真难以置信。她眺望着窗外，坚定地下了决心：忘记个人的不幸，忘记自己，忘记单个的人。她抬眼遥望黑茫茫的天空，屋里的说话声直往她耳朵里钻，好像是另一个世界的人们发出来的。这个世界先于她的世界，它是现实的序曲，是现实的前室。好像她最近死过，又听到了生人说话。她比以前任何时候都明显地感到人生如梦。生活只不过是在四壁之中的玩艺儿，里面的东西只有在灯光下和炉火边才能存在。超出这个范围，除了一片黑暗，别无他物。这一点也比以前更肯定了。她的整个身体似乎已经走出了这个范围,在这个范围之内,幻想之光使人们渴望占有,渴望爱情,渴望斗争。然而,忧郁并没有给她带来安宁。她仍然听得到房间里的说话声。各种欲望仍在折磨着她,她希望摆脱它们,希望坐着汽车高速奔驰在马路上,这也是够矛盾的;她甚至还想与某个人待在一起,思索了一会儿之后,这个人变得确切具体了,她就是玛丽·达奇特。她用力一拉,两页窗帘布在窗户中间严严实实地合上了。

"啊,她在那里。"希尔贝里先生说,他正和蔼可亲地站着,摇来晃去,背对着炉火,"到这儿来吧,凯瑟琳。你上哪儿去了——我们的孩子,"他以做父母的口气说,"孩子们自有他们的用途——我想叫你到我的书房去一下,凯瑟琳,在靠门右边的第三层书架上取下特里劳尼①写的《回忆雪莱》,带来给我。那时候,佩顿,你就只好当着在座各位的面认输了。"

"特里劳尼写的《回忆雪莱》靠门右边的第三层书架。"凯瑟琳重复了一遍。可不管怎么说,小孩在玩,谁都不会打搅他们的,谁也不会将别人从梦境中唤醒过来。她朝房门口走去,正打威廉和卡桑德拉面前经过。

"站住,凯瑟琳,"威廉说,听口气,好像她违背了他的意旨,"让我去吧。"他犹豫了一瞬间,站了起来。她明白,他是费了很大的劲的。她一条腿跪在卡桑德拉坐的沙发上,低头看着堂妹的脸庞。卡桑德拉仍很激动,因为她刚才说话的速度一直很快。

"你——幸福吗?"她问。

"啊,我亲爱的!"卡桑德拉叫道,好像不必再多说了,"当

---

① 特里劳尼(1792—1881),英国著名的活动家和冒险家,是英国诗人拜伦和雪莱的朋友。

然,在任何问题上我们的看法都不一致,"她大声说,"但是,我认为他是我遇到的最聪明的男子——你是最漂亮的女子。"她瞅着凯瑟琳添了一句。这时她脸上兴奋的表情消失了,取而代之的是忧郁,好像是为了对凯瑟琳的忧郁表示同情。在她看来,这种忧郁使得凯瑟琳显得更为完美突出。

"哟,刚到十点。"凯瑟琳隐晦地说。

"那么晚啦!哎呀——"她没有听明白。

"到了十二点,我的马就会变为耗子①,我就得走了,幻想消失了。不过我接受命运的安排,我得趁天晴把草晒干。"卡桑德拉疑惑不解地看着她。

"凯瑟琳尽在这里说胡话,什么耗子,什么晒草之类的东西,"威廉回来后,她对他说。他拿书很快,只去了一会儿,"你听得懂吗?"

从他那微微皱起的眉头和犹豫的表情,凯瑟琳看出他眼下根本就不想谈这个问题。她猛地站起来,挺着胸,语气一变,说:"可我真的要出去,如果他们问起来,我希望你解释一下,威廉。我不会回来得很晚,但是,我得去见个人。"

"这个时候还出去?"卡桑德拉惊讶地问道。

"是谁你非见不可呀?"威廉要求答复。

"一个朋友。"她说,一面将头转了过来斜朝着他。她知道他希望她留下,其实并不是想要她与他俩待在一块,而是想要她待在他们近边,因为他可能需要她的帮助。

"凯瑟琳的朋友多得很。"见凯瑟琳出了房门,威廉很不自然地说,又坐了下来。

---

① 德国作家格林的童话《灰姑娘》中的一个形象。

不大一会儿,她果然坐着汽车,在灯火通明的街上飞奔。她喜欢灯光和速度,喜欢独自一人出门,想起就要见到玛丽了! 就要看见那高楼上的寂寞的房间了,心里很高兴! 玛丽房前的石头阶梯让白天上下的行人踩得很脏,煤气灯光闪烁不定。她快步登上了石级,她那蓝色的裙子和蓝色的鞋子看上去有些怪异。

她刚一敲门,玛丽就把房门打开了。一看到客人,玛丽不但感到惊讶,而且还有点尴尬。她还是亲热地打了声招呼,还没来得及解释,凯瑟琳已径直进了客厅,只见一位年轻的小伙子躺在椅子上,手里依然拿着纸在看,仿佛期待能够马上继续对玛丽讲下去,因为他的话没有完就被打断了。这位身穿夜礼服的陌生女士似乎扰乱了他。他取下了嘴上叼着的烟斗,不自然地站了起来,猛地又坐了下去。

"在外面吃的晚饭吗?"玛丽问。

"你们正在工作吗?"凯瑟琳同时反问道。

年轻的小伙子摆了摆头,好像有些恼火,拒不承认这个问题与自己有关。

"哦,不是工作,"玛丽回答,"巴斯尼特先生带来了一些文件要给我看看,我们正在看着呢,但差不多完了……给我讲讲你们的晚宴吧。"

玛丽头发很乱,仿佛在刚才的谈话中一直在用手拨弄。她的衣着多少像个俄国乡下的姑娘。她又坐下了,看上去她好像在那张椅子上坐了几个小时了,椅子扶手上的一只烟灰缸里有很多烟灰。巴斯尼特先生朝气勃勃,容光焕发,头发直往后梳着,露出了高高的额头,原来正像克拉克顿先生怀疑的那样,有一帮"能干的年轻人"在影响着玛丽。巴斯尼特就是其中之一。不久之前,他刚从一家大学毕业,现在担起了改造社会的重任。

他和那帮能干的年轻伙伴一道,拟定了一个计划,要教育工人,将中产阶级和工人阶级联合起来,两个阶级联合组织"民主教育协会",向资产阶级发起攻击。计划已经制定了,要付诸实践,就需租间办公室,雇个秘书。巴斯尼特先生就是被派来向玛丽详细说明这一计划的,并表示要聘请玛丽做秘书,按规定,将付给她少许的报酬。从晚上七点钟起,他就在大声朗读一个文件,该文件阐明了这帮新兴改良派的信仰。由于不时需要讨论讨论,所以他的朗读经常被打断。他还必须像告诉绝密消息一样,不时给玛丽讲一些人的个性,以及有些人和有些协会的险恶用心。因此,到这时候,文件才念了一半。两人都没有觉察到,他们的谈话已经进行了三个小时。由于专心致志,连给炉火添煤也忘了。然而,不管是巴斯尼特先生解说也好,还是玛丽提问也好,都很拘谨。谁也不说题外话。她的提问常这样开头"我是不是可以这样认为——?"他的回答也总是代表着他称之为"我们"的那帮人的意见。

这时候,玛丽差不多被说服了,好像她也成了"我们"中的一员,并且同意巴斯尼特先生的看法,相信"我们"的协会,"我们"的政策,光耀夺目,肯定与社会的主体是截然分开的。凯瑟琳出现在这样的气氛中是很不和谐的。她使玛丽又想起了许许多多她乐于忘掉的事情。

"你在外面吃的晚饭吗?"她又问道,微微一笑,望着凯瑟琳的蓝色礼服和嵌有珍珠的鞋子。

"没有,是在家吃的。你们在建立新的组织吗?"凯瑟琳犹犹豫豫,没有把握地说,眼睛还看着那份文件。

"是的。"巴斯尼特先生简单地回答。

"我正考虑要离开我那些罗素广场的朋友们。"玛丽解释道。

"我明白,那么,你要干点别的事喽。"

"嗯,恐怕我就是喜欢工作。"玛丽说。

"也许是这样。"巴斯尼特先生说。他的话给人的印象是,在他看来,明智的人是没有一个害怕工作,不愿工作的。

"那好,"凯瑟琳说,仿佛他大声讲出了自己的看法,"我也喜欢动手干点什么——独立地干点什么——这就是我所喜欢的。"

"是啊,妙就妙在这里。"巴斯尼特先生说,一面第一次认真地打量着她,手还在往烟斗里装烟丝。

"但是,工作是做不完的,这就是我的意思,"玛丽说,"我是说还有其他各种各样的工作。带着几个小孩的妇女是最辛苦的。"

"是这么回事,"巴斯尼特先生说,"我们正是要把拖儿带女的妇女发动起来。"他看了一下手中的文件,用手将其卷成一个圆筒,然后两眼盯着炉火。凯瑟琳感到,和他们在一起谈话,不论讲的是什么,别人都会根据其价值加以评判,把心里想的说出来,简单明了,不加修饰都可以。很奇怪,大家似乎觉得没有多少话需要想了又想。巴斯尼特先生只是表面上呆头呆脑。其实,他的脸上流露着聪颖,这使她也想露一手。

"什么时候公布呢?"她问。

"您说什么——是指我们吗?"巴斯尼特先生微笑着问道。

"那还取决于许多东西。"玛丽说。他们看上去很得意。似乎凯瑟琳的提问暗示着,她相信他们的组织会建立起来。他们心里感到暖烘烘的。

"要组织一个像我们希望组织的协会(眼下我们还只能说

这么一点)，"巴斯尼特先生头轻轻一扭，说，"有两个方面是不能忘记的——新闻界和群众。其他协会之所以散伙，就是因为它们只求得到一些狂热分子的拥护和欢迎。人们会把它们忘得一干二净的。如果你们不想组织一个互相吹捧的协会（这样的协会一旦互相之间发现了缺点之后，就会马上完蛋），那你必须要赢得新闻界的支持，必须要赢得群众的拥护。"

"难就难在这里。"玛丽沉思地说。

"也就是在这个时候要她来帮我们的忙了。"巴斯尼特先生说，一边将头朝玛丽那个方向点了一下，"她就是我们当中唯一的时间富翁。她可以整天干这个事情，而我却还得在一家事务所工作，脱不开身，只能贡献业余时间。你是不是碰巧也在找工作呢？"他问凯瑟琳。奇怪的是，他的声调既包含不信任，也流露出了尊重。

"她眼下的工作就是结婚。"玛丽替她做了回答。

"啊，我明白了。"巴斯尼特先生表示宽容。关于男女关系问题，还有其他许多问题，巴斯尼特先生和他的朋友们都遇到过，并在他们的生活计划中占有重要的地位。这一点尽管被他那粗鲁的举止掩盖住了，但凯瑟琳仍然有所察觉。在她看来，由玛丽·达奇特和巴斯尼特先生负责保护的世界定会很好。当然，那不会是个浪漫的世界，不会是个美丽的地方。用形象的语言来说，那里不会有柔和的蓝色烟雾，将树木连成一片，一直延伸到地平线的尽头。有一阵子，当他躬身面向炉火时，她从他脸上看到了一个富有创造性精神的人的形象，我们时而会想起他这种人，不过我们只知道，他是个职员，是个律师，是个政府官员，或者是个工人。这并不是说，巴斯尼特先生白天从事商业，业余时间投身社会改革，就会使人感到他可能成为一个完人。

但是,眼下他年轻热情,富于冒险精神,还没有受到任何挫折,可以认为他是另外一个国家的公民,一个比我们这个国家高尚得多的国家的人。尽管她脑袋里反复折腾,可她毕竟见闻不广,弄不明白他们的协会想干什么。她终于醒悟过来,自己在碍他们的事,于是站起身,一面仍在考虑着这个协会,一面对巴斯尼特先生说:

“好吧,我希望,你们到时候会叫我也参加一个。”

他点了点头,把衔在嘴上的烟斗取了下来,但由于想不出要说什么,又把烟斗送回原处。不过要是她留下不走,他是会很高兴的。

玛丽违心地硬要送凯瑟琳下楼。来到街上,不见出租汽车的影子,她们一块儿站着东瞧西望。“回去吧。”想到巴斯尼特先生手里还拿着文件,凯瑟琳催她。

“你穿着这身衣服怎么能独身一人在大街上走呢?”玛丽说。但是,她想陪着凯瑟琳站一两分钟并不真是为的要给她找辆出租汽车。当她独自与凯瑟琳站在一块时,浮现在眼前的是不可忽视的巨大现实,相比之下,巴斯尼特先生和他的文件对她来说似乎只是偶尔偏离了生活的严肃目的。这也许因为她们都是女人吧。

“你见到拉尔夫了吗?”她突然问道,开场白也没有一句。

“见到了。”凯瑟琳马上回答,但却记不起来是在什么时候,什么地方见到了他;过了一阵子之后,才想起玛丽为什么要问她是否见到了拉尔夫。

“我相信,我有些嫉妒了。”玛丽说。

“瞎说,玛丽。”凯瑟琳心烦意乱地说,一面挽起了玛丽的手臂,朝正街的方向走去,“让我想想,我们去了克佑,我们同意交朋友,不错,就这些。"

玛丽不作声,希望凯瑟琳会给她多讲点,可是,凯瑟琳不说了。

"这不是个友谊的问题。"玛丽大声说,连她自己都惊讶不已,她竟发怒了,"你知道这不是个友谊的问题,又怎么会是呢?我没有权力干涉——"她欲言又止,"我只是希望拉尔夫不会受到伤害。"她最后说。

"我看,他是能够照顾自己的。"凯瑟琳说。两人之间不知不觉产生了敌意。

"你真认为值得吗?"停顿了一会儿之后,玛丽问。

"谁知道呢?"凯瑟琳反问道。

"你有过意中人吗?"玛丽既问得轻率,又问得可笑。

"我可不愿在伦敦的大街上大谈自己的感情——来了辆出租车——不行,里面有人。"

"我们并不想争吵。"玛丽说。

"我当时应该跟他说,我不愿和他交朋友,是吗?"凯瑟琳问道,"我必须跟他那样说吗? 如果那样,我又应该跟他怎样解释呢?"

"当然,你是不能那样说的。"玛丽克制住自己。

"不过,我相信我是要跟他那样说的。"凯瑟琳突然说。

"我不该发火,凯瑟琳,我说了不应该讲的话。"

"整个事情愚蠢可笑,"凯瑟琳断然说,"这就是我的话,不值得!"她说话时,不必要地加重了语气。不过,这并不是冲着玛丽·达奇特来的。她们相互间的敌意已经烟消云散。现在压在她们头上的是疑云黑雾,将她们的前途弄得混混沌沌,两人必须从中找出一条路来。

"是的,就是不值得!"凯瑟琳重复地说,"就算像你所说的那样,这种友谊是不可能的事情;他爱上了我。可我并不需要他的爱情。况且,"她又说,"我相信你言过其实了。爱情不等于一切,婚姻本身不过是一方面——"她们已经到了大街上,站在那里望着熙熙攘攘的行人与车辆。此刻,这些形象好像在说明凯瑟琳的看法,人们的兴趣是多种多样的。这会儿,她们俩好像都处于极端超然的境地,似乎不必为赢得幸福和自我生存去吃苦,愿意和邻居共享自己的财物。

"我不想做什么规定,"她们就那样站了好一会儿,才转过身来。还是玛丽首先清醒过来,她说了下去:"我所要说的是,你应该知道你要干什么——要有把握,但是,"她又说,"我想你是知道的。"

同时,她又十分迷惑不解,不仅是因为她知道凯瑟琳的婚事安排,而且是因为凯瑟琳这时挽着她的手臂给她以高深莫测的印象。

她们又走了回来,来到了玛丽的公寓门口的石级前。在这里,她们站住,停了一会儿,两人谁也不说话。

"你得进去了,"凯瑟琳似乎清醒了过来,说道,"他一直在等着继续念文件呢。"她抬眼望了一下那靠近房顶、亮着灯光的窗户。于是两人都看着窗户,又等了一会儿。这栋楼房前有一截半圆形的阶梯通向门厅。玛丽慢慢地上了二三级阶梯,又停了下来,低头看着凯瑟琳。

"我认为你低估了爱情的价值。"她说得很慢,还有点儿不自然。她又登上一级,再次低头看着凯瑟琳那被灯光照着一半的身影,她站在街上,毫无血色的脸庞仰望天空。玛丽还在犹豫,这时来了辆出租车,凯瑟琳回转身,叫住了车。她一边开着

车门,一边说:

"不要忘记,我想加入你们的协会——请你一定记住!"她不得不提高嗓门,又嘱咐了一句,剩下的话还没说出口,车门就关上了。

玛丽一步一步地爬着楼梯,仿佛她必须爬上一座极其险峻的陡坡似的。刚才,她费了很大劲,才强迫自己离开了凯瑟琳,每上一步梯子都是对她的意愿的征服。她顽强地坚持着,给自己鼓着劲,好像她真的在攀登一座高峰。她意识到巴斯尼特正坐在最高一层楼上,手里拿着文件,只要她上去,他就会给她一块稳稳当当的立足之地。一想到这些,她有些高兴起来。

她打开房门,巴斯尼特先生把头一抬。

"我接着刚才打断的地方读下去,"他说,"如果你需要解释,就叫我停下好啦。"

在等她的这段时间里,他把文件重看了一遍,还在文件的空白部分用铅笔做了些注记。这时他又继续读了起来,仿佛刚才无人打断他们。玛丽在平展的垫子上坐下,点燃又一支香烟,皱着眉头听着。

出租汽车载着凯瑟琳朝着恰尔斯奔驰。她斜倚在汽车的角落里,感到很疲倦,同时她还意识到,刚才亲眼看见了别人正在严肃而又令人高兴地辛劳工作。一想到这点,她镇定安静了下来。到家时,她悄悄地溜进门,尽量不发出声响,希望家里人都就寝了。但是,她去的时间没有她想象的那样长。她听到了声音,楼上显然还很热闹。一扇门开了,她立即进了一楼的一个房间,以为这是佩顿先生在告辞。从她站着的地方,可以看得见楼梯,而别人却看不见她。有个人正在下楼,她看见了,是威廉。他看上去有点失常,仿佛是在梦游。他的嘴唇一动一动的,好像在扮演一个自己跟自己对话的角色。他走得很慢,一只手搭在楼梯扶手上,一级一级地往下走着,看上去十分兴奋。再这么躲在暗处看,她感到很不是滋味。于是她步入了大厅。他一看到她,吓了一大跳,马上站住了。

"凯瑟琳!"他喊着,"你出去了吧?"他问。

"是的……他们还在楼上吗?"

他也不答话,走进那间敞开着门的房间。"真是妙不可言,"他说,"我高兴极了,简直难以相信……"

他似乎不是在跟她说话。她一句话也不说。好一会儿,他们隔着桌子,沉默地站着。少顷,他匆匆地问她:"不过,你给我说说你的印象怎么样?你是怎么想的,凯瑟琳?她会不会有可能喜欢我呢?凯瑟琳,你告诉我呀!"

她还没有来得及回答,上面楼梯平台上传来开门声,打断了他们的谈话。威廉极为不安,吃惊地退了两步,接着就快步走入了大厅,故意大声说:"晚安,凯瑟琳。睡觉去吧。我很快就会见到你的。我希望明天能来。"不一会儿,他就走了。她往楼上走去,在楼梯平台上发现了卡桑德拉,她手里拿着两三本书,还在蹲着看装在一只小书箱里的其他书。她说,打不定主意躺在床上是看诗歌好呢,还是看传记或是看玄学书籍好。

"你躺在床上爱看什么书呢,凯瑟琳?"并排上楼时她问道。

"有时候看这本——有时候看那本。"凯瑟琳答得很含糊。卡桑德拉凝视着她。

"你知道吗,他怪极了。"她说,"在我眼里,每个人都有点怪。也许是伦敦在作怪。"

"威廉也有点怪吗?"凯瑟琳问。

"嗯,我看他是有点,"卡桑德拉回答说,"有点怪,但很迷人。今晚上我就看弥尔顿①的诗歌吧。这是我一生中最幸福的夜晚之一,凯瑟琳。"她又补了一句,两眼瞅着表姐的美丽的脸蛋,露出敬爱的神色。

---

① 弥尔顿(1608—1674),英国著名诗人,主要作品有《失乐园》和《力士参孙》等。

27

早春的伦敦,百花争妍,有的苞蕾初绽,有的花瓣盛开,白色的,紫色的,红色的,应有尽有。繁华的班德街及其周围街道上敞开的大门,就是城市盛开的花瓣,招引着人们去看图画,听交响乐或跻身于喧哗激动、五颜六色的人群之中。这些城市之花与花园里花坛上的群芳比艳,它们丝毫也不亚于那些默默无声的植物花卉。是不是这一切的后面存有慷慨的动机?是不是人们不仅想分享,同时也想给予和传输?或者这种热闹仅仅是一种无理智的狂热和纷纭?这些尚不知道。但其影响是深远的,肯定影响了许多年轻的人和无知的人,怂恿着他们产生这样的看法:这个世界是个庞大的集市,杂色的旗帜摇来晃去,大房里堆满了从世界各个角落里弄来的不义之财物,供他们赏乐。

卡桑德拉口袋里有了钱,在伦敦城里逛,旋转式栅门为她敞开。更经常的是她拿着大张的白色名片直入栅门。在她看来,伦敦是最慷慨最好客的主人。她参观了英国美术作品陈列馆,进了赫特福德戏院,在贝切斯坦音乐厅听了勃拉姆斯①和贝多

---

① 勃拉姆斯(1833—1897),德国著名作曲家。

芬①的乐曲。每逢参观或是听完音乐回来之后，她都会发现自己变成了一个新人，因为她的心灵里，又增加了一些她仍称为现实的无价之宝。而且，她仍然相信，她能够找到这些无价之宝。正像人们所说的那样，希尔贝里一家子"和谁都认识"。这种说法难免有些过分，但肯定还是实情。你看，在某一地区内的许多人家，他们的住宅夜晚灯火通明，下午三点之后就敞开大门，宴请希尔贝里一家，至少一月一次。住在这些房子里的人，绝大多数言谈举止说不出有多么自由自在，多么富有权威。好像无论谈什么问题，艺术也好，音乐也好，国家治理也好，他们都是内行，可以尽情地嘲笑广大的平民。有人要进这个圈子的话，就得在大门外等待和争斗，不掏钱进不了这个圈子的门。这些门对卡桑德拉却及时敞开了。对里面的东西，她生来就抱着批判的态度，而且总爱引用亨利在这种场合会说的话。但是她又常常驳倒了不在场的亨利。对共进晚餐的同伴，或记得自己祖母的老太太，她却总是要恭维两句，说她相信她们讲的话都是有意义的。由于她眼光里总是流露出急切之情，她那未加修饰的言谈和外表也就无人计较了。大家都有同感，她只要锻炼一两年，有个手艺好的裁缝给她做衣服，不受坏影响，就会成为一个有出息的姑娘。这些年长的老太太们，常坐在舞厅边，把人们看做是她们抽样检查的对象。她们呼吸十分均匀，项链随着胸部一起一伏，它们似乎代表了自然的一种力量，就像那人类海洋上的波涛。在她们这次检查之后，得出的结论是，卡桑德拉是合格的。言下之意，她完全有可能和一个好小伙子结婚，也就是和一个她们所敬重的女人的儿子结婚。

---

① 贝多芬(1770—1827)，德国著名作曲家。

威廉提了许多建议,参观小巧精致的画廊啦,听优秀的音乐会啦,看精彩的私人表演啦,等等,想方设法找时间与凯瑟琳和卡桑德拉见面,然后就在他的住处请她们吃茶点或晚饭。这样,她这两个星期的安排从容合理,每天都有新花样。不过,星期天快到了,通常,这一天都是用来欣赏和享受大自然的乐趣。天公也还作美,天气适于远足。但是,卡桑德拉不愿去汉普顿宫院①,不愿去格林威治,不愿去黎斯曼德②,也不愿去克佑,而想去看看动物园。她没事干时曾经涉猎过一些有关动物心理的书,对于动物的遗传特性,略知一二。因此,星期天下午,凯瑟琳、卡桑德拉和威廉·罗德尼坐着汽车朝动物园驶去。他们的出租汽车快到动物园的入口处时,凯瑟琳俯身向前,朝着一位年轻人挥手。他正在朝同一个方向快步地走着。

"拉尔夫·丹厄姆来了!"她喊道,"我叫他在这儿等我们。"她又说。她连票也已经给他买好了。威廉本来想不让他和他们在一块,一看这样,马上不吱声了。但是,从两个男人互相打招呼的态度来看,就知道会发生什么样的事情。他们刚一看完大鸟笼里的小鸟,威廉和卡桑德拉就落到了后面,而拉尔夫和凯瑟琳却一个劲地走到前面去了。这样的安排威廉也负有一份责任,而且也给他提供了方便,但威廉仍然感到恼火。他认为,凯瑟琳邀请拉尔夫应该事先跟他说一声。

"凯瑟琳的一位朋友。"他说话音调颇高。很清楚,他被激怒了。对此,卡桑德拉深为同情。他们正站在猪圈旁,里面关的是只东方猪。卡桑德拉正在用伞尖轻轻地戳它。这时候,不知

---

① 汉普顿宫院,曾被亨利八世用作皇家宫殿,大部分对外开放,许多房间被领取皇室养老金的人享用。

② 黎斯曼德,伦敦之一区,有大片的娱乐场地,汉普顿宫院也在该区。

怎么搞的,她看到过的千百件小事都好像汇集到了一个中心。她激动而又好奇地想道:他们幸福吗? 她刚一问完,就把这个问题撇到一边去了。她有些蔑视起自己来了。怎么能用这么简单的办法去衡量他们之间珍贵奇妙的感情呢? 他们是天生一对呀! 不过,她的举止马上变了,好像第一次意识到自己是个成年女子,似乎等会儿威廉肯定希望向她倾吐内心的秘密。这时,动物的心理她忘得一干二净。那些反复出现在眼前的蓝色眼睛、棕色眼睛的动物她也看不见了。此时她一心想的就是,她是个女人,她有女人的柔情,能够给人以安慰。她希望凯瑟琳和丹厄姆先生会一直在他们前面,就像在扮大人的小孩,希望妈妈不要来破坏她们的游戏一样。难道她已经不再是小孩在扮演成人的游戏了吗? 难道是她突然意识到自己已惊人地成熟了,不是在闹着玩吗?

凯瑟琳和拉尔夫两人却一直没有打破沉默,只是欣赏着关在笼子里的各种动物。

"我们上次见面之后,您都在做些什么呢?"拉尔夫终于问道。

"做什么,"她思忖着,"还不是走东家,串西家。我不知道,这些动物是否幸福。"她思索着,在一只灰熊前停了下来。那只熊专心专意地在那里玩着一截丝带。也许这丝带曾经是哪位太太阳伞上的呢。

"我来了,恐怕罗德尼不高兴吧。"拉尔夫说。

"是不高兴。不过,他很快就会没事的。"她回答说。她那超然的神态和语调叫拉尔夫困惑不解。要是她进一步解释一下,他倒会很高兴的。然而,他并不打算强求她。他尽力使现在的每一时刻过得完满,尽享其中的幸福而无须任何解释,将来光明也好,黑暗也好,都与此没有关系。

"熊似乎很幸福,"他说,"但是,我们必须给它们买袋什么东西。那儿有个卖果子面包的地方。我们去买点吧。"他们走到了柜台前,上面堆放着一些装有果子面包的小纸袋。两人同时掏出了一先令,争着塞到了年轻售货员的手里。那姑娘不知道该收谁的钱好,但她还是按照惯例,决定让这位先生付钱。

"我愿意付钱。"拉尔夫断然地说,拒绝接受凯瑟琳递过来的一先令硬币,"我做的事是有理由的。"见她在笑自己决断的语气,便补充说。

"我相信,你干任何事都是有理由的。"她同意了他的说法,一面将果子面包掰成了小块,往熊的嘴里扔,"但是,我相信:这一次你并无充足的理由,你的理由是什么呢?"

他拒不告诉她。他无法跟她解释,他有意把自己的一切幸福奉献给她,而且愿意在这堆熊熊燃烧的干柴上面倾注他所有的一切,甚至最宝贵的财富也在所不惜,这当然是够荒谬的。他想在他们之间保持一段距离——一段将崇拜者与供奉在神龛上的偶像分隔开来的距离。

现在各方面的情况使这一点并不难做到。如果他们是坐在客厅里,中间放着只茶盘,那倒反而没有这么容易做到了。他看到她身后是一些灰白色的洞穴,里面的野兽毛皮光亮。骆驼耷拉着厚厚的眼皮,斜睄着她。长颈鹿伸着长长的脖子,从高处挑剔地观察她。大象则用有粉红色线条的鼻子小心翼翼地从她那伸出的双手中够着果子面包。旁边还有一些温室。她看到,她有时是在俯身观看盘蜷在砂地上的大蟒蛇,有时是在寻思着在鳄鱼池死水之中现出的棕色大石头,有时是在一块很小很小的

372

热带树林中寻觅着杂色金丝雀的金色眼睛,有时是在观看绿色青蛙一鼓一收的腹部,特别是她在看鱼时,衬托着他们的是深不见底的碧波绿水。银白色的鱼群在不停地游弋,贪婪地看她一会儿,还将嘴巴紧压在玻璃上,看上去都变了形,尾巴则在身后摆动着。现在他们来到了昆虫馆。她拉起了小笼子的百叶窗,看到了一些刚出世不久,还未完全苏醒的蝴蝶,长着野蚕丝似的翅膀,五彩缤纷,上面有一些紫色圈圈。她还看到了一些一动不动的毛虫,就像白皮树上长了许多节疤的树枝一样。另外还有一些细长的绿蛇,舌头一吞一吐,不停地舔着笼子的玻璃外壳。所有这些都使她惊诧不已。园中,热烘烘的气流,大朵大朵的鲜花,有些浮在水面上,有些直立于红色的大花盆里,触目皆是的飞禽走兽,奇形怪状,五颜六色,这一切产生了一种气氛,相形之下,人们脸色黯淡无光。

猴房里,回荡着猴子不高兴的嘲笑声。他们刚一打开门,就看到了威廉和卡桑德拉。威廉拿着半只苹果,正在逗引着站在高处的一只小猴子,而那只猴子却不愿意下来。卡桑德拉正在用她那尖嗓门朗读关于这只猴子的介绍说明,说它性情孤僻,惯于夜晚活动。一看到凯瑟琳,她便喊了起来:

"你来啦,快劝阻威廉,叫他不要折磨那不幸的猴儿了。"

"我们还以为你们走丢了呢。"威廉说,他看看凯瑟琳又看看丹厄姆,似乎是在打量着丹厄姆不合时尚的衣着。他好像希望找点什么借口,说几句不好听的话出口气,但徒劳无获,只好默不作声。他那搜寻的目光,那微微颤动的上嘴唇,凯瑟琳全看在眼里了。

"威廉对动物太狠心了,"她说,"他不知道,它们喜欢什么,不喜欢什么。"

"我看,你对这些事情很精通,丹厄姆。"罗德尼说,一面将拿着苹果的手收了回来。

"关键是要懂得怎样去抚慰它们。"丹厄姆说。

"上爬行动物馆走哪条路呢?"卡桑德拉问丹厄姆,其实,她并不是真想去看爬行动物,而是出自她新近产生的女性敏感,想凭借自己的魅力取悦另一个男性。于是丹厄姆告诉她到爬行动物馆如何如何走。这当儿,凯瑟琳和威廉一起走到前面去了。

"我希望,你今天下午过得很愉快。"威廉说。

"我喜欢拉尔夫·丹厄姆。"她回答说。

"Ca se voit。"①威廉用法语回敬了一句,表现出一副彬彬有礼的样子。

很明显,接下去可能就是一场唇枪舌剑,你来我往,互不相让。但是,总的来说凯瑟琳并不希望斗嘴。因此,她只是问他:

"你回我家吃茶点吗?"

"卡桑德拉和我打算到波特兰广场一家小店里去吃茶点,"他答道,"我不知道,你和丹厄姆是不是愿意和我们一起去。"

"我得问问他。"说完,她回过头来找丹厄姆。他和卡桑德拉又在聚精会神地逗那只猴子。威廉和凯瑟琳好奇地望着各自喜欢的人。威廉的目光终于落在卡桑德拉身上,她的新衣服,与她那优美的身材十分相称。他很尖刻地说:

"如果你们来的话,我希望你别挖空心思出我的洋相。"

"如果你不放心,我当然不会去。"凯瑟琳回答说。

他们假装在观看着中间那只大笼子里的猴子。凯瑟琳一肚子火无处发泄,将威廉比做了愤世嫉俗的类人猿,身上包着一块

---

① 法语,意为"不言而喻"。

破烂不堪的旧围巾,蜷缩在一根柱子边,用愤怒、怀疑、不信任的目光瞥视它的同伴。她的忍耐到了极限。过去这个星期发生的事情使她丧失了耐心。在男女的交往中,一方变得显然高人一等,变得卑鄙无耻时,另一方就会难以忍受。无论是男的还是女的,出现这样的事情都是很寻常的。这样的话,一定要将他们联系在一起就是堕落的表现,在这种时候,本来是亲密无间的关系,反而成了套在脖子上的绞索。凯瑟琳现在的情绪就是如此。威廉的苛求和嫉妒把她推进了她本性中的可怕泥坑,在这里,男女之间的原始斗争仍然如火如荼。

"你似乎以伤害我取乐,"威廉坚持这样的看法,"刚才你为什么要拿我对动物的行为来做文章?"他一边说,一边用手杖嘎嘎嘎地敲着猴笼的铁杆,这声音使得凯瑟琳分外恼火。

"因为那是事实,你从来就不理解别人的感情,"她说,"你心里只有你自己。"

"这可不合乎事实。"威廉说。他那手杖的嘎嘎声引起六七只类人猿兴奋地注意着他。他把手里的苹果朝它们伸了过去,这要么是为了讨好这些类人猿,要么就是为了表示他理解它们的心情。

不幸得很,这样的心计太露骨了。这种情景与她头脑中的形象太相似了,十分滑稽,凯瑟琳不禁失声笑了起来,而且没完没了。威廉窘得一脸通红。别人发怒,都不会这样厉害地伤他的感情。她在嘲笑他,她那超然的笑声,更使他不寒而栗。

"我不明白你在笑什么?"他抱怨地说。一转身,他看到另外一对又和他们会合到了一块儿,仿佛他们以前就私下达成了协议。两对又分手了。凯瑟琳和丹厄姆只是随随便便看了周围一眼,就出了猴房。凯瑟琳似乎急于分手,丹厄姆顺从了她的意愿。她的行为举止有了些变化。这些变化使他联想到了她的笑声，以及她与罗德尼私下的短暂交谈，他感到，她变得对罗德尼不太友好了。她虽在说话，可是她的话却无关痛痒，而且她说话时，注意力似乎也不集中。看到这样的情绪变化，起初他极不舒服，但是很快发现它有益无害。灰暗的天像下着毛毛细雨似的，也影响了他。使他沉溺的那种魅力和诱人的魔力突然消失不见了。他的感受变得友好而带有敬意。他很高兴，自己竟自然而然地想到了那天晚上独自一人待在卧室里的快慰。对于这突如其来的变化，对于自己毫无拘束的自由感，他自己也感到惊讶不已。他想好了一个大胆的计划，凭借这个计划，他可以驱除凯瑟琳的幽灵。这样做会比自我克制要有效得多。他要叫她去家里吃茶点。他要迫使她去体验一下家庭生活的磨难，他要将她置于毫不留情的光照之下，揭示她的面目。他家里的人一点也不会羡慕她。他相信他们都会成为她鄙视的对象，这些对他也是会有帮助的。他感到自己对她变得越来越残酷无情。他认为，采取这样大胆的措施，谁都可以结束那些荒唐激情的折磨，再也不会因此耗费时间与精力。他预见到将来，当他的弟弟们也陷入了同样的困境时，他的经验，他的发现和他的胜利对他们是可以起到借鉴作用的。他看了看表，说动物园就要关门了。

"不过，"他又说，"我想，一个下午我们看的东西也够多的了。他们两人上哪儿去了？"他回头看了看，连他们的影子也没有见到，马上说：

"我们别和他们一道还好些。最好是你和我一道上我家去吃茶点。"

"为什么你就不能同我上我家去呢？"她问道。

"因为隔壁就是海格特。"他马上答道。

她同意了，也弄不清楚海格特是不是就靠近摄政公园①，只要能拖延一两个小时，晚点回到恰尔斯她家的茶桌边，她就高兴。他们以顽强的决心，继续行走在摄政公园蜿蜒迂回的道路上，不一会儿，来到附近大街上，朝地铁站走去。大街上熙熙攘攘，一派星期天的景象，反正她也不认得路，全随他去。他的缄默不语，正中了她的下怀，她好继续对罗德尼发闷火。

他们下火车时，海格特更加昏暗了。她心里不由得纳闷；他要把自己领到哪儿去呢？他有家吗？还是一个人独居呢？总的来说，她倾向于相信，他有年迈的母亲，可能已经病魔缠身，只有他这么个独子。路上寂静无人。她在心里轻轻描画出一座白色的小楼房，老太太从茶桌边颤抖着站起身来，结结巴巴地跟她打招呼，好像在说"我儿子的朋友"。她正要叫拉尔夫告诉她在他家里可能会看到些什么，这时，他猛地推开了无数大同小异的木头门中的一扇。他领着她上了一条铺砖小道，来到了门廊前。门廊是按照阿尔卑斯建筑式样修建的。地下室里传来当当的铃声，彻底抹去了她头脑里那番景象。她一时想不出别的景象来代替。

"我必须预先告诉您，您要作好参加我们家庭聚会的准备，"拉尔夫说，"星期天我们家的人多半都在家。然后，我们就可到我的房间去。"

"你有很多兄弟姐妹吗？"她问道，并没有掩饰她的惊愕。

"六七个吧。"他冷冷地说。这时门开了。

当拉尔夫在脱外衣时，她东瞧西望，看到了羊齿、照片、门帘、窗帘，听到了嘈杂的说话声，嗓门儿一个比一个高。现在她

---

① 建于1814年，其中包括动物园。

羞涩得都有些呆板起来，走在拉尔夫的身后，尽量保持远远的距离，跟着他进了一间房。里面没有灯罩的灯火把满屋照得通亮，几个年纪不一的人围坐在一张大餐桌边，满桌摆食物，乱七八糟，白热的煤气灯光，照着他们的脸庞，可他们根本不在乎。拉尔夫径直走到了桌子的尽头。

"妈妈，这是希尔贝里小姐。"他说。

一位富富态态的老妇人正在一盏昏暗的酒精灯下躬着腰，这时抬起头来，微蹙着眉头看了看说："请原谅，我还以为你是我自己的一个女儿呢。多萝西，"她连气都没换，就继续说了下去，为的是赶在仆人还没出房间时叫住她，"我们还得要些甲醇酒精——除非这灯出了毛病。要是你们谁能做一盏好使的酒精灯就好了——"她叹了口气，顺着桌子扫了大家一眼，然后开始在面前的瓷杯中挑选起来，想为新来的两人找两只干净杯子。

无情的灯光把一切都暴露无遗，如此丑陋的房间，凯瑟琳有好长时间没有看到过了。长毛绒的门帘难看极了，棕色，打了许多折，上面有小铁环，四周有穗边，窗帘上还垂着一些丝球和穗边，遮掉书架的一角；书架上堆满了又黑又脏的课本，暗淡的绿色墙壁上，交叉地挂着两只回纹装饰的木质剑鞘；凡是高一点又能平放东西的地方，不是放着一只粗糙不堪的瓷钵，里面插着一株飘来摆去的羊齿，就是摆着一只铜马。铜马放到那样高的地方，只怕需要一棵大树干才能撑得住它的前身呢。家庭生活如上涨的海潮，把她给淹没了。她默不作声地咬了咬牙。

丹厄姆夫人终于抬起头来说：

"你看，希尔贝里小姐，我的孩子们一会儿回来一个，一会儿又回来一个，各有各的爱好，都不一样。约翰尼，你吃完了就把这盘东西送到楼上去。我儿子查尔斯感冒了，躺在床上起不来,冒雨踢足球,不感冒才怪呢。不瞒你说,我们总想在客厅里吃茶点,可就是吃不成气。"

约翰尼是个十六岁的男孩,幼稚可笑地发着牢骚,一方面是由于提到了在客厅吃茶点,另一方面是由于要送盘东西上楼给他哥哥。但他还是自己走了,母亲在后面嘱咐他一路留神,出房时将门带上。

"像这个样子,就好多了。"凯瑟琳心里说,同时下决心把她的蛋糕切开了。他们给她的这块糕太大了。她知道,丹厄姆夫人怀疑她,在用挑剔的眼光进行比较。她也知道,她的蛋糕还没吃掉多少。丹厄姆夫人时时盯着她看。看得出,她在纳闷:这姑娘是谁呢?拉尔夫为什么把她带来和他们一起吃茶点呢?明显的原因倒是有一个,可能丹厄姆夫人现在也琢磨到了。表面上看来,她的客套有些过时,也很不自然。她正在谈论海格特宜人的风光,它的发展和现状。

"我结婚那时节,"她说,"海格特与伦敦差不多是全分开的,希尔贝里小姐。你会不相信的,那时候,这房子的四周都是苹果园,那还是米德尔顿一家子在我们家前面盖房子之前的事了。"

"住在山头上好处一定不少吧!"凯瑟琳说。丹厄姆夫人连连点头称是,仿佛越发感到凯瑟琳十分通晓事理。

"不错,确实,我们发现住在这儿对健康大有益处。"她说。她接着又举例证明海格特与伦敦周围其他的郊区比起来,对健康的好处更大,少受城市里的坏影响,住在郊区的人们都喜欢这么说。她说话如此强调,显然,她的看法并不受欢迎,她的孩子们都不同意。

"食品室的天花板又掉下来了。"赫丝特突然说。这是她的女儿,今年十八岁。

"总有一天整个房子都会塌下来的。"詹姆斯牢骚满腹地说道。

"胡说,"丹厄姆夫人说,"只是掉了点灰泥——我就不知道,谁家的房子能够经得起你们这样折腾。"不知谁说了几句笑话,引起哄堂大笑。凯瑟琳作为外人听不出个道道来。甚至丹厄姆夫人也忍不住笑出了声。

"希尔贝里小姐准认为我们都很粗俗。"她带着责备的口吻说。希尔贝里小姐莞尔一笑,摇了摇头。顿时,她意识到许多只眼睛都在盯着她,仿佛她一离开,他们就会津津乐道地谈论起她来。也许就是因为他们挑剔地瞅着她,她才判定这一家子平庸、混乱、毫无吸引人之处。那些难看的家具和装饰就表现了他们的特点。她扫了一眼壁炉架上的摆设,有青铜马车、银质花瓶,还有瓷器。这些东西不是令人发笑,就是怪里怪气。

她并没有对拉尔夫有意识的评判一番。但是,当过一会儿她看着他时,对他的评价不如以前了,比他们结识以来任何时刻都要差些。

她被介绍给大家的那一阵子,浑身不自在不舒服,可拉尔夫全然不顾。现在他又忙着在和他的弟弟争论。显然忘了还有她在场。她一定过于指望他的支持与帮助了。现在他那无所谓的态度,再辅之以那毫无意义、平庸俗气的周围环境,使她不仅清楚地认识到这一切的丑陋,而且也清楚地看到了自己的愚蠢,几秒钟的工夫,她脑海里出现了一个接一个的情景,使她战栗,差不多脸都红了。他谈到友谊时,她信了他。她刚才还相信,在反复无常,混乱不堪的生活后面,有一团精神之火在熊熊地燃烧。现在,这团火熄灭了,好像是一块浸足了水的海绵突然将它蒙熄了。桌子上杯盘狼藉的情景展现在眼前。丹厄姆夫人那乏味而又苛刻的言谈还在耳边回响，她精神上的防线确实全面崩溃了，而这些人，这些情景还不放过她，还要向她进攻。她深深地意识到，这场较量无论胜败如何，结果只会贬低自己。她郁郁不欢地想到的孤独与寂寞，想到了自己虚度的年华，想到了枯燥无味的现实。她还想起了威廉·罗德尼，想起了她母亲以及那尚未完成的传记。

对丹厄姆夫人的问候，她敷衍一番了事，几乎有点失礼了。拉尔夫在密切注视着她。对他来说，尽管她人近在眼前，可心灵相距却远了。他瞟了瞟她，费了很大的劲，才想好了争论中接着要采取的步骤。他下定决心，从此以后，再也不允许自己蠢里蠢气了。紧接着是一片沉默，来得如此突然。这些人围坐在乱糟糟的桌子旁边，一声不吭。沉默得深沉、可怕，似乎就要爆发什么令人恐惧的事情。尽管这样，大家都在顽强地忍受着。少顷，门开了。大家松了口气，异口同声地喊道："琼恩，是你啊！没东西给你吃啦。"本来大家的眼光都集中在桌布上，气氛抑人。这一阵叫喊，把抑人的气氛驱散了，家庭生活的浪花又在欢快地跳跃。很明显，温和善良的琼恩对她一家人有着一股神秘的支配力量。她走到凯瑟琳面前，仿佛以前就听人说到过她，而今亲眼见到了她，十分高兴。她解释说，她去看一个有病的叔叔去了，耽误了点时间，她无法及时赶回。不错，她是还没有吃茶点。但她只要一片面包也就行了。哪个递给了她一块热蛋糕，是一直放在火炉围栏上热着的。她在母亲身旁坐下后，丹厄姆夫人的忧虑也似乎减轻了。大家又开始吃喝起来，似乎茶点又重新开始了。赫丝特主动告诉凯瑟琳，她正在准备应考，因为，她最大的理想就是能去纽纳姆上学念书。

"好吧,让我听听你是怎样变格 amo——'我爱'这个词的。"约翰尼问道。

"得啦,约翰尼,吃饭就吃饭,不要来什么希腊语。"琼恩从旁边听到约翰尼的话之后,马上出来干涉了,"她通宵都在看书用功,希尔贝里小姐。我敢说这不是通过考试的办法。"她继续说,还一面朝凯瑟琳笑笑,又幽默,又担忧,是个大姐姐样子。她的弟弟妹妹几乎成了她的小孩似的。

"琼恩,你不是真的认为 amo 是希腊语吧?"拉尔夫问。

"我是说的希腊语吗? 嗨,不用管它。吃茶点不要谈已经死去无用的语言。我亲爱的弟弟,你用不着给我烤面包——"

"如果你真要烤的话,烤面包的叉子一定放到什么地方去了。"丹厄姆夫人说。至今她仍认为,切面包的刀用来烤面包会搞坏的,"你们谁按下铃,叫佣人拿一只来。"她说,甚至连自己也不相信,会有谁听她的指挥,"是不是会由安陪约瑟夫舅舅来呢?"她接着说,"如果是这样的话,他们不如叫艾米到我们这儿来——"她进一步了解着这些安排的细枝末节,并提出自己更合理的计划,这一切都使她沉浸在神秘的快乐之中。不过听她那受委屈的口气,似乎连她自己也不指望谁会采纳她的意见。她完全忘记了在座的那位衣着华丽的客人,忘记了还要给她介绍介绍海格特的宜人环境。琼恩刚一落座,凯瑟琳左右两边的人就展开了一场争论。争论的问题是救世军①是否有权星期天在街头演奏圣歌,因为他们使詹姆斯无法睡个够,损害了个人自由。

"你知道,詹姆斯特喜欢像猪一样睡觉。"约翰尼对凯瑟琳

---

① 救世军,无派性的国际性基督教组织,主要目的是传道和致力于慈善事业。

解释说。詹姆斯发火了,对着凯瑟琳喊着说:

"我一个星期只有星期天才能睡个够,约翰尼却在食品室还摆弄那些臭气熏天的化学物品——"

他们都向她呼吁求援,她连蛋糕也忘记吃了,突然也兴致勃勃地开始笑起来,谈起来,争起来了。在她看来,这个大家庭似乎异常温暖,每人各有特色。她忘记再去责怪他们对陶器缺乏鉴赏力,很显然,詹姆斯和约翰尼两个人之间的互相指责,现在已成了一家人都参与的争论。在这场争论中,拉尔夫是领头的。凯瑟琳与他却针锋相对,竭力维护约翰尼的观点。看起来,约翰尼与拉尔夫争论时,总是易于激动而弄得不知所措。

"对,是这样的,这就是我的意思,她说对了。"凯瑟琳更精确地重述了他的观点之后,他激动得喊了起来,现在这场争论几乎成了凯瑟琳和拉尔夫的争论。他们两人目不转睛地盯着对方的眼睛,就像拳击运动员一样,力图确定下一拳怎么出手。拉尔夫说话时,凯瑟琳就咬着下唇。他话音没落,她早已准备好下步的论点。他们真是旗鼓相当的对手,两人的观点完全对立。

但是,在争论得最激烈的时候,他们一家人都把椅子向后推了推,一个接一个地站起身,走出了房间,仿佛是有铃声在召集他们似的。到底是什么原因,凯瑟琳弄不明白。大家庭里按时间作出的安排和规定,她是不习惯的。她踌躇了一会儿,要说的话还没说完就站了起来。丹厄姆夫人和琼恩已经凑到了一块,站在火炉旁。她们的裙子稍微拉起了一点,露出了脚踝骨。两人商量一件什么十分严肃而又保密的事情。看上去,她们忘记了凯瑟琳还和她们在一起,拉尔夫站在那里为她打开了门。

"上我房里去,好吗?"他说。凯瑟琳回头看了一眼琼恩,后者朝她笑了笑,可仍在那里聚精会神地与她母亲说话。凯瑟琳跟着拉尔夫往楼上走去。她仍在想着他们的争论,楼梯很长,爬了好一阵子才到了他的房间。他一开门,她就马上开了口:

"然而,问题就在于在什么情况下,个人坚持自己的意志而不顾国家的意志才是正确的。"

他们又就这个问题争论了一会儿。谈谈停停,愈停愈长,火药味渐渐消散,更多的时候是在沉思。最后谁也不说了。凯瑟琳将争论从头至尾回想了一遍,她记得显然由于詹姆斯和约翰尼不时插几句话,这场争论才一直没有偏题。

"你的两个弟弟都很聪明,"她说,"我想,你们有争论的习惯吧?"

"詹姆斯和约翰尼可以那样争论好几个小时呢,"拉尔夫答道,"如果你让赫丝特谈起伊丽莎白时代的剧作家来,她也可以说个不停的。"

"扎辫子的那个小姑娘呢?"

"是莫莉吗? 她刚刚十岁,可她们之间也总是争论。"

凯瑟琳赞扬他的弟弟妹妹,使他高兴极了。他很想继续给她讲些他们的事情,可他克制住了自己。

"我看,你准舍不得离开他们。"凯瑟琳继续说。以前,他也因为有这样的家庭而深感骄傲。可是,此时此刻他更为之自豪了,打算独自一人住在一间农舍里的想法实在是荒谬可笑的。这种兄弟姊妹关系,共同的童年,共同的过去所意味着的一切,这种稳定、朴实的伙伴关系,以及对处于最佳时期家庭生活心照不宣的理解,这一切都涌上了他的心头。他把全家看成一艘大海的航船。他就是船长。他们的航程是光荣的,但却也是艰难沉闷的。他认为,正是凯瑟琳使他认识到了这一点。

房间角落里传来了一声干巴巴的鸟叫声,唤起了她的注意力。

"我养的白嘴鸦,"他简单地解释道,"一只猫把它的一条腿给咬掉了。"她看了看白嘴鸦,然后,一件一件地打量着房里的物品。

"你就坐在这里看书吗?"她问道,眼光落在他的书上。他说,他习惯于晚上坐在这里工作。

"海格特的最大优点就是可以俯视伦敦。晚上,从我的窗户朝外望去,景色壮观。"他急于想让她也欣赏一番这种景象。她站起身来,看看究竟能望见些什么。夜幕已完全降临,路灯已经亮了,漫天乱卷的阴霾在灯光下变得黄黄的。伦敦城就在脚下。她想试试,看能不能辨别出城市的东南西北。看到她在自己的窗口边向外凝视,丹厄姆有说不出的高兴。当她终于转过身来时,他还坐在椅子上发呆。

"一定不早了,"她说,"我要走了。"她心神不定地坐在椅子扶手上,心里根本就不想回家。威廉会在那里,他会想办法使她难受的,因而她又记起了和他的争吵。她注意到,拉尔夫此时态度冷淡。她注视着他,从他那一动不动的目光看得出,他一定是在琢磨什么理论和论据。也许,关于个人自由的限度问题,他在原有立场的基础上,又想到了某一新的观点。她默不作声地等待着,一面也在考虑着自由这个问题。

"您又赢了。"终于他又说话了,身子依然一动未动。

"我赢了吗?"她只是重复了他的话,心里还想着那场争论。

"我真希望没有叫您到这儿来。"他的话冲口而出。

"你这是什么意思?"

"您来了,一切都变了——我真幸福。您只须走到窗前——您只须谈谈自由。刚才在楼下,当我看到您和他们混在一块儿——"他突然收住了话头。

"你认为我跟一般女人没有两样。"

"我是想这么认为,可是,结果却更认为您了不起。"

她感到无限快慰,可又不愿意喜形于色,心里矛盾极了。

她身子一滑,在椅子上坐了下来。

"我以前以为你讨厌我。"她说。

"天知道,我试图做到这点,"他答道,"我做了最大的努力要实事求是地看待您,不带任何这种该死的浪漫色彩。那都是胡闹。这就是我叫您上这儿来的原因。结果证明我比以前更愚蠢,您走之后,我会望着窗外,一心想着您。我会浪费整个晚上来想您的,哦,我会浪费整个一生的,真的。"

他说得那样真切动情,她的快慰之感消失了。她皱起了眉头,声调也几乎变得严峻起来。

"这是我预言过的。除了不幸,别的我们什么也得不到。望着我,拉尔夫。"他呆呆地看着她,"我向你保证,我比看上去要平凡得多。美貌算得了什么? 什么都不是。实际上,最漂亮的女人往往是最愚蠢的。我并不属于这种类型。我是一个讲究实际,乏味的平平凡凡的人。我每天吩咐开餐、付款、记账、给钟上发条,从来就不看书。"

"您忘了——"他刚开口,但是她根本就不让他说下去。

"你到我家,看到我在花丛中,在画堆里,就以为我很神秘,富于浪漫色彩,以及其他等等。由于你自己缺乏经验,又动了感情,回到家里就对我胡乱幻想起来。以至如今,你无法将我与你想象中的形象分别开来。我想,你就把这称为在相爱。实际上,这是在幻想。浪漫的人都一个样,"她又说,"我母亲对于她喜欢的人,一生都在那里杜撰故事,编造情节。只要我能够,我绝不让你在我身上做这类事情。"

"这您是做不到的。"他说。

"我警告你,这是万恶之源。"

"也是一切善行之源。"他说。

"你会发现,我不是你所想象的那样。"

"也许您说得对。但是,我得到的东西会比失去的要多。"

"假若你得到的东西是有价值的,你才能得多于失。"

沉默。

"这或许就是我们不得不正视的,"他说,"别的可能什么也没有。除了我们的想象,什么都不存在。"

"只因为我们寂寞。"她若有所思地说。

又是沉默。

"您什么时候结婚?"他突然问,声调也变了。

"我想,要到九月份。婚期推迟了。"

"那时,您就不会寂寞了。"他说,"人们都说,婚姻这东西就十分奇怪,没有什么能与其相比。这可能是真的,我就知道有那么一两个实际例子,似乎证明这句话讲得很真实。"他希望,她会就这个问题继续谈下去。但她却一句话也没有多说。他尽了最大努力控制自己,他的声调也是够不在乎的,但她的沉默折磨得他难受。她就是不主动跟他谈起罗德尼,她对他的保留像挂着一块黑幕布,使他无法看到她心中的秘密。

"有可能还要推迟到九月以后,"她说,好像是事后又想了一下似的,"他办公室里有个人病了,威廉要替代他。实际上,我们可能要把婚期推迟一段时间。"

"这对他可太难受了,不是吗?"拉尔夫问。

"他有他的工作,"她回答,"他有许多使他感兴趣的事情……我知道,我去过那地方。"她顿住了,指着一张照片说,"不过,我记不起这是什么地方——哦,对啦——是牛津。好了,谈谈你的农舍,好吗?"

"我不打算租了。"

"你改变主意啦!"她露出了笑容。

"并非如此,"他不耐烦地说,"而是因为我想待在见得到您的地方。"

"我说了这么多都白说了,我们的条约还有效吗?"她问。

"对我来说,永远有效。"他回答。

"你打算沿街行走时,还要做梦,还要想象,还要以我为对象瞎编杜撰一通,还要假想我们不是在街上行走而是在森林中骑马奔驰,或是在一座海岛上登陆——"

"不会的。我会想到您在安排晚餐,在付货款,在记账,在领着老太太们看那些家藏珍品……"

"这比以前那些想象好一些,"她说,"你还可以想到,明天上午我正在《英国传记词典》里查找日期。"

"连钱包也忘了。"拉尔夫添了一句。

一听这话,她脸上露出了笑容,但随即又消失了,要么是因为他不该讲这话,要么是因为他讲这话的方式不对头。她就是容易健忘而丢失东西。他看到了这一点。但是,他还看到了其他什么吗?他现在看到的不就是她从未向任何人披露过的东西吗?这些东西难道不是深埋心底的吗?一想到他看到了这些东西,不是使她感到十分震惊吗?她的笑容消失了。有一会儿,她似乎就要说话,但却又默默无语地看着他。她的目光好像是在询问她无法用言语表达的问题。随后,她转过身,向他道了晚安。

28

　　拉尔夫独自一人坐在房里。凯瑟琳刚才对他所产生的影响像音乐的旋律一样,逐渐地消失了。这音乐是在最美妙、最激动人心的时候消失的。他侧耳细听,是不是还有余音萦绕。顿时,回想给他带来了安宁,但很快就失去了镇定作用。他在房里焦躁地踱来踱去,心中只有一个愿望,就是再听到那美妙的声音,除此之外,他感到对生活别无他求了。她话都没说就走了,好像在他生活的道路上突然留下了一道深渊,他稀里糊涂地一头栽了下去,在岩石上摔得粉身碎骨。精神上的痛苦给他的肉体带来了毁灭性的灾害。他浑身发抖,脸色苍白,感到精疲力竭,仿佛耗费了巨大的体力。他一屁股坐在椅子上,正对着她坐过的那张空椅子。目光一落到时钟上,他就机械地想到,她离他愈来愈远,现在已经回到了家,无疑又和罗德尼在一起了。不过,直到过了很长一段时间,他才清楚这些事实。他心里只有一个无比强烈的愿望,就是要同凯瑟琳在一起。他的感觉器官全变得麻木了,迷雾般的情思恋意使他什么也听不到,看不见,甚至连四周实实在在的墙壁和窗户,他也感到离他是那么的遥远。他意识到了自己心中剧烈的情火,不禁对未来的前景感到害怕。

　　他们将在九月份结婚,这是她说的,那么,也就是留有整整六个月的时间给他体验那发狂热恋的可怕。六个月的痛苦折磨之后,他就会变得像墓地一样沉默,像精神病人一样被隔离,像罪犯一样被流放,一辈子被剥夺幸福。不偏不倚的局外人也许可以使他相信,他要想恢复,就在于具备一种神秘的性情:它将一位活着的女人与人们认为不能长期拥有的许多东西等同起来。这位女人终将辞离人世,想得到她的欲望也将烟消云散,然而,他坚信她所代表的一切会存留下来,不会随着消逝。也许,这样考虑问题才给了他一点短暂的喘息,使他保持相当清醒的头脑,不为纷乱的感觉所迷惑。他竭力想理清一下自己毫无条理的万千思绪。他深深地感到,自己必须自重。很奇怪,唤起他的自重感的却是凯瑟琳。她说得很有道理,他的一家值得他、需要他贡献自己的全部力量。她的话是对的,他的热恋完全是幻想中的空中楼阁,没有基础,没有根据,不会带来任何结果。即使不为自己,为了自己的家人这种感情也必须彻底砍断,连根拔掉。要做到这一点,最好的办法不是逃避躲开她,而是要面对现实来正视她。在充分了解她的性格品质之后,就要说服自己,她的性格和品质就像她对他说的那样,和他想象的并不一样。她是讲究实际的女人,是一名三流诗人未来的家庭主妇,可惜的是不明智的老天爷竟将浪漫与美貌赏给了她。毫无疑问,她的美貌是经受不住检验的,至少他还有办法说明这一点。他有一本希腊塑像的照片集,其中有一位女神。如果只看她的头而不看下半部分的话,经常使他入迷,好像见到了凯瑟琳。他把像集从书架上取了下来,找到了那张照片。照片边上,他贴上了一张她约他在动物园等候她的便条。另外还有一朵花,这是他在克佑摘的,用它来给她讲过植物学。这些就是他的珍藏品。他把这些东西摆在面前,使自己清晰地看到了她的形象,不会有假象,也不存有错觉。刹那间,他仿佛看到她在克佑,踏着绿草如茵的小道朝他走来,阳光斜照在她的衣裳上。他叫她在身边的座位上坐了下来。他听到了她说话的声音,语气是那么缓慢,但却十分决断。她头头是道地讲着些无关紧要的事情,他看得到她的缺点,分析着她的优点。他的脉搏跳得平稳得多了,头脑也变得更清醒。这次她可逃不脱他的眼光了。她在幻觉中的形象变得愈来愈完整。他们似乎在彼此的心灵中进出,向对方提问,并回答对方提出的问题。他们在思想感情上进行充分的交流。如此结合在一块,他感到自己凭空跃起,精神升华,情绪高涨,充满了成功的力量,这些是他独身一人时不曾有过的感受。他再一次认真地注意了她相貌上的不足,以及她性格上的缺点。这些他都十分清楚;可是这些却和他们那天衣无缝的结合交融在一块。他们极目纵观生活。站在这样的高度来观察,生活是多么深刻!多么壮丽!就连最普通的东西都会使他激动得下泪!这么一来,他忘记了不可避免的限制,也忘了她不在面前。他心里想,不管她与他结婚还是与别人结婚,那都无关紧要;只要她存在,只要他爱她,其他什么都没关系。他还在沉思,有些话就大声脱口而出了,表达了他的这些思想,其中就有"我爱她"这几个字。这还是第一次,他用"爱"这个字来描述自己的感情;而以前他用的却是发狂、浪漫、幻觉。遇到"爱"这个字之后,尽管明显是出于偶然,他却一遍又一遍地念着,似乎得到了启示。

"我原来爱上了您!"他有几分惊恐地喊着。他倚靠在窗台上,像她那样俯视全城。像奇迹一般,一切都变了,一切都变得清清楚楚,一目了然。他的感受证明是正确的,无需进一步解释。但他必须告诉另外某个人,因为他的发现太重要了,与其他人也有关系。他合上像集,藏好了那些珍藏品,飞快跑下楼梯,披上衣服,出了家门。

有些人家已经点上了灯,但街上黑乎乎,空荡荡。他尽可以一个劲地朝前疾走,还可以边走边大声说话。对于他要上哪儿去,他是没有一点疑问的。他要去找玛丽·达奇特。他急不可待,一心只想让理解他的人分享他心里的感受,对此他一点也不怀疑。不多久,他就来到了玛丽住的那条街。他三步并作两步地跑上楼直奔她的套间。"她也许不在家"这样的念头,根本就没有在他头脑里出现过。在他看来,他一边按门铃,似乎就一边在宣布出现了什么奇妙的东西。这给了他凌驾所有人之上的权力和权威。一会儿之后,玛丽开了门。他默不作声,脸庞在暮色之中一片惨白,跟着玛丽进了房间。

"你们认识吗?"她问。他大吃了一惊,因为他以为只有她一人在家。一位年轻人站了起来,自称与拉尔夫面熟。

"我们正在看文件,"玛丽说,"巴斯尼特先生还必须帮我一把,因为我还不熟悉我的工作,是新组织的协会,"她解释说,"我是秘书。我已不在罗素广场了。"

她压着嗓门给他解释了一番,声音几乎有些刺耳。

"你们的目的是什么呢?"拉尔夫问,他既没看玛丽,也没有看巴斯尼特先生。巴斯尼特先生心想,玛丽竟有这样一个讨厌、可怕的朋友,真少见。这个白脸蛋的丹厄姆先生,一脸挖苦相,好像有权要求他们陈述他们的主张,还没有听完,就在那里提起批评意见来。然而,巴斯尼特先生还是尽可能清楚地解释了他的计划。他知道,自己也希望这些计划能够得到丹厄姆的好评。

"我明白,"他话音刚落,拉尔夫就说话了,"你知道吗,玛丽?"他突然转了话题,"我相信,我伤风感冒了。你有奎宁吗?"他看了她一眼,这目光把她吓坏了。也许,他自己并不知道,这

393

目光默默地表达了一种深刻、狂热、强烈的感情。她马上离开了房间。一想到拉尔夫在这里，她的心就怦怦直跳。她之所以这样，是由于痛苦，是由于极度恐惧。她站着用心听了一会儿隔壁房间的谈话声。

"当然，我同意你的看法，"这是拉尔夫在对巴斯尼特先生说话，声音有些异样，"但是，还有更多的事可做。比如说，你见到过贾德森吗？你很有必要见见他。"

玛丽拿着奎宁回来了。

"贾德森的地址呢？"巴斯尼特先生问道，一面掏出了笔记本，准备写下来。用了大约二十分钟，他才将拉尔夫告诉他的一些人的姓名和地址，以及拉尔夫自己的建议记下来。接着，拉尔夫缄默不语。巴斯尼特先生感到，再待下去，是不会受欢迎的。和拉尔夫相比，他自感年轻无知，因此，对拉尔夫的帮助，表示了谢意，然后，告辞了。

"玛丽。"巴斯尼特先生一走，门一关，拉尔夫就轻轻喊道，"玛丽。"他又喊了一声。但是，他没有说下去，因为他又碰到了老难题：无法毫无保留地对玛丽畅谈。他只想宣布，他爱凯瑟琳。这一愿望仍然十分强烈，但一看到玛丽，他立即感觉到不能告诉她。他与巴斯尼特先生谈话时，这种感觉增强了。然而，他时时刻刻都在惦记着凯瑟琳，惊叹着自己对她的爱情。他叫"玛丽"的声音别扭得刺耳。

"怎么回事啊，拉尔夫？"她问道。他的口气使她惊愕，她忧虑地看着他，微皱的眉头说明她正在作出痛苦的努力，想了解他，但她还是被弄得迷惑不解。他感觉得到她正在揣摩着他的意思。他感到生气恼火，心想，总是看到她那么迟钝，那么小心，那么愚笨。他是对她很不好，这反而使他火上加火。玛丽也没有等他回答,就站起了身,好像他的回答对她来说无关紧要,开始整理着巴斯尼特先生留在桌上的一些文件。她哼了一段曲子,在房间里走来走去的,仿佛在忙着整理房间,并无其他事情可干似的。

"你留在这里吃晚饭吧?"她随便问了句,回到了自己的座位上。

"不啦。"拉尔夫答道。她也没有再强留他。他们并排坐着,谁也没说话。她伸手拿过针线匣,取出针线,穿了根针。

"那是个聪明的小伙子。"拉尔夫说,他指的是巴斯尼特先生。

"你这样认为,我很高兴。协会的工作极为有趣。总的来说,我认为,我们干得还不错。但是,我倒倾向于同意你的意见:我们应该尽量通融调和一些。我们也严厉得有些荒谬了。我们的对手讲的话可能也有些道理,尽管他们是我们的对手。这一点是很难理解的。肯定地说,贺瑞斯·巴斯尼特太没点儿妥协性了。我一定记住,叫他写信给贾德森。我想,你只怕很忙,不能参加我们的委员会吧?"她问话的口气毫无个人感情。

"我可能会离开伦敦。"拉尔夫答道,口气和她的一样,保持着同样的距离。

"当然,我们的执行委员会每周都要开会,"她说,"但是有些成员每个月顶多来一次。国会议员最糟糕,叫他们参加协会,真是个错误。"

她又不作声了,继续做她的针线活。

"你还没吃奎宁呢。"她说,抬眼看到了放在壁炉台上的那些药片。

"我不用吃啦。"拉尔夫也没多说。

"唉,这你最明白。"她心平气和地说。

"玛丽,我不是人!"他喊着,"我来这儿,浪费你的时间,别的没干,尽叫你过不去。"

"人得了伤风感冒,确实会感到难受。"她回话说。

"我没有伤风感冒,是骗你的。我没有一点毛病。我想,我发疯了。本不应该到这儿来的。但是,我想见你——我是想告诉你——我恋爱了,玛丽。"这句话尽管说出来了,但在出口的同时,似乎就失去了意义。

"恋爱了,是吗?"她很平静,"我很高兴,拉尔夫。"

"我想,我堕入情网了。总之,我已神魂颠倒。我无法思考,无法工作。对什么东西我都一点儿也不在乎。天啦,玛丽!我难受极啦!一会儿,我很幸福;一会儿,我又很痛苦。我会痛恨她半个小时;可紧接着,我又会不惜牺牲一切,乃至生命,只要能和她在一起待上十分钟就行。我总不明白自己的感受,为什么会有这样的感受。这是精神错乱,但又完全合情合理。这一切你觉得有什么意义吗?你看得出是怎么回事吗?我知道:我在胡言乱语。你不要听,玛丽,继续干你的活吧。"

他站起身,又像往常一样开始在房间里踱来踱去。他清楚他刚才说的与心里想的没有多少相同的地方,因为玛丽在他面前,就像一块强有力的磁铁,有些话也由不得他,就被这块磁铁吸了出来。而这些话却并不是他一个人自言自语时讲过的话,也没表达他心灵深处的感受。他有点鄙视自己,竟然是这样说话。但也不知怎的,他迫不得已,非说不可。

"坐下吧,"玛丽突然说,"你真使我——"她异常恼怒地说。拉尔夫见此吃了一惊,马上坐了下来。

"你还没有告诉我她的名字——我想,你是不愿意告诉我的喽？"

"她的名字？凯瑟琳·希尔贝里。"

"但她已经订婚了——"

"和罗德尼订婚了。他们九月份结婚。"

"我知道。"玛丽说。此时，他又坐了下来，行为举止很镇定。这实际上使她深深感到面前有什么东西，很强烈，很神秘，高深莫测。她不敢说话或提问来截断它，以至于她本来还可以讲的话，提的问题，现在几乎连想都不敢想了。她茫然地看着拉尔夫，脸上露出几分敬畏，嘴唇微张，眉头高耸。他显然没有意识到她在凝视着他。随后，她坐在椅子上，朝后倚靠着，眼睛半睁半闭，仿佛再也看不下去了。他们之间的距离使她痛心。往事一件又一件地涌上心头，她只想质问拉尔夫，强迫他说心里话，她只想重新获得他们之间亲密无间的友谊。但是她克制住了这些冲动和引诱。因为她那样做的话，他们之间言而不尽，互有保留的局面就会因为她而受到破坏，从而扩大彼此之间的距离。在她眼里他显得如此威严，可望而不可即，像个陌生人。

"我能帮你什么忙吗？"她终于柔和地问他，口气彬彬有礼。

"你可以去见见她——不，这不是我需要的。你不用管我，玛丽。"他的语气也很柔和。

"恐怕，第三者是无法帮上忙的喽。"她又说。

"是没办法，"他摇了摇头，"凯瑟琳今天还在说，我们是多么寂寞。"她看出来了，他费了很大劲才说出了凯瑟琳的名字。她相信，现在他在迫使自己为过去的隐瞒做些补偿工作。不管如何，她对他的怒火已冰消瓦解，代之而起的是淳厚的怜悯之情。他和她一样，注定要受苦遭难。但是凯瑟琳的情况就不一样，玛丽对她怒火填膺。

"天天有做不完的工作。"她有点咄咄逼人地说。

拉尔夫马上动了动。

"你现在要工作吗?"他问。

"不,不。今天是星期天。"她回答说,"我刚才想到了凯瑟琳。她并不了解工作。她从来也没有这个必要。她不知道,工作意味着什么,我自己到最近才弄明白。然而,正是工作维持着人的生命——这一点我敢肯定。"

"还有其他事情呢,不是吗?"他的语气是犹豫的。

"其他东西都不能作为依靠,"她回答说,"终究其他人——"她不说了,但接着又强迫自己继续说下去,"假如每天我不到办公室去工作,那现在我会在什么地方呢? 成千上万的人都会用同一句话告诉你——成千上万的妇女。我给你说,是工作而不是其他东西拯救了我,拉尔夫。"他咬了咬牙关,仿佛她的话就是拳头,雨点般地落在他身上。看上去,不管她说什么,他都决心默默地忍受。这是他的报应,听听这些话会给他带来一些安慰的。但是,她停止了说话,站了起来,仿佛要去隔壁房间取点什么东西。她还没走到门口,就又转了回来,站在那里面对着他,她显得沉着冷静,但又带有挑战的意味,令人望而生畏。

"我的结局好得很,"她说,"你的结局也会好的。我敢肯定这一点。因为最终来说,凯瑟琳是值得的。"

"玛丽——!"他叫道。但她的头已转过去了。他的话到了嘴边却出不来。"玛丽,你真好。"他最后说。玛丽面对着他,将一只手伸给了他。她受了苦,付出了牺牲,眼看着她充满着希望的美好将来变得黯淡无光。可是,不知怎么的,她又成了征服者,征服了什么她自己几乎说不上,究竟会带来什么样的结果,她自己也难以预料。拉尔夫的眼睛看着她,她报以安详骄傲的微笑。她明白自己是第一次成了征服者。她让他吻了她的手。

星期天晚上。街上行人寥寥无几。也许由于今天是安息日①,家家户户都有些适合假日的娱乐活动,人们都待在家里玩。如果不是安息日,由于今晚起了大风,也会把人们都关在家里。拉尔夫·丹厄姆不仅意识到了街上的狂风,也意识到了心中的激浪,这倒十分协调。一阵阵狂风,沿着斯特兰德大街,呼啸而过,似乎同时也吹开了云层,露出了星星。瞬间,一轮皓月,穿云破雾,快速奔驰在云层之间;云层似乎就是围着它奔腾呼啸的波涛;它被淹没了,又冒出来了;黑云时而松开它,时而笼罩它;它不屈不挠,又冲了出来。田野里,狂风在逞威,刮得遍地是冬天遗留下来的残迹,朽枝枯叶,枯萎的羊齿,干瘪的枯草;可是花蕾却幸免于难,刚刚露出地面的新发的枝茎也没有夭折,也许到明天,翠绿的树枝上就会点缀着蓝色的、黄色的鲜花。然而,在丹厄姆的心中,却只有漫卷的狂风,什么星星,什么鲜花,都不过是排排巨浪之上一瞬即逝的闪光。他一直都无法与玛丽谈一谈。不过,曾有过那么一阵子,他认为他们极有可能相互理解的,因此,心里头痒痒的,只差一步他就会找玛丽说了。但是,他一心想着的,就是要把这最要紧的话说出来;他仍然希望把它作为礼物赠予别人;他在他的熟人和朋友中寻找着。这时他朝着罗德尼住的方向走去。与其说这是自觉的、有意识的选择,还不如说是出自本能。他砰砰地在罗德尼的门上重敲了几下,但无人答应。他又按了门铃,过了好一会儿,他才承认,罗德尼确实不在家,不再把风吹得这破旧楼房发出的响声当成有人从椅子

---

① 基督教徒称星期天为安息日。

上站起来的声音。他跑下楼梯,仿佛他的目标已经改变,而他也只是刚刚看到新的目标。他朝着恰尔斯区的方向走去。

但是,他疲惫不堪,不得不在河堤上的一个座位上坐下来歇会儿,因为他还没吃晚饭,又走了这么久,走得这么快。这时,一个醉醺醺的老头子,摇摇晃晃地走到拉尔夫面前,讨了根火柴,在他身旁坐了下来。很有可能,他失去了工作,又无家可归,只好成了这些座位上的常客。他说,今晚风真大,时世艰难啊。接着,他就没完没了地唠叨起来,倒霉和不公平的事儿一件接一件,或许他天天都挂在嘴上说,听起来仿佛在自言自语似的。也许,别人从来就不认真听他讲话,使他也觉得没有必要吸引别人的注意。他一开始说话,拉尔夫就急不可待地想跟他谈一谈,问几个问题,使他明白自己的意思。他真的插了一次话,但却毫无用处。失败,倒霉,不该遭受的灾难,这些老旧的故事,随风飘送过来。老人语无伦次,声调奇怪地变换着,一会儿大得震耳,一会儿小得听不清,仿佛他的记忆时而复苏、时而衰竭,最后,咕咕哝哝,发几句牢骚,表示听天由命算了,看来,这样的绝望他似乎习以为常了。这不幸的唠叨使拉尔夫痛苦,但也使他愤怒。当老人拒不听他说话,只顾自己喃喃地说个不停时,他脑海里冒出一副古怪的景象:迷路的鸟儿围着灯塔飞翔,被飓风吹得晕头转向,直朝灯塔的玻璃上撞。他感到自己既是灯塔又是鸟儿,一方面他岿然不动,光芒四射,另一方面他又像鸟儿一样被卷得晕头转向,直往玻璃上撞。他站起身,同情地给老人留下几个钱,又顶着狂风朝前走着。他沿着河边经过了国会两院的大厦,进了格洛斯维诺路,头脑里尽是灯塔,风暴,满天的鸟儿。由于极度疲劳,眼前的景物与漫无边际的苍穹交融一体。这一情景的外部特征是,呼啸漫卷的狂风,街灯以及私人住宅里射出的忽明忽

400

暗的灯光。但是,凯瑟琳家的方向,他始终不曾搞错。他认为,到了她那儿,总会有什么事情发生,这是当然的。因此,愈往前走,他愈高兴,期望的心情就愈强烈。由于凯瑟琳的存在,她家房子周围的那些街道也增添了光辉。每家每户的特征拉尔夫都了如指掌,因为她家房子的特征就十分突出。离希尔贝里家门只有十几码了,他激动,兴奋。但到了大门口,将小花园的门一推开,他又踌躇起来,进退两难。然而,用不着匆忙,站在屋外面也足够高兴一阵子的了。他转回身,横过马路,倚靠在河堤的栏杆上,眼睛一动不动地盯着希尔贝里家。

　　客厅三个长长的大窗户里正亮着灯。在拉尔夫的想象中,里面的客厅成了这个变幻莫测、一片黑暗的世界的中心。有了它,周围的一切虽然模糊混浊、杂乱无章也无关紧要了。它就像灯塔一样,以那坚定不移、镇定自如的光芒搜索、照耀着无边无际的海洋。在这小小的庇护所里云集着各色各样的人物,但他们各自的身份都融化在共同的荣耀之中,融化在也许可以谓之文明的荣耀之中。无论如何,只有希尔贝里家的客厅才有安全和立足之地,只有在这里才能找得到巍然屹立在浪峰之上,保留着自己意识的东西。它的目的就是要遍施恩惠。然而它又高踞于他的上空,严峻而稳重;放射出光芒,却又可望而不可即。接着,他开始在心里分辨客厅里各色各样的人物,暂时有意撇开了凯瑟琳。首先他想到的是希尔贝里夫人和卡桑德拉。接着,他又把注意力转到了罗德尼和希尔贝里先生身上。照亮长方形窗户的灯光是黄黄的,很稳定。他好像就看到罗德尼和希尔贝里先生沐浴在这一片灯光之中。他们的动作优雅,言词含蓄,有些话虽没说出口,但却心照不宣。这样的安排和选择,他并非完全有意。这些都完了之后,他才让自己注意凯瑟琳。顿时,整个情景令人激动万分。他看到的不是她的身体,似乎奇怪地看到:她的形状很像灯塔,她就是灯塔。他自己则由于头脑简单化了,又很疲倦,就像一只迷路的小鸟,让灯塔完全给迷住了,被它那夺目的光芒吸引着往它的玻璃上飞。

他一边想着这些,一边又不由自主地在希尔贝里家大门前的人行道上踱来踱去。他没有费神去为将来制订计划、作出安排。来年来月全由未知的东西去安排决定吧。他像守夜值班一样,不时地看看长方形窗户里的灯光,又看看让灯光染成金黄色的小花园里的几片树叶和青草。很长时间,灯就那么亮着,一点儿变化也不曾有,当他刚刚走到一头,转身又踱回来时,前门开了。骤然间,整个房子的面貌全然改观。一个黑影沿着小道走了过来,在大门口停了步,丹厄姆即刻就明白了,来人是罗德尼。对任何从那间通亮的客厅里出来的人,他都怀有深厚的情谊,因此他毫不犹豫地迎了上去,拦住了他。疾风一阵一阵地吹来,罗德尼愣了一下,一时仍想奋力向前走,嘴里嘟哝着,仿佛疑心有人求他施舍一般。

"天啦,丹厄姆! 你在这儿干啥?"他惊叫道,认出了丹厄姆。

拉尔夫含含糊糊地应了一句,说他正回家,路过这里。他们俩一同朝前走着,但罗德尼走得很快,明确表示了他并不想要人陪伴他。

罗德尼很不高兴。那天下午,卡桑德拉拒绝了他。他曾尽力想跟她解释清楚困难的处境,暗示一下他对她的感情的性质。不过,他没有明朗爽快地表示自己的态度,当然也没有跟她讲任何无礼的话。但是他却慌了神,在凯瑟琳讥讽的刺激下,他说得太多了一些。卡桑德拉威严地拒绝听他再说什么话,并威胁要马上回家。在这两个女人之间待了一个晚上之后，他心神不安到了极点。而且，他不得不疑心，拉尔夫这个时候竟还在希尔贝里家附近游来荡去，一定与凯瑟琳有关系。可能他们之间达成了什么默契——现在这类事情他也无所谓。他确信，除了卡桑德拉之外，他谁也不曾喜欢过。凯瑟琳的将来与他毫不相干。他大声说，他累极了，想找辆出租汽车。但是星期天晚上要在河堤上雇辆出租车可不容易。不管怎样，他也只好让丹厄姆陪着他，走了一段距离。丹厄姆还是一言不发。罗德尼的火气也消了。他发现，这样的沉默竟奇怪地表现了男子汉的优良气质，他十分敬重而且现在也特别需要这些气质。刚才他同异性打交道感到的是神秘、困难、捉摸不定。现在与同性接触，使他感到心安，甚至变得崇高起来，因为他们之间有可能进行坦率的交谈，不需支支吾吾、遮遮掩掩。他非常需要一个知心朋友。凯瑟琳尽管答应帮助他，但在关键时候却撇开他，和丹厄姆溜了。也许，她就像折磨他那样，正在折磨着丹厄姆。与罗德尼自己遭受的折磨和表现出来的优柔寡断比较起来，丹厄姆是多么严肃，多么稳定！他一声不吭，只顾迈着坚定不移的步子向前走。他开始想方设法找个什么方式，把他和凯瑟琳以及卡桑德拉之间的关系告诉丹厄姆，但又不能在丹厄姆的眼中贬低了自己。这时他忽然想到，也许凯瑟琳已经毫无保留地告诉了丹厄姆；他们有共同之处，很有可能就在那天下午，一起议论了他。现在他一心想的就是要搞清楚他们说了他一些什么话。他记起了凯瑟琳的笑声；他记起了她离开他时，是笑着与丹厄姆一起走的。

"我们走之后，你们还待了很长时间吗？"他唐突地问了一句。

"没有。我们回去了，到了我家里。"

这似乎证实了罗德尼的推测,他们一定议论了他。好一阵子,他一声不吭,翻来覆去地考虑着这件令人不快的事情。

"女人是不可理解的动物,丹厄姆!"然后他大声叹道。

"嗯。"丹厄姆说。他似乎自认为,他不但对女人而且对整个宇宙都了如指掌,还可以像看书一样,观测出罗德尼的心事。他知道罗德尼很不幸,他怜悯罗德尼,并希望帮助他。

"人家刚说几句话,她们——就大发雷霆。要么就无缘无故地哈哈大笑。我看,她们受多少教育也会——"句子的后半截消失在大风之中。他们正迎着大风,艰难地继续向前走。然而,丹厄姆明白,罗德尼指的是凯瑟琳的笑声,他回想起来,自然非常痛苦。与罗德尼相比,他感到自己安全多了。他认为,罗德尼是那群满天乱飞的鸟中的一只,让大风卷得晕头转向,懵懵懂懂往玻璃上撞。但是他和凯瑟琳却能单独在一起,于是乎觉得趾高气扬。他同情身边这个心神不安的人,想要保护他,因为他现在暴露在荒野中,不知如何才能找到一条出路。他们就像两个冒险者一样,联合在一起。不过,只有一个到达了目的地,而另外一个却在途中死亡了。

"你是不会取笑自己喜欢的人的。"

很显然,这句话不是具体对哪个人说的,但丹厄姆听到了。大风似乎吞没了这句话,随即把它带走了。罗德尼讲了这句话吗?

"你爱她。"这是他自己的声音吗?怎么听起来好像是从前面几码远的地方传来的呢?

"丹厄姆,我在受折磨,受折磨!"

"是的,是的,这我知道。"

"她嘲笑过我。"

“可从未对我——”

大风把这些话刮断了——吹得远远的,好像这些话没说似的。

“我以前多么爱她啊!”

这肯定是丹厄姆身边的人说的。这声音带上了罗德尼性格的烙印,使丹厄姆想起了他的容貌,而且逼真得令人奇怪。丹厄姆看见了他,他后面是矗立在地平线上的大楼和高塔。丹厄姆看到他变得尊严、高昂、悲切,像他自己晚上一个人在自己的房间里想着凯瑟琳时的形象一个样。

“我也爱上了凯瑟琳。这就是我今晚为什么在这里的原因。”

拉尔夫有意这样说,他的话说得很清楚,仿佛罗德尼的坦白使他非说这句话不可。

罗德尼惊叫起来,也不知说的什么。

“啊,我早就知道了!”他喊着说,“我一开始就知道,她会嫁给你!”这喊叫声包含着绝望。狂风又把他们的话截断了。他们谁也不说了。最后,两人同时在一根电灯杆下站住了。

“我的上帝,丹厄姆,我们两人都是大傻瓜!”罗德尼歇斯底里地叫道。在路灯的照耀下,他们古里古怪地对望着。大傻瓜!他们似乎都在承认各自极端愚蠢的行为。一时间,他们好像同时意识到,有一种东西使他们再不可能对抗竞争,而只会相互同情。这种同情超过了他们对世界上任何其他人的同情。仿佛要证实一下相互达成的这一谅解,他们同时微微点了点头,没有再说什么就分手了。

29

　　那个星期天,夜里十二点到一点,凯瑟琳躺在床上,但并没有入睡。她感到朦胧恍惚,似乎进入了非明非暗的暮色之中。这个时候,她才有可能超然而又幽默地观察自己的命运。如果她要很认真,也难完全做到,因为睡意迅速加浓,她很快就进入完全迷糊的境地。她看到了拉尔夫、威廉、卡桑德拉的身影,还有她自己的,仿佛他们都同样虚幻不真实,由于他们避离了现实,因而每人都增添了某种尊严,没有什么亲疏厚薄之分了。她就这样摆脱了偏颇给人带来的不舒服的温暖,也摆脱了那些不愉快的义务负担。就在她快要入睡时,有人轻轻地敲了一下门。一会儿之后,卡桑德拉就站在她身边,手里拿着一支蜡烛。她说话小声小气,在深夜这个时候,人们说话都是这样的。

　　"你还没睡着吧,凯瑟琳?"

　　"是的,我还没合眼呢。什么事啊?"

　　她定了定神,坐起身,问卡桑德拉到底是在干什么。

　　"我睡不着。我来和你谈谈——只一会儿,明天我就要回家了。"

　　"回家? 为什么? 出什么事啦?"

　　"今天发生了件事,使我没办法在这里待下去了。"

卡桑德拉口气很拘谨，几乎也很严肃。很清楚，这番话是事先准备好的，说明爆发了一场大危机。她继续说她已准备好而又没说完的话。

"我决定告诉你事情的全部真相，凯瑟琳，威廉今天的行为使我感到极为不安。"

凯瑟琳似乎完全清醒过来了，马上就控制住了自己。

"是在动物园吗？"她问。

"不是的，是在回家的路上，我们吃茶点的时候。"

深夜寒气袭人。凯瑟琳仿佛预见到这次谈话会很长，叫卡桑德拉将一床棉被裹在身上。卡桑德拉依从了，可表情仍很严肃。

"十一点钟有趟火车，"她说，"我会跟玛吉舅母说，我不得不突然离开……我准备把去看望维奥莱特作为借口。但是，反复考虑之后，认为走之前，必须把实情告诉你。"

她尽量避开凯瑟琳的眼光。接着是片刻的停顿。

"但是，你走，我看不出有任何理由。"凯瑟琳终于开了腔，语气听来平静得令人吃惊。卡桑德拉瞥了她一眼。凯瑟琳脸上既无愤怒也无惊讶的表情。相反，她坐在床上，两手盘在膝盖上，双眉微皱，似乎正在考虑对她无关紧要的问题。

"因为我不能允许任何男人对我那样，"卡桑德拉回答道，接着又说，"特别是在我知道他已经与别人订了婚的时候。"

"可是，你喜欢他，是吗？"凯瑟琳问道。

"这是两码事儿，"卡桑德拉愤怒地大声说，"我认为，在这种情况下他的所作所为太可耻了。"

这是她预先准备好的最后一句话。讲完这句话之后，要她再以那严肃的口气说下去，就没词了。这时，凯瑟琳说：

"我说呀,这两件事密切相关。"

卡桑德拉失去了镇定。

"我一点儿也不明白你的意思,凯瑟琳。你怎能这样呢?一来到这儿,你就使我感到惊讶!"

"你在这儿玩得痛快吧?"凯瑟琳问。

"痛快。"卡桑德拉承认了。

"不管如何,我的行为并没有败你的兴,影响你在这儿逗留游玩。"

"没有。"卡桑德拉再次承认道。她完全不知所措了。交谈之前,她料想凯瑟琳开始一定大吃一惊,不肯相信,接着就会同意她尽快回家。但恰恰相反,凯瑟琳马上对她的话打下收条,看来既不震惊也不诧异,只是看上去比平时更耽于思考了。卡桑德拉马上从一个肩负着重要使命的成熟女人,一下变成了不晓世事的小孩。

"你认为,我在这件事情上表现得十分愚蠢吗?"她问。

凯瑟琳没有回答,仍然坐着沉思。卡桑德拉很是惊讶,也许她的话比她想象的打击要更为沉重、超越了她的理解,就像凯瑟琳有许多地方她无法理解一样。她突然想到,自己在玩弄危险的把戏。

凯瑟琳终于一面看着她,一面慢吞吞地提问,仿佛难以启齿。

"但是,你喜欢威廉吗?"

她注意到,卡桑德拉表现激动、迷惘,在躲开她的目光。

"你是说,我爱上了他吗?"卡桑德拉问,呼吸加快,双手紧张不安地动着。

"是的,爱上了他。"凯瑟琳重复了她的话。

"我怎么会爱上你的未婚夫呢?"卡桑德拉脱口而出。

"他可能爱上了你。"

"我认为,你没有任何权力这样说,凯瑟琳!"卡桑德拉大声说,"为什么你要说这样的话呢? 威廉怎样对待别的女人,难道你就一点也不在乎吗? 假如我订了婚的话,我可受不了!"

"我们没有订婚。"凯瑟琳停顿了一会儿,说道。

"凯瑟琳!"卡桑德拉喊了起来。

"是真的,我们没有订婚。"凯瑟琳重复了一遍,"但除了我们自己之外,谁也不知道。"

"但是,为什么——我不明白——你们竟没有订婚!"卡桑德拉又说,"哦,是这么回事! 你不爱他! 你不愿嫁给他!"

"我们彼此再不相爱了。"凯瑟琳说,仿佛是在将什么东西永远地打发走。

"多奇怪,多奇怪,你与其他人相比,多不一样,凯瑟琳。"卡桑德拉说。她的整个身子和声音似乎一起塌了下来。她的脸上看不到丝毫怒容,看不到丁点儿激动,仅仅只有梦一样的平静。

"你不爱他吗?"

"但我喜欢他。"凯瑟琳说。

卡桑德拉仍然低着头,似乎是受到这种意想不到的揭露的压力。就这样又过了一会儿,凯瑟琳也没有说话。她现在的态度完全像个只想躲起来、尽量免受别人观察的人。她长长叹了一口气,一个字也不说,显然完全沉浸在思考之中。

"你知道几点钟了吗?"她终于问道,摇了摇她的枕头,仿佛准备睡觉了。

卡桑德拉顺从地站起身,又拿起了蜡烛。也许,她那身素色的晨衣,蓬乱的头发,以及眼睛里流露出来的茫然的神情,使她看上去活像个梦游的女人。至少,凯瑟琳是这么认为。

"那么,没有任何理由要我回家喽?"卡桑德拉说完,停顿了片刻,"除非你要我走,我就不能走吗,凯瑟琳?你叫我怎么办呢?"

她们的眼光第一次相遇了。

"你原来想叫我们去相爱!"卡桑德拉惊叫道,仿佛从凯瑟琳的目光里得到了答案。但当她注视着凯瑟琳时,所见情景使她吃了一惊。凯瑟琳的眼眶里慢慢充满了泪水,就要夺眶而出,可是她控制住了,没掉下来——这是深情的泪花,幸福、痛苦的泪花,是克己的泪花,这样复杂的感情用语言是无法表达的。卡桑德拉低着头,让凯瑟琳的眼泪落在自己的脸颊上,默默地接受着这些泪珠,好像在接受她奉献的爱情。

"对不起,小姐,"女仆说,这时大约是翌日上午十一点左右,"米尔温夫人在厨房里。"

一只长长的柳条篮子里,盛着一篮鲜花,是从乡下送来的。凯瑟琳跪在客厅的地板上,正在忙着整理这些花。卡桑德拉则坐在一张扶手椅上,看着凯瑟琳,心不在焉地不时提出要帮她的忙,但被凯瑟琳谢绝了。女仆的话对凯瑟琳产生了奇妙的作用。

她站起身,走到窗前。女仆一走,她一字一句甚至有些悲切地说:

"你知道那是什么意思?"

卡桑德拉什么也不明白。

"西莉亚姑姑在厨房里。"凯瑟琳重复了一遍女仆带来的口信。

"为什么要在厨房里呢?"卡桑德拉问道,她这样问并非不自然。

"很可能她发现了什么。"凯瑟琳答道。卡桑德拉一下就想到了她整日萦怀的问题。

"是我们的事吗?"她问。

"天知道,"凯瑟琳回答说,"不过,我是不会让她待在厨房里的,我要叫她上楼来。"

凯瑟琳说这话时,口气很严厉,意味着她叫西莉亚姑姑上楼,是带有惩罚性的措施,具体是什么原因则不太清楚。

"行行好,凯瑟琳,"卡桑德拉叫着,从椅子上一下跳起身来,表现出不安的迹象,"千万不要莽撞。千万不能让她产生疑心。记住,一切都未定——"

凯瑟琳朝她接连点了几下头,叫她放心。但是,凯瑟琳离开房间的样子,实在不能使卡桑德拉完全放心,相信她具有完成这一使命的外交手腕。

米尔温夫人在仆人的房间里,屁股坐在椅子的边缘上,或者说像一只鸟,蹲在那里歇气。她选择了下面这间房子的正当理由何在,她的选择是否合乎她追根究底的精神,且不去管它。不过每当她在处理一些机密的家庭事务时,就总是从后门进来,坐在仆人的房间里。表面上她还蛮有道理,说不应该去打扰希尔贝里先生,也不应该去惊动希尔贝里夫人。但是实际上,与和她同辈的大多数年长女人相比,米尔温夫人更缺不了亲密、痛苦、机密之类的东西,因为这些感情对她来说是甜蜜的,另外,还有地下室给她的刺激与欢乐也是不能轻易放弃的。当凯瑟琳提出要上楼去时,她几乎哀伤地抗议起来。

"我想私下跟你说两句话。"她说。她把这房间当成了她的埋伏圈。走到门槛上时,她犹豫起来不想上去。

"客厅里没人——"

"但是,我们在楼梯上可能会遇到你母亲。我们可能会惊动你父亲。"米尔温夫人反对说。现在她就十分谨慎了,说话像耳语一样。

但是,这次交谈要想成功,还非得需要凯瑟琳出场不成。由于凯瑟琳丝毫不让步,向后退着,已经上了厨房的楼梯,米尔温太太也没有办法,只好跟在她后面。她一边上楼,一边用眼睛偷偷地四处张望,双手提着裙子。打房门经过时,不管是开着的还是关着的,她都是小心翼翼轻轻地走过去。

"没有人会偷听我们说话吧?"她嘟哝着问道。这时,她们已经到了客厅,相比之下,这可算是庇护所。"我知道,我打扰你了。"她又说,眼睛盯着地上的鲜花。过了一会儿,她问道:"刚才有人同你坐在这里吗?"她看到了卡桑德拉溜走时掉在楼板上的手绢。

"是卡桑德拉在帮我把花插到水里。"凯瑟琳说。她说话的语气如此坚定、清楚,米尔温夫人神色紧张地看了看客厅的大门,然后又看了看那块将两间房子隔开了的门帘,那边就是放那些珍贵遗物的小房间。

"啊,卡桑德拉还在你这里!"她说,"这些可爱的鲜花是威廉送给你的吗?"

凯瑟琳在她姑姑对面坐下,既没肯定,也没否定。她没有望着姑姑,而是看着她身后的东西。也许可以说,她在用挑剔的眼光观察着门帘的图案。根据米尔温夫人的观点,地下室还有一点长处,即大家都必须紧紧地坐到一块,光线也很暗。而客厅却有三个大窗户,光线充足,照在凯瑟琳身上,照在那篮鲜花上,甚至在米尔温夫人那苗条瘦小的身段上,也洒上了一层黄灿灿的金光。

"花是斯多格顿庄园送来的。"凯瑟琳的回答来得唐突,头也猛然摆了一下。

米尔温夫人感到,要是和侄女身挨身地坐在一起,会好说话一些,因为她们之间精神上的距离令人可怕。然而,凯瑟琳不主动开口。米尔温夫人尽管有些冒失,但她的勇敢却令人敬佩。她连开场白都没要,就直接点破了题:

"人家正在谈论你,凯瑟琳。这就是我今天上午来这儿的原因。有些话我本是不愿说的,说了出来,请你原谅。我只是为你好才说的,我的孩子。"

"这没有什么要原谅的,西莉亚姑姑。"凯瑟琳显然心情十分愉快。

"人家都在说,威廉与你和卡桑德拉到处逛。还说,他总是向她献殷勤。在马卡姆举办的舞会上,他和她跳了五轮。在动物园,他们两人单独在一起,又是一起离开的,一直到晚上七点钟才回来。这还没完呢。大家还说,他的举止引人注目——只要她在场,就大不一样。"

米尔温夫人越说越快,嗓门越来越高,几乎是在抗议,说到这里戛然而止,全神贯注地盯着凯瑟琳,仿佛是要看看她这番话的效果怎样。略带严峻的神色从凯瑟琳脸上一掠而过,她双唇紧闭,眼睛眯着,仍然盯着门帘。这些只是外表上的变化,掩盖了她内心十分厌恶的情绪。在见到粗鄙可憎的情景、形象之后她常常会产生这种情绪。凯瑟琳外表上有失礼节的行为,别人还是第一次看到。姑姑的话使她认识到,一个没有灵魂的躯体是多么令人反感。

"怎么啦?"她终于又问了一声。

米尔温夫人做了个手势,仿佛要她靠拢一些,但是凯瑟琳没有理会。

"我们都知道,你多么好——多么无私——你为了别人总是愿意牺牲自己。但是你也太无私了,凯瑟琳。你使卡桑德拉幸福,她却利用了你的好心。"

"我不明白,西莉亚姑姑,"凯瑟琳说,"卡桑德拉干了什么事呀?"

"卡桑德拉的行为,是我做梦也想不到的,"米尔温夫人热情地说,"她自私到了极点——太没有心肝了。我走之前,必须找她说说。"

"我不明白。"凯瑟琳坚持说。

米尔温夫人望着她。凯瑟琳真的怀疑吗?难道还有她米尔温夫人都不明白的事情吗?她下了决心,一句话冲口而出:

"卡桑德拉偷窃了威廉的爱情。"

很奇怪,这些字眼似乎也没有什么效力。

"你的意思是,"凯瑟琳说,"他已经爱上了她吗?"

"女人要男人爱上自己,有的是办法,凯瑟琳。"

凯瑟琳又不作声了。这种沉默使米尔温太太惊恐,她很快又说:

"不是为了你好,我是不会说这些话的。我一直不想干预,不想给你带来痛苦。我是个没有用的老妇人。我自己没有孩子,只希望能看到你幸福,凯瑟琳。"

她再次伸出了双臂,但是,凯瑟琳仍不理睬,让她两臂空着。

"这些话不许你对卡桑德拉说,"凯瑟琳突然说,"你已经跟我说了,这就够了。"

凯瑟琳的这番话说得很慢,而且是压着嗓门说的。米尔温

414

夫人只好尖着耳朵听。等听清楚之后,她被弄糊涂了。

"我惹你生气了!我知道你会生气的!"她大声说道。她浑身发抖,一阵一阵地抽泣。但是,就是叫凯瑟琳生气也是一种安慰,她感到自己作出了牺牲,心里也舒畅。

"是的,"凯瑟琳说,一边站了起来,"我十分生气,什么我也不想说了。我想,你最好走吧,西莉亚姑姑。你不理解我,我也不理解你。"

一听这话,米尔温夫人脸上露出了忧心如焚的神色。她瞟一眼侄女的脸庞,并没有发现怜悯之情。她双手合拢落到了一只黑丝绒手提包上面,这姿势活像是在祈祷。如果她真在祷告,也不管她在求哪位神仙,她还是以一种奇特的方式恢复了尊严,正视着她的侄女。

"婚后的爱情,"她慢吞吞,一字一句地说,"是一切爱情中最神圣的。就我们所知,夫妻间的恩爱是最圣洁的。这就是我妈妈对孩子们的教诲,也是孩子们千万不能忘记的。我尽力遵照她的希望去说话。你是她的孙女儿。"

凯瑟琳似乎在按照这些话本身的是非判断这番辩解正确与否,然后确信这是虚伪的。

"我看不出,你的行为有任何站得住脚的理由。"她说。

米尔温夫人一听这话,站起身,在侄女旁边站了一会儿。从前还没有人这么对待过她,她不知道该用什么样的武器,才能摧毁横在她面前的这座可怕的防护墙,而竖起这座防护墙的竟是一位年轻美貌的女子。像这样的女人,应该只会哭鼻子,只会哀求才对。但是,米尔温夫人自己也很倔强;在这样的问题上,她是绝对不会认输,也绝对不会认错的。她把自己看做是捍卫纯洁、崇高的婚后爱情的战士;她侄女捍卫什么,她可说不上。不过,她心里沉甸甸的,疑心重重。一老一少的两个女人并排站着,谁也没有打破沉默。米尔温夫人还下不了撤退的决心,她的原则动摇了,她的好奇心还未得到满足。她绞尽脑汁,想提出些问题,迫使凯瑟琳给她讲清楚。但是,她的办法太少,很难说有什么东西可供她选择。正当她在犹豫不决时,门开了。进来的是威廉·罗德尼。他手里拿着一大束光彩夺目的紫色、白色的鲜花。他要么是没有看到米尔温夫人,要么就是有意不理会她,径直走到凯瑟琳面前,一边把花送给她,一边说:

"这些花是送给你的,凯瑟琳。"

凯瑟琳接过花,瞥了一眼。这一瞥没有逃过米尔温夫人的眼光。但是,尽管她见多识广,也弄不清那一瞥是什么意思。她急切地在一边瞧着,看看能不能得到进一步的启示。威廉跟她打了招呼,表面上看不出有什么内疚的迹象。他还解释说,他今天休息。在夏恩街用鲜花来庆贺他的假日,他和凯瑟琳似乎都认为是理所当然的事情。接着是一段时间的沉默,这也很自然。米尔温夫人感到,如果再待下去,就会有人指责她太自私。一位年轻小伙子的到来奇怪地改变了她的心情。她渴望能出现激动的场面,大家都表示互相原谅。如果做得到,她本会不惜代价拥抱侄儿和侄女的。但是,她实在不敢认为还有希望出现这样激动、高兴和惯见的场面。

"我得走啦。"她说。她感到自己无精打采。

两人谁也没说一句客套话挽留她。威廉彬彬有礼地送她下了楼。不知怎的,她只记得拒绝护送,只感到尴尬,竟忘了跟凯瑟琳告别。临走时,她嘴里还喃喃地说:客厅配上大束鲜花,就是在隆冬季节,也总是很美的。

威廉回到了凯瑟琳的身边,发现她还站在原处未动。

"我是来乞求宽恕的，"他说，"我痛恨我们的争吵。昨天我一整夜都没睡好。你不生我的气吧，是吗，凯瑟琳？"

她根本就无法回答他的问题，因为姑姑给她留下的印象还未消除。在她看来，那些鲜花都受到污染，甚至连那条手帕也是如此，因为米尔温夫人在调查中把它们当作了证据。

"她一直在暗中监视我们，"她说，"我们走到哪里，她跟到哪里，偷听人家的谈话——"

"米尔温夫人吗？"罗德尼吃惊地问道，"她跟你说了些什么？"

他表面上的镇定自信完全消失了。

"哦，人家说，你爱上了卡桑德拉，不喜欢我了。"

"他们看到我们了吗？"他问。

"我们这两个星期的一举一动都有人看到了。"

"我跟你说过，会这样的！"他叫道。

他走到了窗前，很明显，心里乱成了一团。凯瑟琳心里头冒火，也顾不得管他。愤怒使她不能自持。她紧紧捏着罗德尼送来的花，直挺挺站着，纹丝不动。

罗德尼离开了窗户。

"这是个错误，"他说，"这都怪我，我本应该清醒一些才对。在我发狂的时候，我让你说服了。我请求你原谅我一时神志不清，凯瑟琳。"

"她甚至还想迫害卡桑德拉呢！"凯瑟琳脱口说了出来，压根儿就没有听他在说什么，"她扬言要找卡桑德拉谈谈。这她是做得出来的——什么事情她都做得出来！"

"米尔温夫人做事不注意方式，这我知道。但是你也言过其实了，凯瑟琳。人们在议论我们，她告诉我们也是对的。这也证实了我自己的感觉——这样的情形是荒谬可怕的。"

对于他的话,凯瑟琳终于明白了几分。

"你不是说,这些影响了你吧,威廉?"她惊愕地问道。

"确实影响了我,"他说,脸一下变得通红,"这些使我感到极不痛快。让人家说我们的闲话,我可受不了。还有你表妹——卡桑德拉——"他尴尬得说不下去了。

"我今天上午到这儿来,凯瑟琳,"他接着以另外一种语调说,"就是恳求你忘记我的愚蠢,我的坏脾气,还有我那些不可思议的行为。凯瑟琳,我到这儿来也是为了问你,我们能否再回到这个——这个发疯时期——之前的关系上。凯瑟琳,你能再一次永远地接受我吗?"

由于情绪激动,手里又拿着绚丽多彩、形状奇异的鲜花,她显得更美了。毫无疑问,她美丽的容貌使他恋恋不舍,怀念旧情。不过,此时还有另一种不太高尚的感情在起作用,他嫉妒了。头一天,他抱着试试看的态度,向卡桑德拉透露了他的爱慕之情,但被卡桑德拉粗暴地拒绝了,而且他认为是完全拒绝了。丹厄姆的供认他仍然记在心中。归根到底,凯瑟琳对他的支配不是夜晚头脑发热所能动摇和消除的。

"昨天,不能只怪你,也怨我。"她柔和地说,一字不谈他提出的问题,"我承认,威廉,一看到你和卡桑德拉在一起,我就嫉妒。我控制不住自己,我知道,我取笑了你。"

"你嫉妒!"威廉受宠若惊,"我担保,凯瑟琳,你没有一点儿嫉妒的理由。如果卡桑德拉对我有任何感受的话,她只是不喜欢我而已。我太愚蠢,竟想去跟她解释我们的关系。我又无法克制自己不将自己对她的感情告诉她。她拒不听我说,这是很对的。不过,她离开我时无疑对我感到轻视。"

凯瑟琳犹豫着。她感到心神不安,疲惫不堪。她姑姑激起了她强烈的反感。这种感受仍然没有平静消失,相反却压抑着她的整个心灵,影响她的其他一切感受和情绪。她坐到了椅子上,手一松,花束落在大腿上面。

"我被她迷住了,"罗德尼继续说,"我认为我爱她。但这已经是过去的事情了,全都过去了,凯瑟琳。这是梦——是幻觉。我们两人负有同等的责任,但是,如果你相信我是多么真诚地爱你的话,这一切倒也没有带来什么害处。你是相信我的,说呀。"

他站在她对面,好像随时准备着,只要她一有同意的迹象,就立刻抓住。就在这一瞬间,也许是由于百感交集,爱的感觉从她身上消失得无影无踪,就像笼罩着大地的雾霭一眨眼工夫消失得一干二净一样。雾霭一散,露出了骷髅世界和茫茫大地——这样的景象使活人看了胆寒。在她的脸上,他看出了恐惧的神色,也不知是什么原因所致。他将她的手一把握住。她又感到他们像伙伴一样。她渴望接受他奉献给她的东西,就像小孩渴望得到庇护一样。这时,似乎只有他奉献给她的那一点东西,才使生存下去是可以忍受的。她让他亲吻她的面颊,她自己的头也伏到了他的胳膊上。这是他胜利的时刻,只有在这一时刻,她才是属于他的,才完全依赖于他的保护。

"是的,是的,是的。"他喃喃地说,"你接受了我,凯瑟琳。你是爱我的。"

她沉默了一会儿。接着他就听到她低声说:

"卡桑德拉比我更爱你。"

"卡桑德拉?"他小声地问。

"她爱你。"凯瑟琳重复说了一遍。她抬起头,再次把这个句子重复了一遍,"她爱你。"

　　威廉也慢慢地抬起了头。他本能地相信了凯瑟琳的话。但是,这些话对他意味着什么,他一时无法理解。卡桑德拉会爱我吗?她真的告诉了凯瑟琳她爱我吗?他迫切希望了解这件事情的真相,尽管后果无法预测。他激动、兴奋,再次想念卡桑德拉。他的激动不再是因为期待,不再是因为蒙在鼓里,而是因为看到了比可能又进了一步的现实,他终于了解了她,知道他们心心相连。但是,谁能给他肯定的答复呢?会是刚才还倒在自己怀里的凯瑟琳吗?会是世界上最受人爱慕的姑娘凯瑟琳吗?他以怀疑、焦急的眼光望着她,但没开口。

　　"是的,是这样的,我可以肯定地告诉你,"她说。她看出来了,他希望从她这里得到保证,"这是真的。我知道她对你的感情。"

　　"她爱我?"

　　凯瑟琳点了点头。

　　"嗨,但是,谁又知道我的感情呢?我怎么才能确定自己的感情呢?十分钟之前,我还求你与我结婚。我仍然希望如此——我不知道我的希望是什么——"

　　他双手紧握,头扭向一边。突然他面对着她,说:"告诉我,你是不是爱上了丹厄姆?"

　　"拉尔夫·丹厄姆?"她反问道,"是爱上了他!"她大声说,仿佛找到了解决某个一时迷惑不解的难题的答案似的,"你嫉妒了,威廉,可你并不再爱我。不过,我也在吃醋。因此,为了我们两人都好,我说,你还是马上找卡桑德拉谈谈吧。"

　　他尽力使自己镇定,在房间里踱来踱去,然后在窗前站住,观察着撒在楼板上的鲜花。他多么渴望证实一下凯瑟琳的保证！他再也无法否定，对卡桑德拉的爱在他身上产生了压倒一切的力量。

"你没说错，"他站住不动，用指节清脆地敲着上面放着一只细长花瓶的小桌子，大声说，"我是爱卡桑德拉！"

他的话音刚落，小房间的门帘就被拉开，卡桑德拉本人走了出来。

"我都听到啦！"她说。

沉默。

接着罗德尼上前一步，说：

"那么你知道我希望得到你的什么。给我答复吧——"

她双手将脸一蒙，身子一转，似乎要躲开他们两人。

"凯瑟琳刚才说了，"她喃喃地说，"但是，"她又说，头也抬了起来，由于进客厅时，被他吻了一下，脸上仍有惧色，"这一切是多么的难啊！我们的感情，我是说——你的，我的，还有凯瑟琳的。凯瑟琳，你告诉我，我们这样做，对吗？"

"对——当然是对的，"威廉抢着说，"你听了我们的谈话之后，如果你还能嫁给这样一个糊涂得不可理解的男人，这样一个可悲可叹的——"

"别这样，威廉，"凯瑟琳打断了他的话，"卡桑德拉听到了我们说的话。我们是什么样的人，她自己能够判断，比我们自己说还好些。"

但是，卡桑德拉仍然握着威廉的手，疑问一个又一个地在脑海里出现，欲望在心房里沸腾。我不该偷听他们的谈话吗？为什么西莉亚姑姑要责怪她呢？凯瑟琳认为她是对的吗？尤为重要的是，威廉爱我是不是真的比爱别的任何人都深？是不是会永远永远爱我呢？

"我必须首先与他待一阵子!"她大声说,"我不能和任何人甚至也不能和你分享他。"

"我绝对不会要求分享。"凯瑟琳说,她走开了几步,离他们坐的地方较远一点,开始有意识地整理散落在地上的花。

"但是,你与我共享过,"卡桑德拉说,"为什么我就不能与你共享呢?为什么我就这么小气呢?我知道是为什么,"她又说,"威廉和我相互是了解的。你们却从未互相了解过。你们太不相同了。"

"可我对谁也没有像对凯瑟琳那样爱慕。"威廉插了一句。

"我说的不是爱慕,"卡桑德拉企图提醒他,"而是了解。"

"我从不了解你吗,凯瑟琳?我一直都很自私吗?"

"就是的,"卡桑德拉抢先答道,"你要她同情你,可她并没有同情心;你要她讲求实际,可她不是这个类型。你一直都很自私,一直都在苛求——凯瑟琳也一样——但谁也没有过错。"

凯瑟琳认真倾听着卡桑德拉的分析。卡桑德拉的话似乎揭去了生活模糊不清的面目,使其焕然一新。她转过脸对着威廉。

"是这么回事,"她说,"谁也没有过错。"

"他会有许多事情要求助于你,"卡桑德拉继续说,似乎在念着一本无形的书,"我不见怪,凯瑟琳,我绝不会因此而争吵。你一直都是宽宏大量的,我也要像你一样。但是,有了爱情之后,要我做到这一点就难上加难了。"

又是沉默,但终于还是被威廉打破了。

"我求你们俩一件事,"他说,一看着凯瑟琳,紧张、局促不安的老毛病又犯了,"从今以后,我们再也不要提这些事了。并不是我胆小、拘泥习俗,凯瑟琳,你就是这么认为的,而是因为再谈就会坏事,就会扰乱大家的心。而现在我们都很幸福。"

就卡桑德拉来说,这样的结论她完全赞成。威廉看到她两眼露出了极度快乐、情真意切、绝对信任的神色。他焦虑地望着凯瑟琳。

"是的,我很幸福,"她向他保证,"我同意,从此以后再也不提此事了。"

"啊,凯瑟琳,凯瑟琳!"卡桑德拉叫喊着伸出双臂,眼泪夺眶而出。

30

这一天,对于这座房子里的凯瑟琳、威廉和卡桑德拉这三个人来说,与平日大不一样。家庭生活的常规:女仆在饭桌边等着侍候主人,希尔贝里夫人在写信,时钟在当当当地敲点,房门时开时关,这一切以及那些悠久文明的象征,突然都变得毫无意义,只是这些东西还能哄骗希尔贝里夫妇,使他们相信并没有发生什么不寻常的事情。碰巧,希尔贝里夫人心情颓丧,是什么原因别人也看不出,恐怕只能归咎于她最喜欢的伊丽莎白时代的人。她在阅读反映这一时代人物事迹的剧本中感到,他们的脾气有点鲁莽,近乎粗暴,因而快快不乐。不管怎样,她叹了口气,合上了《马尔菲公爵夫人》①这本书。正像她吃饭时告诉罗德尼的那样,她希望知道,是不是还有那么几个有点伟大精神的年轻作家——他们能使你相信生活是美好的。她从罗德尼那里没有得到什么帮助。她为诗歌的沉沦不振悲切了好一阵子,而后,一想到莫扎特还在,又变得兴高采烈起来。她恳求卡桑德拉为她弹钢琴。她们一到楼上,卡桑德拉就马上打开钢琴,竭尽全力创

---

① 《马尔菲公爵夫人》,英国剧作家韦伯斯特发表于 1623 年的一个著名剧本。

造纯美的气氛。琴声一响,凯瑟琳和罗德尼都大大松了一口气,有了乐曲声,他们举止就可以随便一些了。他们陷入了沉思。很快,希尔贝里夫人的思想不知飞到哪去了,十分惬意,就像白日做梦,似睡非睡,一半沉浸在甜蜜的忧伤之中,一半沉浸在纯粹的幸福中。只有希尔贝里先生一个人在听音乐。他对音乐极为爱好、熟悉,他让卡桑德拉意识到,每一个音符他都在认真听。这一次,她弹得极为得心应手,获得了他的赞许。他坐在椅子上,身体稍向前倾,摆弄着戴在手指上的绿宝石。他琢磨着每一段乐曲的含义,不时点头表示赞许,但是,突然他叫她停止弹琴,埋怨身后有噪音。原来是窗户的搭扣没扣上。他朝罗德尼做了个手势,罗德尼马上穿过房间走到了窗前,把窗户扣上了。他在靠窗户的地方多待了片刻,也许这是没有必要的。他干完需要做的事情之后,把椅子挪了挪,移到了比以前更靠近凯瑟琳的地方。卡桑德拉还在继续弹着乐曲。趁着一阵优美动听的乐曲在鸣响,他朝她面前凑了凑,耳语了两句。她看了父亲和母亲一眼,一会儿之后,她和罗德尼离开了房间,几乎没有人注意他们。

“怎么回事?”一出房间把门关上之后,她就问道。

罗德尼也没答话,却领着她下了楼,来到了一楼的餐室里。他甚至在把门关上之后,还是一声未吭,径直走到了窗前,拉开了窗帘。他打着手势叫凯瑟琳也过去。

“他又在那里,”他说,“瞧,在那儿——路灯杆下面。”

凯瑟琳睁眼看着。她不明白罗德尼在说什么,只觉得隐隐约约地有一种惊恐神秘之感。她看见有个男人站在她家门前马路那一边的一根路灯杆下面,面对着她家的房子。正当他们注意看的时候,那个人影转了身,走了几步,然后又回到了原来的位置上。在她看来,他似乎在目不转睛地看着她;并意识到自己的目光也在盯着他。霎时间，她知道了正在望着她的男人是谁，她急促地拉上了窗帘。

"丹厄姆，"罗德尼说，"昨天晚上他也在那里。"他严峻地说。他的整个举止都变得充满权威。凯瑟琳感到，他仿佛在谴责她犯了什么罪。她脸色苍白，神色不安，一方面是由于看到了拉尔夫·丹厄姆，另一方面也是由于罗德尼的行为举止令人费解。

"如果他定要来……"她毫不示弱地说。

"你不能让他在外面等着。我要叫他进来。"罗德尼说话的口气十分坚决。见他一抬手，她以为他会马上拉开窗帘，惊叫一声，抓住了他的手。

"等等！"她喊着，"我不允许你拉开窗帘。"

"你不能再等待了，"他说，"你做得太过分了一点。"他的手仍然在窗帘上面，"你爱他，为什么不承认，凯瑟琳？"他嚷了起来，又愤怒又鄙视地看着她，"你又打算像对待我一样对待他吗？"

她看着他，虽然感到困惑，但对他此刻的精神却不胜惊讶。

"我不许你开窗帘。"她说。

他沉思了一会儿，然后把手收了回来。

"我无权干预，"他结论说，"我走了，让你在这儿。要么，如果你愿意的话，我们就一起回到客厅去。"

"不行，我是不会回去的。"她摇了摇头说。她低着头在沉思。

"你爱他，凯瑟琳。"罗德尼突然说。他的口气不如刚才那么严厉，有点像在鼓励小孩子去承认错误。她抬起了眼睛，目光一动不动地落在他身上。

"我爱他吗?"她重复了一遍。他点了点头。她在他脸上搜寻着,仿佛还想找到什么东西进一步证实他的话似的。当他还在那里默默无言地期待着她回答时,她又把脸转了过去,继续沉思起来。他仔细地观察她,但丝毫也没有惊动她,好像在给她时间,让她下定决心去履行明显是属于她的责任。楼上的房间里传来了莫扎特的乐曲声。

"好吧。"她突然有些不顾一切地说,一面从座位上站起身,似乎是命令罗德尼完成他的使命。瞬刻之间,他拉开了窗帘,她连想都没去想要阻拦他。他们的目光马上不约而同地落到了路灯杆下的那块地方。

"他不在那里啦!"她惊叫着。

那儿没有人了。威廉一把将窗户推开,望着窗外。风呼呼地迎面吹进来,随风传来的有远处的车轮声,人们沿着人行道匆匆赶路的脚步声,还有泰晤士河流中轮船的汽笛声。

"丹厄姆!"威廉叫喊着。

"拉尔夫!"凯瑟琳也在呼唤,但是,她声音不大,几乎像与在同一房间里的人说话一样。他们的眼睛只顾看马路的那一边,没有注意到在靠近分隔花园与马路的栏杆处,有一个身影。其实,丹厄姆已经横过了马路,到了这一边,正站在那里。他们被近在咫尺的声音吓了一跳。

"罗德尼!"

"你在这儿! 进来吧,丹厄姆。"罗德尼跑去打开了前门。

"他来啦。"他说,将拉尔夫带进了餐室。凯瑟琳站在那里,背对着打开的窗户。一刹那,他们的目光相遇了。丹厄姆被强烈的灯光弄得眼花缭乱,扣上了大衣,额头上的头发让风吹得乱蓬蓬的,就像一个从大海中的一只敞篷小船上救下来的人一样。

威廉即刻关上了窗户,拉上了窗帘。他的动作表现出喜悦和果断,仿佛是他在左右局势,也完全知道自己要干什么。

"有个消息,你将是第一个知情人,丹厄姆。"他说,"凯瑟琳最终决定不嫁给我啦。"

"什么地方可以放……"他含糊其辞地说,亮了亮手里的帽子,四周扫了一眼。他把帽子小心翼翼、稳稳当当地放在餐柜上面的一只银碗上边。然后在椭圆形餐桌边的首席上咚的一声坐下来。他的一边站着罗德尼,另一边站着凯瑟琳。看上去,他像在主持什么会议似的,而大部分该出席会议的成员却没有到场。同时,他在那里等待着,目光落在擦得发光的桃花心木餐桌上。

"威廉已经与卡桑德拉订婚了。"凯瑟琳简要地说。

一听这话,丹厄姆立即抬头看着罗德尼。罗德尼的神色变了,失去了镇静。他有点紧张地笑了笑,接着他似乎又在注意楼上传下来的乐曲声。瞬息之间,他好像忘记了还有其他人在场。他朝门口望了望。

"我祝贺你。"丹厄姆说。

"不错,是的,我们都疯了——都失去了理智,丹厄姆。"他说,"这一方面是凯瑟琳造成的,一方面也是我造成的。"他古里古怪地环视了一下房间,仿佛希望弄清楚,这场自己也扮演了一名角色的戏有几分是真的。"完全疯了,"他重复了一遍,"甚至凯瑟琳——"他凝视的目光最后落在她身上,仿佛她也变了,不是他以前眼中的她了,"凯瑟琳会解释的。"他朝她微笑了一下,似乎在鼓励她说。他又朝丹厄姆轻轻点了点头,就离开了房间。

凯瑟琳马上坐下,双手托着下巴。只要罗德尼在屋里,晚上的事情好像就是他在那里一手揽着,而且有点不像实实在在的。现在只剩下了她和拉尔夫在一起,她马上感到两人都如释重负。

她感到只有他们两人在房子的最底层,他们上面是一层又一层楼房。

"你为什么在那外面等?"她问。

"想碰碰运气,能不能看到您。"他回答。

"要不是威廉,你只怕要在那里等个通宵。风这么大,你一定受冻了。你能看到什么呢?除了我们的窗户,你什么也看不到。"

"值得值得,我听到您在叫我。"

"我叫了你吗?"她喊他的时候,自己并没有意识到。

"他们是今天上午订婚的。"停顿了一会儿,她告诉他。

"您高兴吗?"他问。

她垂下了头。"高兴,高兴。"她叹了口气,"但你却不知道他有多么好,他为我都做了些什么。"拉尔夫嗯了一声,表示理解。"你昨天晚上也在那里等候吗?"她问。

"是的,我是能等的。"丹厄姆答道。

这些话似乎使房子里充满了激情,使凯瑟琳联想到了远处传来的汽车轮子声,人们沿着人行道匆匆赶路的脚步声,在泰晤士河上航行的轮船的汽笛声,联想到了寒风与黑夜。她看到了直立在路灯杆下面的身影。

"在黑夜中等候。"她说,一面看着窗户,仿佛看见了她在看的东西,"啊,但这是不一样的——"她收住了话头,"我不是你所想象的那样的人。除非你认识到这一点,是绝对不可能——"

她将胳膊肘放在桌子上,心不在焉地上下移动着戴在手指上的红宝石戒指。看到摆在对面的一排排皮面装帧的书籍,她皱起了眉头。拉尔夫敏锐地望着她。她脸色苍白,但很严峻,一心一意地在考虑着自己说话的用意。她很漂亮,但却几乎没有意识到自己的存在,离他好像很遥远。她身上有一种可望而不可即的抽象的东西,既使他狂喜,也使他心寒。

"是不可能,您说得对。"他说,"我不了解您,我从来就不了解您。"

"但是,也许你比任何人都要了解我一些。"她若有所思地说。

某种超然的本能使她意识到自己正在盯着一本书,这本书按理说应该放在这座房子的另一处地方。她走到书架前,将那本书拿了下来,然后又回到了座位上,将书摆在他们中间的桌子上。拉尔夫将书翻开到卷首,看到了一张肖像,是个男人,衬衣领子又白又大。

"我说我的确是了解你的,凯瑟琳。"他断言道,一面将书合上了,"我发狂的时候顶多不过只有短暂的一会儿。"

"你把整整两个夜晚也叫做一会儿吗?"

"我向您发誓,现在,此时此刻,我确切地认清了您。没有人曾像我这样了解过您……假如我不了解您的话,您刚才会把那本书从书架上拿下来吗?"

"这倒是真的,"她回答说,"但是,你想不到我是多么的矛盾——一方面,和你在一起我感到多么安然自在;另一方面,我又是多么迷惑不解。虚构和想象——黑夜——冒着寒风在外面等候——是的。当你眼睛望着我,却又根本没见到我时,当我对你也视而不见时……我又确实看见了许许多多的东西,"她急促地继续说了下去,移动了一下位置,皱了皱眉头,"但是单单没有看到你。"

"告诉我您看到什么啦。"他想促使她说出来。

但是她无法用语言来表达她见到的幻象,因为这不是黑夜里有形有色的单一形体,而只是一种笼统的激动情绪,只是一种气氛而已。当她想把这些东西变成看得见的形象时,它们变成了一阵风,一掠而过,跨过北边的山冈,照亮了玉米地和水塘。

"不可能。"她叹着气,笑了起来,感到用语言来表达这些东西的任何一部分的想法都是多么的荒谬可笑。

"试试看吧,凯瑟琳。"拉尔夫催促着她。

"但我做不到啊——我是在胡言乱语——这些话只是人们自言自语时才说的。"他脸上渴望和失望的表情使她惊愕了。"我是在想着英格兰北部地区的一座高山,"她真的试着说了起来,"太好笑了——我不说啦。"

"我们两人一起都在那儿?"拉尔夫追问她。

"不是的。只我一个人。"她的回答使他感到万分沮丧,像个愿望被挫的孩子。他的脸沉了下来。

"你总是一个人在那儿吗?"

"我无法解释。"她无法解释为什么就只有她一个人在那儿,"并不是什么英格兰北部的高山,是想象——是自己对自己的虚构。你也有你的想象吧?"

"在我的想象中,您是和我在一起的。您明白吧,您就是我虚构的人儿。"

"哦,我明白了,"她叹了口气,"这就是根本不可能的原因。"她几乎凶狠地对他发起火来,"你一定要想方设法停止这种幻想!"她说。

"这我做不到,"他粗暴地回答说,"因为我——"他不说了。他感到吐露心中最重要的话的时刻已经到了,这些话他曾经想跟玛丽说,在河堤上想跟罗德尼说,还曾经想跟那个与他坐在一起的醉醺醺的流浪汉说。这些话怎么向凯瑟琳说呢？他迅速地瞥了她一眼。他看出，她并没有在认真听他说话，暴露在他面前的仅仅只是她的一个部分。这情景使他极为失望。他费了很大的劲，才抑制住了一时的冲动，没有站起来离开这座房子。她的一只手放在桌上，他一把抓住，紧紧握在自己手里，仿佛要证实一下他们两人的存在。"因为我爱您，凯瑟琳。"他说。

说这种话，嗓门不圆润些，没有一股亲热劲儿，是万万不行的，而他的声调里就正缺这东西。她轻轻地摆摆头，他就将她的手放下了。脸也转过去了，为自己的软弱无能感到羞愧。他想她已经发觉他想离开她。她看到了他的决心也有缺口，他心中的幻象也有一块空白的地方。确实，现在与她待在同一个房间里，还不如在外面的马路上想她幸福些。他看着她，脸上带着内疚的神色。但是，她看上去既没表示失望，也没有表示责怪。她的姿势自然自在，在那张擦得闪闪发光的桌子上旋转着她那只红宝石戒指，好像这样做，就可以安静地思考。丹厄姆一心想知道她现在究竟在想什么，他连自己的绝望都抛到脑后去了。

"您不相信我吗？"他说，口气很谦恭，使得凯瑟琳朝他笑了笑。

"据我对你的了解——但是，你说我对这只戒指该怎么办呢？"她问，一面将戒指拿在手里，伸了过来。

"我建议您让我替您保存。"他回答说，口气还是一样，半开玩笑半认真。

"听了你说的话，我很难信任你了——除非你收回你所说过的话。"

"那好吧。我并没有爱上您。"

"但是，我认为你是爱上了我……就像我爱上了你一样，"

她说话的口气够随便的,"至少,"她说,一面将戒指又戴在手指上,"还有什么别的字眼可用来描述我们所处的状态?"

她以询问的眼光严肃地看着他,仿佛是在寻求帮助。

"当我和您在一起时,我怀疑自己是否真的爱上了您,当我独自一人的时候,却不怀疑。"他说。

"我也是这样想的。"她接着说道。

为了向她解释他的心思,他说起了那张照片,那封信,以及在克佑摘的那朵花。她听得很认真。

"然后你就在大街上逛来逛去,胡言乱语。"她若有所思地说,"唉,这也够糟糕的了。但是,我的情况比你的还要糟,因为它与事实毫不相干,只是纯粹、简单的幻觉——是陶醉……对纯理性,人会产生爱情吗?"她随便问道,"因为,我相信,如果你爱上了幻象,那也就是我所爱上了的东西。"

这样的结论对拉尔夫来说很奇怪,很不令人满意,但是在过去的半个小时里,他自己的感情不是也在令人吃惊地变化不定吗? 因此,他没有理由责怪她富于幻想的夸张。

"罗德尼对自己心里在想什么,似乎够明白的了。"他尖刻地说。音乐停奏后并没有再开始,莫扎特的曲子似乎表达了楼上那一对恋人美妙的爱情。

"卡桑德拉连一分钟都没有怀疑过。但是,我们——"她看了他一眼,仿佛是为了弄清楚他的位置,"我们只是偶尔才能看得见对方——"

"就像暴风雨中的灯火一样——"

"就像狂飙中的灯火一样。"她结论说。这时,风把窗户吹得砰砰地响。他们默默地侧耳倾听着。

就在这时,有人在推房门,那人犹豫地把门推开了,希尔贝里夫人的脑袋伸了进来。开始她还小心翼翼，但一弄清要进的是餐室而不是其他不寻常的地方后，整个身子就进了房间，似乎一点也不为自己所看到的情景吃惊。与平时一样，她本来好像是自己有什么事，结果总是愉快而又奇怪地被人家的事情吸引住，被一些稀奇古怪似乎毫无必要而别的人们认为适宜的事情吸引住了。

"你们谈，你们谈，嗯，嗯，先生，"她照例把他的名字给忘了，凯瑟琳心想母亲一定不认识他了，"我想，你已找到了一两本好看的书吧，"她又说，一面指着桌上的那本书，"拜伦①——啊，拜伦。我有许多熟人认识拜伦爵士。"她说。

凯瑟琳有些慌乱地站起了身。想到母亲竟认为女儿深夜在餐室里与一个陌生人读拜伦的诗歌是完全自然而又合适的，她忍不住露出了笑容。她赞美母亲这种给人以方便的性情，因此对于母亲以及她的古怪行为也备感亲切。但是，拉尔夫注意到，希尔贝里夫人尽管将拜伦的诗凑到了眼前，却一个字也没有看进去。

"我亲爱的妈妈，您为什么不睡觉呢？"凯瑟琳大声问道，不到一分钟，她又令人吃惊地恢复了她那平日的权威，"您游来游去干什么呢？"

"真的，我深信我会喜欢你的诗胜过喜欢拜伦的诗。"她对拉尔夫·丹厄姆说。

"丹厄姆先生不写诗，他为父亲编辑的《评论》撰过稿。"凯瑟琳说，仿佛是在提醒她。

"啊，天哪！多么愚笨！"希尔贝里夫人惊叫着，突然笑了起

---

① 拜伦（1788—1824），英国著名诗人，主要作品有《唐璜》等。

来,把女儿弄得有些莫名其妙。

拉尔夫发觉她的眼睛转过来在凝视着他,目光既茫然而又十分锐利。

"但是,我相信晚上你一定阅读诗歌。我总是根据眼神来判断,眼睛是灵魂的橱窗。"希尔贝里夫人加插一句又继续说道,"法律我不大懂,虽然我的许多亲戚都是律师。他们其中的一些人戴上假发看上去还很漂亮。不过,诗歌我是确实懂一些,"她又说,"一切还没有写下的东西,但是——但是——"她挥了挥手,仿佛是为了指给别人看,他们的周围有许多可用来写诗的宝贵素材,"繁星满天的夜晚,破晓的晨曦,百舸争流的景象,夕阳……天啦,"她叹了口气,"夕阳也是很美很美的。有时候我想,与其说诗歌是人们笔下写出来的东西,还不如说是人们心里感受到的东西,丹厄姆先生。"

在她母亲发表这番高论时,凯瑟琳的脸转到了一边。拉尔夫感到,希尔贝里夫人只是对着他一个人说话,她是想要发现他身上什么东西,但却有意把话说得含糊,用以掩饰她的意图。奇怪得很,不是她实际上讲的这些话而是她眼睛里的光芒鼓舞了他。由于性别和年龄的缘故,他们之间存在着一大段距离。她似乎在这段距离的那一头向他招手致意,就如同一只已经走到了地平线尽头的航船,向另一只刚刚踏上这同一航程的轮船挥旗致意一样。他低着头,一句话也没说,但是,他奇异地相信她一定从他的脸庞上找到了使她满意的答复。不管怎样,她东扯西扯又绘声绘色地说起了法院,转而又将英国的司法制度谴责了一番。照她的说法,法院只会将还不起债的穷人打入监狱。"告诉我,没有这一切,我们不照样过得好吗?"她问。但是这时,凯瑟琳温柔地硬要她去上床休息。凯瑟琳上了一半楼梯,回首顾盼,似乎看到了丹厄姆的眼睛在一动不动地专心注意着她,眼睛里流露出来的神色,正是他站在马路的那一边看着她家的窗户时,她所猜想到的神色。

31

翌日早上,女仆给凯瑟琳送茶时,带来了她母亲的一张便条,说她打算当天赶早班火车去斯特拉特福。

"请查一查乘哪趟车最好,"便条接着写道,"再给亲爱的约翰·勃迪特爵士发个电报,叫他来接我,并向他问好。最亲爱的,昨晚我一直梦见你和莎士比亚。"

这可不是一时的冲动。近六个月来,希尔贝里夫人无时无刻不在梦想莎翁,总想去看看她认为是文明世界中心的地方。一想到脚下六英尺的地方埋着莎翁的尸骨,一想到将目睹莎翁踩踏过无数遍的块块石头,一想到当地最老的老翁的老母亲很可能还见过莎翁的女儿,她就激动万分。不过,尽管她表达自己的激情的时候总不适当,可她那份热心就是在朝拜圣地的香客身上也是再合适不过的。唯一有点儿奇怪的是,她希望独自一人去。这也是很自然的,因为在莎士比亚的墓地附近住着她不少的朋友。这些人是会很高兴地欢迎她的。过了一阵子后,她兴致勃勃地动身去赶火车。街上有个男人在卖紫罗兰。这天天气晴朗。一看到黄水仙,她就记得要给希尔贝里先生买一些送去。接着她又跑回家告诉凯瑟琳,她感到——她一直感到——莎士比亚留下遗言叫后人不要惊动他的尸骨,只是针对那些讨厌的好奇者的,而不是对亲爱的约翰爵士和她本人说的。关于安妮·哈撒韦①也写过十四行诗的说法,以及这里说到的那些埋在地下的手稿,她也顾及不得,只好留给女儿去考虑算了。她还暗示文明中心的安全受到了威胁。然后她敏捷地关上了出租汽车的车门,像旋风似的,踏上了朝圣的第一段征途。

家里没有她真是大不一样。凯瑟琳发现,母亲的房间已让女仆们占了。她们想趁她不在时将房间好好清扫一番。在凯瑟琳看来,好像她们用湿掸帚一掸一拂,就扫除了六十年左右的时间。她曾企图在这儿做番事情,可这些事情似乎也在清扫之列,正在变成一堆无足轻重的尘土。陶瓷牧羊姑娘痛痛快快地洗了个热水澡,已经变得闪闪发光。那张写字台,看来可能是属于一位养成了井井有条的生活习惯的文人学者的。

凯瑟琳将正在处理的几封信件收拢来带着,往自己房间走去,打算上午有空看看。可是,她在楼梯上碰到了卡桑德拉,后者也跟着她上楼。但几乎每爬一段楼梯,她们都要停好几次,因此还没有到房门口,凯瑟琳就开始感到自己的意图模糊起来了。卡桑德拉俯在楼梯扶手上,低头看着铺在大厅地板上的波斯地毯。

"今天上午,哪样东西看上去又不奇怪呢?"她问道,"你真打算花一上午去看那些陈旧枯燥的信件吗?因为,如果这样……"

这些枯燥的信件就搁在一张桌子上,即使头脑最清醒的收藏家也会让它们弄得头晕目眩。过了一会儿,卡桑德拉突然变

---

① 见 305 页注②。

得十分严肃,问凯瑟琳她在什么地方找得到麦考利①勋爵写的《英国历史》。这本书在楼下希尔贝里先生的书房里。于是这对表姐妹一同下楼来寻找。然而,她们却拐进了客厅,理由还很充分,因为客厅的门是开着的。理查德·阿拉迪斯的肖像吸引住了她们的注意力。

"他是个什么样的人?"最近,凯瑟琳常常问自己。

"哦,就像他们那一类人一样,是个骗子——至少亨利是这样说的。"卡桑德拉答道,"不过,亨利的话我一句也不信,"她又自我辩解地加了一句。

她们下楼来到了希尔贝里先生的书房里,开始在他那些书里面搜寻起来。由于毫无条理地乱翻,十五分钟过去了,那本书仍没有找到。

"你一定要读麦考利写的《英国史》吗,卡桑德拉?"凯瑟琳将两臂伸了伸,问道。

"是。"卡桑德拉的回答很简短。

"好吧,那可得让你自己去找啦。"

"哎,不要这样,凯瑟琳。请留下来帮帮我的忙。你看,你看,我对威廉说过,我每天都要读点东西。我想在他来时就可以告诉他我已经开始读了。"

"威廉什么时候来呢?"凯瑟琳问道,一面又转身望着书架。

"来吃茶点,如果你觉得合适的话。"

"如果我出去合适的话,我想这就是你的意思。"

"噢,真不饶人……你为什么就不应该……"

"怎么啦?"

---

① 麦考利(1800—1859),英国历史学家、作家、政治家。

"你为什么就不应该也同样幸福呢？"

"我很幸福。"凯瑟琳回答。

"我的意思是说同我一样幸福，"她冲动地说，"让我们同一天结婚吧。"

"与同一个男人吗？"

"啊，不是的。你为什么就不能与另外一个人结婚呢？"

"你的麦考利在这儿。"凯瑟琳说，一边回转身来，手里拿着那本书，"我说呀，如果你真想在吃茶点前就变得有些知识，最好是马上就开始读书。"

"该死的麦考利勋爵！"卡桑德拉叫了起来，啪的一声，将书摔在桌上，"你别说了好吗？"

"我们已经谈得够多的了。"凯瑟琳含糊其辞地应了一句。

"我知道，我是无法安下心来读麦考利的书的。"卡桑德拉说。这本书是指定要读的，她看着那讨厌的红色书皮，一副沮丧样子。然而，就因为威廉很欣赏，它仿佛带上了护身符。他曾建议她上午要认真读点东西。

"你读过麦考利的作品吗？"她问道。

"没有，威廉可从没有过要教育我的意思。"凯瑟琳说此话时，注意到卡桑德拉脸上的光彩消退了，似乎凯瑟琳含蓄地表示了某种更为神秘的关系。她心里充满了怜悯之情。自己的轻率竟影响了另一个人的生活，她感到十分惊异。因为她已影响了卡桑德拉的生活。

"我们刚才只是开开玩笑而已。"她很快说。

"但我可是很认真。"卡桑德拉战栗了一下说道。她的面部表情说明她讲的是心里话。她转过脸，瞟了凯瑟琳一眼，因为她还从未这样瞟过她。她那带着惧色的目光只是在凯瑟琳身上一掠,就心虚地垂下了。啊,凯瑟琳什么都有——美貌、头脑、个性。她是无论如何都不能与凯瑟琳竞争的;只要凯瑟琳的阴影笼罩着她,控制着她,她就根本不会有安全感。她在心里指责凯瑟琳冷酷无情、难以捉摸、肆无忌惮,但表面上却作出一个奇怪的动作——伸手抓起了那本历史书。正在这时,电话铃响了,凯瑟琳走出去接电话。房里再没有人看着自己了,卡桑德拉松了一口气,将书放下,紧握着双手。这几分钟,她受到像火烤一样的折磨,比她一生还要多。她更清楚地知道,自己是富于感受的。但当凯瑟琳又出现在眼前时,她镇静自如,脸上露出不曾有过的尊严神色。

"是他吗?"她问。

"是拉尔夫·丹厄姆。"凯瑟琳回答。

"我是指拉尔夫·丹厄姆。"

"为什么你指的就是拉尔夫·丹厄姆呢?关于拉尔夫·丹厄姆,威廉都跟你说了些什么?"凯瑟琳那么兴奋,此刻谁也不能指责她"沉着""冷酷""麻木"。她没有给卡桑德拉以回答的机会,"好啦,你和威廉准备什么时候结婚?"她问道。

卡桑德拉半天没有回答。实际上,这也是个难以回答的问题。头天晚上与威廉交谈时,威廉说过他相信,凯瑟琳与丹厄姆正在客厅里订婚。由于卡桑德拉自己正处在洋洋自得之时,因此也就一直认为,这个问题一定已经确定下来了。但是这天上午,她收到了威廉的一封来信,信写得很热情,同时也拐弯抹角地表示,他希望他们的订婚与凯瑟琳的订婚能够同时公布于众。这时卡桑德拉掏出了这封信,朗读起来,由于得进行必要的删减,因而时时显得犹豫不决。

"……真可惜……啊哼……我担心我们自然会引起别人极

大的反感。另一方面,我有理由认为会出现我所想象的事情,这也是应该出现的,而且为时也不会太久。如果真是如此,而现在的情况你也不感到讨厌的话,我认为推迟一段时间对我们大家更为有利,现在去做不合时宜的解释,肯定会使人们大吃一惊。这种情况我们是不希望出现的。"

"真像威廉的话!"凯瑟琳叫了起来,她很快就抓住了这些话的意思,使卡桑德拉窘迫不堪。

"我完全理解他的心情,"卡桑德拉说,"也很同意他的看法。我认为如果你打算与丹厄姆先生结婚的话,就按威廉说的,我俩等一等会更好些。"

"但是,如果我要好几个月之后再与他结婚,或者说,也许根本就不结婚呢?"

卡桑德拉不作声了。这样的前景把她吓坏了。刚才,凯瑟琳一直在和拉尔夫·丹厄姆通电话。她现在看上去也有些怪异,她一定就要与他订婚了。但是,卡桑德拉如果偷听到了他们在电话里的交谈,也就不会这么肯定,事情在向那方面发展。电话的大意是这样的:

"我是拉尔夫·丹厄姆。我现在头脑很清醒。"

"你在我家外面等了多长时间?"

"我回家了,给你写了封信。我把它撕掉了。"

"我也会把什么都撕得粉碎的。"

"我要上你那儿去。"

"好吧。今天就来吧。"

"我一定要向你解释!"

"是的。我们必须解释!"

长时间的停顿。

拉尔夫又要说了,可刚一开口,又说"没有什么了"。突然,两人不约而同地说了声再见。然而,要是电话机旁的空气奇异地带有刺鼻的麝草香味,凯瑟琳也不可能比现在更兴奋。她兴奋地跑下了楼。她惊奇地发现,威廉和卡桑德拉早就把她许给刚才在电话里说话结结巴巴的那个人了。可她现在的心情却倾向于完全不同的方向。她只需看卡桑德拉一眼就可以明白,导致订婚和结婚的爱情意味着什么。她考虑片刻,然后说:"如果你们不愿意告诉别人,我将替你们代劳。我知道,对这类问题,威廉顾虑重重,要他采取点措施那是很难很难的。"

"因为他对别人的感受很敏感,"卡桑德拉说,"一想到将给玛吉舅母和特利凡尔舅舅带来精神上的打击,他会几个星期都像害了病似的。"

以前凯瑟琳总认为威廉满脑子的传统观念,卡桑德拉现在的解释对她来说倒颇有新鲜之感。然而,她现在感到这种解释是真实的。

"是的,你说得对。"她说。

"他太爱美了,总想使生活的每一个部分都完美无疵。你注意到他什么事情都干得十分漂亮吗? 看看信封上这地址。每一个字母都美极啦。"

这一点是否也适应于信中表达的感情,凯瑟琳是不敢肯定的;但是,威廉对凯瑟琳表示关心时,就会惹得凯瑟琳不快,而如今他关心的对象换成了卡桑德拉,卡桑德拉非但不生气,反而看做是他爱美的结果。

"是的,"她说,"他爱美。"

"我希望我们会儿女满堂,"卡桑德拉说,"他喜欢孩子。"

这句话比任何别的话更能使凯瑟琳认识到他们之间的亲密关系。瞬刻,她真有些嫉妒,但过了一会儿,又感到:她认识威廉已经多年了,但从未想到他爱孩子。卡桑德拉两眼奇异地闪射出兴奋的光彩。透过这双眼睛,凯瑟琳看到了一个人真实的精神世界。她希望卡桑德拉继续不停地谈论威廉。卡桑德拉也很乐意满足她的愿望,又继续往下说。上午不知不觉地过去了。凯瑟琳坐在她父亲的写字台边,几乎一下也未变换位置。而卡桑德拉则一直没有打开过那本《英国历史》。

然而,也应该坦白地承认,凯瑟琳并非一直在全神贯注地注意堂妹,思想时常开了小差。眼下的气氛特别适合她自己遐思冥想。有时,她深陷在幻想之中,以至于卡桑德拉收住话头看了她好一阵子,她也毫无觉察。除了拉尔夫·丹厄姆,凯瑟琳还会在想什么呢?卡桑德拉很高兴,从一些随便的回答来看,凯瑟琳的思想已经没有完全集中在这个有关威廉的优点的话题上了。但是,凯瑟琳并没有任何明确的表示。当谈话中断了一会儿之后,她总是说一两句很自然的话,哄诱着卡桑德拉重新谈起她那吸引人的话题。然后她们一同吃了午餐。凯瑟琳心不在焉的唯一迹象就是忘了吃布丁。当她坐在那儿,忘记了眼前还放着木薯淀粉时,她看上去特别像极她的母亲。卡桑德拉惊叫道:

"你多像玛吉舅母啊!"

"胡说。"凯瑟琳生气了,光是这句话她也犯不着这样发火。

实际上,眼下母亲外出不在家,凯瑟琳也感到自己不如平时理智了,但她在心里却自我安慰,理智已没有那么重要了。不过她也暗地感到有些吃惊:这一上午证明,她在某一方面表现出了巨大的能力——在哪方面呢?就是漫无边际的遐想。想法简直多得不得了，而且不能说出来，否则会笑煞人的。比如说，她想象到，在八月的夕阳下，她沿着诺森伯兰郡①的一条街道往前走着。在餐馆，她撇下了同伴拉尔夫·丹厄姆，然后不是靠自己的双脚，而是乘着一种无形的东西来到了一座高山顶上。这里的各种气味，风吹着干枯的石南根茎发出的声音，以及手掌压着的草叶，她都能感觉得到，能将它们一个个区别开来。接着，她一会儿在漆黑的夜空中遨游，一会儿停在海面上，在那里是可以发现海洋的；一会儿又返回来，头顶繁星，蹲伏在欧洲蕨丛上；一会儿又在月球上雪皑皑的峡谷中观光。这些幻想本来也没有什么大惊小怪的，因为每人心灵的四壁都饰有几个这样的窗花格。但是，她发现自己突然在发狂似的追求这些幻想，因而渴望以自己现在的景况去换取与自己梦境中的情形相匹配的景况。于是她吃了一惊，终于清醒了过来，发现卡桑德拉正在惊奇地望着她。

当凯瑟琳对她的话不答复或者回答离题甚远时，卡桑德拉本来会认为，凯瑟琳是在下决心立刻结婚。可是，如果果真这样的话，对于她就将来说的一些话，却使卡桑德拉很难解释。凯瑟琳有好几次提到了夏季，仿佛打算在那个季节里独自一个信步漫游。她心里似乎另有安排，这个安排少不得铁路指南和旅馆名称簿。

卡桑德拉自己同样心神不安，最后只得借口要买点东西，穿上衣服，出门来到恰尔斯区的大街上闲逛。但是，由于人生地不熟，一想到约会要迟到，她就惊慌失措起来。因此，刚找到要找的那家商店，她又飞快地往回赶，等待威廉的到来。果然，她在

---

① 诺森伯兰，英国东北部之一郡，首府为纽卡斯尔。

茶桌旁才坐下五分钟,威廉就来了。单独一人接待威廉,她心里有说不出的高兴。她本来还有点怀疑他的爱情,可他的问候打消了她的疑团。但她问的第一个问题却是:

"凯瑟琳跟你说过了吗?"

"说过了。但她说她没有订婚。看样子,她一辈子也不想订婚。"

威廉皱了皱眉,似乎有点儿烦恼。

"他们上午通了电话,她的行为举止很反常。她甚至忘了吃布丁。"为了使威廉高兴,卡桑德拉补充说。

"天真的姑娘哪,在我看到、听到昨天晚上的情况之后,现在已不是猜测和怀疑的问题了。要么她与他已经订了婚,要么……"

他没有继续说下去,因为正在这时,凯瑟琳本人出现了。回想昨晚的情景,他感到很不好意思,甚至看也不敢看她一眼。直到她告诉他,她母亲已经上斯特拉特福德参观去了,他才抬起了双眼,显然如释重负。现在,他四周打量着,似乎蛮安然自在。卡桑德拉叫着说:

"你难道不觉得一切都变了吗?"

"你移动了沙发,是吗?"他问。

"没有。什么也没动。"凯瑟琳说,"一切如故,丝毫也没动。"她口气坚决,似乎暗示没有变化的不只是沙发。但她说这话的同时拿出了一只茶杯,却忘了往里面倒茶。人家提醒她,她反而恼火地皱了皱眉,说就是卡桑德拉弄得她心慌意乱。她那咄咄逼人的目光,那毫不让步的态度,使威廉和卡桑德拉感到自己像是小孩在偷看秘密时却被大人发现了一样。他们顺从她的意思,勉强谈起话来。任何人刚进屋来,都可能会以为他们不过是打过几次照面的熟人。如果真的有人进来了,他也准会断定,女主人突然想到了一个紧急约会。凯瑟琳先看了看表,接着叫威廉告诉她准确的时间。得知已五点差十分,她猛地站起身,说:

"恐怕我得走了。"

她手拿没吃完的奶油面包就出去了。威廉看了卡桑德拉一眼。

"嗯,她真怪!"卡桑德拉惊讶地说。

威廉看上去很不安。他比卡桑德拉更了解凯瑟琳,但即使他也弄不明白。只一会儿,凯瑟琳又回来了,全身一副出门的打扮,没戴手套的手上仍然拿着奶油面包。

"如果我很晚还没回来,就不要等了。"她说,"我会在外面吃晚饭的。"说完,她走了。

"她不能这样!"门关上之后威廉喊着说,"手套也不戴,手里还拿着奶油面包!"他们跑到窗前,看到她正沿着大街快步朝市中心走去,眨眼就消失了。

"她准是去见丹厄姆先生。"卡桑德拉叫道。

"天知道!"威廉突然插了一句。

这事表面上看只是有点儿不寻常而已,但他们俩都觉得有些奇异,有些不祥之感。

"玛吉舅母就是这个样。"卡桑德拉说,似乎在作解释。

威廉摇了摇头,在房里来回踱起步来,看上去他心里就像有十五只吊桶打水七上八下。

"这正是我一直预言的。"他突然说,"一旦离弃常规——谢天谢地,希尔贝里夫人不在家,不过还有希尔贝里先生。我们怎么跟他解释呢? 我还不得不离开你。"

"但是特利凡尔舅舅还得要几个小时才会回来,威廉!"卡桑德拉恳求他。

"谁知道呢,也许他已经在回家的路上了。或者假定说,米尔温夫人——你的西莉亚姨妈,或是考沙姆夫人,或是你的任何一位姨父、姨母、舅舅、舅母来了,发现我们两人单独在一块。你知道,他们早就在说我们的闲话了。"

见威廉焦急不安,卡桑德拉同样感到惊恐,但看到他想离开她逃走,又感到恐惧。

"我们可以藏起来。"她发狂似的叫道,一面看了看门帘,帘后面是那间存放家珍的房间。

"躲到桌子下面,我绝不干。"威廉挖苦地说。

她注意到,碰到困境,他脾气就上来了。本能告诉她,此时去唤起他的甜情蜜意是极不明智的。她克制住自己,坐下来,重新倒了一杯茶,不声不响地呷着。这些动作都很自然,强有力地说明她完全具有自制力,也体现了她那女性的姿态。对此,威廉十分欣赏。这比任何语言更能使威廉不安的心情平静下来。这激起了他的骑士气概。他接了一杯茶。接着她又叫送块蛋糕来。吃了蛋糕喝了茶,个人问题也就不谈了。他们不知不觉地从漫谈诗歌,转而具体地讨论起威廉口袋里的实际例子来。当女仆进来收拾茶具时,威廉请求允许他朗读一小段,如果她不感到厌烦的话。

卡桑德拉默不作声地垂下了头,但目光中流露出了她的几分感受。威廉因此坚定了信心,就是米尔温夫人本人来了也休想把他撵走。他大声读了起来。

与此同时,凯瑟琳却在沿街快步行走。如果要她解释一下她为何突然离开茶桌,除了威廉与卡桑德拉互送秋波外,她讲不出什么别的原因。不过,由于他们两人脉脉传情,她想待也待不下去。如果她忘了倒茶,他们就匆匆下结论:她跟拉尔夫·丹厄姆订婚了。她知道,过半小时左右,门将打开,拉尔夫·丹厄姆将出现在他们眼前。她不能坐在那里,不能设想让威廉和卡桑德拉盯着他们俩,判断她与拉尔夫亲密的程度,以便给他们自己确定婚期。于是,她才立即决定到外面来见拉尔夫。她仍来得及,还有时间赶在他离开办公室之前就到达林肯法协会广场。她叫了辆出租车,吩咐司机将车开到一家卖地图的商店门口,她记得这家商店就在皇后街。她之所以要这样做,就是因为她不愿意在他门口下车。她到了那家商店之后,买了张大比例的诺福克郡地图,然后匆匆赶到林肯法协会广场,弄清了胡波——格雷特利事务所的位置。大型枝形吊灯把窗户照得通亮。他准是在前面那间有三扇长窗的房间里,坐在窗下一张堆放着许多文件的大桌子边。凯瑟琳确定了他的位置之后,在人行道上来回踱起步来。可是没有一个像他那样身材的人出现。每一个从她身边走过的男人,她都要审视一番,不过,哪个男人看上去都有点儿像他,也许是由于他们穿着同样的律师服,走得同样快,用同样锐利的目光瞟她——他们忙了一天之后正匆匆忙忙往家赶。这个广场,林立的高楼大厦,挤满了各种办事机构,看上去庄严肃穆,弥漫着勤奋和权力的气氛,似乎就连那些麻雀与小孩子们也是自食其力,似乎就连那布满灰色和粉红色云彩的天空也反映了它下面这个城市的严肃作风。所有这些都使人想起他。她觉得,这里才是适合他们相会的场所;这里才是她边走边想他的地方。她禁不住将这里与恰尔斯居民区的街道做了一番比较。她心里一边这样比较,一边把踱步的范围扩大了一些,转到了大街上。汽车、马车像滚滚洪流,沿着国王路一泻而过;两边人行道上来往的行人也络绎不绝。她站在街角上，迷住了。低沉的轰鸣声在她耳旁回响；生活是丰富多彩的，这嘈杂多变的场面表现出来的迷人之处是无法用语言表达的，生活无时无刻不在奔腾向前，它有目的，而这种目的，据她观察，似乎也就是那构成生活的正常目的；生活对于个体是全然不顾的，它吞没了个体，奔腾向前。这一点至少使她暂时充满了高昂的情绪。这时日光和灯光交融一体，使别人无法看到她这位旁观者，也使打她身边经过的人们变得若明若暗，在他们那椭圆的象牙般惨白的脸庞上，只有眼睛才是黑的。这些眼睛注视着这股奔腾的洪流——又宽，又深，不可阻挡。她不为人注意地全神贯注地站在那里，她那股欣喜若狂的情绪白天还只是埋在心底，而现在毫不掩饰地流露了出来。突然，仿佛有什么人从外面抓住了她，她不乐意地想起了她上这儿来的目的。她是来寻找拉尔夫·丹厄姆的。她急忙折回到了林肯法协会广场，寻找着她的标记——三扇长窗里的灯光。她徒劳地寻了半天。现在所有楼房都沉浸在暮色之中，已经难以分辨出哪一间是她要找的了。拉尔夫办公室那几扇幽灵般的玻璃窗上，只有灰蓝色天空的倒影。她断然地按响了事务所招牌下的门铃。过了一阵子，来了个看房子的，她手里的铁桶和刷子就足以表明，上班时间已经过去了，工作人员都已回家去了。她很有把握地对凯瑟琳说，也许除了格雷特利先生之外，再也没人了，其他人都是前十分钟内离开的。

这番话使凯瑟琳完全清醒过来了。心里更是焦急。匆匆又往国王路赶，一边望着奇迹般变成了实体的人们。她跑呀跑呀，一直跑到了地铁车站，赶上了一个又一个职员，一个又一个律师，竟没有一个人有点儿像拉尔夫·丹厄姆。她对他看得愈来愈清了，她似乎也愈来愈与众不同了。在地铁车站门口，她停了下来,力图使自己镇定镇定。他已经上她家去了。如果叫辆出租车的话,她有可能赶在他前面先到家。但是,她头脑里出现了到家的场景:她推开客厅门,威廉和卡桑德拉抬头望着,接着,拉尔夫走了进来,大家眼光瞟来瞟去——充满了暗示。不行,这她无法忍受。她打算给他写封信,然后马上将这封信送到他家。她在书摊上买了纸和笔,然后进了一家普通咖啡店,买了杯咖啡,占了一张空桌,立刻动笔写起来:

"我来会你,结果错过了。我无法面对威廉和卡桑德拉。他们想要我们……"写到这儿,停顿了片刻,"他们坚持要我们订婚,"她用这一句代替了那个没写完的句子,"我们无法交谈或作任何解释。我想要……"她想要的很多,现在真的和拉尔夫通讯,手中的铅笔却完全无法将它们写在纸上;似乎要整个国王路的人流才能使她把笔落在纸上写几个字。她全神贯注地盯着对面饰有金底子的墙上挂着的一块告示,"……告诉你一切。"她又加了这几个字,每写一个字仿佛要付出吃奶的力气。但是当她再次抬起双眼,考虑下一个句子时,她注意到了一位女侍的面部表情,关门的时间到了。她四周瞅了瞅,发现店子里几乎只剩下她一个人了。她拿起信,付了账,又来到了大街上。她现在打算雇辆车去海格特区。但就在这一刹那,她突然发现怎么也记不起他的详细地址了。这似乎等于在强大的愿望洪流中筑起了一座大坝。她绝望地在脑海里搜寻,想回忆起那栋房子的名称。首先她记起了那座房子的模样,然后又尽力回想她曾在信封上写过一次的那几个字,可越是回想越是想不起来。那房子是叫什么果园来着? 还有那条街是叫什么山? 她放弃了。从做小孩起,她还从未像此刻这样感到空虚和凄凉。她仿佛从梦境中清醒过来,头脑里充满了自己那无法解释的消极态度所带来的种种后果。她想象着，拉尔夫到了她家被拒之门外，一句话也不说就走了；她看到了他脸上的表情，他像受到了沉重打击，像收到了无情的绝交书；她跟踪着他离开了她的家门；不用说，他可能会飞快地朝一个方向走很远很远，但很难想象，他会返回海格特区，说不定会再去夏恩街，再试试能否遇到她？一想到这种可能性之后，她直往前走，几乎想扬手叫一辆出租汽车。这一点证明了她多么真切地看到了他。不，他那么骄傲，不会再来了；他会打消见面的念头，不停地朝前走啊，走啊。要是知道他走过哪些想象中的街道该有多好啊！但是，在这一点上，她的想象力非但帮不了她一点儿忙，反而以那些陌生、黑暗、遥远的街道来嘲笑她。的确，她自己也没有下任何决心，大脑里只有个无边无际的伦敦，要在这样的大城市里找个人真是比海底捞针还难。何况此人又没有个目标，只是在漫游，一下这条街，一下那条街，一会儿朝右拐，一会儿往左转，转眼又会选定一条肮脏的偏僻小街，还有些小孩在道中玩耍呢，这样……她不耐烦地唤醒了自己，然后快步地沿着霍尔波恩街向前走。不久，她又转向另一个方向，依然飞快地走着。如此优柔寡断，不仅可憎而且令人惊恐。这一天她已经有一两次被弄得有点慌了手脚。她发觉自己无法对付心中那股强烈的欲望。一个惯于克制自己的人，身上突然释放出了一股强大的、无理性的力量，不仅会恐慌不已，还会感到羞耻。这时她右手的肌肉阵阵发痛，原来这只手正在用劲捏着手套和那张诺福克郡地图，再硬一点的东西也会捏烂的。她松了松劲，忧心忡忡地看着过往的行人，看看他们的眼睛是不是不自然地或是好奇地老盯着她。但将手套弄平，尽力使自己看上去像平常一样之后，她忘记了旁观的行人，又一心只想找到拉尔夫·丹厄姆。现在这一愿望如痴如醉，没有理性，无法解释,就像孩提时的某种感受一样。她又一次狠狠地责怪自己的粗心大意。但是发现自己到了地铁站的对面,她又恢复了镇定,很快就像以前一样,想起办法来。一个念头从她脑海里一掠而过。对,立刻上玛丽·达奇特那儿去,叫她告诉拉尔夫的地址。这个决定使她松了口气,不但给她找了个目标,而且为她的行为提供了合情合理的借口。她有了目标,这是不用说的了,但有了目标之后反而使她专心专意地考虑着那摆脱不掉的思想。因此,在按玛丽公寓的门铃时,她一秒钟都没有去想过玛丽对她的要求会有何感想。使她十分恼火的是,玛丽并不在家,开门的是一位打杂女工。凯瑟琳别无他法,只好听那女工的,等一等。也许等了一刻钟,她不停地从房间的一头踱到另一头。当听到玛丽用钥匙开门的声音时,她在壁炉前站住了。玛丽发现她笔挺挺地站着,两眼流露出期待、坚定的神色,就像一位使者,负有重要使命,不需什么开场白。

玛丽吃惊地叫了起来。

"是的,是的。"凯瑟琳说,将这些话撇到了一边,好像它们碍着她似的。

"你吃过茶点了吗?"

"哦,吃过了。"她说,心里却在说,还不知几百年前在什么地方吃过呢。

玛丽停顿片刻,然后脱下手套,找到火柴,准备去生火。

凯瑟琳迫不及待地拦住她,说:

"别为了我生火……我想知道拉尔夫·丹厄姆的地址。"

她手里拿着支铅笔,准备往那只信封上写。她等待着,十分迫切的样子。

"海格特区亚拉拉特山路苹果园。"玛丽说得很慢,语调也有些怪。

"哦,我记起来啦!"凯瑟琳喊道,对自己的愚笨十分生气,"我想,坐车只需要二十分钟就可以到那里,是吗?"她收拾起钱包和手套,好像马上就要走。

"但是你会找不到他的。"玛丽没有说下去,手里还拈着根火柴。凯瑟琳已转身对着门了,这时站住望着玛丽。

"为什么呢? 他在哪儿?"她问道。

"他一定还没有离开办公室。"

"他已经离开了。"她说,"现在的问题是他到家了没有? 他去恰尔斯区与我会面,我却想出来见他,结果错过了。他到那儿会发现我连解释的口信都没留一个。因此我必须找到他——要尽快地找到他。"

玛丽从容不迫,把情况弄清了。

"可是,为什么不打电话呢?"她问。

凯瑟琳手一松,拿着的东西全掉在了地上,愁眉顿时舒展开来,惊叫道:"真是的! 我为什么就没有想到呢?"她一把抓起听筒,拨了自家的电话号码。玛丽镇定地看了她一眼,离开了房间。凯瑟琳终于越过伦敦城里的层层屏障,听到了她家里一个神秘的脚步声正上楼往那间小屋来。她仿佛看得见那里面的肖像和书籍。她聚精会神地听着通话前的铃声,接着说明了自己的身份。

"丹厄姆先生来过了吗?"

"来过了,小姐。"

"他说过要见我吗?"

"是的。我们说你出去了,小姐。"

"他留下了什么话吗?"

"没有。他走了，大概是二十分钟之前，小姐。"

凯瑟琳挂上听筒，从房间的一头走到了另一头，失望极了，连玛丽不在了，一时也没有觉察到。接着她以刺耳的声音，命令式地叫道：

"玛丽！"

玛丽在卧室里，正在脱外出穿的那一身衣服，听见凯瑟琳在叫，回答说："在这儿，一会儿就来。"但这个一会儿却拉长了，似乎为了某种原因，玛丽不仅穿得整洁，而且还要打扮得十分得体。在过去几个月的时间里，她走完了生活的一段里程，在她身上留下了永久性的痕迹。青春，美妙的青春消退了。更为瘦削的面颊和更为坚定的双唇使得面部表情更富有目的性。她那双眼睛再也不自发地随意观察，而是眯缝着，盯着一个远处的目标。这个女人现在已成了一个坚强的人，成了自己命运的主人。因此，根据某些说法，她应佩带表示尊严的银项链，别上闪闪发光的饰针。她悠然地走了进来，问道：

"喂，你得到回复了吗？"

"他已经离开了恰尔斯区。"凯瑟琳回答说。

"现在也许他还未到家。"

凯瑟琳好像再次感到有一股不可抗拒的力量在使她将眼光盯着一幅想象中的伦敦地图，沿着那些无名街道打转转。

"我给他家里挂个电话，问问他回去没有，"玛丽来到了电话机旁。她在电话里简短地谈了几句之后，说：

"没有。他姐姐说他还没有回家。"

"噢！"她把耳朵再次贴近了听筒，"他们得了信，他不回去吃晚饭。"

"那么他会去干什么呢？"

凯瑟琳脸色苍白,那双大眼睛与其说在盯着玛丽,还不如说在一动不动地看着丝毫没有反应的空旷景色。她感到自己好像不是在和玛丽说话,而是在和那冷酷无情的幽灵说话。不管她朝哪边看,这幽灵似乎都在嘲弄她。

　　玛丽等了一会儿冷漠地说:

　　"我可真不知道。"她懒洋洋地仰靠在扶手椅上,凝视着那堆吐着火舌的煤块,一副漠不关心的样子,似乎这些火舌也很遥远,很冷淡。

　　凯瑟琳愤怒地看了她一眼,站了起来。

　　"他很可能会上这儿来。"玛丽又说,还是那么冷漠的腔调,"如果你今晚上一定要见他的话,在这里等会儿是值得的。"她俯身向前凑了凑,动了动木块,火舌直从煤块的间隙中往上蹿。

　　凯瑟琳沉思了片刻。"我等半个小时。"她说。

　　玛丽站起身,走到桌前将一些文件铺放在绿色灯罩的台灯下,习惯性地用手指卷曲着一束头发。她偷偷地打量了一下客人,客人坐在那里一动也没动,眼睛全神贯注,仿佛在盯着什么东西,也许在注视一张从不抬眼看她的脸庞。玛丽发觉自己写不下去了,于是将目光移开,结果却明白了凯瑟琳在望着什么。这屋里有一些幽灵,奇怪和可悲的是她自己就是一个幽灵。时间在一分一分地过去。

　　"现在是什么时候啦?"凯瑟琳终于问道。半个小时还未过完。

　　"我去准备晚餐。"玛丽边说边从桌边站了起来。

　　"那么我就走了。"凯瑟琳说。

　　"你为什么不再坐会儿呢? 要上哪儿去?"

　　凯瑟琳左右望了一下,目光里流露出踌躇的神色。

"也许我能找到他。"她想了想说。

"可是,为什么就这么要紧呢?改天不是照样可以见到他吗?"

玛丽话说得够无情了,而且有意如此。

"我不该到这儿来。"凯瑟琳回答道。

两人含有敌意的目光相遇了,谁也不退缩。

"你完全有权利上这儿来。"玛丽说。

"砰!"有人在使劲敲门,把她们的谈话打断了。玛丽去开门,拿了张便条还是包裹什么的回来了。凯瑟琳将头扭向一边,不让玛丽看出她失望的表情。

"你当然是有权利到这儿来的。"玛丽重复了一遍,一面将便条放在桌上。

"没有。"凯瑟琳说,"一个人只有在陷入绝望时,才有某种权利。我现在就十分绝望。我怎么知道他现在会出什么事?他什么事情都可能干。他可能会在街上逛一整夜。他什么事都可能发生。"

这种妄自菲薄,玛丽还是第一次在她身上发现。

"你说过头了,这是在瞎说。"她不客气地说。

"玛丽,我不得不说……我必须告诉你……"

"你什么也不用告诉我,"玛丽截断了她的话,"难道我自己看不出来吗?"

"不,不,"凯瑟琳喊着说,"不是那个意思……"

她的目光越过了玛丽,飞出了房间,她无法用想到的语言来表达。这疯狂、激情的目光使玛丽感到,无论如何,她是无法跟着这样的目光走到头的。她困惑了,试图回想自己对拉尔夫热恋时的情况。她用指尖按了按自己的眼皮,喃喃地说:

"你忘了我也曾爱过他。那时我以为自己了解他。我也的确了解他。"

然而,她又了解些什么呢?她再也记不起来了。她使劲按自己的眼球,直到眼冒金星才停下手来。她弄明白了自己是在一片灰烬中拨弄。她停止不动了。她对自己的发现十分惊讶,自己再也不爱拉尔夫了。她头晕目眩地看了看房里,目光落在桌上,台灯照着桌上的文件。瞬间,那光芒好像在她的心里找到了同伴。她闭上眼,然后又睁开来,再次望着台灯。新的爱情之火燃烧了起来,取代了旧的爱情之火,也许,在新的启示还未结束,旧的情景尚未重现之前,她在惊异、一瞬即逝的一瞥中,是这样猜想的。她默默地倚靠在壁炉上。

"爱有多种不同的方式。"她最后低声说,几乎是在自言自语。

凯瑟琳没有答腔,似乎没有听见玛丽在说什么。她好像一心在想自己的心事。

"也许他今天晚上又在街上等待,"她说,"我现在得走了。我也许找得到他。"

"更有可能他会上这儿来。"玛丽说。凯瑟琳考虑了片刻,说:

"再等半小时。"

她又坐在原来那张椅子上,还是原来那姿势,它刚才使玛丽认为她像是在注视一张看不见的脸庞。她真的在注视,但注视的不是一张脸,也不是一些人,而是一幕一幕的人生:善与恶;人生的意义;过去、现在和将来。这一切对她来说似乎是一目了然。她一点也不为自己的放肆而感到羞愧,倒是为自己已到达人生的一个顶峰而扬扬得意,因为在这儿人人都得对她必恭必敬。除了她自己之外,没有任何人能够懂得今晚没有见到拉尔夫·丹厄姆意味着什么。在这一事件中,她脑子里充满了即使天塌下来也不会引起她的注意的感受。她错过了他,因而尝到了彻底失败的苦果;她渴望见到他,因而遭受了种种感情的折磨。不管是什么小事情导致了这样的高潮,那都没有关系。她不在乎自己看上去是多么过分,也不在乎是多么坦白地亮出了自己的感情。

晚餐做好了,玛丽叫她过来。她服服帖帖地过来了,似乎有意让玛丽指挥她的一举一动。她们一同吃着喝着,几乎谁也没说一句话。玛丽要她多吃一点,她就多吃一点;玛丽叫她喝酒,她就喝酒。不过,别看她表面上这么听话,其实玛丽也知道她正在顺着自己的思路想问题,没有受到任何妨碍。她并非心不在焉,而是好像离这儿十分遥远;她看上去好像什么也没看见,而同时又好像在专心致志地注视她自己的某一幻象。玛丽渐渐感到自己十二分地想保护她——实际上她感到惊恐,总担心凯瑟琳会与外部世界的力量发生冲突。她们刚一吃完,凯瑟琳就说要走。

“可你上哪儿去呢?”玛丽问道,含含糊糊地想阻拦她。

“哦,回家去……不,也许是去海格特。”

玛丽看出,再阻拦她也是白搭,唯一的办法是坚持要和她一块去。凯瑟琳竟然没有表示反对,玛丽跟不跟她一起去,她似乎无所谓。几分钟之后,她们就在斯特兰德街上走着。她们走得相当快,以致玛丽错误地认为凯瑟琳知道自己要到哪儿去。她自己也是心不在焉。她很乐意在灯火通明的大街上走走,呼吸呼吸户外的空气。今天晚上,她出乎意料地发现了什么,现在正在琢磨着,她有些痛苦,恐惧,又奇怪地抱着希望。她付出了代价,也许是最高的代价之后,又自由了,不过,谢天谢地,再也没受到爱神的缠绕了。自由了,她只想先放松一下,比如说在竞技场里先走一阵再说,现在她们正好打那门前过呢。为什么不进去庆贺自己摆脱了爱神的束缚呢？也许,坐在公共汽车的上一层会更好一些,当然是要开往偏僻地方的公共汽车,比如说是开往坎伯韦尔,或是希德卡普,或是威尔斯哈普去的。几个星期以来,她还是第一次注意到了这些漆在小木板上的地名。或许,回到自己的房里用这个晚上来充实一下自己那个有见地的巧妙计划,会更好些？上述方案,最后一种对她最有吸引力,它使她想到了炉火,想到了灯光,想到了那稳定的光辉——激动的感情烈焰发出的光辉。

这时凯瑟琳停住了。玛丽这才知道,凯瑟琳显然没有目标。她在交叉路口的边缘站了站,四处张望了一阵子,最后好像是要朝哈维斯多克山那边走。

"唉——你要上哪儿去啊？"玛丽叫着抓住了她的手,"我们必须叫辆出租汽车回家。"她叫来一辆车,一面极力劝凯瑟琳上车,一面吩咐司机将她们送到夏恩街。

凯瑟琳服从了。"好吧,"她说,"回就回,反正上哪儿都一样。"

她脸上似乎笼罩着一层忧郁的神色,倒在角落里,一声不吭,显然累坏了。玛丽尽管自己在想心事,可还是一下就注意到了凯瑟琳惨白的脸色和沮丧的神态。

"我们一定会找到他的。"她说话的语气比以前任何时候都要柔和。

"只怕太晚了。"凯瑟琳答道。玛丽不明白她的意思,但看到她在受折磨,怜悯之情油然而生。

"瞎说，"她说，一边将她的手拿过来，搓揉着，"如果我们在那里找不到他，在其他地方一定可以找到他。"

"但假如他现在在街上逛呢——几个小时、几个小时地逛呢？"

她把身子向前倾了倾，朝窗外望去。

"他可能再也不会同我说话了。"她低声地说，几乎是在自言自语。

这也说得太过头了，因此玛丽根本就没打算去理会，而只是抓着凯瑟琳的手腕。她仿佛有点怕凯瑟琳可能会突然推开车门跳出去。也许凯瑟琳意识到了玛丽的意图。

"不要怕，"她扑哧一笑，"我不会跳到车外去的。那毕竟没有什么好处。"

听了这话，玛丽高兴地收回了自己的手。

"我早就该向你道歉，"凯瑟琳颇费力气地继续说，"很对不起，使你也卷入了这一切，而且我也没有把情况明白地告诉你。我和威廉·罗德尼已经吹了。他将和卡桑德拉·奥特韦结婚。一切都安排好了……也完全对头……他在街上等了老半天之后，威廉叫我让他进屋。他一直站在电灯杆下，望着我家的窗户。进屋时，他一脸惨白。威廉走了，让我们两人待在一起。我们就坐在那里谈了起来。现在看来，这好像是多少年前的事情了。是昨天晚上吗？我出来很长时间了吗？现在什么时候啦？"她身子蓦地向前一伸，想看看钟，似乎精确的时间对她有着重要的影响。

"还只有八点半！"她惊叫道，"那么他可能还在那儿。"她将头伸出窗外，叫司机开快点儿。

"但如果他不在那里，我该怎么办呢？我上哪儿去找他呢？

街上那么拥挤,人山人海。"

"我们会找到他的。"玛丽重复说。

玛丽一点也不怀疑她们总会有办法找到他的。但是,如果真找到了他会怎么样呢?她开始以陌生的眼光考虑着拉尔夫,力图弄清楚他怎样才能满足这个不同寻常的愿望。她又一次回想他以前在她脑海中的形象。尽管要下番功夫,她还记得,他似乎老是站在烟雾之中,他周围的一切令人迷惘、兴奋不已。因此仿佛真的有好几个月没听到过他的声音,没有看到过他的脸庞——或者说,现在对她而言是这样的。失恋的痛苦像电一样传遍了她的全身。这是任何东西也弥补不了的——无论是成功,还是幸福,还是遗忘,都无济于事。尽管遭到这样的痛苦,可她确信她明白了真相;而凯瑟琳——她向凯瑟琳瞟了一眼——是不明白的;对,凯瑟琳实在可怜。

出租车开始一直夹在车流之中,现在解脱出来了,正沿着斯娄恩街快速行驶。玛丽意识到凯瑟琳在紧张地注视着汽车的行进,似乎她的注意力集中在前方的某一点上,一秒一秒地在计算她们的乘车时间。她一言不发。玛丽也不说话,也开始将注意力集中在她们前方的某一点上,最初是由于同情凯瑟琳,后来却忘记了身旁的同伴。她想象在遥远之处有那么一点,远得像一颗低悬在漆黑的地平线上的一颗星星。在那里,有她,不,有他们俩为之奋斗的目标;他们热忱追求的精神上的目标是一致的。她们身挨着身坐着汽车在伦敦街上飞奔,这目标究竟是什么,究竟在什么地方,为什么她确信她们俩在一道寻找它,她却说不清楚。

"终于到了。"凯瑟琳吐了口气。汽车在她家门前停下了。她跳下车,随即扫了一眼两边的人行道。与此同时,玛丽按了门铃。当凯瑟琳弄清楚附近没有一个人像拉尔夫之后，正好门也开了。女仆一见她，马上说：

"丹厄姆先生又来了，小姐。他已经等了你好一会儿了。"

凯瑟琳立即从玛丽的视野中消失了。关着的门将她们隔开了。玛丽一个人沉思地沿着街道慢慢走着。

凯瑟琳进屋后直奔客厅，但手指刚触到门的把手，又退缩了。也许她意识到这是不可再得的时刻。也许，一瞬间她似乎认为任何现实都无法与她形成的想象相媲美。也许，还有什么不可名状的恐惧或期待压抑着她，使她害怕交谈，害怕打断自己的思路。但如果这些疑云、这些恐惧还有这些至高无上的幸福压抑过她的话，那也只是一晃就过去了。紧接着，她转动了把手，咬了咬嘴唇，控制住自己，将门一打开，就看到了拉尔夫·丹厄姆。这次，她的视力好像异常清晰。他看上去那么渺小，那么孤单，那么格格不入于众人。就是他，给她带来了极度的不安和渴望。她本来可以当着他的面笑起来的。然而，迷惘、宽慰、确信、谦卑以及顺从的愿望，像一股洪流，横蛮无理地淹没了她那清晰的视线。她屈服了，一头栽进他的怀抱，供认了自己的爱情。

32

　　第二天没有人问凯瑟琳任何问题。如果真有人盘问,她很可能会说没有谁跟她讲过话。她干了一会儿活,写了点东西,安排好晚餐,然后就坐了下来,也不知坐了多久。她手撑着头,眼前无论是一封信还是一本词典,她的目光都能穿透,它们就像蒙在深藏于内的景象上的一层薄膜,那些景象透过这张薄膜,展现在她明亮、沉思的眼前。有一次她站起身,走到了书橱前,拿出父亲的希腊语词典翻开,那些神圣的书页里尽是些符号和数字。她怀着柔情和希望,理平了那些书页。还会有别人与她一道看这些东西吗?这种在很长时间内无法忍受的念头,现在也不怎么令人讨厌了。

　　她一点也不知道有人在忧心忡忡地注视着她的举动和表情。卡桑德拉很小心,注意不让凯瑟琳发现她在注视着她。她们的谈话平常极了,要不是断断续续,仿佛思想难以集中,就连米尔温夫人偷听了,也挑不出值得怀疑的地方。

　　这天下午,威廉来得较晚,发现只有卡桑德拉一个人在屋里。他有个重大的消息要告诉她。刚才他在街上碰到了凯瑟琳,而她却没有认出他。

　　"当然,是我还没什么关系,但是,假如是别的人碰见她,人家会怎样想呢？光从她的表情来看，别人就会产生疑心。她看上去……她看上去……"他犹豫着，"就像在梦游一样。"

对卡桑德拉来说，关键在于凯瑟琳出去也没跟她说一声。她认为，这表明她是去与拉尔夫·丹厄姆幽会。但使她惊奇的是，这种可能性并没有使威廉得到安慰。

"一旦撒开了常规，"他说，"一旦敢做别人不干的事情，去会一位青年男子，已不再证明什么，但确实会招人议论。"

卡桑德拉不无醋意地看到，威廉特别怕凯瑟琳遭人议论，似乎他对她的兴趣比朋友还要进一层，好像她仍属他所有。他们俩都不知道拉尔夫先天晚上来过，因此当然放心不下，总觉得情况在急剧恶化，要发生危机了。另外，凯瑟琳不在场，他们免不了要受到干扰，这几乎冲散了他们单独在一块儿所得到的快乐。晚上天又下着雨，无法外出。说实话，按照威廉的准则，到外面去被人看见，比起在屋里担惊受怕，要糟糕得多。他们一怕铃响，二怕门开，因此几乎无法认真讨论麦考利。威廉说最好是改天再讨论他的悲剧的第二幕。

在这种情况下，她倒充分表现了自己的长处。对威廉的忧虑，她很同情，并尽力与他分担。然而，和威廉单独在一块儿，和威廉共同冒险，和威廉同谋策划，她感到如痴如醉，因此老是失态，时而失声惊呼，时而高声赞叹，结果威廉不得不承认，尽管眼下局势糟得令人不安，也不乏其惬意之处。

这时门真的打开了，他吃了一惊，但壮了壮胆，准备迎接即将发生的意外。然而来人并不是米尔温夫人，而是凯瑟琳，紧跟着进来的是拉尔夫·丹厄姆。凯瑟琳表情严肃专注，表明她内心正在使劲克制自己。她对视着他们的目光。"我们不打搅你们。"说着，她领着丹厄姆进了门帘后那间放着家传珍品的里屋。凯瑟琳并不愿意躲进这个避风所来,可是外面的人行道湿漉漉的,只有关门较晚的展览馆,或地铁车站,可以避避风雨。为了拉尔夫,明知在家会不痛快,也得回来。在街灯下面,她感到拉尔夫神情紧张,疲惫不堪。

就这样,这两对恋人分开了一段时间,各自在考虑着自己的事情。只有很轻很轻的说话声偶尔传到了对方那一边。这时女仆带来了希尔贝里先生的口信,说他不回来吃晚饭。说真的,这也没有必要告诉凯瑟琳,但威廉却开始征求起卡桑德拉的意见来,他那神态和说话的口气表明,管它有没有理由,他只想找凯瑟琳说说话。

卡桑德拉出于自己的用心,劝他不要去。

"但是你不认为这近乎有点儿不合群吗?"他试探着说,"为什么不做点有趣的事儿? 比如说去看看戏? 为什么不去问问凯瑟琳和拉尔夫呢,嗯?"这样将他们的名字连在一块儿,卡桑德拉的心乐得欢跳起来了。

"你认为他们一定……"她话还没说完,威廉一把将她拽了起来。

"哦,这我可不知道。我只是想,趁着你舅舅不在家,我们可以快活快活。"

他开始执行他的使命了,心情既激动,又为难。他闪到一旁,手抓着了门帘,目不转睛地对一位女士的肖像打量了半晌。希尔贝里夫人曾兴高采烈地说这是兰诺兹爵士早期的作品。然而,他不必要地在门帘上摸了几下,才将它拉开。接着,他眼睛盯在地上,重复了希尔贝里先生的口信,然后建议说大家今晚应该去看看戏。凯瑟琳十分热诚地接受了他的建议。很奇怪,她这样热心,却连究竟想看什么戏,也没有主意。她干脆完全让拉尔夫和威廉去挑选。他们俩像兄弟一般，在晚报上看了一阵子之后，一致同意还是去杂耍剧场好。这一点确定之后，其他的安排就容易得很了。大家的热情都很高。卡桑德拉从未去过杂耍剧场。凯瑟琳给她讲解起来，杂耍别有情趣，北极熊紧跟在身着夜礼服的女士后面，舞台一会儿是神秘的花园，一会儿是女帽商装帽子的硬纸匣，一会儿又成了麦尔恩德路的一家油炸鱼店。这天晚上的节目，不管性质如何，至少就这四位观众而言，都圆满地实现了戏剧艺术的最高目的。

毫无疑问，这些演员们和剧作家们要是知道这些特殊的观众是怎样观看他们的劳动成果的，一定会大吃一惊；但他们也不会否认总的来说效果是显著的。大厅里回荡着管弦乐的演奏声，时而气势磅礴，庄严肃穆，时而凄切而又悦耳动听。舞台背景有红日，有抱琴、竖琴，有骨灰缸和人的头骨。墙上有些地方灰泥已经隆起，鲜红的厚绒布饰着各种花边，多得无数的电灯忽明忽暗。它们所起的装饰作用，几乎是古代和现代的工匠都望尘莫及的。

现在我们再来看看观众吧。坐在戏院正厅的，两肩裸露在外，饰着羽毛，戴着花环；坐在楼座的，彬彬有礼，喜气洋洋；坐在顶层楼座的，不用说都是平民百姓。但是，不管单独看时，他们是多么的不同，大多数人都有着十分可爱的共同点。演员在台上跳舞，玩耍，谈情说爱，他们在台下老是窃窃私语，摇晃抖动，笑声不绝，然后又手忙脚乱地拼命鼓掌，有时全场一致，声震屋宇。有一次，威廉看到凯瑟琳身子直往前凑，放肆鼓掌，把他给惊住了。她的笑声与全场观众的笑声一起在厅内回响。

一瞬间，他感到迷惑不解，似乎这笑声揭示了她身上某种他从未想到会有的东西。但就在这时，卡桑德拉的脸庞一下映入了他的眼帘,她正在目瞪口呆地盯着台上的小丑,但没有笑出声来,因为太专心,完全被惊呆了。他像看小孩一样看了她好一会儿。

演出结束了,幻觉也渐渐消失了。有些人站起身,穿上了外衣,有些人笔挺挺地站着,因为这时正在奏《上帝拯救国王》的乐曲。然后,音乐家们收起乐谱,把乐器装到盒子里去。灯也一盏一盏地熄灭了,最后全场空无一人,鸦雀无声,只剩下无数巨大的阴影。卡桑德拉跟着拉尔夫走出转门时,她回头看了看,惊异地发现舞台上的浪漫色彩已经消失得一干二净。但是,她心里纳闷:他们是不是真的每天晚上都用棕色的荷兰麻布将座位盖好呢?

这次娱乐的成功,使他们在分手之前,又确定第二天去远足。第二天是星期六,所以威廉和拉尔夫整个下午都有空,可以去格林威治游玩。卡桑德拉从来也没有去过格林威治,而凯瑟琳却将它与达尔威治混到了一块。这次是拉尔夫当导游。他把他们领到了格林威治,路上没出任何岔子。

伦敦城周围有不少好地方可供玩要。当时,人们修建这些地方是由于迫切需要,还是出于丰富的想象力呢?这都无关紧要。如今,这些地方正适应了二三十岁的青年人度过星期六下午的需要。假如九泉之下的鬼魂对它们继承人的情爱感兴趣,那晴天出来,定会获得最大的丰收。这个时候,谈情说爱的,旅游观光的,度假的,像潮水般从火车上、从汽车里涌出来,走进这些古老的娱乐场所。确实,在大多数情况下,鬼魂们来就来了,去就去了,也无人指名道姓地感谢它们。但是,这一次威廉却准备好了要将这些已故的建筑师和画家分别赞颂一番,这是这些已故的建筑师和画家们终年难得一遇的。他们正在沿河堤走着。威廉在高谈阔论,凯瑟琳和拉尔夫落在他们后面不远的地方,也能听到只言片语。一听到他的声音,凯瑟琳脸上露出了笑容。她专心听着,似乎发现这声音有点儿陌生,尽管事实上她非常熟悉。听得出来,他很自信,很幸福,这对她来说还是新发现。威廉也确实很幸福。以前她不知道怎样才能使他感到幸福,现在越来越清楚了。她从未向他请教过什么,从未答应过他读麦考利的作品,也从未表示过确信他的剧作仅次于莎士比亚的剧本。她像做梦似的跟在他们后面。听到卡桑德拉虽欣喜若狂,但并非唯唯诺诺,她高兴得露出了微笑。

　　于是她喃喃说:"卡桑德拉怎能……"但一改口,说出了与自己的本意完全相反的话,"她自己怎么会如此糊涂呢?"但现在叫她去打这样的哑谜,完全没有必要,因为有拉尔夫在身边,他的问题才有趣得多呢。可不知怎的,这些问题却和那渡河的轻舟,那壮丽堂皇、饱经忧患的都市,以及那些满载财宝归来或正启程去寻宝的货轮纠缠到了一块,因此必须有闲暇才能将它们一个一个地理清。这时他站住了,开始向一位老船工求教海潮与轮船方面的一些问题。在这样谈话时,他仿佛变了,而且,面对着泰晤士河,教堂的尖顶和塔楼,他看起来甚至连容貌也变了。他多么不可思议!多么罗曼蒂克!他能离开她去从事男人的事儿!也许,他们会租一叶轻舟渡河,然后拼命地划呀划呀,划过河去!她万分欢欣激动;爱情,冒险,使她高兴得要发狂了。看见她这种表情,威廉和卡桑德拉吃了一惊,停止了谈话。卡桑德拉叫着说:"她看上去真像在献祭一样,美极啦!"她话说得很快,不过,为了尊重威廉,她压制了自己的惊异,有些话没有说出来,看到拉尔夫在泰晤士河堤上与船工谈话,竟然能使人倾倒爱慕到如此境地!

吃了茶点,在泰晤士河隧道里看了些稀奇的东西,在不熟悉的街上磨磨蹭蹭,下午转眼就过去了。要想延长这种欢乐的时光,唯一的办法是第二天再来一次远游。他们决定去汉普顿宫院而不去汉普斯特区①,因为,卡桑德拉尽管小时候做梦都想着汉普斯特区的强盗,但现在已经永远地将自己的感情全部转移到了威廉三世的身上。于是,在晴朗的星期天上午,大约吃午饭的时候,他们来到了汉普顿宫院。一看到那红砖建筑,就一致赞不绝口,仿佛他们来这儿只有一个共同目的,即使彼此相信,这座宫殿是世界上最华丽壮观的宫殿。四人并排在台地上时上时下,把自己想象成这座宫殿的主人,盘算着,如把这里的房间出租,将会给人们带来多大的好处。

　　"我们唯一的希望,"凯瑟琳说,"就是等到威廉一死,卡桑德拉就可以作为杰出诗人的遗孀,在这里享有几个房间。"

　　"或者……"卡桑德拉欲言又止,还不敢放肆,将凯瑟琳想象成大名鼎鼎的律师的遗孀。这已是他们第三天郊游了,还需克制自己,不能任意幻想、谈笑,也真有点儿令人厌倦。她不敢问威廉,他有些不可思议。凯瑟琳和拉尔夫常常离开他们,时而去弄清一种植物的名称,时而去考查一幅壁画。对此,威廉似乎没有一点儿好奇心。卡桑德拉一直在密切观察着他们,注意到,有时是凯瑟琳主动走开,有时又是拉尔夫;他们有时走得很慢,似乎在进行深刻的交谈,有时又走得很快,似乎谈得很热烈。当他们又会合到了一块时,他们的态度非常淡漠。

　　"我们一直在纳闷,他们是否捉到过鱼……""我们得留点时间去看看迷宫。"吃饭时也好,在火车上也好,威廉和拉尔夫

---

　　① 汉普斯特区,伦敦西北部一自治区。

老是心平气和地在争论,这可把卡桑德拉弄糊涂了。他们一会儿谈政治,一会儿讲故事,一会儿又在旧信封的背面一道算呀画呀,以证明什么。她怀疑凯瑟琳心不在焉,可也很难说。有时候她感到自己太年轻,阅世太浅,只想回斯多格顿庄院去陪伴那些蚕茧,但愿自己没有卷入到这令人迷惑的活动中来。

然而,这只是难免的阴影,反而证明她确实得到了莫大的幸福,而且一点儿也没有损害大家的喜气。春天,空气清新,湛蓝的天空万里无云,温暖的阳光普照大地,仿佛大自然也在配合她那兴奋的心情。这种兴奋的心情,在默不作声地沐浴着阳光的鹿身上可以看见,在一动不动地待在小溪中的鱼儿身上也找得到。因为,它们都在默默共享这美好的时光。在这个星期天的下午,他们四人一字排开,漫步在那些整洁美观、绿草如茵的小径和碎石路上。那幽静的环境,绚丽的景色,还有那种期待中的气氛,这些卡桑德拉都无法找到词儿来表达。阳光之下,树儿在悄悄投下阴影;到处都是一片寂静,她的心房似乎也停止了跳动。蝴蝶在含苞待放的花朵上颤动着翅膀;鹿儿在阳光下静静地啃着青草。看到这情景,她仿佛看到了自己的心灵在幸福中舒展,在极乐中颤抖。

可是下午不知不觉就要过去了,是离开公园的时候了。当他们坐着车,从滑铁卢驶向恰尔斯区时,凯瑟琳想到父亲,感到良心不安。加上星期一威廉和拉尔夫都得上班,使他们很难又去安排第二天的游乐。这几天他们外出游玩,希尔贝里先生作为一位慈父根本就没有责备他们,但他们也不能毫无收敛。确实,由于他们外出,他已经感到难受,并渴望他们快快回家。这一点他们是不知道的。

他并不怕孤单,特别是在星期天,他最喜欢写写信,串串门,有时也去他的俱乐部玩一玩。今天在快到吃茶点时,他正动身出去,在门口遇见了他的妹妹,米尔温夫人。本来,她听他说没人在家,就应该服服帖帖地打道回府才对,但她没有这样,反而接受了他那半心半意的"请进"。他没法子,只好叫佣人给客人倒茶,心里感到很不高兴。然后他在客厅里坐下,望着米尔温夫人喝茶。她迅即解释说,不是有正经事儿,她是不会强坐下来的。他听了这话,毫无笑脸。

"今天下午凯瑟琳出去了,"他说,"为什么不晚点儿来跟她谈——跟我们俩一起谈呢,嗯?"

"我亲爱的特利凡尔,我有特殊的理由,希望能与你单独谈谈……凯瑟琳在哪儿?"

"当然是和她的男朋友出去了。卡桑德拉这个陪伴的角色扮得不错。是个逗人爱的姑娘——我很喜欢她。"他摆弄着手指上的戒指,千方百计想将西莉亚的注意力从那使她着了迷的问题上引开。他料想,它一定又与西瑞尔的事儿有关。

"是和卡桑德拉出去的,"米尔温夫人意味深长地重复道,"是和卡桑德拉。"

"是的,和卡桑德拉。"希尔贝里先生彬彬有礼地说。话题岔开了,他心里很高兴,"我记得他们说,他们打算去汉普顿宫院,我相信他们还带上了拉尔夫·丹厄姆,为的是让卡桑德拉也高兴高兴。拉尔夫·丹厄姆是我的一个得意门生,聪明能干,年轻有为。我认为这样的安排是很合适的。"他准备详细谈谈这个保险的话题,心想凯瑟琳准会在他说话的当儿回来。

"我总觉得,汉普顿宫院对订了婚的情侣来说是个很理想的地方。那儿有迷宫,还有个吃茶点的好地方——我忘记叫什么了——会玩的年轻小伙子,还会想法带上他们的女朋友去划

472

船。游玩的地方太多了，太多了。要蛋糕吗，西莉亚？"希尔贝里先生接着说了下去，"我非吃晚餐不可的，但你可能不要紧。我记得你从来没吃过晚餐。"

她哥哥和蔼可亲的态度不但没有蒙住她的眼睛，反而使她有些伤心；她清楚地知道是何原因。两眼不明，稀里糊涂，还是那老样子！

"这个丹厄姆先生是什么人？"她问。

"你是问拉尔夫·丹厄姆吗？"希尔贝里先生反问道，心里头轻松了许多，她的脑子总算转弯了，"一位很有趣的年轻小伙子。我非常信任他，在中世纪的法律机构方面，他是权威。要不是迫于生计，他准会写出一部很有价值的书来。"

"那他不是很有钱喽？"米尔温夫人插嘴问。

"恐怕穷得一文莫名，一家子人，或多或少都得靠他。"

"有母亲有姐妹，是吗？他父亲去世啦？"

"是的。他父亲几年前就归天了。"希尔贝里先生说。也不知是为了什么捉摸不透的原因，她对这个话题很感兴趣。因此他就拉尔夫·丹厄姆的个人历史向她提供了一些情况，有必要时，他打算凭自己的想象力加以补充。

"父亲去世以后，小伙子不得不承担父亲的担子。"

"是律师世家吗？"米尔温夫人问，"我想我在哪里看到过这个名字。"

希尔贝里先生摇了摇头。"我倒倾向于怀疑他们家不全是干那一行的，"他说，"我好像记得丹厄姆曾跟我讲过一次，说他父亲是一位卖玉米的商人。也许他说的是掮客。不过，像许多掮客一样，他倒霉了。"他又补充说，"我十分器重丹厄姆。"很不幸，这话听起来就好像结束语似的。他担心关于丹厄姆再也没有什么可说的了。他仔细地端详着自己的手指尖。"卡桑德拉已经长成一个很可爱的姑娘了,"他重新说道,"看着她就觉得可爱,和她谈话也觉得可爱,不过她的历史知识不多。还喝杯茶吗?"

米尔温夫人轻轻推了推茶杯,这似乎表示她眼下有些不太高兴。但她不再要茶了。

"我是为卡桑德拉而来的,"她终于说,"很遗憾,卡桑德拉压根儿就不是你想的那个样,特利凡尔。她利用了你和玛吉的好意。她的行为——在这样的家庭里——似乎是令人难以置信的——如果不了解一些更令人难以置信的事实的话。"

希尔贝里先生看上去吃了一惊,有一会儿没有吱声。"我都听糊涂了,"他温文地说,一面仍在观察自己的手指甲,"不过,我承认我是一点儿也不清楚。"

米尔温夫人把脸一沉,开始报告情况,语句简短,言辞激烈。

"卡桑德拉是跟谁出去啦?威廉·罗德尼。凯瑟琳又是跟谁出去啦?拉尔夫·丹厄姆。为什么他们总是在街角里相会?为什么他们总是去看杂耍?为什么他们晚上很晚还坐出租汽车?为什么我问凯瑟琳时,她不老实告诉我?现在我全明白了。凯瑟琳已经和这位不出名的律师挂上钩了!她认为对卡桑德拉的行为宽容不究最为恰当。"

又是一阵短暂的沉默。

"哦,好啦,凯瑟琳肯定会跟我解释的。"希尔贝里先生一点也不激动地答了腔,"我承认这个问题太复杂了一点,一下还不能全弄明白。如果你不认为我失礼的话,西莉亚,我想我得上骑士桥去了。"

米尔温夫人马上站起身。

"她宽恕了卡桑德拉,和拉尔夫·丹厄姆缠到了一块儿。"她重复说。她站得笔直,无所畏惧,像是一个证人,不管后果如何,都要说实话。从过去他们的谈话来看,要对付她哥哥的懒惰和无所谓的态度,唯一的办法就是在最后离开房间时,向他发射几炮,扼要说明自己的意思。这样说了几句之后,她克制自己,不再添加片言只字了。然后像一个受到某种崇高理想鼓舞的人一样,尊严地离开了哥哥家。

不用说,她以这种方式说了这些话之后,她哥哥也不可能再上骑士桥去串门了。他对凯瑟琳倒一点儿也不担心,但对卡桑德拉,他脑子里却画了个疑问号。他们这样放肆游玩,又没人照管,卡桑德拉天真无知,可能受人引诱,作出某种蠢事来的。他妻子对传统习惯心无定见,反复易变;他自己又懒得出声;加上凯瑟琳老是在沉思,很自然——这时他回想起妹妹的话:"她宽恕了卡桑德拉,并和拉尔夫·丹厄姆缠到一块儿了。"他极力想弄清这话的实质。从这点看来,凯瑟琳似乎并不是沉浸在遐思冥想之中。到底是哪个与拉尔夫·丹厄姆缠到了一块呢?事儿真是荒谬混乱,除非凯瑟琳亲自说清,否则他是一筹莫展的。因此他埋头看起书来,总的来说,他还算明智。

他刚一听到年轻人进屋上楼去,就吩咐一位女仆去告诉凯瑟琳小姐,说他想在书房里跟她谈谈。她正站在客厅的炉火前,把身上的皮大衣松脱到地板上。他们都围在一起,不愿分开。父亲的口信使凯瑟琳惊住了。当她转身走时,其他人从她的目光里隐约地看到了忧虑的神色。

一看到她,希尔贝里先生就放了心。凯瑟琳有责任感,对生活理解的深度,超出了她的年纪。他为自己有这样一个女儿感到庆幸,感到骄傲。另外,今天她看上去不同寻常。她的美貌,他早已认为是当然的事情了,但现在看起来,他还是为之惊讶不已。他本能地觉得,自己已经打扰了她与罗德尼在一起的幸福时刻,因此表示了歉意。

"很抱歉,打扰你了,我亲爱的。听到你们进了屋,心想自己要讨嫌最好快点儿——很不幸,做父亲的都是讨人嫌的。好啦,你西莉亚姑姑刚来看了我。很显然,你姑姑认为,你和卡桑德拉,似乎做了些蠢事。这儿逛那儿逛,成群结伙,寻欢作乐,恐怕是引出了一些误会。我告诉她,看不出这些事情有何害处,但我还是想亲耳听你讲一讲。你们是不是让卡桑德拉与丹厄姆先生单独待在一起的时候太多了一点?"

凯瑟琳没有马上回答,希尔贝里先生用火钳轻轻地敲着煤,好像在鼓励她回答。她脸无愧色,大大方方地说:

"我不明白我为什么要回答西莉亚姑姑的问题。我已经跟她讲过我是不会回答的。"

希尔贝里先生松了口气,私下里笑自己不该安排这次谈话。不过,表面上他还不能允许女儿这样的不敬行为。

"很好。那么我可以去告诉她是她弄错了,只不过是一个小小的玩笑喽?你自己心中没有任何疑问,是吗,凯瑟琳?现在卡桑德拉是让我们照管,我不愿让别人说她的闲话。我建议你以后也应该更小心一些才是。你们下次约会,也邀请我参加一个。"

正像他所预料的那样,她没有给予任何亲切或诙谐的答复。她在沉思什么。他心想,就是他的凯瑟琳也和其他女人差不多,都会让事情听其自然。莫非她还有什么话要说?

"你感到内疚吗?"他很随便地问,"告诉我,凯瑟琳。"他严肃了一些,为她眼睛里所流露的某种神情感到吃惊。

"一段时间以来,我一直想告诉您,"她说,"我决定不和威廉结婚了。"

"你决定不……"他大吃一惊,火钳从他手中掉了下来,"为什么?什么时候决定的?你给我解释清楚,凯瑟琳。"

"哦,已经有些时候了。一个星期前,也许还早一些。"凯瑟琳急促地说,口气满不在乎,似乎这件事再也与人无关了。

"但我问你,为什么没有告诉我?这是什么意思?"

"我们不愿意结婚!就是这样。"

"这不仅是你的愿望,也是威廉的愿望吗?"

"是的。我们的看法完全一致。"

希尔贝里先生很少感到像现在这样完全不知所措。他认为凯瑟琳对待这件事情的态度随便得有点儿荒谬,她似乎一点儿也没有意识到自己所说的事情的严重性。他对情况一点也不了解。但他总想大事化小,小事化了,让大家都舒舒服服,这种愿望给了他一些安慰。毫无疑问,一定是发生了什么争吵,一定是威廉产生了什么怪念头。尽管他是个好小伙子,有时也过于苛求了点儿。不过这类毛病,女人是有办法纠正的。但是,虽然他对于自己的责任,总爱采取能推则推的态度,可对自己的女儿,他太疼爱了,绝不能让事情自然发展下去。

"坦率地说,我很难理解你。我想听听威廉那一方的话,"他生气地说,"我认为他一开始就应当跟我说。"

"是我不让他跟您说的,"凯瑟琳说,"我知道,您一定感到这很奇怪。"她又加了一句,"但是您放心好了,如果您稍微等一等——等到妈妈回来。"

凯瑟琳请求希尔贝里先生等等,这本来也正中他的下怀。但是他的良心不能容忍。人们在议论。他绝不能让别人说他女儿的行为有半点儿不合规范。他正拿不定主意，在这种情况下，最好是拍个电报叫妻子回来？还是请一个姐妹来？是禁止威廉进屋？还是将卡桑德拉打发回家——因为他隐隐约约地感到她也负有责任。各种烦恼一齐压来，他额头上的皱纹越来越深了。他心里很痛苦，只想叫凯瑟琳为自己解除这些烦恼。这时门开了，威廉出现在眼前。这下逼得他不仅要完全改变态度，就连位置也得变换变换。

"威廉来了，"凯瑟琳叫道，语气也轻松了许多，"我已经告诉爸爸我们的婚约解除了，"她对他说，"我向他解释过了，是我不让你告诉他的。"

威廉举止极为拘谨，朝着希尔贝里先生微微鞠了鞠躬，然后笔挺挺地站着，用手抓着胸前的翻领，眼睛紧盯着炉火的正中心。他等着希尔贝里先生开口。

希尔贝里先生也摆出了一副十分威严的模样。他站起身，上半身稍向前倾。

"关于这事儿，我想听听你讲，罗德尼——如果凯瑟琳不阻拦的话。"

威廉至少等了两秒钟。

"我们的婚约已经解除了。"他说，语气呆板到了极点。

"这是你们两人共同的愿望吗？"

明显地停顿了一会儿之后，威廉垂下了头，凯瑟琳好像事后才想起来似的说：

"嗯，是的。"

希尔贝里先生前后摇晃了一下，嘴唇动了动，似乎要说话，但终究还是没说出口。

"我只能建议你们晚些时候再做决定，等这场误会的影响消除后再说。你们已经相互了解……"他开始说。

"没有什么误会,"凯瑟琳插嘴说,"什么误会也没有。"她在房里走了几步,似乎想要离开他们。她满腹心事,然而举止自然,与她父亲那大摆架子的模样和威廉那呆板的态度形成了奇怪的对照。威廉一直连眼皮都没抬一下。凯瑟琳的目光却对准这两位绅士,并延伸到那些书本和桌子上,最后移向了房门。对眼前正在发生的事情,她似乎一点儿也不关心。她父亲望着她,脸上顿时蒙上了一层忧虑不安的阴云。对她的稳重与理智,他向来坚信不疑,现在却奇怪地动摇了。以前,她表面上还能管好自己,现在他感到不能再完全让她自己处理自己的事了。多少年来,他还是第一次感到做父亲的职责。

"听着,这件事情一定要追根究底。"他毫无客套地跟罗德尼说话,好像没有凯瑟琳在场似的,"你们的意见有些不一致,是吗?信我的话,很多人订婚后,都有类似的情况。我看到过:有些人订婚很长时间,发生的麻烦也很多,比人们任何其他的愚蠢行为所产生的麻烦都要多。听我的劝告,完全不要想这件事。你们两个都这样。我开一服药方,你们彻底冷静下来。到海滨胜地去散散心,罗德尼。"

威廉脸上的表情,使他吃了一惊。威廉似乎在顽强地抑制内心强烈的感情。他想,毫无疑问,凯瑟琳一定惹他生了气,当然是无意的,一定强迫他采取了他不情愿采取的立场。希尔贝里先生确实没有夸大威廉的痛苦。他一生就数这个时候最痛苦。他承担着头脑一时发热所带来的严重后果。他必须承认,从根本上说,他完全不是希尔贝里先生想象的那样。什么东西都在跟他作对。甚至星期天的夜晚,炉火以及清静的图书室都和他过意不去。希尔贝里先生把他叫做通晓世故的人,这对他是个极大的讽刺。他已不再属于希尔贝里先生所愿承认的世界。但是就像刚才有什么力量驱使着他来到楼下一样,现在也有某种力量在鼓励他立时立地站起来说话,尽管孤军作战,毫无胜利的希望。他考虑了各种各样的词句,然后从嘴里挤出了几个字:

"我爱卡桑德拉。"

希尔贝里先生的脸庞一下变成了怪难看的紫色。他瞅了女儿一眼,点了点头,似乎是在无声地命令她离开房间;但她无动于衷,要么是没有注意到,要么是不想服从。

"你竟有脸……"希尔贝里先生说,语调低沉,这是他自己以前从未体会过的。就在这时,大厅里传来一阵混乱的脚步声和叫喊声,卡桑德拉仿佛不听别人的劝阻,闯进了房间。

"特利凡尔舅舅,"她大声说,"说什么我也要把实情告诉您!"她劝架似的一下冲到罗德尼与她舅舅之间。这时,她舅舅站在那儿纹丝不动,看上去形象高大,态度威严。大家都不说话,她稍向后退缩一点儿,先看了看凯瑟琳,然后又看了看罗德尼。"必须让您知道真相。"她的话有点儿不流畅。

"你竟有脸在凯瑟琳面前告诉我这些?"希尔贝里先生接着上面的那句话说完了,压根儿就没有理睬卡桑德拉的打扰。

"我知道,完全知道……"罗德尼停了一会儿说道,语言断续,话不成句,他一直低头望着地上,但却表现了惊人的决心。"我完全知道您会怎样看待我。"说完,他第一次正视希尔贝里先生的目光。

"如果我们俩单独在一起,我可以就这个问题更加充分地表示我的看法。"希尔贝里先生回敬了一句。

"但是您忘了我。"凯瑟琳说。她朝罗德尼移动了一步,这

一动作似乎无声地证明了她对他的敬意和与他的联合,"我认
为威廉做得完全对,不过事情毕竟与我——与我和卡桑德拉
有关。"

卡桑德拉这时也稍微动了动,她这一动好像把他们三个拉
到了一块,结成了同盟似的。凯瑟琳的语气和目光使希尔贝里
先生又一次完全不知所措,而且还使他感到自己不中用了,他很
痛苦,也很愤怒。但是,尽管他内心空虚得很,可他表面上还是
十分镇定。

"卡桑德拉和罗德尼完全有权根据他们自己的愿望决定他
们自己的问题,但我不明白,他们为什么要在我家里这样做……
不过,我是不愿在这件事上有任何牵连的。你和罗德尼的婚约
已经解除了。"

他停顿了,这似乎表明,对于女儿婚约的解除,他还感恩不
尽呢。

卡桑德拉转过脸对着凯瑟琳。凯瑟琳这时吸了口气,似乎
要说话,但转念又克制住了自己。罗德尼好像也在等着看她的
行动。她父亲扫了她一眼,似乎还希望听到点什么新东西。她
仍然一声不吭。这时,清晰地传来下楼的脚步声。凯瑟琳径直
朝门口走去。

"等等,"希尔贝里先生命令说,"我想跟你谈谈——单独谈
谈。"他补了一句。

她站住了,手抓着半开的房门。

"我就回来。"她边说边开门,出去了。他们立刻就听到她
在外面与一个人说话,不过听不清楚。

房间里留下了希尔贝里先生一个人面对着那对犯了错误的
情侣。他们俩仍站着,似乎不想接受希尔贝里先生的逐客令。

凯瑟琳一走,房间里的情况有了变化。希尔贝里先生内心也有感触,因为他也无法使自己满意地解释他女儿的行为。

"特利凡尔舅舅,"卡桑德拉冲动地叫道,"请不要发火。我没有法子,求求您宽恕我。"

她舅舅仍然不把她放在眼里,说起话来仍然像她不在似的。

"我想你已经与奥特韦夫妇通过信了吧。"他冷冷地对罗德尼说。

"特利凡尔舅舅,我们本来想跟您说的,"卡桑德拉替他做了答复,"我们在等……"她求援似的看着罗德尼,后者微微摇了摇头。

"嗯? 你们在等什么?"她舅舅追问道,眼睛终于看着她了。

她话到了嘴边又咽了下去。很明显,她在侧耳细听,似乎想抓住房间外的什么声音来给她帮忙。他没有得到答复,也在倾听着。

"对各方来说,这都是一件很不愉快的事情。"他下了结论。接着一屁股坐在椅子上,双肩一耸,注视着炉膛里的火舌。他似乎在自言自语,罗德尼和卡桑德拉默默地望着他。

"你们为什么不坐下?"他突然说,虽然很粗暴,但怒气明显地消退了,也许是什么事情使他的注意力转到了别的方面。卡桑德拉顺从地坐下了,而罗德尼却依然站着。

"我想我不在,卡桑德拉会把事情解释得更清楚。"他说。希尔贝里先生轻轻点了点头表示同意。于是罗德尼出去了。

同时,在隔壁餐厅里,丹厄姆和凯瑟琳又在红木桌旁坐下了。他们好像是在继续一场中途被打断了的谈话,似乎两人都确切地记得谈话是在什么地方打断的,都想尽快谈起来。凯瑟琳将她与父亲见面谈话的情况简要地说了一下,丹厄姆没发表

任何意见,只是说:

"无论如何,我们没有理由彼此不见面。"

"在一起玩也无可指责,只有结婚是不可能的。"凯瑟琳接着他的话说。

"但是,假如我感到自己越来越需要你呢?"

"假如我们的失检越来越多呢?"

他很不耐烦地叹了口气,半晌没说一句话。

"但是至少,"他接着又说,"我们两人都确认我的过错与你有些联系,而你的过错却与我无关。凯瑟琳,"他补充说,理智让激动不安的心情取代了,"我明白地告诉你,我们相互有了爱情——就像人们所称作的爱情。记得那天夜晚吧。那时我们没有丝毫疑问。我们有半小时是完全幸福的。直到第二天,你才犯了些过错;我呢,直到昨天上午才犯了些过错。有时一整天我们时常都很高兴,直到我——糊涂起来,很自然你也就感到厌倦了。"

"哎,"她大声地说,似乎这些话刺痛了她,"我无法使你明白。不是厌倦——我从没有感到厌倦。现实——现实,"她短促地说,一面用手指敲着桌子,仿佛为了强调,也许是要解释这个单独说出的字眼,"对你来说,我已不再是真实的我。又是风暴中的脸庞——飓风中的幻影。我们俩时合时分。这也是我的错误。我和你一样坏,也许更坏。"

他们那疲劳的手势和频繁的插话表明,他们不是第一次地在尽自己的力量解释他们共同称之为过错的东西。这是过去几天中他们一直感到十分苦恼的根源,也是拉尔夫为什么刚才要离开她家的直接原因,幸亏凯瑟琳在不安地用心听着,听到他的脚步声,就拦住了他。这些过错的原因是什么呢? 要么是凯瑟琳看上去更漂亮了,要么是她穿了什么不一般的衣服或说了什么出人意料的话,更令人难以捉摸了,所以拉尔夫心里充满了对她的浪漫想象,结果他不是沉默不语,就是言语不清。对他的这些话,凯瑟琳总是任性地,但并非有意地截断或者严厉地用一些枯燥的事实加以反驳。于是,幻影消失了。拉尔夫反过来强烈地表达了自己的看法:他只是爱她的影子,而对她的实体却毫无兴趣。如果过错是在她身上的话,那就是她逐渐地心不在焉,直到完全沉浸在自己的思绪之中。这些思绪强烈地吸引着她,使她十分讨厌再被召回到伙伴的身旁。断言这些恍惚的神情总是拉尔夫导发的,是毫无用处的,尽管它们后来确实与拉尔夫略有一点关系。事实是她不需要他,而且一提起他,就十分反感。因此,他们又怎会相爱呢?他们之间的关系支离破碎,这一点是再清楚不过的了。

就这样,他们闷闷不乐地坐在餐厅的桌子旁,一声不吭,忘记了一切。这时的罗德尼,却在楼上的客厅里来回踱步,他怎么也没想到自己此刻会如此激动不安。而卡桑德拉则仍然单独与舅舅待在一块儿。拉尔夫终于站起身,心情忧郁地走到了窗前,把脸凑近窗玻璃。外面是真实的、自由的、广阔无比的,这一切只有感到寂寞的心灵才能领会,但却无法向别的人表达。千方百计将自己感觉到的东西拱手送人,等于企图践踏它,还有比这更为恶劣的亵渎神圣之举吗?他身后的响动使他感到,凯瑟琳只要愿意,完全能够将他梦境里的她变成看得见、摸得着的实体。他猛一转身,想乞求她的帮助,但一看到她那遥望远方的表情,心里就像浇了一瓢冷水,凉透了。她似乎觉察到了他的目光,于是站起身,走到他跟前,紧挨着他站着,与他一道望着外面苍茫的暮色。对他来说,两人身体的接近是对心灵之间的远离的莫大讥讽。然而尽管从精神上来说她很遥远，可因为她人就在他身旁，整个世界为之改观。他看到了自己正在做着了不起的大义大勇的事情：在抢救落水者，在拯救不幸的人们。这也是自我吹嘘的一种形式，对此他自己也感到不耐烦。可他仍然相信，只要她站在那儿，不知怎的，生活就无比美妙、罗曼蒂克，是值得自己服侍的主人。这个信念，他怎么也无法摆脱。他根本就不希望自己说话。他既没看她，也没抚摸她。她显然在想自己的心事，把他给忘了。

门开了，他们俩谁也没听到响声。希尔贝里先生的目光在房间里四处打量，一时没发现紧挨在窗前的凯瑟琳和拉尔夫。当看到他们时，他吃了一惊，十分不快，眼瞪瞪地注视了他们俩一会，才下了开口的决心。终于，他动了动，让他们知道他来了。他们即刻转过身来。他一句话也不说，招手要凯瑟琳跟他走，两眼避开不望拉尔夫。他让凯瑟琳走在前面，像赶羊一样把她赶回书房去。当凯瑟琳一进书房，他马上将身后的门小心翼翼地关上了，似乎要将他讨厌的东西拒之门外。

"听着，凯瑟琳，"他说，一面站到了炉火前，"你，也许，能行行好，解释一下……"她没有吭声。"你要我得出什么样的结论来呢？"他声色俱厉地说，"你告诉我你和罗德尼的婚约解除了。我看你和另外一个人关系却似乎十分亲密——和拉尔夫·丹厄姆。我能得出什么样的结论呢？"见她仍不吭声，他又加了一句，"你难道和拉尔夫·丹厄姆订婚了？"

"没有。"她答道。

他大大地松了口气。他一直确信她的回答会证实他的怀疑。但尽管这一忧虑消除了，可他对凯瑟琳的行为却益发感到恼火。

"那么我只好说，对于什么才是正派行为，你的观点很古怪……别人已经得出了一些结论，我一点儿也不感到奇怪。我愈想愈觉得无法解释，"他继续往下说，火气愈来愈大，"在我自己家里发生的事情为什么不让我知道？为什么竟让我从我妹妹那里第一次听说这些事情？真是岂有此理，太不像话了。我怎么好向你法朗西斯姑父解释。对此我拒不负责。卡桑德拉明天就得走。罗德尼也不准再跨进我的门槛。至于另外那位年轻人，来得越少越好。在我给予了你绝对的信任之后，凯瑟琳。"他戛然而止。凯瑟琳毫无反应，只是沉默，这只怕是不祥之兆，他感到不安，望着女儿，对女儿的精神状态怀疑起来。这样的怀疑今天晚上前些时候也有过。他又一次觉察到，她并没有留心在听他说话，而是在倾听门外的声音。一时间，他自己也尖着耳朵听了起来。他再次感到，在丹厄姆与凯瑟琳之间一定达成了某种默契。他十分不快，怀疑这种默契只怕有些不正当，因为这些年轻人所采取的整个立场在他看来似乎都是不正当的。

"我要找丹厄姆谈谈。"他说。一生疑心，他冲动起来，脚步动了动，似乎要走。

"那我跟您一起去。"凯瑟琳马上说，就要起步走。

"你给我待在这儿。"她父亲说。

"您要对他说什么？"她问道。

"我想，在我家里我爱说什么就可以说什么吧！"他回答说。

"那我也要去。"她回敬说。

这话似乎暗示了她要跟着去的决心——也许，一去不回返。因此，希尔贝里先生又走回到炉火前，身子开始轻轻地左右摇晃着，一句话也不说。

"听你的意思，你并没有和他订婚喽。"他终于说道，眼睛盯着女儿。

"我们没有订婚。"她说。

"那么他来不来这儿,对你无关紧要——我跟你说话,不准你听别的东西!"他怒气冲冲,停顿了一会儿,觉察到她朝一边微微动了动,"老实告诉我,你与这个年轻小伙子到底是什么关系?"

"对第三者我无可奉告。"她倔强地说。

"你再这么含糊其辞,我可不会答应了。"他说。

"我拒绝解释。"她回答说。与此同时,前门砰的一声打开了。"瞧!"她叫了起来,"他走啦!"她怒火满腔地瞪了父亲一眼,后者一时失去了自我控制。

"看在上帝的面上,凯瑟琳,你要克制自己!"他喊道。

半晌,她看上去就像一头被禁锢在文明的栖息所里的野兽。她扫了一眼堆满书籍的四壁,似乎刹那间连房门的位置也不记得了。然后她好像准备走,但她父亲已将手往她肩上一按,迫使她坐了下来。

"很自然,动这样的感情是令人心烦的。"他说。他的态度又变得像以往一样温和,说起话来既带着做父亲的权威,又有抚慰的味道,"据我从卡桑德拉那里得知,你的处境也很为难。现在我们和解吧。让我们暂且不要去理会这些烦人的问题。让我们努力做个文明人吧。来谈谈沃尔特·司各特爵士的作品。你说《古董商》怎么样,嗯?那就谈谈《拉麦莫尔的新娘》喽!"

他自己选定了。女儿还没来得及表示反对,也没来得及溜走,就发觉自己正在被这位沃尔特·司各特的代理人变成文明人。

然而,希尔贝里先生一边读着,一边心里怀疑,这个过程是否只不过是停留在表面上而已呢？今天晚上，文明已经令人不快地被彻底推翻了；究竟摧毁到了何等程度仍然无法确定。他这样大动肝火，只怕要少活十来年。他现在迫切需要读点古典作品来抚慰自己，恢复元气。家中处于天翻地覆的状态，他想象着，楼梯上将出现不愉快的见面，在许多天里，美酒佳肴将味同嚼蜡；文学是治这些烦恼的特效药吗？他念书的声调是沉重的。

33

希尔贝里先生家里每间房都一一编了号,并由他填表格,付租金,这座房子还可租用七年。考虑到这一切,对于住在他家的人的所作所为,他有理由制订一些条规准则。虽然这理由很不充分,但现在他倒觉得这些条规颇有用处,因为他正面临着文明中断的危机。遵照这些条规准则,罗德尼不见了;卡桑德拉也被打发走,赶星期一上午十一点三十分的火车去了;丹厄姆再也不见踪影;因此只留下了楼上房间的合法占有者凯瑟琳。希尔贝里先生认为自己有能力杜绝她再干任何有损于她自己的事情。第二天上午,当他向她问好时,他意识到自己压根儿就不知道她在想什么,但他仍然不无苦楚地认为,即使如此,也比早些天的那些上午自己对情况一无所知要强一些。他来到书店,写信给妻子,写好又撕了,接着又重新写了一封。他在信中要求她赶快回来,家里碰到了难题。他开始写得清清楚楚,但在重写时,更为谨慎,写得较为含糊。他想,即使她一接到信就动身,也得到星期二晚上才能到家。他凄惨地扳着手指头,数着时间,看还要与女儿单独待多少个小时,行使那令人厌恶的权力。

他一边在寄给妻子的信封上写地址,一边纳闷,凯瑟琳现在在干什么?电话机他是无法控制的,也不能对她暗中监视。她可以任意联系安排。然而,想到这些还并不使他十分烦躁不安,更使他感到不安的是头天晚上与这些年轻人在一起的情景,那气氛反常,令人不快,而且含有不正当的成分。他几乎感到身子也不舒服起来。

凯瑟琳不但身体离电话机远远的,而且心里也不曾有过要打电话的念头,只是他不知道而已。她坐在自己的房里,面前的桌上是那些翻开了的大本词典,夹在其中多年的纸张叠成了一叠。她一时一刻也没有分心,专心致志地工作,这是她用另一种想法成功地压住了那些不受欢迎的念头的结果。这一胜利使她的思想更加活跃。在一张纸上,她不时刚劲有力地勾画着符号和图形的线条,标记着她思想进程的不同阶段。然而现在是大白天,敲门声和扫地声时而传来,这证明有人在门外工作。这扇随时都可能推开的门,是她免受外界侵扰的唯一屏障。但是,不知怎的,她已升为自己王国的主人,不知不觉地掌握了自己的主权。

脚步声慢慢地靠近了,可她一点也没有听到。确实,来人像是在徘徊、漫游似的,上起楼来小心翼翼,这对于一个年逾花甲,而且抱着一大把树枝和鲜花的人来说,也是十分自然的;不管怎样,脚步声越来越近了。不一会儿,用月桂树枝轻轻敲门的声音,使凯瑟琳手中的铅笔在纸上停住了。不过,她却没有起身,坐在那里,眼睛痴痴地望着,似乎在等着这干扰自行消失。可是,门开了。开始,似乎那一大把晃动着的绿叶后面并没有人,她也没有在意。接着,她认出了在那些黄色的花朵和柔和的紫色棕榈蓓蕾后面的脸庞和身影,原来是母亲。

“是从莎翁的坟边摘来的!”希尔贝里夫人兴奋地说,一面将那一大把鲜花树枝掷到了地板上,还做了个手势,好像献花似的。接着她张开双臂抱住了女儿。

"感谢上帝,凯瑟琳!"她激动地说,"感谢上帝!"她又说了一遍。

"您回来了?"凯瑟琳很含糊地问,一面站起来接受母亲的拥抱。

虽然她认出了母亲,知道母亲就在身旁,可她的心却远没有回到眼前的情景中来。然而,她感到母亲回到这里太恰当了,感谢上帝赐福。她在地板上撒满从莎翁坟边采来的鲜花和树枝也是极为恰当的。

"世界上别的东西全都无关紧要,"希尔贝里夫人接着说,"名声并非一切,我们心灵感受到的东西才是一切。我不要那些好笑的、好心的、管闲事的信件。我不要你父亲告诉我。一开始我就知道了,还为你们祈祷过。"

"您早就知道了?"凯瑟琳温柔而又茫然地重复了母亲的话,目光却越过母亲望着别处,"您是怎么知道的呢?"她像小孩一样,开始用手指玩着母亲斗篷上垂下的流苏。

"你告诉我的第一个晚上,凯瑟琳。哦,成千次了——晚宴上啦——评论书籍时啦——他进屋的姿势啦——还有你提到他时的声音啦。"

凯瑟琳似乎是在一个一个地考虑着这些证据。接着她严肃地说:

"我不和威廉结婚了。还有卡桑德拉……"

"是的,还有卡桑德拉,"希尔贝里夫人说,"我承认开始时我是有些勉强,但终归说来,她的钢琴弹得太美了。告诉我,凯瑟琳,"她突然问道,"她弹莫扎特的曲子的那个晚上,你上哪去了? 你是不是以为我睡着啦?"

凯瑟琳吃力地回忆着。

"到玛丽·达奇特家去了。"她想起来了。

"哦!"希尔贝里夫人说,语气显出几分失望,"我也曾有过小小的罗曼司——小小的遐想。"她瞅着女儿。在这天真锐利的目光之下,凯瑟琳颤抖了。她羞得一脸通红,将脸扭向一边,然后又抬起她那双明亮的眼睛。

"我并没有爱上拉尔夫·丹厄姆。"她说。

"没有爱情千万不要结婚!"希尔贝里夫人很快就接上了凯瑟琳的话。"但是,"她又说,一面迅速地看了女儿一眼,"是不是别有途径,凯瑟琳——别的做法——?"

"我们俩都想尽量多见面,但是却要保持自由。"凯瑟琳又说。

"在这儿见面,在他家里见面,在街上见面。"希尔贝里夫人数着这些话,似乎她是在调试琴弦,而这些音听起来仍不能使她十分满意。很清楚,她有她的消息来源。实际上,她提袋里就装着几封女儿姑姑的亲笔信,她叫这些信为"好心的信件"。

"不错。或者是住到乡下去。"凯瑟琳接着她的话说完了。

希尔贝里夫人停顿了片刻,脸上露出忧郁的神色,两眼望着窗户,想从那里得到启示。

"在那商店里,他给人多大的安慰啊!他多有办法,领着我眨眼就找到了那些古迹。和他在一起我感到多么的安全。"

"安全吗?唉,不会的,他轻率极啦——老爱冒险。他连一个子儿也没有,而且还有几个弟弟妹妹要靠他抚养,他想放弃他的职业,住到乡下一间小屋去,在那里写书。"

"哦,他有母亲吧?"希尔贝里夫人问道。

"是的。是一位相貌很好,上了年纪的女士,头发已经白了。"凯瑟琳开始描绘起去他家的情景,不一会儿希尔贝里夫人就了解到了一些情况。拉尔夫家里住房丑陋不堪,他毫无怨言地忍耐着,而且,家中个个都得靠他。他在家里的顶楼有一间房,那里可以俯瞰伦敦,美极了,房里还有一只白嘴鸦。

"那可怜的老鸟儿待在一个角落里,羽毛脱了一半。"她说,话语里带着柔情,似乎是在同情人类遭受的苦难,同时也确信拉尔夫有能力减轻这些苦难。因此,希尔贝里夫人忍不住叫了起来:

"凯瑟琳,你爱上他了!"这句话把凯瑟琳羞得两颊绯红,一副吃惊的神色,仿佛说了些本不该说的话,然后摇了摇头。

希尔贝里夫人又急忙叫凯瑟琳更详细地谈谈这所不同寻常的房子里的情况,并插进一些自己对济慈①和柯尔雷基在一条小巷里相会情况的一些猜想。这样一来,凯瑟琳又轻松了,说话更随便起来,继续描绘着。确实,这样无拘无束地与一个既明智又仁慈的老人——自己的亲生母亲谈话,真使她感到乐趣无穷。母亲的沉默似乎是在回答她从未提出的问题。希尔贝里夫人用心听着,很久没有插一句话。她最后作结论,似乎不是根据女儿的话,而是根据女儿的表情。如果有人盘问,她很有可能会把拉尔夫的身世说错。她只晓得他身无分文,没有父亲,家住海格特区——这些对他都很有利。通过偷偷打量凯瑟琳,她已确信,凯瑟琳现在正处于惊喜交加的状态之中。

终于,她忍不住了,话冲口而出:

"如今,在结婚登记处,一切手续只要五分钟就能办妥。如果你觉得教堂的仪式太啰嗦的话——确实是有点啰嗦,不过其

---

① 济慈(1795—1821),英国著名诗人。

中也有些可取之处。”

"但我们并不想结婚。"凯瑟琳强调说,接着又补充道,"同居而不结婚为什么就完全不可能呢?"

希尔贝里夫人又慌了神,苦恼地拾起桌上那一叠纸张,开始胡乱翻起来,嘴里嘀嘀咕咕:

"A+B−C=xyz。太丑了太丑了,凯瑟琳。这就是我的感觉——真是太丑了。"

凯瑟琳从母亲手里拿过那叠纸,心不在焉地叠着,那一动不动的目光似乎表明她的思想正集中在别的事情上。

"哦,我不知道什么叫丑。"她终于说。

"他没向你提出来?"希尔贝里夫人激动地说,"那个棕色眼睛、目光坚定、严肃认真的小伙子是不会的吧?"

"他什么也没有提。我们俩都没有提什么。"

"凯瑟琳,如果我借助于回忆以前的感受能够帮助你的话……"

"太好了,告诉我你以前的感受吧。"

希尔贝里夫人两眼渐渐茫然失色,回顾着她过去的时光,在长廊的尽头,她看到了她自己和她丈夫的小小身影,衣着华丽,在洒满月光的海滨上手牵着手,玫瑰花在暮色中飘来摆去。

"那是晚上,我们乘着一叶轻舟,正朝一艘轮船划去。"她说,"太阳已经西沉了,月亮正在我们头上升起。海面上到处都是可爱的银色灯光,海湾中间的那艘轮船上有三盏绿灯。你父亲的头、背衬着桅杆,看上去高贵庄严!这就是生活,这就是死亡。我们的四周全是大海。这就是永不停歇的航行。"

这如同古代神话般的故事,凯瑟琳听起来十分悦耳和谐。是的,大海是漫无边际的;那轮船上有三盏绿灯;那些穿着斗篷的身影爬上了甲板。就这样,在紫绿交错的海洋里航行,经过峭壁,经过沙礁湖,经过桅杆、尖塔林立的港湾——他们来到了这里。似乎是那河流将他们带来的,并将他们恰好搁置在这儿。她满怀钦佩的心情望着母亲,这位古代的航海者。

"谁知道,"希尔贝里夫人喊着说,她仍在幻想,"我们要驶往何方?为什么?是谁送我们踏上了这一航程?我们又会找到什么?除了爱情是我们的信仰,除了爱情……"她像在低哼着一首伤感曲,那含糊的言词组成的柔和的声音,在女儿听来就像浪花在庄严而有节奏地拍打着她凝视着的泰晤士河岸。如果母亲永远重复那两个字——听别人说那两个字能得到安慰,能把这四分五裂的世界又胶合到一块,女儿准会感到满意;但是,希尔贝里夫人并没有重复"爱情"这两个字,反而恳求地说:

"那些丑东西,你再不要去想了,好吗,凯瑟琳?"这话似乎使凯瑟琳心中的那艘轮船驶入了港口,结束了航行。然而,眼下她急需的如果不全是同情,不需要某种形式的忠告,至少是需要一种机会,能将自己的问题向第三者和盘托出,以便自己重温这些问题。

"但是那时候,"她撇开丑不丑的那一难题,说,"你们知道你们在相爱,但我们却不同。似乎,"她继续说,一面皱了皱眉,好像是要确实弄明白这复杂的感情,"某种东西突然完啦,耗尽了,消逝了,是幻影。似乎当我们在相爱时,我们全是在杜撰——在虚构实际上并不存在的东西。这就是我们根本就不应结婚的原因。总是发觉对方是虚无缥缈的幻影,一旦消失,也就全忘了;从来也不能肯定你喜欢的人是谁,也不能肯定他不喜欢的是别人而不是你自己;心境变化不定,忽喜忽悲,这真是可怕——这些都是我们之所以不能结合的原因。"她继续说,"同时,我们谁也离不开谁,少了一方,另一方则无法活下去,因为……"希尔贝里夫人在耐心地等着她把这句话说完,但凯瑟琳突然缄默不语,手指头抚摸着那张写满了数字的纸。

"我们不得不坚信我们心目中的幻象,"希尔贝里夫人接着说了起来,一面扫了一眼那些数字。这些数字隐隐约约地使她感到厌烦,在她的头脑里,它们与家庭账目有联系,"不然的话,就像你说的……"她闪电般地探测了一下幻象破灭的深度,对此她自己也许并非一无所知。

"相信我的话,凯瑟琳,对每个人来说都是一样——对我是如此——对你的父亲也是如此。"她说得很认真,然后叹了口气。两人似乎是在一起窥探无底的深渊。她到底年纪大些,首先醒悟了过来,问道:

"可是拉尔夫在哪儿呢?为什么不来这儿见我?"

凯瑟琳的脸色立刻变了。

"因为不准他上这儿来。"她痛苦地回答。

希尔贝里夫人没有理会。

"吃午饭前还来得及请他来吗?"她问。

凯瑟琳望着母亲,仿佛母亲真的是个魔术师。她又一次感到,自己并不是一位惯于规劝别人、发号施令的成年女子,而只是一个比长长的青草和可爱的小花朵高不了多少的小女孩,完全依靠拿着自己手的这位顶天立地的巨人的指引。

"没有他,我就不会幸福。"她很简单地说。

希尔贝里夫人点了点头,那样子说明她完全理解这点,而且立即在心里对将来做了一定的安排。她一把拿起那些花朵,呼吸着花朵的芳香,然后哼着一首有关磨坊工人的女儿的小调,离开了房间。

这天下午,拉尔夫在读材料,了解一件案例的情况。很明显,他并没有全部集中他的注意力。都柏林一位叫约翰·李克的人死了,案情十分复杂,如果他的遗孀和五个尚未成年的孩子要得到点儿抚恤金的话,需要律师付出全部的精力。但今天要想唤起拉尔夫的同情心,却近乎不可能。他不再是精力高度集中的典范了。他在自己生活的各个不同部分之间精心竖立的间隔被彻底打破了。因此,尽管他眼睛盯着死者的遗嘱,而他看到的却是夏恩街的一间客厅。

　　他试用了各种过去行之有效的办法来维持心中的那些间隔,直至可以体面地下班回家,可是,使他有些惊恐的是,凯瑟琳似乎在从外部不断地向他袭来,他绝望地与她开始了一场想象中的谈话。他毁掉了满满一箱法律报告,房间的角落和轮廓也奇怪地发生了变化,就像有的时候,人们一觉醒来,以为自己睡在陌生的房间里一样。慢慢地,他心中有一根脉搏很有规律地跳动着,各种思绪堆成了一个个起伏的波浪,波浪又变成了语言。接着,他迷迷糊糊地在一张草稿纸上写起来,写的东西看上去像首诗,只是每一行还缺几个字。可是,他并没有写多少行,就啪的一声将笔扔到了一边,似乎他的失职全得归咎于这支笔。并把纸撕得粉碎。这是凯瑟琳又出现了的迹象。她似乎对他说了句毫无诗意的话,把诗兴扫荡得一干二净,因为它的大意是,诗与她毫不相干。她说她所有的朋友一生都在造作词句。他的一切感受都是幻想。接着,似乎要嘲笑他的无能,她一下变得就像进入了梦境,压根儿就不注意他还在身旁。拉尔夫满怀激情,极力想吸引住她的注意力。拉尔夫惊醒了过来,认识到自己正站在林肯法协会广场的一间小办公室里,离恰尔斯区远着呢。

他们身体之间的距离,使他更感绝望。他开始绕着圈圈踱起步来,直至感到厌倦。然后,他拿了张纸准备写信,动笔之前,发誓一定要在当晚把信寄走。

信用散文写,是很困难的;如果用诗歌会要好得多,但他绝不能用。他潦潦草草地写了许多,又画掉了一半。他竭力想向她讲清楚,尽管人们还很不适于相互交流思想感情,但这样的交流是我们目前所知道的最好方法;而且,它能使每一个人都能进入另外一个与个人事务毫无牵连的世界。它是法律的世界,是哲学的世界,或者更奇怪地说,是几天前的一个晚上他瞥了一眼的那个世界。那时他们似乎在共享什么东西,共同创造什么东西,这是理想——是在我们实际环境前头晃动的幻想。如果这一金色的光环熄灭了,如果生活不再被幻想围绕着的话(但这就是幻想吗?),那么要走完生活的全程也确实太不堪设想了;因此他突然满怀信念地写起来,总算顺顺当当地写了一会儿,至少留下了一个完整的句子。就算还有其他的欲望,他觉得这个结论总的来说可以证明他们的关系是正当的,但这个结论却很神秘。他陷入了沉思。写了这么点儿就花了那么大的劲,而且总是词不达意,常常需要在写过的句子的上方或下方加上另外一些字,而且加上了也好不了许多。这使得他还没有感到丁点儿满意,就放下了笔,不得不承认,这种东一句西一句的玩艺儿,凯瑟琳是绝对看不上眼的。他感到自己与她隔得更远了。闲着没事干,信也写不下去,他开始在那些空白地方画些小图像:人头像,表示她的头像;边上带有火焰的墨点,代表——也许代表整个宇宙吧。正在这时,有人告诉他,有位太太想找他谈谈。他这才清醒了过来。他用手抹了抹头发,尽量使自己看上去像个律师,然后羞惭地将那些纸塞进了口袋,生怕别人看见。但他马上发觉,这些准备工作完全没有必要。来找他的太太是希尔贝里夫人。

"你不是在匆匆忙忙处理谁的财产吧,"她说,眼睛直盯着他桌上的文件,"也不是在急着要一笔勾销谁的限定继承权吧!因为我想找你帮个忙。安德森是不会让他的马等待着的。(安德森完全是个暴君,但是我父亲安葬的那天,是他驾驶马车将我父亲的遗体送到威斯敏斯特教堂去的。)我冒昧地来找你,丹厄姆先生,根本不是要得到法律上的帮助(不过,如果我真碰到了麻烦,除了你我也不知道会去找谁),而是为了找你帮帮忙,解决一下我不在时家里出现的一些讨厌的家庭小问题。我最近去了斯特拉特福德(改天我一定跟你细谈),在那里,我接到凯瑟琳姑姑的一封信,她就是那么个好心人,总喜欢插手人家孩子的事情,因为她自己一个孩子也没有。(我们十分担心,她有只眼睛快失明了。我总感到,我们身体上的一些病痛很容易转变成精神上的毛病。我记得,关于拜伦爵士,阿诺德①也说过一些诸如此类的话。)但这些都不是我要说的。"

她用了这么些插入语,也不知是有意呢,还是出自本能,爱给自己朴直的言谈润色。不过,不管是怎么回事,其效果却是一样,即给了拉尔夫时间,使他意识到她手头掌握了他们的全部真实情况。她这番来十有八九负有使节的任务。

"我来这里不是为了谈论拜伦爵士,"希尔贝里夫人接着说,小声地笑了笑,"不过我也知道,你和凯瑟琳与你们同辈的年轻人不一样,仍然认为拜伦的作品是值得一读的。"她停顿了一下,"我很高兴你使凯瑟琳读起诗歌来了,丹厄姆先生!"她大

---

① 阿诺德(1822—1888),英国诗人与批评家。

声说,"使她能感受诗歌,使她看上去富有了诗意! 当然她眼下还不能谈论诗歌,但她将来会的——啊,她将来肯定会的!"

这时拉尔夫的一只手被紧紧抓着,舌头也不听使唤了,但他终于说:有些时候,他感到没有希望,毫无希望了。不过,他没说是什么原因。

"你喜欢她吗?"希尔贝里夫人问。

"上帝啊!"他感情激动地叫道,可见他喜欢她是毫无疑问的。

"你们俩反对的是英国教堂的仪式吗?"希尔贝里夫人天真地问道。

"管它什么仪式,我全不在乎。"拉尔夫回答说。

"如果出现了糟得不能再糟的情况,你愿与她在威斯敏斯特教堂里结婚吗?"希尔贝里夫人又问。

"就是与她在圣保罗大教堂里结婚,我也愿意。"拉尔夫回答说。只要与凯瑟琳在一起,他对这一点总是不敢相信。可现在疑云彻底驱散了,他最强烈的愿望就是马上与她在一起,因为他感到他们多离开一秒钟,她就离他越来越远,在那根本就没有他的位置的精神状态中陷得越来越深。而他却希望控制她,占有她。

"感谢上帝!"希尔贝里夫人激动地说。她感谢上帝赐福良多:给了这小伙子说话时的信念;她也同样感谢上帝,女儿的婚礼将在她父亲与其他英格兰诗人安息的地方举行——一大帮名人权贵将聚集在这儿,聆听婚礼上那高雅的音乐、庄严的礼唱、古老的赞词。她热泪盈眶,突然记起,马车还在等候。她两眼模糊地向门口走去。丹厄姆跟着她下了楼。

这是一次奇怪的旅行。对丹厄姆来说,是空前不愉快的一次。他唯一的愿望就是尽快直奔夏恩街;但很快就看得出来,对他这一愿望,希尔贝里夫人要么是有意不理睬,要么是认为有必要降降温,因此途中时常下车去忙她自己的事情。车一会儿在邮局前停下来,一会儿在咖啡店前停下来,一会儿又在那不可思议的商店前停停——对这儿的老售货员,她都得像见到老朋友一样地打招呼。在鲁格特山参差不齐的塔尖之中,圣保罗大教堂的圆屋顶如鹤立鸡群一般,她一眼看见,激动地拉了拉缰绳,吩咐安德森将马车朝那里驶去。但安德森不主张下午去做礼拜,他自有理由,因此只管驾着马车朝西边驶去。过了好几分钟,希尔贝里夫人才发现,但她一点也不动气,见拉尔夫露出失望的神色,连忙道歉。

"没有关系,"她说,"我们改天再去圣保罗大教堂。也许马车要路过威斯敏斯特教堂,不过我还不能肯定。如果真是这样的话,那就更好了。"

拉尔夫简直不知道她接下去还要说些什么。她的身心似乎都已漂入了另外一个世界,那儿乱云飞渡,一切都淹没在茫茫的薄雾之中。然而,他仍没有忘记自己那强烈的愿望,仍然知道自己力不从心,因而感到愈来愈不耐烦和痛苦。

突然,她猛地用力一拉缰绳,将头往窗外一伸,吩咐了一句,安德森只得听从。马车在白厅街的中间突然停住了,面前是一座庞大的建筑,这是政府一个部的办公楼。转眼的工夫,希尔贝里夫人就在上台阶了。她又在耽误时间,这使拉尔夫极为恼火,甚至没去想她现在去教育部到底有何公干。他正要跳下马车去叫辆出租车,这时希尔贝里夫人又出现了,她正在亲切地和一个人说话,这人被她遮住了,看不到。

"宽敞得很,我们都坐得下,"她说,"有空位子。容得下四个你，威廉。"她加了一句，一面将车门打开，拉尔夫这时才发现，罗德尼加入了他们的行列。两个男人相互看了一眼。如果在人们的脸上可以看出最大的痛苦，最大的耻辱以及极端的难受，那么拉尔夫从他这不幸的伙伴的脸上都看到了这些无法用语言表达的东西。但是，对此，希尔贝里夫人要么是真没有看到，要么是故意装作没有看到。她继续侃侃而谈。在这两个小伙子看来，她好像是与外面空中的什么人在说话。她谈论着莎士比亚，呼唤着人类，大声讲着杰出诗作在道德方面的积极作用。她开始背诵诗词，可往往还只背了一半就背不下去了。她讲话的最大优点就是能够自己谈下去，无需别人插嘴。她一直谈个不停直到夏恩街，小伙子们却多次低声嘀咕，忧心忡忡。

"好了，"她说，一面在她门前轻快地下了车，"我们到啦！"

从她的语气中，从她步上台阶然后转身望着他们的表情里，似有几分轻率和嘲讽的滋味，因此，罗德尼和丹厄姆很是忧虑，万不该将自己的命运托付给这样一位使者。罗德尼真的在门槛上踟蹰不前，低声对丹厄姆说：

"你进去吧，丹厄姆。我……"他正想后转，这时大门开了，这熟悉的房子表现出一股无法抗拒的魔力，接着他跟在他们后面一头冲了进去。门关上了，他也别想溜了。希尔贝里夫人领着他们上楼，将他们带到了客厅。客厅里的炉火和平常一样旺，几张小小的桌子上摆设着瓷器和银器。里面没有一个人。

"啊！"她说，"凯瑟琳没在这儿。她一定在楼上自己房里。我知道你跟她有话要说，丹厄姆先生。你找得到她的房间吗？"她含糊地用手指了指天花板。她忽地变得严肃镇定，成了自己房子里的女主人。她那打发拉尔夫上楼的手势，威严得使拉尔夫终生难忘。她挥了挥手，似乎就使他能够自由地分享她所拥有的一切。他离开了客厅。

希尔贝里家的房子很高,有很多层,还有许多过道,两边的房门都紧紧关着。拉尔夫一出了客厅,一切都是陌生的。他一直爬到了顶层,敲了敲他遇到的第一扇房门。

"我可以进来吗?"他问。

里面的声音回答说"可以"。

他看到了一个又大又明亮的窗户,一张毫无摆设的桌子,还有一面长长的镜子。凯瑟琳已经站了起来,一只手拿着几张白纸,一见来客,白纸纷纷从她手中飘落到了地板上。解释很简短,声音听不清。除了他们自己,局外人是听不明白的。仿佛大自然的所有力量都在企图将他们拆开,他们紧挨着坐了下来,手握着手,即使在心怀恶意的时间老人眼里,他们也差不多成了已经结合了的一对——一个不可分割的整体。

"别动,不要走。"见他弯腰去捡那些飘落在地上的纸张,她央求着他。可是,他把它们却留在了自己的手里,并冲动地将自己那没写完的、带着神秘的结论的信递给了她。两人默默地读着对方的作品。

凯瑟琳一口气把他的信读完了。拉尔夫拿出了自己全部的数学知识来读她那些数字。两人几乎是同时读完的,然后一言不发地坐了半晌。

"这些就是你在克佑园中遗忘在座位上的那些纸张,"拉尔夫说,"那会儿,我还没来得及看清上面是些什么东西,你就将它们折起来了。"

她窘得连耳朵根也红了,但一动未动,也没有企图去遮住自己的脸庞,看上去就像一个完全被解除了武装的人。拉尔夫还把她比做一只野鸟,正落在他手够得着的地方,一颤一抖地在收着翅膀。这种暴露的时刻是痛苦的——光线惊人地明亮。现在另一个人在分享她的寂寞，这一点她不得不使自己习惯起来。这种惶惑不解的状态一半是羞涩，一半是欣喜若狂的前奏。她意识到，从表面上看，整个事情一定显得荒谬绝伦。她瞧了瞧拉尔夫，看他是否在微笑，但却发现他在盯着她，目不转睛，十分严肃。她转而相信，自己根本就没有亵渎之过，而是丰富了自己，也许是无限地、永恒地丰富了自己。她还不敢使自己沉浸在无限的幸福之中。但是，他的目光似乎是在要她在另一点上作出保证，在另一对具有生死利害关系之点上作出保证。它在默默地哀求她，叫她告诉他，他写的那张意义混乱的东西，她读了之后是否觉得还有些意义和真实性。她又一次垂下了头，看着手里那些纸。

"我很喜欢你那个四周燃着火焰的小黑点。"她若有所思地说。

见她果真在凝视思索，他在心情最混乱最激动的时刻画的一些愚蠢的图形符号，拉尔夫羞愧，绝望，差点儿将那张纸从她手中夺了回来。

他确信，对别人来说它是毫无意义的，不过，对他来说，不知怎的，它不仅表达了凯瑟琳本人，而且表达了他们相见以来围绕着她想入非非的一切心理状态。他第一次见到她是在一个星期天的傍晚，当时她正在泡茶。他画的那一黑点被一圈墨迹包围着，它代表着环绕在四周的一切光辉。对他来说，这光辉不可解释地裹住了生活中间的许多事物，使它们清晰的轮廓变得柔和起来，他仿佛看得见一些街道、书籍。它们之上罩着几乎肉眼都能看见的光圈。她笑了吗？她是不是厌倦地将那张纸放下了，不仅指责它不适当，而且还指责它虚伪呢？她是不是又要断言他爱的只是想象中的她呢？但她一点也没有想到这图形与她还有什么关系。她用同样的沉思语气简单地说：

"是的，我也觉得世界是这么个样子。"

他怀着深深的喜悦接受她肯定的答复。在整个生活画面的后头，静悄悄地、然而却是坚定不移地升起了一团柔和的火焰，将周围的空气也染上了一层红色，而且使整个空间充满许许多多的影子，深远朦胧，人们会幻想自己能向中间走去，向深处走去，无止境地进行探索。展现在他们面前的两种情景是否有相一致的地方，我们姑且不管，他们反正有一同感：这即将到来的世界宏大神秘，包含着无数个尚未显露出来的形体，这些形体会一个个自己显露出来让其伙伴观赏；但眼下，这种未来的前景就足以使他们默默无言地敬慕不已。他们想用有声的言语交流想法，但却被敲门声打断了。进来的是女仆，一副神秘的样子，说有位女士想见希尔贝里小姐，不过却拒绝披露姓名。

凯瑟琳深深地叹了口气，起身去履行她的职责，拉尔夫同她一道走了出去。下楼时，他们俩谁也猜不着这位匿名的女士到底是谁。她只怕是一个小个子、驼着背的黑女人，手里拿着把钢刀；她将用这把钢刀直捅凯瑟琳的心脏。这是很离奇的念头。对拉尔夫来说，这种念头也许比别的念头更为可能。为了防止这种袭击，他抢先下楼进了餐室。"卡桑德拉！"他一眼看见站在餐桌边的卡桑德拉，热情地大声叫道。卡桑德拉立即将手指往嘴唇上一放，恳求他别吱声。

"谁也不许知道我在这儿，"她以低沉的声音解释说，"我错过了火车，在伦敦闲逛了一整天。我再也支持不下去了。凯瑟琳，我该怎么办呢？"

凯瑟琳将一张椅子朝前推了推。拉尔夫匆匆忙忙地找到了酒,给她倒了一杯。当时她如果还没有昏过去,那也差不多了。

"威廉在楼上,"她看上去刚复原,拉尔夫说,"我去叫他下来见你。"他自己的幸福使他相信,别人也一定会幸福的。但卡桑德拉对她舅舅的命令与愤怒记忆犹新,还不敢如此放肆。她开始不安起来,说她必须马上离开这座房子,可是,即使他们知道该将她送到哪里去,现在她此刻也处于走不动的状况。在过去一两周里,凯瑟琳的常识一直搁在一边,现在仍未恢复常态,她只能问问:"你的行李在哪儿?"心里还隐隐约约地相信,要找个地方住下来,完全取决于有没有足够的行李。"我的行李丢了。"卡桑德拉的回答无法帮助她得出什么结论。

"你的行李丢了,"她重复了一遍。她的目光落在拉尔夫的身上,那表情好像她根本不是在谈行李,而是在对他的在场表示内心深深的感激,也许是在宣誓,愿与他白头到老。卡桑德拉注意到了这目光,而且看到这目光得到了回报。她两眼顿时充满了泪水。她支支吾吾地不知说了些什么。接着她鼓起勇气,又谈起住宿的问题。这时,凯瑟琳好像默默地与拉尔夫交换了一下意见,并取得了他的同意,将她手指上的那只红宝石戒指取下来,递给卡桑德拉,说:"我相信,你戴它非常合适,不要做任何改动。"

这些话本来不能足以使卡桑德拉确信她自己极希望相信的事情,如果拉尔夫没有一把将她那没戴戒指的手抓住,并追问道:

"你为什么不告诉我们你很高兴呢?"

卡桑德拉高兴得泪如雨下。弄清楚凯瑟琳已订婚之后,她不仅消除了无数模糊的恐惧和自我责备,而且完全驱走了自我责备的心理,就是这种心理最近损害了她对凯瑟琳的信任。原来的信任感又恢复了。她似乎怀着一度失去了的强烈感情看着凯瑟琳；就像刚刚走出了我们这个星球的人似的，在他们面前，生活变得崇高得多了，不光照亮了我们，而且照亮了周围的一大片世界。不一会儿，她将自己的命运与他们的命运对比了一番，又将戒指还给了凯瑟琳。

"除非是威廉自己给我，我是不会要这戒指的，"她说，"替我保管吧，凯瑟琳。"

"我向你担保，现在是万事如意，"拉尔夫说，"让我告诉威廉——"

他不顾卡桑德拉的反对，正要朝房门走去，希尔贝里夫人将房门打开了，或许是客厅女仆告诉了她，或许是她凭着自己惯有的先见之明，意识到有必要出场干预干预。她满面笑容地打量着他们。

"我亲爱的卡桑德拉！"她喊道，"看到你又回来了，我多么的高兴啊！真是巧合！"她柔和地说，"威廉在楼上。壶里的水都开啦。哎呀，凯瑟琳在哪儿？我去找她，结果竟找到了卡桑德拉！"她似乎很满意地证明了什么似的，可究竟是什么，别人谁也说不准。

"我找到卡桑德拉了。"她重复说。

"她没赶上火车。"见卡桑德拉说不出话来，凯瑟琳插了一句。

"生活，"希尔贝里夫人又开始说，很明显她从墙上的相片上获得了启发，"就在于没赶上火车和找到——"但她住了口，然后又说水壶一定烧得沸腾了，沸水外溢，快要淹没一切了。

凯瑟琳心里很不平静。她仿佛觉得，这水壶巨大无比，那不断散发的蒸汽能淹没整个房子；她仿佛觉得，由于自己玩忽职守,这水壶代表所有的家务活在发雷霆。她赶快朝楼上的客厅跑去,其他人也跟着她上楼,希尔贝里夫人伸手把卡桑德拉的腰一搂,拖着她来到了楼上。他们发现罗德尼虽在不安地望着水壶,但注意力却一点儿也不在壶上。凯瑟琳所预料的灾难,眼看就要发生了。她一进房就为水壶忙了一阵,相互之间连招呼也没打。罗德尼和卡桑德拉两人故意相隔远远地坐了下来,仿佛坐不久就要走的样子。对他们的不安,希尔贝里夫人要么无动于衷,要么有意不理睬,或者认为该换换话题了,因为她没有讲别的,只是一个劲地谈论莎士比亚的坟墓。

"土多水多,还有那覆罩着这一切的卓越精神。"她沉思着,继续唱着那奇怪的、似尘世又非尘世的歌,歌唱黎明,歌唱落日,歌唱伟大的诗人,歌唱永恒的爱情。万物不变,一代一代紧相连,没有人死亡,我们在精神天国都要再相会。她唱啊唱啊,忘记了屋里还有别人。但是,她的话似乎突然缩小了其翱翔的圈子,轻飘飘地暂时落到了眼前的问题上。

"凯瑟琳和拉尔夫,"她仿佛在试音,"威廉和卡桑德拉。"

"我感到自己完全处于一种虚假的境况之中,"威廉绝望地在她思索的间隙中猛然插了一句,"我没有权利坐在这里。希尔贝里先生昨天就叫我离开这座房子。我无意再回来。我现在就——"

"我也有同感,"卡桑德拉打断了他的话,"昨天晚上特利凡尔舅舅跟我说了那些话之后……"

"我使你陷入了极为可憎的处境,"罗德尼继续说,一面从座位上站起来,卡桑德拉也跟着他站了起来,"没有你父亲的许可,我就无权对你说话,更不用说在这座房子里了,在这里我的行为——"他看了看凯瑟琳,舌头一打结,话不成声了,"在这里

508

我的行为应该受到最严厉的指责,是最不可原谅的,"他强迫自己继续往下说,"我已经向你母亲解释了一切。她真是宽宏大量。她尽力安慰,说我并没有造成任何伤害。你已使她确信,我的行为,尽管自私、软弱——自私、软弱——"他重复了一遍,就好像一位演讲者丢了讲稿一样。

在凯瑟琳的心里,似乎有两种感情在争斗着:一是想笑,笑威廉那副可笑的样子,一本正经地在茶桌的那一边对着她作演讲;二是想哭,因为她看到了他身上的孩子气和诚实的品质,使她感动到了无法形容的程度。令大家吃惊的是,她竟然站起身,伸出一只手,说:

"你没有什么可责备自己的——你一直都——"但讲到这里,她的声音渐渐消逝了,眼泪不由自主地夺眶而出,顺着脸颊直往下流。威廉同样激动万分,一把抓过她的手,紧紧地贴在自己的嘴唇上。这时,谁也没有注意到,客厅的门半开着,希尔贝里先生至少有半个身子进来了。他盯着茶桌旁的情形时,脸上露出了极端厌恶和想要规诫的表情。他又退了出来,也没有人注意到他。在外面的平台上,他停住脚,力图恢复自制力,决定究竟要采取什么办法,才能使自己的尊严不受任何损害。很明显,妻子把他吩咐的意思完全搞乱了。她使他们都陷入了混乱可憎的局面。他等待了一会儿,然后将门的把手"哗啦啦"地弄了好一阵子,第二次推开了房门。他们已经回到了各自的位置;有件什么荒唐的事情弄得他们边笑边往桌下瞧。因此,一时没有谁注意到他进来了。凯瑟琳一脸通红,将头抬了起来,说:

"哦,这是我的最后一次戏剧性的尝试。"

"滚了这么远,真是令人吃惊。"说完,拉尔夫蹲下来掀开炉边地毯的一角。

"不用担心！不要急嘛！我们会找到的——"希尔贝里夫人说到这儿，突然看见了丈夫，惊叫道，"啊，特利凡尔，我们在找卡桑德拉的订婚戒指呢！"

希尔贝里先生本能地看了看地毯。奇怪得很，戒指正好滚在他的脚边。他看到这红宝石戒指正挨着他的鞋尖。习惯的力量真是无法抗拒，他不由自主地蹲下身来。而且由于找到了别人正在寻找的东西，他说不出的高兴。他将戒指拾起来，彬彬有礼地鞠了一躬，交给了卡桑德拉。也不知是鞠了一躬就使他自然而然地感到得意、显得文雅呢还是怎的，反正希尔贝里先生感到，就在弯腰和挺胸的那一刹那，怨恨全消失了。卡桑德拉大胆地将脸儿一伸，接受了他的拥抱。他尴尬地朝罗德尼和丹厄姆点了点头，他们俩一看到他，就都站起了身。这时大家一起坐下。希尔贝里夫人似乎一直都在等丈夫进来，好在这关键的时刻向他提个问题。看她那热心劲头，显然这问题在她心里憋了半天了。

"哦，特利凡尔，请告诉我，《哈姆雷特》的首次演出是什么时候啊？"

要回答她的提问，希尔贝里先生还不得不求助于威廉·罗德尼，后者对学问上的东西是讲求精确的。对于自己确信无误的东西，罗德尼还未发表自己不同凡响的权威性意见，就感到自己又被容许进入了文明的上流社会的圈子，而且还得到了像莎士比亚这样一个大权威的亲自认可。文学的力量一度离开了希尔贝里先生，现在又回到了他的身上。它给人类原始的丑态涂上了一层止痛香膏，使他前一天晚上那样痛苦不堪的感受变成了字字中听的话语。他感到对于语言确能运用自如了，终于，看了看凯瑟琳，然后又看了看丹厄姆。所有这些关于莎士比亚的谈吐,对凯瑟琳就像安眠药一样,或者说像符咒一样。她坐在茶桌首席,这时她背往后一靠,一句话也不说,茫然地扫了他们一眼,得到的印象是,在画像的衬托下,在黄颜色墙壁的衬托下,在深红色绒布窗帘的衬托下,看到了几个平常的人类的脑袋,分不出差异。希尔贝里先生转眼又盯着丹厄姆,后者也像凯瑟琳一样,在他的目光下纹丝不动。但看得出来,在这克制与镇静的背后隐藏着决心,隐藏着意志力,如今又增加了百折不回的执着精神。相形之下,希尔贝里先生用起来得心应手的词句显得很不相干。无论如何,他什么也没说。他很尊重这年轻小伙子;这小伙子十分能干,有可能如愿以偿。他望着他那一动不动、十分威严的脑袋,感到自己能够理解凯瑟琳的选择。想到此,一阵由于强烈的嫉妒而产生的痛苦油然而生,使他惊诧不已。她如果和罗德尼结婚的话,是不会给他带来一点苦楚的。然而她爱的竟是这个小伙子。他们之间到底是怎么一回事呢?他心里如一团乱麻,不知是喜还是悲。这时,希尔贝里夫人已经注意到谈话突然停顿了,若有所思地看了女儿一两眼,然后说:

"你想走就不用待在这儿,凯瑟琳。那边有间小房。也许你和拉尔夫……"

"我们订婚了。"凯瑟琳说,心里一惊,醒悟了过来,直盯着父亲。她的直言使他吃惊不已。他失声惊呼,好像受到了意外的打击。难道就眼看着我的掌上明珠让这股洪流卷去吗?难道就让这股无法控制的力量将她从我手中夺走吗?难道就这么站在一边旁观,万般无奈,被人无视吗?啊,我多么爱她!多么爱她!他很唐突地朝丹厄姆点了点头。

"昨晚我就看出来了,"他说,"我希望你配得上她。"但对女儿,他却一眼也不看,大步走出了客厅,使得女人们心中又害怕,又好笑。男人这么过分，这么不体谅人，这么不开化，大发雷霆，咆哮着回老窝去了——这种咆哮声，有时仍在最考究的客厅里回荡。凯瑟琳朝已关上的房门看了一眼，然后又垂下头来，藏住两眼的泪花。

34

　　灯点燃了。灯光在光洁的桌面上反照,闪闪发亮;上等葡萄酒沿着餐桌递来递去;这顿晚餐还没吃多久,文明就获胜了。丰盛的晚餐由希尔贝里先生主持,它沉浸在一种快乐、庄严的气氛之中,这预示着前程似锦。从凯瑟琳眼里流露出来的表情看,准是什么事情有了希望。他克制住了自己,以免引起伤感。他斟酒自饮,并吩咐丹厄姆自己斟酒。

　　他们上了楼。他看到,卡桑德拉刚问完是否可以为他演奏一首莫扎特或贝多芬的曲子,凯瑟琳和丹厄姆就离开了房间。卡桑德拉在钢琴前坐了下来;门在希尔贝里先生身后轻轻地关上了。他两眼一眨不眨地盯着关上的房门看了好几秒钟,但期待的神色渐渐从他眼里消失殆尽。他叹了口气,专心听起音乐来。

　　凯瑟琳和拉尔夫几乎没有交谈一句,就对他们想做的事情取得了一致的意见。不一会儿,凯瑟琳打扮好来到大厅,与拉尔夫会合,准备出去走走。夜静悄悄的,月光洒满了大地,这是散步的大好时光,不过对他们来说每天夜晚都是如此,因为他们现在渴望活动,渴望从保护下解脱,渴望寂静,渴望呼吸户外的空气。

"终于出来啦!"前门一关,她吐了口气。她告诉他,她一直都在等待,坐立不安,心想他再也不会来了,一直在盼望着听到开门的声音,真希望再看到他在电灯杆下瞧着她家的房子。他们回头望着房子的正面,静悄悄的,窗户都镶有金边。对他来说,这是敬慕的圣殿。尽管她失声笑了起来,尽管她嘲弄似的在他手臂上轻轻捏了一下,他仍不放弃他的看法,但是手臂让她挽着,耳边神秘地响着她那加快了的说话声,他没有时间——也没有以前那样的心思——别的东西吸引了他的注意力。

　　他们俩谁也说不清楚,为什么他们竟然在沿着一条路灯稠密的大街行走。街角上灯火通明,汽车穿梭般往来。他们也无法解释,他们为什么会一时冲动,突然挑中一辆汽车,坐到了车上最前一排位置上。汽车开始在一条条较为黑暗的街道上穿行,这里十分狭窄,两旁百叶窗上的人影子,仿佛近在咫尺。而后,他们来到了一个繁忙的交叉路口,这儿车灯一会儿星罗棋布,一会儿稀稀落落。他们坐呀坐呀,直到看见市内教堂的塔尖,塔尖在夜空的衬托下显得惨白、扁平。

　　"你冷吗?"他们在谭普尔酒吧前停下时,他问道。

　　"有点儿。"她回答说,意识到:从眼前一掠而过、蔚为壮观的灯流到了尽头,因为载着她颠来拐去、疾驶飞奔的汽车已经停了。他们的思路也经历了相似的行程;他们是胜利者,坐在一辆凯旋的轿车前排位置上,看到了专为他们这两位生活的主宰安排的庆典。但当他们孤单单地站在人行道上时,这种狂喜消失了;他们很乐意单独在一起。拉尔夫一动不动地在路灯下站了一会儿,点燃了烟斗。

　　她看着他那张被路灯小光圈环绕映照的脸庞。"啊,那间小屋,"她说,"我们一定要租下来,一定要去那儿。"

"离开这一切吗?"他问。

"随你决定。"她回答道。她望着钱西利巷的上空,心想,处处的屋顶为什么都一个样呢? 对这满是星斗的苍穹所意味的一切,自己现在为何如此放心呢? 是现实,是数字,是爱情,是真理吗?

"我心头还有件事,"拉尔夫唐突地说,"我是说我一直在想着玛丽·达奇特。她的住房就在附近,我们上那儿去一下,你介意吗?"

她还没回答他的问题就转过身去。她今晚谁也不想见。对她来说,似乎大哑谜已经解了,问题已经解决了,她刚刚从混乱中完整无缺地抓住了这个球体,这个人们终身努力使之成形的球体。去看玛丽,就要冒风险,就可能毁掉这个球体。

"你以前对她很不好是吗?"她相当机械地问道,一面还在继续向前走。

"我可以为自己辩解,"他几乎顶着她说,"不过,当一个人感受到某种东西的时候,辩解又有什么用呢? 我不会和她待很久,"他说,"我只告诉她……"

"当然,你必须告诉她。"凯瑟琳说。现在她迫切希望他去做看来是非做不可的事情,如果他也要完整无缺握住他的那个球体的话。

"我希望——我希望——"她叹了口气,脸上顿时腾起一朵愁云,至少部分地模糊了她那清晰的视野。她眼里仿佛噙满了泪花,那球体在她面前模糊不清地晃来晃去。

"我什么也不后悔。"拉尔夫坚定地说。她将身体凑向他,好像这样就可以看到他看到的东西。她心想,他还是多么的不可理解,只有一点是清楚的,他愈来愈像一团从浓烟中冲出来的火焰,像一股生命的源泉了。

"说下去吧,"她说,"你什么也不后悔——"

"什么也不——什么也不。"他重复地念着这几个字。

"多旺的火焰啊!"她暗自思忖。他就是黑夜中熊熊燃烧的烈火,然而却又是那样令人捉摸不透,挽着他的手臂,也只是触到裹着这团冲天烈火的不透明的边缘物质。

"为什么什么也不呢?"她赶忙问,为的是要他多说两句,使这团冲天烈火烧得更旺更红,使它与黑烟交织在一起。

"你在想什么,凯瑟琳?"他问道,她那像在做梦一样的神态和用得不当的语句,使他生了疑心。

"我在想你——是的,我发誓。总是在想你,但是你在我脑子里的形象总是奇特的。你消除了我的寂寞。要我告诉你你在我心目中是个什么样子吗? 不行,你告诉我——给我从头说起。"

开始他说得激动而不连贯,接着越说越流畅,越来越带感情。他感到她在向他靠拢,在用心听着,眼光里有孩子般的惊讶,有女人的感激之情。她不时打断他的话。

"站在外面看着窗户确实太傻里傻气了。假如威廉没看到你,你会回去睡觉吗?"

对她的责备,他回敬了一句,他说,像她这样年纪的女士竟站在国王街,看着来往的车辆直到忘记了一切,也太令人惊讶了。

"但就是在那时我才第一次知道我爱你!"她叫道。

"给我从头说起吧。"他恳求她说。

"不成,我这个人不善辞令,"她申辩说,"我会说得可笑的——关于火焰——火。不行,我不能对你说。"

但她还是被说服了,断断续续地讲起来了。可她的话对他来说美妙极了。她说到那团暗红的火焰,说到环绕着它的黑烟,字字句句都充满着激情。听了这些使他感到自己已经越过了门槛,跨入了另一个若明若暗的广阔的心灵世界,这里,翻腾着许多形状各异的物体,它们是那样庞大,那样模糊,只有在闪光时偶露真容,随即又消失在黑暗之中。这时他们已来到玛丽住的这条街。由于只顾说话,他们经过玛丽住房前的台阶时,也没有抬头看看。这时的夜晚,街上没有车辆,几乎也没有行人,因此他们可以不受干扰地慢慢走着,手挽着手,间或也把手扬起来,好像要在这一望无边的蓝色天幕上画些什么东西。

　　就这样,他们像在幸福的海洋里游弋,视觉和听觉变得极为敏感,这时候就是抬一下手指头也会产生效果,一个字也比一句话更富有含义。他们慢慢进入了沉默,在隐秘的思路上并行,奔向远方一个隐约可辨的目标,它渐渐地将他们俩都迷住了。他们是胜利者,是生活的主宰,但同时又沉浸在那团火焰之中,用自己的生命使它烧得更旺,以证实他们的信念。他们就这样走啊,走啊,也许沿着玛丽·达奇特住的街走了二三个来回,直到一扇薄薄的黄色百叶窗里的灯光再次映入眼帘,才停下步来。他们自己也不明白为什么要停下来。也许是那盏灯燃进了他们的心房。

　　“那是玛丽房间里的灯光,”拉尔夫说,“她一定在家。”他指着街对面。凯瑟琳的目光也落在那里。

　　“夜深人静了,她独自一人还在工作吗？她在忙什么呢？”她十分纳闷,“我们为什么要打断她的工作呢？”她激动地问,“我们有什么东西给她呢？她也是幸福的,”她又说,“她有她的工作。”她的声音微微发抖,那灯光在她那充满泪水的眼里有如金色的海洋一样起伏不定。

"你不想让我上她那儿去吗?"拉尔夫问道。

"你想去就去吧,你想说什么就对她说什么。"她回答说。

他马上穿过马路,登上那几级台阶,进了玛丽住的楼房。凯瑟琳仍站在原地,望着那扇窗户,期待着能看到一个人影横过,但却什么也没有看到。百叶窗没有显出什么,那灯光也没有移动,它穿过这漆黑的马路向她发着信号,它是永放光芒的胜利的信号,在人世间,它永不会熄灭。她向它挥手,仿佛在挥舞自己的幸福,向它致意,向它敬礼。"它烧得多旺啊!"整个漆黑的伦敦也好像燃起了熊熊烈火,直冲云霄。她的目光又回到了玛丽的窗户上,心满意足地停留在那里,没过一会儿,只见一个人影离开门口,慢慢地,很不情愿地横过马路,朝她站着的地方走来。

"我没有进去——我不能进去。"他的话戛然而止。他已经到了玛丽的房门口,却无法抬手去敲门。假如当时她出来了的话,准会发现他泪流满面地站在那儿,一句话也说不出来。

他们站了半晌,望着那被照亮了的百叶窗,这百叶窗似乎象征着房间里的女士那客观的态度和宁静的神情。深更半夜了,她还在谋划安排——为一个他们俩谁也不知道的世界的利益谋划安排。接着,他们的思想又向前跃进,他们想到了一连串别的小人物,在拉尔夫的眼中,领头的是萨利·西尔。

"你还记得萨利·西尔吗?"他问道。凯瑟琳点了点头。

"记得你母亲和玛丽吗?"他继续问她,"记得罗德尼和卡桑德拉吗?记得海格特区我的琼恩姐吗?"他没有再数下去。他无法将这些人连在一起,来解释他在他们身上发现的古怪的共性。在他看来,他们远非单独的个体,而是由许多不同的东西凝聚而成的整体。他仿佛看见了一个秩序井然的世界。

518

"一切都很容易——一切都很简单。"凯瑟琳引用起萨利·西尔说过的话,希望拉尔夫明白,她在顺着他的思路思索。她感觉到,他在吃力地拼凑那支离破碎、如同散沙的信仰,因为它缺乏老一辈信徒们所创造的警句的一致性。他们一道在这困难重重的区域里摸索。这里,那些没有实现的东西,没有写完的东西以及那些没有得到回报的东西,像幽灵一样聚合在一块,看上去完整无缺。这样刻画现在,将来也就显得更加光辉灿烂。他们将写出一部又一部的书来,而且,既然书必须在房子里写,房子里就得有门帘窗帘,窗外就得有大地以及那延伸到大地尽头的地平线,也许还得有树林和一座小山。他们在斯特兰德街那些高大的办公大楼的轮廓上勾画着自己的生活环境;在那辆载着他们驶向恰尔斯区的公共汽车上憧憬着未来。对他们俩来说,这辆汽车仿佛在一盏金光闪闪的大灯下奇迹般地游动。

夜已经很深了,公共汽车上层的座位全是空着的,任他们选择。马路上,除了偶尔能见到一两对情侣,空无一人,即使在这时,他们也仿佛受到掩蔽,说话声传不到别人的耳里去。现在再也看不到人的影子在对着钢琴的影子放声歌唱了。有些楼房的卧室里还亮着灯。但当他们的汽车经过这些楼房时,那些灯也一盏一盏地熄灭了。

他们下了汽车,手挽手朝河边走去。她感到他的手臂变得僵硬了,这意味着,他们已进入那令人神迷心醉的地方了。她本来想对他说话,但他的声音奇怪地颤抖着,两眼露出茫然敬慕的神色。他到底是在回答谁的问题呢?他看见了什么女人呢?而她又是在哪里漫步?她的伙伴又是谁?一会儿想到这,一会儿又想到那,零零碎碎的幻象,一闪即逝;接着又是漫天飞舞的浪花,狂风忽儿在逞威,忽儿又减弱消失了;然后经过一阵混乱之后又镇定下来,安全感恢复了,在阳光的照耀下,大地坚实,壮丽,辉煌。他在内心深处感恩祈祷;她在同样深远隐秘的内心回答他。在这六月的夜晚,夜莺在歌唱,隔着一块空地尽情对歌。人们可以听到,它们就在窗户底下花园的树丛里鸣唱。他们停步俯视着河流,暗黑的浪涛在他们脚下永不停息地向前奔流。他们转过身,发觉他们正面对着她家的房子。他们默默地打量着这友好的地方,里面的灯还亮着,也许是在期待着他们回来,也许是罗德尼仍在对卡桑德拉讲话。凯瑟琳将门推开一半,站在门槛上。家人都熟睡无声了,整个房子朦胧深沉,只有那盏灯还在散发着柔和的金色光芒。他们等了一会儿,然后松开了握着的手。"晚安。"他轻声说。"晚安。"她喃喃地回答了他。